Zu diesem Buch

«Hier gehen zwei Menschen, die sich lebend nie begegnen, getrennt durch ihre eigenen kleinen ‹Höllen›, von denen zumindest eine gemeinsam ist. Lawrence Sanders hat dadurch höchste Spannung erzielt, daß er den Leser nicht, wie üblich raten, sondern wissen läßt und ihn – wie Captain Delaney – vom verständlichen Schrecken zum erschreckenden Verständnis führt. Zuletzt weiß man alles, und nur eine Frage bleibt offen: Ist der Besiegte nicht doch der endgültige Sieger geblieben und der Sieger der endgültig Besiegte? Mit diesem Zweifel wird Captain Delaney noch einige Zeit leben müssen. Und mancher Leser, der erst während dieser Seiten etwas von seinen eigenen dunklen Leidenschaften zu ahnen begann, auch.» (Annemarie Lüders, «Welt am Sonntag»)
«Bisher habe ich noch kein Buch gelesen, das so (erschreckend) tief in die Psyche eines Lustmörders vorgedrungen wäre.» (C. R. Halm, «Aachener Volkszeitung»)

Lawrence Sanders, geboren 1920, war Leitartikler einer Zeitschrift und Polizeireporter. Nach dem großen Erfolg seines Buchs «23 Uhr, York Avenue» widmete er sich ganz der Schriftstellerei. Er lebt in Florida.

Lawrence Sanders

Die erste Todsünde

Roman

Deutsch von Werner Peterich

rororo

Rowohlt

Die Originalausgabe erschien unter dem Titel
«The First Deadly Sin» im Verlag G. P. Putnam's Sons, New York
Umschlaggestaltung T. Flexen

Veröffentlicht im Rowohlt Taschenbuch Verlag GmbH,
Reinbek bei Hamburg, März 1988

Gesamtherstellung Clausen & Bosse, Leck
Printed in Germany
980-ISBN 3 499 12246 4

Wenn es keinen Gott gibt,
was bin ich dann noch für ein Hauptmann?

F. M. DOSTOJEWSKI, DIE DÄMONEN

Teil I

1

Ringsumher herrschte Stille. Er lag rücklings auf dem Teufelszahn genannten Felspfeiler und meinte, völlig frei in der Luft zu schweben. Über ihm, rings um ihn dehnte sich ein dünnes, durchsichtiges Blau, hinter dem er Wolkenfetzen und eine zitronengelbe Sonne gewahrte.

Er hörte nichts außer dem eigenen kräftigen Herzschlag und seinem nach dem Aufstieg allmählich wieder ruhiger gehenden Atem. Er konnte sich einbilden, ganz allein im All zu sein.

Endlich stand er auf und blickte um sich. Wogendes Laub umbrandete den Fuß des Felspfeilers, ein dunkelgrünes Meer mit Schaumtupfern von herbstlichem Rostbraun. Er sah die Schnellstraße und die Dächer von Chilton, das Stahlband des Stromes, der sich nach Süden wälzte, dem Meer zu.

Behutsam trat er an den Rand des Felskammes und zog das Nylonseil herauf, das mit einem Karabinerhaken an seinem Gürtel festgeklinkt war. Daran hing der Rucksack mit den belegten Broten, der Thermosflasche, dem Verbandszeug, mit Steigeisen für seine Kletterschuhe, Mauerhaken, einem Extrapullover und – außen dran – dem Eispickel.

Die Brote (biologisch-dynamisches Weizenmehl aus dem Reformhaus) hatte er eigenhändig mit Zwiebelringen, mit Rettich- und Tomatenscheiben belegt.

Er ließ sich auf dem glatten Granit nieder und aß langsam. Der Kaffee war noch warm, das Brot mit der knusprigen Kruste frisch. Ein Häher grüßte ihn mit seinem Pfiff, ging auf dem Fels nieder und beäugte ihn ohne Furcht. Er lachte und warf ihm ein Stück Kruste hin; der Vogel schnappte danach, ließ es aber gleich wieder fallen. Er flog auf und war nur noch ein blauer Blitz.

Butterbrotpapier und Thermosflasche verschwanden im Rucksack. Er legte sich hin und benutzte den Rucksack als Kopfkissen, drehte sich auf die Seite und zog die Knie an. Er nahm sich vor, in einer halben Stunde aufzuwachen, schlief fast augenblicklich ein und träumte von einer Frau, die so unbehaart war wie seine Handfläche.

Nach einer halben Stunde erwachte er und brannte eine Zigarette an. Der Tag rückte weiter vor; vor der Dämmerung mußte er den Nationalpark verlassen. Immerhin blieb noch Zeit zu rauchen, zu schweigen und einen letzten Schluck Kaffee zu trinken, der nun allerdings kalt war und zwischen seinen Zähnen knirschte.

Er war seit kurzem geschieden, doch das war bedeutungslos – war einem Fremden passiert. Frappieren jedoch tat ihn, was mit ihm vorging, seit Gilda und er sich getrennt hatten. Es war wie ein Puzzle-Spiel, von dem ihm freilich einige Teilchen fehlten; er hatte keine Ahnung, wie das fertige Bild aussehen würde.

Er streifte die Strickmütze ab und bot den rasierten Schädel einem wässerigen Sonnenlicht dar und betastete forschend die glatte Haut über dem harten Schädelknochen.

Zwar war die Scheidung erst vor kurzem (in Mexiko) ausgesprochen worden, doch lebte er von seiner Frau bereits seit über zwei Jahren getrennt. Kurz nachdem sie übereingekommen waren, jeder seiner Wege zu gehen, hatte er den Kopf vollständig rasiert und zwei Perücken angeschafft. Die eine («Ivy League») trug er im Büro und bei formellen Anlässen, die andere («Via Veneto») mit dem gewellten Haar und den langen Locken auf Parties oder wenn er zu Hause Gäste empfing. Beide Perücken waren dunkelbraun wie sein eigenes Haar.

Es stimmte, daß sein Haar sich zu lichten begann, als er vierundzwanzig war, und als er sich mit dreiunddreißig von Gilda trennte, war der Haaransatz in weiten ‹Geheimratsecken› zurückgewichen; am Hinterkopf gab es eine kleine kahle Stelle, doch konnte von einer Glatze nicht die Rede sein. Das Haar, das ihm noch verblieb, hatte Glanz und war kräftig.

Trotzdem hatte er sich den Schädel kahlrasiert, als er die Perücken kaufte, obwohl der Friseur ihm versicherte, das sei nicht nötig, und die künstlichen Haarteile paßten sich («Garantiert nicht zu erkennen, Sir!») seinem natürlichen Haar an.

Wenn er kletterte, schwamm oder auch nur allein in seiner Wohnung war, zog er es vor, ohne Perücke herumzulaufen. Er hatte es sich angewöhnt – und das war jetzt fast ein nervöser Tick –, mit den Fingerspitzen über den kahlen Schädel hinzufahren und die zarte Hirnschale sowie die gefährliche Masse, die darunter lag, abzutasten.

Er setzte die Mütze auf, zog sie über die Ohren und bereitete sich auf den Abstieg vor, indem er die Roßlederhandschuhe mit der rauhen Seite nach außen überstreifte. Dann ließ er den Rucksack bis zum Fuß des Felsens hinab. Das Seilende war mittels Karabinerhaken immer noch an seinem Gürtel befestigt, einem breiten Leinengurt, ähnlich denen, die Fensterputzer bei der Arbeit tragen.

Auf das flache Plateau des Teufelszahns gelangte man nur durch einen sogenannten Kamin, der an seiner Basis keine anderthalb Meter breit war und am oberen Ende gerade noch einen Durchschlupf erlaubte. Der Bergsteiger mußte Schultern und Rücken gegen die eine Kaminwand stemmen, die Knie beugen und die Sohlen seiner Schuhe auf die gegenüberliegende Wand setzen. So ‹geht› er den Spalt hinauf, ganz auf die Kraft seiner Gesäßbacken, Schenkel und Gelenke angewiesen, damit er nicht abstürzt.

Während er dem einen Fuß nicht erlaubte, loszulassen und sich weiter kratzend nach oben zu schieben, ehe der andere nicht festen Halt gefunden hatte, schob er die Schultern langsam höher – rechts, links, rechts, links.

Da der Spalt sich zum Plateau des zwanzig Meter hohen Pfeilers hin verjüngte, nötigte er den Bergsteiger, die Knie immer mehr einzuknicken, bis sie fast das Kinn berührten und es nur noch zentimeterweise in die Höhe ging. Weit oben mußte er sich sogar mit den Knien verspreizen und nicht mehr mit den Füßen. Dann griff er über sich und packte zwei schwere Felshaken, die ein früherer Bezwinger des Teufelszahns vorsorglich im Fels zurückgelassen hatte. Mit ihrer Hilfe konnte der Kletterer sich aus dem engen Kamin herausziehen. Der Fels war oben glatt wie ein Bettlaken.

Für einen erfahrenen Bergsportler war der Abstieg, wenngleich schwieriger als der Aufstieg, dennoch nicht besonders gefährlich. Die Felshaken packend, glitt er in den Kamin hinein. Dort hatte er zunächst die Knie gegen die eine, den Rücken gegen die andere Wand zu stemmen, die Felshaken fahrenzulassen und sich dann langsam hinunterzuarbeiten, bis der Spalt sich so weit öffnete, daß er die Gummisohlen seiner Kletterschuhe an der Wand aufsetzen konnte.

Um diese Tageszeit im September war das flache Plateau von fahlem Sonnenlicht überflutet. Der Schacht hingegen, in den er sich hinabließ, lag im Schatten und roch moderig.

Er stemmte die Knie gegen den Fels, holte tief Atem und ließ die Felshaken los. Dann hing er im Dämmer, unter sich nichts als Leere.

Einen Augenblick zögerte er im Halbdunkel, dann stützte er sich mit den Handflächen auf die Wand gegenüber, um seine Knie zu entlasten, und begann den langsam und ruckweise sich vollziehenden Abstieg.

Der Kamin wurde nach und nach so breit, daß der Bergsteiger die Füße gegen die Wand stemmen konnte. Jetzt kam er schneller voran: er drehte und wand sich, und sein Körper bewegte sich in einem stetigen Rhythmus von links nach rechts und von rechts nach links, je nachdem, wie er sein Gewicht von einem Fuß auf den anderen und von einer Schulter auf die andere verlagerte, bis die Steinflanken ihn nicht mehr trugen und er auf dem dunklen Boden landete.

Fünf Minuten ruhte er sich aus und wartete, bis sein Atem wieder ruhiger ging. Er rollte das Nylonseil auf, machte den Rucksack fest, sprang dann über Felsbrocken, überquerte eine Wiese und folgte einem Feldweg bis zu der Hütte des Parkhüters, eines ältlichen Mannes, der sich darüber geärgert hatte, daß der Besucher die Mahnung, nicht allein hinaufzuklettern, einfach in den Wind geschlagen hatte. Brummig schob er ihm das Kletterbuch über den Holztresen. Der Bergsteiger unterschrieb in der Spalte ‹Ausstieg› und notierte die Uhrzeit.

Er hieß Daniel Blank.

2

Bei der Auflösung der ehelichen Gütergemeinschaft war das Auto an Gilda Blank gefallen: eine viertürige Buick-Limousine. Daniel schaffte sich eine Chevrolet Corvette an, einen schnittigen Wagen mit starkem Motor. Seit er diesen Sportwagen fuhr, war er schon zweimal wegen Geschwindigkeitsüberschreitung angehalten worden. Beide Male hatte er eine Geldbuße zahlen müssen. Noch eine solche Übertretung, und er war seinen Führerschein los.

Als er jetzt neben seinem Wagen stand und Segeltuchjacke, Wollpullover und T-Shirt auszog, bewunderte er die klare, weiche Linienführung der Corvette. Mit einem Handtuch rubbelte er den kahlen Schädel, Gesicht, Hals, Schultern, Arme und Oberkörper trocken. Die Abendluft wirkte auf seine Haut wie eine Abreibung mit Alkohol. Ein Gefühl von Gesundheit und Wohlbehagen erfüllte ihn. Die anstrengende Kletterpartie, der ausgefüllte Tag, die einfache Nahrung – all das stärkte ihn innerlich wie ein Neubeginn. Und es war ja auch ein Neubeginn.

Daniel Blank war ein hochgewachsener Mann, gut einsachtzig und war jetzt gertenschlank. In der High-School und auf dem College hatte er geschwommen, Zweihundert-Meter-Hürdenlauf trainiert und Tennis gespielt, was ihn vom Gruppensport befreite. Schulter-, Brust- und Beinmuskeln waren gut entwickelt. Seine Hände und Füße waren schmal, Finger- und Fußnägel länglich schön geformt und gut gepflegt.

Kurz nach der Trennung von Gilda hatte er eine Bestandsaufnahme gemacht und seinen nackten Körper eingehend im mannshohen Spiegel des Badezimmers inspiziert. Es war nicht zu übersehen, daß der Verfall bereits eingesetzt hatte: das Fleisch unter seinem Kinn fing an zu erschlaffen, seine Haltung war nicht mehr straff, der Bauch stand vor und war weich, ohne elastisch zu sein.

Sogleich verordnete er sich strenge Diät und gymnastische Übungen. Methodisch, wie er war, kaufte er Bücher über richtige Ernährung und Fitness-Training. Er las alles aufmerksam, machte dabei Notizen und stellte ein Programm auf, das ihm zusagte und von dem er meinte, es müsse fast schlagartig eine Verbesserung seiner Erscheinung bewirken.

Ein Fanatiker war er allerdings nicht: er schwor weder dem Alkohol noch dem Rauchen ab, sondern schränkte nur seinen Alkoholkonsum um die Hälfte ein und stieg auf Lattichzigaretten um, die kein Nikotin enthielten. Beim Essen vermied er möglichst stärke- und kohlehydrathaltige Nährmittel, Milchprodukte, Eier und Rindfleisch und aß vornehmlich frisches Obst, Gemüse, gedünsteten Fisch und Salat mit einer Soße aus frischem Zitronensaft. Innerhalb von drei Monaten nahm er zwanzig Pfund ab, und seine Rippen und Hüftknochen waren wieder zu sehen.

Gleichzeitig fing er an, ein tägliches Gymnastikprogramm zu absolvieren, eine halbe Stunde morgens nach dem Aufstehen und abends eine halbe Stunde vor dem Zubettgehen.

Die Übungen, die Daniel Blank wählte, stammten aus einem Trainingshandbuch für finnische Sportler. Alle Übungen waren mit Fotos von jungen blonden Frauen in weißen Trikots illustriert. Blank fand jedoch, das sei unwichtig. Was zählte, waren einzig und allein die Übungen, und die versprachen nun einmal größere Wendigkeit, Geschmeidigkeit und Anmut.

Die Übungen hatten sich als wirksam erwiesen. In der Taille maß er jetzt wieder nur achtzig Zentimeter. Da er kräftige Hüften hatte (wiewohl sein Gesäß ganz flach war) und sein Brustkasten dank der jugendlichen Begeisterung fürs Laufen und Schwimmen eine erhebliche Weite erlangt hatte, besaß er jetzt eine fast weibliche ‹Wespentaillen›-Figur. Seine Haut war glatt und wohldurchblutet. Das Altern schien aufgehalten.

Freilich hatten Diät und Gymnastik auch einige seltsame Nebenwirkungen gezeitigt. Seine Brustwarzen waren jetzt ständig prall und, da er für gewöhnlich kein Unterhemd trug, unter dem dünnen Stoff seiner feinen Hemden oder Baumwollpullover deutlich zu erkennen, was er nicht als unangenehm empfand. Ein dickeres Kleidungsstück wie zum Beispiel ein auf der Haut getragener Rollkragenpullover verursachte ihm bisweilen ein alles andere als unangenehmes Kribbeln.

Eine weitere Überraschung war der Wandel, der mit seinen Geschlechtsteilen vor sich ging. Die Hoden waren ein wenig schlaffer geworden und hingen jetzt weiter nach unten als früher. Sein Glied war zwar nicht größer geworden (und das war ja auch, wie er sehr wohl wußte, in seinem Alter unmöglich), hatte dafür aber eine andere Farbe angenommen und schien elastischer als früher. Es sah jetzt leicht violett aus und befand sich ständig in einem Zustand leichter Erregung, was gleichfalls nicht unangenehm war. Vielleicht rührte das von der Reibung durch die engeren Hosen her, die er trug.

Und schließlich stellte er fest, daß er frei von dem Durchfall war, unter dem er während seiner Ehe häufig gelitten hatte. Er schrieb dies seiner neuen Ernährungsweise und der Gymnastik oder beidem zu. Doch aus welchem Grund auch immer, er hatte jetzt einen regelmäßigen, schmerzfreien und befriedigenden Stuhlgang, und sein Stuhl war fest.

Er fuhr in Richtung Manhattan. Er hatte sich ein frisches Veloursh emd übergezogen. Die Musik aus dem Radio war nicht mehr als ein einlullendes Summen. Er folgte einem unbeleuchteten zweispurigen Zufahrtsweg zur Schnellstraße.

Langsam stieg die Nadel des Geschwindigkeitsmessers: 50, 60, 70, 80 Meilen. Der Wagen raste dahin und schien die Scheinwerferkegel einholen zu wollen. Bäume flogen zurück; Reklameschilder und Spukhäuser tauchten aus der Dunkelheit auf, wurden vom Licht übergossen und schossen in die Dunkelheit zurück.

Er liebte die Geschwindigkeit, nicht so sehr des sinnlichen Machtrausches als vielmehr um des Gefühls einsamer Losgelöstheit wegen.

Es war Samstagabend: auf der Schnellstraße herrschte dichter Verkehr in Richtung Stadt. Jetzt fuhr er mit brutaler Rücksichtslosigkeit, wechselte oft die Fahrspur, saß weit vorgebeugt über seinem Steuerrad und hielt nach Lücken zwischen den Autos Ausschau, durch die er vorpreschen konnte, nach plötzlichen Unterbrechungen des Verkehrsstroms, die es ihm erlaubten, haarscharf an vorsichtigeren Fahrern vorüberzubrausen.

Er kam über die Brücke, sah die grellen Lichter von Manhattan. Verkehrsampeln, Lastwagen und Busse zwangen ihn, langsamer zu fahren. Er bog nach Süden in die 96th Street ein – seine Stadt schloß sich um ihn.

Eine Stadt, gespannt wie eine Feder und lauernd. Sie pulsierte in einem verstümmelten Rhythmus und feierte den Tod mit mitleidloser Schadenfreude. Dreck schwärte wie Pusteln in Straßen, die wahre Alpträume waren. Die Luft roch nach Asche. In den Schulen schossen sich Kinder geübt Heroin in die Venen.

Das Hochhaus, in dem Daniel Blank wohnte, war ein brutales, aus Glas und emailliertem Stahl errichtetes Gebäude, vierunddreißig Stockwerke hoch, und nahm einen ganzen Block der East 83rd Street ein. Es war U-förmig angelegt; die asphaltierte Zufahrt endete unter einem Vordach aus rostfreiem Stahl, das die Bewohner, die aus ihren Autos stiegen, vor Regen schützte. Die Stufen, die zum Eingang hinaufführten, waren mit einem grünen Läufer belegt.

Hinter der Glastür saß zu jeder Tages- und Nachtzeit ein Pförtner. Hinter ihm erstreckte sich die geräumige Halle mit Sesseln und Sofas aus Chrom und schwarzem Plastik. An den Wänden hingen abstrakte Gemälde, und in der Mitte stand eine schwere, ungegenständliche, «Geburt» betitelte Bronzeplastik.

Daniel Blank fuhr in die zum Haus gehörende Tiefgarage, übergab die Corvette dem diensthabenden Garagenwächter, holte den Rucksack und Sportkleidung heraus, fuhr mit dem Fahrstuhl zur Eingangshalle hinauf und ging dort zu dem Tisch, auf dem die Post der Bewohner verteilt, Lieferungen entgegengenommen und Nachrichten hinterlegt wurden.

Es war fast zehn Uhr abends; hinter dem Posttisch hatte niemand Dienst, doch kam der Pförtner herbei. Blanks Postfach war leer bis auf einen einmal zusammengefalteten Zettel, auf dem stand: «Spätes, ausgiebiges Frühstück Sonntag (morgen also) um 11 Uhr 30. Versetz uns nicht! Komm früh! Ein Haufen phantastischer Leute. Gruß und Kuß – Flo und Sam.» Er las die Nachricht und steckte den Zettel in die Brusttasche seines Hemds.

Der Pförtner, der Daniel weder angesprochen noch angesehen hatte, trollte sich. Er hieß Charles Lipsky und war vor gut einem Jahr mit Blank in einen Zwischenfall verwickelt worden.

Daniel wartete damals unter dem Vordach auf ein Taxi, mit dem er ins Büro fahren wollte. Zur Fahrt ins Büro benutzte er selten seinen Wagen, denn in der Gegend 9th Avenue und 46th Street gab es so gut wie keine Parkmöglichkeiten. Der Pförtner schaffte das Taxi herbei, öffnete den

Wagenschlag für Blank und hielt die Hand für das übliche Trinkgeld von fünfundzwanzig Cent auf.

Als Daniel im Begriff stand, ihm die Münze zuzustecken, kam ein Hausbewohner die Stufen zum Eingang herauf und zerrte an einer langen Leine einen jungen Schäferhund hinter sich her.

«Bei Fuß!» rief der Mann. «Bei Fuß!»

Doch der junge Hund legte sich, die Schnauze zwischen den Vorderpfoten, auf die Zufahrt und wollte nicht von der Stelle.

«Bei Fuß, du Köter!» kreischte der Mann und schlug dem Hund die zusammengelegte Zeitung, die er unterm Arm hatte, zweimal auf den Kopf. Der Hund versuchte den Schlägen auszuweichen, ohne aber aufzustehen, woraufhin der Mann ihn heftig mit dem Fuß zwischen die Rippen trat.

Daniel Blank und Charles Lipsky sahen dies alles mit an. Blank sprang vor. Den Anblick eines mißhandelten Tieres konnte er nicht ertragen; schon der *Gedanke* an ein Pferd, das einen schweren Wagen zog, war ihm unerträglich.

«Hören Sie auf!» rief er wütend.

Empört wandte der Hundebesitzer sich ihm zu und schrie: «Kümmern Sie sich um Ihren eigenen Dreck!»

Dann versetzte er Daniel mit der zusammengelegten Zeitung einen Schlag, woraufhin Blank ihm erbost einen Stoß versetzte. Der Mann wankte, verhedderte sich in der Hundeleine, stolperte vom Gehsteig auf die Fahrbahn und fiel so unglücklich, daß er den linken Arm brach. Die Polizei wurde gerufen, und der Hundebesitzer ließ sich nicht davon abbringen, Daniel Blank wegen Körperverletzung anzuzeigen.

In dieser Angelegenheit wurden Blank und Lipsky auf das 251. Polizeirevier vorgeladen. Daniel erklärte, jener Mann habe seinen Hund mißhandelt, und als er, Daniel, ihm das verwies, habe der Mann ihn mit einer zusammengefalteten Zeitung geschlagen. Den Stoß habe er dem Mann erst nach diesem ersten Schlag versetzt. Charles Lipsky bestätigte diese Aussage.

Die Klage wurde später zurückgezogen und die Sache fallengelassen. Der Mann zog bald darauf aus. Blank gab Lipsky fünf Dollar für seine Mühe und dachte nicht weiter daran.

Doch etwa sechs Monate später kam es zu einem Zwischenfall ernsthafterer Natur.

An einem Samstagabend setzte Daniel Blank seine «Via Veneto»-Perücke auf und machte im mitternächtlichen Manhattan einen Spaziergang.

Er trug einen schwarzen schwedischen Wollblazer und ein französisches Hemd aus einem spitzenartigen Polyestergewebe, das sich hauteng an den Körper schmiegte, ein sogenanntes *Chemise de Gigolo*, fast bis zur Taille hinunter offen. Ein reichverziertes Malteserkreuz hing an silberner Kette um seinen Hals.

Einer plötzlichen Eingebung und wirklich nichts anderem nachgebend, kehrte er in einer kleinen Kneipe in der 3rd Avenue ein, die er zwar schon wahrgenommen, doch nie zuvor betreten hatte. Sie hieß *Zum Papagei.* An der Bar saßen zwei Pärchen und zwei einzelne Männer. An den winzigen Tischen saß niemand, und der einsame Kellner las ein erbauliches Traktat.

Blank bestellte einen Kognak und brannte eine Lattichzigarette an. Als er aufsah, fing er im Spiegel hinter der Bar unversehens den Blick von einem der beiden Männer auf. Sofort wandte Blank den Blick ab. Der Mann saß drei Barhocker weiter, mochte um die fünfundvierzig sein, war untersetzt, ein wenig aufgeschwemmt, hatte eine fleischige Nase und das gerötete Gesicht des Bourbon-Trinkers.

Der Bartender hatte das Radio auf einen Sender eingestellt, der gerade Smetanas «Moldau» spielte. Er selbst sah die Rennlisten durch und kreuzte sich die Pferde seiner Wahl an. Die Pärchen hatten die Köpfe zusammengesteckt und redeten leise miteinander.

«Sie haben schönes Haar.»

Daniel Blank sah von seinem Glas auf. «Wie bitte?»

Der Mann mit dem Schweinchengesicht hatte sich auf den Barhocker neben ihm gesetzt.

«Ihr Haar. Es ist wunderschön. Ist es eine Perücke?»

Blanks erster Impuls ging dahin, seinen Kognak hinunterzukippen, zu zahlen und fortzugehen. Aber warum sollte er? Die dämmerige Einsamkeit in der Bar tat ihm gut. Hier waren Menschen beisammen, ohne indes wirklich zusammen zu sein – darin lag das Geheimnis.

Er bestellte noch einen Kognak und kehrte dem Mann, der sich näher herüberlehnte, die Schulter zu. Der Bartender schenkte ihm nach und wandte sich wieder seiner Wettzeitung zu.

«Na?» fragte der Mann.

Blank wandte sich um und sah ihn an. «Was, na?»

«Wie steht's?»

«Womit?»

Bis jetzt hatten sie im Unterhaltungston gesprochen, nicht laut, aber durchaus verständlich, falls jemand daran interessiert war zuzuhören. Das war niemand.

Doch plötzlich neigte der Mann sich weiter vor und schob sein aufgedunsenes Gesicht nahe heran, wässerige Augen, zitternde Lippen: hoffnungsvoll und doch vom Schicksal gezeichnet.

«Ich liebe dich», flüsterte er begierig.

Blank schlug ihn auf den Mund und warf ihn vom Barhocker auf den Boden. Als der Mann aufstand, schlug Blank noch einmal zu und brach ihm die Kinnlade. Abermals ging jener zu Boden. Blank trat ihn blindwütig in die Leisten, bis der Bartender ihn von seinem Opfer wegzerrte.

Wieder wurde die Polizei geholt. Diesmal hielt Blank es für das beste, seinen Rechtsanwalt, Russell Tamblyn, anzurufen. Der kam auf die Polizeiwache des 251. Reviers, und kurz vor Morgengrauen war die Angelegenheit erledigt.

Der Verletzte – ein wegen mehrfacher Sittlichkeitsvergehen vorbestrafter Mensch – weigerte sich, Anzeige zu erstatten. Er sagte, er sei betrunken gewesen, könne sich an nichts erinnern, und übernahm die Verantwortung für den «unseligen Zwischenfall».

Der Detektiv, der Daniel Blank verhörte, war derselbe, der seine Aussage in dem Zwischenfall mit dem Hundebesitzer aufgenommen hatte.

«Schon wieder Sie?» fragte er neugierig.

Der Anwalt brachte Daniel Blank die unterschriebene Verzichtserklärung auf Strafverfolgung und sagte: «Es ist alles aus dem Weg geräumt. Er nimmt Abstand von einer Klage. Sie sind frei und können gehen.»

«Russ, ich hab Ihnen doch gesagt, daß es nicht meine Schuld war.»

«Richtig. Aber immerhin hat der Mann eine gebrochene Kinnlade und möglicherweise innere Verletzungen davongetragen. Dan, Sie müssen lernen, sich zu beherrschen.»

Doch damit war die Geschichte noch nicht zu Ende: denn der Pförtner Lipsky bekam Wind von der Sache, obgleich in den Zeitungen nichts darüber gestanden hatte. Der Bartender des *Papagei* war Lipskys Schwager.

Eine Woche darauf klingelte Lipsky bei Blank. Nach einem Blick durchs Guckloch ließ er Lipsky ein. Lipsky begann sofort ein langes, wirres Klagelied anzustimmen. Seine Frau müsse an einem Bruch operiert werden, seine Tochter sich dringend einer kostspieligen Zahnkorrektur unterziehen; er selbst stehe bei einem Zinswucherer schwer in der Kreide, der drohe, ihm das Genick zu brechen, und er brauche auf der Stelle fünfhundert Dollar.

Blank wußte zuerst nicht, was er davon halten sollte und fragte Lipsky, was er, Blank, denn damit zu tun habe. Daraufhin rückte Lipsky stotternd mit der Sprache heraus: Er wisse, was im *Papagei* vorgefallen sei; gewiß, es sei nicht Mr. Blanks Schuld, doch die anderen Hausbewohner ... wenn die Sache bekannt würde ... wenn die Leute anfingen zu reden ...

Und dann zwinkerte er Daniel Blank zu.

Dieses plump-vertrauliche Augenzwinkern war schlimmer als des Opfers geflüstertes: «Ich liebe dich!» Daniel Blank kam sich angegriffen vor, angefallen von einem Tier, dessen Biß ihn in helle Wut versetzte. Gewalttätigkeit wallte in ihm auf.

Etwas davon dürfte Lipsky in seinen Augen gelesen haben, denn plötzlich drehte er sich um, machte, daß er hinauskam und warf die Tür hinter sich zu. Seitdem hatten sie kaum miteinander gesprochen. Wenn es sich nicht umgehen ließ, befahl Blank, und der Pförtner gehorchte, sah ihm aber niemals dabei in die Augen. Zu Weihnachten verteilte Blank die üblichen Beträge – zehn Dollar für jeden Pförtner – woraufhin er von Charles Lipsky die übliche Dankeskarte erhielt.

Blank drückte auf den Knopf; geräuschlos glitt die Tür des elektrischen Fahrstuhls auf. Er trat ein, drückte auf Knopf TS (Tür schließen!), Knopf 21 (seine Etage) und Knopf M (Musik). Unter den gedämpften Klängen von «I Got Rhythm» fuhr er nach oben.

Seine Wohnung befand sich am Ende eines Seitentrakts des U-förmigen Gebäudes. Es war eine ungewöhnlich geräumige Zwei-Zimmer-Wohnung, deren Wohnzimmerfenster nach Norden hinausgingen, die des Schlafzimmers nach Osten und die Küchen- und Badezimmerfenster nach Westen oder vielmehr auf den Hof des Hochhauses. Vom Lift bis zu seiner Wohnung ging man wie in einem langen, teppichbelegten Tunnel. Der Korridor war in mildes Licht getaucht, die vielen Türen blind, die Luft klimatisiert und tot.

Er schloß seine Wohnungstür auf, griff nach dem Schalter drinnen und knipste das Dielenlicht an, trat dann ein und blickte sich um. Er drehte den Schlüssel zweimal um, legte die Kette vor und brachte den Polizeiriegel an, eine schwere Stahlstange, die in einen Schlitz im Boden paßte und in einer an der Tür festgeschraubten Halterung einrastete.

Da er ein wenig hungrig war, ließ Blank Kleidung und Kletterausrüstung auf einem Stuhl in der Diele liegen und ging direkt in die Küche, wo er eine bläulich flimmernde Leuchtstoffröhre anknipste. Er inspizierte den Inhalt seines Kühlschranks, wählte eine Warzenmelone und schnitt sie halb durch. Eine Hälfte wickelte er in Butterbrotpapier ein und legte sie zurück in den Eisschrank. Dann kratzte er Kerne und das Weiche aus der anderen Hälfte heraus und füllte die so entstandene Vertiefung mit

«Familia», Schweizer Cornflakes aus dem Reformhaus. Über dem Ganzen drückte er den Saft einer frischen Zitrone aus, aß gemächlich im Stehen und starrte sein Spiegelbild in dem Spiegel über dem Ausguß an.

Als er fertig war, warf er die Melonenschale in den Abfalleimer und spülte die Finger. Dann ging er von einem Raum in den anderen, knipste überall erst im nächsten Raum das Licht an, ehe er das in dem, wo er sich gerade befand, ausknipste. Als er sich in seinem Schlafzimmer auszog, stieß er wieder auf die Nachricht in seiner Hemdtasche: «Ein Haufen phantastischer Leute ...» Den Zettel legte er auf den Nachttisch, wo er ihn beim Aufwachen bestimmt finden würde.

Die Badezimmertür machte er fest zu, ehe er sich so heiß duschte, daß die Luft sich mit dichtem Dampf füllte, der die Spiegel blind machte und die Kacheln feucht. Er seifte sich mit einer hautschonenden Seife aus Kokosnußbutter ein, die seine Haut geschmeidig machte. Nachdem er mit kühlem Wasser nachgeduscht und die Dusche abgestellt hatte, rieb er sich mit einer Körperlotion ein, von der behauptet wurde, sie stelle «den natürlichen Fettgehalt der Haut nach dem Baden wieder her» und «glättet, ölt und macht die Epidermis wieder geschmeidig».

Seine Aufwartefrau, die zweimal wöchentlich kam, war am Nachmittag dagewesen. Sein Bett hatte ein frisches Laken, Bettdecke und Kopfkissen waren frisch bezogen. Die Bettdecke und die Satin-Tagesdecke waren zurückgeschlagen. Zwar war es noch nicht einmal elf, doch er war angenehm müde und wollte schlafen.

Nackt ging er in der Wohnung umher, ließ Wasser und winzige Öltröpfchen an seinem Körper trocknen, zog Schubladen auf, überzeugte sich davon, daß die Fensterriegel vorgelegt und die Türen abgeschlossen waren und ging dann noch einmal ins Badezimmer, um eine leichte Schlaftablette zu schlucken. Er wußte zwar, daß er sie eigentlich nicht brauchte, doch wollte er im Bett nicht denken.

Das längliche Wohnzimmer wurde schwach von dem aus dem Schlafzimmer dringenden Licht erhellt. Das Ende dieses Wohnzimmers wies nach Norden und hatte Vorhänge vor den riesigen Fenstern, die sich nicht öffnen ließen. Die Ostwand, die das angrenzende Schlafzimmer abtrennte, war fast acht Meter lang und zwei Meter fünfundsiebzig hoch.

Diese große weißgetünchte Fläche hatte Daniel Blank mit Spiegeln dekoriert. Bis in etwa Bauchhöhe war Platz gelassen für Couch, Stühle, Seitentischchen, Lampen, ein Bücherregal und eine fahrbare Stereoanlage, doch oberhalb dieser Linie war die Wand über und über mit Spiegeln bedeckt.

Nicht etwa ein Spiegel oder zueinander passende kleinere Spiegel, sondern über fünfzig grundverschiedene Spiegel schmückten diese Wand; winzige Spiegel und große, flache und schiefversetzte, normale Spiegel und Vergrößerungsspiegel, runde und viereckige, ovale und rechteckige. Die Wand bebte förmlich von silbrigen Reflexen.

Jeder Spiegel war gerahmt und hing für sich; Holzrahmen und Metallrahmen, bemalte und nackte, einfache und verzierte, moderne und verschnörkelte Rokokorahmen, aus geschnitztem Holz und nichtssagendem Plastik. Einige von ihnen waren antik und bereits blind; einer bestand aus einer acht mal zehn Zentimeter großen polierten Metallplatte: es war einer jener Spiegel, die während des Zweiten Weltkriegs zur Ausrüstung der Marineinfanterie gehört hatten.

Alle diese Spiegel waren nun nicht nach einem ausgeklügelten Muster an dieser unruhigen Wand befestigt worden, sondern der Reihe nach, wie er sie gekauft hatte. Doch irgendwie, durch puren Zufall, hatten Rahmen und Spiegelflächen, als die Wand sich füllte, sich zu einer asymmetrischen Komposition zusammengefügt. Das hier war seine Stadt, gespannt und lauernd.

Als er barfuß und nackt, wohlriechend und eingeölt ins Schlafzimmer zurückging, betrachtete Daniel Blank seine Wand mit den vielen Spiegeln darauf. Er selbst sah aus wie auseinandergehackt und in Einzelteile zerlegt. Wenn er sich bewegte, sprang sein Bild von Glas zu Glas. Dort eine Nase. Hier ein Ohr. Knie. Brust. Nabel. Fuß. Ellbogen. Alles huschte, hielt inne und verschwand, um in einem anderen Spiegel zu etwas Neuem geboren zu werden.

Fasziniert blieb er stehen. Doch selbst wenn er ganz regungslos dastand, war er zerrissen und zerhackt, sein ganzer Körper von silberhinterlegtem Glas, das diesen oder jenen Neigungswinkel hatte, in viele Einzelteile aufgeteilt. Er berührte sich und sah zwanzig Hände sich bewegen, hundert Finger tasten: Es war ein Wunder, und er war entzückt.

Er ging ins Schlafzimmer, stellte den Thermostat der Klimaanlage auf die richtige Temperatur ein und schlüpfte ins Bett. Im Einschlafen noch sah er im dämmerigen Schimmer der Nacht jene Myriaden von Augen, die ihn in gerahmten Einzelteilen widerspiegelten. Die Hüfte im Stahl, die Schulter in geschnitzter Eiche, der Hals in Plastik, das Knie im Kupfer, sein Glied im wurmstichigen Walnußrahmen.

Kunst.

3

Sie war eine der ersten Frauen in Manhattan gewesen, die den Büstenhalter wegließen. Er war einer der ersten Männer in Manhattan gewesen, die einen Schlips als Gürtel trugen. Sie war eine der ersten, die einen Henkelmann als Handtasche benutzte, er einer der ersten, die Tennisschuhe ohne Socken trugen. Die ersten! Sie waren von der Sucht nach dem Neuen geradezu besessen; sie war die Triebkraft.

In der Vereinbarung über die Auflösung der Gütergemeinschaft des Ehepaares Blank waren sie nicht aufgeführt worden. Gilda behielt die Buick-Limousine, das Waterford-Kristall und die Picasso-Radierung. Daniel übernahm die Mietwohnung, hundert U.S. Steel-Aktien und das Waring-Mixgerät. Von den Mortons war keine Rede, denn Blanks waren sich stillschweigend darin einig, daß sie «Daniels beste Freunde» seien und er sie haben sollte. Und so geschah es denn auch.

Mortons straften den Volksmund Lügen, der behauptet, «Gegensätze ziehen sich an». Als Mann und Frau waren sie Vorder- und Kehrseite ein und derselben Medaille. Wo hörte Samuel auf und fing Florence an? Das konnte niemand sagen.

Körperlich glichen sie einander so sehr, daß Fremde sie für Geschwister hielten. Klein, mager, mit einem Schopf schwarzer, fettiger Haare, hatten sie beide etwas Frettchenhaftes im Gesicht und die raschen zuckenden Bewegungen von kleinen Tieren, die angegriffen werden.

Er war verheiratet und Appreteur von synthetischen Stoffen gewesen, sie gleichfalls verheiratet und Stoffdesignerin. Kennenlernen taten sie sich, während sie mit Schildern gegen eine Aufführung des «Kaufmanns von Venedig» protestierten; dabei entdeckten sie, daß sie beide denselben Psychoanalytiker hatten. Ein Jahr darauf waren ihre Ehen geschieden, sie nun miteinander verheiratet und übereingekommen, keine Kinder zu haben – wegen der Bevölkerungsexplosion. Beide ließen sich mit Freuden und ohne jedes Bedenken sterilisieren.

In ihrer Ehe waren sie wie zwei Magneten, die zusammenklicken. Sie hegten die gleichen Vorlieben, Ängste, Hoffnungen, Vorurteile, Stimmungen und Abneigungen, beide den gleichen Ehrgeiz und die gleichen Verzweiflungen. Sie waren eine Person mal zwei. Die Arme umeinander geschlungen, schliefen sie in einem übergroßen französischen Bett.

Sie wechselten ihren Lebensstil so oft wie ihre Unterwäsche und waren allen anderen immer einige Schritte voraus. Ehe es Mode wurde, kauften sie Pop-art und Op-art und wandten sich dann dem Realismus zu, noch ehe die Kritiker es taten. Sie experimentierten mit Marihuana, Amphetaminen, Barbituraten, Weckaminen und ein einziges schreckliches Mal sogar mit Heroin, ehe sie dann zu Wermut on the Rocks zurückkehrten. Sie waren die ersten, die neue Restaurants ausprobierten, Mickymaus-Uhren trugen, neue Tenöre entdeckten, neue Filme, jedes Ballett, jede Theateraufführung besuchten, die ersten, die ihre Sonnenbrillen über die Stirn hinaufgeschoben trugen. Sie erforschten ganz New York und gaben die jeweils neuesten Entdeckungen bekannt: «Dies sagenhafte kleine Restaurant in Chinatown ... Die beste Bauchtänzerin auf der West-Side ... Dieser meschuggene Trödelladen in der Canal Street ...»

Als Juden geboren, fanden sie den Weg zum Katholizismus über den Unitarismus, Methodismus und die Episkopal-Kirche (nebst einem kurzen, halbherzigen Versuch in Marxismus als Zwischenspiel). Nachdem sie konvertiert und einmal gebeichtet hatten, entdeckten sie diese «umwerfende Erweckungskirche» in Harlem, wo alle in die Hände klatschten und laut mitsangen. Nichts war von Dauer. Alles fing an. Sie warfen sich dem Yoga in die Arme, dem Zen und Hare Krishna, wandten sich der Astrologie zu, ernährten sich zeitweilig ausschließlich von makrobiotischen Lebensmitteln und bewirteten einen backenbärtigen Guru.

Sie stürzten sich in die Anti-Vietnamkrieg-Bewegung und fuhren nach Washington, wo sie Transparente trugen, demonstrierten und Slogans schrien. Einmal bekam Sam von einem Bauarbeiter einen Schlag auf den Kopf, und Flo wurde von einem Börsianer angespuckt. Dann lebten sie drei Wochen lang in einer Kommune in New Hampshire, wo sie zu einundzwanzig in einem Raum schliefen.

«Die haben immer bloß verbalisiert», sagte Sam.

«Überhaupt keine Tiefe, keinerlei Bedeutung!» sagte Flo.

«Eine schlimme Sache», meinten sie beide.

Was sie antrieb, was ihre Suche nach «Relevanz» und ihren «Kommunikationshunger» befeuerte, ihre Sehnsucht nach einem «gehaltvollen Gespräch», «kosmischer Erleuchtung» und «universalem Kontakt», ja, Umgestaltung des Universums, das war ein Schuldgefühl.

Ihr großes Talent, jene Gabe, die sie beide leugneten, weil sie so gewöhnlich war, bestand einfach darin, daß sie beide eine fabelhafte Fähigkeit besaßen, Geld zu verdienen. Die psychedelischen Entwürfe von Florence verkauften sich wie verrückt. Samuel erkannte als einer der ersten, daß Jugend einen Markt darstellte. Sie machten gemeinsam eine Fabrik auf, und das Geld rollte nur so herein.

Beide waren jetzt Mitte Dreißig und betraten stets als erste Neuland. Sie mästeten sich am sozialen Chaos der sechziger Jahre und wurden fett an Hippies und Blumenkindern, an der irrsinnigen Nachfrage nach Drillich-Jeans und fransenbesetzten Lederjacken, Röcken im Western-Stil, Halsketten für Männer und indianischen Perlenstickereien, Großmutter-Brillen und all dem Drum und Dran der Jugend, das dann so willig von den Altvorderen aufgenommen wurde.

Die Mortons profitierten von ihrer Scharfsichtigkeit, doch wollte ihnen das eher als ein ziemlich mieses Talent erscheinen. Sie gaben es zwar nicht zu, wußten aber beide, daß sie reich wurden durch etwas, was ursprünglich als redliche und rührende Bewegung begonnen hatte. Daher ihr hektisches Mitmischen bei jeder Protestaktion, jedem Protestmarsch und jeder Konfrontation. Sie wollten ihre Schulden bezahlen.

Um noch mehr zu sühnen, verkauften sie (mit gewaltigem Profit) ihre Fabrik und machten eine Boutique in der Madison Avenue auf – eine Investition, von der sie glücklich überzeugt waren, daß sie sich als Reinfall erweisen würde. Diese Boutique hieß «Erotica» und beruhte auf einem einzigartigen Konzept. Die Idee dazu war ihnen gekommen, als sie am Gottesdienst einer kleinen skandinavischen Sekte in Brooklyn teilnahmen, die Thor verehrte.

«Dieses Nichtstun langweilt mich zu Tode», murmelte er.

«Mich auch», murmelte sie.

«Ein Geschäft?» schlug er vor. «Bloß, um was um die Ohren zu haben.»

Ein Laden», schlug sie vor. «Irgendwas, das Spaß macht.»

«Eine Boutique», sagte er.

«Elegant und sündhaft teuer», sagte sie. «Da verlieren wir einen Haufen Geld.»

«Mal was ganz anderes», sinnierte er. «Keine Hot pants und Papierkleider, Miniröcke und hautenge Pullis, Parkas aus Armeebeständen und Zeitungsjungenmützen. Etwas, das wirklich anders ist. Was wollen die Menschen denn eigentlich?»

«Liebe?» schlug sie vor.

«Genau!» Er nickte. «Das ist es.»

In ihrer Boutique, «Erotica», wurden ausschließlich Dinge verkauft, die – wenn auch vielleicht noch so entfernt – irgend etwas mit Liebe und Sex zu tun hatten. Sie verkauften Seidenlaken in vierzehn verschiedenen Farbtönen (unter anderem in Schwarz), ein «Gesäßkissen» zur, wie es in der Reklame unaufdringlich hieß, «zusätzlichen Bequemlichkeit und Annehmlichkeit». Man bekam dort lustige Briefkarten für Verliebte und

Anthologien mit Liebesgedichten, Parfums und Räucherstäbchen, Platten, die einen in eine bestimmte Stimmung versetzen sollten, duftende Cremes und Lotionen, Kerzen in Phallus-Form, Drucke, Bilder, Radierungen und Poster mit Liebesszenen, Unisex-Unterwäsche, Spitzenpyjamas für Herren, Leder-Nachthemden für Damen und Peitschen für beide. Man war gezwungen, einen bewaffneten Wächter einzustellen, der gewisse, offensichtlich gestörte Kunden hinauswarf.

«Erotica» war auf Anhieb ein Erfolg. Florence und Samuel Morton wurden noch reicher. Deprimiert wandten sie sich einer Zuckermelasse-Diät und der Akupunktur zu. Geldscheffeln war ihr tragisches Talent. Versöhnlich stimmte, daß sie so vollkommen ohne Arg dabei waren.

Das erste, was Daniel Blank sah, als er am Sonntagmorgen erwachte, war der Zettel auf seinem Nachttisch, die Einladung von Flo und Sam. Zweifellos gab es bei ihnen, wie er sich voller Behagen erinnerte, so exotische Dinge wie syrisches Brot, geeiste Meerhasen, geräucherten Karpfen oder sechs verschiedene Arten Hering. Und sogar Champagner.

Nackt latschte er zur Wohnungstür, nahm Kette und Stange fort und holte sich die *New York Times* herein, legte Kette und Stange wieder vor, trug die Zeitung in die Küche und kehrte wieder ins Schlafzimmer zurück, wo er vor der Spiegeltür des Wandschranks seine halbe Stunde Gymnastik absolvierte.

Diese sonntägliche Routine war ihm, seitdem er allein lebte, zur liebgewordenen Gewohnheit geworden. Verheißungsvoll golden schimmernd lagen der Tag und die Möglichkeiten des Müßiggangs vor ihm. Seine Streckübungen, Rumpfbeugen aus der Rückenlage und Liegestütze versetzten ihn warm und prickelnd in eine neue Welt; es gab nichts, was ihm jetzt unmöglich gewesen wäre.

Er duschte kurz und beobachtete mit Vergnügen, wie seine abgetrocknete Haut weich und straff wurde. Als er vor dem Spiegel des Medizinschränkchens stand und sich rasierte, überlegte er wieder einmal, ob er sich nicht doch einen Schnurrbart stehenlassen sollte, kam jedoch abermals zu dem Entschluß, es lieber bleibenzulassen. Ein Bart würde ihn, das spürte er, nur älter machen, obwohl ein nach unten gezogener Fu-Manchu-Schnurrbart zusammen mit seinem unbehaarten Kopf interessant wirken müßte. Aufregend?

Sein Gesicht war schmal geschnitten und elegant, die kleinen Ohren lagen eng an. Sein Kinn wirkte leicht aggressiv, die Lippen wie gemeißelt und durchblutet. Seine lange Nase war vielleicht etwas spitz und wies elliptische Nasenlöcher auf. Das Schönste an ihm waren jedoch seine Augen: groß, weit auseinander stehend und mit brauner Iris. Die Brauen waren dicht und klar konturiert.

Seltsamerweise sah er en face älter aus als im Profil. Von vorn wirkte er düster und nachdenklich. Im Profil hingegen kam plötzlich Leben in sein Gesicht: der Ausdruck jugendlicher Erwartungsfreude.

Er rasierte sich zu Ende, trug After-Shave-Lotion auf, sprühte sich ein duftendes Antitranspirant in die Achselhöhlen. Dann kehrte er ins Schlafzimmer zurück und überlegte, was er anziehen sollte.

Die Mortons mit ihrem «... Haufen phantastischer Leute ...» hatten gewiß eine kunterbunte Schar aus ihrem verrückten Freundeskreis eingeladen: bildende Künstler und Designer, Schauspieler und Schriftsteller, Tänzer und Regisseure und außerdem – zwecks würdiger Abrundung gewissermaßen – eine Prise von Süchtigen, Huren und Revoluzzern. Und am Sonntagvormittag waren die gewiß samt und sonders höchst leger gekleidet. Oder sagenhaft aufgetakelt.

Er setzte seine konservative «Ivy League»-Perücke auf und zog dazu graue Flanellhosen, leichte Schuhe von Gucci und einen weißen Kaschmir-Rollkragenpullover an sowie eine rötlichbraune Wildlederjacke. In die Brusttasche steckte er ein gelbgemustertes Foulardtüchlein.

In der Küche goß er sich eine kleine Kanne Kaffee auf, trank zwei Tassen schwarz und blätterte am Küchentisch in der Sonntagsbeilage der *Times*. Die Anzeigen darin bewiesen, daß die augenblickliche Herrenmode phantasievoller, farbenfroher und aufregender war als die Damenmode.

Punkt halb zwölf schloß er seine Wohnungstür hinter sich ab und fuhr mit dem Aufzug zum Penthouse-Apartment der Mortons im vierunddreißigsten Stock hinauf. Er klingelte und erwartete, daß ihm von Blanche, dem ständigen Dienstmädchen, aufgemacht werde, oder auch von dem Butler, den man zu dieser Gelegenheit engagiert haben mochte.

Doch es war Samuel Morton persönlich, der ihm die Tür öffnete, rasch zu ihm auf den Korridor hinaustrat und die Tür hinter sich zuzog, ohne sie indes ins Schloß fallen zu lassen.

Sam war ein vitaler, in ein schwarzes Lederhemd und mit Nieten besetzte Jeans gekleideter, fast zwergenhafter Mann. Er glitzerte, wenn er sich bewegte, und seine lustig funkelnden Augen wirkten gleichfalls wie Nieten. Er legte Daniel Blank die Hand auf den Arm.

«Dan», bat er, «bitte, sei nicht sauer.»

Theatralisch stöhnte Blank auf. «Sam, doch nicht etwa schon wieder?

Nach dem Reinfall mit der Goldschmiedin hast du's mir doch hoch und heilig versprochen! Um wen geht's denn jetzt wieder?»

Morton trat näher, senkte die Stimme ...

«Du wirst es nicht glauben. Ein Original! Ich schwöre es bei Gott ...» Damit hielt er die rechte Hand in die Höhe. «... ein echtes Original. Sie trägt einen Zobel, bis auf den Boden! Es ist pudelwarm draußen, und da trägt sie einen knöchellangen Zobelmantel. *Zobel*, hörst du? Nicht etwa Nerz, Dan, Zobel! Und auf 'ne spinnerte Art ist sie wunderschön. Und hat diesen Jungen von elf oder zwölf bei sich. Der das Bild von einem Jungen ist! Der schönste Knabe, den ich je gesehen hab – und du weißt, daß ich nicht auf Jungen stehe! Sie ist unverheiratet. Der Junge ist ihr Bruder. Na, wie dem auch sei, Flo bewundert ihren Mantel, und da stellt sich raus, daß sie ihn in Rußland gekauft hat. In *Rußland*! Und wohnen tut sie in der East End Avenue. Hast du da noch Töne? In der East End Avenue! Ein Stadthaus! Sieh sie dir doch wenigstens mal an. So was von Frau hast du noch nicht gesehen, Dan, du mußt sie einfach kennenlernen! Selbst wenn nichts dabei herauskommt – obwohl Flo und ich natürlich hoffen –, doch selbst wenn nichts dabei herauskommt, glaub mir, das wird bestimmt ein Erlebnis für dich! Hier hast du den neuen Menschen! Du wirst sehen! Du wirst sehen! Sie heißt übrigens Celia Montfort. Ich heiß Sam und sie Celia – das spricht doch Bände, oder?»

Die Wohnung der Mortons war ein Tohuwabohu: Trödelladen, Rattennest, Wohltätigkeitsbasar und Zigeunerlager in einem – genauso erratisch wie ihrer beider Leben. Sie richteten sich mindestens zweimal im Jahr neu ein, und diese Ausbrüche hatten ein kunterbuntes Durcheinander von Resten zurückgelassen: moderne schwedische Stühle, eine viktorianische Liebesschaukel, eine niedrige Sheraton-Kommode, einen geschnitzten Indianer, chinesische Vasen, Chromlampen, Perserbrücken, einen rotweißen Barbierpfosten, einen Plexiglastisch, Ormolu-Aschenbecher, Gläser von Tiffany und Gemälde in einem Dutzend modischer Richtungen, gerahmt und ungerahmt, aufgehängt und einfach gegen die Wand gelehnt.

Und überall lagen Bücher herum, Zeitschriften, Drucke, Fotos, Zeitungen, Poster, Stoffmusterbücher, Räucherkerzen, Konfektschachteln, frische Blumen, Modezeichnungen, angeknickte Zigaretten, ein bronzener Propeller und ein blaues Stechbecken – ein Durcheinander, das den Besucher zunächst zwar vor den Kopf stieß, sich dann jedoch als wunderbar gemütlich und entspannend erwies.

Sam Morton zog Daniel am Arm hinter sich her; offenbar hatte er

Angst, daß Blank doch noch weglaufen könnte. Blank winkte Blanche zu, die in der Küche beschäftigt war.

Im Wohnzimmer warf Flo ihm lächelnd eine Kußhand zu. Dann drehte Daniel sich um und betrachtete die Frau, die gerade sprach, als sie eintraten, und sich durch ihre Ankunft in keiner Weise unterbrechen ließ.

«Das ist doch unlogisch und von der Wortbedeutung her einfach unerträglich», erklärte sie mit einer Stimme, der es merkwürdig an Modulation und Betonung gebrach. «Schwarz und schön? Das ist, als ob man sagte: ‹Unten ist oben!› Selbstverständlich weiß ich, daß sie darin Selbstbestätigung suchen, ihren Stolz unter Beweis stellen wollen. Aber warum sich dafür ausgerechnet einen Schlachtruf aussuchen, an den kein Mensch, nicht mal sie selbst, glauben können? In Worten steckt doch mehr als nur Bedeutung, nicht wahr? Die Wortbedeutung ist doch nur das Gerippe – genauso etwas Banales wie die Schreibweise. Außerdem besitzen Wörter aber auch noch emotionales Gewicht. Die einfachsten und harmlosesten Wörter können – was ihre Bedeutung betrifft – emotional ganz einfach abscheulich sein. Ein Wort, das sich geschrieben oder gedruckt schlicht und bescheiden ausnimmt, kann unser ganzes Entzücken bilden oder uns zum Mörder werden lassen. Schwarz und schön? Für die Menschheit – für Weiße, Schwarze, Gelbe und Rote kann Schwarz *niemals* schön sein. Schwarz ist das Böse und wird es immer sein. Denn Schwarz bedeutet Dunkelheit, und das ist der Bereich, wo die Ängste verborgen sind und aus dem die Schrecken kommen. Ein schwarzes Herz. Das schwarze Schaf der Familie. Schwarze Kunst: das ist Hexerei. Schwarze Messe. Nein, das hat mit Rassendiskriminierung nichts zu tun. Schwarz – das ist die Lichtlosigkeit, der Ort, wo Gefahren und Tod lauern. Kinder haben doch von Natur aus Angst vor der Dunkelheit. Das ist nicht anerzogen – damit werden sie geboren. Es gibt doch sogar Erwachsene, die ohne Licht nicht schlafen können. ‹Sei artig, oder der schwarze Mann holt dich!› Ich nehme an, damit droht man sogar Negerkindern. Der schwarze Mann – ein Ungeheuer, das aus dem Dunkel kommt, dem gefahrumwitterten Dunkel. Schwarz – das ist das Unergründliche. Schwarz bedeutet Gefahr. Schwarz ist das Böse. Schwarz ist der Tod. Und da soll Schwarz schön sein? Niemals! Man wird nie jemand dazu bringen, das zu glauben. Wir sind alle Tiere. Ich glaube, wir kennen uns noch nicht.»

Sie hob die Augen, um Daniel Blank direkt anzusehen. Er war erschrocken, denn der Vortrag, den sie da gehalten hatte, hatte seine Aufmerksamkeit dermaßen in Anspruch genommen, daß er nicht genau hätte sagen können, wie sie aussah. Jetzt, nachdem Florence Morton sie überstürzt miteinander bekannt machte, als er das Zimmer durchquerte, um Celia Montforts dargebotene Hand zu ergreifen, nahm er sie genau in Augenschein.

Mit hochgezogenen Füßen saß sie zusammengekauert im schwellenden Polster eines Sessels, der ganz aus Schaumgummi, rotem Samt und Brandstellen von Zigaretten bestand. Ungewöhnlich für einen Sonntagvormittag, trug sie ein elegantes Abendkleid aus schwarzem Atlas mit rechteckigem Ausschnitt. Das Kleid hing an «Spaghetti-Trägern» über den nackten Schultern. Dazu trug sie ein eng anliegendes breites Brillanthalsband und am Gelenk der Daniel dargereichten Hand ein dazu passendes Armband. War sie vielleicht auf eine Party gewesen, welche die ganze Nacht gedauert hatte, und nicht erst nach Hause gegangen um sich umzuziehen? In dieser Annahme bestärkte ihn noch der Anblick ihrer seidenen Abendschuhe.

Ihr Haar war so schwarz, daß es fast violett schimmerte. Es war in der Mitte gescheitelt und fiel ihr glatt und ohne jede Welle über die Schultern, was ihrem schmalen Gesicht etwas Hexenhaftes verlieh, ein Eindruck, den ihre langen schlanken Hände mit den stilettartig zugefeilten Fingernägeln noch verstärkten.

Ihre nackten Arme, Schultern und der Ansatz ihrer kleinen Brüste, die des tief ausgeschnittenen Kleides wegen sichtbar waren: alles schimmerte vor dem roten Samt. Ihre Haut hatte eine eigentümlich durchsichtige *Nacktheit.* Vor allem die Arme waren auffallend sinnenhaft-körperlich: glatt, unbehaart, scheinbar ohne Knochen, wie Fühler: Arme, wie aus Tuben gedrückt.

Zu schätzen, wie groß sie war oder was für eine Figur sie hatte, war schwierig, solange sie zusammengekauert im Sessel saß. Blank hielt sie jedoch für groß – mindestens einsfünfundsiebzig, wenn nicht noch darüber, mit einer schönen Taille, schmalen Hüften und festen Schenkeln. Aber im Moment war das alles unwichtig; ihr Gesicht verzauberte ihn, ihre Blicke senkten sich in die seinen.

Sie hatte graue Augen – oder waren sie hellblau? Die dünnen Brauen waren geschwungen – oder doch gerade? Ihre Nase war – was? Eine ägyptische Nase? Eine Nase wie von einem Sarkophag oder einem Basrelief? Und diese leicht geöffneten Lippen – waren sie üppig und trocken, oder feucht und schmal? Das lange Kinn, wie die Spitze eines Seidenpumps – war das nun bezaubernd oder vielleicht allzu maskulin? Schön war sie nicht. Etwas, das mehr war als Schönheit. Er mußte sich Zeit lassen, dem auf den Grund zu gehen.

Er hatte den Eindruck, daß ihr Gesicht und ihr Körper zu dieser Uhrzeit – Mittag an einem strahlenden Sonntag und sie in deplaciert wirkender großen Abendaufmachung – grau waren vor Müdigkeit. Ihre Haltung hatte etwas Schlaffes, ihre Haut war bleich, und unter den Augen lag eine Andeutung von Schatten. Ein Hauch von Ausschweifung haftete ihr an, und daß ihre Stimme nicht modulierte, rührte daher, daß ihre Sinne bis zur Gefühllosigkeit gepeinigt waren, ihre Leidenschaften ausgebrannt.

Florence und Samuel überschütteten sie mit heftigen Angriffen auf ihren Kommentar zu der Losung «Schwarz ist schön», und Daniel beobachtete, wie sie auf diese Angriffe reagierte. Er erkannte sofort, daß sie die Gabe besaß, völlig ruhig und gelassen zu bleiben: nichts da von Sich-Winden, oder Hin- und Hergerutschte, kein verlegenes Herumgespiele mit dem Armband, kein Zurückstreichen des Haars oder Zupfen am Ohr. Still und gesammelt saß sie da, und unversehens ging Daniel auf, daß sie ihren Kritikern überhaupt nicht zuhörte. Sie hatte sich ihnen allen entzogen.

Sie war nicht da, doch hing sie, wie er annahm, auch keinen Tagträumen nach. Sie ließ sich auch nicht treiben, sondern hatte sich in sich selbst zurückgezogen und versank immer tiefer in ihre eigenen Gedanken, ihre Sehnsüchte und Hoffnungen. Ihre Augen, die so unergründlich waren wie Wasser, wandte sie zwar nicht von ihnen, und doch hatte er das bestimmte Gefühl, daß die Mortons ihr völlig gleichgültig waren. Es verlangte ihn, in ihrem Lande zu sein, und sei es nur besuchsweise, sich dort umzutun und zu sehen, was es dort gab.

Flo hielt inne und erwartete eine Antwort auf eine Frage. Aber es gab keine Antwort. Celia Montfort bedachte sie nur mit einem etwas glasigen Blick – ihr Gesicht war völlig ausdruckslos. Gerettet wurde diese peinliche Situation nur durch Blanche, die einen dreistöckigen Servierwagen hereinschob, der mit warmen und kalten Gerichten, einem Krug «Bloody Mary» und einer eiskalten Flasche mit moussierendem Rosé beladen war.

Das Essen fiel weniger aus dem Rahmen, als Blanche gehofft hatte, aber immerhin waren die pochierten Eier mit Sherry gewürzt, zum Schinken gab es Burgundersauce, und die Walnuß-Waffeln waren mit leicht nach Rum schmeckendem Ahorn-Sirup getränkt.

«Greift zu!» forderte Flo auf.

«Laßt es euch schmecken!» forderte Sam auf.

Daniel aß ein einziges pochiertes Ei, einen Streifen Speck und trank ein Glas Wein. Dann lehnte er sich mit einer Handvoll eisgekühlter Concord-Trauben zurück, lauschte dem Geplauder der Mortons und sah zu, wie

Celia Montfort stumm und verbissen enorme Mengen des aufgetischten Essens verzehrte.

Hinterher tranken sie jeder ein kleines Glas angewärmten portugiesischen Kognaks. Daniel und die Mortons unterhielten sich über Art-Deco, das gerade der letzte Schrei war. Celia wurde nach ihrer Meinung darüber gefragt, doch sie schüttelte den Kopf. «Ich habe keine Ahnung davon.» Danach saß sie still da, das Kognakglas zwischen beiden Händen, mit nachdenklichen Augen. Sie besaß kein Talent für unverbindliches Geplauder. Man brauchte sich bloß über das schlechte Wetter zu beklagen, und sie brachte es fertig, so dachte er, einem eine Predigt über die Demut zu halten. Merkwürdige Frau. Was hatte Sam doch noch gesagt? «Man hat Angst vor ihr.» Wie war er darauf gekommen? Es sei denn, er hätte ihr irritierendes Schweigen gemeint, ihr Sich-Entziehen – beides möglicherweise nichts anderes als Egoismus und schlechtes Benehmen.

Plötzlich erhob sie sich, und zum erstenmal sah Blank deutlich ihren Körper. Wie er sich schon gedacht hatte, war sie groß, aber dabei dünner und härter, als er angenommen hatte. Ihre Haltung war gut, und sie bewegte sich mit sehniger Anmut; ihre Gesten waren sparsam und beherrscht.

Sie sagte, sie müsse jetzt gehen, und schenkte Sam und Flo ein trübes Lächeln. Höflich dankte sie ihnen für ihre Gastfreundschaft. Flo holte ihren Mantel – einen Umhang aus schwerem Silberbrokat, schillernd wie die Jacke eines Stierkämpfers. Jetzt war Blank überzeugt, daß sie seit Samstagabend nicht mehr in ihrem Stadthaus an der East End Avenue gewesen war und letzte Nacht auch nicht geschlafen hatte.

Sie ging zur Tür. Flo und Sam sahen ihn erwartungsvoll an.

«Darf ich Sie nach Hause bringen?» fragte er.

Nachdenklich sah sie ihn an.

«Ja», sagte sie dann schließlich. «Sie dürfen.»

Die Mortons wechselten rasch einen triumphierenden Blick. In ihren nietenbesetzten Jeans warteten sie auf dem Flur, bis der Lift ihre Besucher entführte.

Im Aufzug fragte Celia unerwartet: «Sie wohnen doch auch in diesem Haus, nicht wahr?»

«Ja – im einundzwanzigsten Stock.»

«Dann gehen wir doch zu Ihnen.»

Zehn Minuten später war sie in seinem Schlafzimmer – lag der brokatene Umhang auf dem Boden, sie selbst auf seinem Bett, völlig bekleidet und fest eingeschlafen. Er hob den Umhang auf und hängte ihn weg, zog ihr die Schuhe aus und stellte sie fein säuberlich neben dem Bett auf. Dann schloß er leise die Tür und kehrte ins Wohnzimmer zurück, wo er sich in die Sonntagsausgabe der *Times* vertiefte und versuchte, nicht an die fremde Frau zu denken, die da auf seinem Bett schlief.

Um halb fünf war er mit der Zeitungslektüre fertig und schaute zu ihr hinein. Das Gesicht nach oben lag sie auf den Kopfkissen, die Fülle ihrer schwarzen Haare fächerförmig ausgebreitet. Er holte eine leichte Wolldecke aus dem Schrank und deckte sie behutsam zu. Dann ging er in die Küche, um einen geschälten Apfel zu essen und eine Hefetablette zu schlucken.

Dann saß er wieder in seinem Wohnzimmer und versuchte, sich ihre Züge ins Gedächtnis zu rufen und zu verstehen, warum ihr So-Sein ihn derart für sie eingenommen hatte. Daß sie so aussah wie eine Hexe, wie eine geheimnisvolle Zauberin, mochte an der Art liegen, wie sie ihr langes, glattes Haar trug sowie an der Tatsache – das ging ihm plötzlich auf –, daß sie überhaupt keine Schminke benutzte: weder Puder noch Lippenstift, noch Augen-Make-up. Ihr Gesicht war nackt.

Er hörte sie umhergehen. Die Badezimmertür wurde zugemacht, die Spülung rauschte. Er knipste die Lampen an. Als sie ins Wohnzimmer trat, bemerkte er, daß sie die Schuhe angezogen und sich gekämmt hatte.

«Tragen Sie eigentlich nie Make-up?» fragte er sie.

Eine ganze Weile starrte sie ihn an.

«Doch – manchmal färbe ich mir die Brustwarzen rot.»

Er bedachte sie mit einem sardonischen Lächeln. «Gilt das nicht für geschmacklos?»

Sie begriff die schlüpfrige Anspielung augenblicklich. «Witzbold», sagte sie mit ihrer tonlosen Stimme. «Könnte ich wohl einen Wodka haben? Pur, aber mit viel Eis, bitte. Und einer Limonenscheibe, wenn Sie haben.»

Als er mit Gläsern desselben Getränks für sie beide zurückkam, hatte sie auf seinem Tobias Scarpa-Sofa Platz genommen und die Füße hochgezogen. Ihr Gesicht lag im sanften Licht der aufblasbaren Lampe von Marc Lepage. Ihm fiel sofort auf, daß ihre Müdigkeit verschwunden war; sie sah heiter aus. Doch schockartig bemerkte er etwas, was ihm zuvor nicht aufgefallen war: eine faustgroße blutunterlaufene Stelle an ihrem linken Bizeps, blauviolett und aggressiv.

Sie nahm ihm das Glas aus der Hand. Ihre Finger waren kühl, blutlos wie Plastik.

«Ihre Wohnung gefällt mir», sagte sie.

Gilda Blank hatte die meisten antiken Sachen mitgenommen, ferner die dickgepolsterten Möbel, die Samtvorhänge, die grobgenoppten Schafswollteppiche. Daniel war glücklich darüber, daß dies alles verschwand, denn die Wohnung hatte angefangen, ihn zu ersticken. Von dem vielen geschnitzten Holz und den schweren Stoffen hatte er sich erdrückt gefühlt: weiche Dinge, die ihn belasteten und ihn dann schlingengleich umstrickten.

Er hatte das nahezu leere Apartment streng modern eingerichtet; die meisten Möbel stammten von Knoll-International und bestanden aus Chrom und Glas, schwarzem Leder und Plastik, rostfreiem Stahl und weißer Emaille. Jetzt wirkte die Wohnung offen, luftig und hatte in ihrer Zartheit geradezu etwas Spinnenfeines. Das Mobilar beschränkte er auf ein Minimum, so daß die Proportionen des Wohnraums gut zur Geltung kamen. Die mit den Spiegeln gepflasterte Wand war ein geballter Witz, doch sonst war der Raum sauber, präzise und erhebend wie eine Kunstgalerie.

«Ein Zimmer wie dies hier beweist, daß Sie keine Wurzeln brauchen», erklärte sie ihm. «Sie haben die Vergangenheit vernichtet, indem Sie sie einfach nicht zur Kenntnis nehmen. Die meisten Menschen haben das Bedürfnis nach Geschichte, müssen in einer Umgebung leben, die sie ständig an vergangene Generationen erinnert. Sie schöpfen Trost und Bestätigung daraus, daß sie sich als Teil dessen empfinden, was war, ist und sein wird. Ich halte das für eine Schwäche, deren man sich schämen sollte. Es gehört Kraft dazu, sich loszureißen und freizumachen, die Vergangenheit zu vergessen und sich um die Zukunft nicht zu kümmern. Das spricht aus diesem Zimmer. Hier können Sie ganz auf sich selbst gestellt und durch sich sein, ohne alle Krücken. Der Raum ist frei von Gefühlsballast. Sind Sie frei von Gefühlsballast?»

«Oh», sagte er, «ich glaube nicht. Vielleicht frei von Emotionen. Ist Ihre Wohnung auch modern eingerichtet? Genauso streng wie diese?»

«Es ist keine Wohnung, sondern ein Stadthaus, und gehören tut es meinen Eltern.»

«Ach? Ihre Eltern leben also noch?»

«Ja», sagte sie. «Sie leben noch.»

«Man hat mir gesagt, Sie wohnen mit Ihrem Bruder zusammen?»

«Er heißt Anthony – Tony. Er ist zwanzig Jahre jünger als ich. Mutter hat ihn zu spät bekommen, und es war ihr schrecklich peinlich. Sie und mein Vater sehen es lieber, wenn er bei mir wohnt.»

«Und wo leben Ihre Eltern?»

«Oh, mal hier, mal dort», sagte sie unbestimmt. «Eines an diesem Zimmer allerdings gefällt mir nicht.»

«Und was ist das?»

Sie wies auf einen schweren, gußeisernen Kerzenleuchter mit zwölf verrenkten Armen, auf denen je eine weiße Kerze steckte.

«Unangezündete Kerzen mag ich nicht», sagte sie wieder ohne jede Modulation in der Stimme. «Sie kommen mir genauso verlogen vor wie künstliche Blumen und Tapeten, die Ziegelsteine vortäuschen sollen.»

«Das läßt sich leicht beheben», sagte er, stand auf und zündete die Kerzen an.

«Ja», sagte sie. «So ist es besser.»

«Wir werden die Kerzen in Abständen ausmachen. Dann sind sie verschieden lang. Ich bin froh, daß Sie tropffreie Kerzen haben. Ich mag Kerzen zwar gern, aber Wachsrückstände kann ich nicht ausstehen.»

«Erinnerungen an verflossene Freuden?»

«So etwas Ähnliches. Sie erinnern mich zu sehr an schlechte italienische Restaurants mit Kerzen in leeren Chianti-Flaschen und zuviel Knoblauch in der Sauce. Ich hasse alles Unechte – Straß und ausgestopfte BHs.»

«Meine Frau ...» setzte er an, um dann erklärend hinzuzufügen, «meine geschiedene Frau trug ausgestopfte BHs, und das Komische daran war, daß sie das gar nicht nötig hatte. Sie war dort durchaus wohlgepolstert. Ist es noch.»

«Erzählen Sie mir von ihr.»

«Von Gilda? Eine sehr nette Frau. Wir stammen beide aus Indiana und lernten uns an der Universität kennen. Sie gehörte zum Jahrgang nach mir. Ab und an gingen wir zusammen aus. Nichts Ernstes. In New York trafen wir uns dann wieder, und diesmal wurde es ernst.»

«Wie war sie? Körperlich, meine ich.»

«Sie war groß und mußte immer aufpassen, daß sie nicht zu dick wurde. Sie aß schrecklich gern; ihre Mutter ist ein Faß. Gilda ist blond und das, was man eine hübsche Frau nennt. Eine gute Sportlerin. Schwimmen, Tennis, Golf, Skilaufen – all das. Rührig bei Wohltätigkeitsveranstaltungen. Sie lernte Bridge und chinesische Küche und nahm Musikunterricht. Solche Sachen.»

«Keine Kinder?»

«Nein.»

«Wie lange waren Sie verheiratet?»

«Ahh . . .» Er starrte sie an. «Mein Gott, ich weiß es gar nicht. Rund sieben Jahre. Beinahe acht. Ja, das stimmt. Fast acht Jahre.»

«Sie wollten keine Kinder?»

«Ich nicht – nein.»

«Und sie?»

«Doch.»

«Haben Sie sich deshalb scheiden lassen?»

«O nein. Das hatte nichts damit zu tun. Wir haben uns scheiden lassen – nun ja, warum haben wir uns scheiden lassen? Unverträglichkeit der Charaktere, nehme ich an. Wir hatten uns einfach auseinandergelebt. Sie ging ihrer Wege und ich meiner.»

«Und was waren Ihre Wege?»

«Sie werden aber sehr persönlich.»

«Ich weiß. Aber Sie können ja immer die Antwort verweigern.»

«Nun ja, Gilda ist eine sehr gesunde, gut angepaßte Frau, die leicht aus sich herausgeht. Sie liebt Menschen, mag Kinder, geht gern auf Parties, ins Theater und in die Kirche. Jedesmal, wenn wir ins Theater oder ins Kino gingen, wo das Publikum aufgefordert wurde mit dem Conferencier oder dem Orchester mitzusingen, tat sie das. So eine Frau ist sie eben.»

«Eine Mitsingerin mit ausgestopftem BH.»

«Und künstlichen Blumen», fügte er noch hinzu. «Einmal kaufte sie Rosen aus Seide. Ich konnte sie nicht davon abbringen, daß sie ja ‹wie echt› aussähen.»

Er erhob sich, um drei weitere Kerzen auszublasen und setzte sich dann wieder. Plötzlich kam sie herüber, hockte sich auf das Sitzkissen vor ihm und legte ihm leicht die Hand aufs Knie.

«Was ist dann passiert?» flüsterte sie.

«Sie haben es geahnt?» fragte er keineswegs überrascht. «Ja, es ist schon eine sonderbare Geschichte. Ich verstehe sie selbst nicht ganz.»

«Haben Sie sie den Mortons erzählt?»

«Gott bewahre, nein. Ich habe sie noch nie jemandem erzählt.»

«Aber mir möchten Sie sie erzählen?»

«Ja, Ihnen möchte ich sie gern erzählen. Und dann möchte ich, daß Sie mir erklären, was sie zu bedeuten hat. Also – Gilda ist eine normale, gesunde Frau, die durchaus Spaß am Sexuellen hat. Ich übrigens auch. Unser Geschlechtsleben war sehr gut – wirklich. Zumindest am Anfang. Aber wissen Sie, man wird älter, und dann findet man das nicht mehr so wichtig. Ihr ging es jedenfalls so, womit ich nichts Abwertendes sagen will. Sie war im Bett gut und begeistert bei der Sache, vielleicht ein bißchen einfallslos. Manchmal lachte sie mich aus. Jedenfalls eine normale, gesunde Frau.»

«Sie sagen immer wieder gesund, gesund, gesund.»

«Ja, das war sie auch. Ist es noch. Eine große, gesunde Frau. Kräftige Beine, mächtiger Busen, rosig schimmernde Haut. Rubens hätte seine helle Freude an ihr gehabt. Naja – vor ungefähr drei Jahren mieteten wir ein Ferienhaus an der Barnegat Bay. Sie wissen, wo das ist?»

«Nein.»

«An der Küste von New Jersey, südlich von Bay Head. Es war wunderschön da: herrlicher Strand, weißer Sand, noch nicht zu überlaufen. Eines Nachmittags hatten wir ein paar Nachbarn zu Gast. Wir alle tranken ziemlich viel und hatten einen Heidenspaß, trugen Badeanzüge, tranken, wurden ein bißchen beschwipst, gingen dann ins Meer, um zu schwimmen und wieder etwas nüchtern zu werden und dann weiterzuessen und weiterzutrinken. Es war ein herrlicher Nachmittag. Zuletzt gingen alle nach Haus, und Gilda und ich blieben allein. Vielleicht waren wir ein bißchen betrunken, von der Sonne, dem Essen und dem Gelächter erhitzt. Jedenfalls kehrten wir in unser Cottage zurück und beschlossen, miteinander zu schlafen. Also zogen wir unser Badezeug aus – nur unsere Sonnenbrillen, die behielten wir auf.»

«Oh.»

«Ich weiß nicht, warum wir es taten, auf jeden Fall behielten wir sie auf. Vielleicht fanden wir das komisch. Zumindest liebten wir uns und trugen dabei diese dunklen, spiegelnden Gläser, so daß einer die Augen des anderen nicht sehen konnte.»

«Und das hat Ihnen Spaß gemacht?»

«Für mich war es eine Offenbarung, eine Tür, die sich auftat. Gilda hat es vermutlich nur komisch gefunden und dann vergessen, aber das konnte ich einfach nicht. Für mich war es das sexuell Aufregendste, was ich je in meinem Leben erlebt habe. Das Ganze hatte etwas Primitives und Erschreckendes. Das läßt sich schwer erklären. Mich hat es in den Grundfesten erschüttert. Und ich wollte es wiederholen.»

«Aber sie wollte nicht?»

«Richtig. Als wir längst wieder in New York waren und ich ihr vorschlug, Sonnenbrillen aufzusetzen im Bett, da wollte sie nicht. Jetzt halten Sie mich für verrückt, nicht wahr?»

«Ist das das Ende der Geschichte?»

«Nein, die geht noch weiter. Warten Sie, ich will erst noch ein paar Kerzen ausblasen.»

«Das mach ich schon.»

Sie drückte mit angefeuchteten Fingern noch drei Kerzen aus. Jetzt leuchteten nur noch drei, die schon weit heruntergebrannt waren. Sie kam zurück und nahm wieder auf dem Sitzkissen Platz.

«Erzählen Sie weiter.»

«Ja, also. Ich schmökerte in der Buchhandlung Brentano – das war im Winter nach dem Urlaub in Barnegat Bay –, und Sie wissen ja, bei Brentano gibt es immer einen Haufen Zeugs, wie man es in Museen findet: alten Schmuck und Halbedelsteine, Korallen und primitives Kunstgewerbe, solche Dinge eben. Nun ja, diesmal stand eine Sammlung von afrikanischen Masken zum Verkauf. Sehr primitiv, ausdrucksstark und irgendwie beängstigend. Sie wissen ja, was für eine Wirkung primitive afrikanische Kunst haben kann. Die rührt an irgendwelche Tiefen an, etwas sehr Geheimnisvolles. Nun, ich wollte jedenfalls, daß Gilda und ich im Bett solche Masken trügen – ziemlich aberwitzig, ich weiß! Ich wußte es auch damals, aber ich konnte einfach nicht widerstehen, und so kaufte ich zwei von diesen Masken – die übrigens nicht billig waren – und nahm sie mit nach Hause. Gilda mochte sie nicht, fand sie aber auch nicht abstoßend und ließ sie mich in der Diele aufhängen. Ein paar Wochen später, wir hatten beide ziemlich viel getrunken . . .»

«Sie haben Ihre Frau betrunken gemacht?»

«Wahrscheinlich. Trotzdem wollte sie einfach nicht. Sie weigerte sich, im Bett eine von den Masken zu tragen und behauptete, ich sei verrückt. Wie dem auch sei – am nächsten Tag warf sie die Masken weg oder machte sonstwas mit ihnen. Jedenfalls waren sie nicht mehr da, als ich nach Hause kam.»

«Und dann haben Sie sich scheiden lassen?»

«Nun, nicht nur wegen der Sonnenbrillen und der afrikanischen Masken. Da war noch anderes. Seit einiger Zeit schon hatten wir uns mehr und mehr auseinandergelebt. Aber die Sache mit den Masken hat für mich zweifellos viel dazu beigetragen. Komische Geschichte – finden Sie nicht?»

Sie stand auf, um auch noch die letzten drei Kerzen auszumachen. Sie rußten ein wenig: Celia befeuchtete die Fingerspitzen und drückte damit die Dochte aus. Sie goß noch etwas Wodka in beide Gläser, und dann legte sie den Kopf auf die Seite und betrachtete den Kerzenleuchter.

«So sieht's besser aus.»

«Ja», sagte er, «das finde ich auch.»

«Haben Sie wohl eine Zigarette?»

«Ich rauche nikotinfreie. Aber ich habe auch andere. Welche möchten Sie?»

«Lieber eine von den giftigen.»

Er gab ihr Feuer, und sie ging mit verschränkten Armen vor der Spiegelwand auf und ab. Den Kopf hielt sie vorgeneigt, und das lange Haar verbarg ihr Gesicht.

«Nein», sagte sie, «ich glaube nicht, daß es unsinnig war. Und ich halte Sie auch nicht für verrückt – was die Sonnenbrillen und die Masken betrifft, meine ich. Sehen Sie, es gab doch eine Zeit, wo das Sexuelle an sich und durch sich selber Macht besaß, etwas Geheimnisvolles, einen Schrekken, den es jetzt nicht mehr hat. Heute heißt es: ‹Trinken wir noch einen Martini? Oder gehen wir lieber gleich ins Bett?› Der Sexualakt an sich hat heutzutage doch nicht mehr Bedeutung als die Nachspeise beim Essen. In dem Bemühen, seine Bedeutung wiederherzustellen, versucht man, die Lust zu vergrößern und bedient sich dabei aller möglichen Hilfsmittel; was alles die Sexualität nur noch mehr zu einem Mechanismus degradiert. Das ist einfach die falsche Kur. Der Sexualakt ist nicht ausschließlich, ja, nicht einmal hauptsächlich ein rein körperliches Vergnügen. Er ist ein Ritus. Seine ursprüngliche Bedeutung gewinnt er nur zurück, wenn man ihn mit dem schönen Drum und Dran einer rituellen Zeremonie ausstattet. Deswegen war ich ja von dem Laden der Mortons so begeistert. Vermutlich sind die beiden sich nicht einmal darüber im klaren, aber was sie da entdeckt haben, ist, daß die psychische Befriedigung der Sexualität wichtiger geworden ist als die physische Befriedigung. Sexualität ist zu einer erregenden Kunst geworden oder sollte es jedenfalls werden. So war es ja auch früher, in nicht wenigen Kulturen. Mortons haben einen Anfang gemacht, indem sie das Zubehör liefern, die Kostüme und das Drumherum des Spiels. Gewiß, das ist nur ein erster Schritt, aber kein schlechter. Doch jetzt zu Ihnen. Ich glaube, Sie fingen an, sich mit Ihrer ‹gesunden, normalen› Frau zu langweilen. ‹Das soll alles sein?› fragten Sie sich. ‹Ist denn nicht mehr dran?› Selbstverständlich ist mehr daran. Viel, viel mehr. Und Sie waren durchaus auf der richtigen Spur, als Sie von einer ‹Offenbarung› sprachen, von ‹einer Tür, die sich auftat›, als Sie mit Ihrer Frau schliefen und dabei die Sonnenbrille aufbehielten. Und auch als Sie sagten, die afrikanischen Masken wären ‹primitiv› und ‹irgendwie beängstigend›. Was Sie da entdeckt hatten, war doch die unbekannte oder unbeachtete Seite des Sex: seine psychische Erfüllung. Jetzt, wo Sie dahintergekommen sind, vermuten Sie – zu Recht –, daß die spirituelle Befriedigung weit über die körperliche Lust hinausgehen kann. Schließlich gibt es nur eine begrenzte Zahl von Öffnungen und Schleimhäuten im menschlichen Körper. Mit anderen Worten: Sie fangen an, Sex als einen religiösen Ritus und als eine erregende Zeremonie zu betrachten. Die Masken waren nur ein erster Schritt dorthin. Zu schade, daß Ihre Frau es nicht so sehen konnte.»

«Ja», stimmte er zu, «schade!»

«Ich muß jetzt gehen», sagte sie unvermittelt und ging ins Schlafzimmer hinüber, ihren Umhang holen.

«Ich werde Sie nach Hause bringen», erbot er sich eifrig.

«Nein. Das ist nicht nötig. Ich nehme ein Taxi.»

«Dann lassen Sie mich jedenfalls mit hinunterkommen und Ihnen ein Taxi rufen.»

«Bitte, tun Sie's nicht.»

«Ich möchte Sie wiedersehen. Darf ich Sie anrufen?»

«Ja.»

Ehe er sich's versah, war sie zur Tür hinaus und verschwunden. Es roch nach ausgeblasenen Kerzen und Rauch.

Er knipste das Licht aus, saß lange in der Dunkelheit und dachte über das nach, was sie gesagt hatte. Es brachte eine Saite in ihm zum Klingen. Er begann, jenes endgültige Bild zu erahnen, das sich aus den Stücken und Teilen jener Gedanken und Verhaltensweisen zusammensetzte, die ihn bislang so verwirrt hatten. Und dieses Bild schockierte ihn, wiewohl er davor weder Angst hatte, noch irgendwelchen Abscheu empfand.

Einmal, im Spätsommer vergangenen Jahres, hatte er seinen nackten, seit kurzem wieder schlanken und wohlgebräunten Körper im Schlafzimmerspiegel bewundert. Im Schein der Nachttischlampe schimmerte seine Haut sanft rosig. Dabei bemerkte er, wie sonderbar und erregend das goldene Band der Armbanduhr auf seiner Haut wirkte. Das hatte etwas ... Eine Woche später kaufte er einen Gürtel aus schweren vergoldeten Kettengliedern, der für jede Taillenweite passend gemacht werden konnte, und ließ ihn in Geschenkpapier einwickeln, warum wußte er selber nicht.

Jetzt, nur wenige Stunden, nachdem er Celia Montfort kennengelernt, nachdem sie in seinem Bett geschlafen, seine Geschichte angehört und mit ihm darüber gesprochen hatte, stand er wieder vor dem Schlafzimmerspiegel. Das Zimmer war nur von dem sanft seinen Körper umfließenden Schein der Nachttischlampe erleuchtet. Um das Handgelenk trug er das goldene Armband seiner Uhr und um die schlanke Hüfte den Gürtel aus Kettengliedern.

Fasziniert starrte er sich an. Von Ketten umgürtet, berührte er sich.

4

Dem Verlag Javis-Bircham gehörte das Bürohaus westlich der 9th Avenue in der 46th Street, in dessen fünfzehn oberen Stockwerken die Firma untergebracht war. Es war in den späten dreißiger Jahren errichtet und in dem wuchtigen, sich nach oben verjüngenden Stil der Zeit samt Innenausstattung und Schmuck dem Rockefeller Center nachempfunden.

Javis-Bircham verlegte Fachzeitschriften, Schulbücher und technische Zeitschriften. Als Daniel Blank vor sechs Jahren dort anfing, brachte der Verlag 129 verschiedene Zeitschriften heraus, die samt und sonders etwas mit der chemischen Industrie, Öl und Petroleum, dem Ingenieurwesen, Management, dem Auto- und Werkzeugmaschinenbau und der Luftfahrt zu tun hatten. In den letzten Jahren waren noch Zeitschriften über Automation, Computer-Technik, Umweltschutz, Ozeanographie und Weltraumforschung hinzugekommen; außerdem eine Verbraucherzeitschrift zum Thema Forschung und Entwicklung. Des weiteren hatte man eine Buchgemeinschaft ins Leben gerufen, und im Augenblick wurden die Möglichkeiten kurzgefaßter wöchentlicher Informationsdienste auf Gebieten sondiert, die ansonsten von ihren monatlich oder zweimonatlich erscheinenden Fachblättern beackert wurden. Javis-Bircham rangierte in der letzten Liste der fünfhundert größten Firmen auf Platz 216. Seit 1951 wurden Aktien von Javis-Bircham an der Börse gehandelt, und nach einer Neuemission im Jahre 1962 war der Kurs um das Zwanzigfache gestiegen.

Daniel Blank war als stellvertretender Vertriebsleiter eingestellt worden. Drei Verbraucherzeitschriften, an denen er sich zuvor im Vertrieb und der Abonnentenkartei betätigt hatte, waren eingegangen. Blank, den das nicht überraschte, überlebte in einer besseren Stellung und mit einem Einkommen, von dem er vor zehn Jahren nicht einmal geträumt hatte.

Seine erste Reaktion auf das Vertriebssystem bei Javis-Bircham ließ an Deutlichkeit nichts zu wünschen übrig: «Ein beschissener Saftladen!» sagte er zu seiner Frau.

Blanks unmittelbarer Vorgesetzter war der Vertriebsleiter, ein etwas schwerfälliger, aber jovialer Mann namens Robert White, der von jedermann, von den Sekretärinnen bis zu den jungen Leuten in der Expedition mit «Bob» angeredet wurde, und so war er denn auch.

White diente seit fünfundzwanzig Jahren bei Javis-Bircham und hatte sich mit einem aus über fünfzig Männern und Frauen bestehenden Mitarbeiterstab umgeben – für Blank ausnahmslos «alte Weiber», die nach Lavendel und Whisky Sour rochen, spät zur Arbeit erschienen und unentwegt Kollekten für Geburtstage, Todesfälle, Beerdigungen, Hochzeiten und Pensionierungen veranstalteten.

Eine der Hauptaufgaben des Vertriebs war es, die optimale Auflagenhöhe zu schätzen und anzugeben, wieviel Exemplare von jeder Zeitschrift jeweils gedruckt werden sollten, um Javis-Bircham ein Maximum an Profit zu garantieren. Ob es sich dabei um wöchentlich, vierzehntägig, monatlich, vierteljährlich, halbjährlich oder jährlich erscheinende Veröffentlichungen handelte, spielte keine Rolle. Manche wurden sogar kostenlos an eine bestimmte Schicht von leitenden Angestellten verteilt, andere wiederum nur an Abonnenten abgegeben, wohingegen wieder andere im freien Verkauf an den Zeitungskiosken zu haben waren. Die meisten Zeitschriften lebten von den Anzeigen, einige wenige hinwiederum brachten überhaupt keine Anzeigen, waren aber derart spezialisiert, daß sie ihres Inhalts wegen gekauft wurden.

Die Druckauflage einer jeden Publikation optimal festzulegen, war eine unglaublich komplexe Aufgabe. Man mußte dabei frühere und mögliche zukünftige Auflagen einer jeden Zeitschrift berücksichtigen, das derzeitige und das anvisierte Anzeigenvolumen, den Anteil der Gemeinkosten, die tatsächlichen Druckkosten – Papierqualität, Druckverfahren, Vierfarbendruck usw., Versand- und allgemeine Vertriebskosten, Redaktionskosten (Personalkosten für die einzelnen Redaktionen eingeschlossen), die Kosten für Werbung usw. usw.

Als Daniel Blank in den Verlag eintrat, wurde die Auflage mehr oder weniger über den Daumen gepeilt. Das muntere Kaffeekränzchen von Bob White lieferte seinem Chef die nötigen Unterlagen, und dabei wurde unmäßig geackert. Danach saß White einsam an seinem Schreibtisch, summte vor sich hin, fummelte mit einem uralten Rechenschieber und schickte nach Stundenfrist seine Auflagenschätzung in die Herstellung.

Daniel Blank sah sofort, daß die ständig variierenden Faktoren geradezu nach einer Datenverarbeitungsanlage schrien. Seine eigene Erfahrung mit Computern war gering; in seinen früheren Stellungen hatte er es mit vergleichsweise einfachen EDV-Anlagen zu tun gehabt.

Er schrieb sich für einen sechs Monate dauernden Abendkurs «Der Triumph des Computers» ein, und zwei Jahre nach seinem Eintritt in die Firma legte er Bob White einen dreißig Seiten langen, sehr sorgfältig ausgearbeiteten und stichhaltigen Plan für die Umstellung der Vertriebsabteilung auf Computer vor.

White las diese Arbeit übers Wochenende zu Hause durch und gab sie Blank am Montag zurück. Einige Seiten zierten braune Ringe von Kaffeetassen, eine war offenbar durch einen verschütteten Drink nahezu unleserlich geworden.

White ging mit Blank zum Lunch und setzte ihm lächelnd auseinander, warum aus diesem Plan nichts werden könne – absolut nichts.

«Sie haben offensichtlich eine Menge Arbeit und Überlegungen hineingesteckt», sagte White, «aber was Sie außer acht gelassen haben, das sind die Menschen, um die es hier doch auch geht. Die Angestellten. Mein Gott, Dan, ich esse doch mit den Herausgebern und Anzeigenfritzen dieser Zeitschriften fast Tag für Tag zu Mittag. Sie sind meine Freunde. Alle haben sie irgendwelche Pläne für ihre Zeitschriften: einen Artikel, der die Auflage steigert, einen neuen draufgängerischen Vertreter, der den Gewinn aus Anzeigen weit über den vom Vorjahr hinauftreibt. Ich muß doch all diese persönlichen Dinge berücksichtigen, die menschlichen Faktoren, die dabei eine Rolle spielen. Damit kann man doch unmöglich einen Computer füttern.»

Daniel Blank nickte verständnisvoll. Eine Stunde nach dem Essen legte er eine saubere Kopie seines Plans dem stellvertretenden Aufsichtsratsvorsitzenden vor.

Einen Monat später vernahm die Vertriebsabteilung bekümmert, daß der liebe Bob in den Ruhestand getreten war. Daniel Blank wurde zum Vertriebs-*Direktor* ernannt – den Titel wählte er selbst – und erhielt freie Hand.

Innerhalb eines Jahres waren alle «alten Weiber» fort, hatte Blank sich mit einem Stab von blassen Technikern umgeben und nahmen die Schränke von AMROK II die Hälfte vom dreißigsten Stockwerk des Javis-Bircham-Gebäudes ein. Wie Blank vorausgesagt hatte, wurde die EDV nicht nur mit den Aufgaben der Vertriebsabteilung – Abonnenten-Belieferung und Auflagenschätzung – fertig, sondern erledigte diese so schnell, daß sie auch für die Lohnabrechnung, die Speicherung der Personalunterlagen und des Pensionsprogramms eingesetzt werden konnte. Die Folge davon war, daß Javis-Bircham mehr als fünfhundert Angestellte entlassen konnte; außerdem ließ sich, wie Blank in seinem Plan dargetan hatte, die Jahresmiete des außerordentlich kostspieligen AMROK II von der Steuer absetzen.

Daniel Blank verdiente augenblicklich 55 000 Dollar im Jahr; sein Spesenkonto war unbegrenzt, er hatte Aussicht auf eine vorteilhafte Altersversorgung und konnte Aktien von Javis-Bircham zum Vorzugspreis erwerben. Er war jetzt sechsunddreißig Jahre alt.

Etwa einen Monat, nachdem er den Vertrieb übernommen hatte, erhielt er eine höchst sonderbare Postkarte von Bob White, auf der nichts weiter stand als: «Womit füttern Sie den Computer? Ha-ha.»

Blank zerbrach sich den Kopf darüber. Was man in den Computer eingegeben hatte, waren selbstverständlich die bisherigen Auflagenziffern, die Anzeigeneinnahmen und Gewinn- und Verlustsummen sämtlicher von Javis-Bircham veröffentlichten Periodica. Zugegebenermaßen stammten die meisten dieser Daten noch aus der Ära White mit seinem Rechenschieber, und daher konnte man sagen, daß eigentlich White es war, der den Computer programmierte. Trotzdem, die Postkarte gab nicht viel her, und Daniel Blank überlegte, warum sein früherer Boss sich wohl die Mühe gemacht hatte, sie ihm zu schicken.

Es erfüllte ihn mit Genugtuung, wenn er den livrierten Pförtner sagen hörte: «Guten Morgen, Mr. Blank», und es war auch ein angenehmes Gefühl, allein im komfortablen Direktorenaufzug in den dreißigsten Stock hinaufzufahren. Sein Büro war ein Eckzimmer mit Auslegeteppich, eigener Toilette und einer gewaltigen, knorrigen Walnußplatte auf schmiedeeisernen Beinen. Diese Dinge zählten.

Ganz bewußt und mit voller Absicht wählte er als Sekretärin eine knochige, achtundzwanzigjährige Witwe, eine Mrs. Cleek, die auf diesen Job dringend angewiesen war und dankbar sein würde. Wie sich herausstellte, war sie tüchtig und farblos, ganz wie er gehofft hatte. Über kleine Eigenheiten sah er gern hinweg: Zimmer- und Schranktüren mußten stets geschlossen sein; Aschbecher und Papiere haarscharf mit den Tischrändern abschneiden oder genau im rechten Winkel dazu liegen. Ein schief hängendes Bild brachte sie zur Verzweiflung. Aber das waren geringfügige Ticks.

Wenn er sein Büro betrat, stand sie bereit, seinen Mantel und seinen Hut wegzuhängen. Schwarzer Kaffee erwartete ihn dampfend auf einem kleinen Plastiktablett, das aus der Kantine im zwanzigsten Stock heraufgebracht worden war.

«Guten Morgen, Mr. Blank», sagte sie mit farbloser Stimme und schaute auf den Stenoblock, den sie in der Hand hielt. «Um halb elf haben Sie eine Besprechung mit dem Pensions-Ausschuß. Danach, um zwölf Uhr dreißig, Lunch mit Acme im *Plaza-Hotel*; es geht dabei um den Dienstleistungs-Vertrag. Ich habe versucht, die Verabredung bestätigt zu bekommen, aber es ist noch niemand da. Ich werde selbstverständlich dort später noch einmal anrufen.»

«Vielen Dank», sagte er. «Ihr Kleid gefällt mir. Ist es neu?»

«Nein», entgegnete sie.

«Bis zur Besprechung bin ich im Computer-Raum, falls Sie mich brauchen.»

Die peinliche Wahrheit war – und das wußte Mrs. Cleek vermutlich –, daß er nichts zu tun hatte. Zwar führte er die Oberaufsicht über eine außerordentlich wichtige Abteilung – vielleicht die wichtigste Abteilung des riesigen Unternehmens überhaupt –, doch fiel es ihm nicht leicht, sich den ganzen Tag über zu beschäftigen.

Er hätte ohne weiteres den Eindruck des überarbeiteten Mannes erwekken können. Viele leitende Angestellte taten unter ähnlichen Umständen genau das. Er konnte überflüssige Einladungen annehmen, mit Papieren unterm Arm durch die Korridore stelzen, die Stirn runzeln und den Kopf schütteln, technische Literatur über weitere EDV-Anlagen anfordern, die auf die Bedürfnisse von Javis-Bircham nicht zugeschnitten waren und sich damit eine Menge völlig unnötiger Korrespondenz aufbürden. Außerdem hätte er sinnlose Geschäftsreisen unternehmen können, um die Arbeitsweise von Zeitschriftengroßhändlern und Druckereien kennenzulernen, er hätte auch Dutzende von Konferenzen und Fachbesprechungen besuchen, dort Vorträge halten und die Dienste williger Mädchen kaufen können.

Das entsprach jedoch nicht seiner Art.

Er brauchte die Arbeit und konnte Untätigkeit nicht lange ertragen. Also wandte er sich der «Expansionspolitik» zu und überlegte, wie er die Vertriebsabteilung und damit seinen Einfluß und seine Macht vergrößern könnte.

In seinem Privatleben verspürte er nach dem kurzen Winterschlaf, der auf seine Scheidung folgte (und in welcher Periode er sich unerklärlicherweise schwor, enthaltsam zu leben) das gleiche Bedürfnis nach Betätigung. Dieser Wunsch etwas zu «tun», datierte von dem Tag, an dem er Celia Montfort kennenlernte. Er drückte den Knopf seines Telefons, um eine Leitung nach draußen zu bekommen, und wählte dann ihre Nummer. Wieder einmal.

Seit dem Sonntag bei Mortons hatte er sie weder gesehen noch mit ihr gesprochen. Ihre Nummer wußte er aus dem Telefonbuch von Manhattan. Dort stand sie: «Montfort, C.» mit einer East-End-Adresse. Doch jedesmal, wenn er anrief, antwortete eine lispelnde männliche Stimme: «Miss Montforts Residenz.»

Blank nahm an, es handelte sich um den Butler oder um den Hausverwalter. Für den zwölfjährigen Bruder klang die Stimme trotz des weichen Geflötes zu erwachsen. Jedesmal erfuhr er, daß Miss Montfort nicht in

New York sei, und nein, er, der Sprecher, wisse auch nicht, wann sie zurückkomme.

Diesmal lautete die Antwort jedoch anders. Zwar hieß es zuerst wieder «Miss Montforts Residenz», doch erhielt er diesmal eine weitere Auskunft: Miss Montfort habe vom Flugplatz aus angerufen, und falls Mr. Blank später noch einmal anrufen wolle, werde Miss Montfort zweifellos zu Hause sein.

Er legte auf. Erregende Hoffnung erfüllte ihn. Er vertraute seinem Instinkt, obwohl er nicht immer sagen konnte, *warum* er so und nicht anders handelte. Er war überzeugt, daß diese eigenartige, beunruhigende Frau etwas für ihn in petto hielt: irgend etwas Bedeutsames. Wenn er die Energie und den Mut hatte, etwas zu tun . . .

Daniel Blank trat in den Vorraum der EDV-Anlage und nickte der Dame am Empfang zu. Dem großen weißemaillierten Schrank rechterhand von der Tür entnahm er einen sterilen, hermetisch in einer teuren Plastikhülle verschlossenen Laborkittel und eine Kappe.

Nachdem er die weiße Kappe aufgesetzt und den Kittel übergezogen hatte, trat er durch die erste Glasschwingtür. Zwei Meter weiter befand sich eine zweite Tür; der Raum dazwischen wurde «Luftschleuse» genannt, obwohl er gar nicht luftdicht verschlossen war, sondern nur von einem kalten blauen fluoreszierenden Licht erhellt, das angeblich keimtötend wirkte. Er hielt einen Moment inne, um die geordnete Aktivität im Computerraum zu beobachten.

AMROK II war vierundzwanzig Stunden am Tag in Betrieb und wurde von drei Schichten zu jeweils zwanzig Helfern betreut. Blank sah mit Befriedigung, daß die gesamte Frühschicht die vorgeschriebenen wegwerfbaren Kittel und Kappen trug. Vier Männer saßen an einem Tisch aus rostfreiem Stahl; die anderen, junge Männer und Frauen, die in ihren weißen Papierkitteln geschlechtslos wirkten, kümmerten sich um die Anlage, die gerade jetzt surrend einen endlosen Streifen ausspuckte, der sich in einem Drahtkorb säuberlich zu teilweise gelochten Blättern faltete. Wie Blank wußte, handelte es sich um eine Aufstellung der Abgaben für die staatliche Arbeitslosenunterstützung.

Das Surren dieses Apparats sowie das sanfte Start-Stop-Geflirre von Magnetbändern auf einem anderen waren die einzigen Geräusche, die Blank vernahm, als er die zweite Schwingtür aus Glas aufstieß und hindurchtrat. Die Weisung, unnötigen Lärm zu vermeiden, wurde gewissenhaft befolgt. Im übrigen war es in diesem Raum nicht nur leise, sondern er war auch staubfrei, und Temperatur sowie Feuchtigkeitsgehalt der Luft waren streng kontrolliert. An Feuer war nicht zu denken. Nicht nur das Rauchen war verboten, sondern bereits das Mitführen von Streichhölzern oder einem Feuerzeug war ein Grund zur fristlosen Entlassung. Die Wände bestanden aus unbemaltem rostfreien Stahl, die Beleuchtung aus Leuchtstoffröhren. Der Computerraum war ein schmuckloses Gewölbe, ein Operationssaal, der an Gummipuffern im Stahlskelett des Verlagshauses aufgehängt war.

Neunzig Prozent von alledem war reiner Humbug. Schließlich handelte es sich weder um ein Atomforschungsinstitut, noch um ein Laboratorium, in dem mit tödlichen Viren experimentiert wurde. Die geschäftlichen Vorgänge, die AMROK II abwickelte, erforderten diese absurden Sicherheitsvorkehrungen keineswegs – weder die sterilen Kappen und Kittel, die «Luftschleuse», noch das Verbot, sich normal zu unterhalten.

Daniel Blank hatte all dies bewußt und mit voller Absicht angeordnet. Noch bevor AMROK II installiert wurde und die Arbeit aufnahm, hatte er erkannt, daß sein Funktionieren für die meisten Mitarbeiter von Javis-Bircham – den Aufsichtsrat nicht ausgenommen – ein ehrfurchtgebietendes Mysterim bedeuten würde, und Blank hatte die Absicht, dafür zu sorgen, daß das, was im Computerraum vor sich ging, auch fürderhin allen ein Rätsel blieb. Damit machte er sich nicht nur unentbehrlich für die Firma, er erleichterte sich auch das Leben am jährlichen «Budget-Tag», an dem er ständig steigende Summen für seine Abteilung forderte.

Blank ging zu dem Stahltisch, an dem die vier jungen Männer sich im Flüsterton unterhielten. Das war seine Sonderabteilung X-I, die tüchtigsten Techniker der Frühschicht. Blank hatte sie auf ein Problem angesetzt, das selbst in diesem Raum noch «Streng geheim» war.

Aus Langeweile, aus dem Wunsch heraus, die Vertriebsabteilung weiter auszubauen, seine persönliche Macht und seinen Einfluß zu vergrößern, war Blank auf den Gedanken verfallen, den einzelnen Zeitschriften vorzuschreiben, in welchem Verhältnis redaktioneller Teil und Anzeigenteil zueinander zu stehen hätten. Früher war dieses Verhältnis wesentlich von technischen Überlegungen bestimmt worden, weil die Druckmaschinen Zeitschriften in Bogen von acht oder sechzehn Seiten drucken konnten. Jetzt erlaubte die Drucktechnik die Herstellung von Zeitschriften in jedem beliebigen Umfang: 15, 47, 76, 103 oder 241 Seiten, was gerade verlangt wurde.

Daß es da gewisse Grenzen gab, lag auf der Hand: Papier kostet Geld, desgleichen die Arbeitszeit der Druckmaschine. Die verschiedenen Herausgeber rangelten ständig mit der Herstellung über den Umfang ihrer

Zeitschriften. Daniel Blank sah eine prächtige Gelegenheit, in diesen Kampf einzugreifen und beide Seiten an die Wand zu drängen, indem er vorschlug, man solle AMROK II darüber bestimmen lassen, wie das Verhältnis von redaktionellem Teil zum Anzeigenteil festzusetzen sei.

Bei diesem Vorhaben würde er, das wußte er, einer lautstarken Opposition gegenüberstehen. Redakteure und Herausgeber würden geltend machen, daß es sich um einen Eingriff in ihr eigenes Arbeitsgebiet handele, und die Herstellung würde darin eine Beschneidung ihrer Macht sehen. Falls es Blank jedoch gelang, ein praktikables Programm vorzulegen, dann konnte er, davon war er überzeugt, einen Sieg über die gewieften Männer davontragen, die in den holzgetäfelten Arbeitsräumen des einunddreißigsten Stocks residierten. Dann bestimmte er – und AMROK II, versteht sich – den Umfang des redaktionellen Teils einer jeden Zeitschrift.

Doch all das war noch Zukunftsmusik. Im Augenblick ereiferte sich die Sonderabteilung X-I darüber, wie man den Computer programmieren müsse. Blank lauschte den im Flüsterton vorgebrachten Argumenten, ließ den Blick von Sprecher zu Sprecher wandern und überlegte dabei, ob es wahr sei, was sie gesagt hatte – daß sie sich manchmal die Brustwarzen rot färbe?

Er wartete bis drei Uhr am Nachmittag, ehe er anrief. Der lispelnde Hausmeister bat ihn, einen Augenblick am Apparat zu bleiben, und ließ sich dann wieder vernehmen mit dem Bescheid: «Miss Montfort bittet Sie, in einer halben Stunde noch einmal anzurufen.» Verwirrt legte Blank auf, ging genau eine halbe Stunde in seinem Büro auf und ab, aß eine eisgekühlte Birne aus seinem kleinen Kühlschrank und rief dann wieder an. Diesmal wurde er mit ihr verbunden.

«Hallo», sagte er. «Wie geht es Ihnen?» (Sollte er «Celia» zu ihr sagen oder «Miss Montfort»?)

«Gut. Und Ihnen?»

«Bestens. Sie sagten, ich dürfe Sie anrufen.»

«Ja.»

«Sind Sie außerhalb von New York gewesen?»

«Außer Landes sogar. In Samarra.»

«Ach?» sagte er in der Hoffnung, daß sie das geistreich fände, «Treffpunkt in Samarra?»

«So etwas Ähnliches.»

«Wo liegt Samarra eigentlich genau?»

«Im Irak. Ich war nur einen Tag da. Eigentlich bin ich ja zu meinen Eltern geflogen. Sie sind im Augenblick in Marrakesch.»

«Wie geht es ihnen denn?» erkundigte er sich höflich.

«Wie immer», sagte sie mit der modulationsschwachen Stimme. «Sie haben sich in den letzten dreißig Jahren kaum verändert. Seit...» Ihre Stimme verklang.

«Seit was?»

«Seit dem Zweiten Weltkrieg. Der hat ihre Pläne zunichte gemacht.»

Sie sprach in Rätseln, aber er wollte nicht aufdringlich sein.

«Morgen abend», sagte er verzweifelt, «geben Mortons eine Cocktail-Party. Wir sind eingeladen. Ich würde gern vorher mit Ihnen essen gehen. Die Party beginnt so gegen zehn Uhr.»

«Ja», sagte sie sofort.«Seien Sie um acht hier. Wir werden etwas trinken und dann essen gehen. Und hinterher gehen wir auf die Party bei Mortons.»

Er wollte «Danke schön» oder «Wunderbar» sagen, «Ich freu mich schon darauf», oder «Bis bald», doch sie hatte bereits aufgelegt. Er starrte auf den toten Hörer in seiner Hand.

Am nächsten Tag, einem Freitag, ging er vorzeitig aus dem Büro nach Hause, um sich auf den Abend vorzubereiten. Er überlegte hin und her, ob er ihr Blumen schicken solle, beschloß dann jedoch, es nicht zu tun. Die beste Art des Vorgehens, fand er, wäre wohl, sie so lange behutsam und bedächtig zu umkreisen, bis er sich in ihrem Geschmack und ihren Vorurteilen auskannte.

Er machte sehr sorgfältig Toilette, rasierte sich, obgleich er sich morgens bereits rasiert hatte, benutzte ein Toilettenwasser für Frauen (*Je Reviens*, ein Duft der ihn erregte), zog französische Unterwäsche an (sehr knappe weiße Nylonhosen) und ein seidenes Hemd mit einem Muster aus weißen und blauen Karos. Die breite Krawatte war unaufdringlich gemustert und kastanienbraun, der Anzug ein Einreiher aus marineblauem Uniformstoff. Zusätzlich zur Armbanduhr und den Manschettenknöpfen steckte er noch einen schweren goldenen Ring an den rechten Zeigefinger und streifte ein Armband aus goldenen Kettengliedern locker über das rechte Handgelenk. Dazu trug er seine «Via Veneto»-Perücke.

Er brach frühzeitig auf, weil er zu Fuß zu ihrer Wohnung gehen wollte. Der Weg war nicht weit, der Abend angenehm.

Sein weiter schwarzer Mantel war aus leichtem englischen Gabardine gearbeitet, hatte Raglanärmel, eine Knopfleiste und Taschen ohne Patten. Nach englischer Mode hatten die Taschen noch einen Schlitz, der dem Träger erlaubte, bei geschlossenem Mantel in Hosen- oder Jackentaschen zu greifen, um Fahrkarte, Geldbörse, Schlüssel, Kleingeld oder Ähnliches hervorzuholen.

Jetzt, da er in der schwefelgeschwängerten Nacht Celia Montforts Wohnung zustrebte, befühlte sich Daniel Blank durch den Taschenschlitz. Für die Vorübergehenden war es ein eleganter Herr, der die Hand lässig in der Manteltasche stecken hatte. Doch unterm Mantel ...

Einmal, kurz nach seiner Trennung von Gilda, war er in diesem Mantel an einem Samstagabend über den Times Square spaziert und hatte sein Glied unter dem weichen Mantel in der Hand gehalten, während er durch die Menge ging und den Vorübergehenden ins Gesicht sah.

Celia Montfort wohnte in einem vierstöckigen Stadthaus. Die Klingel war ein Glockenzug – ein Messingknauf, den man herauszieht und dann losläßt. Daniel Blank sah dergleichen zum erstenmal. Er bewunderte das blanke Messing und die Haustür aus Teakholz, die von einem überraschend großen Mann aufgemacht wurde, der blaß und dünn war und gestreifte Hosen zu einer glänzenden Alpaka-Jacke trug, mit einer rosa Rose im Knopfloch. Daniel fiel ein besonderer Duft auf – nicht sein eigener, sondern ein schwerer, fruchtiger Duft.

«Mein Name ist Daniel Blank», sagte er. «Ich glaube, Miss Monfort erwartet mich.»

«Sehr wohl, Sir», sagte der Mann, der stark lispelte, und hielt die Tür weit auf. «Ich heiße Valenter. Treten Sie ein!»

Es war eine imposante Halle: Marmorfußboden, von dem eine schöne Treppe schwungvoll nach oben führte. Auf einem schlanken Piedestal stand eine Kristallvase mit kirschfarbenen Chrysanthemen. Sie schien langstielige Blumen zu lieben.

«Bitte, warten Sie im Arbeitszimmer. Miss Montfort wird gleich herunterkommen.»

Hut und Mantel wurden ihm abgenommen und irgendwo weggehängt. Dann führte der hagere Mensch ihn in ein eichengetäfeltes Zimmer mit vielen ledergebundenen Büchern.

«Möchten Sie etwas trinken, Sir?»

Das Feuer im kachelverzierten Kamin erzeugte flimmernde Reflexe auf dem glänzenden Leder eines troddelverzierten Sofas. Auf dem Kaminsims überraschte das wunderschön und mit allen Einzelheiten nachgebildete Modell eines Walfangschiffes aus New England. Kaminrost und Schüreisen aus schwarzem Metall mit Messinggriffen.

«Ja danke, gern. Einen Wodka-Martini mit Eis.»

Schwere Brokatvorhänge. Brücken aus ... woher? Aus dem Orient nicht. Aus Griechenland vielleicht? Oder der Türkei? Chinesische Vasen mit Blütenzweigen darin. Ein kassettierter indischer Paravent mit Darstellungen merkwürdiger und aufregender Gestalten. Ein silberner Cocktail-Shaker aus der Prohibitionszeit. 1927 oder 1931 mußte dieser Raum eingefroren sein.

«Mit einer Olive, Sir, oder mit einem Tropfen Zitrone?»

Eine Ahnung von Weihrauch lag in der Luft. Hohe Decke, und zwischen den dunkel gebeizten Balken gemalte Putten mit Grübchen auf den Pobacken. Türen und Fensterrahmen aus Eiche. Die Bronzestatuette einer nackten, bogenschießenden Nymphe. Die «Saite» bildete ein verbogener Draht.

«Mit Zitrone, bitte.»

Jugendstilspiegel an der tapezierten Wand. Kleiner Ölakt von einer Brünetten in mittleren Jahren, die sich das Kinn hielt und auf ihre Hängebrüste mit den verschwommenen Brustwarzen hinunterblinzelte. Zinnbehälter mit verstaubten Rhododendronblättern darin. In einem schwarzen Ledersessel mit hohen, weit ausgreifenden Ohrenbacken der schönste Knabe, den Daniel Blank je gesehen hatte.

«Hallo», sagte der Knabe.

«Hallo!» Er lächelte steif. «Ich bin Daniel Blank. Sie müssen Anthony sein.»

«Tony.»

«Tony.»

«Darf ich Sie Dan nennen?»

«Klar.»

«Können Sie mir zehn Dollar leihen, Dan?»

Blank erschrak und sah ihn sich genauer an. Der Bursche hatte die Knie hochgezogen, umklammerte sie mit den Armen und hatte den Kopf auf die Seite gelegt.

Seine Schönheit war so unirdisch, daß sie zum Fürchten war. Klare, arglose blaue Augen, scharf geschnittene Lippen, die Ohren wie gemeißelt, ein ansprechendes Lächeln, Locken so lang, daß sie das Gesicht und den wohlgeformten Hals umrahmten. Und eine Aura um den Knaben, so rosig wie die Putten, die ihm zu Häupten schwebten.

«Es ist entsetzlich, nicht wahr?» sagte der Junge, «einen Wildfremden um zehn Dollar anzugehen, aber ehrlich gesagt ...»

Blank war augenblicklich auf der Hut und sah nicht nur genau hin, sondern hörte auch aufmerksam zu. Nach seiner Erfahrung war jemand, der sagte: «... ehrlich gesagt ...» oder «... würde ich Sie etwa belügen?» entweder ein Lügner, ein Betrüger oder beides.

«Ich habe nämlich eine einfach hinreißende Jadespange gesehen. Celia würde sich bestimmt wahnsinnig darüber freuen», log der Knabe kühn.

«Selbstverständlich», sagte Blank und holte einen Zehndollarschein aus dem Portemonnaie. Der Junge machte keinerlei Anstalten, auf ihn zuzugehen, also sah Blank sich genötigt, das ganze Zimmer zu durchqueren und ihm das Geld zu bringen.

«Vielen, vielen Dank», sagte der Jüngling matt. «Am Ersten bekomme ich Taschengeld, und dann geb ich es zurück.»

Er zahlte dabei schon – Blank machte sich da nichts vor – alles, was er jemals zurückzahlen würde: mit einem strahlenden Lächeln von solcher Schönheit und so voll von jugendlichem Versprechen, daß Daniel ganz verwirrt war vor Verlangen. Die Situation wurde durch Valenters Eintreten gerettet, der den Martini nicht auf dem Tablett präsentierte, sondern das Glas in der Hand trug. Als Blank es ihm abnahm, berührten seine Finger die Valenters. Der Abend erwies sich bereits als sehr verwirrend.

Sie kam ein paar Augenblicke später herein und trug ein Abendkleid, das genauso geschnitten war wie das schwarze, das sie angehabt hatte, als er sie kennenlernte. Nur war dies hier von einem dunklen, schimmernden Flaschengrün. Um ihren Hals hing eine schwere mattsilberne Kette mit dem Bildnis einer Tiergottheit. Mexikanisch, vermutete Blank.

«Ich habe mich in Samarra mit einem Dichter getroffen», sagte sie bereits, als sie durch die Tür kam und ruhig auf ihn zuging. «Früher habe ich selber Gedichte geschrieben. Habe ich Ihnen das schon erzählt? Nein? Jetzt nicht mehr. Zwar habe ich Talent, aber es reicht nicht aus. Der blinde Dichter in Samarra ist ein Genie. Ein Gedicht ist ein kondensierter Roman. Der Romancier muß seinen Stoff ausbreiten, um begreiflich zu machen, worum es ihm geht, verstehen Sie? Der Dichter tut das Gegenteil, kann aber natürlich nicht so zuversichtlich auf Verständnis hoffen.»

Unversehens neigte sie sich vor und küßte ihn auf die Lippen, während Valenter und der Knabe mit ernster Miene zusahen.

«Wie geht es Ihnen?» fragte sie.

Valenter brachte ihr ein Glas Rotwein. Sie setzte sich neben Blank auf das Ledersofa. Valenter schürte das Feuer, legte noch ein kleines Scheit nach und nahm dann hinter dem Ledersessel Aufstellung, auf dem Anthony sich von Schatten überflackert zusammengekauert hatte.

«Ich hoffe, die Party bei Mortons wird amüsant. «Es war ein Versuch, Konversation zu machen. «Ein Haufen Leute, viel Lärm und großes Gedränge. Aber wir brauchen ja nicht lange zu bleiben.»

«Haben Sie jemals Haschisch geraucht?» fragte sie.

Nervös sah er zu dem Knaben herüber.

«Ich habe es einmal versucht», sagte er leise. «Aber mir sagte es nichts. Ich ziehe Alkohol vor.»

«Trinken Sie viel?»

«Nein.»

Der Junge trug weiße Flanellhosen, weiche weiße Lederschuhe und ein weißes Trikothemd, das seine schlanken Arme unbedeckt ließ. Er bewegte sich langsam, schlug die Beine übereinander, streckte sich und blies die Backen auf. Celia Montfort wandte den Kopf, um zu ihm hinüberzusehen. Ging ein Signal zwischen ihnen hin und her?

«Tony», sagte sie.

Augenblicklich legte Valenter leicht die Hand auf die Schulter des Jungen.

«Zeit für die Schularbeiten, Master Montfort», sagte er.

«Puuhh», machte Tony.

Seite an Seite verließen sie das Zimmer. Unter der Tür blieb der Junge stehen, drehte sich um und verneigte sich gemessen in Richtung auf Blank.

«Ich freue mich sehr, daß ich Sie kennengelernt habe, Sir», sagte er förmlich.

Dann war er verschwunden. Valenter schloß leise die Tür hinter sich.

«Ein Bild von einem Jungen», sagte Daniel. «Auf welche Schule geht er denn?»

Sie gab keine Antwort, und er sah sie an. Sie schaute in ihr Weinglas und drehte den Stiel langsam zwischen ihren langen Fingern. Das glatte schwarze Haar fiel ihr übers Gesicht – ein schmales, nachdenkliches Gesicht, umwölkt und entschlossen.

Sie stellte ihr Weinglas hin, stand auf und ging ziellos im Zimmer hin und her, während er ständig den Kopf drehte, um sie nicht aus den Augen zu verlieren. Sie berührte Dinge, nahm sie auf, stellte sie wieder hin. Er zweifelte nicht daran, daß sie unter dem Abendkleid nackt war. Der Atlasstoff klebte bisweilen an ihrem Körper und rutschte dann weg, lag fest an, glitt leise raschelnd ab.

Während sie auf und ab ging, begann sie einen weiteren Monolog aus ihrem offenbar unerschöpflichen Repertoire. Er spürte, daß sie ihm bewußt etwas vorspielte: kein Schauspiel allerdings, sondern ein Ballett – stilisiert und schwer zu durchschauen. Vor allem spürte er, daß eine Absicht dahinterlag: ein Motiv und ein Plan.

«Meine Eltern sind schon armselige Geschöpfe», sagte sie gerade. «Leben in der Vergangenheit. Aber das heißt überhaupt nicht leben, oder?

Das heißt, sich lebendig begraben. Mutter ist ganz Seidenchiffon, Vater trägt Knickerbocker. Man könnte sie für wandelnde Schaufensterpuppen in einem Mode-Museum halten. Ich suche Würde, und das einzige, was ich finde, ist ... Was ist es, was ich will? Größe, nehme ich an. Ja, daran habe ich gedacht. Aber ist es denn überhaupt möglich, im Leben Größe zu erlangen? Was wir für Größe halten, ist immer mit Untergang und Tod verbunden. Die griechischen Dramen. Napoleons Rückkehr aus Rußland. Lincoln. Das hat übermenschliche Würde. Adel, wenn Sie so wollen. Aber immer mit dem Tod im Hintergrund. Wie edel die Lebenden auch sein mögen, sie schaffen es nie ganz, finden Sie nicht auch? Da muß erst noch der Tod für sie hinzukommen. Was, wenn John Kennedy am Leben geblieben wäre? Noch hat keiner sein Leben als ein Kunstwerk beschrieben, und doch war es das. Mit Anfang, Mitte und Ende. Größe! Die hat der Tod ihm verliehen. Sind Sie bereit? Wollen wir gehen?»

«Hoffentlich mögen Sie französische Küche», brummelte er. «Ich habe einen Tisch reservieren lassen.»

«Das spielt keine Rolle», sagte sie.

Während des Essens ging das Ballett weiter. Sie wollte unbedingt auf einer Bank sitzen, Seite an Seite mit ihm. Bei der Mahlzeit wechselten sie nur wenige Worte. Einmal spießte sie eine dünne Scheibe Hammelfleisch auf und schob sie ihm in den Mund. Aber ihre freie Hand ruhte immer auf seinem Arm, oder auf seinen Knien, oder strich das lange schwarze Haar zurück, so daß der flaschengrüne Atlasstoff sich über ihren vorstehenden Brustwarzen spannte. Einmal, sie waren gerade bei Kognak und Kaffee, schlug sie die Beine übereinander, und ihr Kleid rutschte hoch; das Fleisch ihrer Oberschenkel war vollkommen weiß und glatt und schimmerte. Er mußte unwillkürlich an Muscheln denken und englische Seezunge.

«Mögen Sie die Oper?» fragte sie auf ihre abrupte Weise.

«Nein», gestand er wahrheitsgemäß. «Nicht besonders. Sie ist so ... so gewollt.»

«Ja», pflichtete sie ihm bei. «Das ist sie schon. Gekünstelt. Aber das ist nur ein Kunstgriff: ein dünner Kleiderbügel aus Draht, und an ihm hängt man die Stimme auf.»

Dumm war er nicht, und während sie neben ihm saß, wurde er sich ihrer vorsichtigen Bewegungen bewußt – wie sie ihn streifte, sich zu ihm herüberbeugte, ihr Haar plötzlich liebkosend über seine Wange streichen ließ – das war aufschlußreich, gehörte zu ihrem Ballett. Was sie tat, war gekonnt. Er ahnte zwar nicht, welche Rolle in diesem Tanz er spielen sollte, aber er wollte sie gut spielen.

«Die Stimmen», fuhr sie fort, «diese machtvollen Stimmen, die mir immer das Gefühl von unterdrückter Kraft geben. Bei manchen Sängern spüre ich, daß in ihnen eine Kunst und eine Kraft liegen, die überhaupt noch nicht geweckt worden sind. Ich hab dann das Gefühl, wenn sie sich einmal wirklich losließen, dann könnten sie Trommelfelle zum Platzen und bunte Kirchenfenster zum Zerspringen bringen. Die besten von ihnen könnten, wenn sie einmal alle Hemmungen ablegten, die ganze Welt zum Einsturz bringen. Sie zertrümmern und die einzelnen Brocken sausend ins All hinausschicken.»

Ihre Monologe flößten ihm ein Unterlegenheitsgefühl ein, Wein und Kognak hingegen Mut.

«Warum um alles in der Welt erzählen Sie mir das alles?» wollte er wissen.

Sie neigte sich näher zu ihm und drückte eine altlasüberspannte Brust gegen seinen Arm.

«Es ist das gleiche Gefühl, das auch Sie mir einflößen», flüsterte sie. «Daß Sie die Kraft und die Entschlossenheit haben, die Welt zu zerschmettern!»

Er sah sie an und begann zu ahnen, worauf sie hinauswollte und wie seine Zukunft aussehen würde. Er wollte fragen: «Warum ausgerechnet ich?», fand dann jedoch zu seiner Überraschung, daß das nicht wichtig sei.

Die Party bei Mortons brachte Bewegung in ihren schwerblütigen Abend. Florence und Samuel, beide in Spitzenanzügen aus rotem Samt, schüttelten ihnen an der Tür mit dem verständnisinnigen Schmunzeln der erfolgreichen Kuppler die Hand.

«Kommt rein!» rief Flo.

«Es ist eine fabelhafte Party!» rief Sam.

«Zwei liegen sich schon in den Haaren!» Flo lachte.

«Und einer heult Krokodilstränen!» Sam lachte.

Auf der Party ging es hoch her; jeder war entschlossen, das seine beizutragen. Blank verlor Celia in diesem wirren Wirbel, und in den nächsten Stunden lernte er ein Dutzend Männer und Frauen kennen, die sich einfach treiben ließen, und hörte ihnen zu; sie schwebten heran, stießen zusammen und trieben wieder auseinander. Ihm stand ein schreckliches Bild vor Augen: Abfall in einem Hafenbecken, der auf dem Wasser tanzte, langsam durcheinanderwirbelte, hereingetrieben und vom Meer wieder weggespült.

Plötzlich war sie hinter ihm, fuhr mit den Händen unter sein Jackett und grub ihre Nägel in sein nur durch das Hemd geschütztes Fleisch.

«Ahnen Sie, was heute um Mitternacht passiert?» flüsterte sie.

«Was?»

«Da nehmen alle die Gesichter ab – wie Masken. Und wissen Sie, was darunter ist?»

«Was?»

«Das Gesicht. Immer und immer wieder.»

Sie entschlüpfte ihm; er war viel zu verblüfft, als daß er sie hätte festhalten können. Er wünschte, er könnte nackt vor einem Spiegel stehen und sich vergewissern.

Endlich, endlich tauchte sie wieder auf und zog ihn mit sich fort. Sie winkten Gastgeber und Gastgeberin zu und traten schwer atmend auf den stillen Korridor hinaus. Im Aufzug warf sie sich in seine Arme, biß ihm ins linke Ohrläppchen, als er «Oh!» sagte und der Lautsprecher «My Old Kentucky Home» dudelte. Er war krank vor Begierde und wußte doch, daß das, worauf er sich einließ, gefährlich und unvernünftig war. Er schwankte; es gab hier weder Felshaken noch Eispickel.

Valenter war es, der ihnen die Tür öffnete: die rosa Rose war welk geworden. Sein Gesicht schimmerte wie ein blankgescheuerter Eisentopf, die Lippen sahen aus, als hätte er einen Bluterguß darin. Vor dem Kamin servierte er schwarzen Kaffee. Sie saßen auf dem Ledersofa und starrten in die Glut.

«Haben Sie sonst noch einen Wunsch, Miss Montfort?»

Sie schüttelte den Kopf, und er zog sich lautlos zurück; Daniel Blank brachte es nicht über sich, ihn anzusehen. Was, wenn Valenter ihm zugezwinkert hätte?

Celia verließ das Zimmer und kam mit zwei Schnapsgläsern und einer halbvollen Flasche Schnaps wieder.

«Was ist das?», fragte er.

«Eine Art Branntwein», sagte sie und setzte sich wieder. «Aus Burgund, glaube ich. Wird aus den Trestern gebrannt. Sehr stark.»

Sie schenkte ein Glas voll, und bevor sie es ihm reichte, sah sie ihm tief in die Augen und fuhr dabei mit ihrer langen roten Zunge um den Rand des Glases. Er nahm es entgegen und nippte dankbar daran.

«Ja», sagte er und nickte. «Sehr stark.»

«Diese Leute heute abend», sagte sie. «Wie inkonsequent sie sind. Die meisten von ihnen sind doch intelligent, aufgeweckt und talentiert. Aber es fehlt ihnen einfach an der Gelegenheit. Sich ganz auszuliefern, meine ich. An etwas Wichtiges und Umwerfendes. Dabei sehnen sie sich mehr danach, als sie ahnen. Sich hinzugeben. An was? An den Umweltschutz, Kindertagesheime oder Rassengleichheit? Sie spüren, daß es um etwas geht, was darüber hinausreicht. Und Gott ist tot. Daher ... der Lärm und die Hysterie. Fänden sie nur ...»

Ihre Stimme verklang. Er sah auf.

«Wenn sie was fänden?», fragte er.

«Ach», sagte sie, einen unbestimmten Ausdruck in den Augen. «Sie wissen schon.»

Sie erhob sich von dem Sofa. Als er sich gleichfalls erhob, trat sie unerwartet ganz dicht an ihn heran, hob die Hand und zog behutsam das untere Lid seines rechten Auges herunter. Unverwandt betrachtete sie den bloßgelegten Augapfel.

«Was?» fragte er. Er wußte nicht, was er davon halten sollte.

«Sie sind nicht inkonsequent», sagte sie, faßte ihn bei der Hand und führte ihn nach oben. «Kein bißchen.»

Benommen vom Alkohol und all dem Unerwarteten, das ihm widerfuhr, folgte er ihr widerspruchslos. Sie stiegen die hübsche Marmortreppe bis zum ersten Stock hinauf, gingen dort durch eine schäbige Holztür und stiegen dann noch zwei abgetretene hölzerne Stiegen hinauf, die von Spinnweben verhangen waren, welche ihm den Mund küßten.

«Was *ist* das?» fragte er einmal.

«Dort oben *lebe* ich», entgegnete sie, drehte sich plötzlich um, griff, da sie höher stand als er, hinunter und drückte seinen Kopf gegen das kühle Atlasgewebe zwischen Bauch und Schenkeln.

Es war eine Geste, die über das Obszöne weit hinausging und ihn auf diesen staubigen Treppenstufen zitternd in die Knie gehen ließ.

«Ruh dich einen Augenblick aus», sagte sie.

«Ich bin Bergsteiger», sagte er, und ihr geflüsterter Wortwechsel kam ihm so albern vor, daß er ein kurzes, bellendes Lachen ausstieß, das von den gleichgültigen Wänden zurückgeworfen wurde. «Was?» fragte er noch und wußte es doch die ganze Zeit über.

Es war eine kleine Kammer mit rohen Holzwänden, flüchtig verputzt und von weißen Streifen überzogen wie von den Krallenspuren eines wilden Tieres, das verzweifelt an den Wänden gekratzt hatte, um zu entfliehen. Es stand nur eine flache Eisenbettstelle mit geflochtenen Blechstreifen darin, über die eine dünne Matratze geworfen war, deren gestreifter grauer Drillich Flecken und Brandstellen aufwies.

Außerdem war noch ein Küchenstuhl da, mehrfach übermalt und so zerschrammt, daß an den abgesplitterten Stellen ein Dutzend Farben sichtbar waren. Von einer staubigen Strippe hing eine nackte orangefarbene Glühbirne herab.

Der Fußboden war mit abgewetztem Linoleum bedeckt, durch dessen Muster der schwarze Untergrund sichtbar war. Der rahmenlose Spiegel an der Innenseite der Tür war trüb und wies Sprünge auf. Der eiserne Aschbecher auf dem Boden neben der Pritsche quoll von kalten Kippen über. Es roch modrig nach Meltau und abgestandener Liebe.

«Schön!» sagte Daniel Blank und sah sich mit großen Augen um. «Eine richtige Bühnenkulisse. Jeden Augenblick könnte jetzt eine Wand beiseite geschoben werden, und dann ist das Publikum da und klatscht höflich. Wie geht mein Text?»

«Nimm deine Perücke ab!» sagte sie.

Er tat es, stand neben der Pritsche, die Perücke unbeholfen in beiden Händen, als bringe er ihr ein kleines, totes Tier.

Sie kam näher und liebkoste seinen rasierten Schädel mit beiden Händen.

«Gefällt dir diese Kammer?» fragte sie.

«Hm – es ist nicht gerade das, was ich mir unter einem Liebesnest vorstelle.»

«Oh, es ist aber auch mehr als das. Viel mehr. Leg dich hin!»

Übertrieben vorsichtig und nicht ohne einen gewissen Ekel setzte er sich auf die fleckige Matratze. Sanft drückte sie ihn zurück. Er starrte die nackte Glühbirne an, die eine Aura um sich zu haben schien, einen schimmernden Kranz aus einer Million funkelnder feinster Teilchen, die pulsierten, sich zusammenzogen, sich ausdehnten, bis sie den ganzen Raum ausfüllten.

Und dann, fast ehe er überhaupt merkte, daß es angefangen hatte, bearbeitete sie ihn. Er konnte es einfach nicht fassen, daß diese intelligente, ernste, zurückhaltende Frau all dies mit ihm anstellte. Angst schoß ihm in die Glieder, und er murmelte protestierend ein paar Worte. Aber ihre Stimme war sanft und beruhigend. Nach einer Weile lag er einfach da, hielt die Augen geschlossen und ließ sie tun, was sie wollte.

«Schrei, wenn dir danach ist», sagte sie. «Kein Mensch kann es hören.»

Er biß jedoch die Zähne aufeinander und glaubte, vor Lust sterben zu müssen.

Als er die Augen aufschlug, sah er sie nackt neben sich liegen, ihr langer weißer Körper so schlaff wie ein aufgeschlitzter Fisch. Mit geübten Fingern schickte sie sich an, ihn auszuziehen ... machte Knöpfe auf ... zog

Reißverschlüsse herunter ... zog so behutsam an seinem Zeug, daß er sich kaum zu rühren brauchte ...

Und dann benutzte sie ihn, *benutzte* ihn, und ihm dämmerte allmählich, was ihm beschieden sein könnte. Die Angst schwand in einer Art sexueller Schwäche, wie er sie noch nie erlebt hatte; ihre kräftigen Hände zerrten an ihm, und ihre trockene Zunge fuhr über seine glühende Haut wie ein Reibeisen.

«Bald», versprach sie, «bald.»

Einmal verspürte er einen so heftigen und so süßen Schmerz, daß er glaubte, sie hätte ihn umgebracht. Ein andermal hörte er sie lachen: ein dick-quellendes, gurgelndes Geräusch. Einmal schlang sie ihr glattes schwarzes Haar um ihn, knotete eine Schlinge daraus und zog sie zu.

Es ging endlos weiter, sein Wille verflüchtigte sich, ein großes Gewicht fiel von ihm ab, und er war bereit, jeden Preis zu zahlen. Das war Bergsteigen: Sendung, Gefahr, Erhabenheit. Und schließlich: der Gipfel.

Später erforschte er ihren Körper und sah – zum erstenmal – daß sie die Achseln nicht ausrasiert hatte. In den feuchten, parfümierten Härchen unter ihrem linken Arm entdeckte er eine eigenartig gemusterte kleine Tätowierung.

Noch später dämmerten sie, die verschwitzten Arme umeinander geschlungen, bei ausgeknipsten Licht dahin; er wurde halb wach und spürte, daß noch jemand im Raum war. Die Tür zum Flur stand ein wenig offen. Durch verschwollene Lider sah er jemand stumm am Fußende der Pritsche stehen und auf ihre verschlungenen Glieder herniederstarren.

Im dämmerigen Licht hatte Daniel Blank den verschwommenen Eindruck von etwas Nacktem oder Weißgekleidetem. Er hob den Kopf und stieß einen zischenden Laut aus. Die Erscheinung verschwand. Langsam schloß sich die Tür, und er blieb allein mit ihr in der schaurigen Kammer zurück.

5

Eines Nachts, als er nackt und allein zwischen den Laken lag, sann Daniel Blank darüber nach, ob diese Welt nicht womöglich der Traum einer anderen Welt sei. Es war immerhin denkbar: irgendwo ein anderer Planet, von gefühlsbegabten Lebewesen höherer Intelligenz bewohnt, die zum Spaß einen gemeinsamen Traum träumten. Und die Erde war dieser Traum, angefüllt mit Phantasien, Groteskem, Bösem – all den irrationalen

Dingen, die sie in ihrem täglichen Leben verdrängten, denen sie sich jedoch im Schlaf zuwandten, um zu entspannen. Aus Spaß.

Dann sind wir alle Schall und Rauch, sind wir Geschöpfe der Mitternachtsvisionen einer anderen Welt, gehen wir so unlogisch durch das Leben wie in einem x-beliebigen Traum – und genauso realistisch. Wir existieren nur im Schlummer eines Fremden, und wenn er erwacht und über das verworrene, verrückte Geschehen, das sein Schlaf ersonnen, lächelt, ist das unser Tod.

Es wollte Blank scheinen, als ob sein Dasein, seit er Celia Montfort kennengelernt, das Wesen eines Traums angenommen habe, das nebelhafte Wesen eines Traums, in dem es bisweilen wild und grell aufblitzte. Sein Leben war etwas unendlich Veränderbares geworden, und kurz bevor er selbst in seinen eigenen verworrenen Traum fiel, überlegte er noch, ob nicht AMROK II, wenn man ihn nur richtig programmierte, im Handumdrehen ausspucken könnte, was es bedeutete – nämlich etwas, was enorme Konsequenzen hätte.

«Nein, nein», sagte Celia Montfort mit größtem Nachdruck und lehnte sich dabei im Kreis des Kerzenlichtes vor. «Das Böse ist nicht nur das Fehlen des Guten. Es ist nicht nur Unterlassung oder Versäumnis, sondern ein Auftrag, ist aktives Tun. Man kann nicht jemand böse nennen, nur weil er Menschen verhungern läßt, um die bescheidenen Mittel seines Landes in die Schwerindustrie zu stecken. Das war eine politische und ökonomische Entscheidung. Vielleicht hat er recht, vielleicht nicht. So was interessiert mich nicht. Aber ich glaube, daß ihr unrecht habt, wenn ihr ihn böse nennt. Das Böse ist eigentlich eine Art Religion. Ich halte ihn für nichts weiter als einen Narren, der Gutes tun will. Aber böse – nein! Böse sein, dazu gehört Intelligenz und bewußte Absicht. Findest du nicht, Daniel?»

Sie wandte sich ihm plötzlich zu. Seine Hand zitterte, und er verschüttete ein paar Tropfen Rotwein, die auf das ungebügelte Leinentischtuch fielen, wo sie sich ausbreiteten wie ein Blutgerinnsel.

«Nun ja . . .» sagte er langsam.

Sie hatte zum Abendessen eingeladen: Blank, Mortons und Anthony Montfort saßen um einen gewaltigen, kerzenbeleuchteten Eßtisch in einer frostigen Höhle von Speisesaal.

Sie tranken faden Beaujolais, und die Unterhaltung drehte sich um den Staatsbesuch des Diktators eines neuen afrikanischen Staates, eines Mannes, der weißpaspelierte Westen und ein Schulterhalfter samt Pistole trug.

«Nein, Samuel.» Celia schüttelte den Kopf. «Er ist nicht böse. Sie gehen mit dem Wort zu leichtfertig um. Der Mann ist doch nichts weiter als ein Stümper. Habgierig vielleicht. Oder darauf aus, sich an seinen Feinden zu rächen. Aber Habgier und Rachsucht sind doch nur niedrige Motive. Das wahre Böse hat etwas Edles, wie jeder Glaube. Glaube setzt rückhaltlose Hingabe voraus, bedeutet Verzicht auf die Vernunft.»

«Wer war denn böse?» fragte Florence Morton.

«Hitler?» fragte Samuel Morton.

Celia sah sich langsam in der Tischrunde um. «Ihr versteht einfach nicht», sagte sie dann leise. «Ich rede doch nicht vom Bösen um des Ehrgeizes willen. Ich rede vom Bösen um des Bösen willen. Hitler nicht, nein. Ich meine die Heiligen des Bösen, die eine Vision haben und ihr folgen. Genauso wie die christlichen Heiligen eine Vision des Guten hatten und ihr folgten. Ich glaube nicht, daß es moderne Heilige gegeben hat – weder des Guten *noch* des Bösen. Aber die Möglichkeit dazu ist in uns angelegt. In allen von uns.»

«Ich verstehe», sagte Anthony Montfort laut, und alle drehten sich verwundert nach ihm um.

«Böses tun, weil es Spaß macht», sagte der Junge.

«Ja, Tony», sagte seine Schwester freundlich und lächelte ihm zu. «Weil es Spaß macht. Trinken wir den Kaffee im Arbeitszimmer! Das Feuer im Kamin dort brennt.»

In der Kammer oben glühte die nackte Birne in der Luft: ein trüber Mond. Es roch nach Ebbe und Kriechtieren. Einmal hörte er ganz schwach Gelächter, und Daniel Blank überlegte, ob es wohl Tony sei, der da lachte, und warum er es tat.

Sie lagen unbekleidet da und starrten einander durch die dunklen Sonnenbrillen an, die sie besorgt hatte. Das heißt: er starrte – aber sie auch? Er konnte es nicht sagen. Aber wie dem auch sei: blinde Augen blickten blinde Augen an, Scheiben von Schwarz vor weißer Haut. Wieder spürte er die Beseligung, die ihn erschauern ließ: Es war das Mysterium.

Langsam ging ihr Mund auf, ihre lange Zunge glitt heraus und lag dann schlaff zwischen trockenen Lippen. Waren ihre Augen geschlossen? Sah sie die Wand an? Er mühte sich, genauer hinzusehen, und entdeckte hinter dem dunklen Glas einen fernen Glanz. Eine ihrer Hände wand sich würmgleich zwischen ihren Schenkeln, und ein winziges Speichelbläschen erschien in einem Mundwinkel. Er hörte sie atmen.

Er drängte sich an sie. Sie wich zurück und murmelte etwas. Einiges von dem, was sie sagte, verstand er, doch vieles blieb für ihn ein Rätsel. «Was ist? Was ist? wollte er fragen, doch tat er es nicht aus Angst, die Antwort könnte belangloser sein, als er hoffte. So schwieg er und lauschte ihrem Gemurmel, fühlte, wie ihre Fingerspitzen an seiner zuckenden Haut zupften.

Die schwarzen Deckel ihrer Augen wurden zu Höhlen, Schächte, die durch Fleisch, Knochen, Pritsche, Boden, Haus, Erde hindurchgingen und schließlich bis in ferne, dunkle Gefilde hineinreichten. Er schwebte diese leeren Korridore entlang, durch die ihre nackten Hände ihn zerrten.

Ihr Gemurmel hörte nie auf. Sie umkreiste es immer wieder, umspann es, nannte es jedoch nicht einmal beim Namen – das, was sie wollte. Er fragte sich, ob es wohl eine Bezeichnung dafür gäbe, denn dann konnte er glauben, daß es das auch wirklich gab. Gab es jedoch keinen Namen dafür, kein Wort, es eindeutig zu etikettieren, dann war es eine absolute Realität, die über sein Begriffsvermögen hinausging, unendlich wie die Dunkelheit, durch die er, von ihren hungrigen Händen gezerrt wurde.

«Wir haben alles über sie herausbekommen!» Florence Morton lachte.

«Naja . . . nicht alles, aber einiges!» Samuel Morton lachte.

Sie waren spätabends vor Daniels Tür erschienen, beide im gleichen Aufzug: in blauen Wildlederjeans und fransenbesetzten Jacken. Es hielt schwer, Mann und Frau in ihnen zu sehen; sie waren gesichtslose Zwillinge mit knochigen Körpern, Vogelgesichtern und dem geölten, helmartigen Schopf.

Er bat sie auf einen Drink herein. Mortons ließen sich auf der Couch nieder und hielten sich bei den Händen.

«Wie habt ihr es herausgefunden?» erkundigte er sich neugierig.

«Wir wissen alles», sagte Florence.

«Wir haben unsere Spione überall», sagte Samuel.

Daniel Blank lächelte. Fast stimmte es ja.

«Da ist viel Geld», sagte Flo. «Von ihrem Großvater mütterlicherseits. Öl und Stahl. Muß das Geld nur so gescheffelt haben. Der feine Stall, das war die Familie ihres Vaters. Außer gutem Aussehen hat er kaum was geerbt. Man sagt, er sei der schönste Mann seiner Generation in Amerika gewesen. In Princeton hieß er nur ‹Beau Montfort›. Aber sein Studium hat er nie beendet. Er flog raus, weil er jemanden aufs Kreuz legte – wer war's doch noch gleich, Samovel?»

Die Frau eines Dekans oder ein Spülmädchen – irgend so jemand. Egal –

jedenfalls war's Ende der zwanziger Jahre. Und dann heiratete er all dies Öl und den Stahl, unterstützte Roosevelts Kampagne mit einer saftigen Spende und bildete sich ein, er würde Botschafter in London werden. Aber so dumm war FDR nun auch wieder nicht. Er ernannte Montfort zum ‹Sonderbotschafter› und sorgte dafür, daß er aus Washington verschwand. Dieses Schlitzohr! Die Montforts aber genossen es. Sie soffen und beschworen Skandale herauf. Das Gespräch des Tages in Europa! Celia wurde in Lausanne geboren. Doch dann setzten sie sich in die Nesseln. Ihre Eltern ließen sich mit den Nazis ein, und Papa konnte den lieben Herrn Hitler gar nicht hoch genug preisen. Daraufhin ließ Roosevelt ihn natürlich fallen. Und von da an taten sie, soweit wir wissen, nichts weiter, als in großem Stil rumzugammeln.»

«Und was ist mit Celia?» fragte Daniel. «Ist Tony wirklich ihr Bruder?»

Verwundert blickten sie ihn an.

«Hast du daran gezweifelt?» fragte Flo.

«Hast du es erraten?» fragte Sam.

«Eindeutig gesagt hat es uns niemand», gab sie zu. «Kein Mensch weiß es mit Gewißheit.»

«Allerdings könnte Tony ihr Sohn sein.» Flo nickte.

«Altersmäßig kommt es hin.» Sam nickte. «Aber verheiratet war sie nie. Soviel weiß man immerhin.»

«Es gibt Gerüchte.»

«Sie ist eine sonderbare Frau.»

«Und wer ist Valenter?»

«In welcher Beziehung steht er zu ihr?»

«Und zu Tony?»

«Und wohin verreist sie so häufig?»

«Und kommt mit blauen Flecken zurück? Was *tut* sie da?»

«Warum wollen ihre Eltern sie nicht bei sich in Europa haben?»

«Was ist *los* mit ihr?»

«Wer *ist* sie?»

«Mir ist das egal», flüsterte Daniel Blank. «Ich liebe sie.»

Eines Abends arbeitete er noch spät in seinem Büro. Vom Boten hatte er sich aus der Kantine einen Salat und schwarzen Kaffee heraufbringen lassen. Während er aß, ging er die letzte Fassung des Plans durch, den er der Herstellungsleitung am nächsten Tag vorlegen wollte: AMROK II sollte das Verhältnis zwischen Anzeigenteil und redaktionellem Teil aller Verlagserzeugnisse bestimmen.

Der Entwurf erschien ihm gemäßigt im Ton, logisch aufgebaut und einleuchtend. Was fehlte, das erkannte Blank, war die Überzeugungskraft. Er war so aufregend wie eine Versicherungspolice und so begeisternd wie der Schriftsatz eines Anwalts für Körperschaftsrecht; er schob ihn über den Tisch, saß da und starrte darauf.

Er wußte, daß es seine Schuld war: Er hatte das Interesse daran verloren. Gewiß, der Plan war durchaus brauchbar und einleuchtend, doch schien er ihm jetzt nicht mehr von großer Wichtigkeit.

Er war sich sogar über den Grund für seine Gleichgültigkeit im klaren: Celia Montfort. Verglichen mit ihr, mit seinem Verhältnis zu ihr, war seine Aufgabe bei Javis-Bircham ein Spiel für große Jungen, nicht schlechter und nicht besser als Go oder Monopoly. Er tat alles, was getan werden mußte, befolgte alle Regeln, war aber nicht richtig bei der Sache.

Er brütete vor sich hin, überlegte, wozu sie ihn wohl noch bringen würde. Endlich raffte er sich auf und nahm Trenchcoat und Hut. Den Entwurf ließ er auf dem Tisch liegen – zusammen mit den Essensresten und der Neige Kaffee in dem Plastikbecher. Auf dem Weg zum Direktions-Aufzug warf er einen Blick durch das Fenster des Computerraums. Die weißgekleideten Leute von der Nachtschicht glitten langsam auf Kreppsohlen über den Bodenbelag aus Kork, als schwebten sie durch einen sterilen Traum.

Von kurzen Windstößen getrieben, kam der Regen in Schauern und Schwällen. Taxis waren nirgends zu sehen. Blank schlug den Mantelkragen hoch, zog die Hutkrempe ins Gesicht und kämpfte sich in Richtung 8th Avenue voran. Wenn er kein Taxi fand, würde er in der 42nd Street einen Bus bis zur 1st Avenue nehmen und dort umsteigen.

Als er sich dem Zeitungskiosk beim U-Bahn-Eingang 42nd Street näherte, kam ihm eine Schar kichernder Mädchen in auffälligen roten, gelben, grünen und blauen Party-Kleidern unter offenen Mänteln entgegen; ihre langen Haare wurden vom Wind zerzaust. Blank machte große Augen; was hatten solche Schönheiten in dieser verrufenen Straße zu suchen?

Dann ging ihm ein Licht auf. Es waren alles Jungen und junge Männer, Transvestiten auf dem Weg zu einer Fête. In Seidenfummel und Spitzengewand, Abendpumps und wehenden Perücken, mit blutrot gefärbten Lippen, dunklem Augen-Make-up und rasierten Beinen in Nylon-Strumpfhosen, ausgestopften Brüsten, wedelnden Händen und kehligem Gelächter.

Weiche Finger legten sich auf seinen Arm. Eine spöttische Stimme:

«Dan!»

Es war Anthony Montfort, der sich umdrehte und ihm kokett zuwinkte. Wie eine Flamme loderte sein blondes Haar im Regen. Und dann, ein paar Schritte hinter ihm, der große, hagere, in einen schwarzen Regenmantel gehüllte Valenter.

Daniel stand da und sah der die Avenue hinabeilenden und immer kleiner werdenden Prozession nach. Er hörte Rufe, rauhkehlige Schreie. Dann waren sie verschwunden, und er starrte ins Leere.

Sie fuhr weg – einen Tag, zwei Tage, eine Woche. War sie nicht verreist, durfte er ebenfalls nicht mit ihr sprechen, sondern hörte nur Valenters «Miss Montforts Residenz» nebst der Auskunft, sie sei nicht zu Hause.

Ihm ging auf, daß diese unerklärten Abwesenheiten unweigerlich auf ihre erotischen Rituale in der Dachkammer folgten. Am Tag darauf pflegte er, vor Liebe und von der Erinnerung an die genossenen Freuden in den Grundfesten erschüttert, anzurufen und mußte dann jedesmal feststellen, daß sie fort war oder aber ihn nicht sprechen wollte.

Er glaubte, daß sie mit ihm spielte, daß das zu dem bedeutungsvollen Ballett gehörte, das sie tanzte. Sie näherte sich ihm, berührte ihn und zog sich wieder zurück. Er folgte ihr, sie lachte, er berührte sie, sie liebkoste ihn, er streckte die Hände aus, sie zog sich zurück, den Finger lockend gekrümmt. Der Tanz berauschte ihn.

Einmal, nachdem sie vier Tage fortgewesen war, fand er sie erschöpft und ausgelaugt, mit gelben Quetschungen an Armen und Beinen und violetten Ringen unter den Augen. Wo sie gewesen sei und was sie getan habe, wollte sie ihm nicht sagen. Schlaff und ohne Widerstand zu bieten lag sie da und verlangte von ihm, daß er sie mißhandelte. Voller Zorn tat er das, woraufhin sie ihm dankte. Gehörte auch das zu ihrem Plan?

Sie war ein unentwirrbares Knäuel von Absonderlichkeiten. Für gewöhnlich war sie wohlgepflegt, gebadet und parfümiert, bürstete ihr langes Haar, daß es glänzte, feilte und lackierte die Nägel. Eines Abends kam sie jedoch als abgetakelte alte Hure in seine Wohnung. Wie er entdeckte, hatte sie nicht gebadet. Sie spielte die zügellose Schlampe, sah ihn aus höhnischen Augen an und führte gemeine und zotige Reden. Er konnte ihr nicht widerstehen.

Sie spielte seltsame Spiele. Eines Abends zog sie ein Kinderkleidchen an, hockte sich auf seinen Schoß und sagte ‹Daddy› zu ihm. Ein andermal – wie hatte sie das nur erraten? – kaufte sie ihm eine Goldkette und bestand darauf, daß er sie um die schmale Taille trug. Sie biß ihn. Er dachte, sie sei verrückt vor Liebe zu ihm, doch als er die Arme nach ihr ausstreckte, war sie nicht da.

Er wußte, was geschah, aber es machte ihm nichts aus. Nur sie war wichtig. Sie las ihm ein Gedicht in einer Sprache vor, die er nicht verstand, dann leckte sie ihm die Augen. Eines Nachts versuchte er, ihr einen Kuß zu geben – einen unschuldigen Kuß auf die Wange, einen Begrüßungskuß – und sie schlug ihm die geballte Faust ans Kinn. Im nächsten Augenblick war sie auf den Knien und nestelte seinen Hosenschlitz auf.

Ihre Monologe nahmen und nahmen kein Ende. Sie konnte stundenlang schweigen und dann über Sünde und Liebe an ihn hinpredigen, über das Böse und die Götter, und warum Sex über das Sexuelle hinausgehen müsse. Richtete sie ihn ab? Schulte sie ihn? Er hielt das für möglich und lernte.

Dann blieb sie für fast eine Woche verschwunden. Nach ihrer Rückkehr führte er sie zum Abendessen aus, doch es wurde kein schöner Abend daraus. Sie war wortkarg und in sich gekehrt. Nur ein einziges Mal sah sie ihn direkt an. Gleich darauf schlug sie die Augen nieder und berührte mit dem Mittelfinger der rechten Hand das weiße Tischtuch, strich darüber hin und streichelte es liebevoll.

Sie nahm ihn mit zu sich, und er stieg folgsam hinter ihr her die spinnwebverhangene Stiege hinauf. In der Dachkammer, nackt unter dem grellen orangefarbenen Licht stehend, zeigte sie ihm die afrikanischen Masken.

Und dann sagte sie ihm, was er für sie tun solle.

6

Handbreit um Handbreit arbeitete Daniel Blank sich den Kamin zum Teufelszahn hinauf. Er spürte die Kälte des Steins an seiner Schulter, an den Innenflächen seiner behandschuhten Hände und durch die schweren Bergschuhe hindurch. Es war dunkel im Spalt; die Kälte war feucht und roch nach Tod.

Vorsichtig schlängelte er sich bis zur Plattform hinauf. Tags zuvor hatte es leichtes Schneegestöber gegeben, und so erwartete er Eis. Stellenweise war auch eine dünne Schicht da, und nachdem er den Rucksack hochgehievt hatte, benutzte er den Eispickel, um das Eis abzukratzen und die Splitter über den Rand zu schieben. Dann konnte er sich in den steigeisenbewehrten Kletterschuhen aufrichten und sich forschend umblicken.

Der Himmel war finster, im Westen sah es nach mehr Schnee aus. Schmutzige Wolken hingen wie Schaum vor der Sonne; der Wind wehte ohne Unterlaß und ging ihm durch und durch. Dies würde bis zum Frühjahr sein letzter Aufstieg sein. Nach Thanksgiving Day, dem letzten Donnerstag im November, wurde der Park geschlossen; es gab hier keine Skipisten, und im Winter waren die Felsen zu gefährlich.

Er saß auf dem Stein, verzehrte ein Zwiebel-Sandwich und trank einen Becher Kaffee, der im selben Moment zu gefrieren schien, da er ihn einschenkte. Er hatte eine Taschenflasche Kognak mitgebracht und nahm kleine Schlucke daraus. Wärme breitete sich in ihm aus wie frisches Blut, und er dachte an Celia.

Auch sie pulsierte in ihm wie frisches Blut; etwas schmolz in seinem Herzen, in seinen Eingeweiden, seinen Lenden. Sie war es, die ihn zum Schmelzen brachte – und nicht nur sein Fleisch. Er spürte ihre Hitze in jedem wachen Gedanken, in seinen gedrängten Träumen. Seine Liebe zu ihr hatte ihn bewußt, hatte ihn empfänglich gemacht für eine Welt, die es für andere gab und deren Vorhandensein er früher nicht einmal geahnt hatte.

Er war ein Einzelkind gewesen, in einem Haus aufgewachsen, das nach Desinfektionsmitteln und dem Gin seiner Mutter roch. Sein Vater erfreute sich eines bescheidenen Wohlstands, von einer Tante geerbt, und arbeitete in einer Bank. Seine Mutter trank und sammelte Lalique-Glas. Das war in Indiana gewesen.

Es war ein schweigendes Haus, und wenn Daniel in späteren Jahren versuchte, sich daran zu erinnern, stellte er sich absurderweise das ganze Haus gekachelt vor: Wände, Fußböden, Decken, alles mit weißen Kacheln bedeckt, Emaille auf Stahl, genauso wie ein blinkender U-Bahn-Tunnel, der kein Ende nahm und ins Nichts führte. Vielleicht war das bloß ein Traum, an den er sich erinnerte.

Er war immer ein Einzelgänger gewesen; seine Eltern hatten ihn nie auf den Mund geküßt, sondern immer die Wange hingehalten. Weiße Kacheln. Seine glücklichste Kindheitserinnerung galt einem Geburtstagsgeschenk, das er von einem farbigen Hausmädchen bekommen hatte: ein Schaukasten für seine Gesteinssammlung. Ihr Mann hatte ihn aus einer alten Apfelsinenkiste gebastelt, das rohe Holz sorgfältig abgeschmirgelt und es mit dünnem schwarzen Stoff ausgekleidet. Er war wunderschön, genau das, was er sich gewünscht hatte. Zum selben Geburtstag erhielt er von seiner Mutter Taschentücher und Unterwäsche und von seinem Vater festverzinsliche Wertpapiere.

Auch im College war er ein Einzelgänger geblieben. In seinem zweiten Jahr verlor er in einem der Bordelle des College-Städtchens seine Jungfräulichkeit, und während der letzten beiden Jahre hatte er eine tröstliche Affäre mit einem jüdischen Mädchen aus Boston. Sie war zwar häßlich, doch sie hatte irre Augen und einen Körper, der überhaupt kein Ende nahm. Außer für Vögeln hatte sie für nichts Interesse, und das war ihm ganz recht.

Er fand ein Stück Sardonyx, das er in seiner Gesteinstrommel und auf einem Schleifstein polierte. Zwar war es kein kostbarer Stein, aber er fand ihn schön. Das jüdische Mädchen lachte, als er ihn ihr zum bestandenen Examen schenkte. «Scheiß-Goy», «Scheiß Goy», sagte sie.

Er selbst bekam zum Abgang vom College von seinen Eltern eine Europareise geschenkt, eine *grand tour* durch ein Dutzend Länder und genug Zeit, in der Schweiz Berge zu besteigen und in Südfrankreich archäologische Grabungen zu besuchen. In der Nacht vor dem Abflug lag er mit dem jüdischen Mädchen, das eigens für eine letzte Nummer aus Boston gekommen war, im Bett, als der Rechtsanwalt der Familie ihm telefonisch mitteilte, seine Eltern seien auf der Heimfahrt von einer Party von der Fahrbahn abgekommen und im Wagen verbrannt.

Daniel Blank überlegte eine Minute, dann trug er dem Anwalt auf, das Haus zu verkaufen, den Nachlaß zu ordnen und seine Eltern zu begraben. Er selbst werde erst nach der Europareise nach Hause kommen. Das Mädchen aus Boston hörte alles, was er ins Telefon sagte. Als er auflegte, war sie schon angezogen und marschierte, ihr Louis Vuitton-Köfferchen in der Hand, zum Hotelzimmer hinaus. Er sah sie nie wieder. Aber es war ein herrlicher Sommer.

Als er Ende August wieder in seine Heimatstadt zurückkehrte, wollte außer dem Anwalt kein Mensch mehr mit ihm reden – und auch der so wenig wie möglich. Daniel Blank hätte das nicht kälter lassen können. In New York trug er seine Erbschaft auf die Bank. Später studierte er Geologie und Archäologie. Im zweiten Studienjahr lernte er Gilda kennen, die Frau, die er später heiratete.

Zwei Monate vor dem Examen kam er zu der Ansicht, daß das alles Unfug sei; schließlich wollte er nicht den Rest seines Lebens im Dreck wühlen. Den besten Stein aus seiner Sammlung (ein schönes Stück Jade) verehrte er Gilda, vermachte die noch verbleibenden Gesteinsproben der Universität und flog nach New York. Etwa ein halbes Jahr lang spielte er dort den in bescheidenem Wohlstand lebenden Junggesellen. Danach war der größte Teil seines Barvermögens futsch; allerdings hatte er seine

Wertpapiere und Aktien noch nicht angerührt. Er bekam einen Job in der Vertriebsabteilung einer größeren Zeitschrift und stellte zu seiner Belustigung fest, daß er auf diesem Gebiet etwas konnte. Er merkte, daß er ehrgeizig war, ja, geradezu bedenkenlos. Gilda kam nach New York, und sie heirateten.

Dumm war er nicht; er war sich im klaren darüber, daß die gekachelten Emotionen seiner Kindheit und Jugend ihn abgestumpft hatten. Das Haus, das nach Sagrotan und Gin roch ... die Küsse auf die Wange ... das Lalique-Glas. Andere Menschen verliebten sich und weinten; er sammelte Steine und blieb trotzig der Beerdigung seiner Eltern fern.

Was Celia Montfort für ihn getan hatte, zu dem Schluß kam er, war ein Freilegen dessen, was immer in ihm gesteckt hatte und nur niemals zum Vorschein gekommen war. Jetzt war er tiefer Gefühlsregungen fähig und konnte auf sie reagieren. Er war fähig, Celia zu lieben, Opfer für sie zu bringen. Das war *Leidenschaft*, so wärmend wie Kognak an einem trüben Novembernachmittag. Es war ein Feuer in den Adern, ein aus wilden Hoffnungen und furchtsamer Erwartung zusammengesetztes Verlangen. Er suchte es und folgte dabei demselben Instinkt, der ihn dazu gebracht hatte, seine Gesteinssammlung abzustoßen, jene Andenken an eine tote Vergangenheit.

Als er sich an den Abstieg machte, dachte er immer noch an seine Liebe zu Celia, daran, wie sie nackt und mit den Masken vor dem Gesicht in der Dachkammer lagen, und daran, wie schnell sie es gelernt hatte, ihre Hand in seine Manteltasche mit dem Schlitz zu stecken und ihn zu streicheln, wenn sie mitten unter anderen Menschen durch die Straßen gingen.

Einen Fuß löste er beim Abstieg zu hastig. Der Absatz traf auf die Spitze des anderen Schuhs, den er im Kamin gegen die Wand gepreßt hielt. Plötzlich hing er mit beiden Beinen in der Luft. Einen langen, magenverkrampfenden Augenblick hielt ihn nur noch der Druck der Arme, Schultern und Handflächen preßten gegen die gegenüberliegende Kaminwand. Er zwang sich, tief Luft zu holen, wobei er die Augen in der kalten Dunkelheit geschlossen hielt. Er wehrte sich dagegen, an den Absturz auf die Felsbrocken da unten zu denken.

Langsam, mit einem Lächeln, zog er ein Knie hoch und setzte eine Sohle vorsichtig gegen die Wand. Seine Ellbogen zitterten vor Anstrengung. Dann hob er den anderen Fuß, bis er an der richtigen Stelle saß, und versteifte sich. Jetzt konnte er den Druck von Schultern, Armen, Handgelenken und Handflächen lockern.

Er blickte hinauf zu dem kleinen Fleck schmutzigen Himmel über dem schwarzen Loch, in dem er saß, und lachte voller Entzücken. Er würde mit heilen Knochen wieder hinunterkommen. Er war zu allem imstande. Er besaß die Kraft, sich dem gesunden Menschenverstand zu widersetzen.

Teil II

1

Captain Edward X. Delaney, der Leiter des 251. New Yorker Polizeireviers, stieß in Zivil die Tür der Arztpraxis auf, nahm seinen steifen Homburg ab und nannte der Schwester seinen Namen.

Er ließ sich schwer in einen Sessel fallen, warf rasch einen Blick in die Runde und starrte dann auf seinen Hut, den er auf den Knien balancierte. Er spielte das «Beobachtungs-Spiel», ursprünglich eine selbstauferlegte Pflicht, jetzt jedoch ein Zeitvertreib, dem er sich seit nunmehr dreißig Jahren, seit der Zeit, da er einfacher Polizist gewesen war, mit Freuden hingab. Falls er aus irgendeinem Grunde aufgefordert werden sollte, die Patienten im Wartezimmer zu beschreiben ...

«Links: Neger, dunkelbraun, um 35; Größe annähernd 1,78 m, Gewicht 72 kg. Kurzgeschorenes schwarzes Kraushaar. Keine Besonderheiten. Trägt großkarierte Sportjacke, hellbraune Hosen, leichte, weiche Lederschuhe. Schlips locker gebunden, nicht festgezogen. Schwerer Ring an der Rechten. Kleine weiße Narbe am Hals. Raucht Filterzigarette, die er zwischen Daumen und Zeigefinger der Linken hält.

Mitte: Weiße, zwischen 50 und 60; untersetzter, pummeliger, mütterlicher Typ. Willentlich nicht zu beherrschendes Zittern der Rechten. Trägt schwarzen, fleckigen Mantel; Gummistrümpfe, Loch am linken Knie; altmodischer Hut mit einzelner Stoffblume darauf. Dunkles rötliches Haar, möglicherweise Perücke. Größe ungefähr 1,55 m, Gewicht 67 kg. Fingert ständig an Beule am Kinn herum.

Rechts: Weißer, um die 50; Größe: 1,87 m. Außerordentlich dünn und ausgemergelt. Weiter Kragen und lockersitzende Jacke lassen vermuten, daß er in letzter Zeit beträchtlich an Gewicht verloren hat. Fahle Gesichtsfarbe. Nervös. Rechts vielleicht Glasauge. Nikotinverfärbte Finger verraten starken Raucher. Beißt auf der Unterlippe herum. Blinzelt häufig.»

Delaney hob den Blick und sah sie sich noch einmal an. Der Neger trug den Ring an der Linken. Das Haar (oder die Perücke) der alten Frau war mehr braun als rötlich. Der hagere Mann war nicht ganz so groß, wie er ihn geschätzt hatte. Immerhin konnte Captain Delaney eine einigermaßen zutreffende Beschreibung liefern und/oder diese Fremden bei einer Gegenüberstellung vor Gericht identifizieren.

Er war, das gab er zu, in der Beurteilung körperlicher Merkmale nicht ganz so präzise wie manche anderen. Zum Beispiel gehörte zum 251. Revier ein Kriminalbeamter, der einen Menschen nur ein paar Sekunden anzusehen brauchte, um seine Größe bis auf ein, zwei Zentimeter und sein Gewicht bis auf fünf Pfund genau angeben zu können. Das war eine besondere Begabung.

Aber Captain Delaney hatte gleichfalls ein gutes Auge. Ihm fiel zum Beispiel auf, daß der Schlips des Negers zwar gebunden war, aber nicht fest saß, daß die alte Frau eine Beule hatte und der hagere Mann ständig blinzelte. Kleinigkeiten, die allerdings von Wichtigkeit sein konnten.

Er erkannte und erinnerte sich an Gewohnheiten und Geschmack eines Menschen daran, wie er sich kleidete, sich bewegte, sein Gesicht verzog, ging, sprach, sich eine Zigarette anzündete oder in den Rinnstein spuckte. Captain Delaney – der Polizeibeamte – interessierte sich für das, was jemand tat oder dachte, wenn er allein war. Ob er masturbierte, in der Nase bohrte, sich die Platten von Gilbert & Sullivan anhörte, pornographische Bilder betrachtete, sich schwierige Schachspiele ausdachte. Oder ob er Nietzsche las.

Die «großen Dinge», erklärte Delaney seinen Leuten – etwa der Beruf eines Menschen, seine Religion, die Art, wie er auf einer Cocktail-Party redete –, das sei die Fassade, die er aufrichte, um sich eine feindliche Welt vom Leib zu halten. Dahinter verborgen seien die lebenswichtigen Dinge. Pflicht eines Polizisten sei es, hinter die Fassade zu blicken und nach den zwanghaften Handlungen Ausschau zu halten.

«Der Doktor erwartet Sie.» Die Schwester am Empfang lächelte ihm zu.

Delaney nickte, griff seinen Hut und ging ins Sprechzimmer hinüber. Die feindseligen Blicke der anderen Patienten, die offensichtlich länger gewartet hatten als er, beachtete er nicht.

Dr. Louis Bernardi erhob sich hinter seinem Schreibtisch und reichte ihm eine feiste, beringte Hand.

«Captain», begrüßte er ihn, «es ist mir immer ein Vergnügen.»

«Doktor», sagte Delaney, «schön, Sie wiederzusehen. Gut sehen Sie aus.»

Bernardi strich über die vorgewölbte graue Flanellweste und zerrte an den matten Silberknöpfen, von denen Barbara Delaney ihrem Mann gesagt hatte, der Arzt habe ihr verraten, es seien antike römische Münzen.

«Meine Frau bekocht mich eben zu gut.» Bernardi zuckte mit den Achseln und lächelte. «Was soll ich dagegen machen? Hihi! Setzen Sie sich, setzen Sie sich! Ihre Frau zieht sich gerade an. Sie wird gleich mit Ihnen gehen können. Und wir haben Zeit für einen kleinen Schwatz.»

Einen Schwatz? Für Delaneys Begriffe unterhielten Männer sich oder diskutierten miteinander. «Schwatz» – das war typisch Bernardi. Der Captain selbst ging immer zu einem Polizeiarzt. Bernardi war der Hausarzt seiner Frau, seit dreißig Jahren schon. Er hatte sie im Laufe von zwei gut verlaufenen Schwangerschaften betreut, hatte sie bei einem schweren Fall von Hepatitis behandelt, ihr vor zwei Monaten zu einer Gebärmutterentfernung geraten und sie nach der Operation gesund gepflegt.

Bernardi war ein kugelrunder, sehr sorgfältig rasierter Mann. Er war sanft und, wenn auch vielleicht nicht geradezu salbungsvoll, so doch sehr glatt. Sein schwarzer Seidenanzug hatte einen schönen Schimmer; seine Schuhe glänzten matt. Parfümiert war er zwar nicht, wohl aber verströmte er den Duft der Selbstzufriedenheit.

Im Widerspruch zu alledem standen die Augen des Mannes: sie waren hart und glitzerten. Pfiffige kleine Quarzsplitter waren es. Sein Blick wurde nie unsicher; sein schweigend starrender Blick konnte eine Krankenschwester dazu bringen, daß sie in Tränen ausbrach.

Delaney mochte den Mann nicht. Zwar zweifelte er keinen Augenblick an Bernardis beruflichem Können, wohl aber mißtraute er der im tadellosen Anzug versteckten Leibesfülle, dem verstohlenen Lächeln und den langen, öligen Haarsträhnen, die er über die immer lichter werdende Platte strählte. Ganz besonders heftig erboste ihn das Lippenbärtchen des Arztes: ein dünner, sorgfältig beim Rasieren stehengelassener Strich, der wie mit einem Filzstift gezogen auf der Oberlippe stand.

Der Captain wußte, daß er Bernardi amüsierte, doch das machte ihm nichts aus. Er wußte, daß er viele Leute amüsierte, Vorgesetzte bei der Polizei, Kollegen im selben Rang wie er, Polizeibeamte, die ihm unterstellt waren. Zeitungsreporter. Angestellte von Auskunfteien. Doktoren der Soziologie und der Kriminalpathologie. Alle machten sich über ihn lustig. Seine Frau und seine Kinder. Er machte sich da nichts vor. Aber Dr. Bernardi hatte sich bei Gelegenheit nicht einmal bemüht, seine Belustigung zu verbergen, und das konnte Delaney ihm nicht verzeihen.

«Ich hoffe, Sie haben eine gute Nachricht für mich, Doktor.»

Bernardi spreizte die Finger in einer sanft abwehrenden Geste, wie ein

Händler, den man bei einer betrügerischen Manipulation ertappt hat.

«Bedauerlicherweise habe ich das nicht, Captain. Ihre Frau hat nicht angesprochen auf die Antibiotica. Wie ich ihr schon sagte, habe ich zuerst auf eine leichte Infektion getippt, die allerdings hartnäckig sein und einige Zeit dauern könnte. Die Temperatur ist darauf zurückzuführen.»

«Was für eine Infektion?»

Abermals die gleiche Geste: die Hände erhoben, die Finger gespreizt, die Handflächen nach außen gekehrt.

«Das weiß ich nicht. Die Untersuchungen haben nichts ergeben. Aus den Röntgenaufnahmen geht nichts hervor. Soweit ich feststellen kann, kein Tumor. Trotzdem aber offensichtlich eine Infektion. Was halten Sie davon?»

«Das gefällt mir gar nicht», sagte Delaney mit steinernem Gesicht.

«Mir auch nicht.» Bernardi nickte. «Zunächst einmal steht fest, Ihre Frau ist krank. Das ist von größter Wichtigkeit. Zweitens ist es eine Schlappe für mich. Was ist das für eine Infektion? Ich weiß es nicht. Und das ist peinlich.»

‹Peinlich›, dachte Delaney wütend. ‹Von größter Wichtigkeit.› Wie konnte man so etwas nur sagen! Der Mann kannte sich in den Feinheiten der englischen Sprache nicht aus. War er Italiener, Libanese, Grieche, Syrer, Araber? Was zum Teufel *war* er eigentlich?

«Schließlich und endlich», sagte Dr. Bernardi und vergewisserte sich in der Krankengeschichte, die vor ihm auf dem Schreibtisch lag, «müssen wir über das Fieber nachdenken. Es ist jetzt ungefähr sechs Wochen her, daß Ihre Frau zum erstenmal zu mir kam und sich über – ich zitiere: ‹Fieber und leichte Anfälle von Schüttelfrost› beklagte. Bei diesem ersten Besuch war die Temperatur nur leicht erhöht. Nichts Ungewöhnliches. Tabletten gegen eine Erkältung, Grippe, Virusinfektion – was Sie wollen. Keine Besserung. Neuer Besuch. Höhere Temperatur, nicht sonderlich hoch, aber immerhin bedenklich. Daraufhin Antibiotica. Jetzt kommt sie zum drittenmal, und die Temperatur ist noch weiter gestiegen. Die plötzlichen Schüttelfrostanfälle hören nicht auf. Und darüber mache ich mir Sorgen.»

«Nun ja, sie macht sich Sorgen und ich mache mir Sorgen», sagte Delaney mit unbewegter Miene.

«Selbstverständlich», begütigte Bernardi. «Und jetzt findet sie viel ausgegangenes Haar in ihrem Kamm, was zweifellos auf das Fieber zurückzuführen ist. Nichts Ernsthaftes, aber immerhin ... Über den Ausschlag an den Innenseiten ihrer Schenkel und Unterarme sind Sie unterrichtet?»

«Ja.»

«Das ist zweifellos wiederum eine Folge des Fiebers, das auf der Infektion beruht. Ich habe ihr etwas zum Einreiben verschrieben. Keine Heilsalbe, aber etwas, das den Juckreiz wegnimmt.»

«Sie sieht so gesund aus.»

«Was Sie sehen, ist das Fieber, Captain! Trauen Sie dem rosigen Schimmer der Gesundheit nicht! Diese leuchtenden Augen und die geröteten Wangen! Uff! Das ist die Infektion.»

«Was für eine Entzündung?» rief Delaney wütend. «Was zum Teufel ist es? Krebs?»

Bernardis Augen glitzerten.

«In diesem Stadium würde ich meinen, nein. Haben Sie jemals von der Proteusinfektion gehört, Captain?»

«Nein, nie. Was ist das?»

«Ich möchte Ihnen jetzt nichts darüber erzählen. Darüber muß ich erst noch einmal nachlesen. Sie glauben, wir Ärzte wüßten alles? Es gibt viel zuviel. Wir haben heutzutage junge Ärzte, die, weil sie sie noch nie behandelt haben, keinen Typhus, keine Blattern und keine Kinderlähmung erkennen. Aber das nur nebenbei.»

«Doktor», sagte Delaney, den diese Salbaderei ermüdete, «kommen wir zur Sache! Was wissen wir im Augenblick? Was können wir tun?»

Dr. Bernardi lehnte sich in seinem Drehstuhl zurück, legte die beiden Zeigefinger zusammen und drückte sie gegen seine dicken Lippen. Lange sah er Delaney so an.

«Wissen Sie, Captain», sagte er dann mit einer gewissen Boshaftigkeit, «ich bewundere Sie. Ihre Frau ist offensichtlich krank, und doch sagen Sie: ‹Was können *wir* tun?› Und: ‹Was wissen *wir*?› Sie sind großartig!»

«Doktor . . .»

«Na schön.» Bernardi stieß mit dem Kopf vor und schlug mit der Hand auf die Krankengeschichte. «Hier haben Sie drei Möglichkeiten. Erstens: Ich kann versuchen, das Fieber zu senken, diese geheimnisvolle Infektion zu bekämpfen, indem ich stärkere Antibiotica oder sonstige Medikamente verschreibe. Bis jetzt habe ich das noch nicht versucht. Und ich bin auch nicht dafür, das ambulant zu machen; denn die Nebenwirkungen können alarmierend sein. Zweitens: Ihre Frau geht für fünf Tage oder eine Woche zur Beobachtung ins Krankenhaus und unterzieht sich einer Reihe von viel gründlicheren Untersuchungen, als ich sie hier in meiner Praxis vornehmen kann. Ich würde Kollegen hinzuziehen, Spezialisten. Neurologen. Gynäkologen, sogar Dermatologen. Aber das würde sehr teuer werden.»

Er machte eine Pause und schaute den Captain erwartungsvoll an.

«Schön, schön, Doktor», sagte Delaney geduldig. «Und worin besteht die dritte Möglichkeit?»

Zärtlich sah Bernardi ihn an.

«Vielleicht ziehen Sie es vor, einen anderen Arzt zu konsultieren», sagte er leise. «Schließlich habe ich versagt.»

Delaney seufzte, denn er kannte das Vertrauen, das seine Frau in diesen öligen Mann setzte.

«Wir werden uns für die Untersuchungen in der Klinik entscheiden. Werden Sie alles in die Wege leiten?»

«Selbstverständlich.»

«Ein Einzelzimmer.»

«Das ist nicht nötig, Captain. Es handelt sich schließlich nur um Untersuchungen.»

«Meine Frau würde aber lieber in einem Einzelzimmer liegen. Sie ist sehr zurückhaltend – und sehr scheu.»

«Ich weiß, Captain», murmelte der Arzt. «Ich weiß. Wollen Sie es ihr sagen, oder soll ich es tun?»

«Ich werde es ihr beibringen.»

«Ja», sagte Dr. Bernardi. «Ich halte das auch für das beste.»

Der Captain kehrte ins Wartezimmer zurück, um auf Barbara zu warten, und übte schon ein Lächeln.

Es war ein launischer Tag: ausgelassen und mutwillig wie eine leichtfertige Frau. Die Sonne umarmte einen, Windstöße drückten einem einen Kuß auf. Als sie die 5th Avenue hinaufgingen, hörten sie das Knattern von Fahnen, sahen sie das Glänzen eines frühen Septemberhimmels. Captain Delaney, der seine Stadt in allen ihren Stimmungen kannte, war sich ihres beschleunigten Pulsschlags bewußt. Jetzt, wo der Sommer vorbei war und der Urlaub hinter einem lag, eilte New York mit Riesenschritten auf Weihnachten und Neujahr zu.

Seine Frau hatte ihn untergehakt. Als er sie von der Seite anschaute, fand er, sie sei noch nie so schön gewesen. Das blonde, jetzt silbrig und dünner gewordene Haar hatte sie aus der Stirn zurückgekämmt und zu einem lockeren Knoten geschlungen. Ihre einst straffen Züge hatten mit der Zeit etwas Weiches bekommen. Ihre Lippen waren sanft, Kinn- und Halslinie konnten sich sehen lassen. Und die Röte (verdammtes Fieber!) verlieh ihrer Haut etwas pfirsichhaft Jugendliches.

Sie war beinahe ebenso groß wie er, hatte einen aufrechten, schwungvollen Gang, und ihre Hand lag leicht auf seinem Arm. Männer sahen ihr begehrlich nach, und Delaney war stolz. Wie sie ausschritt, über alles mögliche lachte! Ihr Kopf wandte sich hierhin und dorthin, als ob sie alles zum erstenmal sähe. Zum letztenmal? Ein kalter Finger rührte ihn an.

Sie erhaschte seinen Blick und zwinkerte ihm zu. Zwar brachte er es nicht fertig, zu lächeln, aber er drückte ihr den Arm. Das Wichtigste, dachte er – das Allerwichtigste –, war, daß ... daß sie nicht vor ihm starb. Denn falls doch ... falls doch ... er zwang sich, an etwas anderes zu denken.

Sie war fast fünf Jahre älter als er, aber sie war die Wärme, der heitere Geist und die Seele ihrer Ehe. Er war alt geboren worden, voller Hoffnungen, mit einer heimlichen Liebe zur Schönheit und einem leichten Hang zur Schwermut. Sie jedoch hatte das Rezept für Linsensuppe mit in ihr Heim gebracht, leichte Nachthemden mit rosa Schleifen und heiteres Lachen. Ohne sie wäre er ein Eigenbrötler geworden.

Er hatte sich darauf eingerichtet, im *Plaza* zu Mittag zu essen, Schaufenster ansehen zu gehen, die Antiquitätenläden in der 3rd Avenue abzuklappern – etwas zu unternehmen, was ihr zusammen mit ihm an seinem dienstfreien Tag Freude machte. Er wollte es ihr beibringen, wenn sie in guter Laune war. Als sie jedoch einen Spaziergang durch den Central Park vorschlug und hinterher auf der Zoo-Terrasse zu Mittag essen wollte, erklärte er sich sofort damit einverstanden. Das war vielleicht sogar noch besser; bestimmt fand er eine Bank, auf der sie allein sein konnten.

Als sie die 59th Street überquerten und zum Park einbogen, blickte er sich verwundert um. Hier hatte doch früher ein anderes Gebäude gestanden?

«Das *Savoy-Plaza*», sagte sie.

«Du kannst wohl Gedanken lesen», sagte er.

Das konnte sie – wenn es um ihn ging.

Sie betraten den Park an der 60th Street und gingen durch die einander zugewandten Bankreihen hindurch auf den Zoo zu. Vor dem Yak-Gehege blieben sie stehen und betrachteten das massige, schwerfällige Tier, das den Kopf gesenkt hielt und stumpf staunend auf eine fremde Welt starrte.

«Du», sagte Barbara Delaney zu ihrem Mann.

Er lachte, drehte sie am Ellbogen herum und wies auf ein Gehege auf der anderen Seite des Weges, wo ein anmutiger Sika-Hirsch gesammelt und hellwach, den Kopf stolz auf schlankem Hals, mit schimmernden Augen stand.

«Du», sagte Edward Delaney zu seiner Frau.

Sie nahmen ein leichtes Mittagessen zu sich. Er drehte seine leere Kaffeetasse zwischen den Fingern und spähte hinein, stellte sie auf den Kopf und ließ sie auf seinen knubbeligen Fingern kreisen.

«Na schön», sagte sie im Ton gespielt spöttischer Resignation, «geh schon und ruf an.»

Dankbar blickte er sie an. «Es dauert nur eine Minute.»

«Ich weiß. Bloß, um sicherzugehen, daß das Revier noch steht.»

Eine traurige Stimme sagte: «Zwohunderteinundfünfzigstes Polizeirevier. Polizeibeamter Curdy. Kann ich irgend etwas für Sie tun?»

«Hier Captain Edward X. Delaney», sagte er mit seiner schleppenden Stimme. «Verbinden Sie mich bitte mit Lieutenant Dorfman.»

«Oh, gewiß, Captain. Ich glaube, er ist oben. Einen Augenblick. Ich werde ihn schon finden.»

Dorfman war fast augenblicklich am Apparat. «Hallo, Captain. Genießen Sie Ihren freien Tag? Herrliches Wetter übrigens.»

«Ja. Was tut sich so?»

«Nichts Besonderes, Sir. Das Übliche. Wieder mal eine kleine Demonstration vor der Botschaft, aber wir haben sie aufgelöst. Keine Festnahmen, keine Verletzungen.»

«Irgendwelcher Schaden?»

«Ein zertrümmertes Fenster, Sir.»

«Na schön. Lassen Sie Donaldson den üblichen Entschuldigungsbrief tippen. Ich werde ihn morgen unterschreiben.»

«Schon erledigt, Sir. Er liegt auf Ihrem Schreibtisch.»

«Gut. Dann stellen Sie mich noch mal zurück zu dem Mann in der Telefonzentrale, ja?»

«Ja, Sir.»

Der Beamte vom Telefondienst meldete sich wieder.

«Captain?»

«Sind Sie Curdy?»

«Jawohl, Sir.»

«Curdy, als Sie meinen Anruf entgegennahmen, meldeten Sie sich mit: ‹Zwohunderteinundfünfzigstes Polizeirevier.› In meiner Aktennotiz sechs-drei-eins vom vierzehnten Juli dieses Jahres habe ich unmißverständliche Anweisungen für die Beamten des Telefondienstes gegeben. In dieser Notiz habe ich angeordnet, daß einlaufende Anrufe mit ‹Polizeirevier Zwei-fünf-eins› entgegengenommen werden sollen. Das ist kürzer und viel verständlicher als Zwohunderteinundfünfzigstes Polizeirevier. Haben Sie diese Notiz gelesen?»

«Ja, Sir. Jawohl, Captain. Ich habe sie gelesen. Ich hab bloß im Moment nicht dran gedacht, Sir. Ich bin noch so sehr dran gewöhnt, es so zu machen wie früher.»

«Curdy, so was wie ‹früher› gibt es nicht. Man kann eine Sache nur richtig machen oder falsch. Und in meinem Revier ist es richtig, sich mit Zwei-fünf-eins› zu melden. Ist das klar?»

«Jawohl, Sir.»

Er hängte ein und kehrte zu seiner Frau zurück. Bei der New Yorker Polizei nannte man ihn ‹Eisenarsch›. Das wußte er wohl, aber es machte ihm nichts aus. Es gab schlimmere Spitznamen.

«Alles in Ordnung?» fragte sie.

Er nickte.

«Wer hat Dienst?»

«Dorfman.»

«Ach. Wie geht es denn seinem Vater?»

Er starrte sie an, und seine Augen wurden immer größer. Dann senkte er den Kopf und stöhnte. «O Gott, Barbara. Ich hab ganz vergessen, es dir zu erzählen. Dorfmans Vater ist vorige Woche gestorben. Am Freitag.»

«Aber Edward!» Vorwurfsvoll sah sie ihn an. «Warum um alles in der Welt hast du nichts davon gesagt?»

«Ich wollte ja – aber dann hab ich's einfach vergessen.»

«Vergessen? Wie kannst du so etwas nur vergessen! Ich werde ihm gleich einen Kondolenzbrief schreiben.»

«Ja, tu das. Es wurde eine Sammlung für einen Kranz veranstaltet. Ich habe zwanzig Dollar gegeben.»

«Armer Dorfman! Du magst ihn nicht, oder?»

«Selbstverständlich mag ich ihn. Als Mensch, als Persönlichkeit. Er ist eben bloß kein guter Polizist.»

«Nein? Du hast mir doch erzählt, daß er seine Arbeit sehr gut macht.»

«Das tut er auch. Er ist ein guter Aktenmensch, mit seinem Papierkram immer auf dem laufenden. Und er hat glänzende Rechtskenntnisse. Aber ein wirklich guter Polizist ist er nicht. Er tut, was getan werden muß, aber ihm fehlt der Instinkt.»

«Aber nun erklär mir mal, du Schlaumeier», sagte sie, «worin besteht denn der Instinkt des idealen Polizisten?»

«Ach», sagte er, «lach nur darüber, wenn du magst, es gibt ihn tatsächlich. Was hat mich dazu gebracht, zur Polizei zu gehen? Mein Vater war kein Polizist, überhaupt niemand in der Familie. Ich hätte Jura studieren können; meine Zeugnisse hätten dafür durchaus gereicht. Aber ich wollte nun mal nichts anderes werden als Polizist, solange ich zurückdenken kann. Und ich werde dir auch sagen, warum: weil ich nämlich, wenn die Wäsche aus der chinesischen Wäscherei zurückkommt, darauf bestehe, daß ...»

«Seit einunddreißig Jahren, du Schuft!»

«Na schön, seit einunddreißig Jahren. Aber das erste Jahr haben wir in Sünde zusammen gelebt.»

«Du bist wirklich ein Schuft.» Sie lachte.

«Aber es war so – und es war das herrlichste Jahr in meinem ganzen Leben.»

Sie legte ihre Hand auf die seine. «Und alles folgende war nur ein schwacher Abglanz davon?»

«Du weißt selbst, daß das nicht stimmt. Aber schön, reden wir wieder vom Instinkt des guten Polizisten.»

«Und von der chinesischen Wäscherei.»

«Also, du weißt, daß ich meine Wäsche gern selber in Schrank und Kommode einräume. Die Socken werden einmal umgeschlagen und mit der Falte nach vorn gestapelt. Taschentücher müssen so übereinander geschichtet sein, daß die offene Seite rechts liegt. Hemden werden abwechselnd übereinandergelegt: Kragen nach vorn, Kragen nach hinten – damit der Stapel nicht umfällt, verstehst du. Und mit Unterwäsche und Pyjamas und so weiter verfahre ich entsprechend. Selbstverständlich kommen die frisch gewaschenen Sachen nach unten, damit alles gleichmäßig abgetragen wird. Das ist meine Welt: Ordnung. So bin ich nun mal. Das weißt du ja. Ich möchte, daß alles seine Ordnung hat.»

«Und deshalb bist du zur Polizei gegangen? Damit alles seine Ordnung hat und die Welt fein säuberlich zueinander paßt?»

«Ja.»

Sie legte den Kopf in den Nacken und lachte. Wie er es liebte, sie lachen zu sehen! Wenn er doch selbst auch so lachen könnte! Dieses Lachen war ein aus vollem Herzen kommender Ausdruck reiner Freude: die Augen hatte sie dabei fest zusammengedrückt, der Mund stand offen, die Schultern schüttelten sich – ein erstaunlich volltönendes Lachen, das weder weiblich noch männlich war, sondern geschlechtslos und ursprünglich, wie alles echte Lachen.

«Edward, Edward!» sagte sie und holte ein Taschentuch aus der Handtasche, um sich die Augen zu wischen. «Du besitzt eine wunderbare Fähigkeit, dir selbst etwas vorzumachen. Das ist es wahrscheinlich, weshalb ich dich so liebe.»

«Na schön», sagte er ein wenig verlegen. «Dann sag du mir's. Warum bin ich Polizist geworden?»

Abermals legte sie ihre Hand über die seine. Sie schaute ihm in die Augen, ganz ernst plötzlich.

«Weißt du es nicht?» fragte sie sanft. «Weißt du es wirklich nicht? Weil du die Schönheit liebst. Ach, ich weiß, Gesetz und Ordnung und Gerechtigkeit sind dir wichtig. Aber worum es dir im Grunde geht, das ist eine schöne Welt, in der alles echt ist und nichts falsch. Du Träumer!»

Lange sann er darüber nach. Dann standen sie auf und schlenderten Hand in Hand in den Park hinaus.

Im Central Park gibt es ein überdachtes Karussell, welches das Entzükken von Generationen kleiner Kinder gewesen ist. An manchen Tagen, wenn der Wind richtig steht, kann man aus der Ferne sein melodisches Geklingel hören; die Luft scheint zu tanzen. Die Tiere – wunderbar geschnitzte und bemalte Pferdchen – jagen in einem fröhlichen Wirbel hintereinander her, der die Kinder erregt und auch die Eltern in ihren Bann schlägt. Auf einer Bank in der Nähe dieses Karussells ließen Barbara und Edward Delaney sich nieder, Schulter an Schulter. Sie hörten die Musik, sahen die schwindelerregenden Drehungen durch die immer noch sommerlich grünbelaubten Bäume hindurch.

Eine Weile saßen sie schweigend da. Dann sagte sie, ohne ihn anzusehen: «Kannst du es mir jetzt sagen?»

Er nickte betreten und erstattete dann so rasch wie möglich sehr genau Bericht über das, was Dr. Bernardi ihm gesagt hatte. Das einzige, was er ausließ, war des Arztes beiläufiger Hinweis auf eine «Proteusinfektion».

«Ich finde, es bleibt uns keine Wahl», sagte er und drückte ihr fest die Hand. «Oder siehst du eine? Wir müssen jetzt einfach Klarheit gewinnen. Mir ist wesentlich wohler zumute, wenn Bernardi noch andere Ärzte hinzuzieht, und dir wird es vermutlich nicht anders ergehen. Das Ganze bedeutet doch nur fünf Tage bis eine Woche Krankenhausaufenthalt. Dann wird man entscheiden, was getan werden muß. Ich habe Bernardi gesagt, er solle alles Nötige veranlassen, um ein Zimmer zu bekommen. Ein Einzelzimmer, Barbara. Ist dir das recht?»

Er fragte sich, ob sie ihm überhaupt zugehört hatte. Oder begriffen, worum es ging. Ihre Augen waren in die Ferne gerichtet, und das Lächeln, das auf ihren weichen Lippen lag, kannte er gar nicht an ihr.

«Barbara?» fragte er abermals.

«Während des Krieges», sagte sie, «als du in Frankreich warst, bin ich bei schönem Wetter mit den Kindern hierhergegangen. Eddie konnte schon laufen, aber Elizabeth saß damals noch in der Karre. Manchmal wurde Eddie auf dem Heimweg müde, und dann habe ich ihn zu Liza in die Karre gesetzt. Wie er das verabscheut hat!»

«Ich weiß. Du hast es mir geschrieben.»

«Hab ich das? Manchmal haben wir auf genau dieser Bank hier gesessen. Eddie wäre am liebsten den ganzen Tag Karussell gefahren, wenn ich ihn gelassen hätte.

«Er hat sich immer auf den Schimmel gesetzt.»

«Es sind gute Kinder, nicht wahr, Edward?»

«Ja.»

«Glückliche Kinder.»

«Hm, ich wünschte nur, Eddie würde heiraten, aber es hat keinen Sinn, dauernd auf ihn einzureden und ihn zu drängen.»

«Nein. Er hat einen Dickschädel. Wie sein Vater.»

«Hab ich denn einen Dickschädel?»

«In manchen Dingen, ja. Wenn du dir was in den Kopf gesetzt hast. Wie zum Beispiel, daß ich zur Beobachtung ins Krankenhaus soll.»

«Dann wirst du also gehen, nicht wahr?»

Sie bedachte ihn mit einem strahlenden Lächeln, neigte sich dann unerwartet vor und küßte ihn auf die Lippen. Es war ein sanfter, jugendlicher, langandauernder Kuß, und das Verlangen, das darin lag, erschreckte ihn.

Spät an diesem Abend brannte sie immer noch von diesem Verlangen, loderte ihr Körper vor Lust und Fieber. Nackt kam sie in seine Arme und schien es darauf angelegt zu haben, ihn leerzupumpen, ihn zu erschöpfen, alles für sich selbst zu nehmen und ihm nichts zu lassen.

Er versuchte, ihr Rasen zu zügeln – ein Rasen, das er sonst so gar nicht an ihr kannte; für gewöhnlich lag sie nur schmachtend da und reizte ihn – doch dieser Ausbruch überwältigte ihn. Einmal, als sie in verschwitztem Paroxysmus um sich schlug, nannte sie ihn «Ted», was sie nicht mehr getan, seit ihr gemeinsames Leben begonnen hatte.

Er tat, was er konnte, sie zu befriedigen und zu beschwichtigen und mußte doch bemerken, daß seine Worte nicht gehört wurden und seine Liebkosungen nicht gespürt; das einzige, was er tun konnte, was da sein. Der Sturm ging vorüber und ließ ihn mit zerrissenem Herzen zurück. Er kaute auf einem Knöchel herum und schlief dann ein.

Als er wenige Stunden darauf wieder erwachte, war sie nicht im Bett. Er wurde augenblicklich hellwach, zog rasch seinen alten Bademantel mit der zerfransten Kordel über, ging barfuß nach unten und suchte nach ihr.

Er fand sie im «Salon», wie sie dieses Zimmer ihres umgebauten Hauses nannten, das unmittelbar an die Wache des 251. Polizeireviers grenzte. Sie saß auf der Bank beim Fenster und trug ein weißes Baumwollnachthemd. Die Knie hatte sie hochgezogen und die Arme darum geschlungen. Im Licht, das aus der Diele hereinfiel, sah er, daß sie die Stirn auf die Knie gelegt hatte. Das Haar hing ihr herunter und verbarg ihr Gesicht, fiel locker um Schulter und Knie.

«Barbara», rief er.

Sie hob den Kopf. Das Haar fiel zurück. Sie schenkte ihm ein Lächeln, das ihm das Herz zusammenzog.

«Ich sterbe», sagte sie.

2

Barbara Delaneys Klinikaufenthalt zum Zweck einer gründlichen Untersuchung dauerte länger als die von Dr. Bernardi vorausgesagten fünf Tage. Erst waren es ein Wochenende und fünf Tage, dann wurden zwei Wochenenden und fünf Tage daraus und zuletzt insgesamt fünfzehn Tage. Auf jede Nachfrage von Captain Edward X. Delaney antwortete der Arzt nur: «Weitere Untersuchungen.»

Von seinem täglichen Besuch, manchmal ging er auch zweimal hin, bei seiner Frau kehrte Delaney immer mit dem Verdacht zurück, daß die Dinge durchaus nicht gut liefen. Das Fieber wollte und wollte nicht weichen, neue Symptome traten auf: Kopfschmerzen, Schwierigkeiten beim Wasserlassen, so daß sie katheterisiert werden mußte, heftige Schmerzen im Beckenbereich, plötzlich auftretender Brechreiz, der sie sehr schwächte. Einmal übergab sie sich in ein Becken, das er ihr hinhielt; Tränen in den Augen, wandte sie sich ab und sah zum Fenster hinaus.

An dem Vormittag, da er sich entschloß, entgegen den Wünschen seiner Frau einen anderen Arzt zu konsultieren, wurde er telefonisch zu einem Gespräch mit Bernardi ins Krankenzimmer seiner Frau in die Klinik gebeten. Lieutenant Dorfman sah den Kummer in seinen Augen, als er ging.

«Bitte, Captain», sagte er, «versuchen Sie doch, sich keine Gedanken zu machen. Sie wird schon wieder gesund werden.»

Marty Dorfman war ein ungewöhnlich großer Jude (1,92 m) mit hellblauen Augen und rotem Stoppelhaar. Er brauchte Schuhgröße 48 und fand keine passenden Handschuhe. Er schien ständig mit Brotkrümeln übersät, und fluchen hatte ihn noch niemand gehört.

Nichts paßte ihm: der Rock schlotterte um seine schmalen Schultern, seine Hosen waren ausgebeult wie die Pumphosen eines Holländers. Zigarettenasche machte seine Manschetten grau. Manchmal paßten seine Socken nicht zusammen, und der Haken am hochgeschlossenen Uniformkragen war abgerissen. Seinen Schuhen fehlte der Glanz, und wenn er zum Dienst erschien, hatte er an den Ohren oft noch getrockneten Rasierschaum.

Als junger Streifenpolizist hatte er in Notwehr einen Einbrecher niederschießen müssen. Seither trug er stets eine ungeladene Pistole bei sich. Er bildete sich ein, niemand wüßte das, dabei war es kein Geheimnis. Wie Captain Delaney seiner Frau erzählt hatte, erledigte er seinen Papierkram tadellos und verfügte über ausnehmend gute Rechtskenntnisse. Er war schlampig, doch wenn einer der Männer vom 251. Revier persönliche Probleme hatte, wandte er sich an ihn. Polizisten, die im Dienst ihr Leben ließen, durften darauf rechnen, daß er zu ihrer Beerdigung kam. Dabei trug er dann eine saubere Uniform und weinte.

«Vielen Dank, Lieutenant», sagte Delaney steif. «Ich werde mich melden, sobald es geht. Auf jeden Fall bin ich bestimmt wieder zurück, ehe Sie nach Hause gehen. Falls aber doch nicht, warten Sie nicht auf mich. Ist das klar?»

«Jawohl, Captain.»

Dr. Louis Bernardi, zu diesem Schluß war Delaney gelangt, war durchaus fähig, einem Sterbenden die Hand zu halten und ihm Mut zuzusprechen. Jetzt reihte er die Röntgenbilder auf, als ob sie Rembrandt-Radierungen wären.

«Die Schatten!» rief er. «Sehen Sie die Schatten!»

Er hatte seinen Stuhl nahe an Barbara Delaneys Bett gezogen. Der Captain stand wie benommen auf der anderen Seite und hielt die Hände auf dem Rücken verschränkt, damit niemand ihr Zittern sah.

«Was haben sie zu bedeuten?» fragte er mit rauher Stimme.

«Was ist das?» fragte seine Frau.

«Nierensteine!» frohlockte Bernardi. «Jawohl, meine teure Mrs. Delaney», wandte er sich an die Frau im Krankenbett, die ihn verschlafen und mit wiegendem Kopf ansah, «diese Möglichkeit hat immer bestanden: ein störrisches Fieber und Schüttelfrostanfälle. Und dann seit kurzem die Kopfschmerzen, die Übelkeit, die Schwierigkeiten beim Wasserlassen, der Schmerz im Lumbalbereich. Heute morgen, nach über zehn Tagen gründlicher Untersuchungen, haben wir eine Besprechung abgehalten – alle Ärzte, die sich mit Ihnen beschäftigten – und sind uns alle einig in der Meinung, daß Sie bedauerlicherweise Nierensteine haben.»

«Wie komme ich denn zu Nierensteinen?»

Der Arzt lehnte sich auf seinem Stuhl zurück und legte wie üblich die Zeigefinger an die Wulstlippen.

«Wer kann das sagen?» fragte er leise. «Ernährungsweise, Stress, vielleicht eine Prädisposition, Vererbung. Es gibt soviel, war wir nicht wissen. Wenn wir alles wüßten, würde das Leben doch langweilig sein, finden Sie nicht?»

Delaney knurrte angewidert. Bernardi achtete nicht darauf.

«Auf jeden Fall lautet unsere Diagnose: Nierensteine. Eine mineralische Ablagerung, wie sie sich häufig in der Blase oder den Nieren findet. Ein harter, unorganischer Stein. Manche sind nicht größer als ein Stecknadelkopf, andere dagegen ziemlich groß. Es sind Fremdkörper, in lebendes Gewebe eingebettet. Daher das Fieber, der Schüttelfrost, die Schmerzen. Und selbstverständlich die Schwierigkeiten beim Wasserlassen. O ja, die vor allem.»

Wieder einmal war Delaney erbost über die Selbstzufriedenheit dieses Mannes. Für Bernardi war das Ganze nichts weiter als ein Kreuzworträtsel aus der *Times*.

«Wie ernst ist das?» fragte Barbara kaum hörbar.

Ein Schleier schien sich über Bernardis trübe Augen zu legen, eine milchige, durchscheinende Schicht. Zwar konnte er nach draußen sehen, doch in ihn hineinsehen konnte keiner.

«Was wir brauchten, waren die Blutuntersuchungen und diese Röntgenbilder. Und da wir Sie hier beobachten konnten, gaben uns die aufgetretenen Symptome weitere Fingerzeige. Jetzt wissen wir, was wir vor uns haben.»

«Wie ernst ist es?» fragte Barbara abermals, diesmal allerdings mit größter Entschlossenheit.

«Wir sind der Meinung», fuhr Bernardi fort, ohne auf sie einzugehen, «wir sind der Meinung, daß in Ihrem Fall, meine liebe Mrs. Delaney, eine Operation angezeigt ist. Da führt kein Weg dran vorbei. Tut mir leid, daß ich das sagen muß. Es ist keine besonders ernsthafte Operation. Sie wird in jeder Klinik überall im Land häufig vorgenommen. Allerdings ist jeder chirurgische Eingriff mit einem Risiko verbunden, selbst das Aufschneiden eines Furunkels. Das verstehen Sie gewiß. Chirurgische Eingriffe sollte man nie auf die leichte Schulter nehmen.»

«Wir nehmen ihn nicht auf die leichte Schulter», sagte Delaney zornig und dachte: dieser Mann, dieser Ausländer – er versteht einfach nicht zu reden.

Während dieses Wortwechsels wanderten Barbara Delaneys Blicke hin und her zwischen ihrem Mann und dem Arzt.

«Sehr schön», fuhr Delaney fort und beherrschte sich. «Sie raten also zu einer Operation. Sie holen diese Nierensteine heraus, und meine Frau wird wieder gesund. Das ist alles? Sie verschweigen uns nichts?»

«Edward!» sagte sie. «Bitte!»

«Ich will es wissen», sagte er störrisch. «Und ich möchte, daß du es weißt.»

Bernardi seufzte. Er schien im Begriff, zwischen beiden zu vermitteln, doch dann besann er sich eines Besseren.

«Das ist unsere Meinung.» Er nickte. «Eine hundertprozentige Garantie kann ich Ihnen allerdings nicht geben. Das kann kein Arzt. Darüber müssen Sie sich klar sein. Für Ihre Frau handelt es sich zugegebenermaßen um eine schwere Prüfung. Normalerweise dauert die Genesung nach einer solchen Operation zwischen einer Woche und zehn Tagen in der Klinik und hinterher etliche Wochen Bettruhe zu Hause. Ich möchte nicht den Eindruck erwecken, als wäre das nicht so wichtig. Es handelt sich um eine ernste Sache, und ich nehme sie genauso ernst wie Sie. Aber grundsätzlich sind Sie ja gesund, Mrs. Delaney, und ich wüßte aus Ihrer bisherigen Krankengeschichte nichts, was auf etwas anderes hindeuten könnte als auf eine normale Genesung.»

«Es bleibt also nur die Operation?» wollte Delaney nochmals wissen.

«Richtig. Sie haben keine Wahl.»

Ein leiser Schrei kam von Barbara Delaneys Lippen, nicht lauter als das Miauen einer Katze. Ihre blasse Hand ergriff die Rechte ihres Mannes; er umschloß sie fest mit seiner großen Pranke.

«Aber absolute Sicherheit haben wir nicht?» fragte er und merkte, daß er sich wiederholte und daß seine Stimme verzweifelt klang.

Der durchscheinende Schleier, der über Bernardis Augen lag, schien noch undurchsichtiger zu werden. Jetzt war es wie der stumpfglänzende Belag auf dem Augapfel eines blinden Hundes.

«Nicht nur keine absolute Sicherheit», sagte er kurz, «sondern überhaupt keine.»

Schweigen senkte sich wie sanfter Regen auf das pastellfarben gestrichene Krankenzimmer. Sie sahen einander an, alle drei, ihre Köpfe gingen hin und her, die Lider über ihren Augen zuckten. Sie konnten die Krankenhausgeräusche hören: krächzende Lautsprecher, quietschende fahrbare Tragen, flüsternde Stimmen und irgendwo Radiomusik. Doch in diesem Raum blickten die drei einander in die Augen und waren allein, eingehüllt in Schweigen.

«Vielen Dank, Doktor», sagte Delaney mit rauher Stimme. «Wir werden uns darüber unterhalten.»

Bernardi nickte und erhob sich flink. «Ich lasse Ihnen diese Unterlagen hier», sagte er und legte einen Aktendeckel auf den Nachttisch. «Ich würde Ihnen raten, sich alles sorgfältig durchzulesen. Bitte zögern Sie Ihre Entscheidung nicht länger hinaus als vierundzwanzig Stunden. Wir sollten möglichst bald etwas unternehmen, und das bedarf gewisser Vorbereitungen.»

Edward X. Delaney saß auf dem Bettrand, lächelte und strich seiner Frau begütigend mit der schweren Hand übers Haar. Eine Schwesternhelferin hatte es glattgebürstet und hinten mit einem Ende dicker blauer Strickwolle zusammengebunden.

«Ich weiß, daß du ihn nicht magst», sagte sie.

«Das spielt keine Rolle.» Er schüttelte den großen Kopf. «Wichtig ist nur, daß du Vertrauen zu ihm hast. Hast du das?»

«Ja.»

«Gut. Ich möchte aber trotzdem noch mit Ferguson sprechen.»

«Du möchtest jetzt keine Entscheidung treffen?»

«Nein. Laß mich erst die Gutachten lesen. Dann werde ich sie Ferguson zeigen und mir anhören, was er davon hält. Möglichst heute abend noch. Morgen komme ich wieder her, und wir werden es durchsprechen. Einverstanden?»

«Ja», sagte sie. «Hat Mary die Vorhänge gewaschen?» Mary war die Aufwartung, die von Montag bis Freitag täglich von 8 bis 4 Uhr bei ihnen war.

«Ja, das hat sie. Wenn das Wetter bleibt, will sie sich morgen die Übergardinen im Salon vornehmen. Sie möchte dich so gern besuchen, aber ich habe gesagt, dir wäre nicht danach. Das habe ich all deinen Freundinnen gesagt. War das auch richtig?»

«Ja, ich möchte nicht, daß man mich in diesem Zustand sieht. Vielleicht fällt es mir später leichter. Was hast du gefrühstückt?»

«Mal sehen ...» sagte er und versuchte, sich zu erinnern. «Ein kleines

Glas Orangensaft. Cornflakes, ohne Zucker. Trockenen Toast und schwarzen Kaffee.»

«Sehr gut.» Sie nickte anerkennend. «Du hältst dich an deine Diät. Bitte versprich mir, daß du ...» Unvermittelt hielt sie inne; Tränen stiegen in ihre Augen und rannen über ihre Wangen. «Ach, du lieber Gott», rief sie, «warum ausgerechnet ich?»

Sie richtete sich auf, ihn zu umarmen. Er hielt sie eng an sich gedrückt, ihr nasses Gesicht an seinem. Mit knubbeligen Fingern strich er ihr über den Rücken und wiederholte immer und immer wieder: «Ich liebe dich! Ich liebe dich! Ich liebe dich!» Es schien, als genüge es noch immer nicht.

Den Aktendeckel mit den medizinischen Gutachten unterm Arm kehrte er aufs Revier zurück. Sobald er an seinem Schreibtisch saß, rief er Dr. Sanford Ferguson an, konnte ihn jedoch nicht erreichen. Er versuchte es im Büro des Leichenbeschauers, im Leichenschauhaus und in Fergusons Privatpraxis. Niemand wußte, wo er war. Delaney hinterließ überall eine Nachricht.

Dann legte er die medizinischen Gutachten beiseite, räumte seinen Schreibtisch auf, warf noch einen bedauernden Blick auf die Vorgänge, die sich an diesem einen Tag angesammelt hatten und bis morgen warten mußten. Ehe er ging, sah er noch einmal in den Haftzellen und Mannschaftsräumen nach, in den Vernehmungsräumen und in den kleinen abgeteilten Büros der Detektive. Das Gebäude des 251. Reviers war fast neunzig Jahre alt. Es platzte aus allen Nähten, die Wände hatten Risse, und es roch darin wie in allen alten New Yorker Polizeiwachen. Bereits wiederholt war ein Neubau versprochen worden. Captain Delaney warf noch einen letzten Blick auf das Wachbuch des diensthabenden Sergeant, ehe er nach nebenan zu sich nach Hause ging.

Womöglich noch älter als die Polizeiwache, war dieses Haus ursprünglich als Stadthaus eines Kaufmanns gebaut worden. Im Laufe des Jahres kam es immer mehr herunter und war, als Delaney es mit dem väterlichen Erbe kaufte (28 000 Dollar) eine Herberge mit möblierten Zimmern. Delaney überzeugte sich davon, daß es in seiner Grundstruktur noch gesund war, und Barbaras flinke Augen entdeckten die alten Mamorkamine und Walnußtäfelungen (die überstrichen waren, jedoch in ihren ursprünglichen Zustand zurückversetzt werden konnten). Es hatte Zimmer für die Kinder, einen gepflasterten Weg über den Hof und einen kleinen verwilderten Garten hinterm Haus. Allerdings ahnten sie damals nicht, daß er einmal der Vorsteher des benachbarten 251. Reviers werden würde.

Mary hatte das Licht auf der Diele brennen lassen. Am schönen großen Wandspiegel war mit Klebestreifen eine Nachricht befestigt. Im Eisschrank fände er kalten Hammelbraten und Kartoffelsalat sowie Linsensuppe zum Aufwärmen.

In der Küche zog er seine Uniformjacke aus und hängte sie samt der Pistolentasche über eine Stuhllehne. Dann mixte er sich einen Whisky-Soda, das erste alkoholische Getränk heute. Schluckweise trank er es und rauchte dazu eine Zigarette (die dritte heute). Er nahm das Whiskyglas mit in sein Arbeitszimmer und wählte noch einmal Fergusons Privatnummer. Fast augenblicklich meldete sich eine muntere Stimme.

«Dr. Ferguson.»

«Hier Captain Edward X. Delaney.»

«Hallo, ‹Hier Captain Edward X. Delaney!›» Ferguson lachte. «Was zum Teufel ist denn bloß los mit Ihnen – haben Sie sich bei einer Minderjährigen 'n Tripper geholt?»

«Nein. Ich rufe wegen meiner Frau an. Barbara.»

Der Ton wandelte sich augenblicklich.

«Oh. Wo drückt der Schuh, Edward?»

«Doktor, könnte ich Sie wohl heute abend noch sprechen?»

«Sie beide, oder nur Sie allein?»

«Nur ich. Sie ist im Krankenhaus.»

«Tut mir leid, das zu hören. Edward, ich bin gerade im Begriff, das Haus zu verlassen. Vor Mitternacht werde ich nicht zurück sein. Ist das zu spät?»

«Nein. Ich kann um zwölf bei Ihnen sein. Wäre Ihnen das recht?»

«Sicher. Aber worum geht es denn eigentlich?»

«Das möchte ich Ihnen lieber persönlich sagen. Außerdem habe ich ein paar Gutachten. Und ein paar Röntgenaufnahmen.»

«Ich verstehe. Na schön, Edward. Seien Sie um zwölf hier.»

«Ich danke Ihnen, Doktor.»

Er ging zurück in die Küche und aß etwas von dem kalten Hammelbraten und dem Kartoffelsalat. Alles schmeckte wie Stroh. Er setzte die Brille mit dem schweren schwarzen Gestell auf, las beim Essen methodisch jedes einzelne Gutachten und hielt sogar die Röntgenaufnahmen gegen das Lampenlicht, obwohl die ihm gar nichts sagten. Da war sie also, in diesen Schatten; die Frau, die ihm alles bedeutete.

Lektüre und Essen waren gleichzeitig beendet. Alle Ärzte schienen einer Meinung. Er mixte sich noch einen Whisky und schickte sich dann an, im Unterhemd durch das leere Haus zu wandern.

Seit dem Ende des Zweiten Weltkriegs war dies das erste Mal, daß er und seine Frau nicht unter demselben Dach schliefen. Er kam sich verlassen vor, und in all diesen abgedunkelten Räumen spürte er ihre Gegenwart und verlangte es ihn nach ihr: ihrem Anblick, ihrer Stimme, ihrem Duft, ihrem Lachen, dem Schlurfen der Hausschuhe ... danach, sie zu berühren.

Langsam stieg er die Treppe zu den leeren Schlafzimmern hinauf. Für sie beide allein war das Haus zu groß, daran konnte es keinen Zweifel geben. Und dennoch ... Da war der Türpfosten, auf dem mit Bleistiftstrichen Lizas Größe markiert war. Die Treppe dort war Eddie einmal Hals über Kopf hinuntergefallen, er hatte sich das Kinn aufgeschlagen und doch keinen Mucks von sich gegeben. Und genau an dieser Stelle war einer seiner vielen Hunde zu Barbaras Entsetzen an einem heftigen Blutsturz verendet.

Viel war es wohl nicht, dachte er: weder erhabene Tragödie noch gewöhnliche Komödie, weder besondere Höhen noch besondere Tiefen, nur das stetige Verrinnen der Jahre. Die Zeit schliff ab, was etwa an Drama dagewesen sein mochte. Die Farben verblaßten mit der Zeit; die lauten Rufe erstarben. Doch das Bild – Goldton in Goldton –, der sanfte Glanz dessen, was geblieben war, war für ihn voller Bedeutung. Er strich durch die dämmerigen Korridore seines Lebens, hing tiefsinnigen Gedanken nach und nährte törichte Wünsche.

Dr. Sanford Ferguson war ein hochgewachsener Junggeselle, der knitterfreie Tweedanzüge mit Westen, Taschenuhr und Kette trug, wodurch er noch größer wirkte, als er war. Er hatte breite Schultern und einen mächtigen Brustkorb. Dick war er nicht, eher schon stämmig; seine Arme waren fleischig und muskulös.

Niemand zweifelte an seiner Klugheit. Auf Parties konnte er einen Witz nach dem anderen so gut erzählen, daß die Gesellschaft sich vor Lachen bog. Bei Ärztekongressen war er als Tischredner sehr gefragt. Er war ein begeisterter, wenn auch keineswegs überragender Golfspieler. Er besaß eine weiche Baritonstimme, konnte ein Soufflé backen und hatte, was kein Mensch wußte (selbst seine ältere, unverheiratete Schwester nicht), eine Geliebte: eine Negerin mittleren Alters, und mit ihr drei Söhne.

Außerdem war er, wie Delaney wußte, ein erfahrener und zynischer Polizeichirurg. Der gewaltsame Tod war ihm ein gewohnter Anblick, und er ließ sich nicht leicht über dessen Ursachen täuschen. In Personen, die «eines natürlichen Todes gestorben» waren, fand er das Arsen, und bei

«Unglücksfällen» führten leicht zu übersehende Anhaltspunkte ihn zum eigentlichen Verursacher.

«Hier ist Ihr Whisky», sagte er und reichte Delaney ein hohes Glas. «Setzen Sie sich dorthin, seien Sie ganz still und lassen Sie mich lesen und verdauen.»

Delaney nahm in einem Lehnsessel mit Schondecken Platz. Dr. Ferguson saß auf einem zierlichen Stuhl an einem schönen Queen-Anne-Schreibtisch. Stuhl und Tisch drohten unter seiner massigen Gestalt zusammenzubrechen. Er hatte den Wollbinder gelockert und den Hemdkragen geöffnet, so daß drahtiges Haar ins Freie sprang.

«Oho», kam es von Ferguson. «Mein alter Freund Bernardi.»

«Sie kennen ihn?» fragte Delaney verwundert.

«Das kann man wohl sagen.»

«Was halten Sie von ihm?»

«Als Arzt? Ausgezeichnet. Als Mensch? Ein Schwein. Jetzt aber Ruhe.»

Schweigen.

«Kennen Sie jemand von den anderen?» fragte Delaney schließlich. «Von den Spezialisten, die er zugezogen hat?»

«Ich kenne zwei von den fünfen – den Neurologen und den Röntgenologen. Die gehören zu den besten Leuten in der Stadt. Das muß Sie ja ein Vermögen kosten. Wenn die anderen drei auch so begabt sind, ist Ihre Frau in guten Händen. Ich kann mich erkundigen. Und jetzt seien Sie bitte ruhig.»

Schweigen.

«Nun ja!» Ferguson zuckte mit den Achseln. «Nierensteine. Das ist nicht weiter schlimm.»

Er sah sich alle Gutachten sehr genau an und blätterte gelegentlich zurück, um Dinge mit Einzelheiten in anderen Gutachten zu vergleichen. Auf die Röntgenaufnahmen warf er nicht einmal einen Blick. Zuletzt stemmte er sich vom Tisch ab, goß sich noch einen riesigen Kognak ein und schenkte dem Captain Whisky nach.

«Nun?» fragte Delaney.

«Edward», begann Ferguson und runzelte die Stirn. «Ziehen Sie mich nicht hinzu. Und auch keinen anderen Arzt. Bernardi ist ein aufgeblasener, voreingenommener, egozentrischer Scheißkerl. Aber, wie gesagt, er versteht etwas von seinem Fach. Im Falle Ihrer Frau hat er in jedem Punkt genau das Richtige getan. Er hat alles versucht – bis auf eine Operation, stimmt's?»

«Nun ja, er hat es mit Antibiotica versucht. Die haben aber nichts geholfen.»

«Nein, das können sie bei Nierensteinen auch nicht. Aber auf *die* ist man ja auch erst gestoßen, nachdem Sie Barbara zum Röntgen in die Klinik brachten. Und dann kam die Schwierigkeit beim Wasserlassen dazu. Das war doch erst vor kurzem, oder?»

«Ja. Erst in den letzten vier, fünf Tagen.»

«Hm – dann . . .»

«Sie raten zu einer Operation?» fragte Delaney mit Grabesstimme.

«Ich rate zu gar nichts», sagte Ferguson scharf. «Es ist nicht mein Fall. Aber es bleibt Ihnen keine andere Wahl.»

«Das sagt er auch.»

«Er hat recht. Packen Sie den Stier bei den Hörnern, mein Junge!»

«Und wie stehen die Chancen?»

«Sie wollen ganz auf Nummer Sicher gehen, wie? Wenn sie sich operieren läßt, sehr gut.»

«Und wenn nicht?»

«Reden wir nicht weiter darüber. Vergessen Sie's!»

«Das ist nicht fair», schrie Delaney wütend.

Ferguson sah ihn sonderbar an. «Was zum Teufel ist denn bloß los?»

Lange blickten sie einander an. Dann kehrte Ferguson an den Tisch zurück, blätterte die Röntgenbilder durch, suchte eines heraus und hielt es gegen das Licht.

«Nieren», brummelte er. «Ja, ja.»

«Was ist denn, Doktor?»

«Er hat es Ihnen gesagt, und ich habe es Ihnen gesagt: mineralische Ablagerungen in den Nieren, gewöhnlich Nierensteine genannt.»

«Das habe ich nicht gemeint. Irgendwas beunruhigt Sie doch.»

Ferguson sah ihn an. «Sie Schlitzohr!» sagte er dann leise. «Ich habe nie jemanden kennengelernt, der so – so *eingestimmt* auf Menschen gewesen wäre wie Sie.»

«Was ist denn?» wiederholte Delaney.

«Nichts. Nichts, das ich erklären könnte. Nur so eine Ahnung. So etwas kennen Sie doch, nicht wahr?»

«Selbstverständlich.»

«Ein paar Kleinigkeiten, die nicht so recht zusammenpassen wollen. Vielleicht gibt es eine rationale Erklärung. Die Unterleibsoperation vor kurzem. Das Fieber, der Schüttelfrost . . . die Kopfschmerzen, der Brechreiz und so weiter. Das alles weist auf Nierensteine hin – nur die die

Reihenfolge des Auftretens der Symptome stimmt nicht.» Er seufzte. «Edward, haben Sie jemals etwas von einer Proteusinfektion gehört?»

«Bernardi erwähnte sie mir gegenüber.»

Verblüfft machte Ferguson einen Schritt zurück. «Er hat sie Ihnen gegenüber *erwähnt*?» wollte er wissen. «Wann war das?»

«Vor etwa drei Wochen, als er mir sagte, daß Barbara zur Beobachtung in die Klinik gehen solle. Er sagte damals, er wolle noch Genaueres darüber nachlesen, hat diese Infektion aber heute mit keinem Wort mehr erwähnt. Hätte ich ihn fragen sollen?»

«Großer Gott!» sagte Ferguson bitter. «Nein, Sie hätten ihn nicht fragen sollen. Falls er es Ihnen hätte erzählen wollen, hätte er es getan.»

«Haben Sie solche Fälle schon gehabt?»

«Proteus? O ja, das habe ich. Drei in zwanzig Jahren. Dieser Proteus ist ein Teufel.»

Ferguson trat auf ihn zu, packte Delaney am Arm und stellte ihn förmlich auf die Füße. Der Captain hatte ganz vergessen, wie stark der Arzt war.

«Gehen Sie und lassen Sie die Nierensteine Ihrer Frau rausholen», sagte der Arzt brutal. «Entweder sie überlebt's oder sie stirbt. Aber das trifft auf uns alle zu. Da hilft nichts, mein Junge!»

Delaney holte tief Atem.

«Also gut, Doktor», sagte er. «Vielen Dank, daß Sie mir Ihre Zeit geopfert haben und daß Sie so geduldig mit mir gewesen sind.»

Ferguson brachte Delaney zur Tür. «Vielleicht schau ich mal bei Barbara rein», sagte er beiläufig. «Nur als Freund der Familie.»

«Ja, tun Sie das!» Delaney nickte wie benommen. «Sie will zwar keine Besuche haben, aber ich bin sicher, sie wird sich freuen, Sie zu sehen.»

Ferguson packte Delaney bei den Schultern und drehte ihn ins Licht.

«Wie geht es mit dem Schlaf in letzter Zeit, Edward?» wollte er wissen.

«Nicht besonders gut.»

«Nehmen Sie keine Tabletten. Lieber kurz vorm Zubettgehen einen anständigen Schnaps. Kognak ist am besten. Oder ein Glas Portwein. Oder eine Flasche Starkbier.»

«Ja. Mach ich. Vielen Dank!»

Sie schüttelten einander die Hand.

Der Captain machte erst eine Zwischenstation zu Hause, um einen Wollpullover unter seine Uniformjacke zu ziehen. Dann ging er nach nebenan aufs Revier. Direkt vor dem Eingang war ein Privatwagen geparkt, an der Windschutzscheibe auf der Beifahrerseite ein großer Aufkleber: PRESSE.

Delaney ging steifbeinig hinein. Ein Zivilist sprach mit dem diensthabenden Sergeant. Die beiden Männer brachen ihre Unterhaltung ab und drehten sich um.

«Ist das Ihr Wagen?» wandte Delaney sich an den Zivilisten. «Der da vor der Wache?»

«Ja, das ist meiner. Ich . . .»

«Sind Sie Reporter?»

«Ja. Ich wollte bloß . . .»

«Bringen Sie ihn da weg! Sie parken in einem Bereich, der für Polizeifahrzeuge reserviert ist. Die Zone ist klar als solche gekennzeichnet.»

«Ich wollte doch bloß . . .»

«Sergeant», sagte Delaney, «falls der Wagen nicht innerhalb von zwei Minuten weg ist, bekommt der Mann ein Strafmandat. Falls der Karren nach fünf Minuten immer noch dasteht, lassen Sie ihn abschleppen. Ist das klar?»

«Jawohl, Sir.»

«Hören Sie doch . . .» begann der Mann.

Delaney ging an ihm vorüber nach oben in sein Arbeitszimmer. Dort holte er eine schwarzgelackte Taschenlampe mit drei Batterien aus der obersten Schublade seines Aktenschranks. Außerdem steckte er einen kurzen Gummiknüppel in die Jackentasche und hängte ein paar stählerne Handschellen an den Gurt.

Als er in die frostige Nacht hinaustrat, war der Pressewagen auf der anderen Straßenseite abgestellt, doch der Reporter wartete auf dem Bürgersteig vor dem Revier.

«Wie heißen Sie?» fragte er wütend.

«Captain Edward X. Delaney. Wollen Sie meine Dienstnummer?»

«Oh . . . Delaney. Von Ihnen hab ich schon gehört.»

«So?»

«‹Eisenarsch› – werden Sie nicht so genannt?»

«Ja.»

Der Reporter sah ihn mit großen Augen an, fing dann an zu lachen und streckte ihm die Hand hin.

«Ich heiße Handry, Captain. Thomas Handry. Tut mir leid, das mit dem Auto. Sie waren völlig im Recht, und ich war völlig im Unrecht.»

Delaney schüttelte ihm die Hand.

«Wohin gehen Sie denn mit der Taschenlampe, Captain?»

«Ich will mich bloß ein bißchen umsehen.»

«Was dagegen, wenn ich mitkomme?»

Delaney zuckte mit den Achseln. «Wenn Sie wollen.»

Sie gingen zur 1st Avenue hinüber und wandten sich dann gen Norden. Hier drängten sich Ladengeschäfte, Supermärkte und Banken. Die meisten hatten vor Eingang und Schaufenstern abgeschlossene Scherengitter, und in allen brannte Licht.

«Sehen Sie das?» Delaney machte eine entsprechende Handbewegung. «Ich habe allen Geschäftsleuten in meinem Revier einen Brief geschrieben und sie aufgefordert, mindestens eine Hundertwattbirne die ganze Nacht über brennen zu lassen. Ich habe nicht lockergelassen, und jetzt tun mir achtundneunzig Prozent den Gefallen. Ein simples Hilfsmittel, aber dadurch haben wir die Ladeneinbrüche in diesem Revier um 14,7 Prozent runterdrücken können.»

Er blieb vor einer Schuhmacherwerkstatt stehen, die kein Scherengitter hatte. Delaney drückte die Klinke herunter. Die Tür war fest abgeschlossen.

«Ein bißchen ungewöhnlich, finden Sie nicht auch?» fragte Handry belustigt. «Daß ein Captain die Runden dreht, meine ich. Haben Sie dafür keine Streifenpolizisten?»

«Selbstverständlich. Als ich das 251. Revier übernahm, war die Disziplin äußerst lax. Deshalb legte ich ohne Vorankündigung Inspektionsgänge ein, meistens bei Nacht. Das hat geholfen. Die Männer wissen nie, wann oder wo ich auftauche. Da bleiben sie wach.»

«Und das tun Sie jede Nacht?»

«Aber ja. Selbstverständlich kann ich nicht das ganze Revier abklappern, aber immerhin kontrolliere ich jede Nacht fünf oder sechs verschiedene Blocks. Jetzt ist das natürlich nicht mehr nötig, denn meine Männer sind ständig auf der Hut. Aber es ist mir zur Gewohnheit geworden. Offen gestanden kann ich nicht richtig einschlafen, ehe ich nicht meine Runde gemacht habe. Meine Frau sagt, ich bin da wie ein guter Hausvater, der vorm Zubettgehen noch einmal nachsieht, ob auch alle Fenster und Türen geschlossen sind.»

Eine Zwei-Mann-Streife in einem leise surrenden Funkstreifenwagen kam ihnen entgegen. Der Polizist auf dem Beifahrersitz nahm sie in Augenschein, erkannte den Captain und legte grüßend die Hand an den Mützenschirm. Delaney erwiderte den Gruß.

Sie gingen noch ein paar Straßen weiter und bogen dann nach Osten ab in Richtung York Avenue.

«Was haben Sie eigentlich auf der Wache gewollt, Handry?» fragte der Captain plötzlich.

«Hab mich nur mal umgesehen», sagte der Reporter. «Ich arbeite an einem Artikel, oder vielmehr, an einer Artikelserie.»

«Worüber?»

«Wie jemand dazu kommt, Polizist werden zu wollen; und was mit ihm geschieht, wenn er erst mal einer ist.»

Delaney seufzte. «Dieses Thema ist doch schon dutzendemal abgehandelt worden.»

«Ich weiß. Trotzdem wird es noch einmal geschrieben werden – von mir. Im ersten Artikel geht es um Anforderungen, Ausleseverfahren und Probezeit. Jetzt versuche ich dahinterzukommen, was passiert, wenn man eingestellt worden ist – und was für Richtungen man einschlagen kann. Sie haben doch ursprünglich zur Kriminalpolizei gehört, nicht wahr?»

«Das stimmt.»

«Morddezernat, oder?»

«Eine Zeitlang.»

«Man spricht noch heute von Ihnen – über einige Ihrer Fälle.»

«Wirklich?»

«Warum sind Sie zum Revierdienst übergewechselt, Captain?»

«Ich wollte Erfahrungen in der Verwaltung sammeln», sagte Delaney kurz angebunden.

Diesmal seufzte Handry. Er war ein schlanker, flotter junger Mann, mehr einem Versicherungsvertreter ähnlich als einem Reporter. Seine Hose war sorgfältig gebügelt, die Schuhe auf Hochglanz poliert, der Hut mit der schmalen Krempe saß ihm gerade auf dem Kopf. Er trug eine Weste und bewegte sich behende.

Sein Gesicht verriet eine gewisse Spannung, eine heimliche Leidenschaft, die er jedoch zügelte. Die Lippen hielt er aufeinandergepreßt, seine Stirn drückte nichts Besonderes aus, und die Augen blickten offenbar bewußt ausdruckslos. Delaney fielen die abgekauten Fingernägel auf und auch, daß der Reporter sich ständig mit der rechten Zeigefingerkuppe über die Oberlippe fuhr.

«Warum haben Sie sich den Bart abrasiert?» fragte er.

«Sie hätten wirklich bei der Kriminalpolizei bleiben sollen», sagte Handry. «Ich weiß, daß ich es mir nicht abgewöhnen kann, über die Oberlippe zu streichen. Sagen Sie mir, Captain – warum sperren die Polizisten sich eigentlich so sehr dagegen, mit mir zu reden? Oh, gewiß, reden tun sie schon, aber sie gehen nie richtig aus sich heraus. Ich komm nicht an sie heran. Wenn ich gut schreiben will, muß ich lernen, an Menschen heranzukommen. Liegt es an mir? Oder haben sie Angst, mir gegenüber offen zu sein, weil sie wissen, daß das, was sie sagen, veröffentlicht werden könnte? Oder was, zum Teufel, ist es sonst?»

«Es liegt nicht an Ihnen – Ihnen persönlich. Aber Sie sind nun mal kein Polizist. Sie gehören einfach nicht dazu. Da klafft ein Abgrund.»

«Aber ich versuche doch, sie zu verstehen – ehrlich! Meine Artikelserie wird die Polizei sehr positiv darstellen. Das möchte ich unbedingt. Ich bin nicht darauf aus, mit Dreck zu schmeißen.»

«Freut mich, daß Sie das nicht sind. Von solchen Leuten haben wir genug.»

«Hm. Aber dann verraten Sie mir bitte: warum wird man Polizist? Welcher vernünftige Mensch reißt sich um so einen Job – noch dazu in dieser Stadt!? Die Bezahlung ist mies, die Arbeitszeit ist mies, jeder hält Polizisten für bestechlich, rotznäsige Gören schimpfen sie ‹Schwein› und bombardieren sie mit Tüten voller Scheiße. Wo, zum Teufel, ist denn da der Reiz?»

Sie gingen an einem luxuriösen Wohnblock entlang. Delaney hörte etwas.

«Bleiben Sie hier», flüsterte er Handry zu.

Leise schob er sich die Auffahrt hinan, ohne die Taschenlampe anzuknipsen. Die Rechte hatte er unter der Lasche seiner Jackentasche, die Finger um den Pistolengriff gelegt.

Nach einer Minute war er wieder zurück und lächelte.

«Eine Katze», sagte er, «in den Mülltonnen.»

«Hätte aber genausogut ein Drogensüchtiger mit einem Messer sein können», sagte Handry.

«Ja», pflichtete Delaney bei, «wäre möglich gewesen.»

«Ja also – *warum*?» fragte Handry hartnäckig.

Langsam schlenderten sie die York Avenue in Richtung Polizeiwache hinunter. Der Verkehr war um diese späte Stunde spärlich, und die wenigen Fußgänger, denen sie begegneten, gingen eilends weiter und blickten über die Schulter hinweg nervös zurück.

«Darüber haben meine Frau und ich uns gerade vor ein paar Wochen unterhalten», sinnierte Delaney und erinnerte sich an den strahlenden Nachmittag im Central Park. «Ich sagte, ich sei deshalb zur Polizei gegangen, weil ich grundsätzlich ein ordnungsliebender Mensch bin. Ich habe immer alles gern sauber und adrett, und Verbrechen verletzen meinen Ordnungssinn. Meine Frau hat gelacht und behauptet, ich sei deshalb

Polizist geworden, weil ich im Grunde meines Herzens ein Künstler sei und mich nach einer Welt der Schönheit sehnte, wo alles echt ist und nichts falsch. Seit diesem Gespräch – zum Teil auch wegen der Dinge, die seither passiert sind – habe ich noch öfter über das nachgedacht, was ich gesagt habe und was sie gesagt hat. Und dabei bin ich zu dem Schluß gekommen, daß unsere Meinungen gar nicht so weit auseinandergehen – zwei Seiten derselben Münze, wenn Sie so wollen. Sehen Sie, ich bin zur Polizei gegangen, weil dem Leben eine Logik innewohnt oder zumindest innewohnen sollte. Und diese Logik ist sowohl geordnet als auch schön, wie jede gute Logik. Folglich hatte ich recht, und meine Frau auch. Und ich möchte, daß diese Logik bleibt. Es ist die schlichte Logik von der natürlichen Geburt, vom natürlichen Leben und natürlichen Sterben. Es geht um die Sterblichkeit eines jeden von uns und um die Unsterblichkeit von uns allen. Es geht um das So-Weitergehen. Das ist die Logik, die dem Leben des einzelnen innewohnt, der Familie, allen Menschen auf der ganzen Welt, genauso wie allen belebten und unbelebten Dingen. Alles, was den Rhythmus dieser Logik unterbricht – denn jede gute Logik vollzieht sich nach einem wunderbaren Rhythmus, wissen Sie –, alles, was diesen Rhythmus unterbricht, ist böse. Dazu gehören Grausamkeit, Verbrechen und Krieg. Was die Grausamkeit in anderen Menschen betrifft, bin ich ziemlich machtlos; so manche grausame Handlung ist zwar unmoralisch, verstößt aber nicht gegen das Gesetz. Eigentlich kann ich mich nur gegen die Grausamkeit in mir selbst wappnen. Gegen den Krieg kann ich auch nicht viel ausrichten. Wohl aber gegen das Verbrechen. Viel vielleicht nicht, das gebe ich zu, aber immerhin etwas. Denn das Verbrechen, *jedes* Verbrechen, widerspricht der Vernunft, ist irrational. Es stellt sich der Logik des Lebens entgegen und ist damit böse. Und das ist, glaube ich, der Grund, warum *ich* Polizist geworden bin.»

«Mein Gott!» rief Handry. «Das ist phantastisch! Das muß ich verwerten. Aber ich verspreche Ihnen, daß ich Ihren Namen nicht nennen werde.»

«Bitte, tun Sie das wirklich nicht», sagte Delaney und bedauerte bereits, was er gesagt hatte. «Das würde ich nie überleben.»

Vor der Wache verabschiedete sich Handry von ihm. Delaney stieg langsam zu seinem Dienstzimmer hinauf, um seine «Streifenausrüstung» wegzulegen. Dann ließ er sich auf den abgenutzten Drehstuhl hinter dem Schreibtisch fallen. Ob er wohl je wieder richtig schlafen würde?

Er schämte sich, wie er es immer tat, wenn er zuviel geredet hatte. Und noch dazu solchen Unsinn! «Logik ... Rhythmus ... Unsterblichkeit ...

böse.» Selbstverständlich hatte er nur seiner Eitelkeit schmeicheln und sich in den Augen eines jungen Reporters den Anstrich geben wollen, jemand zu sein, der «tiefsinnige Gedanken» hegte. Was jedoch hatte dies ganze Bla-bla damit zu tun, wieviel die Bohnen kosteten?

All das war hübsche Poesie; die Wirklichkeit hingegen, das war eine verängstigte Frau, die nie in ihrem Leben einem Menschen etwas zuleide getan hatte und jetzt in einem Krankenhausbett lag und sich über das härmte, was auf sie zukam. Es gab Tiere, unsichtbare, die tief in ihr nagten, und bald würde ihre Welt aus Blut, Erbrochenem, Eiter und Kot bestehen. Vergiß das nicht, Edward! Und Tränen.

«Besser sie als ich», dieser Gedanke schoß ihm unversehens durch den Kopf und erfüllte ihn mit Abscheu vor sich selbst. Er war dermaßen wütend darüber, daß er solcher Gedanken fähig war, daß er laut aufstöhnte und mit geballter Faust auf den Tisch hieb. Ach, eine reine Freude war das Leben wahrhaftig nicht; man plagte sich redlich damit, doch Erfolg war einem nicht oft beschieden.

3

Er saß im Krankenzimmer seiner Frau. Das grelle Licht der Sonne ließ sein Profil klar hervortreten. Barbara Delaney gewahrte trotz ihrer Benommenheit, daß seine Züge durch das Erlebnis der Gewalttätigkeit und die Verantwortung hart geworden waren. Sie erinnerte sich an den munteren Polizisten, der ihr mit Veilchensträußen und – einmal – einem schauderhaften Gedicht den Hof gemacht hatte.

Zerstört hatten die Jahre und die Pflichterfüllung ihn nicht, wohl aber durch Druck das ganz Persönliche aus ihm hervorgeholt, ihn mehr er selbst werden lassen. Er redete von Jahr zu Jahr weniger, lachte weniger häufig und zog sich in irgendeine eiserne Mitte zurück, die nur ihm gehörte; dazu hatte sie keinen Zugang.

Er war immer noch ein gutaussehender Mann, fand sie anerkennend; er hielt sich gerade, achtete auf sein Gewicht und rauchte und trank nicht übermäßig. Doch jetzt hatte er etwas Schwermütig-Starres, und oft saß er da und brütete vor sich hin. «Was ist denn?» pflegte sie ihn zu fragen, und dann löste er langsam den nach innen gewendeten Blick, richtete ihn auf sie und das Leben und sagte wohl: «Nichts.» Bildete er sich denn ein, die strafende Gerechtigkeit für die ganze Welt zu sein?

Nicht, daß er besonders gealtert wäre – eher verwittert und wettergegerbt. Wie sie ihn jetzt in dem grellen Sonnenlicht zusammengesunken dasitzen sah, konnte sie nicht begreifen, warum sie ihn nie «Vater» genannt hatte. Es schien ihr unglaublich, daß er jünger sein sollte als sie. Mit einer dunklen Vorahnung dessen, was auf sie zukam, dachte sie darüber nach, ob er wohl ohne sie leben könne, und kam zu dem Schluß, daß er das schaffen würde. Selbstverständlich würde er sich grämen. Wie benommen und vor den Kopf geschlagen würde er sein. Aber er würde darüber hinwegkommen. Er war heil und ganz.

Methodisch wie er war, hatte er sich Dinge aufgeschrieben, von denen er meinte, daß sie besprochen werden müßten. Er holte sein kleines, ledergebundenes Notizbuch hervor, ließ die Seiten durch die Finger gleiten und setzte dann seine schwere Brille auf.

«Gestern abend habe ich die Kinder angerufen», sagte er ohne aufzublicken.

«Ich weiß, mein Herz. Es wäre mir lieber gewesen, du hättest es nicht getan. Liza hat heute morgen angerufen. Sie wollte herkommen, aber ich habe ihr das ausgeredet. Sie ist schließlich im achten Monat, und ich möchte nicht, daß sie eine so weite Reise macht. Wünschst du dir eigentlich einen Jungen oder ein Mädchen?»

«Einen Jungen.»

«Du Schuft! Nun, ich habe ihr gesagt, du würdest sie anrufen, sobald ich's hinter mir hätte; es besteht ja überhaupt kein Grund für sie herzukommen.»

«Sehr schön.» Er nickte. «Eddie wollte in vierzehn Tagen sowieso kommen, und ich habe ihm gesagt, das wäre schön und er brauchte seine Pläne nicht zu ändern.» Er warf einen Blick auf seine Notizen. «... Was hältst du von Spencer?»

Spencer war der Chirurg, mit dem Bernardi sie bekanntgemacht hatte: ein kurz angebundener Mann, der sich auf nichts einließ und keinerlei Wärme ausstrahlte. Trotzdem hatte er Delaney durch seine direkten Fragen, raschen Entscheidungen und die Tatsache beeindruckt, daß er Bernardi bei seinem weitschweifigen Gerede brüsk ins Wort gefallen war. Die Operation war für den Spätnachmittag des folgenden Tages angesetzt worden.

«Oh, ich glaube, er ist in Ordnung», sagte Barbara Delaney unbestimmt. «Was hältst denn du von ihm, Lieber?»

«Ich vertraue ihm», sagte Delaney ohne zu zögern. «Er versteht sein Handwerk. Ferguson sagte mir, Spencer sei ein vorzüglicher Chirurg und ein wohlhabender Mann.»

«Das ist gut.» Barbara setzte ein schwaches Lächeln auf. «Von einem *armen* Chirurgen operiert zu werden, würde mir gar nicht gefallen.»

Sie schien müde zu werden, und ihre Wangen hatten sich hektisch gerötet. Delaney legte das Notizbuch für einen Augenblick beiseite, um ein Tuch in kaltem Wasser auszuwringen, das er ihr dann liebevoll auf die Stirn legte. Sie wurde bereits intravenös ernährt, und man hatte sie angewiesen, sich so wenig wie möglich zu bewegen.

«Vielen Dank, Lieber», sagte sie mit so leiser Stimme, daß er sie kaum hören konnte. Eilends sah er seine restlichen Notizen durch.

«Nun dann», sagte er, «was soll ich dir morgen mitbringen? Du sagtest, du wolltest den gesteppten blauen Morgenrock haben?»

«Ja», flüsterte sie. «Und die flauschigen rosa Pantoffeln. Sie stehen in der rechten Ecke von meinem Schrank. Meine Füße sind so angeschwollen, daß ich in meine Hausschuhe nicht mehr hineinkomme.»

«Mache ich», sagte er munter und machte sich eine Notiz. «Noch was? Kleider, Make-up, Bücher, Obst ... irgendwas?»

«Nein.»

«Soll ich einen Fernseher für dich mieten?»

Sie gab keine Antwort, und als er hinsah, schien sie zu schlafen. Er nahm die Brille ab, steckte das Notizbuch weg und schickte sich an, auf Zehenspitzen den Raum zu verlassen.

«Bitte», sagte sie mit leiser Stimme, «geh noch nicht. Bleib noch ein paar Minuten bei mir sitzen.»

«Solange du möchtest», sagte er. Er zog sich einen Stuhl ans Bett heran, setzte sich und nahm ihre Hand. Lange saßen sie schweigend so da.

«Edward», hauchte sie, ohne die Augen zu öffnen.

«Ja. Ich bin hier.»

«Edward.»

«Ja», wiederholte er. «Ich bin doch hier.»

«Ich möchte, daß du mir etwas versprichst.»

«Alles , was du willst», gelobte er.

«Falls mir was passiert ...»

«Barbara!»

«Falls mir etwas zust ...»

«Aber Liebling!»

«Ich möchte, daß du dann wieder heiratest. Wenn du eine Frau kennenlernst, die ... möchte ich, daß du es tust. Versprichst du mir das?»

Er konnte nicht atmen. Etwas hatte sich in seiner Brust festgesetzt. Er senkte den Kopf, stieß einen leisen Laut aus und packte ihre Hand fester.

«Versprichst du es?» wollte sie wissen.

«Ja.»

Sie lächelte, nickte und schlief ein.

4

Captain Delaney wurde durch eine länger dauernde neue Demonstration vor der Botschaft aufgehalten. Als man sie endlich zerstreut hatte und die Demonstranten in die Seitenstraßen gedrängt worden waren, war es bereits später Nachmittag und fast Zeit für Barbaras Operation. Er ließ sich in aller Eile von einem Streifenwagen zum Krankenhaus hinüberfahren. Er wußte, daß er damit gegen die Vorschriften verstieß, und nahm sich fest vor, einen ausführlichen Bericht darüber zu schreiben und die Umstände zu erklären; falls man ihm dann eine Disziplinarstrafe aufbrummte, bitte sehr.

Die Operationssäle lagen im dritten Stock, ebenso die Zimmer für die frisch Operierten, die Aufenthaltsräume der Ärzte, eine kleine Teeküche und ein großes gallegrün gestrichenes und mit orangefarbenen Plastiksofas und Sesseln ausgestattetes Wartezimmer. Diesem abschreckenden Raum präsidierte eine hübsche Schwester, eine dralle Vierzigerin, die unaufhörlich Strähnen ihres Haars unter die gestärkte Haube steckte.

Delaney nannte ihr seinen Namen, und sie suchte in einer erschreckend langen Liste, die auf ihrem Schreibtisch lag.

«Mrs. Barbara Delaney?»

«Ja.»

«Bis zum Beginn der Operation dauert es noch eine gute halbe Stunde, Captain. Hinterher wird Ihre Frau hierher gebracht. Sie dürfen erst zu ihr, wenn sie wieder in ihrem eigenen Zimmer ist, und auch nur dann, wenn der Arzt es erlaubt.»

«Stimmt schon. Aber ich werde trotzdem warten. Ich möchte nach der Operation mit dem Chirurgen sprechen.»

«Hm . . .» machte sie mit zweifelnder Miene und sah wieder in ihrer Liste nach. «Ich weiß nicht, ob Sie das können. Dr. Spencer hat anschließend noch zwei weitere Operationen. Captain, wenn Sie etwas essen oder eine Tasse Kaffee trinken möchten – unten gibt es eine Cafeteria. Ich kann Sie dort jederzeit ausrufen lassen, wenn Sie gebraucht werden.»

«Das ist ein guter Gedanke.» Er nickte anerkennend. «Vielen Dank.

Das werde ich machen. Wissen Sie vielleicht zufällig, ob Dr. Bernardi noch im Haus ist?»

«Keine Ahnung, Sir, aber ich will versuchen, es herauszufinden.»

«Vielen Dank», sagte er nochmals.

Das Essen in der Klinik-Cafeteria war, wie er erwartet hatte, miserabel. Selbst reichlich Salz und Pfeffer brachten den Hackbraten nicht dazu, anders zu schmecken als eingeweichte Pappe. Unwillkürlich dachte er an den duftenden Schmorbraten, den seine Frau mit Rosmarin würzte, und er stöhnte.

Schließlich schob er das Essen, von dem er kaum etwas angerührt hatte, von sich, holte sich eine Tasse schwarzen Kaffee, aß einen halben Teller Schokoladenpudding und rauchte eine Zigarette. Er schwitzte zwar schrecklich in der überheizten Cafeteria, aber er dachte nicht einen Augenblick daran, den engen Kragen zu lockern. Das hätte in der Öffentlichkeit einen schlechten Eindruck gemacht.

Er ging wieder ins Wartezimmer im dritten Stock hinauf. Die Schwester berichtete, Dr. Bernardi wohne der Nierenoperation seiner Frau als Beobachter bei. Der Captain dankte ihr und ging zum Telefon auf dem Gang. Er rief die Revierwache an. Dienst tat dort Lieutenant Rizzo, der nichts Ungewöhnliches zu melden hatte, nichts, was die Anwesenheit des Captain erforderte. Delaney hinterließ die Durchwählnummer des Wartezimmers, falls er doch gebraucht werde.

Er ging wieder hinein, setzte sich und sah sich um. Auf einer Bank in der Ecke saß ein älteres italienisches Ehepaar, hielt sich bei den Händen und machte einen verängstigten Eindruck. Ein junger Mann lehnte mit leerem Gesicht an der Wand und rauchte eine Kippe, an der er sich fast die Finger versengte. Auf einem Plastiksessel saß eine verblühte ältere Frau im Nerzmantel, stark geschminkt, mit wohlgeformten Beinen und lappiger Haut am Hals. Sie schien damit beschäftigt, eine Bestandsaufnahme des Inhalts ihrer Krokodillederhandtasche zu machen.

Die große, dralle Schwester hatte Dienstschluß und wurde von einer Frau abgelöst, die nur halb so groß war: einer drahtigen, dunkelhäutigen jungen Puertoricanerin mit Glutaugen, energischen Bewegungen und einer harten Art zu reden. Sie notierte die Namen der Anwesenden und warum sie warteten. Die Illustrierten auf den Tischen legte sie säuberlich aufeinander und leerte die Aschenbecher. Dann versprühte sie Frischluft aus der Dose und öffnete ein Fenster. Allmählich wurde es kühler im Raum; Delaney hätte sie küssen mögen.

Der Name des jungen Mannes mit dem leeren Gesicht wurde aufgerufen; er schlurfte mit hängenden Schultern hinaus und starrte dabei an die Decke. Die ältere Frau im Nerzmantel stand plötzlich auf, zog den Mantel fest um sich, stieß die Tür auf und eilte hinaus, ohne der Schwester ein Wort zu sagen. Das betagte italienische Ehepaar saß immer noch geduldig in der Ecke und weinte still vor sich hin.

Endlich gestattete Delaney sich, einen Blick auf die Uhr an der Wand zu werfen. Es war erschreckend spät, und er fragte die Schwester nach seiner Frau. Sie wählte, erkundigte sich, lauschte und legte wieder auf.

«Ihre Frau ist auf der Station für frisch Operierte.»

«Vielen Dank. Können Sie mir sagen, wo Dr. Spencer ist? Ich möchte mit ihm sprechen.»

«Das hätten Sie mir gleich sagen sollen. Jetzt muß ich noch einmal anrufen.»

Er ließ sich herunterputzen. «Tut mir leid», sagte er.

Sie rief an, fragte und legte wieder auf.

«Dr. Spencer operiert und ist nicht zu sprechen.»

«Und wie steht es mit Dr. Bernardi?» fragte er hartnäckig und ließ sich von ihren wütend blitzenden Augen nicht einschüchtern.

Abermals wählte sie, erkundigte sich, redete bissig auf die Person am anderen Ende der Leitung ein und drückte dann die Gabel heftig nieder.

«Dr. Bernardi hat das Krankenhaus bereits verlassen.»

«Was? Wie bitte? Was?»

«Dr. Bernardi hat das Krankenhaus bereits verlassen.»

«Aber er ...»

In diesem Augenblick schwenkte die Wartezimmertür auf und knallte gegen die Wand. Wenn er später daran zurückdachte, kam es Delaney immer so vor, als ob in diesem Augenblick die Nacht explodierte und alles außer Rand und Band geriet.

Es war die Frau im Nerzmantel, die puterrot hereingestürmt kam.

«Sie bringen ihn um!» kreischte sie. «Sie bringen ihn um!»

Die kleine Schwester kam hinter ihrem Schreibtisch hervor und streckte die Hand nach der völlig aufgelösten Frau aus. Die Matrone hob einen pelzgewandeten Arm und schlug sie damit zu Boden wie mit einer Keule.

Die anderen Anwesenden blickten fassungslos, erschrocken, voller Angst. Delaney war sofort auf den Beinen.

Die Schwester rappelte sich hoch und machte, daß sie zur Tür hinauskam.

Delaney näherte sich sehr bedächtig der hysterischen Frau.

«O ja», sagte er mit tiefer Stimme betont langsam. «Man bringt ihn um. Jaja.» Er nickte.

Die Frau wandte sich ihm zu. «Sie bringen ihn um», wiederholte sie, kreischte diesmal jedoch nicht, sondern zupfte an der schlaffen Haut unter ihrem Kinn.

«Ja.» Delaney nickte immer noch. «Jaja.»

Er, der es sich strikt zur Regel gemacht hatte, nie einen Fremden anzufassen, wußte aus Erfahrung, wie wichtig körperlicher Kontakt zu Menschen ist, die im Begriff sind, außer sich zu geraten.

«Jaja», wiederholte er immer wieder und nickte zustimmend, ohne sich auch nur das leiseste Lächeln zu gestatten. «Ich verstehe Sie. Jaja.»

Behutsam legte er ihr versuchsweise die Hand auf den pelzbedeckten Arm. Sie betrachtete die Hand auf ihrem Arm, schüttelte sie jedoch nicht ab.

«Jaja.» Er nickte. «Erzählen Sie es mir! Ich möchte alles wissen. Erzählen Sie, ganz von Anfang an. Ich möchte alles hören.»

Jetzt hatte er ihr den Arm um die Schulter gelegt, und sie lehnte sich an ihn. Dann kamen ein Assistenzarzt und ein Pfleger in weißen Kitteln durch die aufgestoßene Tür. Die Schwester, die völlig außer sich war, folgte ihnen. Delaney, der die Frau langsam zu einer Bank führte, gab ihnen mit der freien Hand zu verstehen, sie sollten gehen. Der Assistenzarzt war so vernünftig stehenzubleiben und die anderen zurückzuhalten. Das betagte italienische Ehepaar bekam den Mund nicht mehr zu.

«Sie bringen ihn um!» kreischte die Frau von neuem.

«Ja», sagte er, nickte und nahm sie fester in den Arm. «Erzählen Sie von Anfang an. Ich will alles wissen.»

Den Arm noch immer um ihre Schulter gelegt, brachte er sie dazu, daß sie auf der plastikbezogenen Bank Platz nahm. Der Assistenzarzt und der Pfleger sowie die Krankenschwester sahen nervös zu, kamen jedoch nicht näher.

«Erzählen Sie es mir!» sagte Delaney beruhigend. «Erzählen Sie mir alles. Ganz von Anfang an. Ich möchte es wissen.»

«Scheiße», sagte die Frau plötzlich, fummelte in ihrer Alligatortasche nach einem Taschentuch und schneuzte sich so gewaltig, daß alle im Raum zusammenfuhren. «Sie sind ein schöner Mann, wissen Sie das eigentlich? Sie sind nicht wie die anderen Arschlöcher hier in diesem Metzgerladen.»

«Erzählen Sie es mir», fuhr er monoton fort, «erzählen Sie mir alles.»

«Nun ja», sagte sie und tupfte sich die Nase, «angefangen hat es vor sechs Monaten. Irving kam früh aus dem Büro nach Haus und klagte über ...»

Delaney vernahm Füßegetrappel und blickte auf. Das ganze Wartezimmer schien sich mit Polizeiuniformen zu füllen. Ach, du lieber Gott, dachte er verzweifelnd, diese dumme Pute von Schwester ist doch hoffentlich nicht auf den Gedanken gekommen, bloß wegen einer verängstigten, hysterischen Frau die Polizei zu rufen!

Aber das konnte es nicht gewesen sein. Da stand Captain Richard Boznanski vom 188. Revier. Außerdem erkannte er einen Lieutenant und jemanden aus der Abteilung «Öffentlichkeitsarbeit». Ein Sergeant hatte Boznanski den Arm um die Hüfte gelegt und stützte ihn.

Delaney riß sich von der älteren Frau los.

«Gehn Sie nicht weg», bettelte sie, «bitte, gehn Sie nicht weg!»

«Bloß einen Augenblick», flüsterte er. «Ich bin gleich wieder da. Ich verspreche, daß ich wiederkomme.»

Über den Lautsprecher wurde ausgerufen: «Dr. Spencer, bitte sofort auf 201! Dr. Ingram, bitte sofort auf 201! Dr. Gomez, bitte sofort auf 201! Die Herren Spencer, Ingram und Gomez bitte dringend auf 201!»

Delaney trat an Boznanski heran. Es gefiel ihm ganz und gar nicht, wie der Mann aussah. Sein Gesicht war wachsbleich und mit einer feinen Schweißschicht bedeckt. Seine Augen schienen sich unkontrolliert zu bewegen, und sein Kinn zitterte leicht. Seine Lippen schlossen und öffneten sich ständig.

«Dick», sagte Delaney eindringlich, «was ist los? Was ist passiert?»

Mit verschleierten Augen blickte Boznanski ihn an. «Edward?» sagte er. «Was machst du denn hier? Edward? Wie hast du es denn so schnell erfahren?»

Delaney spürte, wie jemand ihm die Hand auf den Arm legte und drehte sich um. Es war Deputy Inspector Ivar Thorsen, von der Personalabteilung der Polizei. Er nahm Delaney beiseite, redete mit leiser Stimme auf ihn ein und wich seinem Blick aus.

«Es war eine Falle, Edward. Wir erhielten einen Anruf. Ein Streifenwagen mit zwei Mann ging der Sache nach. Jameson und Richmond, ein Schwarzer und ein Weißer. Es war falscher Alarm. Dafür wurden sie dann bei der Baustelle an der 110th Street aus dem Hinterhalt beschossen. Jameson war gleich tot, Richmond hat es in Brust und Bauch erwischt.»

«Irgendwelche Chancen, daß er durchkommt?» fragte Delaney mit steinernem Gesicht.

«Hm ... nein, ich glaube nicht. Ich habe ihn gesehen. Ich glaube nicht.

Immerhin wird man hier für ihn tun, was möglich ist. Wenn Richmond stirbt, ist er der vierte Mann, den Boznanski dieses Jahr verliert. Er hat einen Schock weg.»

«Das habe ich gesehen.»

«Würden Sie bei ihm bleiben? Im Korridor wimmelt es von Reportern. Sogar Fernsehkameras werden aufgebaut. Der Bürgermeister und der Commissioner sind auf dem Weg hierher. Ich hab noch 'ne Menge zu erledigen, verstehen Sie?»

«Ja.»

«Bleiben Sie einfach bei ihm sitzen.»

«Klar.»

Neugierig, mit Augen, die sich immer mehr verengten, sah Thorsen ihn an.

«Was tun Sie eigentlich hier, Edward?»

«Meine Frau ist heute nachmittag operiert worden. Nierensteine. Ich warte, um zu hören, wie sie es überstanden hat.»

«O Gott!» Thorsen stieß vernehmlich die Luft aus. «Das tut mir leid, Edward. Davon habe ich ja gar nichts gewußt. Wie geht es ihr?»

«Das versuche ich ja gerade herauszufinden.»

«Dann vergessen Sie Boznanski. Der Sergeant wird sich seiner annehmen.»

«Nein», sagte Delaney. «Das geht schon in Ordnung. Ich bin ja hier.»

«Sie bringen ihn um!» schrie die Matrone und packte ihn am Arm. «Erst hieß es, es ist bloß ein einfacher Eingriff, und jetzt sagen sie, es hat Komplikationen gegeben. Sie bringen ihn um!»

«Jaja», murmelte Delaney und führte sie zurück auf die Bank. «Ich möchte es hören! Sie müssen mir alles erzählen!»

Er zündete ihr eine Zigarette an und ging hinaus, telefonieren. In Dr. Bernardis Praxis meldete sich der Auftragsdienst; man werde seine Nachricht gern ausrichten, hieß es.

Im Wartezimmer saß jetzt die geflüchtete Schwester wieder hinter ihrem Schreibtisch. Er fragte, ob Dr. Spencer immer noch operiere. Sie sagte, sie werde sich erkundigen und gleichzeitig nachfragen, wie es seiner Frau gehe. Er dankte ihr. Sie dankte ihm, mittlerweile geradezu menschlich geworden.

Er ging zu Captain Boznanski hinüber, der sich inzwischen gesetzt, den Kopf in den Nacken gelegt hatte und keuchend nach Atem rang. Er sah nicht gut aus. Der Sergeant stand besorgt neben ihm.

«Captain», sagte er, «gibt es hier irgendwo Schnaps?»

Delaney sah auf dem Mann im Sessel hinunter. «Ich werde mal fragen», sagte er.

«Er kam vor einem halben Jahr früher als sonst von der Arbeit nach Haus», sagte die Frau im Nerz neben seinem Ellbogen, «und klagte über Schmerzen in der Brust. Er ist immer ein starker Raucher gewesen, und ich dachte ...»

«Jaja», sagte Delaney und nahm ihren Arm. «Und was war es nun wirklich?»

«Das wußte ja eben keiner, man wollte nur vorsichtshalber diesen Eingriff machen, um ganz sicherzugehen.»

Delaney nickte. «Einen Augenblick noch. Ich bin gleich wieder da.»

Der Captain ging mit großen Schritten bis zum Ende des Korridors auf dem dritten Stock. Vor den Schwingtüren, die zu den Aufzügen hinausführten, standen zwei Polizisten Wache, die beiseite traten, um ihn durchzulassen.

Kaum war er draußen, wurde er von Reportern umringt, die alle auf einmal redeten. Delaney hielt die Hand hoch, bis sie ruhiger wurden.

«Irgendwelche Verlautbarungen können nur von Deputy Inspector Thorsen oder von noch weiter oben kommen. Nicht von mir.»

«Lebt Richmond noch?»

«Soweit ich weiß, ja. Er wird gerade operiert. Weiter weiß ich nichts. Jetzt lassen Sie mich bitte ...»

Er bahnte sich den Weg durch die Menge. In der Nähe der Aufzugstüren war man dabei, Fernsehkameras aufzubauen. Dann sah Delaney Thomas Handry an der Wand lehnen, den Reporter, der ihn auf seiner nächtlichen Inspektionsrunde begleitet hatte. Handrys Augen schienen geweitet und fiebrig.

«Ich hab's Ihnen ja gesagt, ich hab's Ihnen ja gesagt», sagte er zu Delaney.

«Haben Sie Whisky bei sich?» fragte der Captain ihn.

Handry blickte ihn verstört an.

«Nehmen Sie den Hut ab!» befahl Delaney.

Handry riß sich den Hut vom Kopf.

«Ob Sie Whisky bei sich haben?»

«Nein, das habe ich nicht, Captain.»

«Ich brauche nicht mehr als einen Schluck. Fragen Sie doch mal rum, ja? Vielleicht hat einer von Ihren Kollegen eine Taschenflasche bei sich, oder einer von den Fernsehleuten. Ich bezahle selbstverständlich.»

«Ich erkundige mich mal, Captain.»

«Vielen Dank. Sagen Sie dem Polizisten an der Tür Bescheid, er soll mich rufen. Ich bin im Wartezimmer.»

«Wenn keiner welchen hat, werde ich rausgehen und welchen holen.»

«Vielen Dank.»

«Ist Richmond tot?»

«Ich weiß es nicht.»

Er kehrte in das Wartezimmer zurück.

«Dr. Spencer ist immer noch im OP», berichtete die Schwester ihm. «Und auf der Intensivstation hieß es, daß Ihre Frau ganz ruhig schläft.»

«Ich danke Ihnen.»

«Ein vorsorglicher Eingriff», sagte die Matrone und packte ihn am Ellbogen. «Angeblich nichts weiter als ein vorsorglicher Eingriff. Und jetzt wollen sie mir überhaupt nichts sagen.»

«Wie heißt er?» fragte Delaney. «Vielleicht bekomme ich heraus, was da vorgeht.»

«Modell», sagte sie. «Irving Modell. Und ich bin Rhoda Modell. Wir haben vier Kinder und sechs Enkel.»

«Ich will versuchen, was zu erfahren.» Delaney nickte ihr zu.

Abermals wandte er sich an die Schwester, doch sie hatte sein Gespräch mit der Frau mitbekommen.

«Hoffnungsloser Fall», sagte sie leise. «Nur noch ein paar Stunden. Höchstens bis zum Morgen. Er wurde aufgemacht und gleich wieder zugenäht.»

Er nickte und warf einen Blick auf die Uhr. War die Zeit denn so schnell gelaufen? Es war schon nach Mitternacht.

«Was ich gern wüßte ...» begann er, wurde aber von einem Polizisten unterbrochen.

«Captain Delaney?»

«Ja.»

«Da ist ein Reporter an der Tür. Ein gewisser Handry. Er behauptet, Sie ...»

«Ja, ja.»

Delaney ging mit ihm zurück. Die Tür wurde weit genug aufgemacht, damit Handry ihm eine verknitterte braune Tüte hereinreichen konnte.

«Danke», sagte Delaney und griff nach seinem Portemonnaie, doch Handry schüttelte abwehrend den Kopf und drehte sich um.

Verstohlen warf er einen Blick in die Tüte: eine fast noch volle Halbliterflasche Bourbon-Whisky. Delaney nahm einige Pappbecher von einem der Trinkwasserbehälter auf dem Gang und kehrte zurück ins Wartezimmer. Boznanski lag immer noch im Sessel und stützte den Kopf auf die Lehne. Delaney schenkte einen Pappbecher voll Whisky ein.

«Dick», sagte er.

Boznanski machte die Augen auf.

«Einen Schluck», sagte Delaney. «Nur einen kleinen Schluck, Dick!»

Er hielt seinem Kollegen den Becher an die Lippen. Boznanski kostete, mußte husten, klappte nach vorn, rang würgend nach Luft und lehnte sich dann wieder zurück. Schluck für Schluck flößte Delaney ihm den Whisky ein. Der Captain bekam wieder Farbe ins Gesicht und richtete sich im Sessel auf. Delaney schenkte auch dem Sergeant einen Becher voll, den dieser dankbar auf einen Zug austrank.

«Das tut gut!» sagte er.

«Er kommt nicht durch, nicht wahr?» fragte die Matrone plötzlich und sah Delaney an. «Ich weiß, daß Sie mir nichts vormachen würden.»

«Nein, ich will Ihnen nichts vormachen», sagte Delaney und nickte, während er ihr die letzten paar Tropfen, die noch in der Flasche waren, eingoß. «Nein, er wird wohl nicht durchkommen.»

«O mein Gott!» seufzte sie und fuhr mit blasser Zunge um den Rand des gewachsten Bechers. «Was für eine elende Ehe das war. Aber sind nicht alle Ehen so?»

Draußen auf dem Korridor näherten sich Schritte. Gefaßt wie immer trat Deputy Inspector Thorsen herein, ging geradewegs auf den im Sessel sitzenden Boznanski zu und starrte auf ihn hinab. Dann wandte er sich an Delaney.

«Vielen Dank, Edward.»

«Was ist mit Richmond?»

«Richmond? Oh, der ist hinüber. Man hat alles versucht, aber es war hoffnungslos. Jeder wußte es. Fünf Chirurgen haben sich vier Stunden um ihn bemüht.»

Delaney sah zur Uhr hinauf. Es konnte doch unmöglich schon zwei Uhr morgens sein, oder? Was war bloß los mit der Zeit?

«Der Bürgermeister und der Commissioner sind jetzt draußen», sagte Thorsen mit unbewegter Stimme. «Sie plädieren für ein Schußwaffenverbot und für ein neues moralisches Klima.»

«Ja», sagte Delaney. Er schritt hinüber zum Schwesternschreibtisch. «Wo kann ich Dr. Spencer erreichen?» fragte er mit rauher Stimme.

Müde sah sie ihn an. «Versuchen Sie's mal im Chirurgenzimmer. Wenn Sie rauskommen gleich rechts durch die Schwingtür. Linkerhand ist eine schmale Tür, auf der ‹Kein Zutritt› steht. Das ist es.»

«Vielen Dank», sagte Delaney mit klarer Stimme.

Er folgte ihren Angaben. Als er, ohne anzuklopfen, die schmale Tür aufstieß, erblickte er einen kleinen Raum, eine Couch und zwei Lehnsessel, einen Fernsehapparat, einen Kartentisch und vier Klappstühle. Es waren fünf Männer in Operationskitteln im Raum, mit Kappen auf dem Kopf und den Masken, die sie heruntergenommen hatten, vor der Brust. Drei trugen hellgrüne Kittel, zwei weiße.

«Dr. Spencer?» fragte Delaney laut.

Der Mann am Fenster drehte sich langsam um, warf einen Blick auf die Uniform und wandte sich dann wieder dem Fenster zu.

«Er ist tot», sagte er mit hohl klingender Stimme. «Ich habe es ihnen doch schon erklärt.»

«Ich weiß, daß er tot ist», sagte der Captain. «Mein Name ist Delaney. Sie haben heute am Spätnachmittag meine Frau operiert. Nierensteine. Ich möchte gern wissen, wie es ihr geht.»

«Delaney», wiederholte Spencer. «Nierensteine. Hm, ja. Ich mußte eine Niere rausnehmen.»

«Warum?»

«Sie war infiziert, krank, in Auflösung begriffen.»

«Infiziert wovon?»

«Die Gewebeprobe ist unten im Labor. Morgen werden wir es wissen.»

Einer der anderen Ärzte sah auf. «Mit nur einer Niere kann man auch leben», sagte er sanft zu Delaney.

«Hören Sie», sagte Delaney und wollte fast ersticken, «hören Sie, Sie haben gesagt, es würde keine Schwierigkeiten geben.»

«So? Hab ich das?» fragte Spencer. «Was wollen Sie von mir? Ich bin nicht der liebe Gott.»

«Himmel, wenn Sie es nicht sind», rief Delaney aufgebracht, «wer, zum Teufel, ist es dann?»

Es klopfte. Eine farbige Schwesternhelferin steckte den Kopf mit der Haube darauf durch die geöffnete Tür und sah sich dreist um. «Ist einer der Herren vielleicht ein gewisser Captain Delaney?» fragte sie keck.

«Ich heiße Delaney.»

«Ein Anruf für Sie, Captain. Im Wartezimmer. Angeblich furchtbar wichtig.»

Delaney warf einen letzten Blick in die Runde. Spencer starrte schon wieder zum Fenster hinaus, und die anderen versuchten, geschäftig auszusehen. Er eilte mit großen Schritten den Korridor hinunter, stieß wütend die Schwingtür zurück und platzte wieder ins Wartezimmer hinein.

«Hier Captain Edward X. Delaney.»
«Captain, hier Dorfman.»
«Ja, Lieutenant, was gibt's?»
«Tut mir leid, daß ich Sie störe, Captain. Um diese Zeit.»
«Was ist denn?»
«Ein Mord, Captain.»

Teil III

I

Die Straße war mit Holzböcken abgesperrt: rohes gelbes Holz mit der seitlich angebrachten Schablonen-Aufschrift: «Polizeibehörde – New York». Zu Füßen der Absperrung standen Öllampen – schwarze Zylinder mit rußenden Dochten. Sie sahen aus wie Anarchistenbomben aus dem 19. Jahrhundert.

Ein Polizist grüßte, schob einen Sägebock beiseite und ließ Delaney durch. Der Captain ging mitten auf der Fahrbahn langsam zum Fluß hinunter. Er blieb stehen, um die Szene vor ihm in sich aufzunehmen. Als ihm aufging, was geschah, nahm er die Mütze ab, bekreuzigte sich und senkte den Kopf.

Ein Dutzend Fahrzeuge war in einem Halbkreis aufgefahren: Streifenwagen, Krankentransporter, ein Scheinwerferwagen, ein Laborwagen, drei Limousinen ohne die sonst übliche Beschriftung «Police» und ein geschlossener schwarzer Wagen. Dreißig Polizisten standen reglos da, barhäuptig, die Köpfe gesenkt.

Dieser Block war mit der neuen Straßenbeleuchtung ausgestattet worden, die orangefarbenes Licht verstrahlte und keinen Schatten warf. Es rieselte in Toreinfahrten und Ecken wie eine dünne Flüssigkeit; zwar gab es keine Schatten, aber richtig hell war es auch nicht – ein fahles Licht ohne jede Wärme.

Der in der gelblichen Helligkeit kniende Priester spendete die letzte Ölung und erhob sich. Die Wartenden setzten die Mützen wieder auf; man vernahm unterdrücktes Gemurmel.

Delaney starrte auf das nächtliche Bild, ging dann langsam weiter und geriet in den erbarmungslosen weißen Strahl der Scheinwerfer. Einige Männer drehten sich nach ihm um. Lieutenant Dorfman kam mit verzerrtem Gesicht auf ihn zugeeilt.

«Es ist Lombard», erklärte er atemlos. «Frank Lombard, der Stadtverordnete von Brooklyn. Wissen Sie – der, der immer über steigende Kriminalität redete und in den Zeitungen schrieb, wie beschissen die Polizei arbeitet.»

Delaney nickte. Er sah sich in der Runde der versammelten Männer um: Polizisten, Detektive vom Morddezernat Nord, Laborspezialisten, ein Inspector von der Fahndungsabteilung. Und ein Stellvertreter des Commissioner Seite an Seite mit einem der persönlichen Assistenten des Bürgermeisters.

Doch da war noch jemand, einer, der neben der Leiche kniete. Captain Delaney erkannte die massige Gestalt von Dr. Sanford Ferguson. Trotz der grell leuchtenden Scheinwerfer benutzte der Chirurg noch eine Stableuchte, um den Schädel des Toten zu untersuchen. Er trat ein wenig beiseite, die Fotografen legten eine Meßlatte neben die Leiche und machten weitere Blitzlichtaufnahmen. Dann kniete er sich wieder auf den nassen Bürgersteig. Delaney ging hin und stellte sich neben ihn. Ferguson blickte auf.

«Hallo, Edward!» Er lächelte. «Hab mich schon gefragt, wo Sie bleiben. Sehen Sie sich das hier an!»

Ehe er hinkniete, blickte er das Opfer aufmerksam von oben an. Es war nicht schwer, sich vorzustellen, was geschehen war. Der Mann war von hinten niedergeschlagen worden. Der Hinterkopf schien zertrümmert; dickes schwarzes Haar, blutverklebt.

Offenbar war er mit dem Gesicht auf dem Bürgersteig aufgeschlagen, denn aus der eingedrückten Nase war Blut herausgeflossen, vielleicht auch aus dem zerschundenen Mund und den Hautabschürfungen im Gesicht. Blut, das bis jetzt noch nicht geronnen war, sickerte aus dem Kopf und bildete ein Rinnsal, das in einem kleinen Geviert rissiger Erde um eine ärmliche Platane am Rinnstein mündete.

Delaney sah sich beim Hinknien vor und vermied es, eine flache lederne Brieftasche zu berühren, die neben der Leiche lag. Er wandte den Kopf, blinzelte im grellen Scheinwerferlicht.

«Ist die Brieftasche schon auf Fingerabdrücke untersucht worden?» rief er den Männern zu, die er nicht sehen konnte.

«Nein, Sir», rief jemand zurück. «Bis jetzt noch nicht.»

Delaney musterte sie.

«Alligator», sagte er, «da werden wir nicht viel drauf finden.» Er holte einen Kugelschreiber aus seiner Uniformjacke und klappte damit behutsam die Brieftasche auf, wobei er nur eine Ecke berührte. Dr. Ferguson richtete den Strahl seiner Stablampe darauf. Beide sahen das dicke Bündel grüner Dollarscheine.

Delaney ließ die Brieftasche zuklappen und wandte sich der Leiche zu. Ferguson richtete den Strahl seiner Stablampe auf den Hinterkopf der Leiche. Drei Männer in Zivil knieten um den Ermordeten. Alle fünf beugten sich dicht über den Toten, so daß ihre Köpfe sich beinahe berührten.

«Mit einer Keule?» fragte einer der Detektive. «Oder mit einem Rohr?»

«Das glaube ich nicht», sagte Ferguson ohne aufzublicken. «Es ist weder eine größere Schädelzertrümmerung vorhanden noch eine Stelle, wo er nur eingedrückt wäre. Das, was Sie da sehen, ist Blut, das Haar ist ganz dick verklebt. Was ich feststellen konnte, ist ein Loch in der Schädeldecke. Ein Loch von etwa zweieinhalb Zentimeter Durchmesser. Sieht kreisrund aus. Ich könnte meinen Finger hineinstecken.»

«Ein Hammer?» fragte Delaney.

Ferguson wippte zurück und kauerte sich auf die Fersen. «Ein Hammer? Ja, könnte sein. Kommt drauf an, wie tief der Wundkanal ist.»

«Wie steht's mit der Zeit, Doc?» fragte einer der Detektive.

«Höchstens vor drei Stunden. Nein, vor zwei. Um Mitternacht herum. Aber das kann ich nur raten.»

«Wer hat ihn entdeckt?»

«Als erster gesehen hat ihn ein Taxifahrer, aber der hielt ihn für einen Betrunkenen und blieb nicht stehen. Auf der York Avenue traf dieser Taxifahrer dann auf einen unserer Streifenwagen, und der ist hergefahren.»

«Wer?»

«McCabe und Mowery.»

«Haben sie die Leiche angefaßt oder die Brieftasche?»

«McCabe sagt, die Leiche hätten sie nicht angerührt, aber die Brieftasche hat offen dagelegen, sagt er, und Personalausweis und Kreditkarten hätten sie in den Plastikhüllen erkennen können. Daher wußten sie, daß es sich um Lombard handelt.»

«Wer hat die Brieftasche zugemacht?»

«Mowery.»

«Warum?»

«Er sagt, es hätte angefangen zu nieseln, und sie hatten Angst, der Regen könnte stärker werden und mögliche Fingerabdrücke auf den Plastikfenstern verwischen. Er sagt, sie hätten sehen können, daß es sich außen um rauhes Leder handelte und daß die Chancen, Fingerabdrücke zu sichern, auf dem Plastik wahrscheinlich größer wären als auf dem Außenleder. Deshalb machten sie sie zu, und zwar mit einem Bleistift.

Angerührt hätten sie sie nicht, behauptet er, und MacCabe bestätigt diese Aussage. McCabe sagt, die Brieftasche liegt noch genau da, wo sie sie ursprünglich gefunden haben.»

«Wann hielt der Taxifahrer sie auf der York Avenue an, um ihnen zu sagen, daß hier jemand liegt?»

«Vor einer Stunde etwa. Eher wohl noch vor fünfzig Minuten.»

«Doktor», fragte Delaney, «können wir ihn jetzt umdrehen?»

«Habt ihr eure Bilder?» brüllte ein Detektiv ins Dunkel hinaus.

«Wir brauchen noch welche von vorn.»

Fünf Paar Hände faßten vorsichtig die Leiche und drehten sie um, so daß sie mit dem Gesicht nach oben zu liegen kam. Die fünf Knienden zogen sich zurück, als die Fotografen kamen, um Fern- und Nahaufnahmen von dem Opfer zu machen. Dann schloß sich der Kreis wieder.

«Vorn keine Verletzungen. Nichts, soviel ich sehe», berichtete Ferguson, nachdem seine Stablampe im Zickzack über den Toten dahingefahren war. «Der Beinbruch und die Gesichtsverletzungen rühren vom Sturz her. Zumindest deuten die Hautabschürfungen darauf hin. Genaueres werde ich aber erst sagen können, wenn ich ihn auf dem Tisch habe. Die Schädelverletzung war jedenfalls tödlich.»

«War er schon tot, als er fiel?»

«Könnte sein, falls der Wundkanal tief genug geht. Er ist – er war ein schwerer Mann. So um die zwei Zentner. Und es war ein heftiger Sturz.» Er tastete Arme, Schultern und Beine des Toten ab. «Kompakt. Kaum Fett. Gute Muskulatur. Er hätte sich schon ganz schön zur Wehr setzen können. Wenn er eine Möglichkeit dazu gehabt hätte.»

Sie schwiegen, starrten auf den Toten hinab. Ein schöner Mann war er nicht gewesen, aber seine Züge waren nicht unangenehm: kräftiges Kinn, volle Lippen, fleischige (jetzt eingedrückte) Nase, dichte schwarze Brauen und Walroßschnurrbart. Die unversehrten Zähne waren groß, weiß und rechteckig – kleine Grabsteine. Leere Augen starrten in den weinenden Himmel hinauf.

Delaney lehnte sich plötzlich vor und brachte sein Gesicht ganz nahe an das des Toten heran. Dr. Ferguson packte ihn bei der Schulter und riß ihn zurück.

«Was, zum Teufel, machen Sie da, Edward?» rief er. «Wollen Sie dem armen Hund etwa einen Kuß geben?»

«Riechen Sie nur», sagte Delaney. «Riechen Sie an seinem Bart. Knoblauch, Wein und noch etwas.»

Ferguson lehnte sich vorsichtig vor und beschnupperte den dicken Schnurrbart.

«Anis», sagte er. «Wein, Knoblauch und Anis.»

«Italienische Küche», sagte einer der Detektive. «Vielleicht hat er sich mit dem Kellner angelegt und ihn beleidigt, und der Kerl ist ihm bis hierher gefolgt und hat ihn umgelegt.»

Niemand lachte.

«Er ist Italiener», sagte jemand. «Eigentlich heißt er gar nicht Lombard, sondern Lombardo. Als er in die Politik ging, hat er das ‹o› abgelegt. In seinem Wahlbezirk in Brooklyn wohnen zur Hauptsache Juden.»

Sie blickten auf. Es war Lieutenant Rizzo vom 251. Revier.

«Woher wissen Sie das, Lieutenant?»

«Er ist – war ein Vetter meiner Frau. Er war auf unserer Hochzeit. Seine Mutter wohnt irgendwo hier in der Gegend. Ich habe meine Frau angerufen. Die telefoniert jetzt bei den Verwandten herum und versucht, die Adresse seiner Mutter herauszukriegen. Meine Frau sagt, er kam ab und zu von Brooklyn herüber, um bei seiner Mutter zu Abend zu essen. Sie soll eine gute Köchin sein.»

Die fünf Männer richteten sich ächzend auf und klopften ihre feuchten Knie ab. Ferguson gab dem Krankenwagen ein Zeichen, woraufhin zwei Männer eine Segeltuchtrage brachten. Aus dem Laborwagen kam jemand mit einer Plastiktüte und einer kleinen Zange, um die Brieftasche sicherzustellen.

«Edward», sagte Ferguson, «ich hab ganz vergessen zu fragen. Wie geht es Ihrer Frau?»

«Sie ist heute nachmittag operiert worden. Oder vielmehr: gestern nachmittag.»

«Und ...?»

«Eine Niere mußte raus.»

Ferguson blieb für einen Augenblick stumm. Dann fragte er: «Entzündet?»

«Das hat Spencer mir jedenfalls gesagt. Bernardi war bei der Operation anwesend, aber ich kann ihn nicht erreichen.»

«So ein Schuft! Sobald ich zu Hause bin, fasse ich da mal nach. Wo kann ich Sie erreichen?»

«Wahrscheinlich auf dem Revier. Ich muß meine Leute völlig anders einteilen, weil sämtliche Kriminalpolizisten in Zivil abgezogen werden.»

«Ich hab davon gehört. Sobald ich etwas weiß, ruf ich Sie an, Edward.

Wenn ich nicht anrufe, bedeutet das, daß ich weder Spencer noch Bernardi habe erreichen können.»

Delaney nickte. Dr. Ferguson kletterte hinten in den Krankenwagen, der mit heulender Sirene davonsauste. Lieutenant Dorfman näherte sich dem Captain, doch da trat der Stellvertretende Commissioner aus dem Dunkel hervor und packte Delaney am Ellbogen. Der Captain mochte es nicht, wenn man ihn anfaßte und entzog sich ihm.

«Delaney?»

«Ja, Sir?»

«Mein Name ist Broughton. B-r-o-u-g-h-t-o-n. Ich glaube nicht, daß wir uns schon mal begegnet sind.»

Das waren sie zwar doch, aber Delaney erwähnte es nicht. Sie reichten einander die Hand. Broughton, ein dicker, unförmiger Mann, bat Delaney, zu der schwarzen Limousine hinüberzukommen. Er machte die Hintertür auf, forderte Delaney mit einer Handbewegung auf Platz zu nehmen, und kletterte hinterdrein.

«Hol uns einen Kaffee, Jack», befahl er dem uniformierten Fahrer.

Dann waren sie allein. Broughton bot Delaney eine Zigarre an, doch dieser schüttelte den Kopf. Der Stellvertretende Commissioner zündete seine so heftig an, daß das Ende aufflammte und der Wagen sich mit Rauch füllte.

«Scheißzeug!» sagte er wütend. «Warum zum Teufel kriegen wir keine richtigen Havanna-Zigarren? Besiegen wir den Kommunismus etwa dadurch, daß wir Pferdemist rauchen? Was soll der ganze Irrsinn?»

Er lehnte sich zurück und starrte durchs Fenster auf den Bürgersteig, wo jemand die Umrisse des Ermordeten mit Kreide nachgezogen hatte, ehe er fortgeschafft worden war.

«Bei dem da müssen wir uns auf ein Trommelfeuer gefaßt machen, Captain», sagte Broughton laut. «Auf ein regelrechtes Kesseltreiben! Der Commissioner hat einen Vortrag in Kansas City abgesagt – Kansas City, das muß man sich mal vorstellen! – und fliegt sofort zurück. Den Assistenten des Bürgermeisters haben Sie ja vermutlich selbst gesehen. Seine Ehren sitzt uns jetzt schon im Nacken und gibt uns Saures! Und glauben Sie bloß nicht, daß der Scheißgouverneur sich etwa nicht einmischen wird! Kennen Sie diesen Lombard – den Kerl, den's da erwischt hat?»

«Ich habe seine Reden in der Zeitung gelesen und ihn im Fernsehen gesehen.»

«Tja, der hat's verstanden, die öffentliche Meinung für sich einzuspannen. Dann wissen Sie also, womit wir es zu tun haben: ‹Verbrechen auf offener Straße . . . Kein *Law and Order* . . . die Räuber und Gangster sind los . . . man muß die Polizei wachrütteln . . . der Commissioner sollte zurücktreten . . .› Sie kennen das ja. Dieser Quatschkopf wollte für das Bürgermeisteramt kandidieren. Jetzt hat man ihn umgelegt, und wenn wir nicht jemanden beim Schlafittchen packen und festnehmen, beweist das, daß er recht hatte. Begreifen Sie, wie ernst dieser Fall ist?»

«Für mich ist jeder Mord ernst.»

«Hm . . . tja . . . klar! Aber hier spielt auch noch die Politik mit rein. Kapieren Sie das?»

«Jawohl, Sir.»

«Na schön. Das wär das. Jetzt zu was anderem . . . Dieser Mord hätte zu keinem schlimmeren Zeitpunkt passieren können. Sie haben die Anweisung des Commissioner betreffend Reorganisierung der Kriminalpolizei gelesen?»

«Anweisung Vier-sechs-sieben Strich B vom achten Oktober. Betrifft: Kriminalpolizei, Reorganisation. Jawohl, Sir. Die habe ich erhalten.»

Broughton lachte kurz auf. «Man hat mir schon von Ihnen erzählt, Delaney. Tja, das ist die Anweisung, die ich meine.» Plötzlich rülpste er – ein voller, gurgelnder Laut. Er entschuldigte sich nicht, sondern kratzte sich im Schritt. «Na schön. Wir ziehen die Detektive aus den Revieren ab. Ihres ist das nächste auf der Liste. Hat man Sie schon benachrichtigt?»

«Ja.»

«Das fängt Montag an. Alle Detektive werden in Sonderdezernaten zusammengefaßt – Mord, Raub, Einbruch, Hoteldiebstahl und so weiter. Die ersten Ermittlungen werden künftig von der uniformierten Polizei durchgeführt. Sie müssen Ihren Leuten im Schnellverfahren eintrichtern, worauf es dabei ankommt. Das steht alles in einem Handbuch, das Sie noch bekommen werden. Die mit der Ermittlung betrauten Polizisten legen einen schriftlichen Bericht vor. Schwere Fälle werden von den neu gebildeten Dezernaten der Kriminalpolizei übernommen. Unbedeutendere Sachen werden weiterhin vom Revier bearbeitet. Wir haben das in zwei Revieren ausprobiert und glauben, daß es hinhauen wird. Wie denken Sie darüber?»

«Mir gefällt es nicht», sagte Delaney wie aus der Pistole geschossen. «Damit werden die Detektive aus den Revieren und aus den ihnen vertrauten Wohnbezirken herausgerissen. Ihre Stärke ist doch, daß sie die Gegend genau kennen – sie merken gleich, wenn neue Ganoven auftauchen, wenn plötzlich wer mit Geld um sich wirft. Und selbstverständlich haben sie in ihrem Bezirk Zuträger. Wenn ich es richtig verstanden habe, ist es jetzt so, daß ein Dezernat für vier oder fünf Reviere zuständig ist. Zwar gefällt es mir, daß meine Männer jetzt Erfahrung in der Ermittlungsarbeit bekommen sollen. Ihnen wird das auch gefallen, weil sie dann nämlich praktisch als Detektive arbeiten – die meisten haben sich ja sowieso eingebildet, darin bestünde die ganze Arbeit der Polizei, nicht aber darin, alte Leute ins Krankenhaus zu bringen und Familienstreit zu schlichten. Aber wenn sie mit ihren Ermittlungen beschäftigt sind und Berichte schreiben müssen, fallen sie für den Streifendienst aus. Ich habe weniger Streifen laufen, und man sieht uns weniger auf der Straße. Das gefällt mir gar nicht.»

Broughton popelte in der Nase, rollte das Ergebnis zwischen Daumen und Zeigefinger zu einer kleinen Kugel, kurbelte das Wagenfenster herunter und schnippte sie hinaus.

«Nun, damit werden Sie sich abfinden müssen», sagte er ungerührt. «Zumindest erst mal ein Jahr lang, bis wir Zahlenmaterial haben und feststellen können, wie groß der Prozentsatz unserer aufgeklärten Fälle ist. Nun aber rasselt dieser verdammte Lombard mitten in die Umstellung rein. Das bedeutet: die Mordkommission existiert noch, außerdem gibt es aber schon das neue Dezernat, das für Ihr Revier zuständig ist, und noch haben Sie Ihre eigenen Kriminalpolizisten. Himmelherrgott, all diese Leute werden sich gegenseitig auf die Füße treten und alle derselben Sache nachgehen – und wer ist dafür verantwortlich? Das wird ein Kuddelmuddel. Ist es jetzt schon. Haben Sie einen Vorschlag, wie man das zurechtbiegen könnte?»

Verwundert blickte Delaney auf. Die Frage am Schluß kam so unerwartet, daß er nicht darauf vorbereitet war zu antworten, wiewohl er sich insgeheim schon gefragt hatte, aus welchem Grund der Stellvertretende ihn wohl unter vier Augen hatte sprechen wollen.

«Können Sie mir vierundzwanzig Stunden Zeit lassen, darüber nachzudenken? Vielleicht fällt mir etwas dazu ein.»

«Das nützt nichts», sagte Broughton ungeduldig. «Ich muß jetzt gleich zum Flughafen raus, den Commissioner abholen, und muß ihm einfach ein paar Vorschläge machen können. Er wird Taten sehen wollen. Der Bürgermeister und sämtliche Stadtverordnete werden ihn fragen, was er vorhat, und wenn ihm nichts einfällt, kostet ihn das wahrscheinlich den Kopf. Und nicht nur ihn, sondern auch mich. Klar?»

«Ja.»

«Sie sind also mit mir einer Meinung, daß, was die Organisation betrifft, die Sache heillos verfahren ist?»

«Ja.»

«Redselig sind Sie nicht gerade.» Broughton furzte vernehmlich und scheuerte das Gesäß am Wagensitz. «Man hat mir die tollsten Sachen von Ihnen erzählt, Captain. Schön: Jetzt zeigen Sie mal, was Sie können.»

Voller Widerwillen sah Delaney ihn an; zwar mußte er die geballte Energie dieses Mannes anerkennen, was ihn jedoch erboste, war seine rüde Redeweise, was ihn abstieß, sein ordinäres Benehmen.

«Versuchen Sie es doch vorübergehend mal mit einer horizontal gegliederten Organisation», sagte er ohne jeden Enthusiasmus. «Die Polizei ist genauso wie die Armee und die meisten Industrieunternehmen vertikal organisiert. Der Mann an der Spitze der Pyramide ist oberste Autorität, trägt aber auch die gesamte Verantwortung. Weisungen werden von oben nach unten weitergegeben. Jede Abteilung, jedes Revier und jede Einheit oder wie das schon heißt, hat einen fest umrissenen Aufgabenbereich. Manchmal steht man aber Problemen gegenüber, denen mit dieser Art von Organisation nicht beizukommen ist. Für gewöhnlich handelt es sich dabei um zeitlich begrenzte Probleme, die möglicherweise nie wieder auftauchen. Der Mord an Lombard fällt mitten in die Reorganisation der Kriminalpolizei. Na schön, tun Sie, was die Armee und die meisten großen Firmen tun, wenn sie einer einmaligen Situation gegenüberstehen, deren Bewältigung keine ständige Organisation erfordert. Bilden Sie einen Sonderstab auf Zeit. Nennen Sie den meinetwegen ‹Kommission Lombard›. Beauftragen Sie jemanden mit der Gesamtleitung. Übertragen Sie ihm die Verantwortung und autorisieren Sie ihn, bei jeder Einheit soviel Personal und Material anzufordern wie er braucht: Detektive, Polizisten, Spezialisten – alles was ihm helfen könnte, seine Aufgabe zu lösen. Die Leute werden einfach vorübergehend zu ihm abkommandiert. Falls und sobald Lombards Mörder überführt ist, lösen Sie den Sonderstab wieder auf, und die Männer kehren zu ihren regulären Einheiten zurück.»

In Broughtons trüben Augen leuchtete es auf. Er lachte vergnügt und rieb sich die Hände zwischen den Knien.

«Man hat also doch nicht übertrieben: Sie sind ein verdammt gerissener Bursche, Delaney. Der Vorschlag gefällt mir. Und ich glaub, dem Commissioner wird er auch gefallen. Ein Sonderstab ‹Kommission Lombard›. Damit beweisen wir, daß wir nicht auf der faulen Haut liegen – stimmt's? Das sollte den Bürgermeister und die Zeitungen zufriedenstellen. Wie lange, glauben Sie, wird es dauern, den Fall Lombard zu knacken?»

Verblüfft blickte Delaney ihn an.

«Woher soll ich das wissen? Das kann doch kein Mensch voraussagen! Vielleicht legt in diesem Augenblick jemand ein Geständnis ab. Vielleicht wird der Fall nie gelöst.»

«O Gott, sagen Sie bloß so was nicht!»

«Haben Sie sich jemals die Mord-Statistiken angesehen? Wenn ein Fall nicht innerhalb der ersten achtundvierzig Stunden aufgeklärt wird, nimmt die Wahrscheinlichkeit, daß er überhaupt gelöst wird, rapide ab. Je mehr Zeit vergeht, desto schwerer lösbar wird er. Nach einem Monat oder zweien ist die Wahrscheinlichkeit der Aufklärung gleich Null.»

Broughton nickte düster, stieg aus dem Wagen und spuckte seine kalte Zigarre in den Rinnstein. Delaney stieg gleichfalls aus. Broughton setzte sich nach vorn. Der Fahrer stieg ein, und als die Limousine anfuhr, salutierte der Captain mit ernstem Gesicht, doch sein Gruß wurde nicht erwidert.

Delaney musterte noch einmal den Schauplatz. Uniformierte Polizisten seines Reviers kamen zu zweit oder zu dritt herbei und versammelten sich um die Kreidestriche auf dem Bürgersteig. Der Captain trat zu ihnen, um zu hören, was für Befehle der Sergeant austeilte.

«Hat jeder 'ne Taschenlampe?» fragte er. «Gut. Wir werden von diesem Punkt hier ausschwärmen. Wir rücken langsam vor, kapiert? Langsam. Jede Mülltonne wird untersucht.» Ein Aufstöhnen ging durch die Männer. «Die Müllabfuhr ist gestern nachmittag hier gewesen, also sollten die meisten Mülltonnen leer sein. Aber selbst wenn sie randvoll sind, kippt sie aus. Jede einzelne Tonne muß durchsucht werden. Wenn ihr fertig seid, stopft den ganzen Dreck wieder rein, so gut es geht. Wir werden von der Müllabfuhr heute noch eine Sonderfahrt anfordern, und bevor die Tonnen ausgeleert werden, werden sie nochmals durchwühlt. Laßt keine Ecke und keine Toreinfahrt aus, und leuchtet in jeden Gully. Es handelt sich hier um eine erste Untersuchung. Morgen werden wir ein paar Kanalarbeiter und Abwässerspezialisten zuziehen, die Siele und Schachtdeckel aufmachen und im Schlamm rumstochern. Wir suchen nach allem, was wie eine Waffe aussieht. Könnte 'ne Kanone sein, aber auch 'n Messer. Höchstwahrscheinlich ist es ein Schlagwerkzeug, ein Stück Rohr, eine Eisenstange, ein Hammer, vielleicht ist es auch ein Stein mit verklebtem Blut und ein paar Haaren daran. Überhaupt will ich alles sehen, wo Blut dran ist, ob es nun ein Hut ist, ein Kleidungsstück, ein Taschentuch oder vielleicht auch nur ein alter Lappen. In Zweifelsfällen ruft mich. Alles verstanden? Schön, dann macht euch auf die Socken.»

Delaney sah zu, wie die Lichtkegel der Taschenlampen von der Stelle, wo das Blut im Morgendunst noch glänzte, nach allen Richtungen wanderten. Er wußte, daß dies getan werden mußte, aber er beneidete die Männer nicht um ihre Aufgabe. Durchaus möglich, daß sie etwas fanden. Aber er wußte auch, daß sie auf Müll stoßen würden, bei dem sich einem der Magen umdrehte: Erbrochenes, eine tote Katze, vielleicht sogar der blutige Fetus eines abgetriebenen Babys. Unversehens ging ihm auf, daß die Müdigkeit von ihm abgefallen war; vielleicht war er aber auch nur so erschöpft, daß er überhaupt nichts mehr fühlte. Er verschränkte die Hände im Rücken und schlenderte zum Fluß hinunter. Dort drehte er sich um, wendete sich der York Avenue zu und überlegte, wie sich der Mord wohl abgespielt haben könnte.

Lombards Leiche war auf halbem Weg zwischen der York Avenue und dem Fluß auf dem Bürgersteig gefunden worden. Hatte er wirklich bei seiner Mutter zu Abend gegessen, war anzunehmen, daß sie irgendwo zwischen dem Fluß und dem Fundort der Leiche wohnte. Lombard war Richtung York Avenue gegangen. War er auf dem Weg zu einer Bushaltestelle, einer U-Bahn-Station oder zu seinem geparkten Wagen gewesen?

Bedächtig vorwärtsschreitend, inspizierte Delaney die Gebäude zwischen dem Fluß und der Stelle, wo man die Leiche gefunden hatte. Die Haustüren der umgebauten Reihenhäuser lagen drei, vier Stufen unterhalb des Bürgersteiges hinter bewachsenen Vorgärten, die einem zusammengekauerten Mörder hätten Deckung gewähren können. Aber auch das wollte Delaney nicht einleuchten. Kein Mörder, selbst wenn er sehr behende war und Schuhe mit Kreppsohlen trug, konnte geräuschlos aus einem solchen Versteck hervorbrechen, drei oder vier Stufen hinaufrasen und sein Opfer von hinten anfallen. Lombard hätte sich bestimmt nach seinem Angreifer umgedreht, hätte vielleicht einen Arm schützend hochgehalten oder versucht zu fliehen. Offensichtlich war er jedoch völlig überraschend und ohne jede Warnung niedergestreckt worden.

Langsam weitergehend, musterte Delaney die Häuserfronten auf der anderen Straßenseite. Es war möglich, das mußte er zugeben, daß der Mörder in einem der Hausflure gewartet hatte, bis Lombard vorübergekommen war, dann auf den Bürgersteig hinausgetreten und ihm nachgegangen war. Doch auch in diesem Fall hätte Lombard gewiß etwas gehört oder gespürt, daß er verfolgt wurde. Und jemand wie Lombard, der Tag und Nacht von nichts anderem redete als von der zunehmenden Kriminalität, würde der sich in dieser Gegend zu mitternächtlicher Stunde von jemand verfolgen lassen?

Bei all diesem Theoretisieren ging er selbstverständlich davon aus, daß

Lombard das erkorene Opfer war, daß der Mörder ihm gefolgt war oder zumindest geahnt hatte, daß er um diese Zeit durch diese ganz bestimmte Straße kommen würde. Was Delaney im Augenblick jedoch besonders beschäftigte, waren die Schnelligkeit des Überfalls und der volle Erfolg, den der Mörder damit gehabt hatte. Er ging noch einmal zum Fluß zurück, machte kehrt und schickte sich an, Richtung York Avenue zu gehen.

Eine weitere Möglichkeit, so überlegte Delaney, war, daß der Mörder neben Lombard hergegangen war, daß die beiden miteinander bekannt waren. Aber konnte der Mörder die Waffe ziehen, hinter sein Opfer treten und es niederschlagen, ohne daß Lombard sich erschreckt umgedreht, dem Schlag auszuweichen oder ihn abzuwehren versucht hätte?

Besonders frappierten ihn die Plötzlichkeit des Überfalls sowie der Umstand, daß Lombard, ein großer, muskulöser Mann, offenbar überhaupt keinen Widerstand geleistet, vielmehr seinen Mörder von hinten an sich herangelassen haben sollte.

Delaney blieb einen Moment stehen und überlegte; folgerte er vielleicht überstürzt? Hatte der Mörder sich seinem Opfer denn wirklich von hinten genähert? Vielleicht war er aus Richtung York Avenue direkt auf Lombard zugegangen. Angenommen er war anständig gekleidet, ging zügig voran wie jemand, der in diesem Block wohnte und es um Mitternacht eilig hatte, nach Hause zu kommen, dann stand zu erwarten, daß Lombard ihn beim Näherkommen in Augenschein genommen hatte. Und wenn der Mann nichts Verdächtiges an sich hatte, war er womöglich ein bißchen zur Seite gegangen, um ihn vorüberzulassen.

Die Tatwaffe mußte natürlich verborgen gewesen sein. Handelte es sich dabei wirklich um ein Stück Rohr oder einen Hammer, gab es dafür zahlreiche Möglichkeiten, in einer zusammengefalteten Zeitung, unter einem über dem Arm getragenen Mantel, auch in einem sinnreich zurechtgebastelten Paket. Hatte der Mörder Lombard passiert, konnte er ihm von hinten den Schädel einschlagen. In Sekundenschnelle. Dann wäre die Überraschung vollkommen gewesen. Dann hätte nichts Lombard warnen können. Er würde tot vornüberfallen. Der Mörder würde seine Waffe wieder verstecken, zur York Avenue zurückgehen oder einfach nach Hause, falls er in diesem Block wohnte; vielleicht auch in die Wohnung von Bekannten, oder zu seinem Wagen, den er an günstiger Stelle geparkt hatte.

Delaney rekapitulierte noch einmal. Je eindringlicher er es sich vorstellte, desto überzeugender sah es aus. Sein Gefühl sagte ihm, daß es so gewesen sein mußte. Diese Theorie ging davon aus, daß der Lombard entgegenkommende Mörder ein Fremder für Lombard war. Wenn er anständig gekleidet war und rechtschaffen aussah und es offensichtlich eilig hatte, nach Haus zu kommen, bestand kein Anlaß, ihm aus dem Wege zu gehen. Der Captain verwarf den Gedanken, daß der Mörder in nächster Nähe wohnte oder nach der Tat hier Bekannte besucht haben könnte, er mußte damit rechnen, daß alle Anwohner überprüft wurden. Nein, entweder war der Mörder zur York Avenue zurückgegangen oder aber zu seinem Auto, das er in der Nähe geparkt hatte.

Delaney machte kehrt und nahm noch einmal den Weg, den das Opfer vermutlich zurückgelegt hatte.

Jetzt bin ich Frank Lombard, der bald tot sein wird. Ich komme gerade vom Abendessen bei meiner Mutter. Um Mitternacht habe ich das Haus verlassen, in dem sie wohnt, und habe es eilig, nach Brooklyn zurückzukehren. Ich gehe zügig voran und schaue mich ständig um, sogar in die Vorgärten der Reihenhäuser werfe ich einen Blick. Ich weiß ja, wie häufig es zu Überfällen auf offener Straße kommt, und ich vergewissere mich, daß niemand mir auflauert und darauf wartet, mir eins über den Schädel zu geben oder mich auszurauben.

Ich überblicke die Straße vor mir. Aus Richtung York Avenue kommt mir ein Mann entgegen. Im schattenlosen Licht der neuen Straßenbeleuchtung kann ich erkennen, daß der Mann anständig gekleidet ist und einen Mantel überm Arm trägt. Auch er hat es eilig, nach Hause zu kommen. Das kann ich verstehen. Während er näher kommt, treffen sich unsere Blicke. Wir nicken und lächeln einander beruhigend zu. ‹In Ordnung›, besagt dieses Lächeln. ‹Wir sind beide anständig angezogen. Wir sind keine Ganoven.› Ich gehe ein wenig beiseite, um den Mann vorüberzulassen. Gleich darauf bin ich tot.

Delaney blieb bei den Kreideumrissen des Toten stehen. Dieser fing an, Wirklichkeit für ihn zu werden. Damit war erklärt, warum Lombard offenbar keinerlei Anstalten machte, sich zu verteidigen, ja, warum er gar nicht erst dazu kam. Langsam ging der Captain weiter bis zur York Avenue, machte kehrt und ging denselben Weg in Richtung auf den Fluß zurück.

Jetzt bin ich der Mörder und trage einen Mantel überm Arm. Unterm Mantel verborgen umklammere ich den Griff eines Hammers. Zielbewußt ausschreitend, gehe ich eilig dahin. Im orangefarbenen Licht der Laternen sehe ich den Mann, den ich töten will. Federnd gehe ich auf ihn zu. Im Näherkommen nicke und lächle ich und schicke mich an, an ihm vorüberzugehen. Jetzt sieht er genau geradeaus. Ich bin vorüber, greife nach dem Hammer, fahre herum, hebe den Hammer ganz hoch und schlage zu. Er bricht zusammen, kippt mit ausgebreiteten Armen vornüber. Ich stecke den Hammer wieder unter den Mantel, gehe rasch zurück zur York Avenue und bin entwischt.

Abermals blieb Captain Delaney bei den Kreideumrissen stehen. Ja, so könnte es sich abgespielt haben. Sofern der Mörder entschlossen genug war und die Nerven dazu hatte – und Glück, selbstverständlich. Glück gehört immer dazu. Niemand schaut aus dem Fenster. Niemand ist um diese Stunde auf der Straße. Auch kein Taxi, das plötzlich aus der York Avenue einbiegt und ihn in dem Augenblick, da zuschlägt, anleuchtet. Aber angenommen, der Mörder hatte wirklich Glück, dann war das alles – o Gott! Die Brieftasche! Die verdammte Brieftasche hatte er völlig vergessen.

Die Brieftasche war eine von denen, die man zusammenklappt und gewöhnlich in der Gesäßtasche trägt. Delaney hatte bemerkt, daß sie entsprechend der Gesäßform eine leichte Wölbung aufwies. Er selber benutzte genauso eine. Wenn man sie einige Monate in Gebrauch hatte, nahm sie von selbst diese Wölbung an.

Lombard hatte einen dreiviertellangen Automantel getragen, der mit Holzknebeln zugeknöpft wurde. Mantel und Jacke waren über die Gesäßtaschen hochgeschlagen gewesen. Warum hatte der Mörder sich die Mühe gemacht, seinem Opfer die Brieftasche wegzunehmen, sie dann aber neben der Leiche liegen gelassen, obwohl sie prall mit Scheinen gefüllt war? Jeden Augenblick, den er verweilte, jede Sekunde schwebte der Mörder in Gefahr. Trotzdem hatte er sich die Zeit genommen, die Leiche zu durchsuchen und die Brieftasche herauszuziehen. Und dann hatte er sie aufgeklappt neben der Leiche liegen gelassen.

Warum hatte er das Geld nicht genommen – oder überhaupt die ganze Brieftasche? Bestimmt nicht, weil er Angst bekommen, weil jemand ans Fenster getreten oder in der Straße aufgetaucht war. Ein Mann, der den Mumm hatte, sich seinem Opfer von vorn zu nähern, hätte auch die Kaltblütigkeit besessen, seine Beute an sich zu nehmen, selbst in akuter Gefahr. Mit einer Brieftasche konnte man genauso schnell laufen wie ohne. Was hatte er gewollt? Feststellen, um wen es sich bei seinem Opfer handelte? Oder hatte er etwas aus der Brieftasche herausgenommen? Und wenn ja, was?

Delaney ging bis zur York Avenue, machte kehrt und begann von neuem.

Jetzt bin ich der Mörder und trage einen Mantel überm Arm. Unter dem Mantel ...

Delaney wußte so gut wie jeder andere Polizist, wie groß die Aussichten waren, diesen bestimmten Mordfall aufzuklären. Er wußte, daß 1971 in New York mehr Menschen ermordet wurden als im selben Zeitraum Soldaten in Vietnam gefallen waren. In New York wurden täglich nahezu fünf Menschen erschossen, erstochen, erwürgt, erschlagen, verbrannt oder von Dächern gestürzt. Was bedeutete schon eine Gewalttat mehr in einem solchen blutrünstigen Hexenkessel?

Wenn das jedoch zur allgemeinen Einstellung wurde, zu einer Haltung, die allgemein akzeptiert wurde, zur Einstellung der Gesellschaft – «Was bedeutet schon einer mehr?» –, dann war der Mord an Frank Lombard ein Ereignis ohne besondere Bedeutung. Wenn die Pest grassiert, trauert man nicht mehr um einzelne.

Als Captain Edward X. Delaney jenem Reporter auseinandersetzte, warum er Polizist geworden war, sagte er, was er dachte: daß er an eine ewige Harmonie im Universum glaube, in allen Dingen, beseelten wie unbeseelten, und daß das Verbrechen einen Mißklang in dieser Sphärenmusik darstelle. Das war es, was Delaney dachte.

Doch bei den ersten tastenden Versuchen, das Verbrechen zu rekonstruieren, mußte er sich eingestehen, daß es ein Motiv gab, das tiefer saß, mehr im Gefühl verankert als im Denken. Noch nie hatte er mit jemandem darüber gesprochen, auch mit Barbara nicht, wiewohl er vermutete, daß sie es längst erraten hatte.

Vielleicht weil er als Katholik erzogen war, versuchte er, die Welt wieder einzurenken. Er wollte Gottes Instrument auf Erden sein, ein Wunsch, dessen er sich schämen sollte, wie er sehr wohl wußte. Er erkannte die Sünde darin. Sie hieß Stolz.

2

Was war das? Er erkannte nichts. Angstvoll suchte er nach einem Lebenszeichen und starrte und starrte, bis er schließlich wahrnahm, wie die nicht mehr als bei einem Knaben gerundete Brust sich langsam und matt hob und senkte. Die Leiche von Frank Lombard fiel ihm ein, und er überlegte hin und her. Was für eine Beziehung bestand zwischen den beiden? Dann wurde es ihm klar: er sah beide wie durch einen Nebel hindurch. Seine Augen waren feucht und geschwollen.

«Sie steht noch schwer unter Sedativa», flüsterte die Schwester, «aber sie macht wirklich gute Fortschritte. Dr. Bernardi wartet im Chirurgenzimmer auf Sie.»

Er suchte nach etwas, auf das er einen Kuß hätte drücken können, ein nacktes Stück Haut, frei von Nadeln, Schläuchen, Riemen und Bandagen. Er wollte ja nur ein Zeichen geben, nichts als ein Zeichen. Er neigte sich vor, um sie aufs Haar zu küssen, doch was er unter den Lippen spürte, waren Drähte.

«Ich habe es erwähnt», sagte Dr. Bernardi und betrachtete seine Fingernägel. Dann blickte er auf und sah Delaney vorwurfsvoll an, der es offensichtlich wagte, das zu leugnen. «Sie werden sich gewiß erinnern, daß ich von einer Proteusinfektion sprach.»

Stumpf saß der Captain da und verlangte nach Schlaf wie ein Süchtiger nach der Droge.

«Proteusinfektion?» Delaney wiederholte das Wort schwerfällig. «Woher wissen Sie das?»

«Das hat die Untersuchung des Gewebes ergeben.»

«Und Sie meinen, Ihr Labor weiß mehr als Sie und Ihre Kollegen, die Sie doch die Diagnose stellten, meine Frau hätte Nierensteine?»

Wieder legte sich jener undurchsichtige Schleier vor die glitzernden Augen des Arztes. Er versteifte sich und vollführte eine Geste, wie Delaney sie noch nie bei ihm gesehen hatte: er steckte die Kuppe seines rechten Zeigefingers in das rechte Ohr, so daß der Daumen nach oben wies – wie jemand, der sich in den Kopf schießt.

«Captain», schnurrte er mit seiner öligen Stimme, «ich versichere Ihnen . . .»

«Schon gut, schon gut.» Delaney fegte die Entschuldigung beiseite. «Vergeuden wir doch nicht unsere Zeit. Was ist eine Proteusinfektion?»

Bernardi strahlte wie immer, wenn er eine Gelegenheit hatte, mit seiner Gelehrsamkeit zu glänzen. Jetzt vollführte er die für ihn typische Geste, legte die Zeigefinger zusammen und preßte sie gegen die aufgeworfenen Lippen.

«Proteus», begann er glücklich. «Ein griechischer Meeresgott, der seine Erscheinungsform nach Belieben ändern konnte. Daher der Name. Eine Infektion ist keine Krankheit – aber darüber möchte ich mich jetzt nicht weiter auslassen. Begnügen wir uns damit, daß die Proteusinfektion häufig Form, Erscheinungsbild und Symptome Dutzender anderer Infektionen und Krankheiten annimmt. Es ist sehr schwer, sie zu diagnostizieren.»

«Ist sie so selten?» fragte Delaney.

«Proteus selten?» sagte der Arzt stirnrunzelnd. «Nein, das würde ich nicht sagen. Aber auch nicht besonders häufig. Viel Literatur gibt es nicht darüber. Dem bin ich heute morgen nachgegangen, und das ist der Grund, warum ich Sie nicht anrief. Ich habe alles gelesen, was ich über die Proteusinfektion finden konnte.»

«Wodurch entsteht sie?» fragte Delaney und bemühte sich, den Haß aus seiner Stimme herauszuhalten und genauso sachlich und frei von Gefühlen zu sein wie dieser Spaghettifresser.

«Das habe ich Ihnen schon gesagt. Durch den Proteus-Bazillus. *Proteus vulgaris.* Wir tragen ihn alle in uns. Gewöhnlich im Verdauungskanal. Wir laufen ja alle mit zahllosen guten und schlechten mikroskopisch kleinen Lebewesen in uns herum, wie Sie wissen. Manchmal, für gewöhnlich nach einer Unterleibsoperation, gerät der Proteus-Bazillus in Aufruhr. Bricht aus und ruft gewisse Veränderungen im Blut hervor, die sich schwer genau bestimmen lassen. Es wird empfohlen, diese Infektion mit Antibiotica zu behandeln.»

«Was Sie versucht haben.»

«Richtig. Aber ich versichere Ihnen, Captain, ich habe nicht die ganze Bandbreite durchprobiert. Die sogenannten ‹Wunderdrogen› sind so wunderbar nun auch wieder nicht. Die eine bringt einen ganz bestimmten Bazillus zur Strecke, fördert gleichzeitig aber auch das Wachstum eines anderen, noch virulenteren. Mit Antibiotica darf man nicht leichtfertig umgehen. Was Ihre Frau betrifft, so glaube ich, daß die Proteusinfektion durch die Hysterektomie ausgelöst wurde. Es wiesen aber alle Symptome auf Nierensteine hin, und unsere Untersuchungen und Durchleuchtungen haben nichts ergeben, was dieser Hypothese widersprochen hätte. Als Dr. Spencer den Eingriff vornahm, erkannten wir, daß eine Niere entfernt werden mußte. Unbedingt. Verstehen Sie?»

Delaney gab keine Antwort.

«Wir erkannten, daß immer noch Infektionsherde da waren, kleine und weit verstreute, denen man chirurgisch nicht beikommen kann. Jetzt fangen wir noch einmal an, hoffen aber, daß die Hauptquelle der Infektion beseitigt ist und wir der noch verbleibenden Herde durch Antibiotica Herr werden.»

«Hoffen, Doktor?»

«Jawohl, Captain, hoffen.»

Die beiden Männer starrten einander an.

«Sie wird sterben, nicht wahr, Doktor?»

«Das würde ich nicht sagen.»
«Nein, natürlich nicht.»
Mühselig stand er auf und verließ unsicheren Schrittes den Raum.
Jetzt bin ich der Mörder. *Bacillus Proteus.* Ich stecke in den Nieren meiner Frau. Ich bin . . .
In der klaren Nachmittagssonne kehrte er zum Revier zurück. Eigentlich wollte er bei ihr sein. Nicht, daß es seine Pflicht war, jetzt bei ihr zu bleiben – nein, er wollte es. Weil die Krankheit lange dauern würde, konnte er sich Barbara unmöglich so intensiv widmen wie er wollte und nebenher noch seinen Dienst als Captain Edward X. Delaney von der New Yorker Polizei gewissenhaft versehen. Auf seiner alten Reiseschreibmaschine tippte er an Deputy Inspector Ivar Thorsen ein Gesuch um sofortige Versetzung in den Ruhestand. Er füllte das «Antrag auf Pensionierung» überschriebene Formblatt aus und erklärte Thorsen in einem beigelegten persönlichen Brief, daß er diesen Antrag wegen der Krankheit seiner Frau stelle und bitte, ihn schleunigst weiterzugeben. Er machte den Briefumschlag zu, klebte Marken darauf, ging zum Briefkasten an der Ecke und steckte ihn ein. Dann kehrte er nach Hause zurück und ließ sich auf sein Bett fallen, ohne sich auszuziehen.
Vielleicht hatte er drei Minuten geschlafen, vielleicht aber auch acht Stunden. Das laute Klingeln des Telefons neben seinem Bett machte ihn sofort hellwach.
«Captain Edward X. Delaney.»
«Edward, hier ist Ferguson. Haben Sie mit Bernardi gesprochen?»
«Ja.»
«Tut mir leid, Edward.»
«Vielen Dank.»
«Vielleicht nützen die Antibiotica was. Der Hauptinfektionsherd ist jedenfalls entfernt worden.»
«Ich weiß.»
«Edward, ich habe Sie geweckt, nicht wahr?»
«Macht nichts.»
«Ich dachte, Sie würden es gern wissen.»
«Was wissen?»
«Ich spreche von dem Mord an Lombard. Es war kein Hammer.»
«Was war es dann?»
«Das weiß ich nicht. Das Mordinstrument ist acht bis zehn Zentimeter tief eingedrungen. Der Wundkanal gleicht einer langen, spitz zulaufenden

Tüte. Das Loch in der Schädeldecke mißt vielleicht zweieinhalb Zentimeter im Durchmesser, und am unteren Ende läuft der Kanal nadelspitz zu. Wie eine Ahle. Möchten Sie einen Durchschlag von meinem Gutachten haben?»

«Nein. Ich habe um meine Pensionierung gebeten.»

«Was?»

«Es geht mich nichts mehr an. Ich habe um meine Pensionierung gebeten.»

«Herrgott, Edward! Das können Sie doch nicht tun! Es ist doch Ihr Leben!»

«Ich weiß.»

Delaney legte auf. Dann lag er wach da.

3

Drei Tage später erreichte Captain Delaney der Anruf, auf den er gewartet hatte: Deputy Inspector Thorsen bestellte ihn für nachmittags um vier in sein Büro. Delaney fuhr in Uniform mit der U-Bahn hin.

«Gehen Sie nur rein, Captain», sagte Thorsens hübsche Sekretärin, als er ihr seinen Namen nannte. «Man erwartet Sie schon.»

Er überlegte, wer «man» wohl sein mochte, klopfte an und machte die schwere Eichentür von Thorsens Arbeitszimmer auf. Zwei Männer erhoben sich aus lederbezogenen Klubsesseln, und der Deputy Inspector kam lächelnd auf ihn zu.

Ivar Thorsen war Delaneys «Rabbi». Dieser Ausdruck bezeichnete einen höheren Polizeioffizier oder Beamten in der Stadtverwaltung, der einen Untergebenen besonders schätzte, sich für seine Karriere interessierte und allgemein sein Vorwärtskommen förderte. Stieg ein «Rabbi» in der Hierarchie auf, stieg früher oder später auch sein Schützling auf.

Ivar Thorsen, ein Mann Ende Fünfzig, wurde von seinen Untergebenen «Der Admiral» genannt, und es war leicht zu erkennen, warum. Wiewohl verhältnismäßig klein von Wuchs, war er doch sehr kräftig; nichts als Muskeln und Sehnen. Er ging nicht, er federte. Er hatte eine helle, makellose Haut und klassisch nordische Züge, denen alles Weiche fehlte. Seine hellblauen Augen konnten unangenehm durchdringend blicken. Das weiße Haar lag eng am Schädel, der Scheitel, durch den die rosige Kopfhaut schimmerte, saß links.

Er schüttelte Delaney die Hand und drehte sich dann nach dem zweiten

Mann im Zimmer um.

«Sie kennen wohl Inspector Johnson, Edward?»

«Selbstverständlich. Freut mich, Sie zu sehen, Inspector.»

«Ganz meinerseits», sagte der grinsende schwarze Buddha und streckte ihm eine gewaltige Hand hin. «Wie geht's denn so?»

«Ich kann mich nicht beklagen. Hmm ... eigentlich doch, aber niemand hört mir zu.»

«Ich weiß, ich weiß.» Der große Mann gluckste so, daß sein mächtiger Bauch wackelte. «Ich wollte, wir könnten uns häufiger sehen, aber man hat mich nun mal an die verdammten Computer gefesselt, und ich komme nicht so oft zu Ihnen rauf wie ich wohl möchte.»

«Ich habe Ihre Analyse der Festnahmen und die Prozentsätze der Überführungen gelesen.»

«Wirklich?» rief Johnson ehrlich erfreut. «Dann sind Sie bestimmt der einzige.»

«Nun mal langsam, Ben», erhob Thorsen Einspruch. «Ich hab sie auch gelesen.»

«Unsinn», spöttelte der Schwarze. «Angelesen vielleicht und den Schluß.»

«Ich schwöre, daß ich jedes Wort gelesen habe.»

«Ich wette fünf zu eins, daß Sie das nicht getan haben – ich könnte Ihnen Fragen stellen, die beweisen, daß ich recht habe.»

«Die Wette gilt.»

«Jetzt machen Sie sich einer Gesetzesübertretung schuldig», mischte Delaney sich prompt ein. «Ich kann Sie beide verhaften lassen. Wegen Vergehens gegen die Glücksspielgesetze.»

«Nichts zu machen.» Johnson schüttelte den großen Kopf. «Das Gericht hat festgestellt, daß eine Wette zwischen zwei Gentlemen nicht nach den für das Glückspiel geltenden Bestimmungen verfolgt werden darf. Nachzulesen in *Harbiner gegen City of New York.*»

«Sehen Sie sich mal *Plessy gegen Novick* an», hielt Delaney ihm entgegen. «Das Gericht befand, Wettschulden können nicht eingeklagt werden, weil die Wette selbst ungesetzlich ist.»

«Kommen Sie, kommen Sie!» stöhnte Thorsen. «Ich habe Sie nicht hergebeten, damit Sie hier die Advokaten spielen.» Mit einer Handbewegung forderte er die beiden auf, in den Klubsesseln Platz zu nehmen und ließ sich selbst auf einem Schreibtisch mit Glasplatte nieder. Dann betätigte er die Sprechanlage. «Alice, bitte, halten Sie mir alle Anrufe vom Leib – bis auf Notfälle.»

Inspector Johnson wandte sich Delaney zu und betrachtete ihn neugierig.

«Was halten Sie denn von meinem Bericht, Edward?»

«Die Statistiken waren ein Schock für mich, Inspector, und die ...»

«Wissen Sie, Edward, wenn Sie mich Ben nennen, würde ich bestimmt nicht auf den Gedanken kommen, mich wegen Insubordination über Sie zu beschweren.»

«Schön, Ben. Nun ja ... die Statistiken waren ein Schock, und Ihre Analyse fand ich glänzend, nur mit den Schlußfolgerungen, die Sie gezogen haben, kann ich mich nicht einverstanden erklären.»

«Womit können Sie sich nicht einverstanden erklären?»

«Nehmen wir mal an, daß auch nur fünf Prozent aller Festnahmen von Schwerverbrechern dazu führen, daß die Verhafteten am Ende auch verurteilt werden. Daraus ziehen Sie den Schluß, daß wir – die Männer im Außendienst – weniger, dafür aber hieb- und stichfestere Verhaftungen vornehmen sollten, mit denen wir vor Gericht auch durchkämen. Übersehen Sie dabei aber nicht die abschreckende Wirkung der Festnahmen an sich, selbst wenn wir wissen, daß die Beweise nicht ausreichen werden? Vielleicht wird der Verhaftete nicht verurteilt; wenn er aber einmal in die Mühle kommt und eine Zeitlang in Untersuchungshaft schmort, so lange, bis er seine Kaution zusammenbringt – falls er das kann – und darüber hinaus noch die Ausgaben des Anwalts für einen Tag vor Gericht zu zahlen hat – vielleicht überlegt er sich's dann doch zweimal, ehe er wieder strauchelt.»

«Vielleicht, vielleicht aber auch nicht», knurrte Johnson. «Der abschreckenden Wirkung war ich mir durchaus bewußt, als ich den Bericht schrieb. Offen gestanden teile ich Ihre Ansicht sogar. Aber wenn ich den Schluß gezogen hätte, daß man noch mehr Verhaftungen vornehmen sollte – egal, ob man damit vor Gericht durchkäme oder nicht –, wenn ich Razzien unter Prostituierten, Herumtreibern, Homosexuellen und Spielern vorgeschlagen hätte – wissen Sie, was dann passiert wäre? Irgend so ein Radikalinski im Präsidium hätte den Bericht heimlich an die Presse gegeben, wir hätten sämtliche Bürgerrechtsgruppen auf dem Hals und würden wieder mal ‹Faschistenschweine› geschimpft werden.»

«Wollen Sie damit sagen, Sie hätten Ihre Überzeugungen aus derartigen Gründen verleugnet?»

«Stimmt», erklärte Johnson sanft.

«Sind Public Relations denn so wichtig?»

«O ja. Ihr Revier ist Ihre Welt. Meine Welt, das ist das Büro des

Commissioner und, in der Verlängerung davon, das des Bürgermeisters.»

Delaney blickte den großen Schwarzen starr an. Inspector Johnson gehörte zum Stab des Commissioner und war für Statistiken und Analysen zuständig. Er war ein Riese, ehemaliger Footballspieler vom Rutgers-College. Mittlerweile war er fett geworden, doch das Ergebnis war nicht unangenehm; er hielt sich immer noch sehr gut, und seine mächtige Statur verlieh ihm zusätzliche Würde.

Sein Lächeln war anziehend, fast kindlich – eine vollkommene Tarnung für die harte, komplexe und scharfsichtige Intelligenz, die ihn, wie Delaney sehr wohl wußte, auszeichnete. Ein Schwarzer erreichte nicht Johnsons Stellung und genoß nicht seinen Ruf, bloß weil er schön lachen konnte und ein blendendes Gebiß hatte.

«Bitte» – Thorsen hob beschwichtigend die Hände – «ihr beiden könnt euch ja mal einen Abend zusammensetzen und den Streit bei einem Steak oder schwarzer Hausmannskost austragen.»

«Ich bin für Steak», sagte Johnson.

«Und ich für die echte Negerküche.» Delaney lächelte.

«Kommen wir zur Sache», mahnte Thorsen. «Vorher möchte ich noch wissen, wie es Barbara geht, Edward?»

Delaney kehrte in die Wirklichkeit zurück.

«Barbara geht es nicht besonders», sagte er ruhig. «Sie hat sich von der Operation nicht so erholt, wie es wohl sein sollte – oder zumindest, wie ich es erhofft hatte. Man behandelt sie mit Antibiotica. Beim erstenmal hat das nichts gefruchtet. Jetzt versuchen sie's mit einem anderen Mittel. Man wird wohl eins nach dem andern ausprobieren.»

«Es hat mir sehr leid getan, als ich hörte, daß Ihre Frau krank ist, Edward», sagte Johnson leise. «Was genau fehlt ihr eigentlich?»

«Die Sache nennt sich Proteusinfektion. In ihrem Fall ist es eine Infektion des Urogenitaltrakts. Aber die Ärzte wollen mir ums Verrecken nicht sagen, wie krank sie wirklich ist und was für Aussichten sie hat.»

«Ich kenn das.» Johnson nickte verständnisvoll. «Was ich bei diesen Ärzten am meisten hasse, ist, daß sie mir, wenn ich mit Bauchgrimmen zu ihnen gehe und ihnen genau erkläre, was für Symptome ich habe, sagen: ‹Das beunruhigt uns nicht!› Dann sag ich: ‹Verdammt noch mal, ich weiß selbst, daß es *meine* Schmerzen sind; warum sollte das Sie beunruhigen?›»

Delaney lächelte zaghaft; er wußte, daß Johnson versuchte, ihn aufzuheitern.

«Also, Edward», sagte Thorsen, «ich habe Ihren Antrag auf Versetzung in den Ruhestand vorliegen. Lassen Sie mich gleich sagen, daß ich bis jetzt noch überhaupt nichts unternommen habe. Der Antrag ist in Ordnung. Sie haben das Recht, sich pensionieren zu lassen, wenn Sie das wollen. Aber wir wollten zuvor noch mit Ihnen sprechen. Ben, wollen Sie jetzt das Reden übernehmen?»

«Nein.» Johnson schüttelte den mächtigen Kopf. «Sie sind am Ball.»

«Edward, es geht um den Mord an Lombard, der in Ihrem Revier passiert ist. Ich weiß, Sie kennen den Ruf dieses Mannes und wissen, wie populär er war, und wie wichtig es für die Polizei ist, den Fall rasch aufzuklären und jemand zu verhaften. Unseligerweise muß das gerade jetzt passieren, während der Reorganisation der Kriminalpolizei. Haben Sie die Aktennotiz über den Sonderstab ‹Kommission Lombard› gesehen, den der Stellvertretende Commissioner Broughton leitet?»

Delaney zögerte einen Moment mit der Antwort und überlegte, wieviel er sagen sollte. Aber Broughton war ein Widerling und was konnte der Kerl ihm schon anhaben, wo er ja ohnehin aus dem aktiven Dienst schied?

«Ja, ich weiß.» Er nickte. «Tatsächlich habe ich nach dem Mord Broughton die Bildung eines Sonderstabes vorgeschlagen. Wir haben uns in seinem Wagen unter vier Augen unterhalten.»

Thorsen sah Johnson an. Einen Moment starrten die beiden Männer einander in die Augen. Dann ließ der Inspector seine mächtige Pranke auf die Lehne seines Sessels sausen.

«Ich hab's ja gesagt», entfuhr es ihm zornig, «ich hab's Ihnen ja gesagt, daß diese Idee nicht auf seinem eigenen Mist gewachsen ist. Soviel Grips hat dieser Scheißrassist einfach nicht! Sie also waren es, Edward?»

«Ja.»

«Hm, erwarten Sie bloß kein Dankeschön von diesem Lumpen. Bei dem heißt es: ‹Erst komme ich – alle anderen beißen die Hunde!› Der bläst sich jetzt ganz schön auf!»

«Deshalb haben wir Sie heute hergebeten, Edward», sagte Thorsen leise. «Broughton spuckt große Töne, und die würden wir ihm gern abgewöhnen.»

Delaney blickte von einem zum anderen und begriff, daß er in etwas hineingezogen werden sollte, das er von Herzen verabscheute: die Cliquenwirtschaft und Intrigen, die in den höheren Rängen der Polizei blühten – genauso wie auf allen Ebenen der Verwaltung, beim Militär und in den Großbetrieben, kurz, in jeder menschlichen Organisation, die aus mehr als zwei Mitgliedern besteht.

«Wer ist ‹wir›?» fragte er vorsichtig.

«Inspector Johnson und ich natürlich. Und außerdem zehn bis zwölf andere, die alle einen höheren Rang bekleiden als wir und verständlicherweise nicht möchten, daß ihr Name zum gegenwärtigen Zeitpunkt genannt wird.»

«Was für Ränge?»

«Bis rauf zum Commissioner.»

«Was haben Sie vor?»

«Zunächst einmal mögen wir Broughton nicht. Wir halten ihn für eine Schande – was sage ich: für eine Katastrophe – für die gesamte Polizei. Er strebt mit allen Mitteln danach, immer mächtiger zu werden, baut eine ganze Maschinerie auf. Die ‹Kommission Lombard› ist nichts weiter als wieder ein Sprungbrett für ihn, das ihn noch höherbringt. Sofern es ihm gelingt, den Mordfall zu lösen.»

«Was für Motive hat Broughton denn?» fragte Delaney. «Ehrgeiz? Was will er? Commissioner werden? Oder Bürgermeister?»

«Präsident.»

Delaney blickte ihn an, bereit zu lachen, falls Johnson lachte. Doch der verzog keine Miene.

«Ben flachst nicht, Edward. Ausgeschlossen ist es nicht. Broughton ist ein verhältnismäßig junger Mann. Er hat einen Machthunger – Sie würden es nicht glauben! Theodore Roosevelt hat den Sprung vom Commissioner zum Präsidenten geschafft. Warum nicht auch Broughton? Aber selbst wenn er es nie bis zum Präsidenten bringt, oder zum Gouverneur, oder zum Bürgermeister, oder nicht einmal bis zum Commissioner – wir möchten ihn trotzdem raushaben.»

«Faschistenschwein!» brummte Johnson.

«Ja, und . . .?» fragte Delaney.

«Wir haben einen Plan. Wollen Sie ihn hören?»

«Ich werde ihn mir anhören.»

«Ich will nicht erst lange über Diskretion und Vertraulichkeit und so weiter reden. Dazu kenne ich Sie zu gut, Edward. Angenommen, Sie träten heute in den Ruhestand, so könnten Sie doch nicht jede Stunde des Tages mit Ihrer Frau verbringen. Für die überschaubare Zukunft wird sie doch in der Klinik bleiben, oder?»

«Ja.»

«Sie hätten also immer noch viel Zeit für sich. Und ich kenne Sie: nach fast dreißig Jahren im Polizeidienst würden Sie einfach durchdrehen. Tja . . . Jetzt sind also seit dem Mord an Lombard drei – nein, fast vier Tage vergangen. Seit drei Tagen besteht der Sonderstab. Seitdem hat Broughton Personal und Ausrüstung in der ganzen Stadt abgezogen, eine große Organisation aufgebaut und baut sie immer noch weiter aus. Ich habe Ihnen ja gesagt: der Mann ist machthungrig. Ich kann Ihnen aber auch sagen, daß Broughton mit seiner ganzen ‹Kommission Lombard› noch keinen einzigen Schritt weitergekommen ist. Kein Hinweis, kein Fingerzeig, nicht einmal eine Idee, wie es sich zugetragen haben könnte, warum es geschah oder wer es war. Glauben Sie mir, Edward, Broughton ist bis jetzt kein bißchen weitergekommen als vor vier Tagen.»

«Das bedeutet aber keineswegs, daß er den Fall nicht morgen, heute abend oder vielleicht gerade jetzt, wo wir uns unterhalten, doch löst.»

«Richtig. Und wenn Broughton es schafft, wird er uns kreuzigen. Ich meine Ben hier und mich und unsere Freunde. Broughton mag nicht besonders helle sein, aber er ist gerissen. Er weiß, wer seine Feinde sind. Und ich sage Ihnen, dieser Mann ist fähig, Sie versetzen zu lassen, bloß weil Sie es waren, der ihm die Idee des Sonderstabs eingegeben hat, von der er nun profitiert. Er gehört zu den Leuten, die es nicht ausstehen können, jemand zu Dank verpflichtet zu sein. Er wird Sie zu Fall bringen . . . irgendwie.»

«Er kann mir nichts anhaben. Ich trete in den Ruhestand.»

«Edward», sagte Inspector Johnson mit tiefer, vor Erregung zitternder Stimme, «nehmen wir mal an, Sie gingen nicht in den Ruhestand. Nehmen wir mal an, Sie hätten um unbezahlten Urlaub gebeten. Das könnten wir schaukeln.»

«Warum sollte ich das tun?»

«Damit wären Sie die Verantwortung für Zwei-fünf-eins los. Wir würden einen kommissarischen Leiter ernennen. Ihr Posten würde nicht besetzt werden. Sie geben zu, daß Ihre Frau sich möglicherweise rascher erholt als irgend jemand im Moment annimmt – würden Sie dann nicht wieder in den aktiven Dienst zurück wollen? Das ist doch möglich, oder?»

«Ja. Das ist möglich.»

«Na schön», sagte Johnson und suchte sichtlich nach den richtigen Worten.

«Nun, sagen wir mal, Sie haben unbezahlten Urlaub. Sie sind von Ihren täglichen Pflichten entlastet. Also, was wir gern von Ihnen möchten . . .» Und dann kam es wie ein Wasserfall heraus: «WaswirvonIhnenmöchtenistdasSiedenLombardmörderfinden.»

«Was?»

«Sie haben mich schon richtig verstanden. Wir möchten, daß Sie den Mord an Lombard aufklären, ehe Broughton und sein Sonderstab es tun.»

Fassungslos sah Delaney von einem zum anderen.

«Seid ihr denn verrückt geworden?» entfuhr es ihm schließlich. «Ihr verlangt von mir, einem einzelnen, ganz auf sich gestellten Polizisten, der nicht mal mehr im aktiven Dienst ist, daß er außerhalb des Apparates wie ... ja, wie eine Art Privatdetektiv arbeitet, daß ich Lombards Mörder zur Strecke bringe, bevor das fünfhundert oder auch tausend Spezialisten mit sämtlichen Hilfsmitteln des Polizeiapparates gelingt? Unmöglich!»

«Edward», sagte Thorsen geduldig. «Wir glauben, daß doch eine Chance besteht. Sie ist nur gering, zugegeben, aber immerhin, man sollte sie nutzen. Es stimmt, Sie müßten in Zivil arbeiten. Und es stimmt auch, daß Sie ganz auf sich allein gestellt wären; Sie könnten offiziell kein Personal und keine technischen Hilfsmittel von der Polizei erhalten. Aber wir würden eine Kontaktstelle für Sie schaffen, und mit Hilfe dieser Kontaktstelle würden wir dafür sorgen, daß Sie alles bekämen, was Sie brauchen: Identifikation von Fingerabdrücken, Analysen von Beweismaterial, Laboruntersuchungen, Unterlagen über Tatverdächtige. Sie brauchen nur zu sagen was, und Sie bekommen es. Wir würden die Sache schon so drehen, daß Broughton keinen Wind davon kriegt. Tut er es doch, sind wir alle geliefert.»

«Hören Sie», sagte Delaney verzweifelt, «sind nur Sie zwei scharf darauf, Broughton abzuschießen, oder sind da wirklich noch ein Dutzend andere bis hinauf zum Commissioner?»

«Es sind andere da», erklärte Thorsen mit ernstem Gesicht; Johnson nickte nur feierlich.

«Es geht nicht», sagte Delaney entschieden. Er erhob sich und ging, die Hände im Rücken verschränkt, auf und ab. «Sind Sie sich darüber im klaren, wieviel Leute man braucht, einen Mordfall wie diesen zu untersuchen? Leute, die die Kanalisation absuchen. Leute, die die Mülltonnen durchwühlen. Leute, die in Lombards Privatleben herumschnüffeln, in seinem Beruf, in seiner Tätigkeit als Politiker. Leute, die sein Leben auf der Suche nach einem möglichen Feind zurückverfolgen bis zum Tag seiner Geburt. Wie um alles in der Welt sollte ich – oder sonst jemand – das wohl schaffen?»

«Edward», sagte Johnson leise, «das brauchen Sie nicht zu tun. Das erledigt ja im Moment alles der Sonderstab, und ich schwöre Ihnen, Sie würden von jedem Bericht, der eingeht, eine Fotokopie bekommen. Alles, was irgendwer vom Sonderstab über den Fall Lombard zu Papier bringt, haben Sie innerhalb von vierundzwanzig Stunden fotokopiert auf Ihrem Tisch.»

«Das versprechen wir.» Thorsen nickte. «Fragen Sie uns nur bitte nicht, wie wir das machen.»

«Wie käme ich dazu! Wie käme ich dazu», sagte Delaney hastig. «Aber könnte ich denn wirklich was tun, was nicht in diesem Augenblick vom Sonderstab ohnehin getan wird?»

«Edward.» Thorsen seufzte. «Stellen Sie Ihr Licht nicht unter den Scheffel. Ich erinnere mich an ein Abendessen bei Ihnen zu Hause. Wir unterhielten uns über etwas, was Sie getan hatten und wofür Ihr Abteilungsleiter die Lorbeeren einheimste – Sie waren damals Lieutenant –, und ich weiß noch ganz genau, wie zornig Barbara wurde und Ihnen sagte, Sie sollten sich mehr durchsetzen und zur Geltung bringen. Recht hatte sie! Edward, Sie haben nun mal ein Talent, eine besondere Begabung, Gespür, Genius – nennen Sie's, wie Sie wollen – für Ermittlungsaufgaben. Sie wissen das und wollen's bloß nicht zugeben. Ich weiß es und posaune es laut heraus, so oft sich eine Gelegenheit dazu bietet. Ich war es, der die Idee hatte, Sie auf diesen Fall anzusetzen, so, wie wir es Ihnen jetzt dargelegt haben. Wenn Sie ja sagen, wunderbar. Wenn Sie nein sagen und darauf bestehen, in den Ruhestand zu treten, auch gut. Ich werde es Ihnen nicht nachtragen.»

Delaney starrte in das Gewühl der Straße hinunter. Menschen flitzten zwischen hupenden Autos hindurch. Da unten herrschte Bewegung, fluteten Menschenströme hin und her und prallten aufeinander. Er hörte Hupen, eine Sirene, das ferne Tuten eines auslaufenden Dampfers und über sich das Heulen eines Flugzeugs, das zum Anflug auf den Kennedy Airport ansetzte.

«Wirklich keinerlei Spuren?» fragte er, ohne sich umzuwenden.

«Nichts. Gar nichts», sagte Thorsen. «Nicht das geringste. Nicht mal eine einleuchtende Theorie. Der Fall ist ein blankes, unbeschriebenes Blatt. Und Broughton fängt an, unter dem Druck nervös zu werden.»

Ein trübes Lächeln um die Lippen, drehte Delaney sich um, sah Inspektor Johnson an und sprach zu ihm.

«Ben, ich habe Broughton die Wahrscheinlichkeitsdaten bei der Aufklärung von Mordfällen genannt. Sind Sie sich darüber im klaren, wie rapide die nach achtundvierzig Stunden absinken?»

«Jawohl.» Johnson nickte. «Dabei sind heute schon fast vier Tage vergangen, und für Broughton werden die Aussichten stündlich schlechter.»

«Für mich auch», sagte Delaney trübsinnig. «Falls ich die Sache übernehme», fügte er dann noch hastig hinzu.

Er trat wieder ans Fenster. Jetzt hatte er die Hände in die Hosentaschen gesteckt. Wenn er diese Angelegenheit nur mit Barbara durchsprechen könnte, so wie er jede wichtige berufliche Entscheidung mit ihr besprochen hatte. Er brauchte ihre scharfe, praktische, zupackende Intelligenz, um Motive, Alternativen, Möglichkeiten und Absicherungen zu durchleuchten. Er versuchte mit aller Macht, sich an ihre Stelle zu versetzen, so zu denken, wie sie denken würde, und zu entscheiden, wie sie entscheiden würde.

«Ich müßte also Zivil tragen», sagte er, den Rücken ihnen zugekehrt. «Dürfte ich Gebrauch von meiner Dienstmarke machen?»

«Ja», sagte Johnson sofort. «Aber so wenig wie möglich.»

Delaney ging allmählich auf, wie gründlich sie die ganze Sache durchdacht und geplant und sich Gedanken über mögliche schwache Stellen gemacht hatten, ehe sie an ihn herangetreten waren.

«Wie oft hätte ich Bericht zu erstatten?»

«So oft wie möglich. Einmal am Tag oder, falls das nicht geht, jedesmal, wenn Sie was haben oder was brauchen oder sonstwas.»

«An wen hätte ich mich zu wenden?»

«An mich», sagte Thorsen wie aus der Pistole geschossen. «Ich werde Ihnen eine saubere Nummer geben.»

«Soll das heißen, Sie glauben, Ihr Apparat wird abgehört?»

«Ich gebe Ihnen eine saubere Leitung», wiederholte Thorsen.

Delaney sagte, was Barbara seiner Meinung nach von ihm erwartete.

«Wenn ich nur unbezahlten Urlaub nehme und nicht in den Ruhestand trete, unterstehe ich nach wie vor der Disziplinarstrafgewalt. Kommt Broughton dahinter, macht er mich fertig. Ich habe den Mann kennengelernt. Ich weiß, was er für ein Mensch ist. Ich will tun, was Sie von mir verlangen, aber nur, wenn ich eine von einem von Ihnen – oder von beiden – verfaßte schriftliche Weisung bekomme, die mich mit dieser Aufgabe betraut.»

Er machte kehrt, um sie anzusehen. Sie blickten erst ihn an, dann einander.

«Edward ...» begann Thorsen, sprach dann jedoch nicht weiter.

«Ja?»

«Das könnte uns Kopf und Kragen kosten.»

«Ich weiß. Aber ohne eine solche Weisung kostet es unter Umständen meinen Kopf und Kragen. Und zwar nur meinen. Falls Broughton dahinterkommt, was vorgeht.»

«Haben Sie kein Vertrauen zu ...» begann Thorsen.

«Einen Augenblick bitte, nur einen kleinen Augenblick.» Johnson hielt seine schinkengroße Hand hoch. «Wir wollen doch jetzt nicht böses Blut machen und über Vertrauen und Freundschaft reden und Dinge sagen, die wir hinterher vielleicht bereuen. Laßt mich nur einen Augenblick überlegen. Was Edward da gesagt hat, hat durchaus was für sich, Ivar. Das ist etwas, woran wir nicht gedacht haben. Laß mich jetzt mal nachdenken und überlegen, ob mir nicht was einfällt, womit alle Beteiligten zufriedengestellt wären.»

Er blickte vor sich hin, während die beiden anderen ihn erwartungsvoll beobachteten. Schließlich grunzte Johnson und stellte sich wuchtig auf die Füße, fuhr mit den Fingerknöcheln über das graue Kraushaar und trat dann auf Thorsen zu. Die beiden Männer zogen sich in eine Ecke zurück und redeten halblaut miteinander, das heißt, vor allem Johnson, der das, was er sagte, auch noch häufig mit ausdrucksvollen Handbewegungen unterstrich. Delaney nahm wieder auf seinem Klubsessel Platz und wünschte, er wäre bei seiner Frau.

Endlich hörte das Geflüster auf. Die beiden Männer bauten sich vor seinem Sessel auf.

«Edward», knurrte Johnson, «wenn wir dafür sorgen, daß Sie einen direkt an Sie gerichteten Brief bekommen, in dem Sie ermächtigt werden, inoffizielle oder halb-offizielle Nachforschungen über den Tod von Frank Lombard anzustellen, und wenn dieser Brief vom Commissioner persönlich unterzeichnet wäre, würden Sie sich damit zufriedengeben?»

Voller Verwunderung sah Delaney auf.

«Vom Commissioner? Wie um alles in der Welt sollte er dazu kommen, einen solchen Brief zu unterschreiben? Er hat doch gerade eben Broughton zum Leiter der ‹Kommission Lombard› ernannt.»

Inspector Johnson stieß einen tiefen Seufzer aus. «Edward, der Commissioner ist ein Mann, der einiges auf dem Kasten hat. So ungefähr Mittelgewicht, schätze ich. Er will das Beste und ist ein Mann mit Herz. Das alles spricht für ihn. Aber es ist das erste Mal, daß er hier in New York etwas unternimmt. Er hat es nie nötig gehabt, sich in einem Schwarm Barrakudas über Wasser halten zu müssen. Zumindest nicht unter solchen bissigen wie bei uns. Er lernt – es ist nur die Frage, ob sie ihm Zeit genug lassen, zu lernen. Er fängt gerade an zu begreifen, daß ein guter Chef genausoviel Zeit darauf verwenden muß, sich den Rücken freizuhalten, wie dafür, mit den vor ihm liegenden Problemen fertig zu werden. Neunvon zehnmal sind es die starken, tüchtigen Assistenten mit den langen Messern, die einen Mann an der Spitze zu Fall bringen. Ich glaube, dem

Commissioner dämmert gerade, was Broughton zwischen seinen Fürzen und Rülpsern für ein Spiel spielt. Broughton hat ein paar Kumpels im Stab des Bürgermeisters sitzen, wissen Sie. Und dann muß man auch noch was anderes bedenken. Darüber finden Sie in Management-Handbüchern kein Wort, und doch gibt es das im Polizeiapparat, in der Bundesregierung, in der Verwaltung der Einzelstaaten, im Geschäftsleben und beim Militär. Ich persönlich glaube, daß der Commissioner physisch Angst vor Broughton hat. Beweisen kann ich das zwar nicht, aber ich hab das so im Gefühl. Wie dem auch sei, wir haben einen Mann, einen Freund – einen richtigen Machiavelli –, einen Gehilfen, dem der Commissioner vertraut und der ihm vielleicht einen Floh ins Ohr setzen könnte. ‹Hören Sie, Commissioner, Broughton ist ein guter Mann – ein bißchen zu ungehobelt für meinen Geschmack, aber er schafft jedenfalls was weg –, und vielleicht schafft er es ja mit der ‚Kommission Lombard' und bringt den Mörder zur Strecke. Aber meinen Sie nicht, Commissioner, es wäre besser, noch ein zweites Eisen im Feuer zu haben? Ich kenne da zufällig diesen mit allen Wassern gewaschenen Captain, der im Augenblick unbezahlten Urlaub hat, und dieser mit allen Wassern gewaschene Captain ist der beste Detektiv, den es in New York je gegeben hat, und wenn Sie ihn schön artig bitten, Commissioner, und ihm einen wirklich höflichen Brief schreiben, dann könnte dieser mit allen Wassern gewaschene Captain sich dazu bereit erklären, ein bißchen rumzuschnüffeln und Frank Lombards Mörder für Sie zu finden. Selbstverständlich, ohne daß Broughton die geringste Ahnung davon hat.›»

Delaney lachte. «Halten Sie es für möglich, daß er darauf reinfällt? Glauben Sie wirklich, er schreibt mir einen Brief und beauftragt mich damit?»

«Falls wir das fertigbringen – würden Sie es dann tun?»

«Ja.»

4

Am nächsten Abend, als er sich gerade fertig machte, um ins Krankenhaus zu fahren, wurde von einem Boten ein Umschlag abgegeben. Dieser Umschlag enthielt einen vom Commissioner unterzeichneten Brief, in dem Captain Edward X. Delaney angewiesen wurde, «diskrete Ermittlungen» im Mordfall Frank Lombard anzustellen. Des weiteren enthielt er einen vom Personalamt ausgestellten Bescheid, mit dem Captain Delaney für unbefristete Zeit unbezahlter Urlaub gewährt wurde – «aus persönlichen Gründen». Delaney fing an, Hochachtung vor Thorsen, Johnson und ihren Freunden zu empfinden.

Schon wollte er Ivar Thorsen von zu Hause aus anrufen, doch nachdem er zwei Zahlen gewählt hatte, legte er auf, saß einen Moment da und starrte das Telefon an. Ihm war eingefallen, daß der Deputy Inspector ihm nachdrücklich versichert hatte, die Nummer, die er ihm gäbe, sei «sauber». Er zog daher seinen Mantel über, ging zu Fuß zwei Straßenecken weiter bis zu einer Telefonzelle und rief von dort aus an. Die «saubere» Nummer erwies sich als ein Auftragsdienst. Delaney nannte nur seinen Nachnamen und die Nummer des Apparats, von dem aus er anrief. Dann hängte er ein und wartete geduldig. Schon nach drei Minuten rief Thorsen zurück.

«Ich habe die Papiere erhalten», sagte Delaney. «Schnelle Arbeit.»

«Ja. Von wo aus rufen Sie an?»

«Von einer öffentlichen Telefonzelle, zwei Blocks von mir zu Hause entfernt.»

«Gut. Machen Sie das in Zukunft immer so. Benutzen Sie verschiedene Zellen.»

«In Ordnung. Haben Sie schon eine Entscheidung darüber getroffen, wer jetzt kommissarisch die Leitung meines Reviers übernehmen soll?»

«Noch nicht. Irgendwelche Vorschläge?»

«Ich hab da einen Lieutenant. Dorfman. Kennen Sie ihn?»

«Nein. Aber einen *Lieutenant*? Ob wir das deichseln können, bezweifle ich. Es handelt sich schließlich um eines der wichtigsten Reviere, Edward. Da sollte schon ein Captain oder ein Inspector das Kommando führen. Ich glaube nicht, daß es so was schon mal gegeben hat – daß ein Lieutenant Reviervorsteher war.»

«Überlegen Sie sich's, ja? Lassen Sie sich Dorfmans Unterlagen kommen. Vier Belobigungen. Ein guter Verwaltungsmann. Und jemand mit juristischem Sachverstand.»

«Ist er der Aufgabe gewachsen?»

«Das werden wir nie erfahren, es sei denn, er kriegt 'ne Chance, es zu beweisen, oder? Aber es kommt noch was hinzu.»

«Und zwar?»

«Er vertraut mir. Ja, mehr als das, er mag mich. Er wäre der geeignete Kontaktmann, der weitergibt, was ich an Akten, Fingerabdruck-Identifikationen, Ermittlungen, Labor-Analysen und so weiter brauche. Das könnte im üblichen Geschäftsgang versteckt werden. Kein Mensch würde dahinterkommen.»

«Wieweit würden Sie ihn einweihen?»

«So wenig wie möglich.»

Pause.

«Und noch was», fügte Delaney an. «Ich habe Broughton den Plan für die ‹Kommission Lombard› eingegeben, und außerdem ist der Mord auch noch in meinem Revier passiert. Er glaubt doch bestimmt, ich fühlte mich auf den Schlips getreten und wäre eifersüchtig. Deshalb wird er mich argwöhnisch beobachten. Nach dem, was Sie und Johnson mir von ihm erzählt haben, nehme ich an, bin ich ganz gut im Bilde, wie sein Gehirn arbeitet.»

«Sie haben den Nagel auf den Kopf getroffen.»

«Nun ja, er wird zweifellos hören, daß ich mich habe beurlauben lassen, und erleichtert aufatmen. Er wird sogar noch mehr erleichtert sein, wenn er hört, daß Dorfman zum kommissarischen Leiter des Reviers bestimmt worden ist. Ein *Lieutenant*? Und noch dazu ein Mann ohne jede kriminalistische Erfahrung? Broughton wird mein altes Revier als mögliche Quelle von Schwierigkeiten abhaken, und ich kann mich Dorfmans als Kontaktperson bedienen. Die Wahrscheinlichkeit, daß es herauskommt, ist schon sehr gering.»

«Das wäre zu überlegen», sagte Thorsen. «Kein schlechter Gedanke. Lassen Sie mich das mit – mit den anderen besprechen. Vielleicht können wir das deichseln. Ich setz mich wieder mit Ihnen in Verbindung. Noch was?»

«Ja. Ich weiß, daß Broughton von der Schutzpolizei kommt. Wer berät ihn denn in Fragen der Kriminalistik?»

«Pauley.»

«So ein Pech. Der ist gut!»

«Sie sind besser.»

«Sagen Sie mir das nur immer wieder. Ich brauche jede Rückenstärkung, die ich kriegen kann.»

«Wann fangen Sie an?»

«Jetzt gleich.»

«Gut. Die Fotokopien haben Sie morgen. Verstanden?»

«Jawohl.»

«Halten Sie mich auf dem laufenden.»

Die beiden Männer legten auf, ohne auf Wiedersehen zu sagen.

Delaney nahm ein Taxi zum Krankenhaus, drückte sich in eine Ecke des Rücksitzes und kaute auf einem Daumennagel. Die altvertraute Erregung hatte ihn gepackt. Mit dem Theoretisieren über Polizeiarbeit war es vorbei, er reagierte spontan: die Jagd hatte begonnen, und er war der Jäger.

Zuversichtlich lächelnd trat er in das Krankenzimmer und holte eine verrückte Kleinigkeit aus der Tasche, die er für sie gekauft hatte: eine billige Anstecknadel, ein Pinguin aus Straß, für ihr Nachthemd.

Sie streckte beide Arme nach ihm aus; er beugte sich über sie und schloß sie in die Arme.

«Ich habe so sehr gehofft, daß du kommen würdest!»

«Ich habe doch gesagt, daß ich komme. Geht's besser?»

Sie setzte ein strahlendes Lächeln auf und nickte.

«Hier.» Er reichte ihr den Pinguin. «Von Tiffany. Hat mich 'ne Kleinigkeit über Hunderttausend gekostet.»

«Ach, wie hübsch!» Sie lachte. «Genau, was ich mir schon immer gewünscht habe.»

Er half ihr die Nadel am Hemd feststecken. Dann legte er ab, zog einen Stuhl ans Bett, nahm darauf Platz und umschloß eine ihrer Hände mit den seinen.

«Geht es dir wirklich besser?»

«Wirklich. Ich glaube, allmählich möchte ich Besuch bekommen. Ein paar Freundinnen.»

«Fein», sagte er und hütete sich, allzu große Begeisterung an den Tag zu legen. «Eddie kommt nächste Woche. Und wie steht es mit Liza?»

«Nein, Edward! Nicht in ihrem Zustand. Noch nicht.»

«Na schön. Soll ich deine Freundinnen anrufen?»

«Das mach ich schon selbst. Die meisten könnten mich gern jeden Tag besuchen. Ich werde ihnen sagen, daß ich mich freuen würde. Weißt du – zwei oder drei jeden Tag. Nicht alle auf einmal.»

Er nickte beifällig und sah sie an, wie sie lächelnd dalag. Doch ihr Aussehen versetzte ihm einen Stich. Wie dünn sie war! Schläuche und Behälter waren zwar fort, und ihr Gesicht war mit der vertrauten Fieberröte übergossen, doch wirkte sie herzzerreißend gebrechlich.

Sie, die immer so aktiv, stark und vital gewesen war ... Jetzt lag sie schlaff da und schien Mühe zu haben, Atem zu holen. Die Hand, die er nicht umschlossen hielt, zupfte kraftlos an der Wolldecke herum.

«Edward, ißt du auch richtig?»

«Selbstverständlich.»

«Hältst du dich an deine Diät?»

«Ich schwöre es.»

«Und wie steht's mit dem Schlafen?»

«Geht einigermaßen. Hör zu, Barbara, ich möchte dir etwas erzählen . . .»

«Ist etwas passiert? Mit den Kindern?»

«Den Kindern geht es gut. Es hat nichts mit ihnen zu tun. Aber ich müßte wohl so eine Stunde einfach erzählen, vielleicht noch länger. Das strengt dich doch nicht zu sehr an, oder?»

«Selbstverständlich nicht, Dummerchen. Ich hab doch den ganzen Tag geschlafen. Ich merke ja, wie aufgeregt du bist. Was ist denn?»

«Hm . . . vor vier Tagen – genauer gesagt, in der Nacht nach deiner Operation – ist in meinem Revier ein Mord passiert.»

So genau und vollständig wie es ihm möglich war, beschrieb er ihr Entdeckung und Aussehen von Frank Lombards Leiche. Dann versuchte er ihr klarzumachen, wie wichtig es angesichts der öffentlichen Kritik an der Polizei war, den Fall Lombard möglichst bald aufzuklären, daß aber ausgerechnet die Umorganisierung der Kriminalpolizei die Bearbeitung des Falles erschwerte. Dann berichtete er von dem Gespräch unter vier Augen mit dem Stellvertretenden Commissioner Broughton.

«Das scheint ja ein grauenhafter Mensch zu sein», unterbrach sie ihn.

«Ja . . . Aber wie dem auch sei, am nächsten Tag habe ich meine Versetzung in den Ruhestand beantragt.»

«Edward! Das kannst du doch nicht!»

«Doch. Ich wollte mehr Zeit für dich haben. Als ich den Antrag stellte, war ich fest davon überzeugt, das Richtige zu tun. Inzwischen aber ist folgendes passiert.»

Er berichtete von dem Treffen mit Thorsen und Johnson. Setzte ihr haarklein den Plan auseinander, daß er, Delaney, im Mordfall Lombard völlig unabhängig Ermittlungen anstellen sollte, um Broughton unschädlich zu machen. Während er redete, merkte er, wie Leben in Barbara kam. Sie stützte sich auf einen Ellbogen und lehnte sich mit leuchtenden Augen vor. Sie war die Politikerin in der Familie und hörte nichts lieber als Erzählungen und Klatsch über innerpolizeiliche Auseinandersetzungen, über die Intrigen und Zänkereien ehrgeiziger Männer und Cliquen.

Delaney erzählte ihr, daß er eine schriftliche Weisung seiner Vorgesetzten verlangt habe, ehe er mit den Nachforschungen begann.

«Barbara, glaubst du, das war klug gehandelt?»

«Du hast genau das Richtige getan», sagte sie sofort. «Ich bin stolz auf dich. Im Behördendschungel heißt doch das erste Gesetz: ‹Rette die eigene Haut!›»

Dann erzählte er ihr von dem Brief des Commissioner, daß man ihn unbefristet beurlaubt habe, und von der letzten Unterhaltung mit Thorsen.

«Ich bin froh, daß du Dorfman vorgeschlagen hast.» Sie nickte glücklich. «Ich mag ihn. Und ich finde, er verdient es, eine Chance zu bekommen.»

«Ja. Der Haken ist nur: wie bestellt man einen Lieutenant auch nur zum *kommissarischen* Leiter eines Reviers! Und selbstverständlich kann man ihn nicht plötzlich befördern, ohne daß Broughton Lunte riecht. Nun ja ... wollen mal sehen, was passiert. Inzwischen werde ich bis morgen Kopien sämtlicher Berichte des Sonderstabes bekommen.»

«Edward, es sieht aber so aus, als ob du kaum etwas hättest, woran du dich halten könntest.»

«Nein, viel ist es nicht. Thorsen sagt, bis jetzt habe auch die ‹Kommission Lombard› nur Nieten gezogen. Weder gibt es die Beschreibung eines Tatverdächtigen, noch weiß man, wie er gemordet hat und warum.»

«Du sagst ‹er›. Könnte es denn nicht auch eine Frau sein?»

«Schon möglich, aber die Wahrscheinlichkeit spricht dagegen. Frauen töten mit der Pistole, dem Messer oder Gift. Daß sie jemanden niederschlagen, kommt höchst selten vor. Und wenn doch, dann schläft das Opfer für gewöhnlich gerade.»

«Dann fängst du also wirklich bei Null an?»

«Hm ... Ich habe zwei Anhaltspunkte. Viel geben sie nicht her, und ich nehme an, Pauley hat sie auch. Lombard war ein großer Mann. Ich schätze so um die einsachtzig. Jetzt paß mal auf ...» Delaney stand auf und sah sich im Krankenzimmer um, entdeckte eine Illustrierte, nahm sie, rollte sie fest zusammen und packte sie am einen Ende. «Jetzt bin ich der Mörder mit einem Hammer, einem Stück Rohr, vielleicht einem langen, spitzen Eisen.» Er hob die Illustrierte hoch über den Kopf und ließ sie grimmig herniedersausen. «Hast du achtgegeben? Ich werd's noch mal machen. Achte auf die Haltung meines rechten Arms.» Wieder hob er die Illustrierte und tat, als teilte er einen tödlichen Hieb aus. «Was hast du gesehen?»

«Dein Arm war nicht ganz ausgestreckt. Du hattest den rechten Arm gebogen. Die Spitze der Illustrierten ragte höchstens fünfzehn Zentimeter über deinen Kopf.»

«Genau. So würde jemand normalerweise zuschlagen. Wenn du einen Nagel einschlagen willst, hebst du auch den Arm nicht bis über den Kopf hinaus; man hält den Ellbogen eingeknickt, um besser zielen zu können. Man hebt den Hammer nur so hoch, bis man meint, ausreichend Kraft hinter den Schlag setzen zu können.»

«Ist Lombard mit einem Hammer erschlagen worden?»

«Ferguson behauptet, nein. Es muß aber etwas gewesen sein, das mit genügend Kraft heruntersausen konnte, um sieben bis zehn Zentimeter tief in das Gehirn einzudringen. Ich habe Fergusons Bericht bis jetzt noch nicht gesehen.»

«Es gibt so viele Möglichkeiten.»

«Das kann man wohl sagen! Barbara, ermüdet dich das?»

«Nein, bestimmt nicht! Du kannst jetzt nicht aufhören, Edward. Ich begreife die Bedeutung dessen nicht, was du mir eben gezeigt hast – daß ein Mann mit angewinkeltem Ellbogen zuschlägt.»

«Überleg doch mal, daß Lombard um die einsachtzig groß war. Wenn der Mörder die Waffe rund zwanzig Zentimeter über seinen Kopf hob – und das ist das Äußerste, was man tut, wenn man zuschlagen will – und das Loch in Lombards Hinterkopf sitzt, dann kann man annehmen, daß der Mörder etwa Lombards Größe hatte, vielleicht sogar noch ein paar Zentimeter größer war.»

«Du sprachst aber von zwei Dingen, Edward. Was ist das andere?»

«Hm ... darauf bin ich an dem Morgen nach dem Mord gekommen. Während ich am Tatort war. Nur um meine eigene Neugier zu befriedigen, vermutlich. Woran ich am meisten zu knacken hatte, war, warum ein Mann von Lombards Größe und Körperkraft, der sich überdies der Gewaltverbrechen auf offener Straße derart bewußt war, zuließ, daß der Angreifer sich ihm mutterseelenallein auf mitternächtlicher Straße von hinten näherte und ihn niederschlug, ohne auch nur den geringsten Versuch zu machen, sich zu wehren. Und ich glaube, so hat es sich abgespielt ...»

Er spielte es ihr vor. Jetzt war er Lombard, der flott in seinem Mantel die Straße entlang ging, nach allen Seiten sichernd. «Dann sehe ich von der York Avenue einen Mann auf mich zukommen. *Auf mich zu!*» Immer noch Lombard darstellend, spähte er nach vorn, ließ die näher kommende Gestalt nicht aus den Augen. Er verlangsamte seine Schritte, bereit, sich zu verteidigen oder davonzulaufen, falls Gefahr drohte. Doch dann lächelte er, beruhigt von dem Eindruck, den der Näherkommende machte. Er ging ein wenig beiseite, um den lächelnden Fremden vorbeizulassen, und dann ...

«Jetzt bin ich der Mörder», erklärte Delaney der mit großen Augen daliegenden Barbara. Er zog den Mantel aus, faltete ihn über den linken Arm und hielt darunter verborgen die zusammengerollte Illustrierte in der linken Hand. Der rechte Arm schwenkte hin und her, während er forsch durchs Krankenzimmer ging wie jemand, der es eilig hatte, in seine Wohnung zu kommen.

Der Mörder nickte, als er an Lombard vorüberging. Dann griff die rechte Hand unter den Mantel nach der zusammengerollten Illustrierten. Gleichzeitig wirbelte er herum und stellte sich auf die Zehenspitzen. Jetzt war er hinter dem Opfer. Pfeifend sauste die Illustrierte nieder. Das Ganze dauerte knapp drei Sekunden.

«Dann beuge ich mich . . .»

«Du mußt ihn finden, Edward», rief Barbara. «Du mußt ihn finden, mußt ihn finden.»

Verwundert richtete Delaney sich auf, und der Haß in ihrer Stimme zerriß ihm schier das Herz. Er stürzte zu ihr, wollte sie beschwichtigen, doch gelang es ihm nicht. Er mußte nach der Schwester rufen. Barbara bekam eine Spritze. Sie schlief ein, und als er das Krankenhaus verließ, hörte er immer noch ihr bitteres «Du mußt ihn finden! Mußt ihn finden!» Er gelobte sich, es zu tun.

5

Die Fotokopien der Berichte des Sonderstabes bildeten einen Stoß von nahezu fünfhundert Schreibmaschinenseiten, Formblättern, Fotokopien, Tonbandprotokollen, unterschriebenen Aussagen usw. Hinzu kamen in einem besonderen Umschlag noch über dreißig Fotos: Lombard lebend und tot, seine Frau, seine Mutter, seine beiden Brüder, Geschäftsfreunde und politische Freunde, persönliche Freunde. Der Tote und seine Frau hatten keine Kinder.

Captain Delaney, den diese Fülle von Material beeindruckte, und dem aufging, mit welchem Druck der Sonderstab arbeitete, machte sich daran, die Dokumente in großen gelben Aktendeckeln zu ordnen, auf denen stand: «Beweismaterial», «Lebensgeschichte», «Familie», «Beruf» (Lombard war Teilhaber einer Brooklyner Anwaltsfirma gewesen), «Politik» und «Verschiedenes».

Es kostete ihn beinahe zwei Stunden, eine wenigstens oberflächliche Ordnung in das Material zu bringen. Danach mixte er sich einen Whisky-Soda, legte die Füße auf den Schreibtisch und machte sich an die Lektüre. Gegen zwei Uhr morgens hatte er alle Berichte gelesen und alle Fotos angesehen. Wenn man sich auf den ersten Eindruck verlassen konnte, dann hatte Ivar Thorsen schon recht: Es gab nichts, woran man sich halten konnte – keine Spur, keine Anhaltspunkte, keine schwachen Stellen – nur die große Frage, wer Frank Lombard umgebracht hatte.

Er machte sich daran, das Material noch ein zweites Mal durchzulesen, ließ sich jedoch diesmal mehr Zeit und machte sich auf einem Block Notizen. Außerdem legte er einige Papiere beiseite, um sie hinterher ein drittes Mal durchzusehen. Die Morgendämmerung kroch schon durch die Fenster seines Arbeitszimmers, als er den letzten Aktendeckel zumachte. Er stand auf, streckte sich, gähnte, stemmte die Hände in die Seiten und beugte den Oberkörper so weit nach hinten, bis seine Wirbelsäule krachte.

Dann ging er in die Küche und trank ein großes Glas Tomatensaft, in den er eine halbe Zitrone ausdrückte. In einer Thermoskanne machte er sich drei Tassen schwarzen Nescafé ohne Zucker und Sahne zurecht und trug ihn nebst einem trockenen, altbackenen Brötchen hinüber in sein Arbeitszimmer.

Er vertiefte sich in seine Notizen, trank den Kaffee und las dabei zum drittenmal Dr. Sanford Fergusons medizinisches Gutachten durch. Es handelte sich um einen von Fergusons üblichen, sehr präzisen Befunden; zu dem acht Seiten langen Gutachten gehörten zwei Skizzen, eine zeigte die äußere Wunde in der tatsächlichen Größe, die andere einen im Profil wiedergegebenen Schädelumriß, aus dem Position und Form des Wundkanals genau zu erkennen waren. Dieser sah aus wie ein extrem in die Länge gezogenes gleichschenkliges Dreieck. Die äußere Wunde war fast kreisförmig und kaum größer als ein Vierteldollarstück.

Der wesentliche Absatz in dem Bericht lautete folgendermaßen:

«Der Schlag hatte eine tiefsitzende Wunde zur Folge, zerbrach rechts das Hinterhauptsbein, zerfetzte die Dura Mater und durchbohrte den Hinterhauptslappen. Das Auseinanderreißen des Kleinhirns hatte einen Blutsturz mit daraus resultierendem Bruch der Fossa Posterior und der vierten Hirnventrikel zur Folge. Das wiederum bewirkte eine akute Stauung im Stammhirn, die den Tod herbeiführte.»

Delaney machte sich noch etliche zusätzliche Notizen zu dem Autopsiebericht. Den Captain bewegten Fragen, von denen er wußte, daß sie nur in einem persönlichen Gespräch mit Ferguson beantwortet werden konnten. Wie er dem Arzt sein Interesse am Lombard-Mord klarmachen sollte, war ein Problem, mit dem er fertig werden mußte, wenn es soweit war.

Seine anderen Notizen betrafen die Einvernahmen der Witwe, Mrs. Clara Lombard. Sie war fünfmal von drei verschiedenen Detektiven verhört worden. Delaney nickte anerkennend zu Pauleys professionellem Vorgehen.

Auf Grund der Berichte konnte Delaney sich allmählich ein Bild machen. (Die ersten drei waren Abschriften von Tonbandaufnahmen.) Mrs. Clara Lombard schien eine leichtfertige, nicht sonderlich intelligente Frau zu sein, die sich alle Mühe gab, den Anschein zu erwecken, als sei sie völlig gebrochen von dem gewaltsamen Tod ihres Mannes; allerdings brachte sie es fertig, in kindliches Gelächter auszubrechen, anzügliche Bemerkungen zu machen, sich plötzlich nach Versicherungsgeldern zu erkundigen, Fragen zur Testamentseröffnung zu stellen, mit Schadensersatzforderungen an die Stadt New York zu drohen und mit ihrem Vernehmer neckisch zu flirten.

Für all das interessierte Delaney sich nicht; sorgfältige Ermittlungen hatten ergeben, daß Clara Lombard zwar eine sehr gesellige Frau war, die – gleichgültig, ob mit oder ohne Ehemann – gern auf Parties ging, aber keinen Freund hatte; niemand, nicht einmal ihre Freundinnen, kam auf die Idee, anzudeuten, daß sie ihrem Mann etwa untreu gewesen sei.

Was Delaney erfahren wollte, war, was sie über die Brieftasche wußte. Diese verdammte Brieftasche irritierte den Captain . . . ihre Lage neben der Leiche . . . der Umstand, daß man sie absichtlich aus der Gesäßtasche gezogen hatte . . . sie hatte aufgeklappt dagelegen . . . noch prall mit Geld gefüllt.

Zu Delaneys Verwunderung hatte man Mrs. Lombard nur bei einer Einvernahme eine detaillierte Aufstellung des Brieftascheninhalts gegeben. Diese Aufstellung lag jetzt in dem «Beweismaterial» beschrifteten Aktendeckel. Man hatte Clara gefragt, ob ihres Wissens etwas fehle. Sie hatte mit «Nein» geantwortet; sie glaube, alle Ausweise und Kreditkarten ihres Mannes seien vorhanden, und was das Geld betreffe – über zweihundert Dollar –, so sei das etwa die Summe, die er stets bei sich getragen habe.

Delaney mißtraute ihrer Aussage. Wie viele Ehefrauen konnten schon genau sagen, was ihre Männer in der Brieftasche mit sich herumtrugen? Wie viele Ehemänner konnten umgekehrt genau angeben, was die Handtaschen ihrer Frauen enthielten? Und wie viele Männer konnten darüber hinaus genau sagen, wieviel Geld sie bei sich trugen? Um die Probe aufs Exempel zu machen, überlegte Delaney einen Moment und schätzte, daß er sechsundfünfzig Dollar bei sich tragen müsse. Er zählte nach – es waren nur zweiundvierzig. Er fragte sich, wo sein Geld wohl bliebe.

Der einzige weitere Bericht, der ihn interessierte, betraf die Vernehmung der trauernden Mutter des Opfers. Delaney las ihn nochmals durch. Wie er vermutet hatte, wohnte Mrs. Sophia Lombard in einem umgebauten Reihenhaus zwischen dem East River und der Stelle, wo man die Leiche ihres Sohnes gefunden hatte.

Mrs. Lombard war besonders über die Besuche ihres Sohnes befragt worden – und zwar sehr geschickt, das mußte Delaney zugeben; das war unverkennbar Pauleys Verdienst. Ob er sie jede Woche besucht habe? Ob immer am gleichen Abend? Mit anderen Worten, ob es sich um eine feststehende Gewohnheit gehandelt habe? Ob er sie vorher immer angerufen habe? Wie er von Brooklyn herübergekommen sei?

Die Antworten fielen enttäuschend aus und warfen neue Fragen auf. Frank Lombard hatte seine Mutter nicht regelmäßig besucht und bei ihr zu Abend gegessen. Er war immer dann gekommen, wenn er es gerade einrichten konnte. Manchmal vergingen vierzehn Tage, bisweilen sogar ein ganzer Monat, ehe er es schaffte. Aber er sei ein guter Junge gewesen, versicherte Mrs. Sophia Lombard; er habe jeden Tag angerufen. Wenn er zum Abendessen kommen konnte, pflegte er vor zwölf anzurufen, damit sie noch auf den Märkten entlang der 1st Avenue die Dinge einkaufen konnte, die er besonders gern aß.

Lombard kam nicht mit seinem Wagen von Brooklyn herüber, weil es in der Nähe der Wohnung seiner Mutter keinen Parkplatz gab. Er pflegte mit der Untergrundbahn zu fahren und von der Station aus entweder den Bus oder ein Taxi zu nehmen. Er war nachts nicht gern unterwegs und fuhr immer schon vor Mitternacht nach Brooklyn zurück.

Ob die Schwiegertochter ihren Sohn jemals zum Abendessen bei seiner Mutter begleitet habe?

«Nein», erklärte Mrs. Sophia Lombard bündig. Als Delaney diese Antwort las, mußte er lächeln, denn er ahnte die Spannungen, die in der Familie bestanden haben mußten.

Delaney legte alle Berichte zurück in die Aktendeckel und verschloß die gesamten Unterlagen der «Kommission Lombard» in einen kleinen, metallenen Aktenschrank in der Ecke seines Arbeitszimmers.

Seine Augen brannten, und seine Knochen taten weh. Es war beinahe sieben Uhr früh. Er goß den kalten Kaffee weg, ging nach oben, zog sich aus und ließ sich ins Bett fallen. Irgend etwas war da, das ihn nicht losließ, irgend etwas, das er in den Berichten gelesen hatte. Doch es passierte ihm öfter – daß er einen Hinweis ahnte, ohne ihn zu erkennen. Das beunruhigte ihn nicht weiter; er versuchte, nicht darüber nachzudenken. Aus Erfahrung wußte er, daß es ihm schon einfallen würde – wie ein Name oder eine

Melodie. Er stellte den Wecker auf halb neun, schloß die Augen und war sofort eingeschlafen.

Kurz nach neun war er drüben auf dem Revier. Den Schalterdienst versah ein weiblicher Sergeant. Außer ihr gab es in New York nur noch eine Polizistin, der diese Aufgabe anvertraut worden war. Gemeinsam mit ihr sah er das Dienstbuch durch und stellte ihr Fragen. Sie war eine große, kräftige Frau mit einem «Bomben»-Körper, wie er im stillen fand, ohne eigentlich zu wissen warum. In Wahrheit fühlte er sich von ihr eingeschüchtert, konnte freilich nicht leugnen, daß sie äußerst tüchtig war. Das Buch war in Ordnung, alles gewissenhaft eingetragen – eine traurige Liste von Betrunkenen, Vermißten, verprügelten Frauen, gestohlenen Sozialfürsorgeschecks, Kindesmißhandlungen, Einbrüchen, Voyeuren, Prostituierten, alten Leuten, die im Sterben lagen, Homosexuellen, Einbrüchen, Exhibitionisten ... Menschen. Aber es war Vollmond, und Delaney wußte, was das bedeutete.

Er stieg die ächzenden Stufen zu seinem Dienstzimmer hinauf und begegnete auf dem Treppenabsatz Lieutenant Fernandez, dem die Detektive des 251. Reviers unterstanden oder vielmehr unterstanden hatten.

«Morgen, Captain», grüßte Fernandez ihn verdrossen.

«Guten Morgen, Lieutenant», sagte Delaney. Voller Mitgefühl sah er den Mann an. «Schwere Zeiten für Sie, was?»

«Ach, Scheiße!» entfuhr es Fernandez. «Die Hälfte meiner Leute ist schon weg, die anderen werden ihnen im Lauf der nächsten Woche folgen. Na schön, so ist das. Aber dieser Papierkrieg! Alle unsere ungeklärten Fälle müssen an das Dezernat übergeben werden, dem dieses Revier untersteht. Himmelherrgott, ist das ein Durcheinander!»

«Welches Los haben denn Sie gezogen?»

«Mich hat man in ein Dezernat für Safe-, Dachboden- und LKW-Einbrüche gesteckt», sagte Fernandez voller Abscheu. «Es ist für vier Reviere zuständig, darunter das Textilviertel. Wie finden Sie das? Ich bin stellvertretender Chef, und wir kriegen Schnüffler aus ganz Manhattan. Es kostet uns mindestens ein Jahr, ehe wir unser Netz von Informanten aufgebaut haben. Welches Superhirn hat denn diesen Blödsinn ausgeheckt?»

Delaney wußte, wie Fernandez zumute war. Der Mann war ein gewissenhafter, tüchtiger, wenn auch etwas phantasieloser Detektiv. Im 251. Revier hatte er bei der Ausbildung seiner Männer gute Arbeit geleistet, hatte hart durchgegriffen, wo es nötig war, und war nachgiebig gewesen, wo er nachgiebig sein sollte. Jetzt wurde seine Mannschaft in alle Winde verstreut und verschiedenen Dezernaten zugeteilt. Fernandez selbst mußte die zweite Geige unter einem Captain spielen. Kein Wunder, daß er erbost war.

«Ich nahm an, Broughton würde Sie für seinen Sonderstab anfordern», sagte Delaney.

«Mich nicht.» Fernandez grinste säuerlich. «Dafür bin ich nicht weiß genug.»

Sobald Delaney an seinem Schreibtisch saß, rief er das Krankenhaus an. Die Oberschwester sagte ihm, seine Frau sei im Labor; es würden noch mehr Röntgenaufnahmen gemacht; und es gehe ihr «den Umständen entsprechend». Delaney vermied, sich den Abscheu vor diesem Klischee anmerken zu lassen, dankte ihr und sagte, er werde später noch einmal anrufen.

Dann wählte er Dr. Fergusons Nummer und wurde, was er nicht erwartet hatte, sofort mit dessen Büro verbunden.

«Sind Sie das, Edward?»

«Ja. Können wir uns treffen?»

«Wie geht es Barbara?»

«Den Umständen entsprechend.»

«Na, die Worte hab ich doch schon mal gehört! Möchten Sie wegen Barbara mit mir sprechen?»

«Nein. Wegen des Falles Lombard.»

«Ach? Ich hab mich gefreut, als ich hörte, daß Sie doch nicht in den Ruhestand getreten sind. Jetzt ist es also ein unbefristeter unbezahlter Urlaub.»

«Hat sich offenbar schnell rumgesprochen.»

«Kam vor genau zehn Minuten über Fernschreiber. Edward, was hat es mit dem Fall Lombard auf sich? Ich dachte, Broughton kümmert sich darum.»

«Tut er auch. Ich möchte Sie aber trotzdem sehen und mit Ihnen reden. Können Sie es einrichten?»

«Hm ...» Ferguson war vorsichtig, und Delaney konnte es ihm nicht einmal verübeln. «Hören Sie, ich will heute noch zur 34th Street rauf. Meine Schwester hat Geburtstag, und ich muß noch was für sie kaufen. Bei Macy. Fällt Ihnen grade was ein?»

«Wenn Sie nicht genau wissen, was, empfiehlt sich immer ein Geschenkgutschein.»

«Das geht hier nicht. Ich kenne sie. Sie will immer was Persönliches.»

«Ein Seidentuch. Das kaufe ich immer für Barbara. Sie hat genug Seidentücher, um einen ganzen Fallschirm draus zu nähen.»

«Gute Idee. Nun denn – wie wär's mit einem Lunch?»
«Sehr gut.»
«Ich kenn da ein gutes Lokal in der Nähe von Macy.»
«Dann lassen Sie uns dort zu Mittag essen.»
«Einverstanden. Seien Sie um halb eins da.»
«Geht in Ordnung. Vielen Dank.»
«Wofür? Bis jetzt hab ich noch nichts für Sie getan!»
«Das werden Sie schon noch.»
«Wirklich? Dann geht das Essen auf Ihre Rechnung.»
«Abgemacht», sagte Captain Edward X. Delaney.
Ferguson nannte ihm die Adresse des Restaurants, und sie legten auf.

«Austern!» verkündete Ferguson strahlend mit dröhnender Stimme. «Ich kann die Austern nur empfehlen. Der Meerrettich ist frisch gerieben. Und danach nehme ich ein Hammelkotelett.»

«Sehr wohl, Sir», sagte der Ober.

«Für mich auch Austern.» Delaney nickte. «Und danach bekomme ich gegrillte Nieren. Was gibt's dazu?»

«Pommes frites und Salat, Sir.»

«Was haben Sie für Ihre Schwester gekauft?» fragte Delaney.

«Ein Seidentuch. Was sonst? Kommen Sie, Edward – was hat all dies zu bedeuten? Sie stehen nicht mehr im aktiven Dienst, sondern machen unbezahlten Urlaub.»

«Wollen Sie es wirklich wissen?»

Dr. Sanford Ferguson war plötzlich nüchtern und still. Lange starrte er Delaney an. «Nein», sagte er dann schließlich, «nicht wirklich. Es sei denn . . . wird mein Name hereingezogen?»

«Nein – das schwöre ich.»

«Das genügt mir.»

Die Austern kamen, und strahlend richteten sie die Augen darauf.

«Also los», sagte Ferguson. «Was wollen Sie?»

«Es geht um Ihr Gutachten für den Sonderstab.»

«Wie sind Sie denn an mein Gutachten gekommen?»

Delaney sah ihm fest in die Augen. «Sie haben gesagt, Sie wollten es nicht wissen.»

«Richtig. Will ich auch nicht. Also schön, was ist mit dem Gutachten?»

«Ich habe nur noch ein paar Fragen.» Delaney zog eine kurze Aufstellung aus seiner Seitentasche und legte sie auf das Tischtuch.

«Doktor», sagte er dann mit ernster Stimme, «Ihre offiziellen Gutachten könnten gar nicht vollständiger sein, das leugne ich nicht. Allerdings sind sie in Medizinerjargon verpackt – und das soll ja wohl auch so sein», beeilte er sich noch hinzuzufügen.

«Ja und?»

«Ich habe ein paar Fragen, was die medizinischen Ausdrücke angeht.»

«Edward, Sie nehmen mich auf den Arm.»

«Nun, sagen wir ... worauf es bei diesem Befund im Grunde hinausläuft.»

«Das klingt schon besser.» Ferguson lächelte. «Sie verstehen eine medizinische Abhandlung genauso gut wie ein Medizinstudent im Vorklinikum.»

«Richtig, Doktor. Nun weiß ich aber zufällig, daß Sie in Ihren Gutachten nur eindeutige Befunde beschreiben, die von jedem guten Anatomen, der die gleiche Autopsie noch einmal vornimmt, bestätigt werden. Darüber hinaus weiß ich, daß jeder, der eine Autopsie – oder irgendeine andere Untersuchung – vornimmt, Eindrücke hat, Gefühle, Ahnungen – nennen Sie es, wie Sie wollen –, die einfach nicht in ein offizielles Gutachten hineingehören, weil sie sich auf Grund des vorliegenden Materials nicht beweisen lassen. Und um diese Eindrücke, Gefühle und Ahnungen geht es mir. Darüber möchte ich von Ihnen hören.»

Ferguson ließ eine Auster in den Mund gleiten, schluckte und rollte die Augen.

«Sie sind schon ein Schlitzohr, Edward», sagte er freundschaftlich. «Ein richtiges Schlitzohr! Sie würden jeden benutzen, was?»

«Ja.» Delaney nickte. «Ich würde jeden benutzen, immer.»

«Fangen wir mit dem Allgemeinen an», sagte Ferguson und rührte geschäftig in seiner Austernsauce. «Mit Kopfwunden. Haben Sie da viel Erfahrung?»

«Nein. Kaum.»

«Edward, der menschliche Schädel und das menschliche Gehirn sind viel zäher, als man glaubt. In Büchern und Filmen ist oft jemand von einer einzigen Kugel in den Kopf mausetot. Das ist aber praktisch unmöglich. Ich habe Fälle gehabt, wo die Opfer fünf Kugeln im Kopf hatten und trotzdem weiterlebten. Vor drei Jahren hatte ich einen Selbstmordkandidaten, der sich mit einem Damenrevolver eine Kugel in den Kopf jagte. Das Geschoß prallte von seiner Schädeldecke ab und schlug in die Decke ein. Ehrlich! Wie sind Ihre Austern, Edward?»

«Sehr gut. Und Ihre?»

«Großartig. Es gibt nur eine Möglichkeit, sich mit einem Schuß in den

Kopf sofort zu töten: Sie nehmen eine großkalibrige Pistole oder einen Revolver, stecken die Mündung tief in den Mund, so daß der Lauf auf den Hinterkopf zielt, schließen Lippen und Zähne fest um den Lauf, drücken ab und spritzen Ihr Gehirn an die hinter Ihnen liegende Wand. Wie wär's mit ein paar von diesen kleinen Austern, Edward?»

«Gern, vielen Dank.»

«Jetzt aber zum Mord an Lombard. Eindringen tat die Waffe von hinten, ziemlich tief am Hinterkopf. Etwa in der Mitte zwischen dem Scheitel und der Stelle, wo die Wirbelsäule mit dem Schädel verbunden ist. Das ist die einzige andere Stelle, wo der Tod unverzüglich eintreten würde.»

«Meinen Sie, der Mörder hat eingehende anatomische Kenntnisse besessen?»

«Nicht die Spur», sagte Ferguson und bedeutete dem Kellner, die leeren Austernteller fortzuräumen. «Ja, wenn es darum ginge, die Stelle mit Absicht zu treffen, dann würde dazu schon die Erfahrung eines Chirurgen gehören. Allerdings müßte das Opfer dann auf dem Operationstisch liegen. Kein Mörder, der mit seiner Waffe zuschlägt, könnte hoffen, sie zu treffen. Das war Glückssache. Des Mörders Glück, nicht das Lombards.»

«Ist der Tod sofort eingetreten?» fragte Delaney.

«So gut wie. Wenn nicht auf der Stelle, dann jedenfalls nach wenigen Sekunden. Zwei, drei Zentimeter weiter nach links oder rechts, und der Mann hätte noch Stunden oder Wochen weiterleben können.»

«So haargenau hat er die Stelle getroffen?»

«Ich sagte Ihnen schon, daß Schädel und Gehirn des Menschen viel robuster sind, als die meisten Menschen annehmen.»

Das Hammelkotelett, die gegrillten Nieren und der Salat wurden aufgetragen. Nachdem sie sich vom Oberkellner hatten beraten lassen, bestellten sie eine Flasche schweren Burgunder.

«Um noch mal auf Lombard zurückzukommen», sagte Delaney und machte sich über seine gegrillten Nieren her, «war es wirklich eine kreisrunde Wunde?»

«Oh, was sind Sie doch gerissen», sagte Ferguson, ohne es indessen böse zu meinen. «Wirklich, ein verdammt schlauer Fuchs. In meinem Gutachten heißt es: es hat den *Anschein*, als sei es ein kreisrundes Loch. Ich hatte aber den Eindruck, daß es auch dreieckig sein könnte. Sogar viereckig. Hören Sie, Edward, Sie haben noch nie eine tiefe Kopfwunde mit einer Sonde abgetastet. Glauben Sie etwa, das sei so, als ob Sie eine lange Ahle in Modellierton rammen, sie herausziehen und dann ein schönes, sauberes, vollkommenes Loch haben? Alles andere als das! Der Wundkanal füllt sich. Gehirnmasse dringt ein. Blut. Knochensplitter. Haare, aller mögliche Dreck. Und da erwarten Sie von mir, daß ich ... Wie ist die Niere?»

«Köstlich», sagte Delaney. «Ich bin früher schon mal hiergewesen, aber ich hatte ganz vergessen, wieviel Speck sie einem dazugeben.»

«Das Hammelkotelett ist wunderbar», sagte Ferguson und tauchte die Gabel in sein Schälchen Apfelmus. «Ich genieße es richtig. Was aber die Wunde von Lombard betrifft ... Abgesehen von meinem Eindruck, daß das Loch nicht unbedingt kreisrund sein mußte, hatte ich auch noch das Gefühl, daß der Wundkanal kurvenförmig nach unten verlief.»

«Kurvenförmig?»

«Ja. Wie ein spitzer Kegel, der umsinkt. Verstehen Sie?»

«Ja. Aber weshalb sind Sie so unsicher, was die Form des Einstichs und des Wundkanals betrifft? Ich weiß, was Sie geschrieben haben – aber wohin gehen Ihre Vermutungen?»

«Ich könnte mir denken, daß Lombard so wuchtig fiel, daß dem Mörder die Waffe aus der Hand gerissen wurde, dieser sich dann über ihn beugte und sein Werkzeug oder seine Waffe herumdrehte, um sie aus Lombards Schädel rauszuholen. Wenn der Dorn dreieckig oder gar viereckig war, würde das Herumdrehen die Einstichstelle ungefähr rund erscheinen lassen.»

«Was außerdem bedeutet, daß dem Mörder die Waffe wichtig war», sagte Delaney. «Er nahm sich die Zeit, sie wieder an sich zu bringen. Entweder war sie an sich wertvoll, oder aber sie war wichtig, weil sie uns auf die Spur des Mörders geführt hätte. Mörder, die einen Hammer oder ein Stück Rohr oder einen Stein benutzen, tragen gewöhnlich Handschuhe und lassen die Tatwaffe zurück.»

«Fabelhaft!» sagte Dr. Ferguson und trank sein Glas leer. «Ich genieße es, Ihnen zuzuhören, wenn Sie laut denken.»

«Ich bin froh, daß es kein Hammer war», sagte Delaney. «Ich habe ohnehin nie so recht daran geglaubt.»

«Warum nicht?»

«Ich habe drei Fälle bearbeitet, wo ein Hammer als Tatwaffe benutzt wurde. In zwei Fällen brach der Stiel durch, beim dritten flog der Hammerkopf weg.»

«Dann wissen Sie also, wie hart der menschliche Schädel ist? Und haben mich hier reden lassen!»

«Das gehört nun mal zu den Spielregeln. Noch was?»

«Noch was? Nein, nichts. Der Schlag war auf der Stelle tödlich. Falls Sie glauben, der Mörder hätte anatomische Kenntnisse gehabt, muß ich sagen: Nein. Das war ein Glückstreffer.»

«Noch einen Nachtisch?» fragte Delaney.

«Für mich einen Kaffee, bitte. Vielen Dank.»

«Zwei Kaffee, bitte», bestellte Delaney. «Irgendwelche Ideen, irgendwelche Mutmaßungen, irgendwelche verrückten Vorschläge, um was für eine Waffe es sich gehandelt haben könnte?»

«Keine Ahnung.»

«War in der Wunde irgend etwas, das Sie dort nicht zu finden erwartet hatten? Etwas, das nicht in Ihrem Gutachten steht?»

Angestrengt sah Ferguson ihn einen Moment an, entspannte sich dann und lachte. «Sie geben nie auf, was? Es waren Ölspuren da.»

«Ölspuren? Von was für Öl?»

«Nicht genug für eine Analyse. Aber zweifellos Haaröl. Er benutzte nämlich Haaröl, und deshalb nehme ich an, daß das Öl in der Wunde von den hineingetriebenen Haaren stammte.»

«Noch was?»

«Ja. Da Sie zahlen, hätte ich gern noch einen Kognak.»

Nachdem Ferguson in ein Taxi gestiegen war, um in sein Büro zurückzufahren, ging Delaney langsam in Richtung 6th Avenue. Ihm fiel ein, daß er ja nur wenige Blocks vom Blumenmarkt entfernt war, und lenkte seine Schritte dorthin. Er hatte es nicht eilig.

Am dritten Blumenstand fand er, was er suchte: Veilchen, deren Blütezeit längst vorüber war. Veilchen waren es, womit er Barbara umworben hatte. Damals waren sie von Straßenverkäufern verkauft worden, alten Frauen mit Körben neben alten Männern, die geröstete Kastanien verkauften. Er pflegte ein Sträußchen für Barbara zu kaufen und sie ihr mit einem: «Frische geröstete Veilchen gefällig?» zu verehren. Sie hatte ihm jedesmal den Gefallen getan, darüber zu lachen. Jetzt kaufte er die letzten beiden Sträußchen, die der Händler hatte, und fuhr mit einem Taxi zum Krankenhaus.

Als er jedoch auf Zehenspitzen in ihr Zimmer trat, schlief sie friedlich, und er brachte es nicht übers Herz, sie zu wecken. Er wickelte die Veilchen aus und sah sich suchend im Zimmer nach etwas um, in das er sie hineinstellen könnte, fand jedoch nichts. Er legte sie auf ihren Nachttisch und kritzelte auf ein Stück Papier: «Frisch geröstete Veilchen gefällig?»

Als er die Treppe zu seinem Büro hinaufstieg, wartete Dorfman mit einem eben eingegangenen Fernschreiben.

«Captain», sagte er mit erstickter Stimme, so daß Delaney schon fürchtete, er würde weinen, «hat das . . .»

«Jawohl, Lieutenant, das hat seine Richtigkeit. Von jetzt an habe ich unbezahlten Urlaub. Kommen Sie herein und lassen Sie uns darüber reden.»

Dorfman folgte ihm hinein und setzte sich auf den verkratzten Stuhl neben Delaneys Schreibtisch.

«Captain, ich hatte ja keine Ahnung, daß Ihre Frau so krank ist.»

«Nun ja, meiner Schätzung nach wird das eine ziemlich langwierige Sache, und ich wollte soviel Zeit bei ihr verbringen wie irgend möglich.»

«Kann ich irgend etwas für sie tun?»

«Vielen Dank, nein.»

«Captain», fing Dorfman in klagendem Ton an, und sein langes Pferdegesicht wurde womöglich noch länger. «Ich nehme an, das bedeutet, daß wir einen kommissarischen Revierleiter bekommen, oder?»

«Ja.»

«Haben Sie eine Ahnung, wer das sein wird, Sir?»

Delaney ging einen Augenblick mit sich zu Rate; er schämte sich, einen so redlichen und aufrichtigen Mann zu manipulieren. Aber um Dorfmans Vertrauen und seine Zuneigung zu ihm noch zu festigen, mußte er es tun.

«Ich habe Sie dafür vorgeschlagen, Lieutenant», sagte er ruhig.

Dorfmans hellblaue Augen weiteten sich vor Schreck.

«Mich?» fragte er atemlos. Und dann noch einmal: «Mich?» Doch er schien sich aufrichtig zu freuen.

«Warten Sie einen Augenblick.» Delaney hob abwehrend die Hand. «Ich habe Sie zwar empfohlen, aber ich glaube nicht, daß Sie es werden. Nicht, weil ihre Personalakten nicht gut genug oder Sie der Aufgabe nicht gewachsen wären – was dagegen spricht, ist nur Ihr Dienstgrad. Das Revier braucht eigentlich einen Captain oder einen Deputy Inspector. Das verstehen Sie doch, oder?»

«Sicher, Captain. Aber ich muß ehrlich sagen, ich freue mich, daß Sie mich vorgeschlagen haben.»

Delaney überlegte, ob er Dorfman andeuten sollte, daß man sich seiner möglicherweise als Kontaktmann für seine, Delaneys, Ermittlungsarbeit im Fall Lombard bedienen würde. Er beschloß, es nicht zu tun. Das war nicht der richtige Augenblick, und er hatte dem Mann ohnehin genug zu denken gegeben.

«Auf jeden Fall», sagte Delaney, «ob Sie nun zum kommissarischen Dienststellenleiter bestellt werden oder nicht, vergessen Sie nicht, daß ich immer noch nebenan wohne; und wenn es irgend etwas gibt, wo ich Ihnen helfen kann, zögern Sie nicht, mich anzurufen oder auf die Klingel zu drücken. Das meine ich ernst. Kommen Sie bloß nicht auf den Gedanken, Sie könnten mir lästig sein oder mich stören. Das tun Sie nicht. Ehrlich gesagt, wüßte ich sogar gern, was sich hier so tut. Es ist mein Revier, und mit ein bißchen Glück hoffe ich, hier eines Tages wieder das Kommando zu übernehmen.»

«Das hoffe ich auch, Captain», sagte Dorfman inbrünstig. «Das hoffe ich sehr.» Er stand auf und streckte seine Hand aus. «Viel Glück, Sir, und ich hoffe, daß es Ihrer Frau bald bessergeht.»

«Ich danke Ihnen, Lieutenant.»

Nachdem Dorfman gegangen war, wippte Delaney langsam auf seinem Drehstuhl hin und her. War ein so sanfter und feinfühliger Mann wie der Lieutenant fähig, ein Revier der New Yorker Polizei, in dem es immer hoch herging, zu verwalten? Das war eine Aufgabe, die bisweilen Rücksichtslosigkeit verlangte und ein gewisses Maß an Dickfelligkeit à la Broughton erforderte. Aber schließlich ist Rücksichtslosigkeit etwas, das man lernen kann, überlegte er weiter; möglicherweise sogar etwas, das man nur vortäuschte. Auf jeden Fall hoffte er, es sei kein Charakterzug, mit dem *er* auf die Welt gekommen war. Dorfman könnte lernen rücksichtslos zu sein, wenn es erforderlich war.

Er kippte mit einem Ruck nach vorn, langte in die unterste Schublade und holte einen Karteikasten heraus. Der graue Metallkasten war angeschlagen und zerdellt. Delaney hob den Deckel und machte sich auf die Suche. Die Karten waren nach Sachgebieten geordnet.

Bald nachdem Edward X. Delaney zum Kriminalassistenten befördert worden war, war ihm aufgegangen, daß man trotz der enormen Hilfsmittel, die der New Yorker Polizei zur Verfügung standen, häufig auf Probleme stieß, die nur mit Hilfe von Fachleuten außerhalb der Polizei, Zivilisten also, gelöst oder einer Lösung nähergebracht werden konnten.

Alle diese Experten waren bereit, ja, sie brannten förmlich darauf, bei polizeilichen Ermittlungen zu helfen. Das bedeutete eine willkommene Abwechslung für sie, gab ihnen Gelegenheit, mit ihrem fachlichen Können zu glänzen und es in den Dienst einer guten Sache zu stellen. Das einzige Problem bestand darin, sie dazu zu bringen, den Mund zu halten; durch die Bank redeten sie übermäßig viel wie alle, die ein Steckenpferd zu ihrem Beruf gemacht haben. Immerhin lieferten sie die Information, die man von ihnen erwartete.

Delaney hatte sie alle in seiner Kartei, die sorgfältig seit nunmehr zwanzig Jahren stets ergänzt und auf dem neuesten Stand gehalten wurde. Jetzt sah er die Karten durch, bis er fand, wonach er suchte. Das Stichwort lautete: «Waffen, antike und ausgefallene.» Der Name des Mannes war Christopher Langley, Kurator an der Waffen- und Rüstungssammlung des Metropolitan Museum of Art. (Die nächste Karte trug das Stichwort: «Waffen, moderne», und der Fachmann auf diesem Gebiet war ein Colonel a. D. des Marine-Corps.)

Delaney wählte die Nummer des Metropolitan Museum (sie stand auf der Karte), fragte nach der Waffen- und Rüstungs-Abteilung, und dort nach Christopher Langley.

«Tut mir leid, Sir», erwiderte eine junge Frauenstimme. «Mr. Langley ist nicht mehr bei uns. Er ist vor etwa drei Jahren in Pension gegangen.»

«Ach, das ist aber sehr bedauerlich. Wissen Sie zufällig, ob er in New York lebt?»

«Ja, Sir, ich glaube, das tut er.»

«Dann finde ich ihn wohl im Telefonbuch?»

Einen Augenblick herrschte Schweigen.

«Hm . . . nein, Sir. Ich glaube, Mr. Langleys Nummer steht nicht im Buch.»

«Könnten Sie sie mir wohl sagen? Ich bin ein persönlicher Freund von ihm.»

«Tut mir leid, Sir. Aber diese Auskunft dürfen wir leider nicht geben.»

Er war versucht zu sagen: «Ich bin Captain Edward X. Delaney von der New Yorker Polizei, und ich rufe in amtlicher Eigenschaft an.» Doch dann besann er sich eines Besseren.

«Mein Name ist Edward Delaney», sagte er. «Ob Sie wohl so nett sein würden, Mr. Langley anzurufen und ihm zu sagen, daß ich angerufen hätte; wenn er mich dann sprechen will, kann er mich unter folgender Nummer erreichen.» Er gab ihr die Telefonnummer des 251. Polizeireviers.

«Ja, Sir», sagte sie, «das will ich gern tun.»

«Vielen Dank.»

Er legte auf und dachte darüber nach, wieviel Zeit er am Telefon verbringen mußte. Er hoffte, daß Langley zu Hause sei. Er war es: schon nach fünf Minuten klingelte der Apparat auf Delaneys Schreibtisch.

«Delaney!» rief Christopher Langley mit einer bemerkenswert jugendlichen Stimme (der Mann mußte auf die Siebzig zugehen). «Na so etwas! Ich frage nach *Lieutenant* Delaney, und der Mann in der Zentrale sagt mir, Sie seien jetzt *Captain*. Gratuliere! Wann ist denn das passiert?»

«Ach, schon vor ein paar Jahren. Wie geht es Ihnen, Sir?»

«Körperlich geht es mir gut – aber Himmel, ich langweile mich!»

«Ich höre, Sie leben jetzt im Ruhestand?»

«Ach, wissen Sie, es geht nicht anders. Die jungen Leute müssen auch mal an den Drücker, nicht wahr? Nur, es ist sehr langweilig ohne Arbeit. Deshalb bin ich so entzückt, von Ihnen zu hören.»

«Nun, ich brauche Ihre Hilfe, Sir. Ob Sie mir wohl ein paar Stunden opfern könnten?»

«Soviel Sie wollen, mein Lieber, so lange Sie wollen. Geht es um einen großen Coup?»

Delaney lachte, er kannte Langleys Vorliebe für Kriminalromane.

«Jawohl, Sir, um einen ganz großen Coup. Den größten. Um einen Meuchelmord.»

«Ach, du lieber Gott!» entfuhr es Langley. «Das ist ja wunderbar! Wollen Sie nicht heute mit mir zu Abend essen, Captain? Hinterher trinken wir Kognak, und Sie erzählen mir alles und sagen mir, wie ich Ihnen behilflich sein kann.»

«Nun, ich möchte nicht, daß Sie sich . . .»

«Überhaupt keine Umstände!» rief Langley. «Ich freu mich wahnsinnig, Sie wiederzusehen. Und ich koche sehr gern.»

«Hm . . .» machte Delaney und dachte an seinen Abendbesuch bei Barbara, «dann müßte es nur etwas später sein. Ginge es um neun?»

«Aber ja. Gern.» Er nannte Delaney seine Adresse.

«Großartig», sagte Delaney. «Dann also bis nachher, Sir.»

Als Christopher Langley ihm die Tür seiner Wohnung im vierten Stock eines Hauses in der East 89th Street öffnete, sah er genauso aus, wie Delaney ihn in Erinnerung hatte. Früher hätte man ihn einen Stutzer oder Dandy genannt. Jetzt war er ein wohlerhaltener, lebhafter, erlesen gekleideter siebzigjähriger Junggeselle mit der Haut eines jungen Mädchens und einer kleinen gelben Blume im Knopfloch seiner flauschigen grauen Norfolk-Jacke.

«Captain!» rief er erfreut und streckte Delaney beide Hände entgegen. «Himmel, das ist wirklich zu nett!»

Die Wohnung, in der der ehemalige Kurator seinen Lebensabend verbrachte, war klein, aber gemütlich und nahm das gesamte obere Stockwerk ein: Wohnzimmer, Schlafzimmer, Bad und eine bemerkenswert große Küche. Das Wohnzimmer wurde von einem verglasten Oberlicht erhellt, das, wie Delaney erleichtert feststellte, durch ein Eisengitter gesichert war.

Langley nahm ihm Hut und Mantel ab und hängte sie fort.

«Nicht in Uniform heute, Captain?»

«Nein. Offen gestanden stehe ich im Augenblick nicht im aktiven Dienst. Ich habe mich beurlauben lassen.»

«Ach?» fragte Langley neugierig. «Für länger?»

«Das weiß ich noch nicht.»

«Hm ... aber setzen Sie sich doch. Dort – das ist ein bequemer Stuhl. Was darf ich Ihnen bringen. Einen Cocktail? Einen Whisky-Soda? Ich habe auch einen neuen italienischen Aperitif, den ich zum erstenmal probiere. Sehr trocken. Und sehr zu empfehlen, mit ein paar Tropfen Zitrone und Eis.»

«Das klingt verlockend. Trinken Sie einen mit?»

«Selbstverständlich. Ich bin gleich wieder da.»

Langley hantierte in der Küche herum, und der Captain sah sich um. Die Wohnzimmerwände wurden von soliden Bücherregalen mit tiefen und hohen Borden eingenommen, auf denen Bände über antike Waffenkunst standen, die meisten davon übergroße Kunstbände mit vielen Farbillustrationen.

Nur zwei richtige Waffen waren zu sehen: eine italienische Hakenbüchse aus dem 17. Jahrhundert mit erlesener Silberziselierung und eine afrikanische Kriegskeule, deren Schlagkörper aus einem mit schönen Meißelungen verzierten Stein bestand. Delaney trat näher, um sie zu betrachten. Er drehte sie in der Hand, als Langley mit den Gläsern zurückkam.

«Vom Stamm der Mongo», sagte er. «Kongogebiet. Eine Zeremonialaxt, die nie im Kampf benutzt wurde. Schlecht ausbalanciert, aber mir gefällt die Meißelung.»

«Sie ist wunderschön.»

«Ja, nicht wahr? Essen gibt's in ungefähr zehn Minuten. Machen wir's uns bis dahin gemütlich. Möchten Sie eine Zigarrette?»

«Nein, vielen Dank.»

«Das ist gut. Das Rauchen stumpft die Geschmacksnerven ab. Wissen Sie, worin das Geheimnis der französischen Küche besteht?»

«Worin?»

«In einem unverdorbenen Gaumen und Butter. Kein Öl, sondern Butter. Die fetteste, sahnigste Butter, die Sie auftreiben können.»

Delaney sank das Herz. Der alte Mann erkannte den Ausdruck gelinden Schreckens in seinen Augen und lachte.

«Keine Angst, Captain. Ich habe nie was davon gehalten, zu viel von einem Gericht zu essen. Kleine Portionen, aber mehrere Gänge – darin besteht die Kunst des Essens.»

Er stand zu seinem Wort: die Portionen waren klein. Delaney fand, daß dies eine der besten Mahlzeiten sei, die er jemals gegessen, und sagte das seinem Gastgeber auch. Langley strahlte vor Freude.

Sie hatten an einem einfachen, mit schwarzem Rupfen bespannten Eichentisch gegessen, und Delaney war überzeugt, daß dieser Tisch Langley gleichzeitig als Schreibtisch diente. Jetzt schoben sie ihre Stühle weit genug zurück, um die Beine übereinanderschlagen zu können, zu rauchen, Kaffee zu trinken und an dem starken portugiesischen Weinbrand zu nippen, den Langley anbot.

«Was diesen . . .» fing Delaney gerade an, doch da klingelte es familiär lang-kurz-kurz-lang, und Delaney sah verwundert, daß Langley kreidebleich wurde.

«Ach, du liebe Güte», flüsterte der alte Mann. «Schon wieder diese Person! Die Witwe Zimmerman! Sie wohnt direkt unter mir.»

Er sprang auf, schritt durch den Raum, warf einen Blick durch das Guckloch und öffnete die Tür.

«Ahhh!» machte er. «Guten Abend, Mrs. Zimmerman.»

Von seinem Stuhl aus konnte Delaney sie sehr gut sehen. Sie mochte sechzig sein, überragte Langley um etwa zwanzig Zentimeter und wog bestimmt fünfzig Pfund mehr als er. Sie balancierte einen Bienenkorb hochtoupierter messinggelber Haare über ihrem pausbäckigen Gesicht und war so stark korsettiert, daß ihr Körper wie aus einem einzigen Stamm herausgehauen wirkte; beim Gehen sah es aus, als ob ihre Beine sich nur von den Knien abwärts bewegten.

«Oh, ich hoffe, ich störe nicht», sagte sie mit einem einfältigen Lächeln und begutachtete Delaney kühn über Langleys Schulter hinweg. «Ich weiß, daß Sie Besuch haben. Ich hörte, wie Sie Einkaufen gingen und zurückkamen. Und dann hörte ich es bei Ihnen läuten, als Ihr Gast kam. Ich hatte nun gerade einen Pflaumenstrudel gebacken, und da dachte ich, Sie und Ihr Gast würden zum Nachtisch gern ein Stück davon probieren. Hier ist er.»

Sie hielt Langley einen mit einer Serviette bedeckten Teller hin; mit spitzen Fingern nahm er ihn entgegen.

«Das ist sehr freundlich von Ihnen, Mrs. Zimmerman. Wollen Sie nicht herein ...»

«Oh, ich möchte nicht stören. Nie und nimmer!»

Erwartungsvoll schwieg sie, doch Langley wiederholte seine Aufforderung nicht.

«Ich gehe am besten gleich wieder», sagte die Witwe Zimmerman und sah schmollend zu Delaney hinüber.

«Vielen Dank für den Strudel.»

«Es ist mir ein Vergnügen. Lassen Sie sich's schmecken.»

Sie bedachte Langley mit einem Klein-Mädchen-Lächeln. Er machte die Tür fest hinter ihr zu und kehrte an den Tisch zurück. Mit flüsternder Stimme sagte er zu Delaney:

«Eine schreckliche Frau! Dauernd bringt sie mir was zu essen. Ich habe sie gebeten, das nicht zu tun, aber sie läßt sich nicht davon abhalten. Ich kann sehr wohl für mich selbst kochen. Schließlich tue ich das schon seit fünfzig Jahren.»

«Ich glaube, die hat es auf Sie abgesehen!» sagte Delaney ernst.

«Ach, du liebe Güte!» Christopher Langley errötete. «Ihr Mann – ihr verstorbener Mann – war ein so netter, ruhiger Herr. Ein Kürschner im Ruhestand. Nun ja, ich trage das schnell in die Küche, und dann fahren Sie fort in dem, was Sie gerade sagen wollten.»

«Haben Sie in der Zeitung über die Ermordung von Frank Lombard gelesen?» fragte der Captain, als Langley wieder da war.

«Ja, selbstverständlich habe ich davon gelesen. Alles, was ich finden konnte. Wenn ich nämlich von einem richtigen Mord in der Zeitung lese, wissen Sie, dann suche ich immer nach einer Beschreibung der Tatwaffe. Schließlich war das viele, viele Jahre hindurch mein Leben, und ich interessiere mich noch immer dafür. Doch in den Berichten über den Lombard-Mord war die Beschreibung der Waffe sehr vage gehalten. Ist sie bis jetzt noch nicht identifiziert worden?»

«Nein, das ist sie nicht. Deshalb bin ich ja hier. Weil ich Ihre Hilfe dabei brauche.»

«Wie Sie wissen, ist es mir ein Vergnügen, Ihnen in jeder Weise behilflich zu sein, mein Lieber!»

Delaney hielt die Hand hoch wie ein Verkehrspolizist.

«Einen Augenblick, Sir. Ich will ehrlich Ihnen gegenüber sein. Wie ich Ihnen schon gesagt habe, stehe ich im Augenblick nicht im aktiven Dienst, sondern habe mich beurlauben lassen. Ich habe mit den offiziellen Ermittlungen im Mordfall Lombard nichts zu tun.»

Christopher Langley blickte ihn einen Moment aus verengten Augen an, lehnte sich dann zurück und trommelte mit den Fingern auf die Tischplatte.

«Weshalb interessieren Sie sich dann dafür?»

«Ich führe – nun ja – eine private Ermittlung durch.»

«Ich verstehe. Können Sie mir Näheres darüber sagen?»

«Es wäre mir lieber, wenn ich das nicht zu tun brauchte.»

«Darf ich Sie dann nach dem Zweck dieser – ah, privaten Ermittlung fragen?»

«Der Hauptzweck besteht darin, den Mörder von Frank Lombard so schnell wie möglich zu finden.»

Noch einmal starrte Langley ihn lange an, dann ließ er vom Fingergetrommel ab und schlug mit der flachen Hand auf den Tisch.

«Na schön», sagte er lebhaft. «Handelte es sich um eine Stichwaffe oder um eine Schlagwaffe? Das heißt: wenn Sie sich den Mord vorstellen, denken Sie dann an ein Messer, einen Dolch, ein Klappmesser oder ein Stilett oder Ähnliches, oder mehr an einen Degen, eine Stange, Axt, Keule, Streitkolben oder Derartiges?»

«Ich würde sagen, die Wahrscheinlichkeit spricht mehr für eine Schlagwaffe.»

«Die Wahrscheinlichkeit!» Langley lachte. «Ich hatte Sie und Ihre ‹Wahrscheinlichkeit› schon ganz vergessen. Für Sie ist das eine mathematische Aufgabe, nicht war?»

«Ja, eine mathematische Aufgabe. Und manchmal ist das einzige, wonach man gehen kann, die Wahrscheinlichkeit. Aber was Sie als Stichwaffe bezeichnen – Messer oder Dolch – so könnte doch eine Klinge ganz bestimmt nicht einen menschlichen Schädel durchbohren, oder?»

«Doch. So etwas ist schon vorgekommen. Klinge und Griff müssen nur schwer genug sein. Mit dem Kampfmesser des Marine-Corps im Zweiten Weltkrieg konnte man einen Menschenschädel spalten. Die meisten Klingen würden jedoch abgleiten und nur oberflächliche Wunden hervorrufen. Außerdem hat Lombard ja doch eins von hinten über den Kopf bekommen, nicht wahr?»

«Ja, das stimmt.»

«Damit käme eine Stichwaffe praktisch nicht mehr in Betracht. Jemand, der einen Menschen von hinten mit einer Klinge angreift, würde fast mit Sicherheit zwischen die Schulterblätter stechen, zwischen die Rippen, würde die Wirbelsäule durchtrennen oder es auf die Nieren abgesehen haben.»

Delaney nickte und bewunderte die Lust, mit der dieser pfiffige Mann die Möglichkeiten an den Fingern abzählte – eine Begeisterung, die man ihm angesichts seines Alters, seiner kleinen Gestalt und seines eleganten Äußeren gar nicht zugetraut hätte.

«Nun gut», fuhr Langley fort, «nehmen wir also an, es handelt sich um eine Schlagwaffe. Denken Sie an eine einhändig oder eine zweihändig geführte?»

«Ich denke an eine einhändig geführte. Ich gehe davon aus, daß der Mörder sich Lombard von vorn näherte, sich unmittelbar hinter ihm umdrehte und zuschlug. Während er ihm entgegenkam, könnte er die Waffe unter einem Mantel verborgen haben, den er überm Arm trug oder in einer zusammengefalteten Zeitung.»

«Hm ... das schließt eine Hellebarde zweifellos aus. Sie denken an etwas in der Größe eines Beils?»

«So etwa.»

«Captain, glauben Sie, es handelt sich um eine antike Waffe?»

«Das bezweifle ich sehr. Dagegen spricht wieder einmal die Wahrscheinlichkeit. Ich habe in meinem Leben nur zwei Mordfälle untersucht, bei denen antike Waffen benutzt wurden. Bei dem einen handelte es sich um den Armbrust-Fall, mit dem auch Sie zu tun hatten. Bei dem anderen starb jemand an einer Kugel, die aus einer alten Duellpistole abgefeuert worden war.»

«Dann sollten wir also von einer modernen Waffe ausgehen?»

«Ja.»

«Oder einem modernen Werkzeug oder Gerät. Sie müssen wissen, daß viele moderne Werkzeuge sich aus antiken Waffen entwickelt haben. Aber jetzt lassen Sie uns mal zu der Wunde selbst kommen. Handelt es sich um einen Schlag, der den Schädel zertrümmerte, ihn spaltete oder ihn durchbohrte?»

«Er wurde durchbohrt. Die Waffe drang etwa sieben bis zehn Zentimeter ein.»

«Was Sie nicht sagen! Und welche Form hatte der Wundkanal?»

«Hier muß ich leider ein bißchen ungenau werden», warnte Delaney ihn. «Im offiziellen Autopsiebericht heißt es, daß das Loch in der Schädeldecke mehr oder weniger rund war und einen Durchmesser von ungefähr zweieinhalb Zentimetern hatte. Der Wundkanal lief in einer Spitze aus, war insgesamt rund und, wie ich schon sagte, sieben bis zehn Zentimeter lang.»

«Rund?» rief Langley, und der Captain war erstaunt über den Ausdruck der Verwunderung im Gesicht des kleinen Mannes.

«Jawohl, rund», wiederholte er. «Warum – stimmt etwas nicht?»

«Irrt der Arzt da nicht? Was das Rund-Sein betrifft, meine ich?»

«Ausgeschlossen ist das nicht. Die Wunde ist so beschaffen, daß genaue Messungen und eine präzise Analyse nicht möglich waren. Der Arzt hatte so ein Gefühl – nichts weiter als eine Vermutung von ihm –, daß die Spitze, die den Schädel durchbohrte, dreieckig oder viereckig war und in der Wunde festsaß, daß das Opfer beim Hinstürzen dem Mörder die Waffe aus der Hand riß und daß der die Waffe hin- und herdrehen mußte, um sie freizubekommen. Und dieses Hinundherdrehen einer dreieckigen oder viereckigen Spitze würde ja zur Folge haben . . .»

«Ah-ha!» rief Langley und schlug sich auf die Schenkel. «Genau das ist passiert. Und der Arzt glaubt, daß die Spitze dreieckig oder viereckig gewesen sein könnte?»

«Gewesen sein *könnte* – ja.»

«Gewesen *ist*», erklärte Langley mit Entschiedenheit. «Sie ist es gewesen. Glauben Sie mir, Captain. Wissen Sie, wie viele Waffen mit *runden* sich verjüngenden Spitzen eine Wunde verursachen könnten, wie Sie sie beschreiben? Die könnte ich an den Fingern einer Hand aufzählen. Runde Spitzen finden Sie an den Kriegskeulen gewisser Indianerstämme der Nordwestküste. Da gibt es eine Kriegskeule der Tlingit mit einem Schlagteil aus Jade, der spitz zuläuft. Er ist allerdings nicht vollkommen rund. Die Thompson-Indianer benutzten eine Kriegskeule mit hölzernem Schlagteil, der rund war und spitz zulief: ein vollkommen spitzer Kegel. Die Tsimshian-Indianer verwendeten Horn und Knochen, beides rund und sich verjüngend. Eskimostämme benutzten Keulen mit Stacheln aus Knochen oder Zähnen von Narwal oder Walroß. Begreifen Sie die Bedeutung dessen, was ich sage, Captain?»

«Tut mir leid, nein.»

«Das Material von Waffen mit sich verjüngender kegelförmiger Spitze war fast immer *natürliches* Material, das von selbst spitz zulief – Zähne etwa oder Stoßzähne – oder aber es war weich, wie zum Beispiel Holz, das mühelos kegelförmig zugespitzt werden konnte. Wenden wir uns aber mal Eisen und Stahl zu: Die frühen Metallwaffen wurden von Waffenmeistern und Schmieden hergestellt, die ein glühendes Stück Eisen auf einem Amboß mit einem Hammer bearbeiteten. Es war sehr viel leichter und ging auch schneller, einen flachen, dreieckigen oder viereckigen Spieß herzustellen als einen Kegel, der spitz zulief. Frühe Waffen weisen fast unweigerlich Spitzen mit flachen Seiten auf: im allgemeinen dreieckige oder viereckige, aber auch sechseckige. Einen spitz zulaufenden runden Sporn herzustellen, war einfach zu schwierig. Und selbst nach der Erfindung des Pochens und Gießens von Eisen und Stahl änderte sich da nichts. Ich glaube, die ‹Vermutungen› Ihres Arztes stimmen. Wenn man von Ihrer berühmten Wahrscheinlichkeit ausgeht.»

«Interessant.» Delaney nickte. «Das ist genau das, weswegen ich zu Ihnen gekommen bin. Aber da ist noch etwas, das ich Ihnen erzählen sollte. Ich weiß nicht, was es zu bedeuten hat, oder ob es überhaupt etwas bedeutet; aber vielleicht sagt es Ihnen etwas. Der Arzt meint, der Wundkanal verliefe nicht gerade, sondern leicht gebogen. Vielleicht sollte ich Ihnen das mal aufzeichnen.»

«Aber nein, das ist nicht nötig», rief Langley ganz aufgeregt. «Ich weiß genau, was Sie meinen.» Er sprang auf, eilte zu einem Bücherbord, fuhr mit dem Finger über die Buchrücken und zog einen großen Band heraus, den er zum Tisch herübertrug. Er schlug das Verzeichnis der Illustrationen auf, fuhr mit dem Finger die Kolumne entlang, fand, wonach er suchte und ließ die Seiten durch die Finger gleiten. «Da», sagte er. «Sehen Sie sich das an, Captain.»

Delaney starrte das Bild an. Es handelte sich um eine Keule, die mit einer Hand geschwungen wurde. Der Keulenkopf bestand auf der einen Seite aus einer Axtschneide, auf der anderen aus einer Art Sporn, der oben etwa zwei bis drei Zentimeter breit war, spitz zulief und, sich immer mehr verjüngend, nach unten krümmte.

«Was ist das?» fragte er.

«Ein Tomahawk der Irokesen. Der Schaft ist aus Esche. Das hier unten am Griff sind Federn.»

Schweigend saßen die beiden Männer einen Augenblick da und starrten auf die farbige Wiedergabe des Irokesen-Tomahawks. Wie viele wohl *damit* umgebracht worden sind, dachte Delaney, und als er dann langsam das Buch durchblätterte, erfüllte der Gedanke, welche Mühen, welche Kunstfertigkeit und welches Genie die Menschen darauf verwendet hatten, Tötungswerkzeuge zu ersinnen, ihn mit unendlicher Traurigkeit.

Plötzlich sehr deprimiert stand Delaney auf und versuchte, seinen Gastgeber anzulächeln.

«Mr. Langley», sagte er, «ich danke Ihnen für diesen reizenden Abend, für das herrliche Essen und für Ihre freundliche Hilfe. Ich habe jetzt eine ganze Menge, worüber ich nachdenken muß.»

Christopher Langley schien genauso niedergeschlagen wie sein Gast. Verzagt sah er auf.

«Ich habe Ihnen nicht geholfen, Captain, machen Sie sich nichts vor. Sie sind der Antwort auf die Frage, mit welcher Waffe Frank Lombard getötet worden ist, nicht näher, als Sie ihr vor drei Stunden auch schon waren.»

«Sie haben mir bestimmt geholfen», sagte Delaney mit Nachdruck. «Sie haben die Eindrücke des Arztes bestätigt. Ich sehe jetzt klarer, wonach ich zu suchen habe. In einem Fall wie diesem hilft selbst die kleinste Kleinigkeit.»

«Captain ...?»

«Ja, Mr. Langley?»

«Bei dieser ‹privaten Ermittlung›, die Sie durchführen, geht es ja nicht allein um die Waffe. Darüber bin ich mir im klaren. Sie werden Leute ausfragen, das Vorleben gewisser Menschen überprüfen und solche Dinge. Ist es nicht so?»

«Ja.»

«Aber dann können Sie doch nur einen Bruchteil Ihrer Zeit darauf verwenden, festzustellen, um was für eine Waffe es sich handelt. Stimmt's?»

«Ja.»

«Captain, lassen Sie mich das übernehmen. Bitte, lassen Sie es mich wenigstens versuchen.»

«Mr. Langley, ich kann nicht ...»

«Ich weiß, daß Sie nicht im aktiven Dienst stehen. Ich weiß, daß es sich um eine private Ermittlung handelt. Das haben Sie mir ja gesagt. Trotzdem ... versuchen Sie es mit mir. Lassen Sie mich helfen! Bitte! Sehen Sie mich an. Ich bin siebzig. Ich bin pensioniert. Soll ich hier rumsitzen und darauf warten, daß ich sterbe? Bitte, Captain, lassen Sie mich irgend etwas *tun*, etwas Sinnvolles. Dieser Lombard ist ermordet worden. Das ist nicht recht. Das Leben ist zu kostbar.»

«Das sagt meine Frau auch», erklärte Delaney und dachte nach.

«Sie weiß, worum es geht.» Langley nickte, und seine Augen leuchteten. «Geben Sie mir eine Arbeit, eine Aufgabe, um die es sich lohnt. Ich kenne mich in Waffen aus. Das wissen Sie. Ich könnte eine Hilfe für Sie sein. Ehrlich. Lassen Sie es mich versuchen!»

«Mir stehen keinerlei Mittel zur Verfügung», begann Delaney. «Ich kann Ihnen nichts ...»

«Darüber machen Sie sich mal keine Gedanken.» Mit einer Handbewegung fegte der alte Mann den Einwand beiseite. «Das kostet Sie nichts. Ich kann meine Taxifahrten und Bücher und was ich sonst noch brauche selbst bezahlen. Aber geben Sie mir eine Aufgabe. Etwas, das wichtig ist. Begreifen Sie, Captain? Ich möchte nicht einfach so dahinvegetieren und sterben.»

«Ja», sagte Captain Delaney und räusperte sich. «Ich verstehe. Na gut. Schön. Ich danke Ihnen sehr, Sir. Wenn ich noch etwas herausfinde, was die Tatwaffe betrifft, sollen Sie davon erfahren. Unterdessen dürfen Sie gerne ein bißchen auf die Jagd gehen.»

«Oh!» rief Langley und strahlte wieder. «Ich werde mich sofort an die Arbeit machen. Das eine und das andere kann ich heute nacht und morgen in meinen Büchern nachsehen. Ich werde in die Museen gehen. Vielleicht kommt mir dabei ein Gedanke. Und in die Eisenwarenhandlungen. Um mir Werkzeuge anzusehen. Captain, bin ich jetzt ein Detektiv?»

«Ja.» Delaney lächelte. «Sie sind ein Detektiv.»

Er ging zur Tür, und Langley beeilte sich, ihm Hut und Mantel zu holen. Er nannte dem Captain seine nicht im Telefonbuch aufgeführte Telefonnummer, die sich Delaney sorgfältig in sein Notizbuch schrieb. Langley schloß die Wohnungstür auf.

«Captain», flüsterte er dabei, «tun Sie mir noch einen letzten Gefallen . . . Wenn Sie die Treppe hinuntergehen, bitte, versuchen Sie auf Zehenspitzen an der Tür der Witwe Zimmerman vorbeizukommen. Ich möchte nicht, daß sie weiß, ich bin allein.»

6

Das Haus des ermordeten Frank Lombard lag in einer überraschend ländlichen Straße im Flatbush-Bezirk von Brooklyn. Es gab Bäume, Rasen, bellende Hunde und kreischende Kinder. Das Haus selbst war ein zweistöckiger Ziegelbau, dessen Häßlichkeit sich hinter einem dichten Mantel aus immergrünem und bis zum Dach wucherndem Efeu versteckte.

Die asphaltierte Auffahrt führte zu einer Doppelgarage. Davor standen Stoßstange an Stoßstange vier Autos, und vor dem Haus noch mehr. Captain Delaney registrierte all dies von der anderen Straßenseite her. Er bemerkte außerdem, daß einer der Wagen ein drei Jahre alter Plymouth war, der das leicht angerostete, leicht verstaubte, unverfängliche Aussehen eines nicht besonders gekennzeichneten Polizeiautos hatte. Zwei Männer in Zivil saßen auf den Vordersitzen.

Delaney fand es richtig, daß man zum Schutz der Witwe Lombard eine

Wache vor dem Haus postiert hatte. Sehr gut möglich, dachte er, daß auch innen im Hause noch jemand stationiert war; dafür würde Pauley schon sorgen. Die Frage lautete: Wenn Delaney seine Absicht verwirklichte, die Witwe auszufragen, würde dann wohl einer der Polizisten ihn erkennen und Broughton berichten, er habe Captain Delaney hier gesehen?

Delaney legte sich eine Ausrede zurecht. Erkannte die Wache ihn und nahm Broughton ihn womöglich in die Zange, würde er erklären, da der Mord in seinem Revier passiert sei, habe er es für seine Pflicht gehalten, der Witwe sein Beileid auszusprechen. Das würde Broughton ihm zwar nicht ganz abnehmen, doch das kümmerte ihn nicht: Er hielt es eben für seine Pflicht, ihr sein Beileid auszusprechen, und das würde er auch tun.

Während er zur Haustür ging, hörte er laute Rock-Musik, kreischendes Gelächter, das Klirren zerspringenden Glases. Offenbar war eine Party im Gange, und zwar eine ausgelassene.

Auf sein Klingeln öffnete ein allzu geschniegelter Mann mit stark gerötetem Gesicht, der nicht einen, sondern gleich zwei Ringe am kleinen Finger trug.

«Nur herein, nur herein!» blubberte er und schwenkte sein Whiskyglas, so daß die Hälfte auf seinen maßgeschneiderten himmelblauen Seidenanzug schwappte. «Für einen mehr ist immer noch Platz.»

«Vielen Dank», sagte Delaney. «Ich bin kein Gast. Ich hätte nur Mrs. Lombard gern einen Augenblick gesprochen.»

«He, Clara!» schrie der Mann über die Schulter nach hinten. «Dein Typ wird verlangt. Ein Verehrer.»

Der Mann bedachte Delaney mit einem anzüglichen Seitenblick und mischte sich dann wieder unter die tanzende, trinkende, lachende und kreischende Gesellschaft. Der Captain wartete geduldig. Schließlich kam sie wankend auf ihn zugesegelt.

Es handelte sich um eine saftige Blondine, die ihn an die Witwe denken ließ, «deren Haar vor Gram ganz golden geworden war», wie Oscar Wilde sagt. Sie quoll aus einem trägerlosen Cocktailkleid heraus, das so aussah, als ob es auch allein stehen könnte, dermaßen überladen war es mit Ziermünzen, geflochtenen Borten, einer glitzernden Brosche in Form eines Pfaus und – unerklärlich – einer billigen sternförmigen Anstecknadel aus Blech, auf der «Strumpfband-Inspekteur» stand. Mit triefenden Augen sah sie ihn an.

«Mrs. Clara Lombard?»

«Ja.»

«Mein Name ist Delaney. Captain Edward X. Delaney. Ich bin der Reviervorsteher des . . .»

«Oh, Jesus», hauchte sie, «schon wieder 'n Bulle. Hab ich denn nicht schon genug Bullen hier gehabt?»

«Ich möchte Ihnen mein aufrichtiges Beileid zum Tode Ihres Mannes ausdrücken.»

«Fünf», sagte sie, «oder sechs. Ich komm schon nicht mehr mit. Was zum Teufel ist denn jetzt wieder? Können Sie denn nicht sehen, daß ich die Bude voll von Gästen hab!? Werden Sie jetzt endlich aufhören, mich auszuquetschen?»

«Ich wollte Ihnen nur sagen, wie leid es mir . . .»

«Das Beileid können Sie sich an 'n Hut stecken», sagte sie voller Abscheu. «Ach, die Pest über Sie alle! Ich schmeiß 'ne Abschiedsparty. Ich verschwinde von hier, und ihr könnt mich mal alle!»

«Sie verlassen New York?» fragte er, verwundert darüber, daß Broughton sie so ohne weiteres ziehen ließ.

«Sie merken auch alles, Sie Klugscheißer. Ich hab das Haus verkauft, die Autos, die Möbel, alles. Und Sonnabend bin ich im sonnigen, wonnigen Miami und fang 'n neues Leben an. 'n brandneues Leben; und dann könnt ihr mich alle mal!»

Sie drehte sich um und rauschte zurück zu ihrer Party. Delaney setzte den Hut auf und ging langsam bis zur Straßenecke. Er beobachtete den Verkehr und wartete darauf, daß die Ampeln umsprangen. Autos sausten vorüber, und jetzt war ihm plötzlich klar, was es war, das insgeheim so an ihm nagte, seit er die Berichte des Sonderstabes gelesen hatte. Er hatte gewußt, daß es kommen würde. Irgendwann.

Mrs. Sophia Lombard, die Mutter des Opfers, hatte ausgesagt, ihr Sohn käme nie mit dem Auto aus Brooklyn, weil in der Nähe ihrer Wohnung kein Parkplatz zu finden sei; deshalb habe er immer die U-Bahn genommen.

Delaney ging noch einmal zurück, und diesmal starrten die Wachen vor dem Haus ihn an. Abermals klingelte er an der Haustür. Die Witwe selbst riß die Tür auf, ein Willkommenslächeln auf dem leicht gedunsenen Gesicht, das sich augenblicklich verflüchtigte, als sie Delaney erkannte.

«Himmelherrgott, Sie noch mal?»

«Ja. Sagten Sie nicht, Sie wollten Ihr Auto verkaufen?»

«Nicht mein Auto – beide Wagen. Wir hatten zwei. Und schlagen Sie sich's aus 'm Kopf, billig an ein Auto zu kommen. Sind beide schon verkauft.»

«Ihr Mann – Ihr verstorbener Mann war Autofahrer?»

«Klar hat er Auto gefahren. Was glauben denn Sie?»

«Wo hat er seinen Führerschein gewöhnlich aufbewahrt, Mrs. Lombard?»

«O Gott!» rief sie, und sofort war der Mann mit den Ringen neben ihr.

«Was 'n los, Kätzchen?» erkundigte er sich. «Scherereien?»

«Scherereien nicht, Mann. Nur wieder so 'n Quatschkopf von der Polente. – In seiner Brieftasche», sagte sie dann an Delaney gewandt. «Den Führerschein hatte er immer in der Brieftasche. Zufrieden?»

«Vielen Dank», sagte Delaney liebenswürdig. «Tut mir leid, daß ich Sie belästige. Es ist bloß, daß sein Führerschein nicht in der Brieftasche war, als wir sie fanden.» Er hütete sich zu sagen, daß sie ausgesagt hätte, es fehle nichts darin.

«Wahrscheinlich haben Sie ihn irgendwo im Haus.»

«Kann schon sein», sagte sie ungeduldig.

«Wenn Sie ihn zufällig beim Packen finden, würden Sie uns dann Bescheid sagen? Wir müssen ihn ja bei der Verkehrsbehörde löschen lassen.»

«Klar, klar. Ich seh nach, ich seh nach.»

Er wußte, daß sie das nicht tun würde. Wozu auch – sie würde ihn ohnehin nie finden.

«Noch was?» wollte sie wissen.

«Nein, nichts. Haben Sie vielen Dank, Mrs. Lombard, daß Sie uns so bereitwillig geholfen haben.»

«Ach, hau'n Sie doch ab», sagte sie und schlug ihm die Tür vor der Nase zu.

Er kehrte nach Hause zurück und ging noch einmal methodisch die Liste der persönlichen Habseligkeiten durch, die man bei der Leiche von Frank Lombard gefunden hatte; desgleichen noch einmal Mrs. Sophia Lombards Aussagen über die Besuchsgewohnheiten ihres Sohnes. Dann saß er in der zunehmenden Dunkelheit lange da. Einmal stand er auf und machte sich einen Whisky mit viel Soda zurecht, hielt das Glas in der Hand, nippte daran und dachte immer noch nach.

Endlich zog er den Mantel über, setzte den Hut auf und ging hinaus, um eine Telefonzelle zu suchen. Diesmal mußte er fast eine Viertelstunde warten, ehe Thorsen zurückrief; drei Leute, die telefonieren wollten, machten in dieser Zeit wütend kehrt, einer von ihnen versetzte der Zelle sogar einen zornigen Fußtritt, ehe er ging.

«Edward?» fragte Thorsen.

«Ja, ich habe etwas. Und zwar etwas, von dem ich annehme, daß Broughton es nicht hat.»

Er hörte Thorsen vernehmlich nach Luft schnappen.

«Ja?»

«Lombard war Autofahrer und hatte einen Führerschein. Er hatte zwei Wagen. Seine Frau hat übrigens beide verkauft. Sie verläßt New York.»

«So?»

«Sie sagt, er hätte den Führerschein in der Brieftasche bei sich gehabt. Das klingt glaubwürdig. Die Wahrscheinlichkeit spricht dafür, daß es so war. Aber der Führerschein war nicht drin. Ich habe das an Hand der Listen geprüft.»

Am anderen Ende der Leitung herrschte einen Moment Schweigen.

«Wegen eines Führerscheins bringt man keinen Menschen um», sagte Thorsen schließlich. «Eine gute Fälschung kann man schon für fünfzig Dollar bekommen.»

«Ich weiß.»

«Identifikation?» schlug Thorsen vor. «Ein gedungener Mörder. Er nimmt den Führerschein an sich, um seinem Auftraggeber zu beweisen, daß er Lombard wirklich aus dem Weg geräumt hat.»

«Wozu? Das stand ja am nächsten Tag sowieso in allen Zeitungen. Da wußte der Auftraggeber auch so, daß der Job erledigt war.»

«Ja, stimmt. Was meinen Sie? Warum ausgerechnet den Führerschein?»

«Vielleicht doch, um den Beweis zu erbringen.»

«Aber Sie haben doch gerade gesagt . . .»

«Kein gedungener Mörder. Ich denke an zwei Möglichkeiten. Nummer eins: Der Mörder nahm den Führerschein als Andenken mit, als Trophäe.»

«Das ist doch aber heller Wahnsinn, Edward.»

«Vielleicht. Die zweite Möglichkeit ist die, daß er den Führerschein mitnahm, um einem Dritten zu beweisen, daß er getötet hat. Nicht *Lombard* getötet, sondern überhaupt jemand, *irgendwen.* Da die Geschichte in die Zeitungen kam und der Mörder den Führerschein des Opfers vorweisen konnte, bewies er damit, daß *er* ihn umgebracht hatte.»

Diesmal dauerte das Schweigen länger.

«Herrgott, Edward», sagte Thorsen schließlich. «Das ist ungeheuerlich.»

«Ja, ungeheuerlich.» Unwillkürlich mußte er an ein Sittlichkeitsverbrechen denken, das er bearbeitet hatte. Dabei waren dem Opfer die Augenlider mit den eigenen Haarnadeln zusammengesteckt worden.

Thorsen ließ sich noch einmal vernehmen. «Edward, wollen Sie mir etwa weismachen, daß wir es mit einem Verrückten zu tun haben?»

«Ja. Ich glaube es wenigstens. Jemand wie Whitman, Speck, Unruh, der Würger von Boston, Panzram, Manson. So jemand.»

«O Gott!»

«Wenn ich recht habe, werden wir es bald wissen.»

«Woher sollen wir das erfahren?»

«Er wird es noch einmal tun.»

Teil IV

I

Er dachte, sie habe ein lockerfallendes Kleid aus schwarzem Krepp mit weißen Manschetten an. Dann sah er, daß die weißen Manschetten in Wirklichkeit Binden um beide Handgelenke waren. Doch er brannte so sehr darauf, es ihr zu erzählen, daß er keine Fragen stellte; er wußte es auch so. Statt dessen hielt er ihr einfach Frank Lombards Führerschein vor die Augen. Ohne einen Blick darauf zu werfen, nahm sie ihn beim Arm und zog ihn langsam, Stufe um Stufe, zum Dachzimmer hinauf.

«Ist nicht schlimm», beschwichtigte sie ihn, als er nicht konnte. «Ich verstehe doch . . . Glaub mir, ich verstehe es und liebe dich dafür. Ich habe dir gesagt, Sex sollte ein Ritual sein, eine Zeremonie. Ein Ritual aber kennt keinen realen Vollzug. Im Ritual wird der Vollzug zelebriert. Verstehst du? Das Ritual feiert den Höhepunkt, schließt ihn aber nicht ein. Ist nicht schlimm, mein Liebling. Glaub nicht, du hättest versagt. Es gibt nichts Schöneres, als daß du und ich die Erfüllung verehren – das unaufhörliche Zelebrieren einer jenseits aller menschlichen Erkenntnis liegenden Finalität. Ist es das nicht, worum es beim Gebet im Grunde geht?»

Aber er hörte ihr nicht zu, so stark war das Bedürfnis, zu reden. Er knipste das grausame Deckenlicht an und zeigte ihr den Führerschein und die Schlagzeilen in den Zeitungen als Beweis.

«Für dich», sagte er. «Ich habe es für dich getan.» Dann lachten sie beide – und wußten, daß es eine Lüge war.

«Erzähl mir alles», sagte sie. «Jede Einzelheit. Ich möchte alles wissen, was geschehen ist.»

Sein weicher Hodensack lag schlaff in ihrer Hand: ein toter Vogel.

Stolz berichtete er ihr von der sorgfältigen Planung, den langen Stunden unermüdlichen Nachdenkens. Seine erste Überlegung, so sagte er, habe der Waffe gegolten.

«Sollte es eine Waffe sein, die man wegwerfen konnte?» fragte er rhetorisch. «Ich kam zu dem Schluß, daß das nicht gut wäre – von einer zurückgelassenen Waffe konnte möglicherweise eine Spur zu mir führen. Ich wählte also eine Waffe, die ich mit zurücknehmen würde.»

«Um sie abermals zu gebrauchen», murmelte sie.

«Ja. Vielleicht. Nun ... ich erzählte dir schon, daß ich Bergsteiger bin; kein professioneller, lediglich ein Amateur. Aber ich habe diesen Eispikkel. Natürlich stellt er ein Werkzeug dar, gleichzeitig aber auch eine gefährliche Waffe. Ganz und gar aus gehärtetem Stahl. Auf der einen Seite ein Hammerkopf zum Einschlagen der Fels- oder Mauerhaken, und auf der anderen Seite eine gekrümmte Spitze. Es gibt zahlreiche verschiedene Ausführungen. Außerdem hat er einen lederumwickelten Stiel, an dem eine geflochtene Lederschlaufe hängt. Schwer genug, um jemanden damit zu töten, andererseits leicht und handlich genug, daß man ihn unauffällig mit sich herumtragen kann. Du kennst doch den Mantel mit den Schlitzen in den Taschen, den ich habe?»

«Und ob ich den kenne!» Sie lächelte.

«Ja.» Er erwiderte ihr Lächeln. «Ich sagte mir, diesen Mantel könnte ich tragen, nicht zugeknöpft, nur gerade herunterhängend. Die linke Hand würde ich durch den Schlitz stecken und mit ihr den Eispickel an der Schlaufe tragen – ihn an den Fingern baumeln lassen und doch völlig unsichtbar. Wenn der Augenblick kam, da ich ihn brauchte, konnte ich mit der rechten Hand unter dem offenen Mantel nach dem Eispickel greifen und ihn am Stiel packen.»

«Brillant!» sagte sie.

«Ein Problem.» Er zuckte mit den Schultern. «Ich probierte es aus. Ich übte. Es klappte vorzüglich. Wenn ich kühl und gelassen blieb, ganz ruhig, konnte ich den Pickel in Sekundenschnelle in meine Rechte befördern. *In Sekundenschnelle.* Länger als ein oder zwei Sekunden brauchte ich nicht dazu. Und hinterher würde der Eispickel dann wieder unter meinem Mantel verschwinden, gehalten von meiner durch den Taschenschlitz gesteckten linken Hand.»

«Hast du seine Augen gesehen?» fragte sie.

«Seine Augen?» fragte er, ohne recht zu begreifen. «Nein. Laß mich dir das alles auf meine Weise erzählen.»

Sie beugte sich vor und drückte ihre Lippen auf seine linke Brustwarze; er schloß die Augen und genoß es.

«Ich wollte nicht zu weit fahren», sagte er. «Je weiter ich mich entfernte, desto größer die Gefahr. Es mußte in meiner Gegend geschehen. In der Nähe. Warum nicht? Die Ermordung eines Unbekannten. Ein Verbrechen ohne Motiv. Was machte es aus, ob es an der nächsten Ecke passierte oder hundert Meilen weiter weg? Wer wollte mich damit in Verbindung bringen?»

«Ja», hauchte sie, «o ja.»

Er erzählte ihr, wie er drei Nächte hintereinander durch die Straßen gegangen war, die einsamen Blocks ausgekundschaftet hatte, sich Straßenbeleuchtung, Bushaltestellen und U-Bahn-Stationen eingeprägt, Eingangshallen mit Pförtnern gemerkt hatte sowie einsame Häuserzeilen mit unbeaufsichtigten Geschäften und Garagen.

«Es ließ sich nicht planen. Ich kam zu dem Schluß, daß ich es dem Zufall überlassen mußte. Dem reinen Zufall. ‹Rein!› Ein komisches Wort dafür, Celia. Aber es war rein, ich schwöre es. Ich meine, es spielte nichts Sexuelles dabei mit. Nicht, daß du meinst, ich wäre mit einer Erektion durch die Gegend gelaufen. Ich hatte auch keinen Orgasmus, als ich es tat. Nichts davon. Glaubst du mir?»

«Ja.»

«Es war wirklich rein. Ich schwöre es. Eine religiöse Handlung. Es war Gottes Wille. Ich weiß, das klingt verrückt. Aber dieses Empfinden hatte ich dabei. Vielleicht ist es Wahnsinn. Ein süßer Wahnsinn. Ich war Gott, wandelte auf Erden. Als ich auf dämmerigen Straßen Menschen ins Auge faßte . . . Ist *er* es? Ist *er* es? Mein Gott, diese *Macht*!»

«Ja, Liebling, o ja!»

Er war so zärtlich mit ihr in diesem schrecklichen Raum! . . . So zärtlich. Und dann die Erinnerung an die beiden Male, da er seiner Frau untreu gewesen war . . . Er hatte beide Abenteuer genossen; beide Frauen waren im Bett besser gewesen als seine Frau. Deshalb hatte er Gilda jedoch nicht weniger geliebt. Im Gegenteil, durch seine Untreue waren die Zuneigung und die Zärtlichkeit, die er für seine Frau empfand, eher noch gewachsen. Er streichelte sie, küßte sie, hörte ihr zu.

Und jetzt, wo er dieser Frau von dem Mord erzählte, schmolz er genauso dahin: Was er fühlte, war keine gesteigerte Sexualität; er war vielmehr von größerer Zärtlichkeit erfüllt, weil er eine neue Geliebte hatte. Er berührte Celias Wange, küßte ihre Fingerspitzen, flüsterte Kosenamen, achtete darauf, daß sie bequem lag und benahm sich in allem wie ein fürsorglicher, vollendeter Liebhaber, liebte er sie um so mehr, weil er eine andere noch mehr liebte.

«Es war nicht jemand anders, der es tat», beteuerte er ihr. «Du kennst sicherlich diese Geschichten, in denen der Mörder immer jemand anderen verantwortlich macht, ein anderes *Ich*. Jemand, der ihn einfach überwältigte, seinen Geist beherrschte und ihm die Hand führte. Nichts von alledem. Celia, noch nie habe ich so sehr das Gefühl gehabt, ganz ich selbst zu sein. Verstehst du? Es war ein Gefühl von Einssein, ganz mit mir selbst im Einklang zu sein. Begreifst du das?»

«Ja, ja. Und dann?»

«Wir lächelten beide. Wir nickten uns zu. Wir gingen aneinander vorbei, und ich übergab den Eispickel an die rechte Hand. Genauso, wie ich es geübt hatte. Und schlug zu. Es machte ein Geräusch. Ich kann es nicht beschreiben. Ein Geräusch. Und er stürzte mit solcher Gewalt vornüber, daß mir der Eispickel aus der Hand gerissen wurde. Ich weiß nicht, was hätte passieren können. Doch ich behielt die Nerven. Jesus, blieb ich gelassen! Völlig gelassen! Ich beugte mich über ihn und bewegte den Eispickel vorsichtig hin und her, um ihn herauszuziehen. Ganz schön schwierig. Ich mußte meinen Fuß auf seinen Nacken setzen und mit beiden Händen ziehen. Aber ich schaffte es! Ich schaffte es! Und dann fand ich seine Geldtasche und nahm den Führerschein heraus. Um es dir zu beweisen.»

«Das hättest du nicht zu tun brauchen.»

«Nein?»

«Ja. Doch.»

Sie lachten beide, wälzten sich auf dem verschmutzten Lager und hielten einander umschlungen.

Er versuchte noch einmal, in sie einzudringen, aber es gelang ihm nicht. Es war ihm gleichgültig, denn er war bereits über sie hinausgewachsen. Er brauchte es ihr nicht zu sagen – sie wußte es. Sie nahm sein Glied in den Mund, saugte und biß jedoch nicht daran, sondern hielt ihn einfach im Mund: eine innige Vereinigung. Er war sich dessen kaum bewußt; es erregte ihn nicht. Er war ein Gott; sie betete ihn an.

«Noch etwas», sagte er verträumt. «Als ich die Straße hinunterblickte und ihn schließlich im orangefarbenen Licht auf mich zukommen sah, da dachte ich: ja, das ist er, und da liebte ich ihn so sehr, *liebte ihn.*»

«Liebtest ihn? Warum?»

«Ich weiß es nicht. Aber es war so. Und ich hatte Achtung vor ihm. Ja, Achtung. Und empfand eine solche Dankbarkeit ihm gegenüber. Dafür, daß er schenkte. Soviel schenkte. Mir. Dann tötete ich ihn.»

2

«Guten Morgen, Charles», rief Daniel, und der Pförtner fuhr herum, erschrocken über die freundliche Stimme und das freundliche Lächeln. «Verspricht ein sonniger Tag zu werden.»

«Oh. Jawohl, Sir», sagte Lipsky verwirrt. «Ein sonniger Tag. Steht auch in der Zeitung. Taxi, Mr. Blank?»

«Bitte.»

Der Pförtner ging zur Straße hinunter, pfiff ein Taxi herbei und fuhr damit zum Eingang des Hochhauses. Er sprang ab und hielt Daniel den Wagenschlag auf.

«Einen angenehmen Tag, Mr. Blank.»

«Ihnen auch, Charles», sagte Daniel und drückte ihm den üblichen Vierteldollar in die Hand. Er nannte dem Fahrer die Adresse des Javis-Bircham-Gebäudes.

«Guten Morgen, Mrs. Cleek», sagte Blank zu seiner Sekretärin, als er Hut und Mantel aufhängte. «Sieht ganz so aus, als ob's ein prachtvoller Tag wird.»

«Ja, Sir. Hoffentlich bleibt es so.»

«Bestimmt.» Einen Augenblick sah er sie aufmerksam an. «Mrs. Cleek, Sie sehen ein bißchen blaß aus. Geht es Ihnen nicht gut?»

Sie lief vor Freude über seine Besorgnis rot an. «Doch, Mr. Blank. Ich fühle mich sehr gut.»

«Was macht Ihr Junge?»

«Ich habe gerade gestern einen Brief von ihm bekommen. Es geht ihm sehr gut. Er ist auf einer Kadettenanstalt, wie Sie wissen.»

Blank wußte das zwar nicht, nickte aber trotzdem. «Nun, Sie wirken ein bißchen abgespannt. Warum nehmen Sie nicht hin und wieder den Freitag frei und machen ein verlängertes Wochenende? Der Winter ist lang. Wir alle sollten ein bißchen ausspannen.»

«Aber . . . ja, vielen Dank, Mr. Blank, vielen Dank. Das ist sehr nett von Ihnen.»

«Lassen Sie mich's nur vorher wissen, und sorgen Sie dafür, daß eine Schreibkraft aus dem Zentralsekretariat für Sie einspringt. Das Kleid, das Sie da anhaben, ist sehr hübsch.»

«Vielen Dank, Mr. Blank, vielen Dank», wiederholte sie wie benommen. «Ihr Kaffee steht auf dem Schreibtisch. Von oben ist ein Schreiben heruntergeschickt worden. Ich hab es neben Ihre Tasse gelegt.»

«Um was geht's darin?»

«Oh, ich hab es nicht gelesen, Sir. Es ist in einem verschlossenen Umschlag mit dem Vermerk ‹Vertraulich›.»

«Vielen Dank, Mrs. Cleek. Ich klingele, wenn ich diktieren möchte.»

«Nochmals vielen Dank, Mr. Blank. Für die freien Tage, meine ich.»

Er lächelte und machte eine abwehrende Handbewegung. Er setzte sich an seinen leeren Schreibtisch, trank in kleinen Schlucken seinen Kaffee und starrte auf den dicken gelben Umschlag aus dem Büro des Präsidenten, mit dem Stempel VERTRAULICH. Er machte ihn nicht auf, sondern nahm den Plastikbecher mit Kaffee und trat an das nach Westen hinausgehende Fenster.

Er trank seinen Kaffee aus und sah in den Becher – weißer, jetzt schmutziger Kunststoff, von einer porös wirkenden Konsistenz. Er beulte sich in seiner Hand und fühlte sich wie ein Stück Seife an. Er drückte auf die Sprechanlage.

«Ja, Sir?» meldete sich Mrs. Cleek.

«Würden Sie mir einen Gefallen tun?»

«Aber gern, Sir.»

«Fahren Sie doch in Ihrer Mittagspause – das heißt im Anschluß daran, denn Sie sollen natürlich Ihre übliche Lunchpause machen – mit einem Taxi zu Tiffany oder zu Jensen – oder irgendeinem anderen Geschäft –, und kaufen Sie für mich eine Kaffeetasse mit Untertasse. Irgend etwas Gutes aus dünnem weißen Porzellan. Suchen Sie etwas Hübsches aus, etwas, das Ihnen gefällt. Machen Sie sich keine Gedanken über den Preis.»

«Eine Kaffeetasse mit Untertasse, Sir?»

«Ja, und schauen Sie doch, ob Sie nicht einen kleinen Löffel finden, einen von diesen kleinen Silberlöffeln aus Frankreich. Manchmal sind sie innen königsblau emailliert oder haben ein Blumenmuster. Das wäre sehr schön.»

«Eine Kaffeetasse, eine Untertasse und einen kleinen Löffel. Das ist alles, Sir?»

«Ja – das heißt nein. Kaufen Sie das gleiche auch für sich. Kaufen Sie alles in doppelt.»

«Aber Mr. Blank, ich kann doch nicht . . .»

«Doppelt», sagte er mit Entschiedenheit. «Und von jetzt an, Mrs. Cleek, wenn der Kaffee aus der Kantine heraufkommt, gießen Sie ihn doch bitte um in meine neue Tasse und stellen Sie die auf meinen Schreibtisch, ja?»

«Jawohl, Mr. Blank.»

«Merken Sie sich, was Sie ausgeben, auch fürs Taxi hin und zurück. Ich gebe Ihnen das Geld dann zurück. Das geht nicht auf Geschäftsunkosten.»

«Jawohl, Mr. Blank.»

Er ließ die Sprechtaste los und griff nach dem Umschlag des Präsidenten, war aber kaum neugierig. Er wendete ihn in der Hand hin und her. Seufzend schlitzte er ihn schließlich auf und las die zweiseitige Aktennotiz rasch durch, in der ungefähr das stand, womit er angesichts seines mangelnden Enthusiasmus gerechnet hatte. Sein Vorschlag, AMROK II das Verhältnis zwischen redaktionellem und Anzeigen-Teil in allen Javis-Bircham-Blättern ermitteln zu lassen, wurde mit der Einschränkung aufgegriffen, daß das Verfahren zunächst einmal versuchsweise bei den auf beigefügtem Blatt aufgeführten zehn Zeitschriften ausprobiert werden sollte, und zwar zunächst für die Dauer von sechs Monaten. Danach wolle man einen Produktberater heranziehen und die Ergebnisse völlig unabhängig auswerten lassen.

Blank schob die Aktennotiz beiseite, streckte sich und gähnte. Dann nahm er sie wieder auf und verließ sein Büro.

«Ich bin im Computer-Raum», sagte er, als er an Mrs. Cleeks Schreibtisch vorüberging. Sie schenkte ihm ein strahlendes, hoffnungsvolles Lächeln.

Er unterzog sich der unsinnigen Routine des Weißen-Kittel-Anziehens- und -Kappe-Aufsetzens und versammelte dann die Sondereinsatzgruppe um den Stahltisch. Er ließ die Liste mit den zehn Zeitschriften herumgehen, hielt es im Augenblick jedoch nicht für klug, ihnen auf die Nase zu binden, daß es sich zunächst um ein zeitlich begrenztes Experiment handelte.

«Wir haben grünes Licht bekommen», sagte er und hoffte, daß in seinen Worten genug Begeisterung mitschwang. «Mit diesen Zeitschriften hier fangen wir an. Ich würde gern eine Aufstellung über die Prioritäten bei der Programmierung machen. Irgendwelche Vorschläge?»

Die Diskussion begann zu seiner Linken und lief dann um den ganzen Tisch herum. Er lauschte ihnen allen und beobachtete ihre bleichen, geschlechtslosen Gesichter, hörte jedoch nicht ein einziges Wort von dem, was sie sagten.

«Ausgezeichnet», sagte er gelegentlich. Oder: «Sehr gut.» Oder: «Das müssen wir vorerst noch zurückstellen.» Oder: «Nun ja . . . ich möchte das nicht rundweg ablehnen, aber . . .» Es spielte keine Rolle: was sie sagten oder was er sagte. Es war bedeutungslos.

Bedeutsam wurden die Dinge erst, glaube ich, als meine Frau und ich uns trennten. Oder als sie im Bett nicht die Sonnenbrille aufsetzen wollte. Ach, vermutlich fing es schon viel früher an, nur war es mir nicht bewußt. Ich war mir der Sonnenbrillen und Masken bewußt. Und dann, später, der Freiübungen, der Perücken, der Kleidung, der Wohnung ... der Spiegel. Und daß ich nackt in Ketten dastand. All dessen war ich mir durchaus bewußt. Ich meine, ich wußte, was da geschah.

Was mit mir geschah – *noch* mit mir geschieht – ist, daß ich meinen Weg *erfühle*. Erfühlen, das ist ein gutes Wort – das hat mehr mit Gefühl zu tun als mit Tastsinn – ich *erfühle* mir meinen Weg zu einer neuen Sicht der Realität. Vorher, vor den Sonnenbrillen, nahm ich die Dinge auf eine männliche Art wahr, dachte logisch, nüchtern, vertikal, genauso wie AMROK II. Und jetzt ... und jetzt entdecke und erforsche ich eine weibliche, eine horizontale Wahrnehmung der Realität.

Dazu gehört, daß ich die kalte Ordnung ablehne – das heißt, die logische, intellektuelle Ordnung – und eine tiefere Ordnung erkenne, die ich erst jetzt – irgendwo – undeutlich und nur flüchtig wahrnehme, eine viel tiefergehende und umfassendere Ordnung, denn ... Die Ordnung, die ich bis jetzt gekannt habe, ist eng und beschränkt gewesen, festgefügt und diszipliniert. Aber das erklärt nicht ... nicht alles.

Diese weibliche, horizontale Sicht hat etwas Umfassendes. Sie erklärt die scheinbare Unlogik und den offenbaren Wahnsinn der Schöpfung – nun ja, diese Sicht schließt zwar Wissenschaft und Logik nicht aus, bietet aber mehr als nur das – ein emotionales Bewußtsein von den Menschen und vom Leben.

Aber ist sie nur emotional? Oder geistig? Jedenfalls gehört die Notwendigkeit dazu, das Chaos zu akzeptieren – das Chaos außerhalb der engen, disziplinierten Männerlogik und der Logik von AMROK II – und sie sucht eine tiefere, fundamentalere Logik und Bedeutung innerhalb dieses Chaos. Sie bedeutet eine neue Art zu leben: die Wahrheit von Lügen und die Wirklichkeit von Mythen. Sie verlangt eine ganz neue Art zu sehen ...

Nein, das stimmt nicht. Sehen und Erkennen implizieren Danebenstehen und Beobachten. Wohingegen diese neue Welt, in der ich mich jetzt bewege, Beteiligung und Partizipation verlangt. Ich muß mich völlig entkleiden, bis ich nackt bin, und mich hineinstürzen – wenn ich hoffe, die endgültige Logik zu erkennen. Falls ich den Mut habe ...

Ich muß mich öffnen, allem! Aufgewachsen bin ich in einem gekachelten Haus mit Lalique-Gläsern und einer Gesteinssammlung. Jetzt muß ich innig und zärtlich werden und alles hinnehmen. Ich muß allem im Universum gegenüber offen sein, dem Guten und dem Bösen, dem Weitgespannten und dem Einengenden. Aber es nicht einfach hinnehmen. Denn dann wäre ich ein Opfer. Ich muß bis ins Herz des Lebens hinabtauchen und mich von seinem Feuer versengen lassen. Ich muß bewegt werden.

Die Wirklichkeit *erfahren*, sie nicht bloß sehen: darum geht es. Mag die endgültige Antwort auch schrecklich zu erraten sein! Aber ich kann die Furcht besiegen und töten und fühlen und lernen. Ich werde einen Sinn aus dem Chaos meiner neuen Welt herausholen, ihm eine Logik zuordnen, die kaum je ein Mensch vor mir erblickt hat und dann werde ich es wissen.

Gibt es Gott?

3

Er zog an dem Messingknauf des Glockenstrangs an ihrer Teak-Tür, einen Strauß langstieliger Rosen in der Hand, blutroter Rosen, und kam sich verlegen und töricht vor wie jeder Werbende, der seiner Geliebten mit einem Blumenstrauß, unbestimmten Hoffnungen und einem lauen Lächeln den Hof macht.

«Guten Tag, Valenter.»

«Guten Tag, Sir. Bitte, kommen Sie herein.»

Er trat ein, die Tür schloß sich hinter ihm, während der großgewachsene, blasse Butler in einem Tonfall sprach, von dem Daniel mit Sicherheit annahm, daß er eine Burleske sei, eine aufgesetzte Traurigkeit. Das lange Pferdegesicht wurde noch länger, die trüben Augen schienen im Begriff überzufließen, die Stimme hätte in eine Friedhofskapelle gepaßt.

«Mister Blank, es tut mir leid, aber ich habe Ihnen auszurichten, daß Miss Montfort fort ist.»

«Fort? Wohin?»

«Überraschend abberufen. Sie bat mich, Ihnen ihr Bedauern zu übermitteln.»

«Oh, verdammt!»

«Ja, Sir!»

«Wann kommt sie zurück? Heute noch?»

«Das weiß ich nicht, Sir. Ich vermute jedoch, daß es ein paar Tage dauern wird.»

«Verdammt!» wiederholte Blank und drückte Valenter die Blumen in die Hand. «Stellen Sie sie ins Wasser, ja? Vielleicht halten sie sich lange genug, so daß sie sie noch sieht.»

«Selbstverständlich, Sir. Master Tony ist im Arbeitszimmer und würde sich sehr freuen, wenn Sie sich zu ihm gesellen würden, Sir.»

«Was? Ach so. Na schön.»

Es war Samstag mittag. Er hatte sich vorgestellt, mit ihr gemütlich zu Mittag zu essen, anschließend vielleicht einen Einkaufsbummel zu machen, der «Erotica»-Boutique ihrer gemeinsamen Freunde einen Besuch abzustatten, in der es Samstagsnachmittags immer gesteckt voll und unterhaltsam war. Danach vielleicht ein Kinobesuch, ein Abendessen, und dann . . .

Der Junge lag lässig auf der Couch – eine Schönheit.

«Dan!» rief er und streckte die Hand aus.

Doch Blank hütete sich, das Zimmer zu durchqueren und die schlaffe Hand zu ergreifen. Er nahm auf dem Ohrensessel Platz und betrachtete den Knaben mit – wie er glaubte – amüsierter Ironie. Die Rosen hatten zwanzig Dollar gekostet.

«Was Celia betrifft», sagte Tony und studierte seine Fingernägel, «so hat sie mir aufgetragen, sie bei Ihnen zu entschuldigen.»

«Das hat Valenter schon getan.»

«Valenter? Pah! Trinken Sie etwas!»

Und plötzlich war Valenter da, machte aus der Hüfte heraus eine leichte Verbeugung.

«Nein, vielen Dank», sagte Blank. «Ist mir jetzt noch ein bißchen zu früh.»

«Ach was», sagte Tony. «Ein Wodka-Martini on the Rocks mit einem Spritzer Zitrone. Ja?»

Daniel überlegte einen Moment. «Ja!» Er lachte.

«Was darf ich Ihrem Sohn bringen?» fragte der Ober, und sie beide lachten.

«Meinem Sohn?» sagte Blank. Er sah zu Tony hinüber. «Was möchte mein Sohn denn?»

Sie saßen in einem französischen Restaurant, das weder gut noch schlecht war. Es war ihnen nicht wichtig.

Tony bestellte Austern und Froschschenkel und einen Salat mit Käsemarinade. Blank nahm ein kleines Steak und mit Essig und Öl angemachten Endiviensalat. Sie lächelten einander an. Tony streckte den Arm aus, um seine Hand zu berühren. «Vielen Dank», sagte er bescheiden.

Daniel trank zwei Glas schweren Burgunders und Tony irgend etwas, das sich «Shirley Temple» nannte. Der Junge hatte seine Knie gegen die seinen gedrückt. Daniel verwehrte es ihm nicht, er wollte diese Komödie bis zum Ende durchstehen.

«Möchtest du einen Kaffee?» fragte er. Sie flirteten.

«Wie geht es in der Schule?» fragte er, und Tony machte eine Geste von unsäglicher Mattigkeit.

Dann schlenderten sie die Madison Avenue hinauf. Ihre Hände berührten sich gelegentlich. Vor dem Schaufenster eines Herrenwäschegeschäfts blieben sie stehen und lächelten sich an.

«Oh», sagte Tony.

Daniel Blank starrte ihn an. Der Knabe stand im Sonnenlicht: herausfordernd. Er schimmerte . . . ein hinreißendes Geschöpf.

«Gehen wir doch mal hinein», sagte Blank. Sie betraten den Laden.

«Ooh, vielen Dank», sagte Tony später und schenkte ihm ein strahlendes Lächeln. «Sie haben soviel Geld für mich ausgegeben.»

«Ja, nicht wahr?»

«Sind Sie reich, Dan?»

«Nein, ich bin nicht reich. Aber es tut auch nicht weh.»

«Sind Sie sicher, daß der rosafarbene Pullover der richtige für mich war?»

«Aber ja. Die Farbe steht dir.»

«Die Netzunterhosen hätte ich zu gern gehabt, aber selbst die kleinste Größe wäre noch zu groß für mich gewesen. Celia kauft all meine Unterwäsche in einem Damenwäschegeschäft.»

«Wirklich?»

Sie saßen auf einer Parkbank, die merkwürdigerweise mitten auf einer kleinen Rasenfläche stand. Tony spielte mit Dans linkem Ohrläppchen; sie beobachteten einen alten Schwarzen, der träge einen Drachen steigen ließ.

«Mögen Sie mich?» fragte Tony.

Daniel Blank ließ der Furcht erst gar keinen Raum, sondern fuhr herum und küßte die weichen Lippen des Jungen.

«Selbstverständlich mag ich dich.»

Tony hielt seine Hand und malte mit dem Zeigefinger kleine Kreise in die Handfläche.

«Sie haben sich verändert, Dan.»

«Wirklich?»

«Ja bestimmt. Anfangs, als Sie Celia besuchten, waren Sie so verkrampft, so in sich verschlossen. Jetzt habe ich das Gefühl, Sie gehen aus sich heraus. Sie lächeln häufiger. Manchmal lachen Sie sogar. Das haben

Sie früher nie getan. Vor drei Monaten hätten Sie mich nicht geküßt, nicht wahr?»

«Nein, vermutlich nicht. Vielleicht sollten wir uns jetzt auf den Heimweg machen, Tony. Valenter wartet wahrscheinlich . . .»

«Valenter?» sagte Tony voller Abscheu. «Pah! Bloß weil er . . .» Er brach ab.

Doch Valenter war nirgends zu sehen, und Tony benutzte seinen eigenen Schlüssel, um aufzuschließen. Daniels Rosen prangten in einer chinesischen Vase auf dem Tisch in der Vorhalle. Und außer dem süßlichen Moschusgeruch der Rosen nahm er noch einen anderen Duft wahr: den Duft von Celias Parfum, einen leicht rauchigen, orientalischen Duft. Sonderbar, daß er ihm mittags nicht aufgefallen war.

Der gleiche Duft erfüllte auch die Dachkammer, in welche Tony ihn entschlossen und vor sich hin summend hinaufführte.

Er hatte sich geschworen, nicht nur wahrzunehmen, sondern auch zu erfahren, sich zu entblößen und sich in das heiße Herz des Lebens hineinzustürzen. Daß er Frank Lombard getötet hatte, war ein so umwälzendes Ereignis gewesen, daß er völlig gespalten war.

Undeutlich, wie in weiter Ferne, glaubte Blank das Auflachen einer Frau zu vernehmen, und wieder nahm er ihren Geruch wahr, der diesen verschmutzten Matratzen anhaftete.

Später, als er den Knaben im Arm hielt und ihm die Tränen wegküßte – neuer Wein, diese Tränen –, schien es ihm möglich, ja wahrscheinlich, daß sie sich seiner bedienten, so wenig er die Gründe dafür auch zu erkennen vermochte. Doch das war nicht wichtig. Denn aus welchen Gründen auch immer, es konnten nur eigensüchtige sein.

Plötzlich *wußte* er: ihre aalglatten Worte, ihr Gerede über das Ritual, ihre Liebe zum Zeremoniellen und ihre Verherrlichung des Bösen – all das roch nach Egotismus; eine andere Erklärung dafür gab es nicht. Sie versuchte irgendwie, etwas Besonderes zu sein. Besonders und über alle anderen erhaben. Sie wollte die Welt bezwingen und hatte ihm eine Rolle in ihrem klug ausgeheckten Plan zugedacht.

Aber ob zugedacht oder nicht, sie hatte ihn aus seinem Gefängnis befreit und würde jetzt erleben müssen, daß er über sie hinauswuchs. Wie eigensüchtig ihre Motive auch sein mochten, er würde seine eigene Aufgabe vollenden; nicht das Leben zu bezwingen, sondern eins mit ihm zu werden, es fest an sich zu pressen, es zu spüren und zu lieben und am Ende sein wunderbares Geheimnis kennenzulernen. Nicht wie AMROK II es erkannte, sondern tief in seinem Herzen, in seinen Eingeweiden, in seinen Hoden, um insgeheim Teil davon zu werden, eins mit dem All.

4

Nachdem er den Eispickel mit einer heftigen Drehung aus Frank Lombards Schädel herausgerissen hatte, war er gelassenen Schrittes nach Hause gegangen, hatte weder nach rechts noch nach links geschaut und sich nicht gestattet, an irgend etwas zu denken. Freundlich hatte er dem Pförtner zugenickt und war dann in seine Wohnung hinaufgefahren. Erst als er drinnen war, abgeschlossen und Kette und Stahlstange vorgelegt hatte, hatte er sich, noch immer im Mantel, an die Wand gelehnt, die Augen geschlossen und tief Atem geholt.

Aber es mußte noch einiges getan werden. Für den Augenblick legte er den Eispickel beiseite. Dann zog er sich nackt aus. Eingehend suchte er Mantel und Anzug nach Flecken ab, fand aber keine. Trotzdem packte er beides zu einem Bündel zusammen, um sie in die Reinigung zu geben; Hemd, Socken und Unterwäsche kamen in den Wäschepuff.

Dann ging er ins Badezimmer und hielt den Eispickel in die Toilettenschüssel, so daß die Spitze unter Wasser war. Dreimal zog er die Wasserspülung. Alles, was fest daran klebte – geronnenes Blut und irgendwelche graue Masse, die sich in der Zahnung an der Unterseite festgesetzt hatte – wurde fortgespült.

Dann, immer noch nackt, ging er in die Küche und setzte einen großen Topf voll Wasser zum Kochen auf – denselben, den er für gewöhnlich für Spaghetti und Eintopfgerichte gebrauchte. Geduldig wartete er, bis das Wasser kochte, und dachte noch immer nicht darüber nach, was er getan hatte. Er wollte alles zu Ende bringen, erst dann wollte er sich hinsetzen, ausruhen und seine Reaktionen auskosten.

Als das Wasser aufwallte, steckte er den Eispickel bis zum lederumwickelten Griff hinein, und der gehärtete Stahl kochte sauber. Dreimal tauchte er ihn ein, zwirbelte ihn herum, drehte dann die Flamme unter dem Topf aus und hielt die Eispickelspitze im Ausguß unter kaltes Wasser, um sie abzukühlen.

Als er den Eispickel anfassen konnte, untersuchte er ihn sorgfältig. Er nahm sogar ein kleines Küchenmesser und fuhr damit vorsichtig unter das Ende des blauen Leders am Griff, konnte darunter jedoch nichts entdekken. Der Eispickel roch nach Stahl und Leder. Er glänzte.

Er holte ein Kännchen Nähmaschinenöl aus dem Küchenschrank und rieb das Öl mit bloßen Fingern in den freiliegenden Stahl ein. Er nahm reichlich Öl und rieb tüchtig; was zuviel war, wischte er mit einem Papiertuch ab. Schon wollte er das Tuch in den Abfalleimer werfen, da besann er sich eines Besseren und spülte es durch die Toilette hinunter. Der Eispickel war mit einer feinen Ölschicht überzogen. Er hängte ihn im Dielenwandschrank neben seinen Rucksack und seine Steigeisen.

Dann nahm er ein heißes Duschbad und bürstete sich mit einer Nagelbürste Hände und Fingernägel. Nachdem er sich abgetrocknet hatte, besprühte er sich mit Eau de Cologne, bestäubte sich mit Talkum-Puder und zog einen mit hellblauen Kranichen auf dunkelblauem Grund gemusterten kurzen Baumwollkimono an. Dann goß er sich einen kleinen Kognak ein, ging ins Wohnzimmer, setzte sich auf die Couch vor der Spiegelwand und lachte.

Jetzt endlich gestattete er sich, sich zu erinnern, und es war ein himmlischer Traum. Er sah sich die von orangefarbenem Licht beleuchtete Straße entlang auf sein Opfer zugehen. Er lächelte, den Mantel verwegen offen, die linke Hand im Taschendurchgriff, den rechten Arm frei schwenkend.

Hatte er nicht sogar mit den Fingern der rechten Hand geschnippt? Durchaus möglich.

Das Lächeln. Das Nicken. Das heiße Aufwallen des erregten Blutes, als er herumfuhr und zuschlug. Der Laut! Er erinnerte sich an den Laut. An den unfaßlichen Sturz, mit dem das Opfer vornüber gefallen war, wodurch ihm der Eispickel aus der Hand gerissen wurde, er selbst zu straucheln drohte. Dann rasch den Eispickel herausziehen, die Brieftasche durchsuchen, unbeirrt nach Hause gehen.

Und jetzt . . . was empfand er jetzt? Was ihn erfüllte, war ein ungeheueres Gefühl des Stolzes. Das vor allem. Immerhin war es ein außerordentlich schwieriges und gefährliches Stück Arbeit gewesen, und er hatte es geschafft. Gar nicht unähnlich einem schwierigen und gefahrvollen Bergaufstieg, einer technischen Aufgabe, die Können, Muskelkraft und, selbstverständlich, eiserne Entschlossenheit erforderte.

Doch was ihn überwältigte, vollständig überwältigte, war die *Intimität*!

Ja! Das war schon etwas! Einem anderen so nahezukommen. Nein, nicht nahe, in ihn *hinein*zukommen. Mit ihm zu verschmelzen. Einszuwerden mit einem anderen. Einmal hatte er seiner Frau höchst vage, lachend und wie beiläufig vorgeschlagen, daß es vielleicht ganz lustig wäre, wenn sie sich eine Freundin suchten und dann zu dritt nackt zusammen wären. In seinem Geist hatte er sich diese andere Frau schlank und dunkel vorgestellt und besonnen genug, den Mund zu halten. Aber seine Frau hatte nicht verstanden, war auf das, was er vorschlug, nicht eingegangen. Und wenn sie es doch getan hätte, dann würde sie es seinen verderbten Begierden zugeschrieben haben – ein Mann, nackt mit zwei Frauen im Bett!

Dabei hatte das mit Sex gar nichts zu tun. Das war es ja gerade! Er hatte sich nach einer anderen Frau gesehnt, die sie beide, er und seine Frau, lieben konnten, weil auf diese Weise eine neue, unendlich süße Intimität zwischen ihnen entstehen würde. Wenn er und seine Frau zusammen mit einer anderen Frau ins Bett gegangen wären, gleichzeitig an ihren harten Brustwarzen gesogen und sie gestreichelt hätten, und ihre Lippen – seine und die seiner Frau – sich vielleicht auf fremden Fleisch getroffen hätten, nun, dann . . . dann wäre eine so übermächtige, so erschütternde Intimität entstanden, daß er kaum davon träumen konnte, ohne daß ihm Tränen in die Augen traten.

Aber jetzt. Jetzt! Als er sich in Erinnerung rief, was er getan, hatte er so sehr das Gefühl gesteigerter Intimität – in einen anderen einzudringen, mit ihm zu verschmelzen –, einer Intimität, die weit über alle Liebe hinausging und mit nichts zu vergleichen war. Als er Frank Lombard getötet hatte, war er zu Frank Lombard geworden, und das Opfer war zu Daniel Blank geworden. Miteinander verbunden, mit schwindenden Sinnen, schwammen sie durch die endlosen Korridore des Universums wie zwei aneinandergekoppelte, frei im All treibende Astronauten. Die sich langsam umeinander drehten. Taumelnd. Dahintrieben. Durch die Ewigkeit. Nie verwesend. Nie endend. Doch von Leidenschaft gepackt. Für immer.

5

Jedesmal, wenn Daniel Blank Florence und Samuel zusammen sah, mußte er an einen Film denken, den er einmal gesehen hatte: einen Film über das Leben der Seeottern. Die Jungen! Sie rieben ihre Nasen aneinander, berührten sich, tollten ausgelassen umher und balgten sich. Das helmartige, enganliegende schwarze Haar der beiden Mortons wirkte wie dichter Pelz. Er konnte sie nicht betrachten, ohne nachsichtig zu lächeln.

Jetzt, da sie auf der Couch in seinem Wohnzimmer saßen, mußten sie einen Scotch on the Rocks unbedingt gemeinsam aus einem Glas trinken – das er bereits viermal nachgefüllt hatte. Sie hatten ihre schwarzen Leder-Hosenanzüge an, die glatt anlagen wie eine zweite Haut, und ihre leuchtenden Augen und frettchenhaften Züge waren lebhaft und neugierig.

Da sie selbst so bereitwillig – bereitwillig? begierig! – Einzelheiten über ihr Privatleben enthüllten, nahmen sie an, alle ihre Freunde hätten das gleiche Bedürfnis. Sie wollten wissen, wie seine Affäre mit Celia Montfort sich entwickelte. Ob sie miteinander schliefen? Ob es eine sexuell befriedigende Beziehung sei? Ob er noch mehr über sie herausgefunden hätte? Welche Rolle Anthony in ihrem Hause spiele? Und welche Valenter?

Er antwortete unbestimmt und versuchte, geheimnisvoll zu lächeln. Nach einer Weile wandten sie sich, von seiner Zurückhaltung enttäuscht, einander zu und sprachen über ihn, so als ob er gar nicht da wäre. Diese Behandlung hatte er schon des öfteren erfahren (wie übrigens alle ihre schweigsamen Freunde), und bisweilen fand er es ganz amüsant. Heute jedoch war ihm dabei etwas unbehaglich und, wie er meinte, vielleicht ängstlich zumute. Wer weiß, worüber sie womöglich stolperten?

«Für gewöhnlich», sagte Sam und wandte sich an Flo, «pflegt ein Mann wie Dan, wenn er rundheraus gefragt wird, ob seine sexuellen Beziehungen mit einer bestimmten Frau befriedigend seien, etwa zu sagen: ‹Wie um alles in der Welt soll ich das wissen? Ich habe nicht mit ihr geschlafen.› Das bedeutet entweder, er sagt die Wahrheit und hat tatsächlich nicht mit ihr geschlafen, oder er hat mit ihr geschlafen und schwindelt, um dem guten Ruf der Dame nicht zu schaden.»

«Stimmt.» Flo nickte feierlich. «Oder drittens, es war ein solcher Reinfall, daß er kein Wort darüber verlieren möchte, weil entweder er nicht gekonnt hat oder die Dame versagt hat. Oder es war absolut wunderbar, so unwahrscheinlich, daß er nicht darüber reden, sondern die wunderbare Erinnerung ganz für sich behalten möchte.»

«He, nun mal langsam!» Dan lachte. «Ich bin nicht . . .»

«Aber ja», unterbrach ihn Sam. «Doch wenn ein Mann auf die Frage: ‹Wie war es denn mit dieser ganz bestimmten Frau?› zur Antwort gibt: ‹Es war ganz gut› – was soll man davon halten? Daß er zwar mit ihr im Bett war, das Erlebnis aber nur so la-la?»

«Ich glaube, das möchte Dan uns glauben machen», sagte Flo nachdenklich. «Ich glaube, er verbirgt uns etwas, Samovel.»

«Der Meinung bin ich auch.» Er nickte. «Doch was? Daß er noch keinen Versuch unternommen hat?»

«Ja», sagte Flo. «Das wäre psychologisch einleuchtend. Dan war lange Jahre mit einer Frau verheiratet, die ihm körperlich und geistig unterlegen war. Stimmt's?»

«Stimmt. Und in diesen Jahren ist Sex für ihn zu einer Routine geworden, zu einer Gewohnheit. Plötzlich von ihr getrennt und geschieden, sieht er sich nach einer neuen Frau um. Aber er ist unsicher. Er hat vergessen, wie man vorgeht.»

«Genau», stimmte Flo ihm zu. «Er ist sich seiner selbst nicht sicher, hat Angst, sie könnte ihn abweisen. Schließlich ist Dan kein Sexungeheuer. Sobald er einen Korb bekommt, bildet er sich sofort ein, er trage die Schuld am Scheitern seiner Ehe. Was sein Ego selbstverständlich nicht zuläßt. Folglich nähert sich Dan dieser Frau mit größter Umsicht. Er geht behutsam vor. Hast du jemals erlebt, daß ein behutsamer Liebhaber zum Ziel gekommen wäre?»

«Niemals!» erklärte Sam entschieden. «Erfolgreicher Sex setzt immer Aggressivität voraus, entweder Angriff von seiten des Mannes oder Ergebung von seiten der Frau.»

«Und Ergebung von seiten der Frau ist genauso eine Form der Aggression wie Angriff von seiten des Mannes.»

«Selbstverständlich. Erinnere dich an das Buch von . . .»

Doch an diesem Punkt wurde Daniel Blank ihres Spiels überdrüssig und ging in die Küche, um sich noch einen Wodka einzuschenken. Als er ins Wohnzimmer zurückkam, waren sie noch immer dabei, ihre Stimmen jetzt etwas lauter, da schrillte die Klingel so durchdringend, daß sie erschrocken verstummten. Daniel Blank, der jetzt bei jedem unerwarteten Klopfen oder Klingeln Herzklopfen bekam, benahm sich, wie er sich später selbst versicherte, mit nonchalanter Gelassenheit.

«Wer um alles in der Welt kann das denn sein?» Die Frage war an niemanden im besonderen gerichtet.

Er stand auf und ging an die Wohnungstür. Durch das Guckloch sah er das Haar einer Frau – langes blondes Haar – und eine wattierte Mantelschulter. O mein Gott, dachte er, das ist Gilda! Was will sie hier?

Doch als er die Kette abnahm und die Tür aufmachte, war es doch nicht Gilda. Sie war es und war es auch wieder nicht. Er starrte sie an, versuchte zu begreifen. Sie starrte ihn genauso an. Erst als er vor Staunen den Mund aufsperrte, brach sie in Lachen aus, und da merkte er, daß es Celia Montfort war.

Aber was für eine Celia! Sie trug eine schulterlange blonde Perücke, deren Haar sich an den Spitzen leicht nach oben wellte. Starkes Make-up und leuchtend roter Lippenstift. Ein Kostüm aus grobem Tweed, dazu eine zerknitterte Bluse. Eine Kette aus auffallend großen Perlen. Blutrot gelackte Fingernägel. Und – nicht zu übersehen – ein ausgestopfter Büstenhalter.

Sie hatte seine Ex-Frau nie gesehen, nie ein Foto von ihr in der Hand gehabt, doch die Ähnlichkeit war frappierend. Das Massige war da, das strotzend-gesunde Aussehen, das Farbenfrohe, der federnde Gang, die Art, wie sie mit Ellbogen und Schultern ruckte.

«Mein Gott», sagte Daniel bewundernd. «Du bist großartig!»

«Seh ich aus wie sie?»

«Man sollte es nicht glauben. Aber wozu?»

«Ach . . . nur so zum Spaß, wie Tony sagen würde. Ich dachte, es würde dir gefallen?»

«Das tut es. Ja, wirklich! Mein Gott, genau wie sie! Du hättest wirklich Schauspielerin werden sollen!»

«Das bin ich», sagte sie. «Immer und überall. Willst du mich nicht hereinbitten?»

«Oh, natürlich. Du, paß auf, Mortons sind da. Ich werde dich ihnen als Gilda präsentieren. Ich möchte sehen, wie sie reagieren.»

Er ging ihr zum Wohnzimmer voran.

«Es ist Gilda», rief er strahlend und trat beiseite.

Celia verweilte an der Schwelle, stellte sich in Positur und schenkte Mortons ein strahlendes Lächeln.

«Gilda!» rief Florence und winkte ihr zu. «Wie nett, dich . . .» Sie hielt inne.

Dann brachen Celia und Daniel in Lachen aus, und gleich darauf lachten auch Mortons.

Flo trat herzu und umarmte Celia. Dann klopfte sie ihr leicht auf die wattierten Schultern und aufs Hinterteil.

«Ein ausgestopfter Hintern», berichtete sie den Männern. «Und ein Schaumgummibusen. Mein Gott, du hast aber auch an alles gedacht.»

«Findet ihr, ich sehe ihr ähnlich?»

«Ähnlich?» sagte Sam. «Die reinste Doppelgängerin. Selbst das Make-up.»

«Vollkommen.» Flo nickte. «Selbst die Fingernägel. Wie hast du das nur gemacht?»

«Erraten», sagte Celia.

«Und richtig geraten», sagte Daniel. «Aber willst du nicht deine Jacke ausziehen und es dir bequem machen?»

«O nein. Ich finde das so sehr schön.»

«Wie du willst. Wodka?»

«Bitte.»

Er ging in die Küche, um neue Drinks für sie alle zu bereiten. Als er zurückkam, hatte Celia sämtliche Lichter bis auf eine Stehlampe ausgemacht, und in dem halbdunklen Raum sah sie womöglich noch mehr aus wie seine frühere Frau. Die Ähnlichkeit war erschlagend, selbst die Art, wie sie aufrecht im Sessel saß, die Füße auf dem Boden nebeneinander, die Knie leicht geöffnet, als ob der Umfang ihrer Schenkel eine schicklichere Pose nicht zuließe. Er fühlte . . . etwas.

«Warum die Verkleidung?» fragte Flo.

«Zu welchem Zweck?» fragte Sam.

Celia Montfort fuhr sich mit den Fingern durch das blonde Haar und lächelte ihr geheimnisvolles Lächeln.

«Habt ihr so was noch nie tun wollen?» fragte sie. «Den Wunsch hat doch jeder. Von sich selbst abrücken. Den Beruf an den Nagel hängen, die Frau, den Mann, die Familie im Stich lassen, sein Heim und allen Besitz zurücklassen, nackt dastehen, falls das möglich ist, in eine andere Straße ziehen, in eine andere Stadt, ein anderes Land, eine andere Welt, jemand anderes werden. Mit einem neuen Namen, einer neuen Persönlichkeit, neuen Bedürfnissen und Neigungen und Träumen. Jemand völlig anderes werden, jemand völlig Neues. Vielleicht wird es schlimmer, vielleicht wird es besser – auf jeden Fall wird es anders. Und vielleicht hat man eine Chance in der neuen Haut, eine ganz kleine Chance. Als ob man noch einmal auf die Welt kommt. Findest du nicht, Daniel?»

«Ja.» Er nickte eifrig. «Das finde ich auch.»

«Ich nicht», sagte Sam. «Ich bin gern der, der ich bin.»

«Und ich bin auch gern die, die ich bin», sagte Flo. «Außerdem, im Grunde kann man ja doch niemand anderes werden.»

«Kann man nicht?» fragte Celia träge. «Wie langweilig!»

Sie stritten über die Möglichkeit, sich persönlich zu ändern, *wesentlich* zu verändern. Blank hörte sich die mit lauter Stimme vorgebrachten Verneinungen der beiden Mortons an und spürte eine lauernde, perverse Gefahr: Er war versucht, sie eines Besseren zu belehren, ihnen ruhig, mit einem kühlen, sardonischen Lächeln auf den Lippen zu sagen: «Ich habe mich verändert. Ich habe Frank Lombard getötet.» Doch er widerstand der Versuchung, wenn er auch einen Moment lang mit dem Gedanken spielte und das darin liegende Risiko genoß. Doch dann begnügte er sich mit einem unausgesprochenen: «Ich weiß etwas, was ihr nicht wißt», und dieser kindische Gedanke machte sie ihm auf unbegreifliche Weise unendlich teuer.

Schließlich hatte jeder das seine gesagt. Daniel brachte Kaffee, den sie vornehmlich schweigend tranken. Auf ein unsichtbares Zeichen hin erhoben sich Flo und Sam Morton, dankten Daniel für den reizenden Abend, gratulierten Celia zu ihrer schauspielerischen Leistung und gingen. Blank verschloß die Tür hinter ihnen und legte die Sicherheitskette vor.

Als er zurückkam, hatte Celia sich erhoben. Sie fielen sich in die Arme und küßten sich; sein Mund war klebrig von dem dick aufgetragenen Lippenstift. Er tastete über ihr ausgestopftes Hinterteil.

«Soll ich es ausziehen?» fragte sie.

«Nein. Es gefällt mir.»

Sie leerten die Aschbecher und stellten die Gläser in die Spüle in der Küche.

«Kannst du bleiben?» fragte er.

«Selbstverständlich.»

«Gut.»

Sie ging ins Bad. Er machte sich in der Wohnung zu schaffen, kontrollierte die Fenster, sicherte die Wohnungstür mit der Eisenstange. Als er durchs Wohnzimmer ging, sah er sein Spiegelbild gespenstergleich in Bruchstücken und Teilen von Spiegel zu Spiegel springen.

Als er ins Schlafzimmer zurückkam, saß sie still auf dem Bett und starrte vor sich hin.

«Was möchtest du?» fragte sie und sah zu ihm auf.

«Oh, laß die Perücke auf», sagte er rasch. «Und behalt BH und Hüftgürtel an. Oder was es sonst ist. Das Kostüm und die Bluse ziehst du aber besser aus.»

«Schlüpfer und Strümpfe auch?»

«Ja.»

«Und die Perlen?»

«Nein, die laß um. Möchtest du einen Morgenrock haben? Ich habe einen seidenen.»

«Ja, danke.»

«Ist es zu warm hier?»

«Ein bißchen.»

«Ich drehe die Heizung etwas herunter. Bist du müde?»

«Mehr abgespannt als müde. Mortons strengen mich immer etwas an. Sie sind nie still.»

«Ich weiß. Ich habe heute morgen geduscht. Soll ich noch mal duschen?»

«Nein. Laß mich dich halten.»

«Nackt?»

«Ja.»

Später hielt sie ihn unter einer einzigen leichten Decke in der Hand, und er spürte durch den seidenen Morgenrock hindurch den ausgestopften BH und den Hüfthalter.

«Mami?» sagte er.

«Ich weiß», murmelte sie, «ich weiß.»

Er rollte sich in ihren Armen zusammen und weinte leise.

«Ich versuch's ja», sagte er mit tränenerstickter Stimme, «ich versuch es ja.»

«Ich weiß», wiederholte sie, «ich weiß.»

Der Gedanke, richtig mit ihr zu schlafen oder zu versuchen, es zu tun, verletzte ihn, doch er konnte nicht einschlafen.

«Mami», sagte er nochmals.

«Dreh dich um», befahl sie, und er gehorchte.

«Ahh», sagte sie. «Da!»

«Oh! Oh!»

«Tu ich dir weh?»

«Ja. Ja.»

«Bin ich jetzt Gilda?»
«Ja. Aber das hätte sie nie getan.»
«Mehr?»
«Langsam. Bitte.»
«Wie heiß ich?»
«Celia.»
«Wie?»
«Gilda.»
«Wie?»
«Mami.»
«Das ist besser. Ist das nicht besser?»

Endlich schlief er ein. Ihm war, als wäre er Sekunden später wieder aufgewacht.

«Was?» fragte er. «Was ist?»

«Du hast einen Alptraum gehabt. Du hast geschrien. Was war denn?»

«Ein Traum», sagte er und kuschelte sich an sie. «Ich hab schlecht geträumt.»

«Was hast du geträumt?»

«Wirres Zeug.»

Die Hände auf Wattepolster und Schaumgummi, drängte er sich näher an sie.

«Soll ich es noch einmal tun?»

«O ja», sagte er dankbar. «Bitte.»

Als er am Morgen aufwachte, lag sie nackt neben ihm und schlief; irgendwann in der Nacht mußte sie Perücke, Morgenmantel und die anderen Utensilien abgelegt haben. Nur die Perlen hatte sie noch um. Vorsichtig strich er darüber. Dann kroch er verstohlen nach unten, kauerte unter der Decke und atmete ihre süße Wärme. Sanft spreizte er ihre Beine. Dann trank er von ihr, nahm gierig große Schlucke aus der Quelle, bis er spürte, daß sie wach wurde. Er hörte nicht auf, und sie bewegte sich, griff unter die Decke und preßte ihre Hand auf seinen Kopf. Er stöhnte auf, fast schwanden ihm die Sinne, so glühend heiß war ihm unter der Decke. Er konnte nicht aufhören. Hinterher küßte sie seine Lippen.

Und noch später, als sie angezogen waren und am Küchentisch saßen, sagte sie: «Wirst du es noch mal tun?» – es war mehr eine Feststellung als eine Frage.

Wortlos nickte er. Er wußte, was sie meinte, und er fing an zu begreifen, was für eine Gefahr sie darstellte.

«Von vorn?» fragte sie. «Ja? Sieh ihm in die Augen und berichte mir dann.»

«Schwierig», sagte er.

«Du schaffst es», sagte sie. «Ich weiß, daß du es schaffst.»

Er runzelte die Stirn. «Das will gut vorbereitet sein. Und ein bißchen Glück gehört natürlich auch dazu.»

«Du bist selbst deines Glückes Schmied.»

«Meinst du? Hm, ich muß es mir überlegen. Ein interessantes Problem.»

«Willst du etwas für mich tun?»

«Selbstverständlich. Was?»

«Anschließend gleich zu mir zu kommen?»

Er dachte einen Augenblick nach.

«Vielleicht nicht gleich anschließend. Aber kurz darauf. Noch in der selben Nacht. Genügt das?»

«Vielleicht bin ich dann nicht zu Hause.»

Sofort war sein Argwohn wach. «Willst du wissen, in welcher Nacht? Das weiß ich selbst vorher nicht. Und will es auch nicht wissen.»

«Nein, ich will weder wissen, wann noch wo. Nur in welcher Woche. Dann bleibe ich jede Nacht zu Hause und warte auf dich. Kannst du mir sagen, in welcher Woche?»

«Ja. Das werde ich dir sagen. Wenn es soweit ist.»

«Mein Geliebter!» sagte sie. «Die Augen», sagte sie.

6

Bernard Gilbert nahm das Leben ernst – und er hatte ein Recht darauf, düster zu sein. Früh verwaist, war er von Onkel zu Tante, von Vetter zu Kusine geschleppt worden, war überall sechs Monate geblieben, hatte überall zu hören bekommen, daß das Essen auf seinem Teller, das Bett, in dem er schlief, die Sachen, die er anhatte – daß er all das der harten Arbeit seiner Wohltäter verdanke, daß er auf ihre Kosten lebe.

Mit acht Jahren war er Schuhputzer gewesen, dann Laufbursche, dann Kellner, dann Stoffverkäufer, dann Buchhalter in einem drittklassigen Modewarengeschäft. Und die ganze Zeit über hatte er die Schule besucht, hatte gelernt und Bücher gelesen. Alles ohne Freude. Manchmal, wenn er sich genug zusammengespart hatte, war er zu einer Frau gegangen. Auch das war freudlos gewesen. Was hätte er tun sollen?

High-School, zwei Jahre Militärdienst, City-College, immer arbeiten, nachts nur vier bis fünf Stunden Schlaf, lernen, lesen, sich kleine Summen leihen, sie wieder zurückzahlen, sich nie ernsthaft die Frage stellen, *wozu*, sondern sich von einem untrüglichen Instinkt leiten lassen. Und plötzlich war es soweit, er, Bernard Gilbert, war vereidigter Buchprüfer, trug einen neuen schwarzen Anzug – ein harter Arbeiter, der sich aufs Rechnen verstand. Und das sollte das Leben sein?

Er hatte Mut, er hatte Energie. Harte Arbeit schreckte ihn nicht, und wenn es sein mußte, erniedrigte er sich auch und ging mit einem Schulterzucken darüber hinweg. Handelte wie ein Mann. Kein großspuriger Eroberer mit Haaren auf der Brust, sondern einer, der überlebte. Dazu gehörte eine besondere Art von Mut; er verlor ihn nie.

Seine große Stunde kam, als er zweiunddreißig war und eine entfernte Kusine ihn zum Abendessen einlud. Dort war Monica. «Monica, darf ich dir Bernard Gilbert vorstellen? Er ist vereidigter Buchprüfer.»

Sie heirateten, und für ihn begann das Leben. Glücklich? Man hätte es nicht für möglich gehalten! Gott sprach: «Bernie, zweiunddreißig Jahre lang habe ich dich beschissen behandelt. Du bist hart im Nehmen, aber jetzt hast du wirklich mal eine Pause verdient. Genieß es, mein Junge, genieß es!»

Zuallererst kam Monica. Nicht schön, aber hübsch und kräftig. Auch sie eine harte Arbeiterin. Sie lachten im Bett. Dann kamen die beiden Kinder, Mary und Sylvia. Wunderhübsche Mädchen! Und gesund, Gott sei Dank! Die Wohnung war nichts Üppiges, aber ein Zuhause! Ein *Zuhause*! Sein Zuhause – mit Frau und Kindern. Alle lachten sie.

Die bösen Erinnerungen schwanden. Alles war vergessen: die Grausamkeiten, die abgelegten Kleider, die Beleidigungen und die Kriechereien! Allmählich, ganz allmählich begriff er, was Freude war. Es war ein Geschenk, und er wußte es zu schätzen. Bernard Gilbert, ein schwermütiger Mann mit eingefallenen Wangen, ein Mann, der sich ständig rasieren mußte, mit hängenden Schultern, staunenden Augen, schütter werdendem Haar, hager von Gestalt: ein Mann, der, wenn er sein Leben noch einmal zu leben hätte, gern Geiger geworden wäre. Nun ja.

Er hatte diesen guten Job bei einer großen Buchprüferfirma, bei der man wußte, was man an ihm hatte. Seit ein paar Jahren arbeitete er noch nebenher, machte Selbständigen wie Ärzten, Zahnärzten, Architekten, Künstlern und Schriftstellern die Steuererklärung. Seine Firma wußte davon und hatte nichts dagegen, da er die Arbeiten in seiner Freizeit machte und ihr bei ihren großen Kunden nicht ins Gehege kam.

Sein privater Kundenstamm wuchs. Es war keine Kleinigkeit, sich nach einem Achtstundentag zu Hause noch weitere zwei bis drei Stunden an die Arbeit zu setzen. Aber er besprach die Sache mit Monica – er besprach überhaupt alles mit Monica –, und sie kamen überein, daß er, wenn er durchhielt, sich vielleicht in fünf oder zehn Jahren selbständig machen konnte. Es war möglich. Monica beschloß, einen Buchhaltungskurs zu besuchen, studierte daheim, und nach einer gewissen Zeit konnte sie, nachdem sie sich tagsüber um die Wohnung und die Kinder gekümmert hatte, ihm abends an die Hand gehen. Sie waren beide richtige Arbeitstiere, dachten jedoch nie darüber nach und wären erstaunt gewesen, wenn jemand ihnen gesagt hätte, daß sie hart arbeiteten. Was denn sonst?

Da lebten sie also im zweiten Stock eines Mietshauses ohne Fahrstuhl in der East 84th Street. Elegant war die Wohnung nicht, aber Monica hatte sie fröhlich gestrichen, und sie hatten zwei Schlafzimmer und eine große Küche, in der Monica die wunderbarste Matze machte, die man sich denken konnte, besaßen einen Plattenspieler und sämtliche Aufnahmen von Isaac Stern, und einen Kartentisch, an dem er arbeiten konnte. Luxuriös war es nicht, das mußte er zugeben, aber er schämte sich der Wohnung nicht, und bisweilen luden sie Freunde oder Nachbarn zu sich ein und lachten. Ab und zu gingen sie sogar mit den Kindern in ein teures Restaurant zum Essen und taten ungeheuer ernst und feierlich, obwohl sie sich am liebsten ausgeschüttet hätten vor Lachen.

Am schönsten aber war es, wenn er und Monica spätabends mit der Arbeit Schluß machten, nach Mitternacht, während die Kinder schliefen, zusammen auf der Couch saßen, sich eine leise gestellte Vivaldi-Platte anhörten und einfach beieinander waren. Für solche Augenblicke wäre er bereit gewesen, sich sein Leben lang zu schinden. Und wenn Monica seine eingefallenen Wangen mit zärtlichen Küssen bedeckte . . . Ach!

An Augenblicke wie diese dachte er, als er aus dem 1st-Avenue-Bus ausstieg. Es war noch nicht einmal Mitternacht. Oder vielleicht kurz danach. Er war unten in Manhattan gewesen, wo er sich die Bücher einer kleinen Privatklinik angesehen hatte. Möglich, daß ihm hier ein neuer Kunde zuwuchs, ein guter und großer. Die Besprechung mit den Ärzten hatte länger gedauert als angenommen. Geduldig hatte er ihnen auseinandergesetzt, was sie nach den Steuergesetzen tun konnten und was nicht. Er hatte das Gefühl, daß er Eindruck auf sie gemacht hatte. Sie hatten gesagt, sie müßten sich noch darüber unterhalten und würden ihm binnen einer Woche Bescheid geben. Er hatte ein gutes Gefühl, nahm sich jedoch vor, sich nicht allzu optimistisch zu geben, wenn er mit Monica darüber sprach. Falls ...

Er bog in seine Straße ein. Sie war noch nicht mit der neuen Straßenbeleuchtung ausgestattet, und weiter vorn, im fahlen Licht, sah er einen Mann auf sich zukommen. Selbstverständlich war er sogleich auf der Hut – um diese Stunde hier in New York! Doch als sie näher aufeinander zukamen, sah er, daß der Mann ungefähr in seinem Alter war, gut gekleidet, mit einem sich im Wind bauschenden Mantel. Die linke Hand in der Tasche, den rechten Arm hin und her schwingend, schritt er sorglos einher.

Sie waren nicht mehr weit voneinander entfernt. Bernard sah, daß der andere ihn nicht aus den Augen ließ. Aber er lächelte. Gilbert erwiderte das Lächeln. Offenbar lebte der Mann in der Nachbarschaft und wollte freundlich sein. Gilbert beschloß, «Guten Abend» zu sagen.

Sie waren zwei Schritte voneinander entfernt, und er hatte «Guten ...» gesagt, als die rechte Hand des Mannes pfeilschnell unter dem Mantel verschwand und mit etwas, das einen Griff, eine Spitze hatte, wieder zum Vorschein kam, etwas, das sogar im matten Schein der Straßenbeleuchtung schimmerte.

Bernard Gilbert kam nicht mehr dazu, «... Abend» zu sagen. Er merkte noch, wie er innehielt und zurückwich. Doch das Ding war in der Luft und sauste herab. Schützend wollte er den Arm heben, doch er war wie Blei. Er sah das Gesicht des Mannes: hübsch und zärtlich und ohne jeden Haß darin, auch kein Wahnsinn, eher etwas Leidenschaftliches. Irgend etwas traf Bernard Gilberts Stirn, schmetterte ihn zu Boden, und er merkte, daß er stürzte, spürte, wie er mit dem Rücken auf den Bürgersteig prallte, überlegte, was aus seiner neugefundenen Freude geworden war, und hörte Gott sagen: «Okay, Bernie – was genug ist, ist genug!»

Teil V

1

Dreimal in der Woche brachte ein Bote Captain Delaney die Kopien der jüngsten Ermittlungen im Fall Lombard ins Haus. Delaney fiel auf, daß die Berichte immer weniger und immer kürzer wurden. Pauley ließ bereits Überprüftes ein weiteres Mal überprüfen, doch das Ergebnis war gleich Null: kein Ansatzpunkt, kein einleuchtendes Motiv. Pauley hatte in einer vertraulichen Aktennotiz an den Stellvertretenden Commissioner Broughton sogar auf eine Möglichkeit hingewiesen, an die auch Delaney schon gedacht hatte: daß Lombard von einem Polizeibeamten umgelegt worden sein könnte aus Ärger über dessen ständige öffentlichen Angriffe auf die «Tüchtigkeit» der Polizei. Allerdings glaubte Pauley nicht daran.

Captain Delaney ebenfalls nicht. Ein Polizeibeamter hätte ihn vermutlich mit einer Pistole niedergeschossen. Doch die meisten Berufspolizisten – sie alle hatten Bürgermeister, Commissioner und Politiker aller Schattierungen kommen und gehen sehen – pflegten eine Kritik wie die Lombards mit einem Achselzucken abzutun, die in ihren Augen nichts weiter als einen billigen Publicity-Trick darstellte, und sich dann wieder ihrer Arbeit zuzuwenden.

Je mehr Delaney über den Mord nachdachte, je mehr Berichte er las, desto fester war er davon überzeugt, daß es sich um ein Verbrechen ohne Motiv handelte. Natürlich nicht ohne Motiv für den Mörder, wohl aber für jeden vernünftig denkenden Menschen. Lombard war einem Zufall zum Opfer gefallen.

Delaney versuchte, seine Zeit auszufüllen. Zweimal jeden Tag ging er ins Krankenhaus, einmal mittags und einmal am frühen Abend. Er fragte auf eigene Faust ein paar Leute aus, suchte Frank Lombards Kompagnon in der Rechtsanwaltsfirma auf, seine Mutter und etliche von seinen politischen Freunden. Aber es war reine Zeitverschwendung; er fand nichts heraus, das ihn weitergebracht hätte.

Verzweifelt über seinen Mißerfolg nahm er eines Abends einen gelben, linierten Notizblock zur Hand und schrieb oben auf die Seite: «Der Tatverdächtige.» Dann zog er in der Mitte einen Längsstrich. Über die linke Spalte schrieb er: «Körperliche Merkmale», über die rechte: «Psychische Merkmale». Er nahm sich vor, alles aufzuschreiben, was er über den Täter wußte oder mutmaßte.

Unter «Körperliche Merkmale» notierte er:

«Vermutlich ein Mann. Weiß.»

«Groß, wahrscheinlich über 1,80 m.»

«Kräftig und jung. Unter 35?»

«Von durchschnittlichem oder gutem Aussehen. Möglicherweise gut gekleidet.»

«Äußerst wendig, ausgezeichnete Muskelkoordination. Sportler?»

Unter «Psychische Merkmale» notierte er:

«Kalt, entschlossen.»

«Von unbekanntem Motiv getrieben.»

«Psychopath? Typ wie Unruh?»

Weiter unten auf der Seite machte er eine neue Überschrift: «Zusätzliches», und darunter notierte er:

«Jemand drittes hineinverwickelt? Dient der gestohlene Führerschein als ‹Tatbeweis›?»

«Wohnhaft im 251. Revier?»

Dann las er die Liste noch einmal durch. Sie war, das mußte er zugeben, erschreckend mager. Aber allein, daß er niedergeschrieben hatte, was er wußte – oder vielmehr mutmaßte; denn er wußte *nichts* –, gab ihm ein besseres Gefühl. Alles war Nebel und Schatten. Aber er spürte, daß da etwas war. Irgend jemand war flüchtig und undeutlich zu sehen . . .

Er las die Liste wieder und wieder. Jedesmal blieb er bei der Zeile: «Von unbekanntem Motiv getrieben» hängen.

In all den Jahren, da er mit psychopathischen Mördern zu tun gehabt hatte, war er nie auf einen gestoßen oder hatte er von einem gehört, der ganz ohne Motiv gehandelt hätte. Gewiß, das Motiv mochte irrational sein, widersinnig, doch in jedem einzelnen Fall, ganz besonders dann, wenn es um einen Mehrfachmörder gegangen war, hatte der Täter ein «Motiv» gehabt.

Wie verrückt ein Mörder auch war, er hatte seine Gründe: die Kränkungen durch die Gesellschaft, die Einflüsterungen Gottes, die Forderungen der politischen Überzeugung, das Feuer des Ego, die Verachtung der Frauen, die Schrecken der Einsamkeit . . . was auch immer. *Aber er hatte seine Gründe.* Nirgends, das war Delaneys Erfahrung, gab es den Mörder ohne Motiv, den grundbösen Menschen, der einfach nur gleichmütig zuschlug, so wie jemand sich eine Zigarette anzündete oder in der Nase bohrte.

Während er in seinem langsam immer dunkler werdenden Arbeitszimmer saß und sich wieder und wieder in sein trauriges kleines «Porträt eines Mörders» vertiefte, dachte Edward Delaney daran, daß es diesen Menschen gab, daß er möglicherweise nicht einmal weit von dieser Stelle entfernt, wo er jetzt saß, lebte. Er überlegte, was in diesem Mann vorgehen, wovon er träumen mochte, was er sich erhoffte und was er vorhatte.

Delaney trug, als er am nächsten Morgen vor zehn Uhr das Haus verließ und eine Telefonzelle in einem Süßwarenladen benutzte, seinen Wintermantel, denn der Novembertag war frostig, und es roch nach Schnee. Er wählte die Nummer von Thorsens Auftragsdienst, hinterließ die Nummer, von der aus er anrief, und wartete geduldig. Innerhalb von fünf Minuten rief Thorsen zurück.

«Ich habe nichts zu melden», sagte Delaney flau. «Nichts.»

«Nehmen Sie's nicht so schwer, Edward. Broughton hat auch nichts.»

«Ich weiß.»

«Dafür habe ich eine gute Nachricht für Sie.»

«Und zwar?»

«Es ist uns gelungen, Lieutenant Dorfman zum kommissarischen Leiter von Zwei-fünf-eins ernennen zu lassen.»

«Das freut mich. Vielen Dank!»

«Aber nur für sechs Monate. Danach müssen entweder Sie den Posten wieder übernehmen, oder wir sind gezwungen, einen Captain oder einen Inspector einzusetzen.»

«Ich verstehe. Aber immerhin! Auf diese Weise läßt sich das Problem mit Lombards Führerschein lösen.»

«Worin besteht das Problem?»

«Ich bin zwar beurlaubt, werde aber im Präsidium immer noch geführt. Folglich muß ich den Führerschein als vermißt melden.»

«Edward, Sie machen sich zuviel Gedanken.»

«Ja, ich weiß. Aber ich muß es melden.»

«Das bedeutet, daß Broughton davon erfährt.»

«Möglich. Wenn es jedoch zu noch einem Mord kommt – und davon bin ich fest überzeugt – und Pauleys Männer feststellen, daß der Führerschein des Opfers oder sonst irgend etwas fehlt, werden sie noch einmal bei Lombards Witwe in Florida Rückfrage halten. Sie wird ihnen erzählen, daß ich bereits danach gefragt habe und daß sie ihn nicht finden könne. Und dann bin ich geliefert. Dann kann Broughton mich wegen Unterschlagung von Beweismaterial zur Rechenschaft ziehen.»

«Und wie wollen Sie die Sache deichseln?»

«Soweit ich mich erinnere, werden vom Revier aus über verlorene oder gestohlene Führerscheine Meldungen ans Verkehrsamt geschickt, von wo aus sie an die Zentralstelle für Kraftfahrzeuge des Staates New York weitergeleitet werden. Ich werde Dorfman bitten, das übliche Formblatt auszufüllen. Aber man muß damit rechnen, daß Broughton übers Verkehrsamt davon erfährt. Wenn dort die Meldung eingeht, daß Frank Lombards Führerschein vermißt wird, fängt irgendwer bestimmt an zu schreien.»

«Keine Angst. Wir haben jemand im Verkehrsamt sitzen.»

«Das dachte ich mir schon.»

«Sagen Sie Dorfman, er soll das übliche Formular ausfüllen, soll mich anrufen, ehe er es abschickt. Ich sage ihm dann, an wen er es schicken soll. Die Meldung wird vom Verkehrsamt an die Zentralstelle weitergeleitet, aber niemand wird Broughton darüber informieren. Zufrieden?»

«Ja.»

«Ach, übrigens, Edward . . .»

«Ja?»

«Kommen Sie wirklich überhaupt nicht weiter? Auch wenn Sie vorläufig noch nicht darüber reden möchten . . .»

«Doch», log Delaney. «Ich komme weiter.»

Mit gesenktem Kopf, die Hände tief in den Taschen vergraben, schlenderte er durch den feuchten, trüben Tag nach Hause zurück. Es bedrückte ihn, daß er Thorsen angelogen hatte. Es bedrückte ihn immer, wenn er zu irgendwelchen Kniffen Zuflucht nehmen mußte. Er tat es zwar, aber nur ungern.

Als er sich seinem Haus näherte, sah er Lieutenant Dorfman dort stehen. Strahlend kam Dorfman ihm entgegen und schüttelte Delaney die Hand.

«Man hat mir die kommissarische Leitung übertragen, Captain», rief er. «Für sechs Monate. Vielen Dank.»

«Sehr gut!» Delaney lächelte und packte Dorfman bei der Schulter. «Kommen Sie, trinken Sie einen Kaffee mit mir und erzählen Sie.»

Sie saßen in der Küche, und es amüsierte Delaney zu beobachten, wie Dorfman bereits die Vorrechte seines neuen Ranges für sich in Anspruch nahm. Er knöpfte sich die Uniformbluse auf und saß mit weit von sich gestreckten Beinen da. Es wäre ihm nie eingefallen, eine solche Haltung im Büro des Captains einzunehmen, doch Delaney konnte es verstehen und billigte es sogar.

Er las das Fernschreiben, das Dorfman mitgebracht hatte, und lächelte abermals.

«Ich kann Ihnen nur noch mal wiederholen, was ich Ihnen früher schon gesagt habe. Ich bin hier, und ich bin jederzeit gern bereit, Ihnen zu helfen. Genieren Sie sich nicht, mich zu fragen. Es gilt eine Menge zu lernen.»

«Ich weiß, Captain, und ich bin Ihnen dankbar für jede Hilfe. Sie haben ja schon so viel getan, indem Sie mich vorschlugen.»

Delaney faßte ihn genau ins Auge. Schon war er wieder dabei: Menschen zu benutzen. Er zwang sich, es hinter sich zu bringen.

«Es war mir ein Vergnügen», sagte er. «Dafür könnten Sie mir jetzt auch einen Gefallen tun.»

«Aber gern, Captain.»

«Genaugenommen handelt es sich um zwei Gefallen. Vielleicht werden es in der Zukunft noch mehr sein. Ich schwöre, daß ich Sie um nichts bitten werde, was Ihrem Ruf oder Ihrer Karriere schaden könnte. Wenn Sie meinen, mein Wort genüge Ihnen nicht – und glauben Sie mir, ich würde Ihnen keinen Vorwurf daraus machen, wenn Sie das meinten –, dann bestehe ich auch nicht darauf. Einverstanden?»

Dorfman reckte sich auf seinem Stuhl, anfangs malte sich Verwunderung in seinem Gesicht, dann wurde er ernst. Lange sah er Delaney an; keiner wich dem Blick des anderen aus.

«Captain, wir haben lange zusammengearbeitet.»

«Ja, das haben wir.»

«Ich kann nicht glauben, daß Sie irgend etwas von mir verlangen würden, was ich nicht tun sollte.»

«Vielen Dank.»

«Um was geht es?»

«Als erstes möchte ich, daß Sie beim Verkehrsamt Meldung über einen vermißten Führerschein erstatten. Aus der Meldung soll deutlich hervorgehen, daß ich es war, der die Sache zu Ihrer Kenntnis gebracht hat. Ehe Sie sie abschicken, rufen Sie bitte Deputy Inspector Thorsen an. Er wird Ihnen sagen, an wen im Verkehrsamt Sie die Meldung schicken sollen. Er hat mir versichert, daß sie wie üblich an die Zentralstelle für Kraftfahrzeuge des Staates New York weitergeleitet wird.»

Dorfman war verblüfft.

«Kein großer Gefallen, Captain. Eine reine Routinesache. Geht es um Ihren Führerschein?»

«Nein. Um den von Frank Lombard.»

Wieder sah Dorfman ihn an. Langsam knöpfte er sich die Uniformbluse zu.

«Von Lombard?»

«Ja, Lieutenant. Falls Sie irgendwelche Fragen haben, will ich versuchen, Ihnen darauf zu antworten. Aber seien Sie bitte nicht gekränkt, wenn ich Ihnen sage: je weniger Sie in dieser Sache wissen, desto besser für Sie.»

Der kräftige rothaarige Mann stand auf. Mit großen Schritten, die Hände in den Hosentaschen, ging er in der Küche auf und ab. Er zählte die Wände, sah Delaney nicht an.

«Ich hab so einiges läuten hören», sagte er.

«Das kann ich mir vorstellen.» Delaney nickte; er wußte, daß es bis hinunter zu den erst probeweise eingestellten Streifenpolizisten kaum einen Polizeibeamten gab, der sich nicht mehr oder weniger deutlich der Ränke und Cliquenwirtschaft in den höheren Rängen der Polizei bewußt gewesen wäre. «Sie möchten da nicht hineingezogen werden, oder?»

Dorfman sah jetzt Delaney direkt an.

«Nein, Captain, da möchte ich um alles in der Welt nicht hineingezogen werden.»

«Worum ich Sie bisher gebeten habe, das war reine Routine, nicht wahr? Ich bitte Sie nur darum, Meldung über einen vermißten Führerschein zu erstatten. Das ist alles.»

«Einverstanden. Ich werde Thorsen anrufen, mir den Namen des Mannes beim Verkehrsamt nennen lassen und die Meldung erstatten. Wissen Sie die Nummer des Führerscheins?»

«Nein.»

«Was ist der zweite Gefallen, um den Sie mich bitten wollen, Captain?»

Es lag etwas in seiner Stimme, etwas Trauriges. Der Captain wußte, daß Dorfman tun würde, worum er, Delaney, ihn bat, doch irgendwie, fast unmerklich, hatte sich ihre Beziehung verändert. Dorfman würde seine Schuld abtragen solange er nicht kompromittiert wurde. Doch sobald er glaubte, er hätte genug gezahlt, würden sie nicht mehr Lehrer und Schüler sein, nicht mehr Captain und Lieutenant. Sie würden dann keine Freunde mehr sein, sondern Rivalen.

Delaney hatte, darüber machte er sich nichts vor, ein herzliches Verhältnis zerstört, hatte in gewisser Weise Glauben und Vertrauen eines

Menschen mißbraucht. Ab jetzt war er für Dorfman nichts weiter als noch jemand, der einen Gefallen getan haben wollte. Doch was half es: er konnte nicht mehr zurück.

«Der zweite Gefallen», sagte Delaney und betonte das Wort «Gefallen» etwas ironisch, «besteht darin, daß ich es sehr schätzen würde, Lieutenant –» und diesmal betonte er besonders das Wort «Lieutenant» – «wenn Sie mich über jeden Überfall oder Mord im Revier, bei dem die Umstände, vor allem die Wunde, Ähnlichkeit mit dem Fall Lombard aufweisen, persönlich informierten.»

«Das ist alles?» fragte Dorfman. In seiner Stimme schwang eine leichte Ironie mit.

«Ja.»

«In Ordnung, Captain.» Dorfman nickte. Er hakte sich den Kragen zu und zog den Uniformrock straff. Von Krumen und Flecken keine Spur mehr. Er war kommissarischer Leiter des 251. Reviers.

Ohne ein weiteres Wort schritt er zur Tür. Die Hand schon auf der Klinke, hielt er inne, drehte sich zu Delaney um und schien sich anders zu besinnen.

«Captain», sagte er, «falls es Sie interessiert: Ich habe bereits Befehl, über jeden Überfall oder Mord dieser Art sofort Chief Pauley zu unterrichten.»

«Selbstverständlich.» Delaney nickte. «Dieser Befehl ist ganz richtig. Unterrichten Sie ihn zuerst.»

«Und dann Sie?»

«Dann mich, bitte!»

Dorfman nickte und verschwand.

Delaney saß reglos da. Dann streckte er die rechte Hand aus. Sie zitterte. Es war so gut gegangen, wie er gehofft, und so schlecht, wie er befürchtet hatte. Doch es mußte sein, versicherte er sich – und vielleicht wäre es unter normalen Umständen genauso gekommen. Dorfman war von Natur aus jemand, der immer bewundernd zu einem anderen aufsehen, sich an ihn klammern mußte, und wenn jemals etwas aus ihm werden sollte, dann mußte er irgendwann ins Wasser geworfen werden, mußte schwimmen oder untergehen. Delaney lachte wehmütig über seinen Versuch, die Dinge rational einzuordnen.

Es war fast an der Zeit, ins Krankenhaus zu gehen, er hatte bereits den Mantel übergezogen und den steifen Homburg aufgesetzt, da klingelte das Telefon. Er nahm am Nebenapparat in der Diele ab und meldete sich: «Hier Captain Edward X. Delaney.»

«Captain, hier spricht Christopher Langley.»

«Mr. Langley, wie schön, von Ihnen zu hören. Wie geht es Ihnen?»

«Sehr gut. Und Ihnen?»

«Gut. Ich hab schon anrufen wollen, aber ich wollte nicht, daß Sie sich unter Druck gesetzt fühlen. Deshalb hielt ich es für das beste, nichts von mir hören zu lassen. Sie verstehen doch?»

Einen Augenblick herrschte Schweigen, dann sagte Langley: «Ich glaube schon. Ja, bestimmt. Aber es ist über eine Woche her, daß wir uns gesehen haben. Könnten wir heute zusammen zu Mittag essen, Captain? Ich hab da etwas, wozu ich gern Ihren Rat hören möchte.»

«Ja?» sagte Delaney. «Aber zum Mittagessen, das schaffe ich leider nicht. Meine Frau liegt im Krankenhaus, ich will gerade zu ihr.»

«Das tut mir leid zu hören, Captain. Hoffentlich nichts Ernsthaftes?»

«Nun ja, man muß abwarten. Aber um was geht es, Mr. Langley? Etwas Wichtiges?»

«Möglicherweise, Captain.» Die dünne, flötenhafte Stimme wirkte jetzt erregt. «Noch nichts Endgültiges, aber ein Anfang. Deshalb wollte ich . . .»

«Ja, ja», fiel Delaney ihm ins Wort. «Wäre es Ihnen vielleicht möglich, sich im Krankenhaus mit mir zu treffen, Mr. Langley? So hätten wir immerhin die Möglichkeit, miteinander zu reden.»

«Ausgezeichnet!» Langley schien erfreut, und Delaney wußte, daß er diese verschwörerische Unterhaltung genoß. «Ich komme gern. Und für den Fall, daß Sie mir nicht weiterhelfen können, lerne ich bei dieser Gelegenheit zumindest Ihre Frau kennen.»

Barbara saß in einem Rollstuhl am Fenster und begrüßte ihn mit einem strahlenden Lächeln. Doch nachgerade fürchtete er diesen Anschein rosiger Gesundheit – die leuchtenden Augen und die geröteten Wangen –, denn er wußte, was sich dahinter verbarg. Mit großen Schritten durchmaß er das Zimmer, lächelte, küßte sie auf die Wange und reichte ihr den vielleicht größten und rötesten Apfel, den es je gegeben hatte.

«Ein Apfel für die Lehrerin», sagte er.

«Was hätte ich dir wohl je beigebracht?» Sie lachte und berührte seine Lippen.

«Das könnte ich dir schon sagen, aber ich möchte dich nicht unnötig aufregen.»

Wieder lachte sie, drehte den riesigen Apfel in ihren schlanken Fingern und strich über die Schale. «Der ist ja wunderschön!»

«Wahrscheinlich innen ganz mehlig, wie fast alle, die so groß sind.»

«Vielleicht esse ich ihn gar nicht», sagte sie leise. «Vielleicht lege ich ihn auf den Nachttisch – dann kann ich ihn mir immer ansehen.»

Besorgnis befiel ihn. «Ja, warum eigentlich nicht? Wie fühlst du dich? Ich weiß, es ist lästig für dich, mich das immer wieder fragen zu hören, aber ich *muß* dich danach fragen.»

«Natürlich.» Sie streckte die Hand aus und legte sie auf die seine. «Heute morgen haben sie mit den neuen Spritzen angefangen. Es dauert zwei Tage, ehe sie sagen können, ob sie anschlagen oder nicht.» *Sie* war es, die *ihn* tröstete.

Er nickte betreten. «Ist alles in Ordnung?» erkundigte er sich eifrig. «Ich meine, mit dem Essen, den Schwestern?»

«Alles wunderbar.»

Plötzlich hatte sie eine Absence. Das war in letzter Zeit bereits öfter vorgekommen, und er war jedesmal zutiefst erschrocken. Ihr Körper schien ganz steif zu werden, ihre Augen starrten ins Leere. Ihre Lippen bewegten sich, doch sie formten keine Worte.

«Honey Bunch», sagte sie nach einer Weile.

«Was?» fragte er. Er begriff nicht und hätte am liebsten geweint.

«Meine Honey Bunch-Bücher», wiederholte sie geduldig, blickte aber noch immer ausdruckslos vor sich hin. «Wo sind die eigentlich hingekommen?»

«Ach, deine Honey Bunch-Bücher», sagte er. «Weißt du nicht mehr? Als Liza uns sagte, daß sie ein Kind bekommt, haben wir alle Kinderbücher zusammengepackt und sie ihr geschickt.»

«Vielleicht schickt sie sie zurück», murmelte sie, wandte den Kopf und sah ihn mit blinden Augen an. «Meine Honey Bunch-Bücher!»

«Ich werde dir welche besorgen.»

«Ich will aber keine neuen. Ich will die alten.»

«Ich weiß, ich weiß», sagte er verzweifelt. «Die alten mit den roten Einbänden und den Zeichnungen. Ich werde sie dir besorgen, Barbara! Barbara?»

Langsam stellten ihre Augen sich wieder auf ihn ein. Sie kehrte zurück. Er konnte es genau beobachten. Schließlich sah sie ihn an.

«Edward?»

«Ja», sagte er, «hier bin ich.»

Sie lächelte, ergriff seine Hand. «Edward!» wiederholte sie.

«Du, Barbara, es kommt nachher noch jemand, der mich sprechen will.

Christopher Langley, ein früherer Kurator vom Metropolitan. Ich hab dir schon von ihm erzählt.»

Sie nickte. «Ja, ich weiß. Er versucht, die Tatwaffe im Fall Lombard zu identifizieren.»

«Richtig!» rief er entzückt und beugte sich vor, um sie auf die Wange zu küssen.

«Wofür war denn das?» Sie lachte.

«Dafür, daß du du bist.»

Er zog seinen Stuhl näher heran und umschloß ihre Hände. Sie sprachen von Belanglosem, hörten einander eigentlich gar nicht richtig zu, sondern hielten sich bei den Händen gefaßt und sangen ein bezauberndes Duett.

Ein schüchternes, aber hartnäckiges Pochen an der Tür ließ sie aufschrecken. Delaney drehte sich um und rief: «Herein!»

Strahlend und energiegeladen trat Christopher Langley ins Zimmer. Und hinter ihm, gleich einem Schlachtschiff im Kielwasser einer schnittigen Korvette, kam die üppige Witwe Zimmerman. Auch sie strahlte. Beide hatten braune Papiertüten von seltsamer Form im Arm.

Delaney sprang auf. Er schüttelte Langley die Hand, verbeugte sich vor der Witwe und stellte sie beide seiner Frau vor. Barbara machte sofort ein fröhlicheres Gesicht. Sie mochte Menschen, besonders solche, die im Gleichgewicht mit sich waren.

Barbara bestand darauf, wieder ins Bett gebracht zu werden; sie wußte, daß Edward mit Langley unter vier Augen sprechen wollte. Die Witwe Zimmerman ließ sich auf einen Stuhl neben dem Bett fallen und machte ihre Tüte auf. *Gefilte Fisch!* Und selbstgemachte noch dazu! Die beiden Männer standen daneben, nickten und lächelten, als die Witwe sich über die Nähr- und Heilkräfte von *Gefilte Fisch* ausließ.

Es dauerte nicht lange, da lehnte sich die gute Witwe vor, ergriff Barbaras Hand, tätschelte sie, und wenig später waren die beiden Frauen tief in eine halblaute, sehr intime Unterhaltung versunken. Die Männer zogen sich eilends in eine Ecke des Krankenzimmers zurück und steckten die Köpfe zusammen.

«Vorweg, Captain», sagte der kleine Mann, «lassen Sie mich sagen, daß ich nicht herausfinden konnte, mit welcher Waffe Frank Lombard getötet wurde. Ich habe nachgeschlagen, bin in Museen gewesen und habe auch verschiedene – antike – Waffen gefunden, mit denen man einen Schädel durchbohren könnte. Aber ich muß Ihnen zustimmen – es war bestimmt eine moderne Waffe oder ein Werkzeug. Ich hab mir immerzu den Kopf darüber zerbrochen! Bis ich plötzlich letzte Woche eine Spitzhacke sah,

Captain, eine ganz gewöhnliche Spitzhacke. Viel zu groß, um die Lombard-Waffe zu sein, versteht sich. Sie sagten ja, der Mörder müsse sie verborgen bei sich getragen haben. Und eine Spitzhacke unbemerkt mit sich herumzutragen, dürfte wohl ziemlich schwierig sein.»

«Nein», sagte Delaney, «das ginge wohl nicht. Aber die Idee mit der Spitzhacke ist recht interessant.»

«Es war die Form, die mir ins Auge fiel», sagte Langley und neigte sich noch weiter vor. «Ein vierkantiger Sporn, der in einer scharfen Spitze ausläuft. Aber nicht nur das: an jeder Seite war die Spitze sanft nach unten gekrümmt, genauso wie nach der Beschreibung Ihres Chirurgen der Wundkanal verlief. Und ich fing an zu überlegen, ob es zu dieser Spitzhacke nicht ein kleineres Gegenstück gäbe: eine einhändig zu benutzende Picke mit einem Griff nicht länger als der Stiel eines Beiles.»

Gedankenverloren saß Delaney einen Augenblick da. «Ich kann mich nicht erinnern, jemals so etwas gesehen zu haben.»

«Ich glaube auch nicht, daß es so was gibt», stimmte Langley ihm zu. «Auf jeden Fall bin ich in verschiedenen Eisenwarenhandlungen gewesen, doch ohne jeden Erfolg. Erst im letzten Geschäft fand ich das hier. Es lag im Schaufenster.» Er machte seine braune Papiertüte auf, holte ein Werkzeug heraus und reichte es Delaney. Der Captain hielt es zwischen seinen plumpen Fingern, drehte es hin und her, packte es am Stiel, wog es in der Hand, ließ es hin und her schwingen und besah sich genau das Kopfende. Über den Holzgriff schnaubte er verächtlich.

«Was, zum Teufel, ist das?» fragte er schließlich.

«Ein Maurerhammer», sagte Langley rasch. «Der Stiel ist aus gut abgelagertem Hickory-Holz, der Hammerkopf aus gehärtetem Stahl. Sehen Sie die viereckige Schlagfläche auf der einen Seite? Die dient dazu, den Ziegel auf dem Mörtel in die richtige Lage zu hämmern. Aber jetzt sehen Sie sich die Pinne an. Die Oberseite wölbt sich leicht nach unten, die Unterseite hingegen verläuft ganz gerade. Die Pinne selbst ist also nicht insgesamt nach unten gebogen. Wenn es auch nicht die Waffe ist, nach der wir suchen, so ist es aber doch vielleicht ein Anfang. Finden Sie nicht auch?»

«Aber natürlich ist es das», sagte Delaney sofort. «Ich wußte gar nicht, daß es ein solches Werkzeug überhaupt gibt! Damit könnte man ohne weiteres jemandem den Schädel spalten!»

«Aber es ist nicht die Waffe, nach der wir suchen?»

«Nein, das ist sie nicht», mußte Delaney zugeben. «Abgesehen von der Spitze ist da noch der Holzstiel. Ich weiß aus Erfahrung, daß bei Werkzeugen mit einem Holzstiel, besonders bei alten, der Stiel leicht abbricht. Mir wäre wesentlich wohler zumute, wenn es gelänge, ein Werkzeug oder eine Waffe ganz aus Stahl zu finden. Das ist nur so ein Gefühl von mir, und ich möchte nicht, daß es Sie bei Ihren Nachforschungen behindert, Mr. Langley.»

«Aber nein, ganz und gar nicht», rief der kleine Mann und rutschte aufgeregt auf seinem Stuhl hin und her. «Ich bin ganz Ihrer Meinung! Stahl wäre besser! Aber ich habe Ihnen noch nicht alles erzählt. In dem Geschäft, wo ich diesen Maurerhammer fand, habe ich mich mit dem Inhaber etwas ausführlicher unterhalten. Er erzählte mir, daß er von diesen Hämmern rund zwanzig bis dreißig Stück im Jahr verkaufe, und zwar keineswegs alle an Maurer, sondern viele auch an Gesteinsfexe, wie er die Leute bezeichnet, die auf der Suche nach Edelsteinen und Halbedelsteinen sind – Gemmologen und andere Edelsteinkundige. Auch an Amateur-Archäologen verkaufe er solche Hämmer. Ich fragte ihn, ob es auch einen Hammer gäbe, bei dem die Pinne in einer scharfen Spitze ende. Er sagte, er habe davon zwar schon gehört, jedoch selber noch nie einen gesehen, er wisse nur, daß Geologen, Goldschürfer und Archäologen einen solchen Hammer benutzten. Ich erkundigte mich, wo man so etwas bekommt, doch das konnte er mir nicht sagen. Er schlug vor, ich solle es mal in einem Hobby- oder Campingladen versuchen. Was meinen Sie, Captain?»

Delaney sah ihn an. «Zunächst einmal meine ich, daß Sie großartige Arbeit geleistet haben», sagte er. «Bessere als ich sie je hätte tun können. Wenn Sie darüber hinaus noch bereit wären, diesen anderen Hammer aufzutreiben . . .»

«Bereit?» fragte Langley entzückt. «Captain, ich habe ja nie geahnt, daß Detektiv-Arbeit so faszinierend sein kann. Ich kann gar nicht mehr aufhören damit.»

«Ja, faszinierend!» Delaney nickte ernst.

«Ich habe mir aus dem Branchenverzeichnis eine ganze Reihe von Hobby-Geschäften herausgeschrieben, die ich nacheinander nach diesem Gesteinshammer abklappern werde. Ist das so richtig, Captain?»

«Genau richtig», versicherte Delaney ihm. «Genauso würde ich auch vorgehen. Lassen Sie sich nicht entmutigen, auch wenn Sie in den ersten fünf oder zehn oder fünfzig Läden keinen Erfolg haben.»

«Nein, ich lasse nicht locker!» sagte Langley nachdrücklich und reckte sich. «Es ist wichtig, nicht wahr, Captain?»

Delaney sah ihn sonderbar an. «Ja.» Er nickte. «Es *ist* wichtig, Mr.

Langley. Ich glaube, es ist sogar sehr wichtig. Übrigens, ich muß mich entschuldigen, daß ich heute morgen am Telefon so kurz angebunden war. Ich glaube zwar nicht, daß mein Apparat angezapft ist, aber ich will auch kein Risiko eingehen. Wenn Sie mir irgend etwas sagen wollen, rufen Sie mich von jetzt an bitte nur kurz an und sagen Sie irgendwelche unverbindlichen Worte. Ich rufe dann innerhalb der nächsten Viertelstunde von einer Telefonzelle aus zurück. Einverstanden?»

Mr. Langley nickte verständnisvoll. Er und die Witwe Zimmerman sagten Barbara auf Wiedersehen und versprachen, sie bald wieder zu besuchen.

«Sie gefällt mir», sagte Barbara. «Sie scheint eine sehr warmherzige und gutmütige Frau zu sein.»

«Ich glaube, sie hat es auf Langley abgesehen.»

«Und warum nicht?» fragte sie herausfordernd. «Sie hat mir erzählt, daß sie seit dem Tod ihres Mannes sehr einsam ist. Und er ist auch ganz allein. Es ist nicht gut, allein zu sein, wenn man alt wird.»

«Sieh dir das hier mal an», sagte er, froh, das Thema wechseln zu können. «Das ist ein Maurerhammer. So weit ist Langley bis jetzt gekommen.»

«Ist Lombard mit so einem umgebracht worden?»

«Nein, aber mit etwas sehr Ähnlichem. Ein häßliches Ding, nicht wahr?»

«Ja. Richtig bedrohlich. Bitte, tu ihn weg, Lieber!»

Er steckte den Hammer in die braune Tüte und stellte sie neben seinen zusammengelegten Mantel, damit er sie beim Nachhausegehen nicht vergaß. Dann nahm er einen Stuhl und setzte sich dicht neben ihr Bett.

«Mir ist eben aufgegangen, warum die Aufklärung des Lombard-Falles für mich so wichtig ist», sagte er zu ihr. «Der Mord ist im Revier Zweifünf-eins passiert. Das ist meine Welt.»

Später, zu Hause, setzte er sich an seinen Schreibtisch, neben sich ein überbackenes Käsesandwich und eine Flasche kaltes Bier und rief, während er aß, verschiedene Antiquariate an und fragte nach Originalausgaben der Honey Bunch-Bücher, nach denen mit den Zeichnungen, doch nirgends hatte er Glück. Ein Buchhändler notierte sich seinen Namen und seine Adresse und versprach, die Bücher für ihn zu suchen.

Merkwürdigerweise beruhigten ihn diese Anrufe, und als er sie hinter sich gebracht hatte, war er entschlossen, sich wieder an die Arbeit zu machen, stetig und ohne sich beirren zu lassen zu arbeiten, einfach etwas zu tun.

Er trat ans Bücherregal und nahm jeden Band heraus, in dem es, und sei es auch nur am Rande, um Lebenslauf, Analyse und Überführung von Massenmördern ging. Der Stapel, den er sich auf dem Tisch neben seinem Klubsessel zurechtlegte, war nicht hoch; allzuviel Literatur gab es über dieses Thema nicht. Er ließ sich in den Sessel fallen, setzte die schwere, horngerahmte Lesebrille auf und machte sich daran, die Bücher systematisch durchzuackern: alles, was sich auf den Fall Lombard nicht anwenden ließ, wurde überschlagen oder nur überflogen.

Er las über Gilles de Retz, Monsieur Verdoux, Jack the Ripper und aus jüngster Zeit über Whitman, Speck, Unruh, über den Würger von Boston, über Panzram, Charles Manson und jenen Burschen aus Chicago, der mit dem Lippenstift seines Opfers auf den Badezimmerspiegel geschrieben hatte: «Stoppt mich, ehe ich noch mehr umbringe!» Es war eine überaus traurige Chronik menschlicher Verirrung, und das Traurigste von allem war, daß er mehr und mehr das Gefühl hatte, das eigentliche Opfer sei der Mörder selber, ein von seinen quälenden Begierden oder wirren Träumen heimgesuchter Mensch.

Aber es gab kein übereinstimmendes Muster – zumindest konnte er keines erkennen. Jeder Massenmörder, ob er nun Dutzende, Hunderte oder, wie behauptet wurde, auch Tausende umgebracht hatte, war ein Individuum und hatte stets aus offensichtlich individuellen Motiven heraus gehandelt. Falls es überhaupt so etwas wie ein übereinstimmendes Muster gab, dann nur in der Art, wie der einzelne jeweils vorging: das blieb immer gleich, ebenso die Waffe. Und in nahezu allen Fällen wurde der zeitliche Abstand zwischen den einzelnen Morden von Mal zu Mal kürzer. So als unterläge der Mörder einem crescendohaften Zwang: Mehr! Mehr! Schneller! Schneller!

Und noch etwas Merkwürdiges: die Massenmörder waren, abgesehen von einigen wenigen Ausnahmen, unweigerlich männlichen Geschlechts. Während die wenigen weiblichen Massenmörder alle von Geldgier getrieben schienen, wurden die männlichen offenbar von ungeheuerlichen Begierden gejagt, von wahnwitzigen Furien und irrsinnigen Leidenschaften.

Es war fast fünf Uhr, als es an der Haustür läutete. Er legte die Studie beiseite, die er gerade las – eine faszinierende Analyse Hitlers als eines Verbrechers und nicht als eines Politikers –, ging hinunter und knipste das Außenlicht über der Haustür an. Erst dann spähte er durch die schmale Milchglasscheibe neben der Tür. Christopher Langley stand draußen, in der Hand eine saubere weiße Plastiktüte. Delaney schloß auf.

«Captain!» rief Langley aufgeregt. «Ich störe doch hoffentlich nicht?

Da ich auf dem Heimweg sowieso hier vorbeikam, dachte ich, ich versuch's mal, und ...»

«Sie stören mich nicht. Kommen Sie herein.»

«Oh, was für ein wunderschönes Haus!»

«Alt, aber gemütlich.»

Sie gingen in das erleuchtete Arbeitszimmer.

«Captain, ich habe ...»

«Moment! Bitte, nehmen Sie Platz. Was darf ich Ihnen anbieten? Haben Sie einen besonderen Wunsch? Vielleicht einen trockenen Wermut?»

«Ja, gern. Und ohne Eis, bitte.»

Nachdem er Langley sein Glas gereicht und sich selbst einen Whisky genommen hatte, fragte Delaney: «Nun, was gibt's?»

«Oh, Captain, statt bei Abercrombie & Fitch, dem größten Geschäft dieser Art in New York zu beginnen, habe ich erst alle möglichen anderen Läden abgeklappert. Natürlich führen die bei A & F solche Gesteinshämmer. Also, hier ist er.»

Er beugte sich vor, holte aus der weißen Plastiktüte einen Hammer heraus und reichte ihn Delaney.

Der Hammer stak noch vakuum-verpackt in einer durchsichtigen Plastikhülle, und auf der Rückseite der Pappunterlage wurde er als «Goldschürfer-Beil für Gesteinssammler und Archäologen» empfohlen. Wie der Maurerhammer bestand er aus einem Stahlkopf mit einem hölzernen Stiel daran. Die eine Seite des Hammerkopfes hatte eine quadratische Schlagfläche, die andere Seite eine etwa zehn Zentimeter lange, zunächst gleichfalls vierkantige und dann in einer scharfen Spitze auslaufende Pinne. Das Werkzeug wurde zusammen mit einer Lederhalfter geliefert, so daß man es am Gürtel tragen konnte. Es war nicht größer als ein kurzstieliges Beil und mit einer Hand zu benutzen.

«Sehen Sie, wie spitz die Pinne ausläuft?» Langley machte ihn darauf aufmerksam. «Nadelspitz. Allerdings ist sie nicht gebogen. Die Oberseite ist zwar leicht gewölbt, aber die Unterseite verläuft nahezu horizontal im rechten Winkel zum Stiel. Und der Hammer hat einen Holzstiel. Dennoch – er entspricht schon mehr dem, wonach wir suchen. Finden Sie nicht auch?»

«Kein Zweifel», stellte Delaney fest. «Wenn die Pinne nun auch noch gewölbt wäre, würde ich sagen, das ist die Waffe. Darf ich die Plastikhülle abmachen?»

«Aber gewiß doch.»

«Sie geben eine Menge Geld aus.»

«Nicht der Rede wert!»

Delaney streifte die durchsichtige Plastikhülle ab und wog den Hammer in der Hand.

«Er ist es fast!» Er nickte. «Eine sich verjüngende Pinne, die in einer scharfen Spitze ausläuft. Am Stiel etwa zweieinhalb Zentimeter im Durchmesser. Schwer genug, um den Schädel eines Menschen damit zu durchbohren. Mit Leichtigkeit! Vielleicht ist er es sogar. Ich möchte ihn gern dem Polizeiarzt zeigen, der die Autopsie vorgenommen hat.»

«Nein, warten Sie», protestierte Langley. «Ich habe Ihnen ja noch gar nicht alles erzählt. Diesen Hammer hier kaufte ich in der Camping-Abteilung. Als ich zum Aufzug ging, kam ich durch die Sportabteilung, wo man auch Ski- und Bergsteigerausrüstungen bekommt und alles, was dazu gehört: Rucksäcke und Steigeisen und Felshaken und so weiter. Und dort sah ich an der Wand ein hochinteressantes Gerät hängen. Um unsere Waffe zu sein, war es viel zu sperrig; man hätte es unmöglich verbergen können, es war fast einen Meter lang und mußte mit beiden Händen benutzt werden. Außerdem hatte es einen Holzstiel, der am unteren Ende aus einer scharfen, etwa acht Zentimeter langen Stahlspitze bestand, die in den Stiel eingelassen war. Was jedoch mein Interesse erregte, war der Hammerkopf, der offenbar aus verchromten Stahl bestand. Auf der einen Seite bildete er eine Art Miniaturschaufel, die in eine messerscharfe Schneide auslief, wie bei einem Meißel. Die andere Seite hingegen war genauso, wie wir sie suchen. Eine schmale Spitze von vielleicht zehn bis zwölf Zentimeter Länge, die oben vierkantig begann, jede Seite etwa zweieinhalb Zentimeter breit, und dann in eine Dreiecksform überging, mit einer scharfen Kante oben, die Basis unten wieder zweieinhalb Zentimeter breit. Das Ganze verjüngte sich, und je schmaler es wurde, desto mehr wölbte es sich nach unten. Captain, *die ganze Spitze bog sich nach unten*, sowohl die Oberkante als auch die flache Unterseite! Sie lief in einer äußerst scharfen Spitze aus, über die eine kleine Gummikappe gestülpt war, damit man sich nicht daran verletzen konnte. Ich nahm die Kappe ab und entdeckte an der Unterseite der Spitze vier kleine Sägezähne. Der Verkäufer, den ich endlich zu fassen kriegte, erklärte mir, das sei ein Eispickel. Ich fragte, wozu man den brauche,und er ...»

«Ein Eispickel. Mein Gott!» entfuhr es Delaney. «Leo Trotzki. 1940 in Mexiko.»

«Wie bitte, Captain? Ich verstehe Sie nicht.»

«Leo Trotzki. Er wurde 1940 mit einem Eispickel erschlagen. Der Mörder, hieß es, sei ein Agent der russischen Geheimpolizei gewesen. An die genauen Einzelheiten kann ich mich nicht mehr erinnern. Ich weiß nur noch, daß es ein Eispickel war.»

«Halten Sie es für möglich, daß auch Frank Lombard mit einem Eispikkel erschlagen worden sein könnte?»

«Geben Sie mir Ihr Glas», sagte Delaney. «Ich schenke Ihnen noch einen Wermut ein.» Er ging zum Barschrank hinüber und kehrte mit nachgefüllten Gläsern für sie beide zurück. «Mr. Langley, ich weiß nicht, ob Detektiv sein ein Job ist, ein Beruf, eine Begabung oder eine Kunst. Doch ein paar Dinge weiß ich. Erstens können Sie keinem Menschen beibringen, wie man ein *guter* Detektiv wird, genausowenig wie man ihm beibringen kann, daß er Marathonläufer oder ein großer Künstler wird. Und zweitens: soviel Talent und Energie auch einer mitbringt, ohne Erfahrung wird er nie ein *guter* Detektiv. Je mehr, desto besser. Wenn man erst einmal eine Zeitlang dabei ist, sieht man das Geflecht. Die Menschen wiederholen sich: die Motive, die Waffen, die Einbruchs- und Fluchtmethoden, selbst die Alibis. Immer das gleiche: eingedrückte Fensterscheiben, Küchenmesser, aufgeschlitzte Fliegendrahtgitter, Wagenheber, aufgebrochene Schlösser, Rattengift – was immer Sie wollen. Das alles wird einem ganz vertraut. Und gerade das war es, was mich im Fall Lombard von Anfang an so beunruhigte, daß mir daran nichts vertraut und bekannt vorkam. Nicht das geringste. Nicht einmal die Tatwaffe konnten wir identifizieren. Und da kommen Sie hier hereinspaziert und sagen: ‹Eispickel.› Ein Zauberwort. Es macht klick! Trotzki wurde mit einem Eispickel umgebracht. Plötzlich habe ich etwas *Vertrautes.* Eine Mordwaffe, die schon einmal benutzt worden ist. Ich weiß, daß ich das nur schwer erklären kann, Mr. Langley, aber mir ist mit einemmal wesentlich wohler zumute. Ich glaube, jetzt kommen wir weiter. Dank Ihrer!»

Langley strahlte.

«Aber ich habe Sie unterbrochen. Entschuldigen Sie bitte», sagte Delaney. «Sie waren gerade dabei, zu erzählen, was der Verkäufer auf Ihre Frage, wozu man einen Eispickel brauche, antwortete.»

«Ja, beispielsweise beim Bergsteigen, meinte er», erwiderte Langley. «Man gebraucht ihn wie einen Spazierstock, stützt sich darauf, während die Spitze am Stielende sich in verharschten Schnee oder Eis eingräbt, zum Beispiel, wenn man einen Gletscher überquert. Der Verkäufer verriet mir noch, daß man diesen Eispickel mit verschiedenen Stielenden bekommt. Ich fragte ihn dann, ob es in der gleichen Form auch noch kürzere Eispickel gäbe, solche, die man nur mit einer Hand benutze. Da war er sich nicht sicher, meinte aber, es müsse so etwas geben, und zwar ganz aus

Stahl. Stellen Sie sich vor, Captain! Ein einhändig zu führender Eispickel ganz aus Stahl und mit einer sich nach unten verjüngenden Spitze. Wie finden Sie das!?»

«Ausgezeichnet!» jubelte Captain Delaney. «Ganz ganz ausgezeichnet! Jetzt handelt es sich um eine vertraute Waffe, wie sie schon einmal bei einem Mord verwendet wurde, und das flößt mir ein gutes Gefühl ein. Mr. Langley, Sie haben ein Wunder vollbracht!»

«Ach», sagte der alte Mann und lächelte, «ich hatte nur einfach Glück.»

«Jeder ist seines Glückes Schmied», versicherte Delaney ihm. «Und meins haben Sie auch geschmiedet. Unser Glück. Hat der Verkäufer Ihnen auch noch gesagt, wo man diese kleineren Eispickel bekommt?»

«Hm . . . nein. Er sagte nur, es gäbe in New York mehrere Spezialgeschäfte für Camping- und Bergsport-Ausrüstung, die alles führten: Äxte, Beile, Steigeisen, Spezialrucksäcke, Nylonseile und dergleichen. Diese Geschäfte sind vermutlich ebenfalls im Branchenverzeichnis aufgeführt. Sagen Sie, Captain, darf ich weitermachen?»

Delaney trat auf den kleinen Mann zu und faßte ihn am Arm. «Ob Sie *dürfen*? Aber gewiß dürfen Sie! Sie machen Ihre Sache großartig. Versuchen Sie, diese stählernen Eispickel aufzutreiben, finden Sie heraus, wo es sie gibt und wer sie kauft. Als nächstes brauche ich dann nähere Einzelheiten über Bergsteiger. Mr. Langley, wir kommen voran! Jetzt *tun* wir endlich was! Ich fühle, daß wir auf dem richtigen Weg sind! Instinkt? Möglich. Mit Logik hat das nichts zu tun. Ich habe einfach das Gefühl, daß wir auf der richtigen Spur sind.»

Als Langley, der vor Begeisterung förmlich übersprudelte, sich endlich verabschiedete, war Delaney im stillen ganz froh. Er brachte ihn zur Haustür, verschloß sie fest hinter ihm und kehrte in sein Arbeitszimmer zurück. Die Hände in den Taschen vergraben, ging er vor dem Schreibtisch auf und ab.

Dann griff er nach dem Telefonbuch, suchte die Nummer von Thomas Handrys Zeitung heraus und rief dort an. Die Zentrale verband ihn sofort.

«Hallo?»

«Thomas Handry?»

«Ja, am Apparat.»

«Hier spricht Captain Edward X. Delaney.»

«O hallo, Captain. Wie geht's?»

«Danke. Und Ihnen?»

«Gut. Sie haben sich beurlauben lassen, höre ich?»

«Ja, das stimmt.»

«Ihre Frau ist krank? Das tut mir sehr leid. Ich hoffe, es geht ihr inzwischen wieder besser.»

«Ja, vielen Dank. Könnten Sie mir einen Gefallen tun, Handry?»

«Worum geht es, Captain?»

«Ich hätte gern einiges Material über den Mord an Leo Trotzki in Mexiko 1940. Darüber gibt es doch sicher etwas in Ihrem Archiv.»

«Trotzki? 1940? Lieber Gott, Captain, damals war ich ja noch gar nicht auf der Welt. Was genau interessiert Sie?»

«Nichts Bestimmtes. Nur ganz allgemein, was die Zeitungen damals darüber berichteten. Wie er umgebracht wurde, wer der Täter war und welche Waffe er benutzte. Falls es ein Foto von der Tatwaffe gibt, würde ich gern eine Fotokopie davon haben. Das würde mir sehr helfen.»

«Was hat das alles zu bedeuten?»

«Außerdem», sagte Delaney und überging die Frage, «hätte ich gern Namen und Adresse des besten Bergsteigers in New York – der, der am meisten davon versteht oder der die größte Erfahrung hat. Das können Sie vielleicht in Ihrer Sport-Redaktion erfahren.»

«Wahrscheinlich. Aber wollen Sie mir nicht sagen, warum Sie . . .?»

«Können wir uns morgen kurz treffen? Sagen wir um fünf?»

«Hm . . . tja. Ich denke schon.»

«Können Sie die Informationen bis dahin beschaffen?»

«Ich werd's versuchen.»

«Schön.» Delaney nannte ihm als Treffpunkt das Restaurant, wo er mit Dr. Ferguson gegessen hatte. «Dann also bis morgen.»

Er setzte sich wieder in den Klubsessel und machte sich abermals an die Lektüre der Lebensläufe von Massenmördern, ihre Motive und Methoden. Es gab kein übereinstimmendes Muster.

Kurz nach Mitternacht schob er die Bücher beiseite. Ehe er das Licht ausknipste, nahm er die Liste noch einmal zur Hand, die er über den Tatverdächtigen angelegt hatte. In der Spalte «Körperliche Merkmale» strich er das Wort «Sportler?» aus und ersetzte es durch «Bergsteiger?» Und unten auf der Seite – unter «Zusätzliches» – fügte er hinzu: «Besitzer eines Eispickels?»

2

«Viel Zeit haben Sie mir nicht gelassen», sagte Thomas Handry und machte seine Aktentasche auf. «Ich nehme an, daß Sie mehr an der Tat selbst als an dem politischen Hintergrund des Attentats interessiert sind, ja?»

«Sie vermuten richtig.» Captain Delaney nickte. «Übrigens habe ich alle Ihre Artikel über die Polizei gelesen. Ganz beachtlich für einen Außenstehenden. Aber im Grunde würden Sie viel lieber Gedichte schreiben, nicht wahr?»

Die Überraschung bei Handry war mehr als groß.

«Woher wissen Sie das?»

«Wortwahl, Satzbau, Rhythmus. Sie haben versucht, sich in einen Polizisten hineinzuversetzen. Und das ist Ihnen gelungen.»

«Hm ... Vielen Dank. Aber Sie wissen, von Gedichten kann man nicht leben.»

«Da haben Sie recht.»

«Na schön, kommen wir zur Sache.» Er zog mehrere handgeschriebene Notizzettel aus seiner Aktenmappe und fing rasch an zu lesen.

«Leo Trotzki ... russischer revolutionärer Politiker ... Aus Rußland ausgewiesen, kommt 1937 nach Mexiko ... wird am 20. August 1940 mit einem Eispickel ermordet. Der Täter hatte einen Regenmantel bei sich, in der Tasche steckten ein Eispickel, ein Revolver und ein Dolch.»

«Moment, Moment», sagte Delaney. «Der Mörder hatte einen Eispikkel in der Tasche seines Regenmantels? Unmöglich! Ein Eispickel paßt da nicht hinein.»

«Die Berichte differieren. In dem einen heißt es, er steckte in der Tasche des Regenmantels, in einem anderen, der Mörder habe ihn unter seinem Regenmantel verborgen.»

«Verborgen? Das kommt schon eher hin.»

«Also schön. Der Mörder holt den Eispickel unter dem Regenmantel hervor oder zieht ihn aus der Tasche und läßt ihn hinterrücks auf Trotzkis Schädel niedersausen. Trotzki saß am Schreibtisch, der Mörder stand.»

«Kommen wir noch einmal auf die Waffe zurück», sagte Delaney, nachdem sie eine Weile schweigend dagesessen hatten. Handry blätterte in seinen Notizen.

«Ein Foto konnte ich nicht auftreiben, aber die Leiterin unseres Archivs erinnerte sich, daß in den fünfziger Jahren eine Illustrierte einen Artikel über den Mord an Trotzki zusammen mit einem Foto des Eispickels brachte. Also scheint ein Foto davon zu existieren.»

«Steht fest, daß der Mörder Trotzki mit einem einzigen Schlag getötet hat?»

«Was diesen Punkt betrifft, so scheint es keinen Zweifel zu geben: mit einem einzigen Schlag. Brauchen Sie noch Näheres?»

«Nein, das genügt vorläufig. Was konnten Sie hinsichtlich des Bergsteigers herausfinden?»

«Vor zwei Jahren – genau gesagt: vor achtzehn Monaten – hätte es auf diese Frage nur eine einzige Antwort gegeben: Calvin Case, einunddreißig, verheiratet, der in dem Rufe stand, einer der tüchtigsten, mutigsten, ja, waghalsigsten Bergsteiger auf der ganzen Welt zu sein. Doch Anfang vorigen Jahres rutschte er, als er mit einer aus vier Leuten bestehenden Seilschaft die Eiger-Nordwand besteigen wollte, auf einem Geröllvorsprung ab; möglich auch, daß ein Felshaken sich losriß – an die genauen Einzelheiten konnte mein Gewährsmann sich nicht mehr erinnern. Er wußte nur noch, daß Case, der die Nachhut bildete, am Seil in der Luft hing, es schließlich kappen mußte und abstürzte.»

«O Gott!»

«Ja. Man kann es gar nicht fassen, aber er war nicht tot, sondern hat sich das Rückgrat gebrochen. Er ist von den Hüften an gelähmt und kann Blase und Stuhlgang nicht kontrollieren. Er sei völlig verbittert, lehne jedes Interview ab, sagte mir mein Kollege.»

«Wie lebt er denn?»

«Seine Frau arbeitet. Kinder haben sie nicht. Ich nehme an, sie kommen so eben über die Runden.»

«Haben Sie die Adresse von diesem Calvin Case?»

«Ja, hier.» Er reichte Delaney einen kleinen Zettel. Der Captain warf flüchtig einen Blick darauf.

«Greenwich Village.» Er nickte. «Die Straße kenne ich gut. Da hat mal jemand vom Dach herunter auf mich geschossen. Es ist Jahre her. Es war das erste Mal, daß jemand auf mich schoß.»

«Und hat nicht getroffen?» fragte Handry.

«Nein.» Delaney schüttelte den Kopf. «Er hat nicht getroffen.»

«Und Sie?»

«Ja, ich habe getroffen.»

«Tot?»

«Ja. Noch ein *Ale*?»

«Hm . . . na schön. Noch eins. Aber jetzt sind Sie an der Reihe, Captain. Was, zum Teufel, hat das alles zu bedeuten?»

«Was meinen Sie wohl?»

«Sie bitten mich um Recherchen über den Mord an Trotzki, der mit einem Eispickel erschlagen wurde – ein Gerät, das Bergsteiger benutzen. Sie fragen mich, wer hier in New York als bester Bergsteiger gilt. Offenbar hat es also was mit Bergsteigerei zu tun. Und das Wichtigste scheint der Eispickel zu sein. Was hat das alles zu bedeuten?»

Delaney, der mit Fragen dieser Art gerechnet hatte, war sorgfältig präpariert. Da er nicht sicher war, wie weit er dem Reporter trauen konnte, hatte er sich im Grunde sogar drei Antworten von verschiedener Offenherzigkeit zurechtgelegt. Nachdem Handry nun von sich aus einen Zusammenhang zwischen Trotzki, Eispickel und Bergsport sah, steuerte er direkt auf Antwort Nummer zwei zu.

«Ich bin zur Zeit beurlaubt», gestand er. «Aber Frank Lombard wurde in meinem Revier ermordet, das für mich gewissermaßen mein Zuhause ist. Sie mögen das vielleicht für töricht halten, aber ich finde, das legt mir eine Verantwortung auf. Ich führe eine Art inoffizielle Ermittlungen durch. Die offizielle Ermittlung des Falles liegt in den Händen der eigens gebildeten ‹Kommission Lombard›. Das ist Ihnen sicher bekannt. Was immer ich tue, worum immer ich Sie bitte – es hat mit der Polizei nichts zu tun. Seit dem Tag meiner Beurlaubung bin ich offiziell zu nichts ermächtigt. Was immer Sie für mich tun, es ist ein Gefallen, den Sie mir persönlich erweisen.»

Lange starrte Thomas Handry ihn an. Dann goß er sich noch etwas *Ale* nach und leerte das Glas auf einen Zug.

«Scheint Sie ganz schön gepackt zu haben!» sagte er.

«Ja, das stimmt.» Delaney nickte unglücklich. «Ich glaube, daß Lombard mit einem Eispickel umgebracht worden ist. Deshalb meine Bitte um Material über Trotzki und den Namen eines Bergsteigers. Mehr habe ich nicht. Ich habe mich an Sie gewandt, weil ich Ihnen traue. Das einzige, was ich Ihnen versprechen kann, ist, daß Sie als erster die Story bekommen – falls es eine Story gibt.»

«Haben Sie einen Mitarbeiterstab?»

«Einen Mitarbeiterstab? Nein, ich habe keinen Mitarbeiterstab. Es gibt ein paar Leute, die mir helfen, aber die sind nicht bei der Polizei.»

«Und ich bekomme die Story? Exklusiv?»

«Sie bekommen Sie. Falls es eine gibt.»

«Ich könnte schon heute mit einer Story herauskommen! ‹Beurlaubter Captain der Polizei untersucht Mordfall in seinem alten Revier!› Was meinen Sie, was das für einen Wirbel gäbe. ‹Ich will Rache›, erklärt

Captain Edward X. Delaney. Geht es Ihnen darum?»

«Nein. Und um was geht es Ihnen?»

«Dabeizusein. Zu wissen, was sich so tut. Recht so, Captain? Sie können mich jederzeit einspannen – soviel Sie wollen. Aber ich möchte wissen, auf was Sie stoßen.»

«Vielleicht auf gar nichts.»

«Auch gut, dann eben nichts. Dieses Risiko gehe ich ein. Abgemacht?»

«Sie veröffentlichen nichts, bis ich Ihnen grünes Licht gebe?»

«Nein.»

«Ich vertraue Ihnen, Handry.»

«Den Teufel tun Sie! Aber Sie haben keine andere Wahl.»

3

Es war ein undeutlicher Traum. Er folgte einem Mann durch eine neblige Straße. Es war nicht eigentlich ein Mann, sondern mehr eine große Gestalt, der er in der goldfarbenen Dunkelheit folgte. Ähnlich der Nacht, in der Frank Lombard ermordet wurde: orangefarbenes Licht und leiser Nieselregen.

Die Gestalt blieb immer vor ihm, unerkennbar, gleichgültig, wie schnell er auch lief, um zu sehen, wem er da nachjagte. Er kam einfach nicht näher an sie heran. Er empfand weder Furcht noch Panik; nur das Bedürfnis, das Verlangen, den Schatten zu erreichen, der sich durch die Schatten der Nacht bewegte.

Dann das Geräusch einer Klingel – nicht die Hupe eines Streifenwagens oder das Geheul eines Feuerwehrautos, sondern die Sirene eines Krankenwagens –, das immer näher kam und immer lauter wurde; langsam tauchte er aus dem Schlaf empor und tastete nach dem Telefon.

Noch ehe er dazu kam, sich zu melden, erkannte er Dorfmans Stimme.

«Captain? Hier Dorfman. Auf der East 84th Street, ungefähr in der Mitte zwischen 1st und 2nd Avenue, ist ein Mann überfallen worden. Hat Ähnlichkeit mit dem Mord an Lombard. Das Opfer scheint ein gewisser Bernard Gilbert zu sein. Der Mann ist nicht tot. Im Augenblick wartet man auf den Krankenwagen. Ich muß jetzt hin.»

«Haben Sie Pauley angerufen?»

«Ja.»

«Gut.»

«Wollen Sie nicht mitkommen?»

«Nein. Sie werden schon allein damit fertig. Halten Sie sich an die Vorschriften. Wohin wird der Mann gebracht?»

«Ins Krankenhaus zu den ‹Barmherzigen Schwestern›.»

«Vielen Dank, daß Sie angerufen haben, Lieutenant.»

«Gern geschehen.»

Erst jetzt knipste er die Nachttischlampe an, zog Pantoffeln und Bademantel an. Er ging ins Arbeitszimmer hinunter und beugte sich über den Tischkalender auf seinem Schreibtisch: zweiundzwanzig Tage waren seit dem Mord an Frank Lombard vergangen. Diese Feststellung notierte er sorgfältig auf einem Blatt Papier und rief dann Thorsens Auftragsdienst an und nannte seinen Namen und seine Telefonnummer.

Thorsen rief nach wenigen Minuten zurück; er klang verschlafen, aber nicht ärgerlich.

«Was gibt's, Edward?»

«Ich rufe von zu Hause an. Aber es ist wichtig. Auf der 84th Street hat es einen Überfall gegeben, der eine gewisse Ähnlichkeit mit dem Fall Lombard aufweist. Das Opfer ist ein gewisser Bernard Gilbert. Der Mann lebt noch. Sie bringen ihn zu den ‹Barmherzigen Schwestern›. Das ist alles, was ich weiß.»

«Mein Gott!» entfuhr es Thorsen. Sieht aus, als ob Sie recht hätten.»

«Das ist kein Trost. Ich kann nicht hingehen.»

«Nein. Das wäre unklug. Ist es sicher, daß die Umstände die gleichen sind wie im Fall Lombard?»

«Ich habe Ihnen alles gesagt, was ich weiß.»

«Na schön. Angenommen, es stimmt – was wird Broughton jetzt tun?»

«Wenn die Wunde dieselben Merkmale aufweist wie bei Lombard, wird Pauley nach einer Verbindung zwischen Lombard und diesem Bernard Gilbert suchen. Kann er die nicht nachweisen, und ich glaube nicht, daß er es kann, es sei denn, der Zufall kommt ihm zu Hilfe, wird er annehmen, daß es sich in beiden Fällen um zufällige Opfer handelt und er es mit einem Verrückten zu tun hat. Er wird bei allen Heil- und Pflegeanstalten, bei allen Neurologen und Psychiatern in der näheren Umgebung nachforschen. Er wird jeden, der als verrückt gilt, in die Mangel nehmen. Er wird tun, was er tun muß.»

«Glauben Sie, daß dabei etwas herauskommt?»

«Nein. Unser Mann ist neu. Vermutlich ohne Krankengeschichte. Und wirkt wahrscheinlich ganz normal.»

«Hm. Gibt es irgend etwas, das ich tun kann?»

«Ist einer von Ihren Leuten am Tatort oder hat mit der Ermittlung zu tun?»

«Könnte sein.» Thorsen war äußerst vorsichtig.

«Wenn Sie herausfinden könnten – ob aus der Brieftasche des Opfers irgend etwas fehlt? Hauptsächlich sein Ausweis. Und ob er ein Haaröl benutzte?»

«Ein Haaröl? Was, zum Teufel, soll denn das?»

Delaney runzelte die Stirn. «Ich weiß es nicht. Ich weiß es ehrlich nicht. Vielleicht spielt es überhaupt keine Rolle. Aber könnten Sie das feststellen lassen?»

«Ich werd's versuchen. Sonst noch was?»

«Nein, im Augenblick nicht.»

Thorsen versprach, sich persönlich darum zu kümmern, ob der Ausweis oder sonst irgend etwas aus Bernard Gilberts Brieftasche fehlte und ob das Opfer Haaröl benutzte oder nicht. Dann legten sie auf.

Eine Sekunde später wählte Delaney die Nummer von Dr. Sanford Ferguson. Es ging schon auf zwei Uhr früh zu, doch der Arzt war noch wach.

«Verzeihen Sie diese nächtliche Störung, Doktor», sagte Delaney. «Aber es ist heute nacht im 251. Revier wieder zu einem Überfall gekommen. Nach dem, was ich bisher erfahren habe, weisen die Umstände eine gewisse Ähnlichkeit mit dem Mord an Lombard auf. Das Opfer lebt noch, ein Mann namens Bernard Gilbert. Man hat ihn ins Krankenhaus zu den ‹Barmherzigen Schwestern› gebracht. Hat man Sie schon verständigt?»

«Nein, bis jetzt noch nicht.»

«Ich wollte Sie fragen, ob Sie nicht im Krankenhaus einmal anrufen und herausfinden können, ob es sich wirklich um einen ähnlichen Wundkanal handelt wie bei Lombard, ob der Mann noch lebt oder nicht und – ach, Sie wissen schon – was Ihnen sonst noch so einfällt.»

Schweigen. Dann . . .

«Hören Sie mal, Edward, Sie verlangen aber eine ganze Menge als Gegenleistung für ein mieses Mittagessen.»

«Ich lade Sie demnächst wieder zu einem miesen Mittagessen ein.»

Ferguson lachte. «Sie geben jedem das seine, was?»

«Tun wir das nicht alle?»

«Vermutlich. Und Sie möchten, daß ich zurückrufe und Ihnen erzähle, was ich erfahren habe?»

«Wenn das möglich wäre. Ich wäre Ihnen sehr dankbar. Noch eins,

Doktor, falls der Mann stirbt – wird man bei ihm auch eine Autopsie vornehmen?»

«Selbstverständlich. Das wird bei jedem gemacht, der eines gewaltsamen Todes gestorben ist. Oder bei dem man es vermutet.»

«Falls der Mann stirbt – dieser Bernard Gilbert –, könnten *Sie* dann die Autopsie vornehmen?»

«Ich bin nicht der oberste Chef der Leichenbeschauer, Edward, sondern bloß einer seiner Sklaven.»

«Aber Sie könnten das doch hinbiegen, oder?»

«Ja, das könnte ich.»

«Wär schön, wenn Sie es täten. Falls er stirbt.»

«Okay, Edward. Ich werd's versuchen.»

«Und noch etwas ...»

Ferguson lachte so laut, daß Delaney den Hörer weitab vom Ohr hielt, bis der Lachanfall des Arztes vorüber war.

«Edward», sagte Ferguson, «Sie sind Gold wert, wirklich, mit Ihren ‹Ich habe zwei Bitten› oder ‹Könnten Sie mir drei Gefallen tun?›! Unzweifelhaft kommt hinterher immer noch ein: ‹Und noch etwas ...›! Sie sind wirklich einmalig. Okay, was noch?»

«Falls es sich ergibt, daß Sie bei den ‹Barmherzigen Schwestern› mit dem Arzt oder dem Chirurgen sprechen oder falls Sie die Autopsie vornehmen sollten, bitte, stellen Sie fest, ob das Opfer Haaröl benutzte, ja?»

«Haaröl?» fragte Ferguson. «Haaröl!» sagte Ferguson. «Haaröl!» schrie Ferguson. «Großer Gott, Edward, Sie vergessen aber auch nie was, oder?»

«Manchmal doch», gestand Captain Delaney.

«Aber bestimmt nichts Wichtiges, da geh ich jede Wette ein. Also gut, ich werde an das Haaröl denken.»

«Danke. Rufen Sie mich an?»

«Sofern ich was herauskriege. Wenn Sie nichts von mir hören, bedeutet das, daß ich nichts erfahren habe.»

Delaney verwarf den Gedanken an Schlaf und ging in die Küche, um Wasser für eine Tasse Nescafé aufzusetzen. Während das Wasser heiß wurde, ging er noch einmal zurück in sein Arbeitszimmer und holte aus einem Eckschrank eine neunzig mal einszwanzig große Tafel hervor, auf der er einen schwarz-weißen Straßenplan des 251. Reviers befestigt hatte. Früher hatte er darauf die Stellen markiert, wo Straßenüberfälle, Einbruchsdiebstähle, Verbrechen usw. stattgefunden hatten.

Er ging wieder in die Küche, goß sich seinen schwarzen Kaffee auf, nahm die Tasse mit und setzte sich, die Karte vor sich, an den Schreibtisch. Mit einem spitzen roten Wachsstift malte er sorgfältig zwei dicke Punkte: einen auf der East 73rd Street, wo Lombard ermordet worden war, einen auf der East 84th Street, wo man Gilbert überfallen hatte. Neben jeden Punkt schrieb er den Namen des Opfers sowie das Datum des Überfalls.

Die beiden roten Punkte, das sah er ein, ergaben noch kein Muster. Ebensowenig konnte man von einer Welle von Verbrechen sprechen. Doch seine Erfahrung sagte ihm, daß weitere Überfälle sich auf ein begrenztes Gebiet beschränken würden, wahrscheinlich auf das Gebiet des 251. Reviers. Wahrscheinlich wohnte der Täter auch in diesem Gebiet. (Wahrscheinlich! Wahrscheinlich! Alles war wahrscheinlich!) Und da der Mörder bei Lombard soviel Glück gehabt hatte, würde er sich in seinem eigenen Wohngebiet in ziemlicher Sicherheit wiegen.

Delaney lehnte sich zurück und starrte auf die roten Punkte. Er gab Pauley etwa drei Tage, um zu der Überzeugung zu kommen, daß zwischen den beiden Opfern keinerlei Verbindung bestand. Danach würde Pauley auf einen Psychopathen als Mörder tippen und all die Dinge in die Wege leiten, die Delaney Thorsen gegenüber angedeutet hatte.

Darüber hinaus würde Pauley, so nahm Delaney an, in aller Stille und ohne es groß hinauszuposaunen von etwa zehn Uhr abends bis zum Morgengrauen zehn bis zwanzig Lockvögel im 251. Revier patrouillieren lassen. In Zivil, eine Zeitung unter dem Arm, würden die Detektive schnellen Schrittes die eine Straße hinaufeilen und die Parallelstraße hinunter, dem Anschein nach Bewohner des Viertels, die es in der Dunkelheit eilig hatten, nach Hause zu kommen, de facto jedoch zu einem Überfall herausforderten. So jedenfalls würde Delaney vorgehen. Und da er Pauleys Gründlichkeit kannte, war er davon überzeugt, daß der Chief das gleiche tun würde. Möglich, daß es verfing. Möglich aber auch, daß der Täter die Falle witterte und in einen anderen Bezirk abgedrängt wurde. Aber dieses Risiko mußte man eingehen und auf sein Glück vertrauen. Man mußte etwas *tun.*

Er starrte noch immer auf die roten Punkte, nippte an dem kalt gewordenen Kaffee und rechnete sich die verschiedenen Möglichkeiten aus, da klingelte das Telefon. Hastig nahm er den Hörer ab.

«Hier Captain Edward X. Delaney.»

«Hier Thorsen. Ich spreche von einer Kneipe auf der 2nd Avenue. Als ich eintraf, hatten sie Gilbert schon ins Krankenhaus gebracht. Seine Brieftasche lag auf dem Bürgersteig neben ihm, genau wie bei Lombard.

Im Augenblick ist jemand in seiner Wohnung, um festzustellen, ob etwas fehlt.»

«War das Geld drin?»

«Dorfman sagt, ja. Ungefähr fünfzig Dollar.»

«Unberührt?»

«Offenbar.»

«Und wie macht Dorfman sich?»

«Sehr gut.»

«Freut mich.»

«Bloß ein bißchen nervös.»

«Verständlich. Weiß man schon etwas, ob Gilbert durchkommt oder nicht?»

«Nein, nichts. Er ist nicht groß, etwa einsfünfundsechzig oder einssiebzig. Der Schlag kam von vorn. Das Loch sitzt ganz oben in der Schädeldecke, ungefähr zwei, drei Zentimeter über der Linie, wo normalerweise der Haaransatz wäre.»

«Wäre?»

«Gilbert ist fast völlig kahl. Er hat einen Hut aufgehabt, und ich vermute, daß irgendwelche Hutfasern in die Wunde hineingelangt sind. Nein, Edward, das ist nichts für mich! Die Blutlache, in der er lag . . . Ich möchte wieder zu meinen Personalakten.»

«Kann ich verstehen. Sie wissen also auch nichts darüber, ob er ein Haaröl benutzte oder nicht?»

«Nein, leider nicht. Ich bin kein guter Detektiv, ich geb's zu.»

«Sie haben getan, was Sie konnten. Warum gehen Sie nicht nach Hause und versuchen noch etwas zu schlafen?»

«Sie müssen diesen Kerl fassen, Edward!»

«Ich werde ihn fassen.»

«Sind Sie sicher?»

«Ganz sicher.»

«Also gut, dann geh ich jetzt nach Hause und lege mich noch etwas hin.»

«Ja, tun Sie das!»

Nachdem er aufgelegt hatte, holte Delaney seine «Liste» aus der obersten Schreibtischschublade und ging nochmals jeden einzelnen Punkt durch. Keine einzige seiner Mutmaßungen war durch das, was Thorsen ihm erzählt hatte, widerlegt worden – im Gegenteil. Eine Wunde hoch oben am Kopf eines kleinen Mannes wies ohne Zweifel auf einen hochgewachsenen Angreifer hin. Doch warum von vorn, wenn, wie bei Lombard, der Angriff von hinten so erfolgreich verlaufen war? Hatte Gilbert den Schlag nicht kommen sehen, ihm nicht ausweichen oder ihn mit dem Arm abwehren können? Ein Rätsel.

Er war nahe daran, für heute nacht aufzugeben, und spielte mit dem Gedanken, vor Morgengrauen doch noch ein paar Stunden zu schlafen, da klingelte wieder das Telefon.

«Captain Edward X. Delaney.»

«Hier Ferguson. Ich bin hundemüde, ich will so schnell wie möglich ins Bett. Ich rassele also jetzt alles rasch herunter. Unterbrechen Sie mich nicht!»

«Tu ich nicht.»

«War bereits die erste Unterbrechung. Bernard Gilbert. Weißer. Um die vierzig. 1,65 bis 1,70 m. Knapp siebzig Kilo. Das rein Medizinische überspringe ich. Kein Zweifel: die Wunde ähnelt der von Lombard. Befindet sich etwa fünf Zentimeter oberhalb des normalen Haaransatzes. Allerdings ist der Mann fast kahl. Womit auch Ihre Frage nach dem Haaröl beantwortet wäre.»

«Aber nein, keineswegs! Das könnte meinen Verdacht nur erhärten.»

«Darauf kann ich jetzt nicht eingehen. Fremdkörper in der Wunde: Filzfussel von dem Hut, den er trug. Wundkanal zehn bis zwölf Zentimeter tief. Leicht abwärts gebogen. Der Mann liegt im Koma. Leidet an Paralyse. Prognose: aussichtslos. Sonst noch Fragen?»

«Wie lange, meinen Sie, macht er's noch?»

«Höchstens eine Woche. Sein Herz ist nicht besonders kräftig.»

«Wird er das Bewußtsein noch einmal wiedererlangen?»

«Kaum.»

Delaney spürte, daß Fergusons Geduldsfaden zu reißen drohte.

«Vielen Dank, Doktor. Sie haben mir sehr geholfen. Nur einen Augenblick noch.»

«Ich weiß», sagte Ferguson und seufzte ergeben. «‹Nur noch eins.›»

«Sie denken doch an die Autopsie?»

Flüche, derbe, saftige Flüche waren Fergusons Antwort. Behutsam legte Delaney auf und lächelte. Er ging zu Bett, konnte jedoch nicht gleich einschlafen.

Und das war etwas, das er ebensosehr haßte wie liebte: haßte, weil es sein Denken in Bewegung hielt und ihn daran hinderte einzuschlafen; und liebte, weil es eine Herausforderung darstellte: wie viele Orangen konnte er wie ein Jongleur in die Luft werfen und wieder auffangen?

Alle schwierigen Fälle erreichten irgendwann dieses Maß an Komplexität: Waffe, Methode, Tatmotiv, der mutmaßliche Täter, Alibi, Zeitpunkt. Und mit all diesen Dingen mußte er jonglieren, mußte sie auffangen, hochwerfen, sie dabei keine Sekunde aus den Augen lassen und doch ganz entspannt sein und lachen.

Er hatte die Erfahrung gemacht, daß bei allen schwierigen, komplizierten Ermittlungen einmal der Zeitpunkt kam, wo er daran zweifelte, alle Fäden in der Hand, alle Verwicklungen im Gedächtnis behalten zu können – daß, wenn er an diesem Punkt, wo die Verwirrung nahezu vollständig war, nur durchhielt und mehr und immer mehr in sich aufnahm, die Dinge irgendwann wieder in Bewegung gerieten und er allmählich erkannte, wie eines sich zum anderen fügte.

Im Augenblick war alles festgefahren, ein einziges Durcheinander. Doch allmählich bemerkte er entscheidende Hindernisse, die beseitigt werden mußten. Dann würde plötzlich alles in Bewegung kommen. Deshalb machte er sich über die augenblickliche Verworrenheit keine Sorgen: Jede Schlinge, die jemand legte, ließ sich von jemand, der besser war, aufknüpfen. Er mußte zugeben, daß das eine dumme, arrogante Überzeugung war, aber wenn er sich daran nicht hielt, hatte er wirklich den falschen Beruf ergriffen.

4

Vier Tage später starb Bernard Gilbert, ohne das Bewußtsein wiedererlangt zu haben. Pauley war inzwischen zu Delaneys Genugtuung zu der begründeten Überzeugung gelangt, daß zwischen Lombard und Gilbert keinerlei Beziehung bestand – außer der Art des Verbrechens. Und so leitete er all die Dinge in die Wege, die Captain Delaney vorausgesagt hatte: er ließ in allen Heil- und Pflegeanstalten entsprechende Nachforschungen anstellen, ließ alle kürzlich entlassenen Patienten sowie alle Kriminellen, die in den Akten als geistesschwach eingestuft waren, überprüfen, ordnete den Einsatz von Lockvögeln an.

Delaney erfuhr das alles aus den Kopien der offiziellen Polizeiberichte, die er durch Thorsen erhielt. Er befaßte sich sehr eingehend damit, las sie mehrmals durch und erfuhr auf diese Weise Einzelheiten über Bernard Gilbert, beispielsweise, daß die Frau des Opfers, Monica Gilbert, ausgesagt hatte, ihrer Meinung nach sei das einzige, was in der Brieftasche ihres Mannes fehlte, ein bestimmter Firmenausweis.

Kunde der Wirtschaftsprüfungsgesellschaft, bei der Bernard Gilbert angestellt gewesen war, war auch ein Fabrikant auf Long Island gewesen, der Geheimaufträge für die Regierung ausführte. Beim Betreten der Fabrik mußte Bernard Gilbert einen von der Firma ausgestellten Lichtbildausweis vorzeigen. Dieser Ausweis fehlte.

Bis zur Stunde war weder in Radio und Fernsehen noch in der Presse der Verdacht aufgetaucht, daß es einen Zusammenhang zwischen dem Mord an Lombard und dem an Gilbert gäbe. Von dem Überfall auf Gilbert war nur in ein paar Zeilen im Innenteil der Zeitungen berichtet worden: ein Verbrechen wie so viele. Delaney überlegte kurz, ob er Handry einen Tip geben solle, ließ es dann aber sein. Er würde es früh genug erfahren, und je weniger Pauley unter dem Druck von sensationellen Schlagzeilen stand, überflüssigen Telefonanrufen, falschen Geständnissen und den beiden Mordfällen nachgeahmten Verbrechen, desto besser.

Am meisten beschäftigte Captain Delaney die Frage, wie er zeitlich am besten vorgehen sollte. Er wollte einerseits unbedingt mit dem Lesen der offiziellen Berichte über den Fall Lombard auf dem laufenden bleiben, andererseits war ihm sehr daran gelegen, Monica Gilbert persönlich einige Fragen zu stellen. Außerdem mußte er Calvin Case, den verunglückten Bergsteiger, aufsuchen und sich von ihm alles Wissenswerte über Eispikkel erzählen lassen. Er hätte sich auch gern vergewissert, wie Christopher Langley vorankam, ohne bei dem liebenswerten alten Mann den Eindruck zu erwecken, er, Delaney, verließe sich ausschließlich auf ihn. Und er mußte auch noch – und das kam zuerst – Barbara jeden Tag zweimal im Krankenhaus besuchen.

An den beiden Tagen nach dem Überfall, während Bernard Gilbert zwischen Leben und Tod schwebte, überlegte Delaney, wie er am besten an Monica Gilbert herankommen könnte, und kam dann zu dem Schluß, daß es das einfachste sei, sie anzurufen, ihr seinen Namen zu nennen und sie um eine Unterredung zu bitten. Sollte die Wohnung überwacht und er von Broughtons Leuten erkannt werden, konnte er die gleiche Ausrede vorbringen, die er sich schon für den Besuch bei Frank Lombards Witwe zurechtgelegt hatte: daß er als ehemaliger Leiter des 251. Reviers gekommen sei, um ihr sein Beileid auszusprechen.

Es klappte – bis zu einem gewissen Grade. Er rief an, nannte sein Anliegen, und sie war damit einverstanden, daß er nachmittags um vier zu ihr nach Hause kam.

Als er zur verabredeten Zeit hinging, stand tatsächlich ein unauffälliges Polizeiauto vor dem Haus, und einer der Männer kurbelte die Scheibe herunter, winkte und rief: «Hallo, Captain!» Er winkte zurück, obwohl er den Mann nicht kannte.

Monica Gilbert war eine kräftige, hübsche Frau mit einer Fülle von Haar; sie trug ein gerade geschnittenes, dunkles Kleid, das ihre stattlichen Formen nicht ganz verbergen konnte. Sie hatte eine Kanne Tee aufgebrüht, und er nahm dankbar eine Tasse an. Zwei kleine Mädchen waren noch im Zimmer, die sich schüchtern hinter dem Rock der Mutter versteckt hielten: die beiden Töchter Mary und Sylvia. Nach einer Weile liefen sie kichernd aus dem Zimmer.

«Milch?» fragte sie. «Zucker?»

«Nein, vielen Dank. Ich trinke ihn so. Wie geht es Ihrem Mann?»

«Unverändert. Liegt noch immer im Koma. Die Ärzte haben nicht viel Hoffnung.»

All das sagte sie mit farbloser, eintöniger Stimme, blinzelte nicht ein einziges Mal, sah ihn aber auch nicht an. Er bewunderte ihre Selbstbeherrschung, denn er wußte, was es sie kostete.

Sie trug das dichte schwarze, leicht fettige Haar straff aus der breiten, glatten Stirn zurückgekämmt; es fiel ihr fast bis auf die Schultern. Ihre großen Augen schienen blaugrau zu sein und waren das Bemerkenswerteste an ihr. Die Nase war lang, aber wohlproportioniert. Alles an ihr war groß und stattlich, das heißt weniger groß als ausgeprägt. Sie trug kein Make-up und zupfte sich auch nicht ihre buschigen Augenbrauen. Sie war ganz und gar Frau, zu dem Schluß kam er, aber er wußte instinktiv, daß sie auf leise Worte und Behutsamkeit reagieren würde.

«Mrs. Gilbert», sagte er sanft und beugte sich vor, «es handelt sich in meinem Fall um einen ganz inoffiziellen Besuch. Ich bin zur Zeit beurlaubt, doch ich war viele Jahre lang der Leiter dieses Polizeireviers, und ich möchte Ihnen persönlich mein aufrichtiges Mitgefühl aussprechen.»

«Ich danke Ihnen», sagte sie. «Das ist sehr freundlich von Ihnen. Ich bin sicher, daß alles getan wird . . .»

«Das kann ich nur bestätigen», sagte er ernst. «Eine große Anzahl von Menschen ist mit diesem Fall beschäftigt.»

«Wird man den Mann fassen, der es getan hat?»

Er nickte. «Ja, das wird man. Ich verspreche es Ihnen.»

«Sie selbst haben mit der Untersuchung nichts zu tun?»

«Nicht direkt. Aber der Überfall ist in meinem Revier passiert – in meinem ehemaligen Revier, meine ich.»

«Warum haben Sie sich beurlauben lassen?»

«Meine Frau ist krank.»

«Das tut mir leid! Wohnen Sie hier in der Gegend?»

«Ja, direkt neben der Polizeiwache.»

«Ach, dann wissen Sie ja, was hier los ist – Überfälle, Tätlichkeiten. Man kann sich nachts nicht mehr auf die Straße trauen.»

«Ich weiß.» Er nickte verständnisvoll. «Glauben Sie mir, ich weiß es, und ich hasse es noch mehr als Sie.»

«Er hat nie irgend jemandem etwas zuleide getan», entfuhr es ihr, und er hatte schon Angst, sie würde anfangen zu weinen, aber sie tat es nicht.

«Mrs. Gilbert, würde es Ihnen etwas ausmachen, mir ein bißchen von Ihrem Mann zu erzählen?»

«Nein, natürlich nicht. Was möchten Sie wissen?»

«Was für ein Mensch ist er? Ich meine nicht das Äußere, seinen Beruf und so – das ist mir alles bekannt. Ich meine den Menschen.»

«Bernie? Er ist der liebste, gütigste Mann auf der Welt. Er tut keiner Fliege was zuleide. Er hat so hart gearbeitet – für mich und die Kinder. Nur daran hat er gedacht.»

«Ja. Ja.»

«Sehen Sie sich um. Sieht das so aus, als ob wir reich wären?»

Pflichtschuldigst blickte er sich um. «Sehr gemütlich», murmelte er.

«Ein Paradies», sagte sie mit Entschiedenheit. «Gemessen an dem, was Bernie und ich früher hatten. Es ist nicht recht, Captain, es ist einfach nicht recht.»

Er nickte bedrückt und überlegte, was er nur sagen könnte, um sie zu trösten. Es gab nichts. Also nahm er seinen Faden wieder auf und sprach mit leiser, fast zärtlicher Stimme, womit er sie zu beschwichtigen hoffte.

«Mrs. Gilbert», fragte er eingedenk dessen, was Ferguson ihm über das Herz des Opfers gesagt hatte, «ist Ihr Mann sehr aktiv? Ich meine, treibt er Sport? Gymnastik?»

Sie sah ihn starr an, ohne ihm zu antworten. Dann lehnte sie sich vor, um ihm noch eine Tasse Tee einzuschenken. Das Kleid war ärmellos, bewundernd bemerkte er die straffe Haut.

«Captain», sagte sie schließlich, «für einen Mann, der mit der Untersuchung nichts zu tun hat, stellen Sie eine Menge ungewöhnliche Fragen.»

Da begriff er, wie gescheit sie war. Natürlich konnte er versuchen, ihr etwas vorzumachen, aber sie würde es merken, davon war er überzeugt.

«Mrs. Gilbert», sagte er, «die Hauptsache ist, daß der Täter gefaßt wird, nicht wahr? Gleichgültig, wer mit diesem Fall beschäftigt ist oder warum sich jemand dafür interessiert. Nun, ich schwöre Ihnen, mir ist noch mehr daran gelegen, den Mann zu fassen, der Ihren Mann niedergeschlagen hat, als Ihnen.»

«Nein!» schrie sie. «Nicht mehr als mir!» Ihre Augen blitzten, ihr ganzer Körper versteifte sich. «Ich will, daß der, der es getan hat, gefaßt und bestraft wird.»

Der Ausbruch verwunderte ihn. Er hatte geglaubt, sie sei jemand, der nie die Beherrschung verliere, ja, vielleicht sogar etwas phlegmatisch sei. Doch jetzt vibrierte sie vor Energie und innerer Glut.

«Was wollen Sie?» fragte er sie. «Rache?»

Ihre Augen brannten sich in die seinen.

«Ja. Genau das will ich. Rache. Werde ich sie bekommen, wenn ich Ihnen Ihre Fragen beantworte?»

«Ich glaube schon.»

«Das genügt nicht, Captain.»

«Wenn Sie mir meine Fragen beantworten, wird das dazu beitragen, den Mann zu finden, der Ihrem Mann das angetan hat.»

«Ihrem Mann» – das waren die Schlüsselworte, genau wie er es sich erhofft hatte. Sie fing an zu erzählen.

Ihr Mann sei körperlich nicht sehr kräftig, es gebe Herzgeräusche, er leide im linken Handgelenk an Arthritis. Er hatte auch hin und wieder Nierenschmerzen, obwohl alle Untersuchungen und Röntgenaufnahmen nichts ergeben hatten. Seine Augen waren nicht gut, er litt öfter an Bindehautentzündungen, Sport trieb er nicht. Er war ein Mann, der vorwiegend einer sitzenden Lebensweise nachging.

Aber er arbeite fleißig, fügte sie verbissen hinzu, unerhört fleißig.

Delaney nickte. Er hatte jetzt eine annähernde Antwort auf die Frage, die ihn nicht losgelassen hatte: warum hatte Gilbert sich nicht gewehrt, warum war er dem Schlag, zumal er von vorn kam, nicht ausgewichen?

«Vielen Dank, Mrs. Gilbert», sagte Captain Delaney leise. Er trank seinen Tee aus und erhob sich. «Ich bin Ihnen sehr verbunden, daß Sie sich soviel Zeit genommen haben, und ich hoffe, daß Ihr Mann sich bald wieder erholt.»

«Sie sind über seinen Zustand unterrichtet?»

Diesmal log er doch. «Ich bin überzeugt, darüber wissen Sie mehr als ich. Ich weiß nur, daß er sehr schwer verletzt wurde.»

Sie nickte, sah ihn aber nicht an. Da wußte er, daß sie sich keinen falschen Hoffnungen hingab.

Sie brachte ihn an die Tür. «Ich möchte etwas tun», sagte sie.

«Ja?» fragte er verwirrt. «Ich verstehe nicht ganz.»

«Ich möchte etwas *tun*! Möchte helfen!»

«Sie haben bereits geholfen.»

«Kann ich nicht sonst noch irgend etwas tun? Sie tun doch auch etwas. Ich kenne Sie nicht, aber ich habe Vertrauen zu Ihnen. Ich habe wirklich das Gefühl, Sie wollen herausfinden, wer es getan hat.»

«Vielen Dank», sagte er und war sehr bewegt. «Ja, ich versuche herauszufinden, wer es war.»

«Dann lassen Sie mich Ihnen irgendwie helfen. Ich kann sowohl Steno wie Schreibmaschine. Und in Rechnen war ich immer gut. Ich würde alles tun: Kaffee kochen, Botengänge ausführen. Alles.»

Er vermochte kein Wort zu sagen, nickte nur erfreut und lächelte. Fest zog er hinter sich die Tür zu.

Draußen stand das Polizeiauto noch immer an derselben Stelle. Er war darauf gefaßt, daß man ihn anstarrte oder ihm zuwinkte. Doch der eine der beiden Beamten hatte den Kopf zurückgelehnt und schlief mit offenem Mund, während der andere einen Wettschein ausfüllte. Sie bemerkten ihn noch nicht einmal. Wäre er ihr Vorgesetzter gewesen, hätte er ihnen die Leviten gelesen.

5

Der nächste Tag fing vielversprechend an: Der Buchhändler rief ihn an und sagte, er habe zwei Bände der alten Honey Bunch-Ausgabe aufgetrieben. Der Captain war hocherfreut, und sie kamen überein, daß der Buchhändler ihm die Bände zusammen mit der Rechnung zuschickte.

Er nahm das als gutes Omen, denn wie die meisten Polizeibeamten war er abergläubisch. Zu anderen sagte er: «Sie schmieden Ihr eigenes Glück», obwohl er wußte, daß das nicht so ganz stimmte; es gab Glücksfälle, die völlig unerwartet kamen, manchmal sogar ungebeten, doch worauf es ankam, war, diese Glücksfälle als solche zu erkennen, wenn sie einem begegneten; denn das Glück trug tausend Verkleidungen – manchmal kam es sogar im Gewand des Unglücks daher.

Er saß am Schreibtisch und ging die von ihm aufgestellte Liste all der Dinge durch, die erledigt werden mußten:

«Monica Gilbert befragen.»

«Calvin Case wegen Eispickel.»

«Ferguson wegen Autopsie.»

«Langley anrufen.»

«Honey Bunch.»

Die letzte Zeile strich er aus, und er war schon im Begriff, auch die erste auszustreichen, als er es, aus Gründen, über die er sich keine Rechenschaft gab, doch unterließ. Er kramte nach dem Zettel von Thomas Handry mit der Adresse und der Telefonnummer von Calvin Case und fand ihn schließlich.

Er beschloß, seinen Besuch nicht anzukündigen. Bisweilen war es nützlich, jemanden zu überraschen, ihm Fragen zu stellen, wenn er nicht darauf vorbereitet war.

Das Haus lag in der West 11th Street, gleich um die Ecke von der 5th Avenue. Die Mieten waren hier, wie Delaney wußte, enorm hoch, es sei denn, Case hatte das Glück, in einer Wohnung mit festgelegter Sozialmiete zu wohnen. Das Haus selbst war ein schöner alter Bau im Südstaatenstil mit weiß gestrichenen, mit Geranien oder Efeu bewachsenen Blumenkästen vor sämtlichen Vorderfenstern. Der Türknauf und das Nummernschild waren aus blankgeputztem Messing. Auf einem kleinen Schild stand: «Hunde bitte an die Leine nehmen!» Irgendwer hatte darunter geschrieben: «Und wenn sie mal müssen?»

Calvin Case wohnte in Apartment 3-B. Delaney klingelte und hielt das Ohr an die Sprechanlage. Nichts. Er klingelte noch einmal, lang und anhaltend. Endlich vernahm er eine barsche Männerstimme: «Ja, was ist denn?»

«Mr. Calvin Case?»

«Ja. Was wollen Sie?»

«Mein Name ist Captain Edward X. Delaney von der New Yorker Polizei. Ich hätte Sie gern einen Augenblick gesprochen.»

«In welcher Angelegenheit?» Die Stimme klang laut und schwerzüngig und durch die Sprechanlage doppelt knarrend.

«Es geht um eine Ermittlung, die ich durchführe.»

Das Schweigen, das darauf folgte, dauerte so lange, daß Delaney schon im Begriff war, nochmals zu klingeln, als plötzlich der Türsummer schnurrte. Hastig griff er nach dem Knauf, öffnete die Tür und stieg eine läuferbedeckte Treppe hinauf. An der Tür zum Apartment 3-B war wieder eine Klingel. Er drückte auf den Knopf, und wieder mußte er für seine Begriffe ungewöhnlich lange warten. Ein Summton ertönte. Der Captain erschrak und tat nichts. Normalerweise wurde, wenn man klingelte, dem Besucher die Wohnungstür von innen aufgemacht. Doch hier ertönte nur der Summer.

Dann fiel ihm ein, daß der Mann Invalide war, und er verfluchte sich, daß er daran nicht gedacht hatte. Er stieß die Tür auf und trat in die Diele einer kleinen, unaufgeräumten Wohnung. Delaney schloß die Tür fest hinter sich und hörte das elektrische Schloß einklicken.

«Mr. Case?» rief er.

«Hier drinnen.» Die Stimme klang barsch, beinahe krächzend.

Der Captain ging durch ein unordentliches Wohnzimmer. Jemand schlief hier auf einer Bettcouch. Einige Anzeichen deuteten auf eine Frau hin: ein nachlässig hingeworfenes Nachthemd, auf einem Beistelltisch eine Puderdose und ein Make-up-Täschchen, Zigarettenkippen mit Lippenstiftspuren, hingefeuerte Hefte von *Vogue* und *Bride*. Doch auf der Fensterbank standen auch ein paar Blumentöpfe und eine hohe Zinnvase mit frischen Rhododendronzweigen. Jemand war offensichtlich bemüht, das beste zu tun.

Delaney stelzte auf eine offene Tür zu, die in den hinteren Teil der Wohnung führte. Merkwürdigerweise war im Türrahmen ein Zugrollo angebracht. Man konnte es wahrscheinlich, so nahm Delaney an, bis zum Boden herunterziehen, also das Licht abschirmen und für sich allein sein, war aber nicht von allen Geräuschen abgetrennt wie bei einer Tür. Und selbstverständlich konnte man nicht abschließen.

Er kroch unter dem halb herabgezogenen Rollo hindurch und sah sich im Schlafzimmer um. Schmutzige Fenster, fadenscheinige Vorhänge, abblätternde Farbe an der Decke, eine schmuddelige, billige Bettvorlage, zwei gute Eichenkommoden mit teilweise offenstehenden Schubladen, auf dem Boden achtlos hingeworfene Zeitungen und Illustrierte. An der Wand gegenüber dem Bett ein auffallend großer Fleck, der aussah, als ob jemand eine volle Flasche dagegengeschmettert hätte.

Der Geruch war . . . Nun ja. Abgestandener Whisky, muffiges Bettzeug, ungewaschener Körper. Urin und Kot. In einem gußeisernen Pfännchen brannte von einem winzigen Hütchen Weihrauch ab, was alles noch schlimmer machte. Der ganze Raum schwärte vor Fäulnis. Delaney hatte wie jeder Polizeibeamte schon unerträgliche Gerüche erlebt, doch das machte die Sache nicht leichter. Er atmete durch den Mund und wandte sich dem Mann auf dem Bett zu.

Es war ein riesiges Bett, in dem früher vermutlich das Ehepaar geschlafen hatte. Das Bett war umgeben von kleinen Tischen und Stühlen, Zeitschriftenablagen, einem Telefonständer und einem Teewagen mit Flaschen und Eiskübel darauf; auf dem Boden ein Stechbecken und eine Urinflasche aus Kunststoff. Papiertaschentücher, ein halb gegessenes Sandwich, ein nasses Handtuch, Zigaretten- und Zigarrenkippen, ein

Taschenbuch, aus dem wütend ganze Seiten herausgerissen worden waren, ein auseinandergebogenes, teilweise zerfleddertes gebundenes Buch, ein zerbrochenes Glas und . . . und noch alles mögliche.

«Was, zum Teufel, wollen Sie?»

Er blickte den Mann im Bett an.

Das schmuddelige Laken – von einem überraschenden Blau – war bis ans Kinn heraufgezogen. Alles, was Delaney sah, war ein eckiges Gesicht, ein eckiger Kopf. Ungekämmtes Haar hing dem Mann fast bis auf die Schultern. Der rötliche Schnurrbart und der Kinnbart waren zottig und ungepflegt. Dunkle Augen brannten. Die vollen Lippen waren verfärbt und krustig.

«Calvin Case?»

«Yeah.»

«Captain Edward X. Delaney von der New Yorker Polizei. Ich bin dabei, den Tod, beziehungsweise die Ermordung eines Mannes zu untersuchen, von dem wir annehmen . . .»

«Lassen Sie mal Ihre Dienstmarke sehen.»

Delaney trat näher ans Bett heran. Der Gestank war ekelerregend. Er hielt Case die Dienstmarke dicht vor die Augen, doch der warf kaum einen Blick darauf. Delaney trat zurück.

«Wir nehmen an, daß dieser Mann mit einem Eispickel erschlagen wurde, wie Bergsteiger ihn benutzen. Und deshalb kam ich . . .»

«Glauben Sie etwa, ich war's?»

«Nein, natürlich nicht. Aber ich brauche ein paar Auskünfte über Eispickel, und da man mir gesagt hat, Sie seien der beste Bergsteiger, dachte ich, Sie würden mir vielleicht . . .»

«Zieh'n Sie Leine!» sagte Calvin Case verdrossen und drehte den schweren Kopf zur Seite.

«Wollen Sie damit sagen, daß Sie mir nicht helfen wollen . . .»

«Hauen Sie ab!» flüsterte Case. «Verschwinden Sie!»

Delaney wandte sich der Tür zu, doch dann blieb er stehen. Da waren Barbara und Christopher Langley und Monica Gilbert und all die anderen: Handry und Thorsen und Ferguson und Dorfman, und hier war dieser . . . Er holte tief Atem und hätte sich ohrfeigen mögen dafür, daß selbst seine Zornausbrüche so wohlkalkuliert waren. Er drehte sich wieder dem Bett zu. Was hatte er schon zu verlieren!

«Sie verdammtes Arschloch, Sie. Was bilden Sie sich eigentlich ein», rasselte er in einem Atemzug und ohne die Stimme zu heben herunter. «Sie Arschgeige! Ich bin Detektiv, und ich werd Ihnen mal auf die

Sprünge helfen, Sie widerlicher Knilch, Sie! Machen Sie nur weiter so! Verfaulen Sie doch in Ihrem Lotterbett! Wer kümmert sich denn darum, daß Sie was zu essen haben? Ihre Frau doch – oder? Wer kippt denn Ihre Scheiße ins Klo und leert die Bettflasche? Ihre Frau – oder? Und Sie liegen da und lassen sich mit Whisky vollaufen! Ich hab Sie schon gleich an der Fahne erkannt, als ich reinkam, Sie Aas! Phantastisch, im Bett zu liegen und sich selbst zu bemitleiden, was? Sie wehleidiger Hampelmann! Scheißen Sie doch Ihr Bett voll, pissen Sie's voll, saufen Sie Ihren Whisky, vögeln Sie Ihre Frau zu Tode und schrein Sie sie an, Sie Schlappschwanz! Ein Mann wollen Sie sein! Ach, du meine Güte! Ein schöner Mann sind Sie mir, Sie Widerling! Sie kotzen mich an, Sie Niemand. Sie gibt es ja gar nicht! Verstehen Sie? Sie sind ein Nichts!»

Er wandte sich ab, denn er war nahe daran, tatsächlich die Beherrschung zu verlieren. Eine Frau stand in der Tür, eine zarte, schlanke Blondine, deren Haar das Zugrollo streifte. Sie war kreidebleich und biß sich auf die Knöchel.

Er holte tief Luft und versuchte, die Schultern zu straffen, um größer zu erscheinen. Er kam sich verdammt klein vor.

«Mrs. Case?»

Sie nickte.

«Ich bin Captain Edward X. Delaney von der New Yorker Polizei. Ich bin hierhergekommen, weil ich Ihren Mann um Mithilfe bei der Klärung eines Mordfalles bitten wollte. Falls Sie Zeuge meines Wutausbruchs geworden sind, so bitte ich vielmals um Entschuldigung. Es tut mir sehr leid. Bitte, verzeihen Sie mir. Ich hatte keine Ahnung, daß Sie hier sind.»

Wieder nickte sie benommen, biß sich noch immer auf die Knöchel und sah ihn aus großen blauen Augen an.

«Guten Tag», sagte er und schickte sich an, an ihr vorbei durch die Tür zu gehen.

«Captain», krächzte der Mann im Bett.

Delaney drehte sich um. «Ja?»

«Sie haben ein ganz schön unverschämtes Mundwerk, was?»

«Wenn es sein muß.» Delaney nickte.

«Sie machen vor niemandem halt, nicht wahr? Weder vor Krüppeln und Säufern noch vor Hilflosen und Hoffnungslosen. Sie benutzen sie alle.»

«Ja, Sie haben recht. Ich suche einen Mörder. Und dabei nutze ich jeden aus, der mir helfen könnte.»

Mit einem Zipfel seines schmutzigen blauen Lakens wischte sich Calvin Case über die verklebten Augen.

«Und Sie riskieren eine ganz schöne Lippe», fügte er noch hinzu. «Eine ganz schöne Lippe.» Er nahm die halbvolle Whiskyflasche vom Teewagen sowie ein schmutziges Glas. «Liebling», rief er seiner Frau zu, «haben wir ein sauberes Glas für Mister Captain Edward X. Delaney von der New Yorker Polizei?»

Stumm lief sie hinaus und kam mit zwei Gläsern zurück. Calvin Case schenkte eine Runde ein und stellte die Flasche dann wieder auf den Teewagen. Schweigend hoben alle drei die Gläser, obwohl sie nicht zu sagen vermocht hätten, auf was sie eigentlich tranken.

«Hast du Hunger, Cal?» fragte seine Frau besorgt. «Ich muß bald wieder zur Arbeit.»

«Nein, ich nicht. Möchten Sie ein Sandwich, Captain?»

«Nein, vielen Dank.»

«Also, dann schießen Sie los mit Ihren Fragen.»

«Ein Mann wurde mit einer ungewöhnlichen Waffe erschlagen. Wir nehmen an, daß es ein Eispickel war, und . . .»

«Wer ist ‹wir›?»

«*Ich* nehme an, daß es ein Eispickel war. Ich möchte mehr darüber erfahren, und da man Sie mir als den erfahrensten Bergsteiger New Yorks genannt hat . . .»

«Das war einmal», sagte Case leise. «Früher.»

Sie nippten an ihren Drinks und sahen einander steinern an.

«Ein Captain kommt, um ein Verbrechen zu untersuchen?» fragte Case ruhig. «Sogar einen Mord? Nein, nein. Ein Polizist in Uniform, ja, auch ein Detektiv, aber ein Captain, nein. Was hat das alles zu bedeuten, Delaney?»

Der Captain holte tief Atem. «Sie sind in keiner Weise verpflichtet, meine Fragen zu beantworten. Ich bin zur Zeit beurlaubt und stehe nicht im aktiven Dienst. Ich war bisher Leiter des 251. Polizeireviers, oben in Manhattan. Vor etwa einem Monat wurde dort auf offener Straße ein Mann umgebracht. Sie haben vielleicht davon gelesen. Frank Lombard, ein Stadtverordneter. Vor drei Tagen wurde erneut ein Mann überfallen, nicht weit von der Stelle, wo Lombard umgebracht wurde. Der Mann lebt zwar noch, aber es sieht nicht so aus, als würde er davonkommen. Die Wunde zeigt die gleichen Merkmale wie die von Lombard: ein Loch im Schädel und ein tiefer Wundkanal. Ich glaube, daß der Schlag von einem Eispickel herrührt.»

«Wie kommen Sie darauf?»

«Wegen der Art der Wunde – die Größe, die Form. Ein Eispickel ist früher schon einmal als Mordwaffe benutzt worden. Damit ist 1940 Leo Trotzki in Mexiko erschlagen worden.»

«Und was wollen Sie von mir?»

«Hören, was Sie mir über Eispickel erzählen können. Wer sie herstellt, wer sie verkauft, wozu man sie braucht.»

Calvin Case sah seine Frau an. «Würdest du mir bitte meine Eispickel holen, Liebling? Sie sind im Schrank in der Diele.»

Während sie draußen war, sprachen die Männer nicht. Case wies auf einen Stuhl, doch Delaney schüttelte den Kopf. Schließlich kam Mrs. Case mit fünf Eispickeln zurück. Zwei hatte sie sich unter den Arm geklemmt, die anderen drei hielt sie in der Hand.

«Wirf sie aufs Bett», befahl Case, und sie ließ sie gehorsam auf das schmuddelige Laken gleiten.

Delaney beugte sich darüber, inspizierte sie rasch und griff dann nach einem. Es war ein ganz aus Stahl gearbeiteter Pickel, so lang wie ein Beil, der Stiel mit Leder umwickelt. Unten am Griff hing eine Lederschlaufe herab. Der Pickelkopf hatte auf der einen Seite ein Schlagende, auf der anderen eine Art Pinne. Die Pinne war genauso, wie Christopher Langley sie beschrieben hatte: etwa zehn bis zwölf Zentimeter lang, oben am Schaft vierkantig und dann in einer zunehmend schlanker werdenden Dreiecksform spitz auslaufend. Je schmaler sie wurde, desto mehr krümmte sich die Pinne nach unten. Sie endete in einer scharfen Spitze, an deren Unterseite vier kleine sägezahnähnliche Einkerbungen waren. Der Pickelkopf war leuchtend rot lackiert, der lederumwickelte Stiel war leuchtend blau. Der nackte Schaft dazwischen bestand aus blankem Stahl. Am Pickelkopf war an der einen Seite etwas eingestanzt. Delaney setzte die Brille auf, um es zu entziffern: «Made in West Germany.»

«Das . . .» begann er.

«Das ist kein Eispickel», unterbrach Calvin Case ihn. «Technisch gesehen ist es ein Eishammer. Aber die meisten Leute nennen das einfach Eispickel. Werfen alles in einen Topf.»

«Haben Sie ihn in Westdeutschland gekauft?»

«Nein. Hier in New York. Die besten Bergsportausrüstungen werden in Westdeutschland, Österreich und der Schweiz hergestellt. Aber sie exportieren sie in die ganze Welt.»

«Wo in New York haben Sie ihn gekauft?»

«Bei einer Firma, für die ich früher gearbeitet habe. Ich habe Rabatt darauf bekommen. Der Laden liegt in der Spring Street und heißt ‹Camper-Glück›. Dort bekommt man sämtliche Ausrüstungsgegenstände für

Jäger, Angler und Bergsteiger, zum Campen, für Safaris – alles was Sie sich denken können.»

«Darf ich Ihr Telefon mal benutzen?»

«Bitte schön.»

Ohne den kurzen Eispickel aus der Hand zu legen, wählte er Christopher Langleys Telefonnummer.

«Mr. Langley? Hier ist Delaney.»

«Hallo, Captain! Ich weiß, ich hätte Sie anrufen sollen, aber ich habe wirklich nichts zu melden. Ich wollte . . .»

«Mr. Langley, haben Sie Ihre Liste zur Hand?»

«Ja, Moment. Hier ist sie.»

«Steht ein Geschäft mit dem Namen ‹Camper-Glück› darauf?»

«‹Camper-Glück›? Einen Augenblick . . . Ja, hier. In der Spring Street.»

«Genau diesen Laden meine ich. Mr. Langley, ich habe einen Anhaltspunkt, wonach es dort gibt, was wir suchen. Könnten Sie noch heute hingehen?»

«Selbstverständlich. Sofort.»

«Vielen Dank. Bitte, rufen Sie mich anschließend gleich an. Ich bin entweder zu Hause oder im Krankenhaus.»

Er legte auf und wandte sich wieder Calvin Case zu. Den Eispickel hielt er noch immer in der Hand. Er wollte ihn einfach nicht hergeben. Er vollführte knappe, abgehackte Schlagbewegungen damit, hob ihn hoch und ließ ihn herniedersausen.

«Liegt ausgezeichnet in der Hand.» Er nickte.

«Ich weiß», stimmte Case ihm zu. «Und ist ganz schön schwer. Damit könnte man ohne weiteres jemanden umbringen.»

«Wozu benutzt man ihn?» Delaney streifte sich die Schlaufe des Eispikkels übers Handgelenk.

«Technisch gesehen ist das, wie gesagt, ein Eishammer. Wenn Sie am Fels sind, können Sie mit der Spitze ein Loch hacken, in das Sie dann mit der Schlagfläche einen Felshaken hineinzutreiben versuchen. Ein Felshaken ist ein Stahlhaken mit einem Ring oder einer Öse, an dem man das Seil festmacht.»

Delaney fuhr mit zwei Fingern über den Hammerkopf des Pickels. Dann rieb er Fingerkuppen und Daumen und grinste.

«Sie scheinen ja sehr zufrieden», sagte Case und schenkte sich noch einen Whisky ein.

«Das hat seinen Grund. Also doch eingeölt.»

«Was?»

«Der Eispickel ist eingeölt.»

«Ach so ... aber natürlich. Evelyn sorgt immer dafür, daß meine Sachen sauber und gut eingeölt sind. Sie denkt, ich könnte eines Tages wieder in die Berge. Stimmt doch, oder, Liebling?»

Delaney wandte sich um und sah sie an. Sie nickte wortlos und versuchte zu lächeln. Er erwiderte das Lächeln.

«Was für Öl benutzen Sie, Mrs. Case?»

«Oh ... ich weiß nicht. Ganz normales Öl. Ich kaufe es in einer Eisenwarenhandlung in der 6th Avenue.»

«Ein dünnflüssiges Öl», sagte Calvin Case. «Wie Nähmaschinenöl. Nichts Besonderes.»

«Halten alle Bergsteiger ihr Werkzeug so sauber und geölt?»

«Die guten, ja. Und vor allem achten sie darauf, daß es scharf ist.»

Delaney nickte. Widerstrebend trennte er sich von dem Eispickel und legte ihn zu den anderen zurück.

«Sie sagten, Sie haben für ‹Camper-Glück› gearbeitet?»

«Ja. Fast zehn Jahre lang. Ich habe die Bergsteigerabteilung geleitet. Zum Klettern hab ich soviel frei bekommen, wie ich wollte. Das war für die Firma Reklame.»

«Angenommen, ich will einen solchen Eispickel kaufen. Bekomme ich beim Bezahlen lediglich einen Kassenzettel oder eine richtige Rechnung mit Warenbezeichnung und so?»

Case sah ihn aus schmalen Augen an. Dann verzog sich sein bärtiges Gesicht zu einem Lächeln.

«Aha, hier ist der Detektiv am Werk!» Er grinste. «Aber Sie haben Glück. In diesem Geschäft wird jedesmal – jedenfalls war das so zu meiner Zeit – ein richtiger Verkaufszettel mit Namen und Adresse des Kunden ausgeschrieben. Das war wichtig, weil Sol Appel, dem der Laden gehört, zugleich einen großen Versandhandel betreibt und eine Adressenkartei führt. Er verschickt einen Sommer- und einen Winterkatalog und ist immer scharf darauf, seine Adressenliste zu vergrößern.»

«Wie lange werden die Kassenbelege aufgehoben? Wissen Sie das?»

«Gott, jahrelang. Der ganze Keller war voll davon. Aber freuen Sie sich nicht zu früh, Captain. ‹Camper-Glück› ist nicht der einzige Laden in New York, wo man Eispickel kriegt. Und in den meisten anderen Geschäften wird bloß die Endsumme auf dem Kassenbon registriert. Sie haben über ihre Kunden und was sie gekauft haben keinerlei Unterlagen. Und wie gesagt, die meisten Geräte werden importiert. Eispickel kriegen

Sie in London, Paris, Berlin, Wien, Rom und Genf – überall auf der Welt. Und in Los Angeles, San Francisco, Boston, Portland, Seattle, Montreal und hundert anderen Städten. Wo wollen Sie da ansetzen?»

«Ich danke Ihnen sehr herzlich», sagte Delaney ohne jede Ironie. «Sie waren mir eine große Hilfe. Tragen Sie mir bitte nicht nach, daß ich vorhin so aus der Rolle gefallen bin.»

Calvin Case winkte ab – eine Handbewegung, die Delaney nicht zu deuten wußte.

«Was werden Sie jetzt tun, Captain?»

«Jetzt tun? Ach so, Sie meinen als nächstes? Nun ja, Sie haben mich ja telefonieren hören. Bekommt der Mann einen Eispickel wie Ihren hier, fahre ich selber hin und frage, ob man mich die Verkaufszettel durchsehen läßt. Und dann mache ich mir eine Liste der Leute, die Eispickel gekauft haben.»

«Aber ich sage Ihnen doch, es sind Tausende. *Tausende*!»

«Ich weiß.»

«Und die anderen Geschäfte in New York. In der ganzen Welt.»

«Ich weiß.»

«Sie müssen irre sein», sagte Calvin Case tonlos. «Zuerst dachte ich, Sie wären es nicht, aber jetzt glaube ich doch, daß Sie es sind.»

«Cal», mahnte seine Frau leise, doch er sah sie nicht an.

«Ich weiß nicht, was Sie sich unter Detektiv-Arbeit vorstellen», sagte Delaney und ließ den Mann im Bett nicht aus den Augen. «Die meisten Menschen beziehen ihr Wissen aus Kriminalromanen, Filmen und aus dem Fernsehen. Sie bilden sich ein, die Arbeit eines Detektivs bestehe in erster Linie aus Verfolgungsjagden über Dächer und Schußwechseln in U-Bahn-Schächten, aus dem gewaltsamen Öffnen von Türen. Das alles macht aber höchstens fünf Prozent der Arbeit eines Detektivs aus. Jetzt will ich Ihnen mal sagen, aus was Detektivarbeit im allgemeinen besteht. Man muß von seinem gesunden Menschenverstand Gebrauch machen, muß erkennen, daß man irgendwo anfangen muß, muß mühselige Routinearbeiten auf sich nehmen, oft reine Knochenschinderei, und ist doch im allgemeinen fast immer nur auf Vermutungen angewiesen. So ungefähr. Nochmals vielen Dank für Ihre Hilfe.»

Er war fast schon an der Tür mit dem Zugrollo, als Calvin Case mit leiser, fast flüsternder Stimme sagte:

«Captain?»

Delaney drehte sich um. «Ja?»

«Wenn Sie bei ‹Camper-Glück› den Eispickel bekommen – wer sieht dann die Kassenbelege durch?»

Delaney zuckte die Achseln. «Ich. Oder sonst irgend jemand. Auf jeden Fall werden sie durchgesehen.»

«Manchmal werden die Waren nur nach ihren Nummern aufgeführt. Die werden Sie nicht kennen.»

«Ich wende mich an den Inhaber. Ich kriege schon heraus, was die Nummern bedeuten.»

«Captain, ich habe Zeit genug. Ich könnte die Kassenbelege durchsehen. Ich weiß, worauf man achten muß. Ich könnte die Belege über Eispickel schneller herausziehen als Sie.»

Delaney sah ihn einen Moment ausdruckslos an. «Ich werde Ihnen Bescheid geben.» Er nickte.

Evelyn Case brachte ihn an die Wohnungstür.

«Ich danke Ihnen», sagte sie leise.

Er ging und machte sich auf die Suche nach einer Eisenwarenhandlung. Auf der 6th Avenue endlich entdeckte er eine.

«Ein Fläschchen Öl», sagte er zu dem Verkäufer. «So etwas wie Nähmaschinenöl.»

Der Verkäufer zeigte ihm ein kleines Fläschchen mit einem langen Hals, der oben mit einer kleinen roten Kappe verschlossen war.

«Kann ich damit Werkzeuge ölen?» fragte der Captain.

«Selbstverständlich», versicherte ihm der Verkäufer. «Werkzeuge, Nähmaschinen, Türen . . . was Sie wollen. Es ist das am meisten gekaufte Allzweckmaschinenöl.»

Delaney kaufte das Fläschchen.

Er hätte das Taxigeld sparen sollen, aber er war so zuversichtlich, so beflügelt, daß er beschloß, mit einem Taxi ins Krankenhaus zu fahren. Unterwegs nahm er die kleine rote Kappe von dem Ölfläschchen ab, ließ einige Tropfen auf die Spitze seines Zeigefingers gleiten und verrieb sie mit dem Daumen. Dünnflüssiges Öl. Es fühlte sich gut an. Er lächelte.

Barbara war nicht in ihrem Zimmer. Die Stationsschwester berichtete ihm, sie sei nach unten ins Labor gebracht worden – man wolle neue Röntgenaufnahmen machen und weitere Untersuchungen anstellen.

Delaney hinterließ eine kurze Nachricht auf dem Nachttisch: «Hallo, ich war hier. Komme heute abend wieder. Ich liebe Dich, Edward.»

Er eilte nach Hause, legte Mantel und Jacke ab, lockerte seinen Schlips, krempelte sich die Ärmel auf und schlüpfte in seine Hausschuhe. Das Essen war fast fertig, doch er sagte zu Mary, er habe im Augenblick keine Zeit. Er hatte viel zuviel zu tun, um jetzt an Essen denken zu können.

Er hatte die beiden oberen Schubladen des Aktenschrankes in seinem Arbeitszimmer ausgeräumt. In der obersten Schublade bewahrte er die Kopien der offiziellen Ermittlungsberichte auf, und zwar getrennt nach dem Fall Frank Lombard und dem Fall Bernard Gilbert.

In der zweiten bewahrte er seine eigenen Unterlagen auf, einen noch dünnen Aktendeckel, in dem bis zur Stunde vornehmlich handgeschriebene Notizen lagen.

Jetzt begann er, diese Notizen zu ausführlichen Berichten auszuarbeiten – für wen oder wofür, hätte er nicht zu sagen gewußt. Aber so hatte er es seit Jahren gehalten, und oft war es ihm eine willkommene Hilfe gewesen, die eigenen instinktiven Reaktionen und Fragen ausführlich in Worte zu fassen. Früher hatte Barbara die Notizen auf ihrer elektrischen Reiseschreibmaschine ins reine getippt.

Als erstes notierte er seine Unterredungen mit Thorsen und Johnson, seine Unterhaltungen mit der Witwe Frank Lombards, mit dessen Mutter und den Partnern in der Anwaltspraxis, dann seine Gespräche mit Dorfman und mit Ferguson. Er schrieb, so schnell er konnte, und übertrug sorgfältig die Notizen, die er auf Briefumschlägen, Zeitungsrändern und Zetteln aus seinem Taschenkalender festgehalten hatte.

Er schrieb über seine Zusammenkünfte mit Thomas Handry, Christopher Langley und Calvin Case, beschrieb den Maurerhammer, den Gesteinshammer und Calvin Cases Eispickel – wo und wann sie gekauft worden waren, was sie gekostet hatten und wozu man sie benutzte. Er schrieb einen Bericht über seinen Besuch bei Monica Gilbert und seine Meldung wegen des vermißten Führerscheins und vermerkte auch den Kauf des Maschinenöls.

All dies hätte er längst tun sollen, und er war bemüht, es nun nachzuholen und nahm sich vor, seine Unterlagen von jetzt an durch tägliche Ergänzungen auf dem laufenden zu halten. Vielleicht, wahrscheinlich sogar, kam nichts dabei heraus, aber er fand es wichtig, alles was er getan hatte, schriftlich festzuhalten, und das wachsende Häufchen Papier beruhigte ihn. Ganz hinten in der zweiten Schublade verstaute er den Maurerhammer, den Gesteinshammer und das Ölfläschchen: Beweismaterial.

Er arbeitete zügig, machte nur zweimal eine Pause, um sich eine Flasche kaltes Bier aus dem Kühlschrank zu holen. Mary war oben und machte sauber. Als sie am Spätnachmittag nach Hause ging, nicht ohne ihm vorher einzuschärfen, daß er das Essen nicht vergessen solle, verschloß er hinter ihr die Tür und kehrte gleich wieder zu seinen Berichten zurück. Doch ein paar Minuten später schellte es an der Haustür. Wütend warf er den Füllfederhalter hin und ging nachsehen.

Er spähte durch die schmale Glasscheibe neben der Tür: es war Langley. Mit einem Päckchen in der Hand. Und strahlend. Freudig riß Delaney die Tür auf.

«Gefunden!» rief Langley.

Der Captain brachte es nicht übers Herz, ihm zu sagen, daß er den gleichen Eispickel vor wenigen Stunden schon einmal in der Hand gehalten hatte. Er durfte diesem liebenswerten alten Mann den Triumph nicht nehmen.

Im Arbeitszimmer sahen sie sich den Eispickel gemeinsam an. Es war genau der gleiche, den Calvin Case besaß. Sie untersuchten ihn genau, machten sich gegenseitig auf die erforderlichen Merkmale aufmerksam: die spitz zulaufende Pinne, die leichte Krümmung nach unten, die scharfe Spitze und daß das ganze Werkzeug aus Stahl bestand.

«Ja, tatsächlich», sagte Delaney, «ich glaube, Mr. Langley, das ist er. Ich gratuliere.»

«Ach . . .» sagte Langley mit einer wegwerfenden Handbewegung. «Sie haben mir das Geschäft ja genannt. Wer hat Ihnen denn davon erzählt?»

«Irgend jemand, den ich zufällig traf und der sich für Bergsport interessiert», sagte Delaney ausweichend. Er erwähnte beiläufig den Namen. «Reine Glückssache. Sie wären auch darauf gestoßen.»

Langley nahm den Eispickel. «Liegt phantastisch in der Hand. Sehr gut gearbeitet. Damit haben wir die Waffe gefunden, nicht wahr?» sagte der alte Mann.

«Was *wir* für die Waffe halten.»

«Ja, natürlich. Ich meine nur, jetzt haben Sie sicher nichts mehr für mich zu tun . . .»

«Nichts mehr für Sie zu tun?» Delaney tat fassungslos. «Mr. Langley, ich habe noch eine Menge für Sie zu tun! Aber Sie haben schon soviel . . .»

«Was soll ich tun?» unterbrach Langley ihn eifrig. «Sagen Sie mir, was. Ich möchte nicht aufhören. Wirklich nicht. Was gibt es denn noch zu tun? Bitte, sagen Sie es mir . . .»

«Nun ja . . .» meinte Delaney, «wir wissen nicht, ob ‹Camper-Glück› der einzige Laden in New York ist, der diesen Eispickel verkauft. Wir brauchen jetzt eine neue, zuverlässige Liste aller Geschäfte, die diesen Eispickel führen. Diesen oder einen ähnlichen. Man muß herausfinden, welche Firmen hier in Amerika diese Eispickel herstellen, welche Großhändler sie vertreiben, an wen sie von dort geliefert werden. Bestimmt werden die Dinger auch importiert, und wir müssen feststellen, wer die

Exporteure sind und an wen sie hier verkaufen. Mr. Langley, das ist eine Riesenaufgabe, und ich zögere wirklich, ob ich Sie . . .»

«Ich mach's!» rief Christopher Langley. «Meine Güte, ich hatte ja keine Ahnung, daß Detektivarbeit so . . . so kompliziert ist. Aber ich verstehe, daß das alles sein muß.»

«Ja, richtig.» Delaney nickte. «Wir fangen mit dem Stadtgebiet von New York an und sehen dann weiter. Aber das ist eine Heidenarbeit! Ich kann . . .»

Christopher Langley hielt abwehrend seine kleine Hand hoch.

«Bitte, Captain», sagte er, «lassen Sie es mich tun. Es ist so schön, gebraucht zu werden. Ich mache also folgendes: ich fange hier in New York an, schreibe mir aus dem Firmenadreßbuch die Werkzeughersteller heraus und bitte um ihre Kataloge. Gleichzeitig erkundige ich mich bei den Konsulaten und Handelsvertretungen, welche westeuropäischen Firmen solche Artikel in die USA exportieren.»

Delaney sah ihn bewundernd an. «Mr. Langley, ich wünschte, Sie hätten mir bei manchem meiner Fälle in der Vergangenheit zur Seite gestanden. Sie sind ein Genie . . .»

«Oh . . .» murmelte Langley und errötete vor Freude.

«Ich finde Ihren Plan großartig, und wenn sie bereit sind, ihn durchzuführen – und seien Sie sich darüber im klaren, daß das verdammt viel harte Arbeit ist –, dann kann ich nur danke schön sagen; denn was Sie sich vorgenommen haben, ist von größter Bedeutung.»

Delaney fragte, als Langley sich verabschiedete, ob er den Eispickel behalten dürfe, was ihm gern gewährt wurde, und brachte den alten Mann zur Tür.

«Ach, Mr. Langley, was mich noch interessiert, haben Sie bei ‹Camper-Glück› einen Kassenzettel bekommen?»

«Einen Kassenzettel? Aber ja. Hier ist er.»

Er zog ein Stück Papier aus seiner Manteltasche und gab es Delaney. Neugierig sah der Captain sich den Zettel an. Langleys Name und Adresse standen darauf, ferner die Warenbezeichnung (Eispickel – 4B54C) und der Preis: $ 18.95.

«Der Verkäufer fragte nach meinem Namen und meiner Adresse für die Adressenkartei. Sie verschicken zweimal im Jahr kostenlos ihren Katalog. Ich habe meinen richtigen Namen angegeben. Das ist doch in Ordnung so, Captain?»

«Selbstverständlich.»

«Ich dachte, der Katalog ist vielleicht ganz interessant.»

«Darf ich diesen Kassenbeleg behalten?»

«Natürlich.»

«Sie geben für diesen Fall eine Menge Geld aus, Mr. Langley.»

Der alte Mann lächelte, machte eine wegwerfende Handbewegung und ging davon.

Nachdem der Captain die Tür hinter ihm verriegelt hatte, kehrte er in sein Arbeitszimmer zurück, entschlossen, die Berichte über seine Ermittlungen fertigzustellen. Aber dann gab er es doch auf. Irgend etwas beunruhigte ihn. Er ging in die Küche. Mary hatte Eintopf gemacht. Ohne sich zu setzen, verzehrte er einige Gabelvoll. Das Essen war kaum noch warm, und es schmeckte ihm nicht sehr gut.

Später, im Krankenhaus, erzählte er Barbara von seinem Problem. Still, beinahe apathisch, lag sie da, und er war sich nicht sicher, ob sie überhaupt zuhörte oder, falls ja, verstand, um was es ging. Sie starrte ihn mit, wie er meinte, fieberglänzenden großen Augen an.

Er berichtete ihr, was am Tag alles geschehen war, und ließ nur den Anruf des Buchhändlers aus. Mit den Honey Bunch-Büchern wollte er sie überraschen.

«Ich weiß, was jetzt die nächsten Schritte sein müßten», sagte er. «Langley stellt jetzt als erstes fest, welche Einzelhändler hier in New York Eispickel führen, als nächstes kommen dann Grossisten, Fabrikanten und Importeure an die Reihe – eine Riesenaufgabe für einen einzelnen Menschen. Dann muß ich versuchen, mir eine Kopie der Adressenkartei von ‹Camper-Glück› zu beschaffen, muß jemanden damit beauftragen, Namen und Adressen eines jeden Kunden herauszuziehen, der im 251. Revier wohnt. Ich bin so gut wie sicher, daß der Mörder hier in der Gegend lebt. Dann muß jemand die Kassenbelege, soweit sie noch vorhanden sind, durchsehen, um festzustellen, ob Einwohner aus dem 251. Revier einen Eispickel gekauft haben. Diese Aktion muß bei jedem Laden durchgeführt werden, von dem Langley herausfindet, daß er Eispickel führt. Das ist unter Umständen eine große Zeitverschwendung. Aber ich meine, es muß getan werden. Was ist denn deine Meinung?»

«Das steht außer Zweifel», sagte sie fest. «Außerdem ist es dein einziger Anhaltspunkt, nicht wahr?»

«Der einzige.» Er nickte grimmig.

Sie sah ihn eine Weile an und lächelte dann.

«Ich weiß, was dich quält, Edward. Du hast Angst, es könnte, während du dich mit der Adressenkartei herumplagst, noch jemanden erwischen. Und du überlegst, ob du dich mit dem, was du bis jetzt herausgefunden hast, nicht an Broughton wenden sollst, damit er seine fünfhundert Leute darauf ansetzt, die alles sehr viel schneller erledigen könnten.»

«Ja», sagte er, dankbar, daß sie in der Lage war, seinen Gedankengängen zu folgen. «Genau das ist es, was mich quält. Wie denkst du darüber?»

«Würde Broughton die Sache weiterverfolgen, wenn du sie ihm übergäbest?»

«Pauley todsicher. Ich würde persönlich zu ihm gehen. Er muß nahe daran sein, zu verzweifeln. Er hat *nichts.* Er wäre begeistert und würde die Sache erstklassig machen.»

Sie schwieg. Er setzte sich zu ihr auf die Bettkante und hielt ihre Hand. Eine ganze Weile sprach keiner von ihnen.

«Es ist im Grunde ein moralisches Problem, nicht wahr?» sagte sie schließlich.

Er nickte bedrückt. «Es geht um meinen Stolz, meinen Ehrgeiz und mein Selbstbewußtsein. Und natürlich auch um meine Verpflichtung Thorsen und Johnson gegenüber. Aber wenn ich es nicht tue und nun noch jemand umgebracht wird – wie könnte man das rechtfertigen.»

Sie fragte nicht, wem gegenüber.

«Ich könnte dir bei der Durchsicht der Listen helfen», sagte sie leise.

Er drückte ihre Hand und lächelte traurig. «Am meisten hilfst du mir damit, daß du mir sagst, was ich tun soll.»

«Wann hättest du dich je nach dem gerichtet, was ich sagte?» bemerkte sie mit leisem Spott. «Du gehst deinen eigenen Weg, und das weißt du auch ganz genau.»

Er grinste. «Aber du hilfst mir», versicherte er ihr. «Du hilfst mir, Klarheit in meine Gedanken zu bringen.»

«Edward, ich meine, im Augenblick solltest du nichts tun. Sowohl Thorsen als auch Johnson sind in diese Sache verwickelt. Wenn du jetzt zu Broughton gehst, oder auch nur zu Pauley, und ihnen sagst, was du herausgefunden hast und welchen Verdacht du hast, werden sie dich bestimmt fragen, wer dich dazu ermächtigt hat.»

«Ich könnte Thorsen und Johnson ohne weiteres heraushalten. Vergiß nicht den Brief, den ich vom Commissioner habe.»

«Aber es würde trotzdem ein lästiges Hin und Her geben, oder? Broughton würde bestimmt vermuten, daß Thorsen dahintersteckt, er weiß, wie gut ihr euch kennt. Warum besprichst du die Sache nicht mit Ivar und Johnson, Edward? Das sind doch beides vernünftige Leute. Sag ihnen, was du vorhast. Vielleicht fällt ihnen etwas ein. Ich weiß, wieviel dir dieser Fall bedeutet.»

«Ja, das tut er», sagte er und blickte zu Boden. «Von Tag zu Tag mehr. Hm, ich laß mir deinen Vorschlag noch ein bißchen durch den Kopf gehen. Vielleicht spreche ich morgen mit Thorsen und Johnson. Dann würde ich dich mittags nicht besuchen. Aber bestimmt am Abend, damit du erfährst, was dabei herausgekommen ist.»

«Und verlier nicht die Beherrschung, Edward. Denk daran!»

«Wann hätte ich je die Beherrschung verloren?» fragte er. «Ich bin doch immer die Beherrschung selbst.»

Sie lachten beide.

6

Rasieren tat er sich mit einem altmodischen Rasiermesser, das schon sein Vater benutzt hatte. In genau der gleichen Ausführung gab es noch ein zweites Messer, beide wunderschön und aus Schwedenstahl mit beinernen Griffen. Jeden Morgen nahm er abwechselnd das eine oder das andere aus dem abgenutzten, samtausgeschlagenen Etui und schliff es leicht an dem innen vom Knauf der Badezimmertür herabhängenden Lederriemen.

Als er sich an diesem Morgen mit der schönen Stahlklinge langsam und vorsichtig den Bart schabte, hörte er in den Nachrichten aus dem kleinen Transistorgerät im Schlafzimmer, daß Bernard Gilbert gestorben sei, ohne das Bewußtsein wiedererlangt zu haben. Delaneys Hand hielt nicht inne. Er beendete die Rasur, wischte den überflüssigen Schaum ab, rieb sich mit After-Shave-Lotion ein, bestäubte sich leicht mit Talkumpuder, zog seinen üblichen dunklen Anzug mit weißem Hemd und gestreifter Krawatte an und ging, wie es seine Gewohnheit war, in die Küche hinunter, um zu frühstücken. Vorher betrat er rasch sein Arbeitszimmer und machte sich eine Notiz: «Monica Gilbert einen Beileidsbrief schreiben.»

Er frühstückte, erzählte Mary, wie es seiner Frau ging, und ging bald wieder in sein Arbeitszimmer.

Mit Bleistift entwarf er ein Beileidsschreiben für Mrs. Gilbert, das er, als er endlich mit seinem Entwurf zufrieden war, der zwar noch immer reichlich gestelzt klang, mit Tinte ins reine schrieb. Er klebte eine Briefmarke auf den Umschlag und legte den Brief sichtbar auf den Tisch, damit er ihn beim Weggehen nicht vergaß.

Inzwischen war es fast halb zehn. Er rief im Büro des Leichenbeschauers an und wurde sogleich mit Ferguson verbunden.

«Ich weiß», sagte der Arzt, «er ist tot. Ich hörte es, als ich eben zur Tür hereinkam.»

«Nehmen Sie die Autopsie vor?»

«Ja. Irgendwann heute vormittag. Wahrscheinlich nicht vor elf oder halb zwölf.»

«Kann ich Sie vorher noch einen Augenblick sprechen?»

«Ich kann hier unmöglich weg, Edward. Ich habe tausend Dinge zu tun.»

«Ich komme zu Ihnen. Gegen elf. Ich muß Ihnen etwas zeigen. Es ist sehr wichtig.»

«Also gut, Edward. Um elf.»

Der Captain ging in die Küche, riß ein Papiertuch von der Rolle, zog ein Blatt Pergamentpapier aus der Packung und schnitt ein Stück Alu-Folie ab. Wieder im Arbeitszimmer, holte er das Ölfläschchen sowie den Eispickel aus der Schublade.

Er tränkte das Papiertuch vorsichtig mit Öl, wickelte es sorgsam in das Blatt Pergamentpapier ein und das Ganze wiederum in das Stück Alu-Folie. Er drückte die Ränder fest zusammen, damit kein Öl heraussickerte. Dieses kleine Päckchen steckte er in einen festen Briefumschlag.

Dann legte er den Eispickel flach auf ein sauberes Blatt Papier, zog mit einem sorgfältig gespitzten Bleistift die Umrisse nach und achtete besonders darauf, daß auch die Zahnung an der Unterseite mit auf die Zeichnung kam.

Sodann nahm er ein Lineal und vermaß die Pinne oben am Stiel, wo sie noch quadratisch war. Jede der vier Seiten maß genau 2,4 Zentimeter. Dann zeichnete er ein Quadrat mit diesen Maßen auf das Blatt mit der Silhouette des Eispickels. Er faltete es zusammen und steckte es in die Brusttasche, griff nach dem Umschlag mit dem ölgetränkten Stück Papiertuch und wollte, schon in Hut und Mantel, das Haus verlassen, als ihm der Beileidsbrief an Monica Gilbert einfiel. Er lief zurück und holte ihn und steckte ihn in den ersten Briefkasten, an dem er vorbeikam.

«Fassen Sie sich kurz, Edward», sagte Dr. Ferguson. «In wenigen Minuten kommt einer von Broughtons Leuten, um an der Autopsie teilzunehmen. Broughton will noch vor dem schriftlichen Bericht Näheres wissen.»

«Ich fasse mich kurz», sagte Delaney und faltete den Bogen auseinander. «Meiner Meinung nach wird das Profil des Wundkanals so aussehen, Doktor. Die Zeichnung ist nicht gut, ich weiß. Oben am Schaft ist die

Pinne vierkantig, je etwa zweieinhalb Zentimeter breit. Wenn meine Vermutung zutrifft, müßte der äußere, sichtbare Teil der Wunde diese Größe haben. Das Vierkant-Profil geht dann in ein Dreieck über, das sich nach unten verjüngt und in einer scharfen Spitze ausläuft.»

«Ist das ein Produkt Ihrer Phantasie, oder stammen diese Umrisse von einer echten Waffe?»

«Von einer echten Waffe.»

«Gut. Mehr will ich gar nicht wissen. Was ist das hier?»

«Vier kleine Sägezähne. Vielleicht finden Sie unten am Ende des Wundkanals Gewebe, das besonders zerfetzt ist.»

«Soll ich mir diese Zeichnung vielleicht neben die Leiche legen?»

«Nein, natürlich nicht, wenn Broughtons Mann dabei ist.»

«Dachte ich mir beinahe.»

«Aber können Sie nicht doch einen Blick darauf werfen, Doktor? Nur vorsichtshalber?»

«Mach ich», sagte Ferguson und steckte die Zeichnung ein. «Sonst noch was?»

«In diesem Umschlag ist ein ölgetränktes Stück Papier. Leichtes Maschinenöl. Sie erwähnten, daß sich in Lombards Wunde Spuren von Öl gefunden hätten, und meinten, es sei vielleicht Haaröl, doch es sei zu wenig, um es genau zu analysieren.»

«Aber Gilbert war kahl – jedenfalls an der Stelle, wo er den Schlag bekommen hat.»

«Darum geht es ja gerade. Bei ihm könnte es kein Haaröl sein. Dennoch hoffe ich, daß Sie in Gilberts Wunde Ölspuren finden.»

Ferguson rollte mit seinem Drehstuhl ein Stück zurück und starrte den Captain an. Dann lockerte er seinen Schlips und knöpfte den Kragen seines Flanellhemds auf.

«Sie sind ein Prachtmensch, Edward», sagte er, «und der beste Detektiv in ganz New York, aber die Wunde wurde im Krankenhaus geröntgt, sondiert und ausgewaschen.»

«Mit anderen Worten: selbst wenn Öl darin gewesen wäre, würde jetzt keines mehr darin sein?»

«Das habe ich nicht gesagt. Aber die Chancen sind sehr viel geringer. Dennoch: Lassen Sie mir die Probe Ihres Maschinenöls hier. Vielleicht kann man eine Geruchsanalyse durchführen.»

«Soll ich hierbleiben und warten?»

«Das hat wenig Sinn. Eine solche Analyse dauert mindestens drei Tage, wenn nicht länger. Aber was Ihre Zeichnungen betrifft, so rufe ich

Sie im Laufe des Tages an. Sind Sie zu Hause?»

«Aller Voraussicht nach. Sonst im Krankenhaus. Aber auch dort können Sie mich jederzeit anrufen.»

«Wie geht es Barbara?»

«Es geht so.»

Ferguson nickte, stand auf, zog seine Tweedjacke aus, hängte sie über einen Bügel und zwängte sich in einen weißen Kittel.

«Irgendwelche Fortschritte, Edward?» fragte er.

«Woher zum Teufel soll ich das wissen?» brummelte Captain Delaney. «Ich mach halt weiter.»

«Tun wir das nicht alle?» fragte der große Mann lächelnd.

Unten in der Eingangshalle betrat Delaney eine Telefonzelle und rief Ivar Thorsen an. Wenige Minuten später rief der Auftragsdienst zurück und bestellte, Mr. Thorsen sei im Moment nicht zu sprechen, der Captain möge bitte gegen drei Uhr noch einmal anrufen.

Es war das erste Mal, daß Thorsen nicht zurückrief, und Delaney war etwas beunruhigt. Natürlich war es denkbar, daß Thorsen in einer Sitzung war oder auf dem Weg zu irgendeiner Revierwache. Doch ein leichtes Gefühl des Unbehagens blieb.

In seinem Notizbuch schlug er die Adresse von ‹Camper-Glück› nach, nahm ein Taxi zur Spring Street und ging, nachdem er ausgestiegen war, erst ein paarmal die Straße auf und ab und sah sich um. Lauter schmutzige hohe Gebäude mit kleinen Werkstätten, Druckereien und Ledergroßhandlungen. Eine merkwürdige Nachbarschaft für ein Geschäft wie ‹Camper-Glück›.

Die Firma hatte den ersten und zweiten Stock eines zehnstöckigen Hauses inne. Delaney stieg die Treppe zum ersten Stock hinauf, doch an der Tür war ein Schild, auf dem es hieß: «Büro und Versand. Verkauf im zweiten Stock.» Er kletterte eine Treppe höher. Er wollte sich erst etwas umsehen, ehe er mit dem Inhaber sprach. Er sah in seinem Notizbuch nach, wie er hieß. Ach ja, Sol Appel.

Der «Laden» war ein riesiger Lagerraum mit hoher Decke. Überall Stahlregale und nur wenige Schaukästen; nirgends der Versuch, etwas durch elegante Aufmachung an den Mann zu bringen. Die meisten Artikel waren auf dem Fußboden gestapelt, lagen auf rohen Borden oder hingen einfach an Haken an den weißgetünchten Wänden.

Wie Langley gesagt hatte, war es ein faszinierendes Sammelsurium: Rucksäcke, Schlauchboote, Wanderstiefel, Steigeisen, Trockennahrung, Petroleumlampen, batteriegeheizte Socken, Buschmesser, Hängematten,

Schlafsäcke, Kochgeschirr fürs Lagerfeuer, Jagdmesser, Angelruten, Spulen, Fischreusen, Felshaken, Bergseile, Bootsausrüstungen – eine Fülle von Dingen, vom Angelhaken für fünf Cent bis zum prachtvollen roten, dreiräumigen Zelt mit Panoramafenster und Moskitonetz davor, das $ 1495.– kostete.

‹Camper-Glück› schien trotz der wenig günstigen Lage die Käufer anzuziehen. Delaney zählte mindestens vierzig Kunden, die sich umsahen, und die Verkäufer waren eifrig mit dem Ausschreiben von Kassenzetteln beschäftigt. Endlich gelangte er in die Bergsportabteilung, wo es alles gab: Haken, Steigeisen, Gurte und Klettergürtel, Bergseile, Packsäkke mit Leichtmetall-Packrahmen und eine große Auswahl von Eispickeln. Kurzstielige Pickel waren in zwei Ausführungen vorhanden: einer, wie Langley ihn gekauft hatte, der andere mit hölzernem Stiel und ohne Zahnung an der Unterseite der Spitze. Delaney sah ihn sich genau an und entdeckte schließlich auf dem Stiel den Stempel «Made in USA».

Er hielt einen vorüberhastenden Verkäufer an und fragte ihn, wo Mr. Appel zu finden sei. «Sol ist im Büro –» sagte der Verkäufer und eilte weiter. «Eine Treppe tiefer.»

Delaney stieß die schwere Tür im ersten Stock auf und stand in einem kleinen, aus rohem Sperrholz gezimmerten Empfangsraum. Eine Glastür führte in den weitläufigen Raum dahinter, offenbar eine Kombination aus Lager und Versandstelle. In einer Ecke des Empfangsraums saß eine Telefonistin mit einem Kopfhörer auf dem Kopf vor einer Stöpselvermittlung, von der Delaney wußte, daß sie seit Jahren nicht mehr hergestellt wurde. ‹Camper-Glück› schien ein gut florierendes Unternehmen zu sein, doch es war auch klar, daß die Gewinne nicht in elegante Büroeinrichtungen und verführerische Dekorationen gesteckt wurden.

Er wartete geduldig, bis die Telefonistin ein halbes Dutzend Anrufe vermittelt hatte. Schließlich sagte er verzweifelt: «Ich möchte Mr. Appel sprechen, bitte! Mein Name ist . . .»

Das Mädchen steckte den Kopf durch eine kleine, in die Bretterwand eingelassene Öffnung und rief laut: «Sol. Jemand, der Sie sprechen will.»

Delaney nahm auf dem schmalen Sofa Platz, einem wackeligen Gestell mit Rissen im Plastikbezug. Der überquellende Aschbecher auf dem Boden amüsierte ihn. Den einzigen Schmuck im Raum bildete eine Plakette auf der Sperrholzwand, die Mr. Solomon Appel großen Einsatz für den United Jewish Appeal bestätigte.

Die Glastür wurde aufgestoßen, und ein korpulenter, schwitzender Mann rauschte herein. Bei Delaney blieb der Eindruck von einem runden, pausbäckigen Gesicht haften (der Mann im Mond), einer zerkauten, unangezündeten Zigarre, einem fadenscheinigen, ärmellosen, schreiend bunten Pullover, überraschend «modischen», weiß abgesteppten Jeans in Dunkelblau und bunt verzierten indianischen Mokassins.

«Sie kommen von Benson & Hurst?» fragte der Mann. Er sprach ungeheuer schnell und ohne die Zigarre aus dem Mund zu nehmen. «Ich bin Sol Appel. Wo zum Teufel bleiben die Zelte? Sie haben doch versprochen . . .»

«Moment», sagte Delaney hastig. «Ich bin nicht von Benson & Hurst. Ich bin . . .»

«Gatters», sagte der Mann ungerührt. «Die Angelrute aus Fiberglas. Ihr gebt mir wahrhaftig was mit der Rute – wißt schon wo. Sie haben doch gesagt . . .»

«Bitte, einen Augenblick», sagte Delaney und seufzte. «Ich bin auch nicht von Gatters. Ich bin Captain Edward X. Delaney von der New Yorker Polizei. Hier ist mein Ausweis.»

Sol Appel warf nicht einmal einen Blick darauf, sondern hob die Hände hoch über den Kopf und tat so, als ergebe er sich.

«Ich gestehe alles!» sagte er. «Was es auch war, ich hab's getan. Führen Sie mich ab. Sofort. Holen Sie mich aus diesem Irrenhaus hier heraus. Tun Sie mir den Gefallen, bitte. Für mich wird das Gefängnis das reinste Paradies sein.»

«Nein, nein.» Delaney lachte. «Nichts dergleichen. Mr. Appel, ich wollte . . .»

«Veranstalten Sie einen Wohltätigkeitsball? Ein Dinner? Sie kommen wegen einer Spende? Aber natürlich. Immer, jederzeit. Also – wieviel?»

Er griff schon nach seiner Brieftasche, doch Delaney wehrte ab. Abermals seufzte er.

«Bitte, Mr. Appel, es geht weder um eine Sammelaktion noch sonst etwas. Alles, was ich möchte, ist, daß Sie mir ein paar Minuten Ihrer Zeit widmen.»

«Ein paar Minuten meiner Zeit? Jetzt verlangen Sie aber wirklich etwas Kostbares. Ein paar Minuten!» Er drehte sich zu der offenen Glastür um. «Sam! Nur Bargeld! Keinen Scheck. Nur bares Geld, verstanden?»

«Können wir uns irgendwo kurz unterhalten?» fragte der Captain.

«Aber wir unterhalten uns doch schon, oder?»

«Na schön», sagte Delaney zweifelnd und warf einen Blick auf die Telefonistin, die jedoch mit ihren Strippen und Steckern beschäftigt war.

«Mr. Appel, Ihr Name wurde mir von Calvin Case genannt, und ich . . .»
«Cal!» rief Appel. Er trat näher und packte Delaney am Mantelaufschlag. «Der Gute. Ein lieber Junge! Wie geht's ihm? Erzählen Sie.»
«Nun ja . . . er ist . . .»
«Brauchen Sie mir gar nicht zu sagen. Dem Alkohol verfallen. Ich weiß. Hab davon gehört. Er hätte hierher zurückkommen können, ich hab's ihm angeboten. ‹Du kannst nicht laufen›, hab ich ihm gesagt. ‹Macht nichts! Dein Kopf funktioniert, oder? Du kannst arbeiten, oder?› Darum geht's doch, oder? Stimmt doch, Captain . . . eh, Captain . . .»
«Delaney.»
«Captain Delaney. Ein irischer Name, nicht wahr?»
«Ja.»
«Dacht ich mir doch. Also, wenn er einen Job will, so kann er ihn haben, jederzeit. Hier, bei uns. Wir können ihn gebrauchen. Sagen Sie ihm das. Werden Sie ihm das sagen?» Er schlug sich an die Stirn. «Ich hätte ihn besuchen sollen», stöhnte er. «Was für ein *schmuck* bin ich bloß! Ich schäme mich. Ich werd ihn besuchen. Bestellen Sie ihm das, Chief Delaney.»
«Captain.»
«Captain. Bestellen Sie ihm das?»
«Ja, gewiß, falls ich ihn wieder spreche. Aber das ist nicht . . .»
«Sammeln Sie für ihn? Handelt es sich um eine Wohltätigkeitsveranstaltung, Captain? Mit Vergnügen bestelle ich einen Tisch für acht Personen, und ich will . . .»
Endlich gelang es Delaney, ihn ein bißchen zu dämpfen, und sie setzten sich auf das Plastiksofa. Delaney erklärte ihm, daß er gewisse Ermittlungen durchführe, und der zigarrekauende Sol Appel stellte keine Fragen. Innerhalb von fünf Minuten wußte der Captain, daß ‹Camper-Glück› rund 30000 Kunden hatte, an die zweimal im Jahr Kataloge versandt wurden. Außer Adremaplatten gab es eine Schreibmaschinenliste, von der der Captain mit Vergnügen eine Kopie bekommen konnte, falls er eine brauchte.
«Selbstverständlich werde ich sie streng vertraulich behandeln», versicherte der Captain.
«Aber wozu?» sagte Sol Appel. «Glauben Sie, die Konkurrenz könnte gegen meine Preise an?»
Delaney erfuhr ferner, daß bei ‹Camper-Glück› sämtliche Kassenbelege sieben Jahre lang aufbewahrt wurden. Sie lagerten im Keller des Gebäudes, säuberlich getrennt nach Monaten und Jahren.

«Warum sieben Jahre?» fragte er.

«Was weiß ich?» Appel zuckte mit den Achseln. «Mein Vater – Gott hab ihn selig – ist erst letztes Jahr gestorben – ja, also, mein Vater hat gesagt: ‹Sol, die Durchschriften der Kassenbelege mußt du sieben Jahre aufbewahren.› So hat er's gehalten, und so halt ich's auch. Wegen der Steuer oder so. Ich weiß es nicht. Egal, ich bewahr sie sieben Jahre auf.»

«Dürfte ich sie durchsehen?»

«Durchsehen? Captain, das müssen an die hunderttausend Stück sein.»

«Für den Fall, daß es sein muß – bekomme ich dann Ihre Erlaubnis?»

«Tun Sie, als ob Sie zu Hause wären!»

Als Delaney Anstalten machte, sich zu verabschieden, wollte Appel ihn nicht fortlassen. Immerzu schüttelte er ihm die Hand und redete ohne Punkt und Komma.

«Gehn Sie rauf in den Verkauf und suchen Sie sich aus, was Ihnen gefällt. Solln mich anrufen, ehe Sie bezahlen. Sie kriegen einen hübschen Rabatt, glauben Sie mir. Wissen Sie, Juden und Iren, die sind sich sehr ähnlich. Sind beide Dichter – stimmt's? Und wer kann heutzutage noch reden? Nur die Juden und die Iren. Braucht man einen Polizisten, nimmt man einen Iren. Braucht man einen Anwalt, nimmt man einen Juden. Glauben Sie etwa, ich verstünde was von dem Zeugs, das ich verkaufe? Hah! Was mich angeht, ich fahr zum Campen nach Miami Beach oder Nassau. Da läßt man sich auf einer Luftmatratze im Swimmingpool treiben, einen Drink in der Hand, und hat rings um sich herum all die süßen kleinen Mädchen in ihren Minibikinis. Das ist Camper-Glück! Captain, Sie gefallen mir. Delaney – so war doch der Name? Stehn Sie im Telefonbuch? Nächsten Monat ist Bar-Mizwa für meinen Neffen. Ich ruf Sie an. Und nichts mitbringen, verstanden? Gar nichts! Ich geh hin und besuch den Calvin Case. Ich schwör's. Man muß halt arbeiten. Sarah! Sarah!»

Endlich gelang es Delaney, das Weite zu suchen. Laut lachend ging er die Treppe hinunter, und die Leute, die heraufkamen, blickten sich verwundert nach ihm um. Falls Sol Appel ihn wirklich zur Bar-Mizwa seines Neffen einladen sollte, so nahm er sich vor hinzugehen. Wann hatte man schon einmal das Glück, einem *lebendigen* Menschen zu begegnen?

Als er auf dem Weg zur U-Bahn an einem Imbißstand vorbeikam, genehmigte er sich ein Stück Pizza Bolognese und eine Cola. An seine Diät dachte er nicht . . . Dann fuhr er nach Hause.

Mary trank in der Küche Kaffee. Er setzte sich auf eine Tasse zu ihr und sagte ihr, er habe bereits zu Mittag gegessen; mehr verriet er ihr nicht.

«Was immer es gewesen sein mag, es muß Knoblauch darin gewesen sein», sagte sie schnuppernd, und er lachte.

Um drei rief er Thorsen an. Das Mädchen vom Auftragsdienst bat ihn, am Apparat zu bleiben. Nach kurzer Zeit meldete sie sich wieder und bestellte ihm, Thorsen lasse ihn bitten, um sieben noch einmal anzurufen. Delaney legte auf. Kein Zweifel – irgend etwas lief schief.

Er schob alle Besorgnis beiseite und setzte sich an seinen Schreibtisch, um seine Notizen zu vervollständigen.

Er war gerade dabei, einen ausführlichen Bericht über seine Begegnung mit Sol Appel zu schreiben, als das Telefon klingelte. Er hob den Hörer ab und sagte wie abwesend: «Hallo?»

«Hallo?» Dr. Sanford Ferguson lachte. «Wo bleibt denn das ‹Hier Captain Edward X. Delaney›?»

«Ja, Sie haben recht. Hier Captain Edward X. Delaney. Was gibt's? Sie klingen so, als hätten Sie etwas getrunken.»

«Hab ich auch. Ich gratuliere.»

«Soll das heißen, daß meine Zeichnung stimmt?»

«Ja. Die äußere Wunde – oben auf der Schädeldecke – ist quadratförmig, jede Seite etwa zweieinhalb Zentimeter. Zum Sondieren habe ich Fiberglas benutzt. Sie wissen, was das ist?»

«Ein dünnes Bündel von Glasfäden, biegsam und durch eine Batterie erleuchtet.»

«Sie wissen aber auch alles, was, Edward? Ja, genau das. Spitz zulaufend, leicht gewölbt. Ich habe an der Unterseite sogar Zeichen von gröber zerfetztem Gewebe gefunden. Könnte von der Zahnung herrühren. Nicht eindeutig genug, um es in meinem offiziellen Bericht zu erwähnen, aber eine Möglichkeit, Captain, eine Möglichkeit.»

«Vielen Dank, Doktor. Und das Öl?»

«Keine offenkundigen Spuren. Aber ich schicke das ölgetränkte Stück Papier und eine Gewebeprobe ins Labor. Doch das dauert etwas, wie gesagt. Zufrieden, Edward?»

«Ja. Sehr. Warum betrinken Sie sich?»

«Er war so klein. So klein, so mickerig, so ausgepumpt, und sein Herz taugte nicht mehr viel, und sein Schwanz war nicht größer als ein Fingerhut. Deshalb betrinke ich mich. Was dagegen?»

«Nein, nicht das geringste.»

«Bringen Sie das Schwein zur Strecke, Edward!»

«Das werde ich.»

«Versprochen?»

«Versprochen!» sagte Captain Edward X. Delaney.

Es war kurz nach halb sechs, als er ins Krankenhaus kam, aber Barbara war nicht gut in Form. Sie fing sofort an, von einer Kusine zu sprechen, die schon vor zwanzig Jahren gestorben war, redete dann dauernd von diesem «schrecklichen Krieg», mit dem sie, wie er dachte, Vietnam meinte, bis er merkte, daß sie vom Koreakrieg sprach. Dann sang sie eine Strophe von «Black is the color of my true love's hair», und er wußte nicht, was er tun sollte.

Er saß an ihrem Bett und versuchte, sie zu beruhigen, aber sie wollte sich nicht beruhigen lassen. Sie plapperte von Mary und den Gardinen in den Schlafzimmern im zweiten Stock, von Thorsen, Veilchen, einem toten Hund – und wer hatte ihr die Kinder weggenommen? Er bekam es mit der Angst zu tun und war nahe daran, in Tränen auszubrechen. Er klingelte nach der Schwester, und als keine kam, eilte er aus dem Zimmer und holte die erstbeste, die er traf, fast mit Gewalt herein.

Barbara plapperte noch immer vor sich hin; mit geschlossenen Augen, den Anflug eines Lächelns auf den Lippen, lag sie da. Voller Angst wartete er, allein, denn die Schwester war hinausgegangen, um auf der Karteikarte nachzusehen, welche Medikamente die Kranke bekam. Worte wie Lombard und Honey Bunch fing er auf, und plötzlich: «Ich brauche hundert Dollar», Eddie und Liza, das Karussell im Central Park, sie beschrieb es und lachte dabei, und die bunten Pferdchen drehten sich und drehten sich, bis schließlich die Schwester zurückkam, eine Spritze aufzog und Barbara eine Injektion in den Unterarm gab. Wenige Augenblicke später war sie ruhig und schlief ein.

«Was ist denn bloß mit ihr passiert?» entfuhr es Delaney. «Was war das?»

«Sie war nur ein bißchen durcheinander.» Die Schwester lächelte mechanisch. «Jetzt ist alles wieder in Ordnung. Sie sehen ja, sie schläft ganz friedlich.»

«Friedlich», sagte der Captain.

«Friedlich», wiederholte die Schwester gehorsam. «Falls Sie irgendwelche Fragen haben, wenden Sie sich bitte morgen früh an den Arzt.»

Sie marschierte hinaus. Delaney starrte ihr nach und überlegte, ob der Wahnsinn in der Welt denn nie ein Ende nehmen würde. Er wandte sich wieder dem Bett zu. Barbara schlief anscheinend wirklich friedlich. Er fühlte sich schrecklich hilflos und war doch wütend.

Es war noch nicht sieben; erst dann sollte er Thorsen anrufen. Er ging zu Fuß nach Hause, legte Hut und Mantel ab und genehmigte sich zwei

Whisky pur. Allmählich beruhigte er sich. Barbara . . .

Stumpfsinnig saß er da, trank seinen Whisky und wartete, daß es sieben Uhr wurde. Dann rief er bei Thorsen an. Der Rückruf ließ nicht lange auf sich warten.

«Edward?»

«Ja.»

«Etwas Wichtiges?»

«Ich glaube ja. Können Sie Johnson erreichen?»

«Er ist gerade hier.»

Delaney fiel der veränderte Tonfall auf, Thorsens Stimme war angespannt, drängend.

«Ich muß mit Ihnen sprechen», sagte der Captain. «Je eher desto besser.»

«Wollen Sie gleich kommen?»

«Zu Ihnen ins Büro oder nach Hause?»

«Nach Hause.»

«Ich nehme ein Taxi», sagte Captain Delaney. «In ungefähr zwanzig Minuten bin ich da . . .»

Er legte auf und schimpfte laut vor sich hin: «Ihr könnt mich alle mal!» Trotzdem ging er in die Küche, suchte und fand eine Plastiktüte, in der er die drei Hämmer sowie das Fläschchen mit dem Maschinenöl verstaute – sein «Beweismaterial». Dann machte er sich auf den Weg.

Mrs. Thorsen, eine große silberblonde, auffallend hagere Frau mit wunderschönen veilchenblauen Augen machte ihm die Tür auf. Sie fragte nach Barbara und wie es ihr ginge. Er brummelte irgend etwas.

«Die Herren sind im Wohnzimmer – Sie kennen sich ja aus.»

Dort waren drei Männer versammelt – sie alle saßen. Thorsen und Inspector Johnson erhoben sich und reichten ihm die Hand. Der dritte blieb sitzen; niemand machte Anstalten, ihn vorzustellen.

Der Mann war klein und gedrungen, von dunkler Hautfarbe und hatte einen gewaltigen Schnurrbart. Seine Hände lagen flach auf den Knien – die Haltung hatte etwas Steinernes. Nur die dunklen Augen bewegten sich, schossen neugierig hin und her und verrieten eine lebhafte Intelligenz.

Erst als Delaney selbst Platz genommen hatte, ging ihm auf, wer er war; Herman Alinski, der Stellvertretende Bürgermeister, ein undurchsichtiger, publicityscheuer Politiker, von dem es hieß, er sei der Mann, der die Hauptarbeit mache und einer der engsten Vertrauten des Bürgermeisters. In der *Times* hatte es einmal über ihn geheißen: «Seine Hauptbeschäftigung scheint im Zuhören zu bestehen, und jeder, der ihn kennt, ist der

Meinung, daß er das wirklich vortrefflich versteht.»

«Ein Drink, Edward?» fragte Thorsen. «Whisky-Soda?»

Delaney sah sich um. Thorsen und Johnson hielten Gläser in der Hand, Alinski nicht.

«Noch nicht, vielen Dank. Vielleicht später.»

«Wie Sie wollen. Karen macht uns ein paar Sandwiches. Edward, Sie sagten am Telefon, Sie hätten etwas Wichtiges für uns. Sie können frei reden.»

Wieder spürte Delaney die Spannung in Thorsens Stimme, und als er zu Johnson hinüberblickte, sah er, daß der Schwarze steif und verbissen dasaß.

«Also gut», sagte Delaney. «Dann berichte ich noch einmal von Anfang an.»

Zunächst saß er, doch es dauerte nicht lange, dann stand er auf und ging im Zimmer auf und ab. Er konnte dann besser denken, besser sprechen, ungehindert gestikulieren. Niemand unterbrach ihn, doch die Augen der drei folgten ihm, wohin er sich auch wandte.

Er begann mit Lombards Tod. Wie die Leiche gelegen hatte. Weshalb er glaube, daß der Mörder seinem Opfer von vorn entgegengekommen sei, sich blitzschnell herumgedreht und Lombard von hinten niedergeschlagen habe. Die Art der Wunde. Das Öl darin. Der fehlende Führerschein. Daß der Täter ihn seiner Meinung nach an sich genommen habe, um einen Beweis für seine Tat zu haben. Er sprach von Langley, seiner Fachkenntnis, der zufälligen Entdeckung des Maurerhammers, die zum Gesteinshammer und schließlich zum Eispickel geführt hatte.

Er machte eine Pause, holte die Hämmer aus der Plastiktüte und reichte sie herum. Die drei Männer betrachteten sie eingehend; ihre Gesichter waren ausdruckslos, als sie mit dem Daumen die scharfen Kanten prüften und das Werkzeug in der Hand wogen.

Delaney fuhr fort. Er sprach von dem Überfall auf Bernard Gilbert. Dem fehlenden Firmenausweis. Von seiner Überzeugung, daß es sich bei dem Mörder um einen Psychopathen handelte, der im 251. Revier wohne. Und daß er wieder zuschlagen werde. Erwähnte die Informationen, die er von Handry hatte: den Mord an Trotzki, die Adresse von Calvin Case, die Unterhaltung mit dem invaliden Bergsteiger. Das Öl, mit dem die Eispikkel eingeölt waren. Er reichte das Ölfläschchen herum.

Jetzt hatte er sie gepackt, und alle drei lehnten sich aufmerksam vor. Thorsen und Johnson vergaßen ihre Drinks, die scharfen Augen Alinskis schossen hierhin und dorthin. Kein Laut war zu hören.

Delaney erzählte ihnen von dem Besuch bei Sol Appel, der Adressenkartei und den detaillierten Kassenbelegen. Berichtete dann, daß er dem mit der Autopsie an Gilbert beauftragten Polizeiarzt eine Zeichnung des Eispickels samt einer Probe des Öls gegeben habe. Wie man die Form des Wundkanals festgestellt habe. Daß man zur Feststellung von Ölspuren eine Geruchsanalyse vornehmen wolle.

Thorsen fragte, wieviel Delaney dem Arzt und den anderen erzählt habe.

Nur soviel, wie sie unbedingt wissen müßten, versicherte ihm Delaney. Sie wüßten lediglich, daß er privat eine Untersuchung der beiden Mordfälle Lombard und Gilbert durchführe, und sie hätten sich bereitgefunden, ihm zu helfen.

«Warum?» fragte Alinski. Es war das erste Wort, das er sprach.

Delaney zuckte mit den Schultern. «Aus persönlichen Gründen.»

Eine Zeitlang herrschte Schweigen, dann fragte Alinski leise: «Sie haben keinerlei Beweise, nicht wahr, Captain?»

Delaney sah ihn verwundert an.

«Selbstverständlich nicht. Es ist alles nur Theorie. Ich habe Ihnen nichts erzählt oder gezeigt, das man – zum gegenwärtigen Zeitpunkt – vor Gericht verwenden könnte.»

«Aber Sie glauben daran?»

«Ich glaube daran. Wenn auch nur aus dem einen Grund, daß nichts anderes da ist, woran man glauben könnte. Hat die ‹Kommission Lombard› Besseres vorzuweisen?»

Die drei Männer sahen einander wortlos an. Ihre Gesichter waren unbewegt. Delaney erriet nicht, was in ihnen vorging.

«Das ist der eigentliche Grund, weshalb ich hier bin», sagte er zu Thorsen gewandt. «Ich möchte alles übergeben an . . .»

Doch in diesem Augenblick pochte es an der Tür; Thorsen sprang auf, öffnete sie und nahm seiner Frau ein riesiges Tablett ab.

«Vielen Dank, Liebes», sagte er.

«Es ist von allem noch reichlich da», rief sie den Gästen zu. «Greifen Sie also ordentlich zu.»

Thorsen setzte das Tablett auf einem niedrigen Couchtisch ab. Es gab Sandwiches mit Schinken und Käse, Roastbeef, außerdem Tomatenviertel, Radieschen, Dillgurken, Zwiebelringe, ein Glas mit scharfem Senf, Oliven, Kartoffel-Chips und Schalotten.

Sie griffen zu, aßen im Stehen, und Thorsen mixte neue Drinks. Diesmal nahm Delaney einen Whisky mit Wasser, der Stellvertretende Bürgermeister Alinski einen doppelten Scotch.

Da Delaney weder gewillt war, etwas von der Gewichtigkeit des von ihm Gesagten noch von dem offensichtlich guten Eindruck, den er auf sie gemacht hatte, zu opfern, fuhr er in seiner Rede fort und biß nur zwischendurch ab und zu in ein Sandwich und in ein Radieschen. Diesmal sah er beim Sprechen Alinski an.

«Ich möchte alles, was ich habe, Pauley übergeben. Ich gebe zu, es ist nichts Greifbares, aber immerhin eine Spur. Während ich mit Hilfe von drei oder vier unerfahrenen Leuten die Herkunft des Eispickels herausfinden und Adressenkartei und Kassenzettel von ‹Camper-Glück› durchgehen könnte, stehen Pauley rund fünfhundert Kriminalbeamte sowie weitere Hilfskräfte zur Verfügung, wenn er sie braucht. Es ist eine Frage der Zeit. Ich bin der Meinung, Pauley sollte die Sache übernehmen; er kann wesentlich schneller vorankommen als ich. Vielleicht läßt sich dadurch ein weiterer Mord verhindern, denn ich bin fest davon überzeugt, es gibt noch einen und noch einen und noch einen, ehe es uns gelingt, diesen Wahnsinnigen dingfest zu machen.»

Die anderen drei aßen unbeirrt weiter, nippten an ihren Drinks und sahen zu ihm auf. Einmal wollte Thorsen etwas sagen, doch Alinski wehrte mit der Hand ab. Schließlich war der Stellvertretende Bürgermeister mit seinem Sandwich fertig, er nahm sein Glas, setzte sich wieder in seinen Sessel und wandte sich an Delaney.

«Ein moralisches Problem für Sie, nicht wahr, Captain?» fragte er leise.

«Nennen Sie es, wie Sie wollen.» Delaney zuckte mit den Schultern. «Ich finde bloß, daß das, was ich habe, wert ist, weiterverfolgt zu werden, und Pauley ist . . .»

«Unmöglich», sagte Thorsen.

«Warum unmöglich?» rief Delaney zornig. «Wenn Sie . . .»

«Beruhigen Sie sich, Edward», sagte Johnson ruhig. Er war bei seinem dritten Sandwich. «Deswegen wollten wir ja mit Ihnen reden. Sie haben offenbar in den letzten Stunden keine Nachrichten gehört. Sie können Pauley nichts mehr übergeben – Broughton hat ihn geschaßt.»

«Geschaßt?»

«Nennen Sie es, wie Sie wollen. Ihn seines Postens enthoben. Ihm einen Tritt in den Hintern gegeben! Weggejagt.»

«Allmächtiger!» sagte Delaney wütend. «Das kann er doch nicht tun.»

«Er hat's aber getan.» Thorsen nickte. «Auf . . . auf ganz besonders brutale Weise. Statt es ihm selbst zu sagen, hat er eine Pressekonferenz einberufen und erklärt, er hätte Pauley von aller Verantwortung im Mordfall Lombard entbunden. Behauptete, Pauley sei untüchtig und käme nicht weiter. Er selber, Broughton, übernähme ab sofort die Leitung der ‹Sonderkommission Lombard›.»

«O Gott!» Delaney stöhnte. «Das ist ein dicker Strich durch die Rechnung.»

«Aber das Schlimmste wissen Sie ja noch gar nicht», fuhr Thorsen fort und starrte ihn mit unbewegtem Gesicht an. «Pauley hat vor einer Stunde um seine Pensionierung gebeten. Nach dem, was Broughton gesagt hat, weiß Pauley, daß seine Karriere zu Ende ist, und er möchte aussteigen.»

Delaney ließ sich schwer in den Lehnsessel fallen, sah in sein Glas und ließ die Eiswürfel darin kreisen.

«Dieser Hund!» sagte er bitter. «Pauley war ein guter Mann. Sie haben ja keine Ahnung, wie gut! Ich war ihm immer nur ein paar Schritt voraus. Und das auch nur, weil der Zufall mir zu Hilfe kam und ihm nicht. Aber er wäre in allernächster Zeit auch auf den Eispickel gekommen. Ich weiß, daß er darauf gekommen wäre; das merkte man seinen Berichten an. Verdammt! Die Polizei kann es sich nicht leisten, Männer wie Pauley zu verlieren. Einen Mann mit Verstand und dreißig Jahren Erfahrung einfach abzuservieren! Es ist zum Kotzen!»

Keiner von den dreien sagte etwas. Sie ließen ihm Zeit, wieder ruhiger zu werden. Alinski erhob sich und holte sich ein paar Radieschen und Oliven. Er trat vor Delaneys Sessel, warf ein Radieschen hoch und fing es wieder auf.

«Mit Ihrem moralischen Problem, Captain», sagte er leise, «hat diese Entwicklung aber im Grunde nichts zu tun, nicht wahr? Ich meine, schließlich könnten Sie das, was Sie haben, auch Broughton übergeben.»

«Ja, vermutlich», antwortete Delaney mißmutig. «Pauley zu schassen! Der Mann muß übergeschnappt sein! Braucht wohl einen Sündenbock, um die eigene Haut zu retten, was?»

«Genau das nehmen wir auch an», sagte Johnson.

Delaney sah zu Alinski auf, der noch immer vor ihm stand.

«Was, zum Teufel, hat das eigentlich alles zu bedeuten?» fragte er. «Wollen Sie mir das bitte einmal sagen?»

«Wollen Sie das wirklich wissen, Captain?»

«Ja, ich will es wissen», knurrte Delaney. «Aber ich will nicht, daß Sie es mir erzählen. Ich finde es schon selbst heraus.»

«Das glaube ich auch.» Alinski nickte. «Sie sind ein schlauer Fuchs.»

«Schlau? Pffff! Ich bringe es ja in meinem eigenen Revier nicht einmal fertig, einen mordwütigen Psychopathen aufzustöbern.»

«Für Sie ist es wichtig, diesen Täter zur Strecke zu bringen, ja? Das ist für Sie das Allerwichtigste.»

«Selbstverständlich ist das das Allerwichtigste. Dieser Wahnsinnige wird fortfahren zu morden und immer und immer wieder zuschlagen. Der zeitliche Abstand zwischen den einzelnen Morden wird immer kürzer werden. Vielleicht schlägt er sogar am hellichten Tag zu. Wer will das wissen? Aber eines garantiere ich Ihnen: er wird jetzt nicht mehr aufhören. Es ist wie ein Fieber in seinem Blut. Er kann nicht mehr aufhören. Und was glauben Sie, was los sein wird, wenn die Zeitungen auf den Trichter kommen – die reinste Hölle!»

«Sie wollen also mit dem, was Sie haben, zu Broughton gehen?» fragte Thorsen, fast gleichmütig.

«Ich weiß es nicht. Ich weiß es einfach noch nicht. Ich muß darüber nachdenken.»

«Das ist sehr klug», sagte Alinski. «Denken Sie darüber nach. Es geht nichts über langes, gründliches Nachdenken.»

«Aber eines sollten Sie hier alle wissen», sagte Delaney wütend, obwohl er selbst nicht begriff, weshalb er eigentlich so wütend war. «Die Entscheidung treffe ich. Ich ganz allein, sonst niemand. Und wozu ich mich entscheide, das werde ich auch tun.»

Sie hätten ihm gern irgendwelche Vorschläge gemacht, doch sie hielten es für richtiger, ihn nicht zu beeinflussen.

Delaney trank seinen Whisky aus, erhob sich und verstaute Hämmer und Ölfläschchen wieder in seiner Plastiktüte.

«Vielen Dank», sagte er zu Thorsen. «Bitte bestellen Sie Karen, daß ich mich für die Sandwiches bedanke. Ich finde schon allein hinaus.»

«Sie rufen mich an und sagen mir, wozu Sie sich entschlossen haben, Edward?»

«Aber ja. Sollte ich mich dazu durchringen, zu Broughton zu gehen, verständige ich Sie vorher.»

«Danke.»

«Auf Wiedersehen, meine Herren!» Delaney nickte jedem zu und ging hinaus.

Fünf Straßenblocks weiter fand er endlich eine Telefonzelle, die funktionierte, und er wurde mit Thomas Handry verbunden.

«Ja?»

«Hier Captain Edward X. Delaney. Ich wollte Sie fragen, ob Sie mir ein bißchen helfen könnten.»

«Meinen Sie das Foto mit dem Eispickel, mit dem Trotzki erschlagen

wurde? Das hab ich leider nirgends auftreiben können.»
«Nein, es geht um etwas anderes.»
«Ganz schön ausgefuchst, Captain, wissen Sie das? Alles für Sie und nichts für mich. Wann reden Sie endlich?»
«In ein paar Tagen.»
«Versprochen?»
«Versprochen.»
«Schön. Was möchten Sie?»
«Was wissen Sie über Broughton? Über Timothy A. Broughton, Stellvertretender Commissioner?»
«Über dieses Schwein? Haben Sie ihn heute abend im Fernsehen gesehen?»
«Nein, hab ich nicht.»
«Er hat Pauley an die Luft gesetzt. Wegen Untüchtigkeit und, wie er durchblicken ließ, Pflichtvergessenheit. Ein reizender Mensch.»
«Was beabsichtigt er damit?»
«Broughton? Dessen Ziel ist es, Commissioner zu werden, dann Bürgermeister, dann Gouverneur und schließlich Präsident unserer, ach so herrlichen Vereinigten Staaten von Amerika. Der hat höhere Ambitionen, den treibt der Ehrgeiz – mehr als Sie glauben.»
«Sie scheinen nicht gerade Hochachtung vor ihm zu hegen?»
«Richtig. Ich habe einmal ein Interview mit ihm gemacht. Die meisten Männer tragen Bilder von ihrer Frau und ihren Kindern mit sich herum, Broughton dagegen nur Bilder von sich selbst.»
«Wie reizend. Hat er irgendwelchen Rückhalt? Politischen Rückhalt, meine ich?»
«Und ob er das hat. In Queens und auf Staten Island. Es wird gemunkelt, daß er sich für die Vorwahl im nächsten Jahr aufstellen lassen will. Mit einem ‹Law-and-Order›-Programm. Sie wissen schon: ‹Wir müssen schärfer gegen die Kriminalität auf unseren Straßen vorgehen, koste es, was es wolle.›»
«Und Sie glauben, daß er es schafft?»
«Möglich. Wenn er mit dem Fall Lombard Erfolg hat, hilft ihm das natürlich. Und sollte sich herausstellen, daß der Mörder ein heroinsüchtiger Schwarzer ist, der von der Wohlfahrt lebt und mit einem fünfzehn Jahre alten Hippie-Mädchen mit langer blonder Mähne zusammen haust, dann wird nichts, aber auch gar nichts diesen Broughton aufhalten können.»
«Glauben Sie, daß der Bürgermeister sich Sorgen macht?»

«Würden Sie das nicht?»

«Vermutlich. Vielen Dank, Handry. Sie haben mir sehr geholfen, vieles klarer zu sehen.»

«Deswegen seh ich aber noch lange nicht klarer. Was zum Teufel ist denn bloß los?»

«Geben Sie mir noch etwas Zeit, einen oder zwei Tage?»

«Aber mehr nicht. Gilbert ist gestorben, nicht wahr?»

«Ja. Er ist gestorben.»

«Und es besteht eine Verbindung, oder?»

«Ja.»

«Zwei Tage», sagte Handry. «Mehr nicht. Wenn ich bis dahin nichts von Ihnen höre, muß ich anfangen, Vermutungen anzustellen. Und zwar in der Zeitung.»

«Dazu haben Sie alles Recht.»

Er ging zu Fuß nach Hause. Die Plastiktüte schlug ihm gegen die Knie. Allmählich begriff er, was los war – die Spannung, unter der Thorsen stand, Johnsons Verbissenheit, die Tatsache, daß Alinski auf den Plan getreten war. Er hatte weiß Gott nicht die Absicht, in diesen ganzen politischen Kram hineingezogen zu werden. Er war Polizeibeamter. Das war sein Beruf. Im Augenblick wollte er nichts anderes, als einen Mörder zur Strecke bringen, doch Ehrgeiz, Machtkämpfe und Verpflichtungen Dritter schienen ihm die Hände zu binden, er war wie gelähmt.

Ihm wurde klar, daß die Suche nach dem Mörder Lombards und Gilberts für ihn zu einer ganz persönlichen Angelegenheit geworden war, zu einer reinen Privatsache, und daß die unberufene Einmischung anderer ihm nicht behagte. Er brauchte Hilfe, sicher – schließlich konnte er nicht alles allein machen –, aber im Grunde war es ein Duell, ein Kampf von Mann zu Mann, und Ratschläge von seiten Dritter, Druck und Einflußnahme mußte er meiden wie die Pest. Er wußte, was er sich zutrauen durfte, und er achtete das Können seines Gegners und nahm es nicht auf die leichte Schulter. Ob es sich nun um einen Fechtkampf oder um ein Duell auf Leben und Tod handelte – er setzte seinen Kopf aufs Spiel.

Ganz in Gedanken versunken bog er in die Straße ein, die zu seinem Haus führte, als plötzlich eine barsche Stimme «Delaney!» rief.

Langsam hielt er inne. Wie fast alle Detektive in New York – in der ganzen Welt! – hatte er dazu beigetragen, Verbrecher auf den elektrischen Stuhl zu schicken, für längere oder kürzere Zeit ins Zuchthaus oder in eine Heil- und Pflegeanstalt. Die meisten von ihnen schworen Rache – im Gerichtssaal, oder ließen von Freunden telefonisch Drohungen übermitteln oder schickten Briefe. Glücklicherweise machten nur die wenigsten ihre Drohungen wahr. Aber immerhin, es gab einige . . .

Als jetzt, in einer schlecht beleuchteten Straße, aus einer am Bordstein geparkten, dunklen Limousine sein Name gerufen wurde und ihm aufging, daß er unbewaffnet war, drehte er sich langsam um, hob ein wenig die Arme, die Handflächen nach vorn gekehrt.

Doch dann sah er den uniformierten Fahrer am Steuer und erkannte auf dem Rücksitz die massige Gestalt und das wütende Gesicht des Stellvertretenden Commissioner Broughton, der sich halb aus dem heruntergekurbelten Fenster beugte. Die Zigarre zwischen seinen Zähnen glühte heftig auf.

«Delaney!» rief Broughton noch einmal, und es war mehr ein Befehl als eine Begrüßung. Der Captain trat einen Schritt näher an den Wagen heran. Broughton machte keine Anstalten, die Tür zu öffnen, so daß Delaney, um mit ihm sprechen zu können, gezwungen war, sich niederzubeugen. Das war bestimmt Absicht, Broughton wollte ihm die Rolle des Bittstellers zuweisen.

«Sir?» fragte er.

«Was bilden Sie sich eigentlich ein?»

«Ich begreife nicht, Sir.»

«Wir haben jemand nach Florida geschickt. Es stellte sich heraus, daß Lombards Führerschein fehlt. Die Witwe sagt, Sie hätten mit ihr darüber gesprochen. Sie wußten also, daß der Führerschein fehlte. Ich könnte Sie wegen Unterschlagung von Beweismaterial belangen.»

«Aber ich habe es doch gemeldet, Sir.»

«Sie haben es gemeldet? Wem? Pauley?»

«Nein, für so wichtig hielt ich die Sache nicht. Dorfman, dem kommissarischen Leiter von Zwei-fünf-eins. Ich bin sicher, daß er eine entsprechende Meldung beim Verkehrsamt gemacht hat.»

Einen Moment herrschte Schweigen. Eine Wolke von beizendem Zigarrenqualm quoll aus dem Fenster, Delaney direkt ins Gesicht. Er stand noch immer vorgeneigt da.

«Warum sind Sie zu Gilberts Frau gegangen?» wollte Broughton wissen.

«Aus demselben Grund, weshalb ich auch Mrs. Lombard besucht habe», sagte Delaney ohne zu zögern. «Um ihr mein Beileid auszusprechen. Als Leiter oder ehemaliger Leiter des Reviers, in dem das Verbrechen passierte. Public Relations im Sinne der Polizei!»

Wieder herrschte Schweigen.

«Sie haben eine Antwort auf alles», sagte Broughton wütend, «Sie sind ein ganz gerissener Hund.» Er saß im Halbdunkel. Delaney konnte seine Züge kaum unterscheiden. «Sind Sie mit Thorsen zusammengewesen? Und mit Johnson?»

«Selbstverständlich bin ich mit Thorsen zusammengewesen, Sir. Wir sind seit Jahren befreundet.»

«Delaney, ich traue Ihnen nicht. Ich hab eine Nase für impertinente Burschen wie Sie, und ich hab das Gefühl, daß Sie was im Schilde führen. Lassen Sie sich gesagt sein: Sie sind noch immer Polizeibeamter, und ich kann Sie fertigmachen, wann immer ich will. Sind Sie sich darüber im klaren?»

«Jawohl, Sir.»

«Versuchen Sie nicht, mich aufs Kreuz zu legen, Delaney. Meine Position ist die stärkere. Kapiert?»

«Ja, ich verstehe.»

Bis jetzt hatte er sich beherrscht; im Bruchteil einer Sekunde fällte er eine Entscheidung. Daß er erbost war, war unwichtig, genauso wie die Tatsache, daß Broughton ein Widerling war. Er hob die Plastiktüte höher ans Fenster.

«Sir», sagte er, «hier ist etwas, das ich Ihnen zeigen möchte. Ich glaube, es könnte Ihnen helfen . . .»

«Lecken Sie mich am Arsch», fiel Broughton ihm roh ins Wort. «Ich brauche Ihre Hilfe nicht, und ich will sie nicht. Die einzige Möglichkeit, mir zu helfen, besteht für Sie darin, sich in den äußersten Winkel zu verkriechen und den Mund zu halten. Ist das klar?»

«Sir, ich habe . . .»

«Herrgott, Delaney, geht in Ihren dicken Schädel überhaupt nichts rein? Verschwinden Sie, mehr will ich gar nicht. Hauen Sie ab, Sie Scheißkerl!»

«Jawohl, Sir», sagte Captain Edward X. Delaney, und ihm schwamm der Kopf vor Freude. «Ich hab's gehört. Und ich habe verstanden.»

Er stand da und sah zu, wie die schwarze Limousine davonrollte. Siehst du? Da machst du dir Sorgen, zerbrichst dir den Kopf und schlägst dich mit ‹moralischen Problemen› und solchem Mist herum, und dann kommt so ein Blödmann daher und löst das ganze Problem. Heiter und gelöst betrat er sein Haus, rief Thorsen an, berichtete ihm von dem Zusammentreffen mit Broughton und sagte, er wolle die Untersuchung auf eigene Faust weiterführen.

«Okay», sagte Thorsen. «Wir drücken Ihnen die Daumen!»

7

Es sah so aus, als ob er viel Zeit vertrödelte, aber in Wirklichkeit legte er sich in den beiden Wochen nach der Unterredung in Thorsens Wohnung einen einleuchtenden Schlachtplan zurecht.

Er setzte sich mit Christopher Langley zusammen und besprach mit ihm die nächsten Schritte, er stattete Calvin Case einen weiteren Besuch ab, der ihm stolz berichtete, er nehme seinen ersten Drink am Tag erst mit den Zwölf-Uhr-Nachrichten.

Delaney gratulierte ihm, und als Case sein Angebot, ihm bei der Durchsicht der Kassenbelege von ‹Camper-Glück› zu helfen, wiederholte, berieten sie gemeinsam, wie das am besten zu bewerkstelligen sei.

«Die Sache hat einen Haken», sagte Case. «Jeden Kassenbeleg der letzten sieben Jahre rauszuziehen, auf dem der Verkauf eines Eispickels vermerkt ist, ist eine Kleinigkeit. Aber was ist, wenn der Mann ihn schon vor zehn Jahren gekauft hat?»

«Dann müßte sein Name eigentlich in der Adressenkartei auftauchen. Die laß ich von jemand anderes durchsehen.»

«Schön. Und was ist, wenn er den Eispickel woanders, sonstige Bergsportausrüstungen jedoch bei ‹Camper-Glück› gekauft hat?»

«Hm, könnten Sie nicht auch die Belege herausziehen, auf denen Bergsportartikel vermerkt sind? Ich schlage vor, daß wir zwei Ordner anlegen: einen für Eispickel, den anderen für allgemeine Bergsportausrüstung.»

«Klingt vernünftig.»

«Dann kann ich also mit Sol Appel verabreden, daß man Ihnen die Kassenbelege herschickt?»

«Ja. Sie sind ganz schön meschugge, Captain – wissen Sie das eigentlich?»

«Ich weiß es.»

Bei der Unterredung mit Monica Gilbert mußte er mehr Vorsicht walten lassen, und mehr Entschlossenheit. Er war nicht sicher, ob ihr Telefon überwacht wurde, und beschloß, da sie vermutlich morgens ihre Kinder zur Schule brachte, dort auf sie zu warten.

Er nahm gegenüber der Schule Aufstellung. Endlich sah er Mrs. Gilbert mit ihren beiden Töchtern kommen. Am Eingang der Schule verabschiedete sie sich von ihnen, drehte sich um und wollte offenbar wieder nach Hause gehen. Da trat er auf sie zu.

«Mrs. Gilbert.»

«Oh, Captain . . . Delaney?»

«Ja. Wie geht es Ihnen?»

«Danke, es geht ganz gut. Und vielen Dank auch für Ihren Kondolenzbrief. Das war sehr freundlich von Ihnen.»

«Ja, hm ... Mrs. Gilbert, ich wollte Sie fragen, ob ich Sie wohl kurz sprechen könnte. Darf ich Sie zu einer Tasse Kaffee einladen?»

Sie überlegte einen Augenblick. «Kommen Sie doch auf einen Sprung mit zu mir hinauf. Ich mache mir um diese Uhrzeit immer eine zweite Tasse Kaffee.»

«Vielen Dank. Ja. Sehr gern.»

Vorsorglich hatte er eine Fotokopie der Adressenliste von ‹Camper-Glück› mitgebracht, dazu drei Pakete Karteikarten und einen kleinen Plan des 251. Reviers, auf dem mit der Hand die Grenzen des Reviers eingezeichnet waren.

«Mrs. Gilbert, Sie sagten, Sie würden mir gern helfen. Möchten Sie das immer noch?»

«Unbedingt. Mehr denn je. Jetzt wo ...»

«Es ist leider eine reine Routinearbeit, noch dazu ziemlich langweilig.»

«Das macht nichts.»

«Also gut.»

Er erklärte ihr, was sie tun sollte: Von jedem Kunden, der im 251. Revier wohnte, sollte sie eine maschinengeschriebene Karteikarte anlegen, und wenn sie damit zu Ende war, sollte sie nach diesen Karten eine neue Adressenliste mit zwei Durchschlägen, auf der dann alle hier im Revier wohnenden Kunden von ‹Camper-Glück› zusammengefaßt wären.

«Haben Sie noch irgendwelche Fragen?»

«Nur die Kunden innerhalb der Reviergrenzen?»

«Hm ... entscheiden Sie das von Fall zu Fall selbst. Wohnt jemand in einer angrenzenden Straße, nehmen Sie ihn mit auf.»

«Trägt das dazu bei, den Mörder meines Mannes zu fassen?»

«Ich hoffe es, Mrs. Gilbert.»

Sie nickte. «In Ordnung. Ich werde gleich damit anfangen. Es ist im Augenblick nur gut, wenn ich etwas um die Ohren habe.»

Er sah sie bewundernd an.

Später fragte er sich, warum er nach den Besuchen bei Calvin Case und Mrs. Gilbert innerlich so froh war. Es hatte damit zu tun, erkannte er, daß es bei der Unterhaltung um Namen und Adressen gegangen war. Um Namen! Bisher war nur von Werkzeugen und Ölfläschchen die Rede gewesen. Jetzt ging es immerhin bereits um Namen, um Adressen! Vielleicht kam nicht das geringste dabei heraus. Er war darauf gefaßt. Aber es waren Menschen, mit denen er sich beschäftigte, nicht mehr nur leblose Dinge, und er war sehr zufrieden.

Das Gespräch mit Thomas Handry war eine heikle Sache. Delaney erzählte ihm nur soviel, wie Handry seiner Meinung nach wissen sollte; er hielt den Reporter für intelligent genug, die Lücken selber auszufüllen. Zum Beispiel vertraute er ihm an, daß Lombard und Gilbert *allem Anschein nach* mit derselben Waffe umgebracht worden seien. Er sprach nicht ausdrücklich von einem Eispickel, und Handry, der sich eifrig Notizen machte, nickte nur und stellte keine weiteren Fragen. Als erfahrener Zeitungsmann wußte er, welchen Wert man Ausdrücken wie *allem Anschein nach*, *anscheinend* und *dem Vernehmen nach* beimessen mußte.

Delaney übernahm die volle Verantwortung für die auf eigene Faust durchgeführten Ermittlungen und erwähnte Thorsen, Johnson, Alinski und Broughton mit keinem Wort. Er sagte, er mache sich Sorgen, weil die Verbrechen in seinem alten Revier passiert seien und er sich persönlich dafür verantwortlich fühle. Handry sah von seinem Stenoblock auf und blickte Delaney an, enthielt sich jedoch jeden Kommentars. Delaney sagte zu ihm, er sei davon überzeugt, daß es sich bei dem Mörder um einen Psychopathen handele, daß Lombard und Gilbert einem Zufall zum Opfer gefallen seien und daß der Täter wieder zuschlagen werde.

In die Haare gerieten sie sich, als es darum ging, wann Handry veröffentlichen dürfe. Der Reporter wollte natürlich am liebsten sofort loslegen, während der Captain wollte, er solle damit warten, bis er von ihm grünes Licht bekäme. Sie einigten sich auf einen Kompromiß: Handry würde sich noch zwei Wochen zurückhalten. Hatte er bis dahin kein grünes Licht bekommen, konnte er schreiben, was er wollte, konnte alle möglichen Vermutungen anstellen, jedoch ohne den Namen seines Informanten zu nennen.

In dieser Zeit, da er so hochgestimmt war, erlebte Delaney jedoch auch eine große Enttäuschung. Als er Barbara, die geistig völlig klar und dem Anschein nach von blühender Gesundheit war, stolz und glücklich die beiden Honey Bunch-Bände brachte, stieß sie einen freudigen Schrei aus, sah ihn dann jedoch an und schüttelte den Kopf.

«Edward», sagte sie, «was um alles in der Welt . . .»

Er war schon im Begriff, sie daran zu erinnern, daß sie nach diesen Bänden gefragt hatte, doch dann merkte er plötzlich, daß sie ganz offensichtlich nichts mehr davon wußte. Er verbarg seinen Kummer.

«Ich dachte, du würdest dich darüber freuen.» Er lächelte. «Es sind genau die gleichen, die du Liza geschickt hast.»

«Ach, was bist du doch für ein guter, lieber Kerl», sagte sie und hielt ihm ihre Wange zum Kuß hin.

Er neigte sich eifrig über das Krankenbett und hoffte, ihre gute Stimmung möge der Vorbote baldiger Genesung sein.

Er verbrachte seine Tage hauptsächlich damit, Pläne zu schmieden, sich mit dem oder jenem zu treffen, Gespräche zu führen, und wenn er Thorsen zweimal wöchentlich anrief, hatte er absolut keine Fortschritte zu melden. Ein um den anderen Tag rief er jeden von seinen freiwilligen Mitarbeitern an, nicht um Druck auf sie auszuüben, sondern um mit ihnen zu reden, ihnen zu versichern, wie wichtig ihre Arbeit war, um ihre Fragen zu beantworten und ihnen die Gewißheit zu geben, daß er da war, daß er wußte, alles brauche seine Zeit und daß sie sich nicht entmutigen lassen sollten.

Er holte seine Aufzeichnungen und Notizen hervor und sah sie sorgfältig durch. Er griff auch wieder nach der Liste «Der Tatverdächtige». Seit fast sechs Wochen hatte er sie nicht mehr ergänzt. Er sah auf die Uhr. Er war gerade von seinem allabendlichen Krankenhausbesuch zurückgekommen, es war gleich acht.

Er rief Calvin Case an.

«Hier Captain Edward X. Delaney. Wie geht es Ihnen?»

«Ganz gut.»

«Und Ihrer Frau?»

«Auch gut. Was gibt's?»

«Ich möchte gern etwas mit Ihnen besprechen. Es geht nicht um die Kassenbelege, ich weiß, daß Sie daran sind. Es geht um etwas anderes. In einer halben Stunde, ja?»

«Selbstverständlich, kommen Sie nur. Ich muß Ihnen was Phantastisches zeigen.»

Evelyn Case machte ihm auf. Sie wirkte glücklich und gelöst und sah in den ausgebleichten Jeans, den zerrissenen Leinenschuhen und einem Hemd ihres Mannes wie ein junges Mädchen von fünfzehn aus. Sie stellte sich auf die Zehenspitzen und drückte ihm einen Kuß auf die Wange.

«Oh», sagte er, «vielen Dank.»

In der Wohnung war es viel heller als früher, und auch der Geruch war jetzt einigermaßen erträglich. Im Schlafzimmer von Case waren die Fenster geputzt, neue Gardinen waren aufgesteckt, ein Topf mit Efeu stand auf dem Teewagen, und auf dem Teppich lag eine neue Brücke. Ihm fiel auf, daß das Zugrollo abmontiert worden war.

«Hallo», begrüßte ihn Calvin Case und wies in die Runde. «Was sagen Sie dazu?»

Worauf er deutete, war eine unglaubliche Erfindung: ein Gestell von zwei Zoll dickem Eisenrohr lief um das ganze Bett herum und setzte sich oben wie das nackte Gerüst eines Betthimmels fort. Daran hingen Stahltrossen, Gewichte, Griffe, Zugvorrichtungen und anderes sinnreiches Gerät.

Delaney konnte nur staunen. «Was ist denn das?» fragte er.

Case lachte, sichtlich erfreut über sein Staunen.

«Hat Sol Appel mir geschenkt. Er hat mich besucht, und schon am nächsten Tag kam jemand zum Vermessen und wenige Tage später erschienen drei Mann mit diesem Ding und schraubten es zusammen. Es ist ein Turngerät. Passen Sie auf . . .»

Er griff mit beiden Händen nach dem Trapez, das von Drahtseilen herunterhing, und zog seinen Körper vom Bett hoch. Der Oberkörper war noch immer schlaff, und die weichen Muskeln zitterten vor Anstrengung. Er ließ sich aufs Bett zurückfallen.

«Das ist alles», sagte er keuchend. «Bis jetzt. Aber die Kraft kommt wieder. Die Muskelleistung bessert sich. Ich merke es. Sehen Sie dies hier . . .»

Über seinem Kopf hingen zwei Griffe. Sie hingen an Drahtseilen, die über Rollen an einer Querstange über ihm liefen, von dort bis zu Rollen an der Querstange am Fußende des Bettes und dort straff herunterhingen. Am Ende waren rostfreie Stahlgewichte befestigt.

«Sehen Sie?» fragte Case und machte ihm vor, wie er die Griffe abwechselnd bis zu seiner Brust herunterzog: rechts, links, rechts, links. «Bis jetzt schaffe ich nur die Ein-Pfund-Gewichte, aber man kann jeden Strang bis zu fünf Pfund belasten.»

«Als er anfing, konnte er nicht mal die Ein-Pfund-Gewichte hochkriegen», erklärte Evelyn Case eifrig. «Nächste Woche hängen wir Zwei-Pfund-Gewichte ein.»

«Und sehn Sie sich das hier an!» sagte Case und wies auf etwas, das von dem Rohrgerüst herunterhing und wie eine riesige stählerne Haarnadel aussah. «Das ist fürs Greifen. Für den Bizeps und die Brustmuskulatur.»

Er packte das Gerät mit beiden Händen und versuchte, die beiden «Arme» zusammenzudrücken. Er lief im Gesicht rot an und schaffte kaum ein paar Zentimeter.

«Das ist ja großartig», sagte Delaney, «wirklich großartig.»

«Das beste aber ist dies», sagte Case und zeigte auf einen Stahlarm, der so angebracht war, daß er vom Turngerät nach außen geschwenkt werden konnte. «Ich hab mich mit den Leuten, die das Ding zusammengebaut haben, unterhalten, das ist eine Firma, die sich auf solche Geräte spezialisiert hat. Es gibt da beispielsweise einen Rollstuhl mit eingebautem Topf. Man kann damit herumfahren – man ist beweglich! Ich bin viel zu schwer, als daß Ev mich je in diesen Rollstuhl heben könnte, aber wenn ich meine Körperkraft einigermaßen wiedererlange, könnte ich mich, indem ich dieses Rohr ausschwenke, aus eigener Kraft auf den Rollstuhl schwingen und auch wieder zurück. Ich weiß, daß ich das schaffen werde. Meine Arm- und Schultermuskeln waren immer Klasse. Ich hab oft genug nur an meinen Händen gehangen und mich dann heraufziehen müssen.»

«Das klingt phantastisch», sagte Delaney bewundernd. «Aber übertreiben Sie's nicht. Ich meine, fangen Sie langsam an. Bauen Sie Ihre Kraft nach und nach wieder auf.»

«Übrigens», sagte Case, «geht es mit den Kassenbelegen wesentlich schneller, als ich angenommen hatte.»

«Oh, das höre ich natürlich gern. Könnten wir uns ein paar Minuten unterhalten? Nicht über Kassenbelege, sondern über etwas anderes? Strengt Sie das auch nicht zu sehr an?»

«Aber nein. Ich fühle mich großartig. Liebling, schieb doch bitte einen Stuhl für den Captain ran.»

«Ich hol ihn mir schon», sagte Delaney und trug den Schreibtischstuhl ans Bett und setzte sich so, daß er Case ins Gesicht sehen konnte.

«Einen Drink, Captain?»

«Ja gern. Mit Wasser, bitte.»

Evelyn Case ging hinaus in die Küche. Die beiden Männer saßen einen Moment schweigend da.

«Worum geht es denn?» fragte Case schließlich.

«Um Bergsteiger.»

Zu Hause setzte sich Captain Delaney gleich an seinen Schreibtisch und vervollständigte seine «Liste» mit den Auskünften, die er von Calvin Case über Bergsteiger bekommen hatte; jetzt hatte er alles noch frisch im Gedächtnis.

Unter «Körperliche Merkmale» notierte er Stichworte über Flexibilität, Reichweite und Kraft der Arme und Schultern, Brustumfang und Widerstandskraft gegen Angstzustände. Zwar hatte Case gesagt, unter Bergsteigern fände man Menschen jeder Größe, jeder Statur, doch hatte er das im

Lauf des Gesprächs eingeschränkt, und Delaney war bereit, nach der Wahrscheinlichkeit zu gehen.

Unter «Psychische Merkmale» gab es eine ganze Menge nachzutragen: Vorliebe für das Leben im Freien, größte Risikofreudigkeit, die fast schon eine Sucht war, diszipliniertes Denken, keinerlei erkennbare Neigung, Selbstmord zu begehen, totaler Egoismus, das Bedürfnis – wie hatte Case es ausgedrückt? – vorzustoßen bis «an den Rand des Lebens», wo zwischen Leben und Tod nichts weiter stand als die eigene Kraft und Geistesgegenwart. Und schließlich ein tiefreligiöses Gefühl, eins zu werden mit dem All – «eins mit allem». Verglichen damit, war alles andere «reine Schwärmerei».

Unter «Zusätzliches» notierte er: «Vermutlich mäßiger Trinker», «nimmt keine Drogen» und «Geschlechtsverkehr nach dem Mord wahrscheinlich, aber nicht vorher».

Er las die Aufstellung immer und immer wieder, überlegte, was er möglicherweise vergessen hatte, doch ihm fiel nichts ein. Der «Tatverdächtige» trat allmählich aus dem Dunkel hervor, ragte bedrohlich auf. Delaney fing an, Zugang zu diesem Menschen zu finden, zu ahnen, was er war, was er wollte und weshalb er tun mußte, was er tat. Noch war er ein Schatten, ein nebelhaftes Gebilde, doch die Umrisse waren bereits deutlich zu erkennen. Er fing an zu existieren: auf dem Papier und in Delaneys Kopf. Der Captain hatte eine ziemlich genaue Vorstellung von ihm, wie er aussah, und glaubte zu ahnen, was sich im Geist dieses Irren abspielte. «Das arme, beschissene Schwein», sagte Delaney laut vor sich hin. Doch dann schüttelte er erbost den Kopf und fragte sich, was ihn bewog, irgendwelches Mitleid mit diesem Unhold zu haben.

Es war beinahe ein Uhr früh, und er saß noch immer am Schreibtisch, als das Telefon klingelte. Er ließ es dreimal klingeln, denn er wußte – er *wußte* es einfach –, was dieser Anruf zu bedeuten hatte. Und er fürchtete sich davor. Endlich nahm er den Hörer auf.

«Ja?» sagte er vorsichtig.

«Captain Delaney?»

«Ja.»

«Hier Dorfman. Noch einer.»

Delaney holte tief Luft, legte den Kopf in den Nacken und starrte mit offenem Mund an die Decke. Dann holte er nochmals tief Luft.

«Captain? Sind Sie noch dran?»

«Ja. Wo ist es passiert?»

«In der 75th Street. Zwischen der 1st und der 2nd Avenue.»

«Tot?»
«Ja.»
«Schon identifiziert?»
«Ja. Die Dienstmarke fehlt, aber nicht sein Dienstrevolver.»
«Wie bitte?»
«Es ist einer von Broughtons Lockvögeln.»

Teil VI

1

«Ich wollte nicht, daß er litt», sagte er ernst, als er ihr Bernard Gilberts Ausweis zeigte. «Wirklich, das wollte ich nicht.»

«Er hat nicht gelitten, Lieber», murmelte sie und streichelte ihm die Wange. «Er war ja bewußtlos, lag im Koma.»

«Aber ich wollte doch, daß er glücklich wäre!» schrie Daniel Blank.

«Natürlich», beschwichtigte sie ihn. «Ich versteh doch.»

Er hatte auf Gilberts Tod gewartet, ehe er zu Celia geeilt war, genauso wie er nach Lombards Tod zu ihr gelaufen war. Aber diesmal war es anders. Er spürte eine gewisse Entfremdung, fühlte, daß er sich zurückgezogen hatte. Es war ihm, als brauche er sie nicht mehr, als sei er nicht mehr auf ihren Rat und ihre Belehrungen angewiesen. Ganz für sich allein wollte er auskosten, was er getan hatte. Sie sagte, sie verstehe das, aber das tat sie natürlich nicht. Wie sollte sie auch?

Sie waren nackt in dem abscheulichen Zimmer. Überall lag Staub, und das schweigende Haus lauerte um sie herum. Er glaubte, er würde diesmal potent bei ihr sein, war sich nicht ganz sicher, doch es war ihm egal. Es war nicht wichtig.

«Der Fehler war, daß ich es von vorn tat», sagte er nachdenklich. «Vielleicht ist der Schädel vorn kräftiger. Jedenfalls ist er auf den Rücken gefallen und hat noch vier Tage gelebt. Das werde ich nicht wieder tun. Ich will nicht, daß irgend jemand leidet.»

«Hast du seine Augen gesehen?» fragte sie leise.

«Ja.»

«Und was hast du gesehen?»

«Überraschung. Schrecken. Begreifen. Erkennen. Und dann, im allerletzten Augenblick, noch so etwas, wie . . .»

«Was?»

«Ich weiß es nicht. Ich bin mir nicht sicher. Hinnahme, glaube ich. Und eine Art wissender Ruhe. Es ist schwer zu erklären.»

«Ja», sagte sie. «O *ja*! Finalität. Das ist es doch, wonach wir alle suchen, nicht wahr? Das letzte Wort. Vollendung. Katholizismus oder Zen oder Kommunismus oder Bedeutungslosigkeit. Was auch immer. Aber brauchen wir das nicht alle, Dan? Wir alle brauchen es, erniedrigen uns oder machen andere zu unseren Sklaven, um es zu finden. Aber gilt das eine für uns alle, oder gilt für jeden einzelnen von uns das Seine? Ist das nicht die Frage? Ich glaube, es gibt ein Absolutes für alle, nur meine ich, es führen verschiedene Wege dahin, und jeder muß seinen eigenen Weg finden. Habe ich dir je gesagt, was für einen wunderschönen Körper du hast, Liebling?»

Während sie sprach, hatte sie ihn behutsam angefaßt und ihn allmählich erregt.

«Hier bist du ganz seidig – gesalbte Seide. Ich liebe es, wie deine Rippen hervortreten und deine Hüftknochen, die tiefe Mulde zwischen Brustkorb und Taille, und die Wölbung der Hüften. Du bist stark und hart, und gleichzeitig so weich und biegsam. Sieh, wie lang deine Arme sind, Liebling, und wie breit deine Schultern. Und dann hier deine Brustwarzen, wie Knospen, und dein süßer, glatter Hintern. Wie ich deinen Körper liebe! Ach!»

Sie murmelte unverständliche Koseworte und berührte ihn noch immer, und fast wider seinen Willen reagierte er darauf und drängte sich an sie. Dann lag er auf dem Rücken, riß sie über sich, spreizte die Beine und zog die Knie an.

«Wie herrlich das wäre, wenn du in mich hineinkommen könntest», flüsterte er, und sie wußte, was er wollte, und bewegte sich entsprechend. «Wenn auch du einen Penis hättest . . . Oder noch besser, wenn jeder von uns Penis und Vagina hätte! Was für eine Verbesserung von Gottes ursprünglichem Plan das wäre! Dann könnten wir beide gleichzeitig einer im anderen sein, ihn durchdringen. Wäre das nicht herrlich?»

«Ja», hauchte sie. «Herrlich!»

Er hielt ihr Gewicht auf sich nieder, nannte sie «Liebling» und «mein Herz» und sagte: «Ach, mein Herz, du fühlst dich so gut an», und ihm war, als ob das Gewebe seines Lebens gleich einem allzuoft gewaschenen Taschentuch einfach zerfiele. Nicht zerriß, sondern sich in seine einzelnen Fäden auflöste; das Licht schien hindurch.

Sie verausgabte sich, und Schweiß tropfte aus ihren unrasierten Achselhöhlen auf seine Schultern. Er wandte den Kopf und glitt mit der Zunge darüber, schmeckte salziges Leben.

«Wirst du jemand für mich töten?» fragte sie atemlos.

Er zog sie noch fester an sich, hob die Hüften an und verschränkte die Füße hinter ihrem schlanken Rücken.

«Nein, das geht nicht», sagte er zu ihr. «Das würde alles kaputtmachen.»

2

Er war in dem lieblosen weißgekachelten Haus aufgewachsen; als Einzelkind, hatte keine Sonne gehabt, der er sich hätte zuwenden können, und sich nach innen gekehrt, war kontemplativ geworden, verschlossen beinahe. Nahezu alles, was er dachte, und alles, was er fühlte, betraf ihn selbst, seine Wünsche, Ängste, seinen Haß und seine Hoffnungen, seine Verzweiflung. Erstaunlich für einen so kleinen Jungen, war er sich dieser starken Ich-Bezogenheit bewußt gewesen und hatte sich gefragt, ob jedermann so selbstsüchtig sei wie er. Es schien ihm nicht denkbar; es gab Jungen seines Alters, die rasch und mühelos Freundschaften schlossen, Mädchen hänselten und lachten. Und dennoch . . .

«Manchmal kam es mir vor, als wäre ich in zwei Einzelwesen gespalten: in das Kind, so wie es sich den Eltern und der Welt gegenüber präsentierte, und in die Person, die ich *war* und die in meinem eigenen Universum kreiste.

Von meinen ersten Knabenjahren an – ja, sogar schon in früher Kindheit – träumte ich fast jede Nacht: wilde, wirre Träume ohne besondere Bedeutung, dummes Zeug, völlig unerwartete Begebenheiten, ein kunterbuntes Durcheinander von Menschen, verrückten Gesichtern, meine Eltern und Kinder aus der Schule und Gestalten aus der Geschichte und der Literatur – alles in einem heillosen Durcheinander.

Und dann – vielleicht mit acht, aber es könnte auch später gewesen sein – fing ich an, mich am hellichten Tag in Träumereien zu verlieren, in denen es genauso turbulent und unglaubhaft zuging wie in meinen nächtlichen Träumen. Diese Tagträume wirkten sich auf mein äußeres Leben überhaupt nicht aus, ich meine, auf das Bild, das ich der Welt darbot. Ich machte pünktlich meine Hausaufgaben, nahm am Unterricht teil, küßte pflichtschuldigst die kalten Wangen meiner Eltern . . . und war doch äonenweit weg. Nein, nicht weg, sondern tief in mir, und träumte.

Nach und nach, fast ohne daß ich es merkte, flossen meine Tagträume mit meinen nächtlichen Träumen zusammen. Wie sich das ergab, oder wann genau, vermag ich nicht zu sagen. Aber die Tagträume wurden zu Verlängerungen meiner nächtlichen Träume, und es kam vor, daß ich mir eine ‹Handlung› ausdachte, die ich Tag und Nacht sich entwickeln ließ. Manchmal zog sich das über eine Woche hin. Wenn ich sie dann zugunsten einer neuen ‹Handlung› aufgab, kam es vor, daß ich für einen oder zwei Tage wieder in den alten Traum zurückfiel, ihn einfach noch einmal träumte oder mit phantasievollen Einzelheiten ausschmückte.

So konnte ich mir zum Beispiel ausmalen, ich wäre gar nicht das Kind meiner Mutter und meines Vaters, sondern ein angenommenes Kind, das, einer romantischen Liebe entsprungen, bei ihnen untergebracht worden war. Vielleicht war mein leiblicher Vater ein bekannter Staatsmann und meine Mutter eine große Schönheit, die aus Liebe gesündigt hatte. Aus verschiedenen Gründen, was weiß ich, waren sie nicht in der Lage, mich anzuerkennen, und hatten mich bei diesem langweiligen, graugesichtigen, kinderlosen Ehepaar in Indiana in Pflege gegeben. Doch eines Tages würden sie kommen ...

Da war noch etwas, dessen ich mir in meiner frühen Kindheit bewußt wurde, und das zeigt vielleicht, wie klar ich mir über mich selbst war. Wie die meisten Jungen meines Alters – ich war damals etwa zwölf – war ich imstande, gewisse häßliche Dinge zu tun, ja, selbst kleinere Verbrechen zu begehen: böswillige Zerstörung, sinnlose Gewalttätigkeit, Dinge, die man ‹jugendlichen Übermut› nannte und so weiter. Worin ich mich von anderen Jungen meines Alters unterschied, glaube ich, war, daß, selbst wenn ich erwischt und dafür bestraft wurde, ich überhaupt kein Schuldgefühl hatte. Niemand brachte es fertig, mir das Gefühl von Schuld einzuflößen. Wenn ich etwas bedauerte, dann nur, erwischt worden zu sein.

Ist es so seltsam, daß jemand zwei Leben leben kann? Nein, ich glaube ehrlich, daß die meisten Menschen das tun. Die meisten spielen natürlich die Rolle, die man von ihnen erwartet: sie heiraten, arbeiten, kriegen Kinder, gehen zur Wahl, versuchen anständig zu bleiben und möglichst nicht mit dem Gesetz in Konflikt zu geraten. Aber jeder – Mann, Frau und Kind – führt daneben noch ein heimliches Leben, über das selten gesprochen und das so gut wie nie enthüllt wird. Und dieses heimliche Leben ist für jeden von uns erfüllt von wilden Phantasievorstellungen, unerhörten Begierden und erstickenden Lüsten. Denen nur deshalb etwas Schimpfliches innewohnt, weil man es uns so beigebracht hat.

Denn ich glaube, jeder von uns ist insgeheim eine Insel (‹Kein Mensch ist eine Insel›? So ein Quatsch!), und auch die tiefste und brennendste Liebe vermag den Abgrund, der zwischen den Menschen klafft, nicht zu überbrücken. Vieles von dem, was wir träumen und empfinden und über das wir zu anderen nicht sprechen können, ist, gemessen an dem, was die

Gesellschaft meint, was wir empfinden und träumen sollen, verrucht. Da aber die Menschen dazu imstande sind – wie kann es da verrucht sein? Handelt doch lieber so, wie eure Natur es von euch verlangt. Ob es nun in den Himmel führt oder in die Hölle – und was bedeutet das: ‹Himmel›, ‹Hölle›? –, die schlimmste Sünde ist, es nicht wahrhaben zu wollen. *Das* ist unmenschlich.

Als ich mit dem Mädchen im College schlief, und später mit meiner Frau und all den anderen dazwischen, fand ich das aufregend und angenehm und ganz natürlich. Immerhin so befriedigend, um über das Grunzen, Stöhnen, Furzen, Rülpsen, den schlechten Atem und das Blut und ... und andere Dinge hinwegzusehen. Wenige Augenblicke später war ich jedoch schon wieder bei den Halbedelsteinen, die ich sammelte, oder der Programmierung von AMROK II. Zu masturbieren hatte mir genausoviel Spaß gemacht, und ich fragte mich, wieviel von dem sogenannten ‹normalen Geschlechtsverkehr› nicht im Grunde Masturbation zu zweit ist. All das Gestöhn, diese Liebesschwüre bilden das ‹öffentliche Gesicht›; die heimlichen Reaktionen werden vor dem Partner verborgen. Einmal schlief ich mit einer Frau, und die ganze Zeit über dachte ich an – nun, an jemand, den ich mal in dem Fitness-Club gesehen hatte. Weiß der Himmel, woran *sie* dachte. Inselexistenz.

Celia Montfort war die intelligenteste Frau, die ich jemals kennengelernt hatte. Viel intelligenter als ich übrigens, obwohl ich meine, daß ihr meine Sensibilität und mein Einfühlungsvermögen fehlten. Aber sie war eine komplexe Persönlichkeit, einer solchen Frau war ich bisher noch nie begegnet. Oder vielleicht doch – nur hatte ich die Komplexität nicht ertragen können. Wohingegen sie mich im Fall von Celia anzog, mich faszinierte, mich verwirrte – eine Zeitlang.

Ich war mir nicht sicher, was sie von mir wollte, oder ob sie überhaupt etwas von mir wollte. Ich genoß ihre dozierenden Reden, das Spiel ihrer Gedanken, doch hätte ich nie eindeutig sagen können, wer sie war. Einmal, als ich sie anrief, um mich mit ihr zum Abendessen zu verabreden, sagte sie: ‹Da ist etwas, um das ich dich bitten möchte.›

‹Ja?› sagte ich –

Es folgte eine Pause.

‹Ich werde dich heute abend darum bitten›, sagte sie schließlich. ‹Beim Essen.›

Also fragte ich sie beim Essen: ‹Um was wolltest du mich bitten!?›

Sie sah mich an und sagte: ‹Ich glaube, ich tu's lieber schriftlich. Ich werde dir einen Brief schreiben und dich darum bitten.›

Aber natürlich schrieb sie mir nie einen Brief und sagte mir auch nicht, was sie von mir wollte. So war sie. In gewisser Weise war es zum Wahnsinnigwerden, bis ich anfing zu begreifen . . .

Zu begreifen, daß sie genauso unergründlich und verquält war wie ich, und wie ich das Opfer plötzlicher Launen, wahnsinniger Leidenschaften, wirrer Sehnsüchte und irrer Träume . . . was immer man will. Irrational, nehme ich an, könnte man es wohl nennen. Wenn ich mir nichts vormachte – und es ist außerordentlich schwer, sich selbst nichts vorzumachen –, mußte ich erkennen, daß manches von meiner Feindseligkeit ihr gegenüber – und ich erkannte, daß ich anfing, eine gewisse feindselige Haltung ihr gegenüber einzunehmen, weil sie *Bescheid wußte* –, nun, es lag zum Teil daran, daß ich ein Mann war und sie eine Frau. Ich gehöre nicht gerade zu den Bewunderern der Frauenbewegung, muß jedoch zugeben, daß die Menschen Opfer von manchmal schwer zu erkennenden und durchschauenden Umwelteinflüssen sind.

Sobald ich jedoch aufhörte, mir etwas vorzumachen, mich selbst zu belügen, konnte ich auch zugeben, daß sie mich deshalb verwirrte, weil sie selbst ein heimliches Leben lebte, mir an Intelligenz überlegen war und, wenn sie wollte, sexuell viel stärker empfand als ich.

Das konnte ich erkennen und mir eingestehen; sie war die erste Frau, mit der ich geschlafen hatte, die als Persönlichkeit existierte und nicht nur als Körper. Das jüdische Mädchen aus Boston war nichts als ein Körper gewesen. Meine Frau war ein Körper gewesen. Jetzt kannte ich eine Persönlichkeit – nennen Sie es meinetwegen eine ‹Seele›, wenn es Ihnen Spaß macht –, die genauso unergründlich war wie ich selbst. Folglich wäre es für mich genausowenig logisch gewesen, von mir zu erwarten, daß ich sie verstünde, wie von ihr, daß sie mich verstünde.

Zum Beispiel: Wir erhoben uns von einem verschwitzten Lager, wo wir so intim gewesen sind, wie Mann und Frau es körperlich nur sein können. Ich habe sie geschmeckt. Dann, angekleidet und völlig ruhig, fasse ich sie auf dem Weg zum Restaurant am Arm, um sie vor einem in rasender Fahrt näher kommenden Taxi zurückzureißen. Voller Abscheu sieht sie mich an und sagt: ‹Du hast mich angefaßt!›

Ein weiteres Beispiel: Sie verschwindet häufig und ohne vorher Bescheid zu sagen: stundenlang, tagelang, manchmal eine ganze Woche lang. Ohne eine Erklärung oder Entschuldigung ist sie wieder da, für gewöhnlich völlig erschöpft und mit blauen Flecken übersät, manchmal sogar mit Wunden und Verbänden. Ich stelle keine Fragen; sie von sich aus gibt keine Erklärung. Wir haben ein unausgesprochenes Abkommen: ich spioniere ihr nicht nach, sie stellt mir keine Fragen. Mit Ausnahme, was das Töten betrifft. Davon kann sie einfach nicht genug bekommen.

Und noch ein Beispiel: Sie kauft eine englische Reitpeitsche, doch ich weigere mich. Sowohl sie zu schlagen als auch mich schlagen zu lassen.

Man könnte endlos weiter über sie erzählen.

Zum Beispiel: Sie behandelt einen Taxifahrer ganz abscheulich, bloß weil er einen kleinen Umweg mit uns gefahren ist, und sagt laut, ich soll ihm kein Trinkgeld geben. Drei Stunden später besteht sie darauf, einem zerlumpten, betrunkenen und nach Urin stinkenden Bettler Geld zu geben. Nun ...

Geschehen war, glaube ich, folgendes: Wir hatten auf einer bestimmten Ebene begonnen, in dem Bemühen, eine befriedigende Beziehung zueinander zu finden. Dann, aus Übersättigung oder aus Langeweile, fingen wir, nachdem das ungehemmte sexuelle Bedürfnis abgeklungen war, an, jenen psychischen Bereich des Sexuellen zu erkunden, an den sie und ich so fest glaubten. Danach – als auch das sich als nicht befriedigend erwies – gruben wir noch tiefer, versetzten uns einer in den anderen und blieben einander im Grunde doch fremd. Ich versuchte, es ihr klarzumachen: um das Äußerste an Beziehung zueinander zu erreichen, muß man sich durchdringen. Ist es nicht so?

Ich darf sie nicht wiedersehen. Dazu rang ich mich immer wieder durch, denn ich brachte es nicht fertig, damit fertig zu werden, daß sie genausosehr Mensch war wie ich, doch im letzten Augenblick, wenn ich schon sicher war, daß es aus sei zwischen uns, pflegte sie anzurufen und mir am Telefon Dinge zu sagen ... Ach! Also trafen wir uns doch wieder zum Mittag- oder Abendessen, und unter dem Tischtuch, unter unseren nebeneinandergelegten Servietten faßte sie mich an und sah mir dabei in die Augen. Und es fing wieder von vorn an.

Eines verdanke ich ihr: das Töten. Sehen Sie, ich kann sie offen zugeben. Die Morde. Daniel, ich liebe dich! Ich weiß, was ich getan habe und tun werde, und ich empfinde keinerlei Schuld. Es ist nicht jemand anders, der es tut. Nein, das bin ich, Daniel Blank; ich leugne nichts, entschuldige nichts und bedauere nichts. Genausowenig, wie wenn ich wieder einmal nackt vor einem dämmerig beleuchteten Spiegel stehe und mich berühre. Das Geheimnis, das Inseldasein zu leugnen und zu sterben, ohne Erfüllung gefunden zu haben – das ist das Schlimmste.

Was ich vor allem brauche, ist tiefer und immer tiefer in mich einzudringen, eine Schale nach der anderen abzuwerfen – die menschliche

Zwiebel. Ich bin im Vollbesitz meiner Fähigkeiten. Ich weiß, die meisten Menschen würden mich für verworfen oder geistesgestört halten. Aber ist das von irgendeinem Belang? Ich glaube nicht. Ich glaube, das Wichtigste ist, sich selbst zu verwirklichen. Wenn man das schafft, dann gelangt man zu einer Art Erfüllung, in der die beiden Ichs eins werden, eins mit dem anderen verschmilzt und Teil des All-Einen wird und zu ihm beiträgt. Was das allerdings ist, kann ich nicht sagen – trotzdem. Ich fange an, seine Umrisse zu erkennen, seine Herrlichkeit, und ich glaube, wenn ich meinen einmal eingeschlagenen Weg weiterverfolge, werde ich es am Ende erkennen.

Bei dieser ganzen Selbstbeobachtung, bei dieser intensiven Suche nach der ewigen Wahrheit, über die Sie vielleicht lachen – haben *Sie* den Mut, es zu versuchen? –, ist das Unglaubliche, das Überwältigende, daß es mir gelungen ist, das Bild unversehrt intakt zu halten, das ich der Welt gegenüber zur Schau trage. Das heißt, ich funktioniere: Ich wache jeden Morgen auf, nehme ein Bad und kleide mich mit nachlässiger Eleganz, fahre mit dem Taxi ins Büro und versehe dort meine Arbeit, wie ich glaube, gut und wirksam. Natürlich ist es eine Scharade, aber ich spiele sie gut. Wenn ich ehrlich bin, vielleicht nicht ganz so gut wie früher ... Wahre ich den Schein, tue ich, was getan werden muß? Komme ich meinen Pflichten nach? Vielleicht bilde ich es mir nur ein, aber ein paarmal schien es mir, als ob die Leute von der Computer-Sonderabteilung X-I mich ein bißchen sonderbar ansähen.

Und eines Tages trug meine Sekretärin, Mrs. Cleek, einen Hosenanzug – das ist bei Javis-Bircham erlaubt –, und ich machte ihr Komplimente, wie gut er ihr stehe. Obwohl er eigentlich viel zu eng war. Als sie irgendwann im Lauf des Tages neben mir am Schreibtisch stand, während ich ein paar Briefe unterschrieb, langte ich plötzlich hin und strich ihr über die Scham, die durch den Zwickel der Hose deutlich zu erkennen war. Ich habe nicht zugegriffen oder gezwickt, ich habe nur kurz darüber gestrichen. Sie trat einen Schritt zurück und stieß einen kleinen Schrei aus. Ich wendete mich wieder meinen Unterschriften zu: keiner von uns verlor ein Wort über den Vorfall.

Da war noch etwas, es scheint kaum der Erwähnung wert. Ich hatte nachts im Schlaf einen Traum, der mit einem Tagtraum verschmolz; es ging darum, irgend etwas mit dem Computer, AMROK II, zu tun. Nun ja, ich nehme an, ich wollte ihn wohl zerstören. Wie, wußte ich nicht. Es war nur ein flüchtiger Gedanke. Ich dachte nicht weiter darüber nach. Aber immerhin kam mir die Idee. Ich glaube, ich suchte nach mehr

Menschsein, nicht nach weniger. Nach mehr *Menschsein* mit all seinem schrecklichen Geheimnis.

Jetzt müssen wir überlegen, warum ich diese Männer tötete und warum ich (Seufzer! Schluchzen! Aufstöhnen!) meiner Meinung nach wieder töten werde. Nun . . . um ihm nahezukommen, so nahezukommen, wie nur irgend möglich. Denn Liebe – ich meine körperliche Liebe oder romantische Liebe – ist nicht die Antwort, oder? Das ist nur ein armseliger, billiger Ersatz und nie restlos befriedigend. Denn so gut die körperliche Liebe oder die Seelenfreundschaft auch sein mag, die Partner haben immer noch, jeder für sich, ihr geheimes Inseldasein.

Aber wenn man tötet, dann schwindet der Raum dazwischen, ist die Teilung aufgehoben, ist man eins mit dem Opfer. Ich nehme nicht an, daß Sie mir glauben, aber es ist so. Der Akt des Tötens ist ein Liebesakt, ein Akt äußerster Liebe, und obwohl man keinen Orgasmus hat, überhaupt sexuell nichts empfindet – jedenfalls ich nicht –, dringt man, ja, dringt man wirklich in den anderen ein, und mittels dieser gewalttätigen Vereinigung – die schmerzhaft sein mag, aber nur für den Bruchteil einer Sekunde – dringt man in alle Menschen ein, in alles tierische, vegetative und mineralische Leben. Man wird tatsächlich eins mit allem: den Sternen, Planeten, Galaxien, der großen Dunkelheit dahinter und . . .

Ach ja. Darum, um dieses letzte Mysterium, geht es mir, danach suche ich. Ich bin überzeugt, daß man weder in Büchern, noch im Bett, noch im Gespräch und auch nicht in der Kirche diese plötzliche Eingebung, diese blitzhafte Erleuchtung erfährt. Um die muß man hart ringen, aber dann erlebt man sie auch – in sich.

Manchmal überlege ich, ob es nicht eine Art Masturbation ist, wie wenn ich nackt, mit goldenen Ketten um Handgelenk und Taille, vor meinem mannshohen Spiegel stehe, meinen Körper betrachte und mich berühre. Welch ein Wunder! Doch ich komme immer und immer wieder zurück auf das, was ich suche. Und das hat nichts mit Celia oder Tony oder Mortons oder meinem Beruf oder sonst irgend etwas zu tun, außer mit mir. Mir! Darin liegt die Antwort. Und wer könnte sie freilegen außer mir? So versuch ich es immer wieder. Doch eines muß ich Ihnen gestehen: Wenn ich mein Leben noch einmal zu leben hätte, dann würde ich mir wünschen, nackt in der Sonne zu liegen und Frauen dabei zuzusehen, wie sie ihren Körper einölen. Mehr hab ich nie gewollt.»

Hier hätte er aufhören sollen. Es war ein logischer Abschluß, das Ende all seiner Betrachtungen. Aber er wollte, konnte es nicht. Er dachte an Tony Montfort, was sie getan hatten, was sie vielleicht noch tun konnten.

Doch der Traum verflüchtigte sich, verscheucht wie eine Fliege oder sonst was, das vielleicht stach. Er dachte an Valenter, an einen seiner Lehrer im College, der nach Erde gerochen hatte, und daran, in ein Damenwäschegeschäft zu gehen und sich ein paar weiße Bikinihöschen zu kaufen. Weil sie besser paßten? Einmal hatte ihm in einem Bus auf der 5th Avenue ein Mann zugelächelt.

Er hatte noch immer seine nächtlichen Träume, noch immer seine Tagträume, aber er war sich bewußt, daß die Szenen immer kürzer wurden. Das heißt, sie gingen nicht mehr ineinander über, von der Nacht in den Tag, die «Traumhandlungen» waren verkürzt, die Visionen gingen rasch vorüber. In seinem Kopf wirbelte alles durcheinander, und er bekam es schon mit der Angst zu tun und ging zum Arzt, der ihm ein leichtes Beruhigungsmittel verschrieb. Es wirkte wie eine milde Schlaftablette. Sein Geist jedoch arbeitete noch immer sprunghaft.

Er konnte sich nicht tief genug durchdringen. Er log sich etwas vor; er gab es zu; er ertappte sich dabei. Es war schwer, sich nichts vorzumachen. er mußte auf der Hut sein, nicht nur täglich oder stündlich, sondern jede Minute. Er mußte jede Handlung in Frage stellen, jedes Motiv. Sondieren. Durchdringen. Wenn er dahinterkommen wollte . . . wohinter?

Er beschwichtigte seinen geschwollenen Penis mit seiner mit Vaseline eingefetteten Hand, drang mit steifem, gen Himmel weisenden Zeigefinger durch seinen eigenen After, blickte mit weitgeöffnetem, leerem Mund zur weißen Decke empor und wartete auf die Seligkeit. Pulsierende Wärme hüllte ihn schließlich ein, aber nicht das, wonach er suchte.

Es gab mehr. Er wußte, daß es mehr gab. Er hatte es erfahren, und er machte sich auf, es abermals zu finden, badete sich, besprühte sich mit Eau de Cologne, zog sich an und bereitete sich auf ein Zusammentreffen vor.

3

Etwa eine Woche nach Bernard Gilberts Tod unternahm Daniel Blank seinen ersten «Pirschgang». So wie das Klettern, mußte auch das gelernt werden. Man mußte die Handgriffe meistern, seine Kraft anspannen und natürlich den eigenen Mut auf die Probe stellen, indem man bis an die Grenze des Möglichen vorstieß, aber nicht darüber hinaus. Man lernte nicht Morden, indem man ein Buch las, genausowenig wie man Schwimmen oder Radfahren lernte, indem man sich graphische Darstellungen ansah.

Eine Reihe von wertvollen Techniken hatte er sich bereits angeeignet, und er war überzeugt, daß die Art seines Vorgehens grundsätzlich richtig war: der rasche, federnde Gang; dem anderen ins Auge sehen und ihm zulächeln; überhaupt der Anschein von Gelassenheit, der Anschein des «guten Nachbarn». Dann das blitzschnelle Herumfahren und der Schlag.

Natürlich hatte er verschiedene Fehler gemacht. Beim Überfall auf Lombard zum Beispiel hatte er seine schwarzen Kalbslederschuhe mit Ledersohle angehabt, die er gewöhnlich trug. Im selben Augenblick, als er zuschlug, war er mit dem rechten Fuß auf dem Pflaster ausgerutscht. Es war glücklicherweise kein ernster Fehler gewesen, aber er hatte doch immerhin das Gleichgewicht verloren, und der Eispickel war ihm, als Lombard vornüber stürzte, aus der Hand gerissen worden.

Deshalb hatte Blank vor der Ermordung Bernard Gilberts ein Paar besonders leichte Schuhe mit Kreppsohlen gekauft. Es ging auf Dezember zu, und bei kalten Regen, Hagel und Schneegestöber gaben Schuhe mit Kreppgummisohlen einen wesentlich besseren Halt und waren rutschfester.

Ähnlich hatte sich bei dem Überfall auf Lombard der Stiel des Eispikkels in seiner schwitzenden Hand gedreht. Deshalb hatte er vor dem Überfall auf Gilbert den Ledergriff mit feinem Sandpapier leicht aufgerauht. Das half zwar etwas, aber ganz zufrieden war er noch nicht. Er kaufte sich ein Paar schwarze Wildlederhandschuhe, die bei diesem frühen Winterwetter bestimmt nicht besonders auffielen. Einen besseren Halt als zwischen Wildlederhandschuh und dem aufgerauhten Leder am Stiel des Eispickels konnte man sich kaum wünschen.

Das waren selbstverständlich Kleinigkeiten, und jeder, der noch niemals eine Bergbesteigung unternommen hat, würde sie vermutlich achselzuckend als belanglos abtun. Aber ein guter Aufstieg hängt von solchen Kleinigkeiten ab. Man konnte soviel Mumm haben, wie man wollte – wenn an der Ausrüstung etwas fehlerhaft war oder man die Technik nicht beherrschte, war man tot.

Es gab noch andere Dinge zu bedenken; man ging nicht einfach auf die Straße und brachte den erstbesten um, dem man begegnete. Regnerische Nächte oder solche, in denen es hagelte, kamen nicht in Frage; er brauchte für die blitzschnelle Kehrtwendung, sobald er an dem Opfer vorüber war, einigermaßen trockenen Boden. Am besten eignete sich eine stockdunkle Nacht, in der kein starker Wind an seinem aufgeknöpften Mantel zerrte. Und je weniger er bei sich trug, um so besser – dann konnte am Tatort auch nichts zu Boden fallen.

Die gleiche sorgfältige und wohldurchdachte Vorbereitung verwendete er auch bei seinem Pirschgang nach Gilberts Tod. Ein geistig beschränkter Mörder mochte vielleicht nach der Tat nach Hause gehen und sein Mahl verzehren, oder in einem Restaurant zu Abend essen, ehe er heimging, und jeden Abend um die gleiche Zeit das Haus zu einem Erkundungsgang verlassen und nachher um die gleiche Zeit wieder zurückkehren. Früher oder später mußte dem Pförtner eines Mietshauses derlei Regelmäßigkeit auffallen.

Aus diesem Grunde variierte Daniel Blank sein Kommen und Gehen und vermied jeden Anschein von Regelmäßigkeit. Er wußte, daß die Pförtner sich abends um acht ablösten. Blank kam und ging völlig zwanglos, und für gewöhnlich wurde sein Kommen und sein Gehen von dem mit Taxis oder Paketen oder sonstigen Aufgaben beschäftigten Pförtner überhaupt nicht wahrgenommen. Er ging auch nicht jeden Abend auf die Pirsch. Zwei Abende auf der Straße, einen Abend zu Hause. Dreimal hintereinander auf der Straße. Keine Regelmäßigkeit. Was auch passierte – Unregelmäßigkeit war das beste. Er dachte an alles.

Es hatte etwas Merkwürdiges, fand er, daß bei diesem Vorhaben, das ihm gefühlsmäßig und ganz persönlich soviel bedeutete, seine ganze Begabung für eingehende Analyse, sorgfältiges Klassifizieren, ja, sein ganzes blutloses Können, das ihn im Alltag, im Beruf also, auszeichnete, so voll und ganz zum Tragen kam. Was bewies, so nahm er an, daß er immer noch in zwei Einzelwesen gespalten war; doch in diesem Fall kam es ihm zugute; er unternahm nicht einen Schritt, ohne die Folgen zu bedenken.

Zum Beispiel ging er lange mit sich zu Rate, ob er bei einem Überfall einen Hut tragen sollte oder nicht. Bei diesem Wetter und in dieser Jahreszeit trugen die meisten Männer einen Hut.

Doch er konnte ihm vom Kopf fliegen. Angenommen, ein Mordversuch mißglückte – und diese Möglichkeit mußte man ins Auge fassen –, und das Opfer lebte und konnte vor der Polizei aussagen. Zweifellos würde der Mann sich besser an ihn erinnern, wenn er einen Hut trug, als wenn er keinen aufhatte.

Also setzte Daniel Blank bei seinen Streifzügen keinen Hut auf. So vorsichtig war er.

Doch alle seine kühle Vorsicht ging beinahe flöten, als er sich nach Bernard Gilberts Tod zu seinen nächtlichen Erkundigungsgängen aufmachte. Es war in der dritten Nacht, da er ziellos herumschlenderte, daß ihm eine ungewöhnlich große Zahl von einzelnen, meist großen, wohlgewachsenen Männern auffiel, die durch die im Dunkel liegenden Straßen in seinem Viertel streiften. Es wimmelte nur so von potentiellen Opfern.

Selbstverständlich konnte er sich irren: Weihnachten stand vor der Tür, und die Leute waren unterwegs und machten Einkäufe. Trotzdem ... Also folgte er aus der Ferne ein paar von diesen Einzelgängern. Sie bogen um die Ecke. Er bog um dieselbe Ecke. Sie bogen um eine weitere Ecke. Auch er bog um diese Ecke. Keiner von den dreien, denen er vorsichtig aus der Entfernung folgte, betrat je ein Haus. Sie gingen immer weiter, weder schnell noch langsam, die eine Straße hinauf, die andere hinunter.

Er blieb unvermittelt stehen, halb lachend, und doch brach ihm vor Angst der Schweiß aus. Lockvögel! Polizisten. Was sollten sie sonst sein? Er ging auf der Stelle nach Hause, um nachzudenken.

Er analysierte das Problem sehr eingehend: 1. Er konnte sein Tun sofort einstellen. 2. Er konnte es in einem anderen Viertel, vielleicht sogar in einer anderen Stadt fortsetzen. 3. Er konnte weitermachen wie bisher und die Herausforderung annehmen.

Möglichkeit 1 wies er sofort von sich. Sollte er jetzt aufhören, nachdem er schon so weit gekommen war und der endgültige Preis bereits in erkennbarer Reichweite lag? Möglichkeit 2 bedurfte einer reiflicheren Überlegung. Konnte er die verborgene Waffe – den Eispickel – im Taxi, im Bus, in der U-Bahn oder in seinem Wagen über eine längere Strecke hinweg unentdeckt bei sich führen? Oder Möglichkeit 3. Konnte er es riskieren?

Zwei volle Tage lang dachte er über seine verschiedenen Möglichkeiten nach, und als ihm die Lösung schließlich kam, klatschte er sich auf die Schenkel, lächelte und schüttelte den Kopf über seine eigene Dummheit. Denn ihm ging auf, daß er das Problem auf männliche Art angegangen war – als ob ein solches Problem sich auf diese Weise lösen ließe.

Von dieser Denkweise, von AMROK II, hatte er sich längst so weit entfernt, daß er sich schämte, wieder einmal darauf hereingefallen zu sein. Das Wichtigste hierbei war, sich auf seinen Instinkt zu verlassen, seinen Leidenschaften zu folgen, das zu tun, wozu sie ihn zwangen, unabhängig von kalter Logik und blutloser Vernunft. Wenn er am Ende die Wahrheit finden sollte, dann aus dem Herzen, aus den Eingeweiden heraus.

Hinzu kam das Wagnis – die süße Verlockung des Wagnisses.

Hier klaffte ein Widerspruch, der ihn verwirrte. Bei der Planung des Verbrechens war er bereit, den kühlen, nüchternen Verstand einzusetzen. Wenn es jedoch um den *Sinn* der Tat ging, mied er bewußt diese Methode des Denkens und suchte die Antwort in «Herz und Eingeweiden».

Mehrere Abende beobachtete er die Lockvögel. Soweit er feststellen konnte, folgten den Kriminalbeamten keine Kollegen als «Rückendekkung», auch keine unauffälligen Polizeiautos. Offenbar hatte jeder Lockvogel einen Häuserblock im Quadrat zugewiesen bekommen und hatte die Anweisung, eine Straße hinauf- und die andere hinunterzugehen, also einmal von Osten nach Westen, das andere Mal von Westen nach Osten, dann einen Bogen zu schlagen, um auch die von Norden nach Süden verlaufenden Straßen abzuschreiten. Völlig unerwartet traf ihn, als einer der Lockvögel in einen im Dunkel liegenden Ladeneingang trat, die Entdeckung, daß sie mit winzigen Sprechfunkgeräten ausgerüstet waren und offensichtlich ständig mit irgendeiner Zentrale in Verbindung standen.

Er kam zu dem Schluß, daß das von keiner großen Bedeutung sei.

Sechzehn Tage nach dem Überfall auf Bernard Gilbert kam Daniel Blank direkt von der Arbeit nach Hause. Es war ein kalter, trockener Abend, und die Mondsichel war nur ab und zu durch die Wolken zu sehen. Es war leicht windig, und eine Ahnung von Regen oder Schnee lag in der Luft. Sonst aber war es ein ruhiger, frostiger Abend. Dazu kam, daß das um die Ecke liegende Kino einen Film zeigte, den Daniel Blank bereits bei der Uraufführung vor einem Monat am Times Square gesehen hatte.

Er mixte sich einen Drink und sah sich im Fernsehen die Nachrichten an. Amerikaner töteten Vietnamesen. Vietnamesen töteten Amerikaner. Juden töteten Araber. Araber töteten Juden, Protestanten töteten Katholiken, Katholiken töteten Protestanten. Pakistani töteten Inder, Inder töteten Pakistani. Andere Neuigkeiten gab es nicht. Er briet sich zum Abendessen eine Scheibe Kalbsleber und aß Endiviensalat dazu. Den Kaffee nahm er mit ins Wohnzimmer. Er trank ihn mit einem Kognak und lauschte dabei einer Bandaufnahme des Dritten Brandenburgischen Konzerts. Dann zog er sich aus, legte sich ins Bett und schlief sofort ein.

Als er aufwachte, war es kurz nach neun. Er spritzte sich kaltes Wasser ins Gesicht, zog einen schwarzen Anzug an, ein weißes Hemd und eine unauffällig gemusterte Krawatte. Dazu die Kreppsohlenschuhe. Er zog seinen Mantel an und streifte die schwarzen Wildlederhandschuhe über. Den Eispickel hielt er in der durch den Taschenschlitz gesteckten Linken, die Lederschlaufe hatte er ums Handgelenk gelegt.

Der Pförtner Charles Lipsky hatte heute abend Dienst, er stand auf, schloß die Tür auf und ließ Blank hinaus. Die Haustür blieb von acht Uhr abends, wenn die Pförtner sich ablösten, bis um acht am nächsten Morgen abgeschlossen.

«Charles», fragte Blank wie beiläufig, «wissen Sie zufällig, was es im Kino drüben auf der 2nd Avenue gibt?»

«Leider nein, Mr. Blank.»

«Na, mal sehen, vielleicht gehe ich mal hinüber. Gibt nichts Rechtes im Fernsehen heute abend.»

Er schlenderte hinaus. So natürlich, so einfach war das.

Er ging tatsächlich hinüber zu dem Kino, um einen Blick auf das Schild mit den Anfangszeiten zu werfen. Die nächste Vorstellung begann in einer halben Stunde. Er beschloß, jetzt sofort hineinzugehen. Das Geld für die Eintrittskarte hatte er abgezählt in der rechten Hosentasche bereit. Er kaufte eine Karte und setzte sich in die letzte Reihe, ohne Mantel oder Handschuhe auszuziehen. Als der Film zu Ende war und mindestens fünfzig Leute gingen, verließ er mit ihnen das Kino. Niemand beachtete ihn, weder am Ausgang der Mann, der die Karten abriß, noch die Frau mit der Taschenlampe, noch die Kartenverkäuferin. Sie würden sich bestimmt nicht an sein Kommen oder Gehen erinnern. Er aber hatte selbstverständlich die abgerissene Eintrittskarte in der Tasche, und den Film kannte er bereits.

Er ging in östlicher Richtung, hatte jetzt beide Hände in den Manteltaschen. Auf einem einsamen Straßenabschnitt ließ er die Lederschlaufe vorsichtig über sein Handgelenk gleiten und hielt den Eispickel jetzt mit der linken Hand am Stiel gepackt. Er knöpfte den Mantel auf, achtete jedoch darauf, daß er nicht aufging, sondern hielt die beiden Vorderteile mit den in den Taschen vergrabenen Händen eng an den Körper gepreßt.

Jetzt begann jene Phase, die ihm am besten gefiel. Gelassenes Dahinschlendern, aufrechte Haltung, den Kopf hoch erhoben. Weder Eile verratend, noch trödelnd. Als er sah, daß ihm jemand entgegenkam, jemand, der vielleicht – vielleicht aber auch nicht – ein Lockvogel der Polizei war, wechselte er wie zufällig auf die andere Straßenseite hinüber, ging dort bis zur Ecke und bog dann ab, ohne sich auch nur ein einziges Mal umzusehen. Es war noch früh; und er wollte das Gefühl auskosten.

Er *wußte*, daß es heute nacht passieren würde, so wie man praktisch von Anbeginn eines Aufstiegs an wußte, daß er erfolgreich verlaufen würde und deshalb nicht umkehrte. Er war voller Zuversicht, hellwach und brannte darauf, jenen Augenblick überschwenglichen Glücks widerzuerleben, da das Ewige in ihm war und er wieder eins würde mit dem Universum.

Er wußte, was er vor dem entscheidenden Augenblick empfinden würde. Zunächst einmal Macht: du oder vielleicht du? Die Macht und die

Herrlichkeit des Göttlichen strömte ihm durch die Adern. Und dann die Freude, die er aus der Intimität und der Liebe zog, welcher er bald teilhaftig werden würde. Keine körperliche Liebe, sondern etwas viel Feineres, ja so unendlich viel Feineres, daß er es nicht in Worte fassen konnte, sondern nur fühlen und wissen, getragen vom Hochgefühl.

Zum erstenmal war da heute auch noch etwas anderes. Zuvor hatte er Angst gehabt, war ständig auf der Hut gewesen, doch dieser Abend, an dem die polizeilichen Lockvögel unterwegs waren, hatte geradezu etwas von unmittelbarer körperlicher Gefahr. Sie lauerte überall, in der Luft, im Licht, im sanften Wind. Er konnte das Wagnis geradezu riechen; und es erregte ihn genauso wie der Duft frisch gefallenen Schnees oder seines eigenen parfümierten Körpers.

Das alles, Macht, Lust, Gefahr, ließ er, während er dahinschritt, in sich wachsen. Öffnete sich ihnen, ließ jede Hemmung fallen, ließ sich von ihnen umspülen und ertränken. Irgendwann einmal war er im Westen im Schlauchboot auf einem Fluß durch einen Wildbach geschossen, und damals wie heute hatte ihn das nicht unangenehme Gefühl der Hilflosigkeit gepackt, des Ausgeliefertseins an das Glück oder einen unbekannten Gott, das Gefühl, davongetragen zu werden, hierhin, dorthin, nicht mehr aufhören zu können, bis die Leidenschaft sich Bahn gebrochen hatte und der Fluß gelassen zwischen weiten Ufern dahinströmte und das Wagnis zur glücklichen Erinnerung wurde.

Auf der 76th Street wandte er sich westwärts. Etwa einen halben Straßenblock vor ihm ging ein Mann gleichfalls in westlicher Richtung, ging ungefähr im gleichen Tempo wie er, weder schnell noch langsam. Daniel Blank blieb sofort stehen, drehte sich um und ging bis zur 2nd Avenue zurück. Der Mann vor ihm hatte ganz nach einem Lockvogel ausgesehen, ja, er fühlte, daß es einer war. Falls seine Vermutungen stimmten, würde der Mann um den ganzen Häuserblock herumgehen und sich auf der 75th Street nach Osten wenden. Deshalb wandte Blank sich auf der 2nd Avenue gen Süden, blieb an der Ecke stehen und sah nach Westen zur 3rd Avenue hinüber. Und richtig, sein Opfer bog weiter hinten um die Straßenecke und kam ihm jetzt entgegen.

«Ich liebe dich», sagte Daniel Blank leise.

Er sah sich um. Niemand sonst auf der Straße. Keine Fußgänger. Die geparkten Autos alle dunkel. Ein blasser Mond hinter Wolken. Bürgersteig trocken. Ja. Geh dem sich nähernden Mann entgegen. Richte es so ein, daß ihr euch etwa auf halbem Wege zwischen 2nd und 3rd Avenue trefft.

Den Eispickel locker mit den Fingerspitzen der Linken unter dem offenen Mantel haltend. Den rechten Arm und die behandschuhte Hand schwingend. Das beherzte die Straße Entlanggehen. Das nachbarliche Lächeln. Und das freundliche Nicken.

«Guten Abend!»

Er war mittelgroß, mit breiter Brust und breiten Schultern. Nicht schön, aber von einem gewissen leicht verrohten, guten Aussehen. Überraschend jung. Ein körperliches Bewußtsein, eine gewisse Anspannung in der Art, wie er ging. Die Arme vom Körper etwas weggestreckt, die Finger gekrümmt. Er sah Blank fest an. Sah ihn lächeln. Sein ganzer Körper schien sich zu entspannen. Er nickte, lächelte jedoch nicht.

Jetzt waren sie auf gleicher Höhe. Die rechte Hand fuhr unter den offenen Mantel. Das reibungslose, geübte Übergeben des Eispickels an die freie Rechte. Gewicht auf den linken Fuß verlagern. So behende herumfahren wie ein Ballettänzer. Eine ursprüngliche Kunstform. Mord als Kunst! Jetzt das Gewicht auf den rechten Fuß verlagern. Den rechten Arm heben. Der Geliebte ahnt, hört, hält inne, setzt seinerseits zur Wendung an in diesem wunderbaren *pas de deux.*

Und dann! Ja! Auf die Zehenspitzen. Den Körper im Zuschlagen gekrümmt. Alles: Fleisch, Knochen, Sehnen, Muskeln, Blut, Glied, Kniescheiben, Ellbogen und Bizeps, sein ganzes Ich . . . er gab es hin, rückhaltlos. Das Knirschen und der süße, dumpfe Aufprall, der ihm Hand, Handgelenk, Arm und Oberkörper erzittern ließ und ihm bis in die Eingeweide und bis in die Hoden ging. Das Eindringen! Und die Ekstase! Hinein in das graue Wunder und Geheimnis des Menschen. Ach!

Den Eispickel herausreißen, noch während der Körper fiel und die Seele rauschend zum bewölkten Himmel aufstieg. Nein! Die Seele in Daniel Blank einging, eins wurde mit seiner Seele, die beiden Seelen einander umfingen.

Rasch beugte er sich vor. Kein Blick auf den eingeschlagenen Schädel. Morbide war er nicht! In einem Lederetui fand er die Dienstmarke. Zwar brauchte er seine Taten Celia nicht mehr zu beweisen, aber dies hier war für ihn. Keine Trophäe, sondern ein Geschenk vom Opfer. Auch ich liebe dich!

So einfach war das! Unglaublich, welches Glück er hatte. Keine Zeugen. Kein Rufen, kein Schreien, kein Alarm. Der Mond sah kurz hinter den Wolken hervor und verschwand dann wieder.

Ein leichter Wind wehte. Die Nacht. Irgendwo, unsichtbar, Sterne, die unabänderlich ihre Bahn zogen. Vielleicht schien morgen die Sonne.

Nichts vermochte den Lauf der Gezeiten aufzuhalten.

«Guter Film, Mr. Blank?» fragte Charles Lipsky.

«Mir hat er gefallen!» Daniel Blank nickte strahlend. «Ich habe mich gut unterhalten. Sie müssen ihn sich ansehen.»

Er unterzog sich dem nunmehr bereits vertrauten Drill: Abspülen und Sterilisieren des Eispickels, dann den Stahl einölen. Er verstaute ihn wieder im Schrank auf der Diele. Die polizeiliche Dienstmarke stellte ein Problem dar. Lombards Führerschein und Gilberts Firmenausweis hatte er in der obersten Kommodenschublade unter einen Stapel Taschentücher gelegt. Es war außerordentlich unwahrscheinlich, daß die Zugehfrau oder sonst irgend jemand den Stapel jemals hochhob. Aber trotzdem . . .

Er schlenderte durch die Wohnung auf der Suche nach einem besseren Versteck. Sein erster Einfall war, Ausweise und Dienstmarke hinter drei von den größeren Spiegeln im Wohnzimmer mit Tesafilm festzukleben. Aber der Tesafilm trocknete womöglich, die Geschenke fielen herunter, und dann . . .

Schließlich kam er doch wieder auf die Schlafzimmerkommode zurück. Er zog die oberste Schublade heraus und legte sie aufs Bett. Zwischen der Unterseite des Bodens und den Gleitschienen war ein flacher Zwischenraum. Der Personalausweis und die Dienstmarke paßten ohne weiteres in einen großen weißen Umschlag. Falls der Tesafilm trocknete und der Umschlag herunterfiel, konnte er nur in die zweite Schublade fallen. Und er konnte, wenn er wollte, täglich kontrollieren, ob er auch noch festklebte. Oder die Klappe des Umschlags aufmachen und sich seine Geschenke betrachten.

Endlich hatte er alles erledigt – die Waffe gereinigt, das Beweismaterial versteckt, alles getan, was die Vernunft erforderte.

Er nahm gemächlich ein Bad, schrubbte sich, rieb sich dann mit duftendem Öl ein. Er stand auf der Badezimmermatte und starrte sein Bild im mannshohen Spiegel an. Aus unerfindlichem Grund begann er, die Bewegungen einer Stripteasetänzerin nachzuahmen: die Hände im Nacken verschränkt, die Knie leicht angewinkelt, zuckte er mit dem Becken und ließ die Hüften kreisen. Der Anblick seines eigenen Körpers im Spiegel erregte ihn. Er bekam eine Erektion, keine ganz volle, aber immerhin genug, daß es ihm ein zusätzliches Vergnügen bereitete. So stand er da und stieß seinen geschwollenen Stamm vor und immer wieder vor.

Ob er wohl wahnsinnig war? überlegte er. Und dann lachte er und dachte, ja, das könnte sehr wohl sein.

4

Am nächsten Morgen saß er gerade beim Frühstück in der Küche – ein kleines Glas Apfelsaft, eine Schale Haferflocken aus dem Reformhaus mit Magermilch und eine Tasse schwarzen Kaffee – als eine farblose Stimme in den Neun-Uhr-Nachrichten im Radio bekanntgab, gegen Mitternacht sei auf der 75th Street der Detective Third Grade Roger Kope ermordet worden. Kope sei erst vor vierzehn Tagen vom einfachen Polizisten zum Detective befördert worden und hinterlasse eine Frau und drei kleine Kinder. Der Stellvertretende Commissioner Broughton, der die Ermittlungen leite, habe erklärt, man verfolge verschiedene wichtige Spuren und hoffe, bald eine wichtige Erklärung abgeben zu können.

Daniel Blank stellte das schmutzige Geschirr in die Spüle, ließ heißes Wasser einlaufen und fuhr ins Büro.

Als er das Büro am Abend verließ, kaufte er die Nachmittagsausgabe der *Post*, warf jedoch nur einen flüchtigen Blick auf die Schlagzeile: «Auf der East-Side geht ein Mörder um!» Er nahm die Zeitung mit nach Hause und holte im Vorbeigehen unten am Tisch in der Halle seine Post ab. Noch im Aufzug riß er die Umschläge auf: zwei Rechnungen, ein Subskriptionsangebot für eine Illustrierte und der Winterkatalog von ‹Camper-Glück›.

Er machte sich einen Drink zurecht und wartete auf die Abendnachrichten. Die Berichterstattung über den Mord an Kope fiel enttäuschend kurz aus. Man sah eine Aufnahme vom Tatort, wie der Krankenwagen davonfuhr, und dann sagte der Fernsehreporter, die näheren Umstände des Todes von Detective Kope seien ähnlich wie bei den Morden an Frank Lombard und Bernard Gilbert, und die Polizei glaube, daß alle drei Verbrechen das Werk eines einzigen Täters seien. «Die Ermittlungen dauern an.»

Später ging Blank zur 2nd Avenue hinüber und kaufte sich die Spätausgaben der *News* und der *Times*. Wieder zu Hause, machte er sich mit einer Mischung aus Überdruß und Beklemmung an die Lektüre der drei Zeitungen.

Am zutreffendsten, das mußte Blank zugeben, war der mit «Thomas Handry» signierte Bericht. Der Reporter zitierte einen «hohen Polizeibeamten, der gebeten hat, seinen Namen nicht zu nennen», und machte unmißverständlich klar, daß alle drei Morde von ein und demselben Mann begangen worden seien und daß es sich bei der Tatwaffe um ein «axtähnliches Gerät mit langer, spitz zulaufender Pinne» handelte. In den anderen

Zeitungen wurde die Waffe als «eine kleine Picke oder etwas Ähnliches» bezeichnet.

Bei dem Versuch, eine Erklärung dafür zu finden, wieso ein Lockvogel der Polizei, ein erfahrener Beamter, von hinten erschlagen werden konnte, zitierte Handry gleichfalls seinen anonymen Informanten: «Es wird vermutet, daß der Angreifer sich seinem Opfer von vorn näherte, das Bild eines harmlos lächelnden Fußgängers bot, und dann, als er an ihm vorüberging, herumfuhr und ihn niederschlug. Die Waffe hielt der Angreifer wahrscheinlich in einer zusammengefalteten Zeitung oder aber unter seinem Mantel verborgen. Zwar ist Bernard Gilbert an einer Wunde gestorben, die ihm von vorn beigebracht wurde, doch die bei der Ermordung von Kope angewandte Methode hat viel Ähnlichkeit mit dem Vorgehen bei der Ermordung Frank Lombards.»

Handrys Bericht endete mit der Behauptung, sein Informant fürchte, es würde noch zu weiteren Überfällen kommen, falls der Mörder nicht gefaßt wird. Eine andere Zeitung sprach von einem noch nie dagewesenen Einsatz von Kriminalbeamten, und im dritten Blatt hieß es, man überlege ein allgemeines Ausgehverbot im Bereich des 251. Reviers.

Heftig schob Blank die Zeitungen von sich. Es machte ihm zu schaffen, daß in dem Handry-Bericht von einer «axtähnlichen Waffe» die Rede war. Die Polizei schien also genau zu wissen, um was für eine Waffe es sich handelte, wollte dieses Wissen aber nicht zugeben. Er glaubte nicht, daß sie den Kauf des Eispickels bis zu ihm zurückverfolgen könnte; sein Eispickel war fünf Jahre alt, überall auf der Welt wurden Jahr für Jahr Hunderte davon verkauft. Aber der Bericht war ein Hinweis darauf, daß er klug daran täte, die Herausforderung, der er sich gegenübersah, nicht zu unterschätzen, und er sann darüber nach, was für ein Mensch der Stellvertretende Commissioner Broughton wohl sein mochte, der ihn mit allen Mitteln zur Strecke bringen wollte. Oder war Handrys anonymer «hoher Polizeibeamter» jemand anders?

Blank ging sein Vorgehen noch einmal sorgfältig durch, konnte jedoch nur zwei schwache Glieder entdecken. Das eine bestand darin, daß er jedem seiner Opfer irgendwelche Ausweise abgenommen hatte und daß die Polizei im Falle einer Haussuchung genügend Material entdecken würde, um ihn mit den Morden in Verbindung zu bringen.

Das zweite Problem war wesentlich ernster: Celia Montforts Kenntnisse von dem, was er getan hatte.

5

«Erotica», die Sex-Boutique von Florence und Samuel Morton, lag an der oberen Madison Avenue zwischen einem Delikatessenladen und einem hundert Jahre alten Geschäft, in dem Sättel und Polo-Schläger verkauft wurden. Flo und Sam hatten beschlossen, die Weihnachtssaison mit ihren verlängerten Öffnungszeiten mit einer *open house*-Party einzuleiten; es gab für alle Kunden, ob alt oder neu, schwedischen *Glug* gratis, und ein phantastisches kaltes Büffett mit exotischen Leckerbissen wie gebratenen Grashüpfern und schokoladeüberzogenen Ameisen.

Daniel Blank und Celia Montfort, die das Fest natürlich besuchten, waren darüber hinaus aufgefordert worden, hinterher mit zu Mortons nach Hause zu kommen, wo man sich etwas handfesteren Genüssen hingeben wollte.

Die Boutique war überheizt, die Luft duftgeschwängert. Zwei antike byzantinische Räuchergefäße hingen in den Ecken; ihrer durchbrochenen Schale entquoll ein «Orgasmus» genannter Moschus-Weihrauch, der zu den Bestsellern von «Erotica» gehörte. Die Kunden gaben Hut und Mantel bei einer Verkäuferin ab, einer ungewöhnlich schönen, aber mürrischen Japanerin in einem durchsichtigen Pyjama, unter dem sie nichts anhatte. Kaum zu glauben, aber sie hatte blondes Schamhaar.

Celia und Daniel standen an der Seite, beobachteten die hektische Szene und tranken kleine Gläser von kräftig gewürztem, dampfendem *Glug*. Der Laden war gesteckt voll von meist jungen Leuten, alle reichlich überspannt und nach der letzten Mode gekleidet – oder vielmehr: verkleidet. Ihr Lachen klang schrill, und ihre Bewegungen waren ruckhaft, als sie sich durch den Laden schoben, Kerzen in Phallusform und Bände mit Zeichnungen von Aubrey Beardsley betrachteten, Leder-Büstenhalter und Suspensorien in Form einer gierig zupackenden Hand begutachteten.

«Wie erregt sie sind», sagte Daniel Blank. «Die ganze Welt ist erregt.»

Celia sah ihn an und lächelte schwach. Das in der Mitte gescheitelte schwarze Haar umrahmte ihr Hexengesicht. Wie gewöhnlich trug sie kein Make-up, obwohl man hätte denken können, sie habe Lidschatten aufgelegt, so auffallend müde und matt sah sie um die Augen aus.

«Über was denkst du nach?» fragte sie ihn, und ihm ging erneut auf, wie sehr Ideen, abstrakte Ideen, sie erregten.

«Über die Welt», sagte er und blickte sich um. «Über die Geilheit der Welt. Über die Menschen von heute. Wie erregt sie alle sind.»

«Sexuell erregt?»

«Das in erster Linie. Aber auch sonst. Politisch. Geistig, nehme ich an. Gewalttätigkeit. Das Neue. Der schreckliche Hunger nach allem, was neu ist, was anders ist, was ‹in› ist. Alles scheint immer schneller und schneller zu gehen. So ist es doch nicht immer gewesen, oder?»

«Nein», sagte sie.

«Das ‹in-Sein›», sagte er. «Warum sie es wohl ‹in› nennen? Durchdringung?»

Jetzt sah sie ihn neugierig an. «Bist du betrunken?» fragte sie.

Er war überrascht. «Von zwei Gläschen Glühpunsch? Nein.» Er lachte. «Ich bin nicht betrunken.»

Mit warmen Fingern berührte er ihr Gesicht. Sie packte seine Hand, wandte ihr Gesicht, um seine Fingerspitzen zu küssen, steckte dann seinen Daumen in den Mund, liebkoste ihn mit der Zunge und zog ihn behutsam wieder heraus. Rasch sah er sich im Raum um; niemand hatte es gesehen.

«Ich wünschte, du wärest meine Schwester», sagte er leise.

Sie schwieg einen Moment, ehe sie sagte: «Warum hast du das gesagt?»

«Ich weiß nicht. Ich hab nicht darüber nachgedacht. Es ist nur so hingesagt.»

«Hast du den Sex satt?» fragte sie listig.

«Was? Aber nein. Nein. Es ist nur . . .» Er zeigte auf das Gedränge im Laden. «Es ist nur, daß sie es auf diese Weise nicht finden werden.»

«Was finden werden?»

«Ach . . . du weißt schon. Die Antwort.» Er blickte sich um. «Irgend etwas geht mit mir vor. Ich sehe all diese Leute, hier, auf der Straße, bei der Arbeit, und ich kann einfach nicht glauben, daß ich zu ihnen gehöre. Zur selben Gattung meine ich. Sie kommen mir wie Hunde vor, wie Tiere im Zoo. Vielleicht ist es auch umgekehrt. Nur sehe ich keine Beziehung zwischen ihnen und mir. Denn wenn sie Menschen sind, dann bin ich kein Mensch. Und wenn ich ein Mensch bin, dann sind sie keine Menschen. Ich erkenne sie einfach nicht an. Ich stehe außerhalb von ihnen.»

«Du *stehst* ja auch außerhalb von ihnen», sagte sie leise. «Du hast etwas so Bedeutungsvolles getan, daß es dich heraushebt.»

«Ja», sagte er und lachte glücklich. «Das hab ich wohl, nicht wahr? Wenn sie wüßten . . .»

«Wie kommt man sich vor?» fragte sie ihn. «Ich meine . . . wenn man weiß? Befriedigt? Lusterfüllt?»

«Das natürlich», sagte er. Er nickte, und es bereitete ihm einen Kitzel, in diesem übervollen, lärmerfüllten Raum über diese Dinge zu reden. (Er war nackt, aber niemand konnte es sehen.) «Aber vor allem ist es ein Gefühl der . . . Dankbarkeit, daß ich so Hohes vollbringen durfte.»

«O ja, Dan!» hauchte sie und legte ihm die Hand auf den Arm.

«Bin ich wahnsinnig?» fragte er. «Ich habe lange darüber nachgedacht.»

«Ist das wichtig?»

«Nein. Nicht wirklich.»

«Sieh dir diese Menschen an.» Sie vollführte eine Geste. «Sind die normal?»

«Nein», sagte er. «Hm . . . vielleicht. Aber ob sie nun normal sind oder nicht, ich bin anders als sie.»

«Selbstverständlich bist du das.»

«Und anders als du», fügte er hinzu und lächelte.

Sie erschauerte ein wenig und trat näher an ihn heran.

«Müssen wir unbedingt zu Mortons gehen?» fragte sie halblaut.

«Wir müssen zwar nicht. Aber ich glaube, es ist besser.»

«Wir könnten zu dir gehen. Oder zu mir. Zu uns.»

«Laß uns zu Mortons gehen», sagte er und lächelte wieder und spürte dieses Lächeln auf seinem Gesicht.

Sie warteten, bis Flo und Sam bereit waren zu gehen, und fuhren dann alle zusammen in einem großen schwarzen Taxi zu Mortons. Flo und Sam plapperten ungeniert. Daniel Blank saß auf dem Klappsitz und lächelte nur.

Blanche hatte eine junge Ente gebraten und mit Pfirsichhälften garniert. Dazu gab es kleine Röstkartoffeln und Lattichsalat. Die Ente sah köstlich aus mit ihrer schwarzen, knusprigen Haut und der glänzenden Pfirsichsauce, darin waren sich alle einig. Und doch, als Blank der volle Teller vorgesetzt wurde, saß er einen Augenblick da und starrte ihn an; das Essen beleidigte ihn.

Er vermochte nicht zu sagen, warum, doch es kam in letzter Zeit häufiger vor. Allein oder mit Celia ging er in ein Restaurant, das er kannte, bestellte sich ein Gericht, das er schon öfter gegessen hatte, und wenn es dann serviert wurde, hatte er keinen Appetit mehr und stocherte lustlos im Essen herum.

Es war einfach so . . . so *physisch*. Das dampfende Durcheinander, das man in kleine Stücke zerschnitt, die man mit der Gabel in eine kleine Öffnung beförderte, die sich Mund nannte, um tags darauf in verwandelter Form durch eine andere kleine Öffnung wieder ausgeschieden zu werden. Vielleicht war es die Vulgarität des Vorgehens, die ihn beleidigte. Oder das Animalische daran. Doch was immer es war – der Anblick von

Essen, und sei es noch so gut zubereitet, machte ihm übel. Aus Höflichkeit aß er etwas von dem Entenviertel, zwei winzige Kartöffelchen und drei Blättchen Salat, doch wohl fühlte er sich erst, als sie beim Kaffee waren und Wodka-Cocktails dazu tranken.

«Du, Dan», sagte Samuel Morton unvermittelt, «hast du Geld, das du anlegen möchtest?»

«Ja, warum nicht», sagte Blank freundlich. «Um was geht es denn?»

«Sag mir zuerst mal: wie teuer kommt dich dieser Fitness-Club, in dem du Mitglied bist?»

«Fünfhundert im Jahr. Massagen extra.»

«Ein Schwimmbassin?»

«Ein kleines. Und ein kleines Sonnendach. Gymnastikhalle, versteht sich. Und Sauna. Aber was soll das alles?»

«Kannst du nackt in dem Bassin schwimmen?»

«Nackt? Keine Ahnung. Aber warum nicht, wenn man möchte. Der Club ist nur für Männer. Warum fragst du?»

«Sam und ich sind auf diese einmalige Idee gekommen», sagte Florence Morton.

«Eine todsichere Sache», sagte Sam. «Da kann nichts schiefgehen.»

«Da gibt es doch diesen Fitness-Club auf der East 57th Street», sagte Flo. «Aufgezogen haben sie ihn als Abmagerungssalon, aber er läuft nicht. Jetzt ist er zu haben.»

«Der Preis, den sie verlangen, ist ganz passabel.» Sam nickte. «Und natürlich kann man ihn noch weiter herunterhandeln.»

«Sie haben einen großen Swimmingpool.» Flo nickte. «Einen Saal mit sämtlichen Übungsgeräten, zwei Saunen, Umkleideraum mit Schränken, Duschen und was sonst noch dazugehört.»

«Sogar eine vollständig eingerichtete Küche», fügte Sam hinzu. «Und einen hübschen Aufenthaltsraum mit Tischen und Stühlen.»

«Die Einrichtung ist scheußlich, affenscheußlich», fügte Flo hinzu. «Aber die Grundausstattung ist vorhanden.»

«Denkt ihr daran, einen Fitness-Club aufzuziehen?» fragte Celia.

«Aber anders als die üblichen.» Flo lachte.

«Ganz was anderes.» Sam lachte.

«Gemeinsame Benutzung von Umkleidekabinen und Duschen.» Sam grinste.

«Und gemeinsame Sonnenbäder auf dem Dach», meinte Flo.

Blank sah von einem zum anderen. «Ihr nehmt mich auf den Arm.»

Sie schüttelten den Kopf.

«Dann wollt ihr also nur Ehepaare als Mitglieder aufnehmen?»

«Aber nein», sagte Flo. «Nur lebenslustige Alleinstehende.»

«Das ist ja der springende Punkt», sagte Sam. «Das bringt doch gerade das Geld. Einsame Alleinstehende. Wir denken an fünfhundert Mitglieder und einen Beitrag von tausend pro Jahr. Und außerdem müssen wir versuchen, das Verhältnis der Geschlechter bei sechzig zu vierzig zu halten.»

«Sechzig Prozent Männer und vierzig Prozent Frauen», erklärte Flo.

Blank starrte sie an, schüttelte den Kopf. «Da landet ihr im Kittchen», sagte er. «Und eure Mitglieder ebenfalls.»

«Nicht notwendigerweise», sagte Flo. «Wir lassen die Sache gerade von unseren Anwälten prüfen.»

«Es gibt ein paar Präzedenzfälle, die uns hoffen lassen», sagte Sam. «In Kalifornien beispielsweise gibt es abgetrennte Nacktbadestrände. Für alle vier Geschlechter. Die Zulässigkeit ist durch Gerichtsurteile bestätigt. Hier in New York ist die Gesetzgebung sehr verschwommen. Dagegen, daß Männlein und Weiblein in Privatclubs gemeinsam in der Sonne liegen, hat noch niemand etwas zu unternehmen gewagt. Wir meinen, wir könnten damit durchkommen.»

«Es hängt alles davon ab, ob man ‹ein fortgesetztes öffentliches Ärgernis› bildet oder nicht», erklärte Flo.

«Wenn es privat ist und gut geführt und keine Nacktheit in der Öffentlichkeit, glauben wir, daß es sich machen ließe», erklärte Sam.

«Keine Nacktheit in der Öffentlichkeit?» fragte Daniel Blank. «Ihr meint, Vögeln in der Sauna oder Unterwasserfummelei wäre okay?»

«Ist doch Privatsache.» Flo zuckte mit den Achseln.

«Wer tut denn wem schon weh damit?» Sam zuckte mit den Schultern.

Daniel blickte Celia Montfort an. Sie saß still da, ihr Gesicht bar jeden Ausdrucks. Sie schien auf seine Reaktion zu warten.

«Wir gründen eine Gesellschaft», sagte Flo.

«Unserer Meinung nach brauchen wir ein Startkapital von maximal hunderttausend», sagte Sam. «Für Miete, Hypotheken, Umbau, Versicherung und so weiter.»

«Wir geben Aktien aus», sagte Flo.

«Interesse?» fragte Sam.

Daniel Blank strich sich sanft über die Via Veneto-Perücke.

«Nein», sagte er, «ich glaube nicht. Das ist nichts für mich. Aber die Idee ist gut, sofern ihr juristisch klarkommt.»

«Meinst du, das macht Furore?» fragte Sam.

«Und wirft was ab?» fragte Flo.

«Das steht außer Zweifel», versicherte Blank ihnen. «Wenn der Laden behördlicherseits nicht geschlossen wird, habt ihr eine Goldgrube. Spaziert doch bloß mal über die 8th Avenue. Ich tu das fast jeden Tag. Da gibt's Absteigen, wo du dir von einer Frau einen runterholen lassen kannst, oder du darfst sie anpinseln, oder dir Pornos ansehen, oder dich mit Federn kitzeln lassen. Und natürlich auch ganz gewöhnliche Prostitution. Nacktbaden in einem privaten Swimmingpool, und Männlein und Weiblein durcheinander? Warum nicht? Ja, ich glaube, damit läßt sich Geld machen.»

«Warum willst du dann nicht investieren?» fragte Celia ihn.

«Was? Ach . . . ich weiß nicht. Ich hab dir ja gesagt – nicht ganz mein Stil. Ich habe das alles so satt. Vielleicht langweile ich mich bloß. Auf jeden Fall stößt es mich ab. Mir gefällt das nicht.»

Sie starrten ihn an, die drei, und warteten. Doch als er nicht weitersprach, spornte Celia ihn an.

«Was gefällt dir nicht?» fragte sie ruhig. «Die Vorstellung, daß Männer und Frauen nackt zusammen schwimmen? Hältst du das für unmoralisch?»

«O Gott, nein!» Er lachte laut. «Ich bin doch kein Moralapostel. Es ist nur, daß . . .»

«Es ist nur was?»

«Nun», sagte er, «Sex ist so . . . so unverbindlich, findet ihr nicht auch? Ich meine, verglichen mit dem Tod und – nun ja, der Jungfräulichkeit. Ich meine, die sind so absolut, oder? Und Sex ist das nie. Da hängt immer noch was anderes dran. Aber beim Tod und bei der Jungfräulichkeit hat man es mit absoluten Größen zu tun. Celia, wie nanntest du es noch? Finalität. War es das? Was ihr vorhabt, ist falsch. Nicht im moralischen Sinne. Aber ihr geht im Kreis herum und geht und geht, bloß das Ziel, das seht ihr nicht, nicht mal flüchtig. Ob es was abwirft? Aber sicher. Für ein, zwei Jahre. Mal was anderes. Was Neues. Es wird ‹in› sein. Aber dann wird es abflauen. Einfach eingehen. Weil ihr ihnen nicht die Antwort gebt, versteht ihr? Unter Wasser vögeln, oder in der Sauna. Und dann. Nein, nein! Es ist alles so . . . so oberflächlich. Ich habe es dir gesagt. Diese Leute heute abend. Siehst du, da hast du es. Was haben sie gelernt oder gewonnen? Vielleicht liegt die Antwort in der Masturbation. Habt ihr darüber nachgedacht? Ich weiß, es ist lächerlich. Bitte, entschuldigt, daß ich es gesagt habe. Aber immerhin . . . Denn seht ihr, in eurer Gesellschaft, in der alles erlaubt ist, sagen sie Porno und Sado-Maso. Daran erkennt man, wieviel es bedeutet – man kann es sogar abkürzen. Da habt ihr's. Und das beleidigt mich. Die Vulgarität. Weil es ein Pfad, ein Weg hätte sein können, es jetzt bloß nicht mehr ist. Sex? Nein. Wollen wir noch einen Martini trinken oder wollen wir ins Bett gehen? Das ist wichtig! Ich kannte mal eine Frau ... Nun ja. Man muß darüber hinausgehen. Ich sage euch, es ist einfach nicht genug. Lassen wir den Sex also beiseite, und dann sagt, was dann kommt. Welcher Bus zum Absoluten fährt? Und daher ...»

Celia Montfort viel ihm rasch ins Wort.

«Was Daniel versucht zu sagen», erklärte sie den verblüfften Mortons, «ist, daß in einer Gesellschaft, in der alles erlaubt ist, die Jungfräulichkeit zum non plus ultra der Perversion wird. Das wolltest du doch sagen, Lieber, nicht wahr?»

Er nickte benommen. Endlich konnten sie sich loseisen. Sie zitterte, er jedoch nicht.

6

Er stützte sich auf den linken Ellbogen und glitt mit der rechten Hand leicht über den seidigen Rücken.

«Bist du wach?»

«Ja.»

«Erzähl mir von dieser Frau, Celia Montfort.»

Leises Lachen.

«Was willst du über sie wissen, über ‹diese Frau, Celia Montfort›?»

«Wer ist sie? Was ist sie?»

«Ich dachte, du weißt alles von ihr.»

«Ich weiß, daß sie schön ist und leidenschaftlich. Aber so geheimnisvoll und zurückgezogen. Sie ist so in sich verschlossen.»

«Ja, das ist sie, Liebster. Ein tiefes, tiefes Wasser, unsere Celia.»

«Wenn sie wegfährt, wohin geht sie dann?»

«Ach ... irgendwohin.»

«Zu anderen Männern?»

«Manchmal. Manchmal auch zu anderen Frauen.»

«Ach.»

«Schockiert dich das, Liebling?»

«Nein, eigentlich nicht. Ich hab wohl so etwas geahnt. Aber sie kommt immer so ausgepumpt zurück. Manchmal ist sie verletzt gewesen. Möchte sie das? Ich meine, sucht sie bewußt danach?»

«Ich dachte, du wüßtest Bescheid. Du hast doch die Verbände an den Handgelenken gesehen. Ich habe gesehen, wie du sie angestarrt hast. Sie hat versucht, sich die Pulsadern zu öffnen.»

«Mein Gott.»

«Sie hat es schon früher versucht und wird es vermutlich auch wieder versuchen, mit Tabletten, oder durch zu schnelles Fahren, oder mit dem Rasiermesser.»

«Ach, mein Herz, warum tut sie das?»

«Warum? Im Grunde weiß sie es nicht. Sie weiß nur, daß das Leben keinen Wert für sie besitzt. Keinen echten Wert. Das hat sie schon einmal gesagt.»

Er küßte diese weichen Lippen und berührte mit den Fingerspitzen zart die geschlossenen Augen. Der blasse Körper rückte näher, schmiegte sich sanft an ihn; köstlich duftete diese Haut, die so dünn war und so glatt wie geflammte Seide.

«Ich dachte, ich machte sie glücklich.»

«Aber das tust du, Dan! Wie nur je ein Mann! Doch das ist nicht genug für sie. Sie hat alles gesehen, alles getan, und dennoch bedeutet ihr nichts etwas. Sie hat es mit einem Dutzend Religionen und Glauben probiert, mit Alkohol und allen möglichen Drogen, hat mit Männern, Frauen und Kindern unvorstellbare Dinge getan. Jetzt ist sie ausgebrannt. Liegt das nicht auf der Hand? Celia Montfort, armer Spatz.»

«Ich liebe sie.»

«Wirklich? Ich glaube, es ist zu spät für sie, Dan. Sie ist . . . ist über die Liebe hinaus. Alles, was sie jetzt noch will, ist Erlösung.»

«Erlösung wovon?»

«Vom Leben, nehme ich an. Deshalb versucht sie ja so verzweifelt, sich umzubringen. Vielleicht ist ihr Problem, daß sie zu intelligent ist. Sie hat gemalt und Gedichte geschrieben. Sie war sehr gut darin, aber sie konnte es nicht ertragen, nur ‹sehr gut› zu sein. Wenn sie schon nicht das Zeug zu einem Genie hatte – mit dem Zweitbesten konnte sie sich nicht zufriedengeben. Sie will immer das Beste, das Meiste, das Letzte. Ich glaube, ihr Problem besteht darin, daß sie Gewißheit haben möchte. Über etwas, irgend etwas. Sie will endgültige Antworten. Ich glaube, deshalb hat sie sich so von dir angezogen gefühlt, Liebling. Sie hat gespürt, daß du nach demselben suchst.»

«Du bist so alt für dein Alter.»

«Bin ich das? Ja, ich bin uralt. Ich bin schon alt auf die Welt gekommen.»

Sie lachten leise, gemeinsam, und bewegten sich gemeinsam, indem sie einander hielten. Und sich dann küßten, küßten, voller Liebe, aber ohne Leidenschaft, und ihre feuchten Lippen aneinander hafteten. Blank strich über zerzaustes Haar und zeichnete mit der Fingerspitze die Windungen des zarten Ohrs nach, des schlanken Halses und der durchscheinenden Rippen unter der seidenen Haut.

Schließlich ließen sie voneinander ab, lagen Seite an Seite auf dem Rücken, die Hände ineinander verschränkt.

«Was ist mit Valenter?»

«Was soll mit ihm sein?»

«Was für eine Rolle spielt er in eurem Haus?»

«Was für eine *Rolle*? Er ist hier angestellt, als Hausmeister.»

«Er macht einen so . . . unheimlichen Eindruck.»

Spöttisch: «Glaubst du, er schläft mit Bruder oder Schwester? Oder mit beiden?»

«Ich weiß es nicht. Es ist ein seltsames Haus. Dieser Raum da oben.»

«Niemand geht dort je hinauf. Man ist völlig ungestört. Er ist schäbig, ich weiß, aber es hat doch Spaß gemacht, oder? Findest du nicht, daß es Spaß gemacht hat? Warum lachst du?»

«Ich weiß nicht. Vielleicht, weil ich etwas sehe, wo gar nichts zu sehen ist.»

«Was zum Beispiel?»

«Nun, diese Frau . . .»

«Ich weiß, ‹diese Celia Montfort›.»

«Ja. Ich meine, diese Celia Montfort könnte mich vielleicht manipulieren, sich meiner bedienen wollen.»

«Wozu?»

«Das weiß ich nicht. Aber ich spüre, daß sie etwas von mir will. Sie wartet auf etwas. Von mir. Stimmt's?»

«Ich weiß es nicht, Dan, ich weiß es einfach nicht. Sie ist sehr komplex, diese Frau. Ich verstehe nicht allzuviel von Frauen; die meisten Erfahrungen habe ich mit Männern, wie du weißt. Aber ich glaube nicht, daß Celia Montfort genau weiß, was sie will. Ich glaube, es hat mehr mit Fühlen zu tun, und sie tappt darauflos, macht alle möglichen falschen Ansätze und geht immer wieder in die verkehrte Richtung. Hast du nicht auch dieses Gefühl?»

«Ja, das ist richtig. Bist du jetzt ausgeruht?»

«Ja, Liebling, ich bin jetzt ausgeruht.»

«Können wir uns noch einmal lieben?»

«Bitte! Langsam!»
«Tony, Tony, ich liebe dich!»
«Oh, pah!» sagte Tony Montfort.

7

Das Sonderbare, ja, das Sonderbare, zu diesem Schluß kam Daniel Blank, war, daß die Welt, seine Welt, sich ausdehnte, während er selbst sich zusammenzog. Das heißt, Tony und Mrs. Cleek und Valenter und Mortons – alle, die er kannte und denen er auf der Straße begegnete – nun ja, er liebte sie alle. So traurig. Sie waren alle so traurig. Aber andererseits kam er sich, wie er Celia kürzlich gesagt hatte, so losgelöst von ihnen vor. Trotzdem konnte er sie lieben. Das war merkwürdig und unerklärlich.

Gleichzeitig weiteten sich seine Liebe und sein Verständnis, alles Lebendige zu umfassen – Menschen, Tiere, Felsen, den durcheinanderwirbelnden Himmel – gleichzeitig zog er sich in sich zurück, kicherte, nagte an seinem eigenen Herzen und hütete sein geheimes Leben. Er verdichtete sich, rollte sich in sich selbst zusammen, drang tiefer und immer tiefer in sich ein. Es war ein abgeschlossenes Leben von Schatten, Duft und Nach-Atem-Ringen. Und dennoch, dennoch gab es Sterne, die ihre Bahn zogen, lag Musik in der trügerischen Welt.

Es lief auf die Frage hinaus: sollte er ein Einsiedlerdasein führen oder nicht? Er konnte sich nackt vor einer Spiegelwand drehen und sich in goldenen Ketten umfangen. Das war eine Antwort. Oder er konnte hinausgehen und sich unter das zähflüssige Leben auf der Straße mischen. Sich dazugesellen. Durchdringen und sie alle erkennen. Lieben.

Er entschied sich für die Straßen, die bösen Straßen, und das Offensein. Dort lag die Antwort. Nicht in AMROK II, sondern in Charles Lipsky und all den anderen, sich abrackernden, geschlagenen Menschenkörpern.

So streifte Daniel Blank umher. Den langweiligen Winterhimmel angrinsend, entschlossen, hinter das Geheimnis des Lebens zu kommen.

An diesem bestimmten Abend hatte er seinen schlanken Körper gebadet, eingeölt und mit wohlriechenden Essenzen besprüht, gemächlich und sorgsam den schwarzen Anzug angezogen, einen schwarzen Rollkragenpulli, die Kreppsohlenschuhe, den Mantel mit den Taschenschlitzen, unter dem verborgen, die Schlaufe um das linke Handgelenk, er den Eispickel trug. In aller Ruhe machte er sich auf die Suche nach seinem dämonischen Geliebten. Seit dem Mord an Detective Third Grade Roger Kope waren elf Tage vergangen.

Es war zunehmend schwieriger geworden, darüber war er sich klar. Seit dem Tod des Kriminalbeamten patrouillierten in den Straßen nicht nur in Zivil gekleidete Lockvögel, sondern es waren zusätzlich auch noch Polizeistreifen in Uniform und immer zu zweit unterwegs, wachsam und keineswegs lasch, nach dem, was Kope zugestoßen war. Dazu kam ein offensichtlich verstärkter Einsatz von Streifenwagen in der Gegend, und Daniel Blank nahm an, daß darüber hinaus weitere – unauffällige – Polizeifahrzeuge durch die Straßen fuhren.

Unter diesen Umständen wäre es gerechtfertigt gewesen, wenn er sich ein anderes Jagdrevier ausgesucht hätte, vielleicht sogar eine andere Stadt. Aber die Herausforderung galt ihm mehr als das Risiko.

Die Lösung lag vielleicht, so überlegte er, im Zeitfaktor. Bisher hatte er immer um Mitternacht zugeschlagen, etwa in der Zeit zwischen halb zwölf und halb eins. Der Polizei war das selbstverständlich bekannt, und es war allen Beamten eingeimpft worden, in dieser Zeit besonders wachsam zu sein. Möglich, daß ihre Aufmerksamkeit vor und nach diesem Zeitpunkt weniger groß war. Er mußte sich jeden denkbaren Vorteil zunutze machen.

Er entschloß sich, vor halb zwölf zu handeln. Es war die Zeit der Weihnachtseinkäufe. Gegen sieben Uhr abends war es bereits dunkel, doch die Geschäfte hatten bis neun geöffnet, und auch um zehn Uhr sah man noch Leute mit Päckchen und Paketen beladen heimwärts streben. Ja, vor Mitternacht war besser: irgendwann zwischen neun und halb elf. Nach halb eins waren die Straßen bis auf die Lockvögel und Polizeistreifen fast wie ausgestorben.

Er brauchte noch eine Tarnung, und nach einiger Überlegung hatte er eine Idee. Gestern abend war er auf dem Heimweg in der 42nd Street an einem Laden mit Weihnachtskarten, künstlichen Christbäumen, Baumschmuck, Geschenkpapier und Festschmuck vorbeigekommen.

Dort kaufte er zwei Kartons, einen in der Größe einer Schuhschachtel, der zweite flach und länglich, wie man ihn für Krawatten oder Handschuhe benutzt, ferner eine Rolle Weihnachtspapier – auf rotem Grund von Rentieren gezogene Schlitten mit dem Nikolaus darauf – und ein Päckchen Aufkleber und ein Knäuel rotes Band.

Zu Hause richtete er die beiden leeren Schachteln zu Weihnachtspäckchen her, wickelte sie säuberlich in das Nikolauspapier, umschnürte sie mit dem roten Band und machte sogar noch eine hübsche Schleife. Als er fertig war, sah es wirklich nach zwei besonders nett verpackten Weihnachtspaketen aus. Er wollte sie am Tatort zurücklassen; die Chance, daß man ihre Spur bis zu ihm zurückverfolgen könnte, hielt er für minimal. Alles Papier, das er nicht verbraucht hatte, auch die Aufkleber und das Band, stopfte er in den Abfalleimer, den er in den Müllschlucker draußen am Ende des Korridors entleerte.

Wie erwartet, blickte der Pförtner am nächsten Abend – es war nicht Charles Lipsky – kaum auf, als Daniel Blank mit seinen beiden leeren Weihnachtspaketen das Haus verließ. Aber selbst wenn er ihn bemerkt hätte? Daniel Blank war auf dem Weg zu Freunden, denen er lustig verpackte Päckchen mitbrachte. Wunderschön!

Sein listiges Vorgehen und die vielen Menschen, die noch unterwegs waren, um Einkäufe zu machen, versetzten ihn in derart gehobene Stimmung, daß er beschloß, zur 3rd Avenue hinüberzugehen und im *Papagei* in aller Ruhe etwas zu trinken und ein bißchen Zeit totzuschlagen. «Zeit totschlagen.» Er gluckste, unter dem Mantel den Eispickel, in der Rechten die Weihnachtspakete.

Im *Papagei* war es fast leer. Nur ein Gast saß an der Bar, ein Mann in mittleren Jahren, der mit sich selbst redete und heftig gestikulierte. Der einzige Kellner saß an einem Tisch im Hintergrund und las ein erbauliches Traktat. Der Bartender füllte einen Wettschein aus. Diese beiden hatten auch an dem Abend vor einem Jahr Dienst gehabt, als er sich mit dem Homosexuellen geprügelt hatte. Beide blickten auf, als er eintrat, aber Blank las kein Erkennen in ihren Augen.

Er bestellte einen Kognak und fragte den Bartender, ob er ein Glas mittrinken wolle.

«Vielen Dank», sagte der Mann mit einem kalten Lächeln. «Nicht während der Arbeit.»

«Ruhig heute abend. Alle Welt scheint noch Weihnachtseinkäufe zu machen.»

«Nein, das ist nicht der Grund», sagte der Mann und lehnte sich vor. «Sonst ist es hier in der Vorweihnachtszeit, wenn die Geschäfte dichtmachen, immer proppenvoll. Dieses Jahr kein Schwanz. Und warum nicht?»

«Warum?»

«Wegen diesem Wahnsinnskiller, der umgeht», sagte der Mann wütend. «Wer traut sich denn nach Einbruch der Dunkelheit noch auf die Straße? Hoffentlich kriegen sie den Kerl bald zu fassen und schneiden ihm die Eier ab. Das Schwein ruiniert uns das ganze Geschäft!»

Blank nickte voller Mitgefühl und bezahlte. Den Eispickel trug er noch immer unterm Mantel. Obgleich es im Raum recht warm war, saß er in Mantel und Handschuhen an der Bar und trank genußvoll seinen Kognak. Die Weihnachtspakete hatte er neben sich auf die Theke gelegt. Es war ruhig und erholsam. Und in gewisser Weise ganz amüsant zu erfahren, daß das, was er getan hatte, Auswirkungen auf so viele Menschen hatte. Ein in einen Teich geworfener Stein: die Kreise dehnen sich immer weiter aus.

Er trank nur diesen einen Kognak, gab ein bescheidenes Trinkgeld und verließ mit seinen Paketen das Lokal. An der Tür drehte er sich noch einmal um, doch niemand blickte ihm nach. Insgeheim lachte er; es war alles ein Kinderspiel. Kein Mensch kümmerte sich um ihn.

Die Menge der Einkaufslustigen lichtete sich allmählich; wer noch unterwegs war, lenkte die Schritte eilends heimwärts, mit Paketen unterm Arm oder Einkaufstaschen schwenkend. Blank ahmte ihr Verhalten nach: die beiden Weihnachtspakete unterm Arm, stemmte er sich mit Kopf und Schultern gegen den grausamen Wind. Seine Augen waren überall. Wenn er sein Vorhaben nicht bis elf Uhr hinter sich bringen konnte, würde er es aufgeben und es an einem anderen Abend versuchen, dazu war er fest entschlossen.

Eine gute Gelegenheit entging ihm, als der Betreffende plötzlich die Treppe zu einem Hauseingang hochsprang und verschwunden war, während Daniel Blank gerade sein Lächeln aufsetzen wollte. Ein anderer blieb stehen und unterhielt sich mit dem Pförtner eines Wohnhauses. Ein dritter sah zunächst recht vielversprechend aus, aber bei näherem Hinsehen doch mehr wie ein Lockvogel der Polizei. Eine weitere Möglichkeit verpaßte er, weil unerwartet eine Polizeistreife um die Ecke bog und auf Blank zugeschlendert kam.

Er war entschlossen, sich nicht frustrieren zu lassen, und versuchte, seinen Ärger zu beherrschen. Trotzdem . . . was taten sie ihm eigentlich an? Er zog die linke Hand weit genug aus der Manteltasche, um im Licht einer Straßenlaterne einen Blick auf seine Armbanduhr werfen zu können. Gleich halb elf. Viel Zeit blieb nicht mehr. Dann würde er es aufgeben und auf einen anderen Abend hoffen müssen. Aber er konnte es nicht. *Konnte* es einfach nicht. Das Fieber war ihm ins Blut geschossen. Es mußte sein! Das Glück war ihm ja hold. Er hatte eine Glückssträhne zu fassen. Und eine Glückssträhne soll man nie fahrenlassen.

Und so war es. Denn vor ihm – unglaublich, herrlich, frei von lauernden Wagen und Polizeistreifen – war die Straße leer und nur schwach erleuchtet. Rasch kam mit großen Schritten ein Mann auf ihn zu, unterm Arm eine Rolle Weihnachtspapier. Und im Knopfloch seines Tweedmantels eine kleine Rose. Würde ein Lockvogel Weihnachtspapier tragen? Und eine Rose im Knopfloch? Unwahrscheinlich, fand Daniel Blank. Er setzte sein Lächeln auf.

Der Geliebte ging unter einer Straßenlaterne durch. Blank sah, daß er jung war, schlank, einen Schnurrbart trug, sich aufrecht hielt, zuversichtlich war und – wirklich – ziemlich schön. Noch ein Daniel Blank.

«Guten Abend», rief Daniel, einen Schritt von ihm entfernt, lächelnd.

«Guten Abend», erwiderte der Mann den Gruß und lächelte.

Im selben Augenblick, als sie aneinander vorüber gingen, wechselte Blank den Eispickel und setzte zum Herumfahren an. Während er noch dabei war, wurde ihm bewußt, daß sein Opfer plötzlich auch stehengeblieben war und seinerseits zu einer Kehrtwendung ansetzte. Ein vages Gefühl der Bewunderung erfüllte ihn für den Mann, der so instinktiv richtig und prompt reagierte, wenn auch der Ausgang ungewiß blieb.

Der Eispickel war erhoben, die Weihnachtspakete auf den Boden gefallen. Dann klammerten sich zwei Hände um das Gelenk seiner erhobenen Rechten. Die Rolle Weihnachtspapier fiel gleichfalls zur Erde, aber der Griff des Mannes lockerte sich nicht. Blank wurde dicht an den anderen herangezogen. Drei Arme waren hoch in die Luft gereckt. Eine Sekunde standen sie in süßer Umarmung wie erstarrt da, die Lippen geöffnet, jeder spürte den Atem des anderen. Der körperliche Kontakt war so köstlich, daß Daniel ganz trunken war und sich an ihn drängte. Wärme. Himmlische Wärme und Kraft.

Die Vernunft setzte wieder ein. Er hakte mit dem Schuhabsatz in die linke Kniekehle des Mannes und stieß ihn gleichzeitig gegen den Oberkörper. Es reichte nicht. Der Mann wankte, wollte jedoch nicht zu Boden gehen. Immerhin hatte er den Griff um Blanks Handgelenk gelockert. Abermals machte Blank einen Haken und stemmte sich mit aller Kraft gegen den Körper des anderen. Oh! In der Ferne glaubte er ein Pfeifen zu hören, war sich jedoch nicht sicher. Dann fielen sie zu Boden. Als er sich um die eigene Achse drehte, spürte Daniel Blank, wie sein linker Ellbogen auf das Pflaster prallte. Unbeteiligt fragte er sich, ob er ihn sich gebrochen hatte.

Flach ausgestreckt lagen sie beide da, Blank auf dem Oberkörper des Mannes, in dessen Augen bleierne Müdigkeit lag. Er ließ Blanks Handgelenk los. Und so hob er den Eispickel und ließ ihn niedersausen, niedersausen und nochmals niedersausen, wie von Sinnen hackte er auf den Schädel ein, drängte sich an den anderen, denn dieser hier war ihm von allen bisher der liebste, und spürte kaum, wie erlahmende Finger ihm das Gesicht zerkratzten. Etwas Warmes da.

Bis der junge Mann sich nicht mehr regte, und seine schwarzen Augen brachen. Blank legte den Eispickel aus der Hand, um ihm die Rose aus dem Knopfloch zu reißen. Griff dann wieder nach dem Eispickel, richtete sich mühsam auf und blickte gehetzt um sich. Jetzt waren wirklich Trillerpfeifen zu hören. Ein Polizist näherte sich im Laufschritt von der Ecke in der Ferne, sein Kollege auf der anderen Straßenseite pfiff und pfiff immer wieder auf dieser lächerlichen Trillerpfeife. Blank lauschte ein paar Sekunden und streifte die Schlaufe unter seinem Mantel über das linke Handgelenk.

Plötzlich spürte er den Schmerz am linken Ellbogen, in seinem blutenden Gesicht. Er rannte los, den verletzten Ellbogen hielt er dicht an den Körper gepreßt, doch die Rose warf er nicht weg.

Er hoffte, daß die Leiche auf dem Bürgersteig sie für einen Moment aufhielt, zumindest einen von ihnen, und als er in die 1st Avenue einbog, verfiel er in Schritt, schob die Rose in die rechte Manteltasche, holte ein Taschentuch heraus, hielt es sich vor das blutende Gesicht und hustete und hustete. Er betrat eine Imbißstube. Immer noch hustend und das Gesicht hinter dem vorgehaltenen Taschentuch verborgen, ging er geradewegs auf die Telefonzelle im Hintergrund zu. Er klemmte das Taschentuch zwischen Kinn und Schulter, zog eine Münze aus der Tasche, wählte die Nummer der Wettervorhersage und hörte eine körperlose Stimme sagen: «Warnung an Segler von Charleston bis Block Island.» Als er auf die Straße blickte, sah er draußen einen Polizisten mit gezogener Pistole vorüberhasten. Augenblicklich verließ Blank die Telefonkabine, hustete und preßte das Taschentuch noch immer gegen das Gesicht. Vor den Verkehrsampeln an der 81st Street hielt ein leeres Taxi. Glück. War nicht alles Glückssache?

Höflich bat er den Taxifahrer, ihn bis zum Omnibus-Bahnhof auf der West-Side zu bringen. Seine Stimme klang – jedenfalls für seine Ohren – ganz ruhig. Als die Ampel auf Grün sprang und das Taxi anfuhr, drückte er sich in die äußerste linke Ecke, wo der Fahrer ihn im Rückspiegel nicht sehen konnte. Dann streckte Blank die rechte Hand aus, spreizte die Finger. Die Hand zitterte nicht.

Im Omnibus-Bahnhof wimmelte es von Menschen. Niemand kümmerte sich um ihn. Er ging sofort auf die Herrentoilette. Auch hier war es voll, aber er schaffte es, sich im Spiegel zu betrachten. Seine Perücke war verrutscht, seine linke Wange aufgekratzt – da würde sich bestimmt

Schorf bilden –, die rechte Gesichtshälfte war gerötet, aber nicht verletzt. Nur aus einem Kratzer auf der linken Wange sickerte noch etwas Blut.

Daniel feuchtete unter dem Wasserhahn zwei Papierhandtücher an und ging dann in eines der Toilettenabteile mit einem Geldautomaten daran. Nachdem er die Tür hinter sich geschlossen hatte, wischte er sich mit einem der angefeuchteten Papiertücher das Gesicht ab. Mit einem Stück Toilettenpapier verklebte er die aufgekratzte Wange. Mit dem anderen Handtuch rieb er seinen Mantel und seinen Anzug ab. Das linke Hosenbein war überm Knie aufgerissen. Er würde den Anzug wegwerfen müssen.

Wieder versuchte er, seinen linken Arm zu bewegen. Das Ellbogengelenk funktionierte, allerdings unter Schmerzen – darüber gab es keinen Zweifel. Er zog die Jacke aus und rollte den Ärmel hoch. Eine tüchtige Schwellung, die sich bereits verfärbte. Er zog sich wieder an und hängte sich den Mantel über die Schultern. Vorsichtig zupfte er das Toilettenpapier von der Wange ab und sah sich das Stück Papier genau an. Nur leicht rosa. Unversehens befiel ihn der unwiderstehliche Drang, seine Notdurft zu verrichten, was er auch tat. Er spülte Papier und Papierhandtücher hinunter, zog seine Kleidung zurecht und machte die Toilettentür auf. Er lächelte schwach.

Vor dem Spiegel über dem Handwaschbecken rückte er seine Perücke zurecht und strich sich leicht mit der rechten Hand durchs Haar.

Blank nahm sich ein Taxi bis nach Hause; den Mantel trug er locker um die Schultern gelegt.

«Hallo, Mr. Blank», sagte der Pförtner. «Heute nacht ist schon wieder jemand ermordet worden. Keine zwei Straßen weiter.»

«Wirklich?» sagte Daniel und schüttelte verzweifelt den Kopf. «Von jetzt an werd ich nur noch mit dem Taxi fahren.»

«Das ist sehr vernünftig, Mr. Blank.»

Er ließ heißes Wasser in die Badewanne laufen, goß genügend wohlriechendes Badeöl hinein, damit sich Schaum bildete und das ganze Bad duftete. Er zog sich aus und ließ sich vorsichtig hineingleiten; die Reinigung des Eispickels verschob er auf später. Doch oben auf dem schaumbedeckten Wasser ließ er die Rose schwimmen. Bis zum Kinn im dampfenden Wasser liegend, ließ er sie nicht aus den Augen. Nach einer Weile wurde seine Erektion so stark, daß die gerötete Eichel über die Wasseroberfläche herausragte und die kleine Rose schaukelnd um sie herumtrieb. Nie in seinem Leben war er so glücklich gewesen. Er träumte.

Teil VII

1

«Sie blieben vor einem weißgestrichenen Anlegesteg stehen; dann ging Honey Bunch hinter ihrem Daddy und ihrer Mutter den Steg entlang und stand unversehens vor einem hübschen kleinen, ebenerdigen Haus, so schön, wie sie noch nie eines gesehen hatte.»

Captain Edward X. Delaney schwieg. Er hatte seiner Frau aus «Honey Bunch: Ihre ersten Tage im Lager» vorgelesen, doch als er zum Krankenbett aufsah, schien Barbara zu schlafen. Sie atmete schwer, und ihre dünnen Arme und weißen Hände lage kraftlos auf der Decke. Sie stand jetzt überhaupt nicht mehr auf, auch nicht um im Rollstuhl zu sitzen.

Er war sehr zeitig gekommen, weil er ihr beim Abendbrot behilflich sein wollte. Sie aß ohne rechten Appetit etwas Kartoffelpüree und ein paar Brechbohnen, aber nichts von dem Fleisch.

«Du mußt essen, Liebling», sagte er energisch, und sie verzog den Mund zu einem schwachen Lächeln, als er den Teelöffel nahm und sie fütterte. Doch bald schob sie seine Hand fort und wandte das Gesicht ab; er brachte es nicht übers Herz, sie zu zwingen.

«Gibt es in der Ermittlung was Neues?» fragte sie leise.

«Welcher Ermittlung?» fragte er, doch dann schämte er sich und schlug die Augen nieder. Er wollte ihr nichts vorenthalten, doch es schien ihm herzlos, ihr in ihrem Zustand von einem neuen Mord zu erzählen.

«Was ist, Edward?» fragte sie und schien etwas zu ahnen.

«Es hat wieder einen erwischt», sagte er leise. «Einen Kriminalbeamten. Einen von Broughtons Lockvögeln.»

«Verheiratet?»

«Ja. Und drei kleine Kinder.»

Langsam schloß sie die Augen. Ihr Gesicht bekam etwas Wächsernes. Sie schien zu schlafen. Er zog seinen Mantel über, nahm den Hut und schickte sich an, leise das Krankenzimmer zu verlassen. Doch sie rief: «Edward!», und als er sich umdrehte, hatte sie die Augen offen und

und streckte eine Hand nach ihm aus. Er kehrte sofort zum Bett zurück.

«Damit wären es also drei», sagte sie.

«Ja.» Er nickte kläglich. «Drei.»

«Und alles Männer», sagte sie vor sich hin. «Warum alles Männer? Es wäre doch soviel einfacher, Frauen umzubringen. Oder Kinder. Findest du nicht auch, Edward? Nicht so gefährlich für den Mörder.»

Er sah sie unverwandt an; langsam ging ihm die Bedeutung dessen auf, was sie da gesagt hatte. Gewiß, vielleicht hatte es nichts zu sagen, vielleicht aber doch. Er beugte sich vor und küßte sie sanft auf die Wange.

«Du bist wirklich wunderbar», flüsterte er. «Was sollte ich ohne dich anfangen?»

Als er wieder in seinem Arbeitszimmer war, einen Whisky-Soda in der Hand, dachte er ständig über das nach, was seine Frau gesagt hatte.

Es war für einen psychopathischen Mörder zweifellos nicht ungewöhnlich, wenn er vor der Tat sexuell nicht interessiert (oder gar impotent) war, dann jedoch, bei der Tat selbst oder danach, zu einem hemmungslosen Satyr wurde. Es hatte viele solcher Fälle gegeben, doch in allen waren, soweit er sich erinnerte, Frauen oder Kinder die Opfer gewesen.

Hier jedoch waren alle drei Opfer Männer, was Lombard und Kope anging, große, kräftige Männer, die durchaus in der Lage waren, sich zu verteidigen. Trotzdem hatte sich der Täter bisher nur Männer ausgesucht. Ausschließlich Männer. Die er mit einem Eispickel erschlagen hatte. Hatte das irgendeine Bedeutung?

Möglich, schon möglich. Delaney nickte. Er griff nach seiner «Experten-Kartei» und fand die Karte, die er suchte: «Dr. Otto Morgenthau. Psychiater – Kriminologe.» Auf der Karte waren einige handschriftliche Notizen, die ihm die beiden Fälle wieder in Erinnerung riefen, in denen Dr. Morgenthau der Polizei behilflich gewesen war – das eine Mal hatte es sich um einen Frauenschänder gehandelt, das andere Mal um einen Bombenleger. Die Praxis des Arztes lag in der 5th Avenue in der Höhe der sechziger Straßen, also nicht im 251. Revier. Delaney wählte die angegebene Nummer.

Eine weibliche Stimme meldete sich: «Praxis Dr. Morgenthau.»

«Könnte ich wohl bitte Dr. Morgenthau sprechen? Hier spricht Captain Edward X. Delaney von der New Yorker Polizei.»

«Einen Augenblick, bitte.»

«Hallo, hier Morgenthau. Wie geht es Ihnen, Captain?»

«Danke, Doktor. Und Ihnen?»

«Ein bißchen überarbeitet. Was gibt's Captain?»

«Ich würde Sie gern aufsuchen, Sir.»

«*Sie*, Captain? Privat? Oder dienstlich?»

«Dienstlich.»

«Worum handelt es sich?»

«Es ist schwierig, das am Telefon zu erklären, Doktor. Ich würde Sie gern . . .»

«Unmöglich», unterbrach Morgenthau ihn scharf. «Ich habe bis heute abend um zehn Sprechstunde. Und dann muß ich . . .»

«Es geht um die drei Männer, die auf der East Side ermordet wurden», unterbrach Delaney ihn. «Sie haben bestimmt darüber gelesen.»

Ein längeres Schweigen folgte.

«Ja», sagte Morgenthau langsam. «Ich habe davon gelesen. Also einverstanden. Kommen Sie Punkt zehn hier in die Praxis. Eine Viertelstunde will ich Ihnen gewähren. Mehr nicht.»

«Vielen Dank, Doktor. Ich bin pünktlich.»

Delaney war fünf Minuten vor der Zeit da. Die mürrische, etwas ältliche Sprechstundenhilfe war gerade dabei, ihren Mantel anzuziehen.

«Captain Delaney?»

«Ja.»

«Ich gehe jetzt. Bitte verschließen Sie gut hinter mir die Tür», sagte sie. «Der Doktor ruft Sie dann, wenn er soweit ist.»

Als der Arzt endlich aus seinem Sprechzimmer herauskam, erschrak Delaney über das Aussehen des Mannes. Er hatte einen etwas korpulenten, aber kräftigen, wendigen Mann in Erinnerung, von straffer Haltung, gesunder Hautfarbe und mit klaren, wachen Augen. Jetzt stand er einem bleichen Mann gegenüber, dessen Anzug drei Nummern zu groß schien. Glanzlose Augen unter schweren Lidern, schütteres, ungekämmtes Haar. Seine Hände zitterten leicht, und die Fingernägel waren schmutzig und ungepflegt.

Sie gingen ins Sprechzimmer. Morgenthau ließ sich schwerfällig in seinen Schreibtischsessel fallen. Delaney nahm auf einem Stuhl neben dem Schreibtisch Platz.

«Ich werde mich so kurz wie möglich fassen, Doktor», begann er. «Ich weiß, Sie sind ein vielbe . . .»

«Einen Augenblick bitte noch», murmelte Morgenthau, faßte mit beiden Händen nach der Schreibtischplatte und erhob sich. «Mir fällt gerade ein Telefongespräch ein, das ich nicht aufschieben kann. Ein Patient. Es dauert nicht lange, ich bin gleich wieder zurück.»

Morgenthau blieb fast zehn Minuten in dem angrenzenden Behandlungsraum. Als er wieder hereinkam, bewegte er sich federnd, die Pupillen waren geweitet, die Augen glänzten, alles Fahrige war von ihm abgefallen. Lächelnd rieb er sich die Hände.

«Dann mal los, Captain. Was gibt's?» sagte er jovial.

Nein, keine Tabletten, dachte Delaney. Dazu macht sich die Wirkung zu rasch bemerkbar. Wahrscheinlich eine Amphetaminspritze. Doch was auch immer, Dr. Otto Morgenthau war wie umgewandelt: er war entspannt, selbstsicher, verstand zuzuhören, und seine Hände waren ganz ruhig, als er sich eine Zigarre ansteckte. Delaney berichtete von Anfang an: vom Tod der drei Opfer, dem Eispickel, was er über Bergsteiger herausgefunden hatte, darüber, wie seiner Ansicht nach die Verbrechen begangen worden waren, von den fehlenden Ausweisen – von allem, was der Arzt seiner Meinung nach wissen mußte; das einzige, was er verschwieg, war die Tatsache, daß er zur Zeit beurlaubt und mit der offiziellen Ermittlung nicht betraut war.

«Eine Verbindung zwischen den drei Opfern ist ausgeschlossen?» fragte Morgenthau.

«Ja, Sir. Wir haben nichts dergleichen entdecken können.»

«Und was möchten Sie von mir?»

«Was Sie uns auch früher schon gegeben haben, ein psychiatrisches Charakterporträt des Verbrechers. Das war immer sehr hilfreich, Doktor.»

«Schon möglich.» Morgenthau nickte. «Wenn es sich um Vergewaltigung und Bombenanschläge handelte – ein ziemlich weit verbreiteter Zeitvertreib heute –, da konnte man auf eine Fülle von Material zurückgreifen. Hier haben wir es mit einem Massenmörder zu tun. Glücklicherweise kommt Massenmord relativ selten vor. Viel Literatur gibt es auf diesem Gebiet nicht. Ich habe mich einmal an einer kurzen Monographie versucht, die Sie aber wohl kaum kennen werden. Der Abdruck erschien in einer obskuren deutschen psychiatrischen Zeitschrift. Mit einem psychiatrischen Charakterbild des Massenmörders kann ich Ihnen nicht dienen.»

«Aber können Sie mir nicht wenigstens irgendwelche Anhaltspunkte geben», sagte Delaney verzweifelt. «Zum Beispiel über die Motivation. Selbst ganz allgemeine Feststellungen könnten mir helfen. Was glauben Sie – ist der Mörder anormal?»

Dr. Morgenthau schüttelte ärgerlich den Kopf. «Normal. Anormal. Das sind Begriffe für Juristen. Im Bereich der Medizin haben sie nichts zu suchen. Also gut, ich will's versuchen . . . Meine nicht sehr umfassenden

Arbeiten auf diesem Gebiet lassen mich vermuten, daß ein Massenmörder für gewöhnlich zu einem von drei weitgefaßten, nicht genau zu definierenden Typen gehört. Aber ich warne Sie: Die Motivationen überschneiden sich oft. Bei Mehrfachmördern haben wir es mit Einzelgängern zu tun. Ich habe, wie gesagt, keine eindeutigen Verhaltensmuster erkennen können. Also die drei Haupttypen . . . Erstens: der biologisch bedingte Typ. Bei ihnen wird der Antrieb zum Massenmord durch einen physischen Defekt ausgelöst, obgleich der Mörder natürlich auch psychologisch prädisponiert sein kann. Zum Beispiel der Gewehrschütze auf dem Turm in Texas, der – wie viele? – Menschen umgebracht hat. Soweit ich weiß, hatte er einen Gehirntumor und war beim Militär zum Scharfschützen und Totschläger ausgebildet worden. Zweitens: der psychologisch bedingte Typ. Hierbei ist im allgemeinen nicht das Milieu verantwortlich zu machen, doch ist das betreffende Individuum so extrem starkem spezifischem Druck – meist familiärer oder sexueller Natur – ausgesetzt, daß Morden, immer neues Morden, das einzige Ventil bedeutet. Ritter Blaubart könnte man diesem Typ zurechnen, Jack the Ripper, oder diesen jungen Mann in New Jersey – wie hieß er noch?»

«Unruh.»

«Ja, Unruh. Und dann der dritte Typ, der soziologisch bedingte. Lebte er in einem anderen Milieu, wäre er vielleicht nie zum Mörder geworden. Doch seine Umwelt ist dermaßen bedrückend und grausam, daß er keine andere Möglichkeit hat, als zurückzuschlagen, zu töten, sich gegen eine Welt zur Wehr zu setzen, die er nicht gemacht hat, eine Welt, die ihn zermalmt, so daß nichts Menschliches mehr in ihm ist. Bei den soziologisch Motivierten handelt es sich nicht um Gettobewohner und Angehörige der brutalisierten Minderheiten. Vor ein paar Jahren gab es einen Fall – in New Jersey, glaube ich –, wo ein ‹solider Bürger›, ein Mann mittleren Alters, ein Angehöriger der Mittelschicht, der bei einer Bank oder einer Versicherung arbeitete – irgend so etwas – und . . .»

Die Viertelstunde, die Dr. Morgenthau dem Captain zugestanden hatte, war längst verstrichen, doch der Arzt redete und redete, genau, wie Delaney es vorausgesehen hatte. Es war schwer, jemandem bei seinem Lieblingsthema Einhalt zu gebieten.

«. . . Sonntag für Sonntag in die Kirche den Klingelbeutel herumgehen ließ», sagte Dr. Morgenthau gerade. «Und dann bringt dieser vorbildliche, sanftmütige, aufrechte Bürger eines Tages seine Frau, seine Kinder und seine Mutter um. Stellen Sie sich vor, seine eigene Mutter! Und macht sich dann aus dem Staub.»

«Ich erinnere mich an den Fall.» Delaney nickte.
«Hat man ihn schon gefaßt?»
«Nein, soviel ich weiß, nicht.»
«Wie dem auch sei, Captain, die Ermittlungen ergaben, daß diese Säule der Gemeinde in einem Haus lebte, das er sich eigentlich gar nicht leisten konnte; es war mit mehreren Hypotheken belastet, und der Mann hatte auch sonst noch Schulden: Versicherungen, Autos, Kleidung, Einrichtung, die Ausbildung der Kinder – gesellschaftlicher Druck in jeder Weise. Hier lag ganz eindeutig eine soziologische Motivation vor, aber wie gesagt: Massenmörder lassen sich nicht fein säuberlich klassifizieren. Wie weit muß man die Persönlichkeit, die Herkunft, die Kindheit als Teil der Sozialgeschichte des Landes oder der Welt in Betracht ziehen? Nehmen Sie zum Beispiel Charles Manson. Was ich Ihnen beweisen möchte, ist, daß trotz dieser drei, wenn auch groben Klassifizierungen jeder Fall anders liegt und jeder Massenmörder sich von dem anderen unterscheidet. Männer, die Kinder umbringen, der Mann, der in Chicago die Krankenschwestern tötete, und Panzram, sie alle scheinen in der Kindheit vergleichbare Erfahrungen gemacht zu haben: physischer Mißbrauch und zu frühe sexuelle Erfahrungen. Sexuelles Vergnügen auf infantiler Ebene. Und doch hat von den dreien, die ich gerade erwähnte, einer Kinder, einer junge Frauen und einer Knaben umgebracht oder sie vergewaltigt. Wo liegt da das gemeinsame Verhaltensmuster? Wer weiß, vielleicht gibt es oberflächlich gesehen doch eines. Die meisten Massenmörder neigen dazu, ruhig und konservativ zu wirken und sich nichts zuschulden kommen zu lassen. Erst wenn es sie gepackt hat, ziehen sie die Aufmerksamkeit auf sich.»
Delaney hatte sich eifrig Notizen gemacht. Jetzt sah er auf, seine Augen funkelten.
«Das ist interessant, Doktor. Aber Manson war nicht so.»
«Richtig!» rief Morgenthau triumphierend. «Genau das habe ich Ihnen ja gesagt: Es ist gefährlich, zu verallgemeinern. Und noch etwas Interessantes . . . Wertham behauptet, Massenmörder seien keineswegs kalt, sie erweckten nur den Eindruck. Und da wird es wirklich interessant: Er behauptet nämlich, sobald ihre Mordlust vorbei sei, verfielen sie anscheinend wieder in ihre ursprüngliche Gefühlskälte und seien fähig, ihre grauenvollen Taten in allen Einzelheiten zu schildern, ohne Bedauern, ohne Reue.»
Der Doktor hielt inne. Nach einer kleinen Pause fragte er:
«Haben meine Erklärungen Ihnen ein bißchen geholfen, Captain?»

«Sehr sogar», sagte Delaney ernst. «Dank Ihnen ist mir vieles klargeworden. Doch ein Punkt, Doktor . . . hm, ich nehme an, der Fehler liegt bei mir. Sie haben vornehmlich von ‹Fällen› gesprochen. Aber was ist mit den *Motiven*? Ich meine, wie rechtfertigt der Mörder sich selbst gegenüber, was er getan hat oder tut?»

Dr. Morgenthau sah ihn einen Moment lang an, dann lachte er kurz auf. Doch seine Belustigung verflüchtigte sich rasch, er schien in sich zusammenzusacken, als er sich schwer in seinen Drehsessel zurückfallen ließ. «Ich weiß, Sie werden ‹Eisenarsch› genannt», sagte er. «Das ist Ihr Spitzname. Als wir das erste Mal zusammenarbeiteten – ich glaube, es handelte sich um den Sittlichkeitsverbrecher in Chelsea –, habe ich gewisse Erkundigungen über Sie eingezogen. Weil Sie mich interessierten.»

«Wirklich?»

«Das tun Sie auch jetzt noch. Der Spitzname paßt gut zu Ihnen, Captain.»

«Finden Sie?»

«O ja. Sie sind für einen Mann in Ihrer Stellung überraschend intelligent und feinfühlig. Sie sind bemerkenswert belesen, und Sie stellen die richtigen Fragen. Aber wissen Sie, was Sie sind, Captain Edward X. Delaney? Ich meine, jenseits Ihrer Intelligenz, Ihres Feingefühls, Ihrer Geduld, Ihres Verständnisses? Wissen Sie, was Sie trotz allem sind?»

«Was denn?»

«Ein Polyp!»

«Ja, das bin ich wohl», gab er bereitwillig zu. «Ein Polyp.» Der Arzt schweifte vom Thema ab; er mußte sich beeilen.

«Lassen Sie uns doch eben noch einmal auf die Motivation zu sprechen kommen. Wie rechtfertigt der Mörder sich selbst gegenüber, was er tut?»

«Auf völlig irrationale Weise», sagte Morgenthau mit schwerer Zunge. «Völlig irrational. Das ist hochinteressant. Sie verstehen es alle irgendwie, sich ein moralisches Gerüst zusammenzuzimmern. Das ihnen gestattet zu tun, was sie tun. Das sie freispricht. Für sogenannte ‹normale› Menschen ist das völlig irrational, aber dem Mörder nimmt es jedes Schuldgefühl. Was er tut, ist *notwendig.*»

«Wie zum Beispiel?»

«Was? Nun ja, jetzt geraten wir in die Metaphysik, mir schwebt da einiges vor. Eines Tages schreibe ich ein Buch darüber. Captain, wollen Sie mich bitte einen Moment . . .»

Er wollte sich erheben, doch Delaney hielt ihn zurück.

«Nur eine Minute noch», sagte er bestimmt, «dann sind Sie mich los.»

Morgenthau fiel in seinen Sessel zurück und blickte den Captain mit glanzlosen, müden Augen an.

«‹Eisenarsch›», sagte er. «Der Massenmörder versucht, dem Chaos eine Ordnung aufzuzwingen. Nicht jene Art von Ordnung, wie wir sie möchten, sondern *seine* Art von Ordnung. Die Welt ist im Umbruch begriffen. Er gestaltet sie neu. Er wird mit ihr nicht fertig. Was er sucht, ist die Sicherheit eines Gefängnisses, des geliebten, vertrauten Gefängnisses. ‹Faßt mich, ehe ich wieder losschlage.› Verstehen Sie? Was er sucht, ist die Institution. Oder auch die Ordnung im Universum. Die Menschheit ist unordentlich. Unberechenbar. Folglich muß er für Ordnung sorgen. Selbst wenn er dafür töten muß. Erst dann findet er Ruhe, denn in einer wohlgeordneten Welt gibt es keine Verantwortung mehr.»

Delaney machte sich jetzt keine Notizen mehr, sondern lehnte sich aufmerksam lauschend vor. Dr. Morgenthau sah ihn an und gähnte plötzlich laut.

Delaney konnte nicht anders: auch er mußte gähnen.

«Ich gehe jetzt», sagte Delaney hastig und erhob sich. «Haben Sie vielen Dank, Doktor. Sie haben mir sehr geholfen.»

«Ja, meinen Sie?» sagte Morgenthau unbestimmt, raffte sich mühsam hoch und ging rasch auf die Tür zu dem angrenzenden Behandlungsraum zu.

Delaney stand an der Tür zum Wartezimmer. Er drehte sich um.

«Doktor», rief er scharf.

Morgenthau wandte den Kopf. Seine Lider waren schwer. Er blickte den Captain an und sah ihn doch nicht.

«Wer ist da?» fragte er.

«Doktor, nur noch eins . . . Der Mörder, um den es geht, hat drei Männer umgelegt. Keine Frauen und keine Kinder. Er hat sie mit einem Eispickel erschlagen, einer spitz zulaufenden Hacke. Einem Phallus. Ich weiß, ich rede wie ein Laie. Aber könnte es sich um einen Homosexuellen handeln? Einen latenten vielleicht? Der dagegen ankämpft. Ist das denkbar?»

Morgenthau starrte ihn an, und vor Delaneys Augen schrumpfte er in seinem ihm viel zu großen Anzug noch mehr zusammen, er verfiel zusehends, das Licht schwand aus seinen Augen.

«Denkbar?» flüsterte er. «Alles ist denkbar.»

2

Voller Zorn und Schrecken mußte Delaney mit ansehen, wie die «Kommission Lombard» auseinanderfiel. Sie hatte auf einem lebenswichtigen Konzept beruht und unter dem Befehl von Pauley mit seinem Organisationstalent und seinem verwaltungstechnischen Können gute Aussicht auf Erfolg gehabt. Aber Pauley war geschaßt worden, und unter dem direkten Kommando des Stellvertretenden Commissioner Broughton brach sie einfach zusammen.

Und zwar nicht aus Mangel an Energie; Broughton hatte Energie, viel zuviel sogar. Aber es fehlte ihm an Erfahrung, eine Menschenjagd von diesem Ausmaß und dieser Komplexität zu leiten.

Broughton saß tief in der Klemme. Immer lauter wurden die Forderungen wohlhabender Bürger von der East Side, diese drei Straßenmorde endlich zu klären. Der Bürgermeister übte Druck auf den Commissioner aus, und es hieß sogar, daß der Gouverneur einen Untersuchungsausschuß einzusetzen gedenke. Der Mord an Frank Lombard war schon schlimm genug – doch daß jetzt auch noch ein Polizeibeamter sein Leben hatte lassen müssen, hatte in allen Zeitungen den Ruf laut werden lassen, endlich bessere Untersuchungsergebnisse zu erzielen.

Delaney verschwendete keine Zeit darauf, Schadenfreude über den wohlverdienten Rüffel zu empfinden, der Broughton gewiß war. Er hatte alles getan, um den Stellvertretenden Commissioner über die Art der Waffe und die Methode des Überfalls ins Bild zu setzen. Und wenn die Wahrheit denn schon ausgesprochen werden sollte, so war seiner Meinug nach Kope selbst nicht schuldlos: kein als Lockvogel eingesetzter Beamter hätte sich dermaßen überrumpeln lassen dürfen.

Delaney hatte alle Hände voll zu tun. Er mußte sich ständig um seine Hilfskräfte kümmern, mußte sie anrufen, mußte zu ihnen gehen und ihnen immer wieder versichern, daß das, was sie taten, unerhört wichtig sei. Als Christopher Langley ihn anrief und ihn zum Abendessen bei der Witwe Zimmerman einlud, nahm er daher sofort an. Er wußte, daß Langley daran lag, ihm persönlich über seine Fortschritte berichten zu können.

«Also, hier haben Sie eine Liste aller Läden im Stadtgebiet von New York, die Eispickel führen», sagte Langley und reichte Delaney ein Blatt Papier. «In manchen Geschäften werden sie zwar als ‹Eishämmer› oder ‹Eisäxte› geführt, aber das spielt ja wohl keine Rolle, oder?»

«Nein, das tut es nicht.»

«Sie müssen wissen», sagte Langley, «daß nicht alle Läden den gleichen Eispickel führen, den ich bei ‹Camper-Glück› gefunden habe. Sie sehen sich zwar ähnlich, aber sie differieren doch. Ich habe einen Eispickel aus Österreich entdeckt, einen aus der Schweiz, und auch ein amerikanisches Fabrikat. All das habe ich in der Liste vermerkt.»

«Sehr schön. Vielen Dank. Sie leisten wirklich fabelhafte Arbeit, Mr. Langley.»

«Ach, wissen Sie . . .»

Als er sich verabschiedete, war die Witwe Zimmerman beim Geschirrspülen, und Christopher Langley rief ihr zu, er werde ihr gleich beim Abtrocknen helfen.

An den beiden folgenden Tagen war Delaney damit beschäftigt, Langleys Liste von Geschäften, die Eispickel verkauften und detaillierte Kassenbelege führten, zu überprüfen. Ein Laden, der kein Versandgeschäft betrieb und daher auch keine Adressenkartei hatte, war zur Zusammenarbeit und zur Herausgabe der Kassenbelege bereit. Delaney sorgte dafür, daß sie zu Calvin Case gebracht wurden. Was das Ergebnis betraf, so war der Captain allerdings nicht sonderlich optimistisch, denn die Firma hob die Kassenbelege nur ein halbes Jahr lang auf. Ein anderer Inhaber weigerte sich mitzuarbeiten und behauptete, seine Adressenkartei sei ein sorgfältig gehütetes Geschäftsgeheimnis, das für seine Konkurrenten von Wert sein könne, und ohne gerichtliche Verfügung könne Delaney sie nicht haben. Der Captain drängte hier nicht weiter; er konnte ja immer noch darauf zurückkommen.

Gegen Mittag fuhr er mit der U-Bahn zu Calvin Case. Es war einfach herzerfrischend zu sehen, wie der Mann sich verändert hatte. Sauber gewaschen und gekämmt saß er im Schlafanzug in seinem neuen Rollstuhl am Tisch und sah die Kassenbelege seiner früheren Firma durch. Delaney hatte ihm eine Flasche Whisky mitgebracht, doch Case sagte lachend:

«Vielen, vielen Dank, aber ich rühr das Zeug jetzt vor Sonnenuntergang nicht mehr an. Möchten Sie ein Glas?»

«Nein, danke. Es ist reine Bestechung. Ich habe noch ein Geschäft entdeckt, das Eispickel verkauft und detaillierte Kassenzettel ausstellt.»

Was er nicht erwartet hatte, geschah: Calvin Case lächelte. «Na und?» sagte er.

«Wären Sie bereit, die auch noch durchzusehen?»

«Wenn es hilft.»

«Aber ja, verdammt noch mal!» beteuerte Delaney ihm nachdrücklich.

«Dann nur her damit.» Case grinste. «Ich geh ja nirgends hin. Je mehr, desto lustiger.»

Als er die Treppe hinunterging, kam Evelyn Case ihm entgegen, Sie setzte die Einkaufstasche ab, umarmte ihn und drückte ihm einen Kuß auf die Wange.

«Oh, es ist wunderbar», sagte sie atemlos. «Er ist genau wie früher. Und das verdanken wir nur Ihnen.»

«Meinen Sie?» fragte Delaney zweifelnd.

Als nächstes mußte er mit Monica Gilbert sprechen. Doch noch ehe er dazu kam, sie zu fragen, wann es ihr passe, rief sie von sich aus an und berichtete, sie habe die Adressenkartei von ‹Camper-Glück› durchgearbeitet, habe alle Bewohner des 251. Reviers herausgesucht und die Liste mit den Durchschlägen getippt.

Er war überrascht und froh, daß sie so schnell fertig geworden war.

Sie fragte, ob er nicht zum Abendessen kommen wolle, doch er lehnte dankend ab; er werde, ehe er zu seiner Frau ins Krankenhaus gehe, zu Hause essen, schwindelte er. Warum er Christopher Langleys Einladung zum Abendessen angenommen hatte und die von Monica Gilbert nicht, hätte er nicht zu sagen vermocht.

Er kaufte zwei Stofftiere für die beiden kleinen Mädchen: einen schwarzen und einen weißen Pudel. Mary und Sylvia waren bereits im Bett, als er eintraf, doch Mrs. Gilbert erlaubte ihnen, noch einmal aufzustehen und dem Besuch guten Abend zu sagen. Sie waren entzückt über die Geschenke und stritten sich, ehe sie endlich einschliefen, lange darüber, welcher Pudel wem gehören solle.

«Vielen Dank, daß Sie an die Kinder gedacht haben», sagte Monica Gilbert voller Wärme.

«Keine Ursache, das hat mir Freude gemacht. Sie sind beide ganz reizend!»

«Nett, daß Sie das sagen. Mögen Sie Kinder?»

«Ja, sehr sogar. Ich habe einen Sohn und eine Tochter.»

«Schon verheiratet?»

«Ja, meine Tochter. Sie erwartet in diesen Tagen ihr erstes Kind.»

«Wie schön. Dann werden Sie ja bald Großvater sein!»

«Ja.» Er lachte. «Das werde ich.»

Sie holte die Sachen herbei, und er sah sofort, daß sie tadellose Arbeit geleistet hatte. Insgesamt 116 Kunden von ‹Camper-Glück› wohnten im Bezirk des 251. Reviers. Mrs. Gilbert hatte für jeden eine Karteikarte angelegt: Nachname und Vorname, darunter die Adresse. Alle Karten waren in einem Holzkästchen alphabetisch geordnet. Und sie hatte auch noch eine Liste mit zwei Durchschlägen getippt.

«Sehr gut! Ganz ausgezeichnet.» Er nickte anerkennend.

«Ich habe übrigens noch eine weitere Liste von einem anderen Geschäft.» Lächelnd sah er sie an. «Wären Sie dazu auch bereit?»

Sie erwiderte sein Lächeln. «Ja. Wie umfangreich?»

«Ich schätze, etwa ein Drittel der Liste von ‹Camper-Glück›; vielleicht auch weniger. Vermutlich tauchen einige Namen in beiden Listen auf. In diesem Fall brauchen Sie natürlich keine neue Karte auszustellen, sondern machen nur einen entsprechenden Vermerk auf der Kartei. Ja?»

«Einverstanden. Und was passiert dann?»

«Mit Ihrer Liste, meinen Sie? Einen Durchschlag behalten Sie zur Sicherheit, den zweiten nehme ich an mich, und das Original bekommen Kollegen von mir im Polizeipräsidium. Sie werden dafür sorgen, daß in den Akten der Stadt, des Staates und des Bundes geprüft wird, ob irgendwelche Vorstrafen vorliegen.»

«Vorstrafen?»

«Ja, natürlich. Ob jemand angeklagt war oder wegen irgendeines Vergehens abgeurteilt wurde. Ob er eine Geldstrafe bekommen hat, oder Bewährungsfrist, oder im Gefängnis gewesen ist.»

Sie war verstört; er sah es ihr an.

«Meinen Sie, das hilft, den Mann zu finden, der meinen Mann umgebracht hat?»

«Ja», erklärte er mit Entschiedenheit. Er hielt inne, sah sie an und fragte: «Was bedrückt Sie denn so?»

«Es kommt mir so – so gemein vor», sagte sie leise.

Plötzlich sah er die Frau in ihr: den festen, warmen Körper unter dem schwarzen Kleid, die kräftigen Arme und Beine, den geraden Blick. Sie war keine schöne Frau – nicht so zart wie Barbara und auch nicht so fein. Aber er spürte die bäuerliche Sinnlichkeit, die sie ausstrahlte, und das beunruhigte ihn.

«Was ist daran gemein?» fragte er ruhig.

«Daß man eine Hetzjagd auf Menschen veranstaltet, die sich irgendwann einmal etwas haben zuschulden kommen lassen. Aber das ist nun einmal Ihr Beruf, oder?»

«Ja, das ist mein Beruf.» Er nickte. «Wissen Sie, wie hoch die Rückfallquote ist, Mrs. Gilbert? Von allen Menschen, die derzeit hinter Gittern sitzen, haben rund achtzig Prozent auch früher schon im Gefängnis gesessen.»

«Trotzdem kommt es mir . . .»

«Das ist nun einmal so, Mrs. Gilbert. Damit müssen wir uns abfinden. Wir wissen, daß die Wahrscheinlichkeit, wenn jemand einmal vergewaltigt, eingebrochen oder getötet hat, groß ist, daß der Täter das gleiche wieder tut. Wir können doch nicht so tun, als gäbe es das nicht.»

«Aber trägt denn die Überwachung durch die Polizei, das ständige Überprüfen von Vorbestraften nicht dazu bei . . .»

«Nein.» Er schüttelte ärgerlich den Kopf. «Wenn ein ehemaliger Häftling nicht wieder auf die schiefe Bahn geraten will, wenn er das ernstlich will, dann schafft er es auch. Natürlich kommt es vor, daß ehemalige Straftäter zu Unrecht neuerlich in Verdacht geraten, das will ich nicht leugnen. Ich hoffe einfach, daß wir bei einer Überprüfung dieser Liste auf irgend etwas stoßen. Auf einen ähnlich gelagerten Fall, auf das Verhaltensmuster eines Gewalttäters, auf *irgend etwas*, das mich auf seine Spur führt.»

«Soll das heißen, daß Sie jeden armen Mann, der irgendwann mal einen Scheck gefälscht oder seine Frau und seine Kinder im Stich gelassen hat, in die Mangel nehmen wollen?»

«Nein, natürlich nicht. Davon kann keine Rede sein. Zunächst einmal lassen sich alle Straftäter klassifizieren. Jeder hat seine eigene Spezialität, von der er nur höchst selten abgeht. Wonach ich suche, das ist ein vorbestrafter Mann, der gewalttätig ist, körperlich gewalttätig.»

Er kämpfte mit sich, ob er ihr seine Gedanken preisgeben solle, doch er konnte dem Bedürfnis, sie zu beeindrucken, nicht widerstehen.

«Mrs. Gilbert, ich habe eine ziemlich genaue Vorstellung, ein ziemlich gutes *Bild* von dem Mann, der diese Morde begeht. Er ist jung – zwischen fünfunddreißig und vierzig –, groß und schlank. Er ist in guter körperlicher Verfassung und kräftig. Seine Körperreaktionen sind sehr schnell. Wahrscheinlich ist er Junggeselle, möglicherweise ein latenter Homosexueller. Er kleidet sich gut, aber konservativ. Dunkle Anzüge. Wenn Sie ihm nachts auf der Straße begegneten, würden Sie sich völlig sicher fühlen. Vermutlich hat er eine gute Stellung und macht seine Arbeit recht gut. Er hat nichts, aber auch gar nichts an sich, was einen Verdacht schöpfen ließe. Aber er ist der Gefahr verfallen, liebt sie, geht Risiken ein. Er ist Bergsteiger. Er behält stets einen kühlen Kopf, ist entschieden und wohnt hier in der Gegend, da bin ich ganz sicher. Und groß. Sagte ich schon, daß er groß ist? Ja, das hab ich. Schätzungsweise einsachtzig oder darüber.»

Ihr Erstaunen hätte nicht größer sein können, und er verwünschte seine

Eitelkeit, die ihn dazu getrieben hatte, vor ihr den Mund so voll zu nehmen.

«Aber woher wissen Sie das alles?» fragte sie schließlich.

Er erhob sich und suchte mürrisch seine Papiere zusammen. Er ärgerte sich über sich selbst.

«Sherlock Holmes», sagte er säuerlich. «Das alles sind nur Mutmaßungen, Mrs. Gilbert. Vergessen Sie's. Ich hab bloß angeben wollen.»

Sie brachte ihn an die Tür.

«Es tut mir leid, was ich gesagt habe.» Sie legte ihm die Hand auf den Arm. «Ich weiß, daß Sie es tun müssen.»

«Ja.» Er nickte. «Ich muß es tun.»

«Bitte, Captain, tun Sie alles, wovon Sie meinen, daß es getan werden muß. Ich habe ja keine Ahnung von all diesen Dingen. Für mich ist das alles völlig neu.»

Er lächelte sie an, sagte nichts.

Er ging zu Fuß nach Hause, entschlossen, nicht länger darüber nachzudenken, wie sehr er sich zum Narren gemacht hatte – wenn schon nicht in ihren, so doch in seinen eigenen Augen. Bei einer Telefonzelle blieb er stehen und rief Thorsen an. Es dauerte fünf Minuten, ehe Thorsen zurückrief.

«Was gibt's Neues?»

«Ich habe eine Liste mit hundertsechzehn Namen und Adressen. Die muß unbedingt überprüft werden.»

«Mein Gott!»

«Es muß sein.»

«Ich weiß, Edward. Hm . . . zumindest haben wir jetzt ein paar Namen. Das ist mehr, als Broughton hat.»

«Er hat Schwierigkeiten, wie ich höre.»

«Ja, da haben Sie richtig gehört.»

«Was meine Liste betrifft – ich werde sie Ihnen morgen zustellen lassen. Vergessen Sie bitte nicht, bei der Bundeszentralstelle für Kraftfahrzeuge nachzufragen und auch beim Sonderdezernat der New Yorker Polizei. Können Sie das einrichten?»

«Ja, das muß möglich sein, Edward, glauben Sie, daß er auf der Liste steht?»

«Das will ich doch stark hoffen», sagte Delaney. Von allen Seiten bedrängten sie ihn.

Er überlegte, wie er vorgehen sollte, und kam zu folgendem Entschluß: er würde Monica Gilbert bitten, irgendwelche Vorstrafen auf den einzelnen Karteikarten zu vermerken. Sodann würde er fünf oder sechs Schachteln mit verschiedenfarbigen Kartenreitern kaufen und sie nach einem bestimmten System aufsetzen: roter Reiter – Verkehrsdelikt, blauer Reiter – im Strafregister von New York geführt . . . und so weiter. Liefen dann die Computerberichte ein, brauchte er sich nur Monica Gilberts Kartei anzusehen und konnte mit einem Blick feststellen, welche Karten einen, zwei, drei oder gar noch mehr Reiter trugen. Er stellte es sich noch einmal bildhaft vor und meinte, so müßte es gehen.

3

Es fing an, Gestalt anzunehmen. Langsam. Das, was er in Bewegung gesetzt hatte. Die ersten Überprüfungsergebnisse kamen von der Kraftverkehrsstelle des Staates New York: ein säuberlich gefalteter Computerauswurf in dreifacher Ausfertigung. Delaney überflog ihn, stellte fest, daß über elf Personen etwas vorlag, riß einen Durchschlag für sich ab und ging dann mit den Unterlagen zu Monica Gilbert. Er erklärte ihr seine Absicht:

«Es handelt sich um Computerdruck – nur Großbuchstaben und keine Interpunktion. Man muß sich nur einlesen, dann geht es ganz gut. Der erste Name lautet AVERY JOHN H East 79th Street. Haben Sie die Karteikarte?»

Gehorsam zog sie die gewünschte Karte heraus und reichte sie ihm.

«Also. Dieser Avery mußte eine Buße zahlen, weil er unberechtigt auf einer gebührenpflichtigen Autobahn fuhr. Bekannte sich schuldig und bezahlte die Strafe. So geht es hier in schönem Behördenkauderwelsch, aber das kriegen Sie schnell heraus. Machen Sie bitte auf der Karte einen kurzen Vermerk: ‹Straßengebühr nicht bezahlt – schuldig – Buße bezahlt›, das genügt. Und notieren Sie bitte auch gleich die Wagennummer und das Automodell, in diesem Fall ein blauer Mercury. Alles klar?»

«Ich glaube ja.» Sie nickte. «Lassen Sie es mich mal allein versuchen. BLANK DANIEL G East 83rd Street. Zweimal Bußgeldbescheid wegen Geschwindigkeitsüberschreitung, Buße bezahlt. Schwarze Corvette, und dann die Wagennummer. Ist das alles, was ich auf seiner Karte notieren soll?»

«Ja. Übrigens, ich will auf diese Leute keinesfalls irgendwelchen Druck ausüben. Bei diesen Unterlagen handelt es sich bloß um mögliches zusätzliches Material. Die wichtigeren Auskünfte werden von der Stadtverwaltung und von den Bundesbehörden kommen. Und noch etwas . . .»

Er zeigte ihr die verschiedenfarbigen Kartenreiter, die er in einer Papierwarenhandlung gekauft hatte, und erklärte ihr den Farb-Code, den er für sie aufgeschrieben hatte. Sie sah ihn sich an und steckte dann je einen roten Reiter auf die Karten mit den Namen AVERY und BLANK. Es sah sehr beeindruckend aus, und er war zufrieden.

Calvin Case rief an und berichtete, er habe alle Kassenbelege von ‹Camper-Glück› durchgesehen. Insgesamt 234 Kunden hätten in den letzten sieben Jahren einen Eispickel gekauft. Delaney brachte ihm einen Plan des 251. Reviers, und schon am nächsten Tag hatte Case alle Käufer ermittelt, die dort wohnten. Es waren sechs. Delaney notierte sich Namen und Adressen dieser sechs Kunden, fertigte zu Hause von dieser Aufstellung eine Abschrift für Monica Gilbert an und bat sie, einen entsprechenden Vermerk auf der jeweiligen Karteikarte vorzunehmen und einen grünen Kartenreiter aufzustecken. Kaum war er wieder zu Hause, da rief sie an. Sie war etwas ratlos, da einer der sechs Kunden, die einen Eispickel gekauft hatten, nicht in der Adressenkartei von ‹Camper-Glück› aufgeführt war. Sie nannte ihm Namen und Adresse.

Delaney lachte. «Machen Sie sich keine Sorgen. Vermutlich irgendein Versehen, wie es häufig vorkommt. Vielleicht wollte der betreffende Kunde nicht in die Adressenkartei aufgenommen werden – weil ihn der Katalog nicht interessiert oder weil bei ihm sowieso alle Drucksachen in den Papierkorb wandern. Aber stellen Sie ruhig eine Karteikarte aus.»

«Ja, Edward.»

Er verstummte. Es war das erste Mal, daß sie ihn mit Vornamen angeredet hatte. Sie mußte gemerkt haben, was sie getan hatte, denn sie sagte überstürzt: «Ja, Captain.»

«Edward hör ich lieber», sagte er, und dann sagten sie sich auf Wiedersehen.

Jetzt konnte er sie Monica nennen.

Zwei Tage später, nachdem Monica Gilbert die Durchsicht der Liste beendet hatte, kamen 34 neue Namen hinzu. Und nach weiteren zwei Tagen war auch Calvin Case mit der Durchsicht der Kassenbelege des anderen New Yorker Geschäfts fertig, das Eispickel führte, und die Namen von drei weiteren Käufern, die im 251. Polizeirevier wohnhaft waren, kamen dazu und erhielten in Monicas Kartei einen grünen Reiter.

Inzwischen liefen die Computer-Unterlagen über die auf der ersten Liste aufgeführten 116 Personen ein, und Monica Gilbert trug entsprechende Vermerke auf ihren Karteikarten ein und steckte Reiter in einer neuen Farbe auf die Karten. Gleichzeitig kümmerte sich Captain Edward

X. Delaney persönlich um die sechs Personen, die bei ‹Camper-Glück› Eispickel gekauft hatten, sowie um die drei Käufer aus dem anderen Geschäft.

Seit vielen Jahren, seit seiner Beförderung zum Detective Third Grade war Delaney dem Rat eines Kollegen gefolgt und hatte Visitenkarten jeder Art gesammelt, von Bankangestellten, Versicherungsagenten, Beerdigungsunternehmern und so weiter. Er hob sie alle in einem kleinen, von einem Gummiband zusammengehaltenen Stapel auf. Genau wie sein Gönner es vorausgesagt hatte, erwiesen diese Visitenkarten sich als nützlich: er konnte sich vorübergehend damit tarnen. Die Menschen ließen sich so leicht beeindrucken. Oft brauchte er sich überhaupt nicht weiter auszuweisen, die vorgezeigte Visitenkarte genügte.

Jetzt blätterte er die gesammelten Karten durch und traf eine Auswahl. Dann machte er sich auf, die neun Bewohner des 251. Reviers, die in den vergangenen Jahren einen Eispickel gekauft hatten, persönlich in Augenschein zu nehmen.

Um neun Uhr begann er seinen Rundgang. Er sprach nur mit Pförtnern, Vorgesetzten, Vermietern, Nachbarn . . .

«Guten Morgen. Mein Name ist Barrett, ich komme von der Acme-Versicherung. Hier ist meine Karte. Sie brauchen keine Angst zu haben, ich will Ihnen nichts verkaufen. Ich suche einen Mann namens David Sharpe. Ihm steht eine kleinere Summe zu. Wohnt er hier?»

«Wer?»

«David Sharpe.»

«Kenne ich nicht.»

«Das hier ist die Adresse, die wir von ihm haben.»

«Nein, nie gesehn – warten Sie . . . Wie war der Name?»

«David Sharpe.»

«Ach, der. Der ist vor zwei Jahren schon ausgezogen.»

«So? Wissen Sie zufällig, wohin?»

«Nein, leider nicht. Vielleicht liegt bei der Post ein Nachsendeantrag?»

«Eine gute Idee. Vielen Dank.»

Die Visitenkarte dem Betreffenden förmlich aus der Hand reißend, ging Delaney von dannen.

«Guten Morgen. Mein Name ist Barrett, ich komme . . .»

So ging es den ganzen Tag. Es war eine Katastrophe. Von den neun Eispickelkäufern waren drei ausgezogen, einer war gestorben, ein anderer lag im Krankenhaus, wieder ein anderer war gerade erst von einer Klettertour in Europa zurückgekommen, wo er sechs Monate gewesen war.

Damit blieben nur noch drei Möglichkeiten. Delaney schaute kurz bei Barbara herein und beschloß, sich auch die letzten drei noch anzusehen, und zwar direkt. Er nannte seinen Namen und wies sich mit Dienstmarke und Ausweis aus. Nähere Gründe für seine Fragen gab er nicht an, und sie fragten auch nicht danach. Die Bemühungen Captain Delaneys von der New Yorker Polizei hatten nicht mehr Erfolg als die von Mr. Barrett von der Acme-Versicherung.

Bei einem der Käufer handelte es sich um einen alten Herrn weit über achtzig, der den Eispickel seinem zwölfjährigen Urenkel zum Geburtstag geschenkt hatte.

Der zweite war ein quicklebendiger, beinahe besessener junger Mann, der Delaney versicherte, er habe das Bergsteigen zugunsten von Fallschirmspringen aufgegeben. Auf Delaneys Drängen holte er seinen Eispickel aus der hintersten Ecke des Schrankes hervor. Er war völlig verstaubt und rostig und der Captain fragte sich, ob er jemals benutzt worden war.

Der dritte war ein junger Mann, der, als er Delaney die Tür aufmachte, auf den ersten Blick in seine Schablone zu passen schien: groß, schlank, behende, kräftig. Aber hinter ihm stand seine offensichtlich hochschwangere Frau. Als der Captain auf das Thema Eispickel zu sprechen kam, fingen beide an zu lachen. Offenbar hatte sie, ehe sie ihn heiratete, die Bedingung gestellt, daß er die Bergsteigerei an den Nagel hing. Das hatte er auch getan, und er zeigte Delaney bereitwillig seinen Eispickel. Da sie ihn als Vielzweckhammer benutzt hatten, sah der Hammerkopf arg mitgenommen aus.

Langsam ging er nach Hause und dachte, was für ein Narr er doch sei, sich einzubilden, daß es so leicht sein würde. Doch er mußte zugeben, daß jeder versucht hätte, die Spur von der Waffe bis zu ihrem Besitzer zurückzuverfolgen. Das mußte getan werden, und er hatte es getan. Kein Ergebnis. Er wußte, daß ihm noch viele andere Wege offenstanden; trotzdem war die Enttäuschung groß. Er hatte gehofft – ganz einfach gehofft –, daß eine der mit einem grünen Reiter versehenen Karteikarten diejenige sein würde, welche . . .

Als er nach Hause kam, fand er einen dicken Umschlag vor, den Mary für ihn in Empfang genommen hatte. Er riß ihn auf, doch als er merkte, um was es sich handelte, sah er sich den Inhalt gar nicht näher an. Es war ein Bericht vom Kriminalamt der Stadt New York, darunter auch der des Sonderdezernats. Damit war die Überprüfung der ersten 116 Namen abgeschlossen.

Er lieferte den neuen Bericht am nächsten Morgen bei Monica Gilbert ab; ihre Einladung auf eine Tasse Kaffee lehnte er ab. Ob sie wohl verletzt war? Er hatte das Gefühl. Er seufzte und machte sich dann daran, zu tun, was getan werden mußte – obwohl er genau wußte, daß nichts, aber auch gar nichts dabei herauskommen würde: Er überprüfte auch jene Käufer, die fortgezogen, gestorben oder im Ausland gewesen waren. Der Erfolg war, wie vorausgesehen, gleich Null.

Mary hatte einen Zettel hinterlassen: Mrs. Gilbert habe angerufen, ob der Captain bitte zurückrufen würde. Er tat es sogleich, und er konnte nicht die geringste Reserviertheit in ihrer Stimme entdecken. Sie berichtete, sie sei mit der Auswertung der Kriminalunterlagen fertig, habe alles in die Kartei übertragen und die entsprechenden Kartenreiter aufgesteckt. Er fragte sie, ob sie Lust habe, am nächsten Tag mit ihm zu Mittag zu essen, und sie sagte sofort zu.

Sie aßen in einem Fischrestaurant in der Nachbarschaft, sprachen von den Schmerzen und Freuden des Lebens in der Stadt. Sie erzählte ihm von ihren vergeblichen Versuchen, Geranien vor dem Fenster zu ziehen, und er berichtete ihr von der Mühe, die Barbara und er sich jahrelang damit gemacht hatten, Blumen und blühende Sträucher in ihrem kleinen, schattigen Garten hinterm Haus zu ziehen, bis sie schließlich vor dem Ruß und dem übersäuerten Boden die Waffen gestreckt und dem Efeu das Feld überlassen hatten, der überall wucherte, was erstaunlich hübsch aussah.

«Hm», sagte er, nachdem sie den Kaffee ausgetrunken hatte, «ich würde mir gern die Kartei einmal ansehen. Haben Sie alles eingetragen?»

«Ja.» Sie nickte. «Ich bin mit allem fertig. Ich fürchte nur, Sie werden enttäuscht sein.»

«Das bin ich im allgemeinen», sagte er und verzog den Mund.

«Wir haben es eben nur mit den erfolglosen Kriminellen zu tun», sagte sie und lächelte.

«Wie bitte?» fragte er und merkte zuerst gar nicht, daß sie ihn aufzog.

«Nun, wenn jemand gefaßt und verurteilt wird, dann beweist das doch, daß er als Krimineller nicht sehr tüchtig ist, oder? Er hat sich erwischen lassen. Wenn er seine Sache gut gemacht hätte, dann würde es kein Strafregister geben.»

«Da haben Sie recht.» Er lachte.

Sie gingen zu Fuß zu Monicas Wohnung. Ihre Vermutung traf zu: Die Kriminalakten waren eine Enttäuschung. Was er sich erhofft hatte, war, daß die Karteikarten einen wahren Wald von farbigen Kartenreitern aufweisen würden, daß auf den Karten bedeutsame Straftaten notiert wären, die einen Hinweis gaben, ob jemand ein Psychopath war oder zu Gewalttätigkeit neigte.

Statt dessen sah die Kartei entmutigend kahl aus. Auf einer Karte staken drei Reiter, zwei Karten waren mit zwei und 43 Karten mit nur einem Reiter besteckt. Kein einziger von den neun Eispickelkäufern, die Delaney bereits überprüft hatte, wies Vorstrafen auf.

Während er auf Monicas Küchentisch langsam die reiterbesteckten Karteikarten durchsah, hatte sie sich etwas zum Nähen geholt, eine randlose Brille aufgesetzt und säumte ein Kinderkleid. Als er mit der Durchsicht der Kartei fertig war, schob er den Karteikasten von sich, und bei diesem Geräusch blickte sie auf. Er schenkte ihr ein schwaches Lächeln.

«Sie haben recht», sagte er. «Eine Enttäuschung. Ein Sittlichkeitsdelikt, ein Raubüberfall, eine Körperverletzung mit tödlichem Ausgang. Und Steuersünder. Mein Gott, hätten Sie gedacht, daß es so viele Steuersünder gibt?»

Sie lächelte und machte sich wieder an ihre Näharbeit. Er saß brütend da und klopfte leicht mit dem Radiergummiende seines Bleistifts auf die Tischplatte.

«Selbstverständlich ist das ein gutes Revier», dachte er laut vor sich hin. «Und wenn ich gut sage, dann meine ich besser als East Harlem und Bedford-Stuyvesant. Das Pro-Kopf-Einkommen ist das zweithöchste der Stadt, und die Rate der Gewaltverbrechen liegt im unteren Drittel. Im allgemeinen ist Geldmangel die Ursache für Gewaltkriminalität. Was wir hier also haben, ist ein recht wohlhabendes Revier, und es geht um eine Kartei von Leuten, die es sich leisten können, für ihre Liebhabereien Geld auszugeben, und zwar viel Geld. War wohl dumm von mir, anzunehmen, daß Bergsteiger und Tiefseefischer den gleichen Prozentsatz an Vorstrafen aufweisen wie die Bewohner der Gettos. Und trotzdem ... es ist enttäuschend.»

«Verlieren Sie jetzt den Mut?» fragte sie ruhig und ohne aufzusehen.

«Monica», sagte er, und der Ton, in dem er das sagte, ließ sie doch aufblicken; und sie sah, wie er sie anlächelte. «Ich lasse mich nie entmutigen», sagte er. «Nun ja ... jedenfalls kaum. Den Sittenstrolch werde ich mir mal ansehen, genauso den Schläger und den Einbrecher. Und wenn da nichts dabei herauskommt, dann gibt es immer noch tausend Dinge zu tun. Ich fange ja gerade erst an.»

Sie nickte und nähte weiter. Er machte sich ein paar Notizen über die drei Verbrecher, die in der Kartei waren. Um nichts zu versäumen, notierte er sich auch noch Namen und Adressen von Männern, die wegen Zerstörung von öffentlichem Eigentum, Erpressung und dem Knacken von Safes verurteilt worden waren, obwohl er fest davon überzeugt war, daß bestimmt nichts dabei herauskam. Er warf einen Blick auf die große Sprungdeckeluhr, die seinem Vater gehört hatte, und sah, daß er noch Zeit hatte, drei oder vier Personen zu überprüfen.

Er stand auf, sie legte ihr Nähzeug beiseite und erhob sich ebenfalls. Gleichzeitig nahmen sie beide die Brille ab – und mußten lachen, weil es so komisch war.

«Ich hoffe, Ihrer Frau geht es bald besser», sagte sie und brachte ihn an die Wohnungstür.

«Vielen Dank.»

«Ich ... ich würde sie gern einmal kennenlernen», sagte sie kaum hörbar. «Das heißt, wenn es Ihnen recht wäre. Ich meine, ich habe jetzt Zeit genug, nachdem ich mit dem Tippen fertig bin. Ich könnte sie besuchen und ihr Gesellschaft leisten ...»

Lebhaft wandte er sich ihr zu. «Würden Sie das tun? Oh, das wäre wunderbar! Ich bin ganz sicher, daß Sie beide sich gut verstehen würden. Sie wird Sie mögen, und Sie umgekehrt sie auch. Ich besuche sie nach Möglichkeit jeden Tag zweimal, aber manchmal schaffe ich es einfach nicht. Auch Freunde und Bekannte kommen mal vorbei und sehen nach ihr. Jedenfalls anfangs, aber das läßt nach, Sie wissen ja, wie das ist. Wir gehen mal zusammen hin, und ich mache Sie bekannt, und wenn Sie dann ab und zu mal vorbeischauen würden ...»

«Natürlich. Das tu ich gern.»

«Ich danke Ihnen. Das ist sehr lieb von Ihnen. Und vielen Dank auch, daß Sie mit mir zu Mittag gegessen haben. Ich habe es richtig genossen.»

Sie streckte ihm die Hand hin. Er war einen Moment überrascht, doch dann ergriff er sie. Ihre Hand war trocken und fühlte sich fest an, der Händedruck überraschend kräftig.

Er ging in den langweiligen Winternachmittag hinaus. Der Himmel war zinnfarben. Er warf einen Blick auf seine Liste, um nachzusehen, wen er sich zuerst vornehmen sollte. Doch merkwürdigerweise war er in Gedanken weder bei der Liste, noch bei Monica Gilbert, noch bei Barbara. Irgend etwas nagte am Rande seines Bewußtseins, irgend etwas, das mit den Morden zu tun hatte. Irgend etwas, das er vor nicht langer Zeit gehört hatte; irgendwer hatte irgendwas gesagt. Doch er kam nicht darauf. Es wirbelte in seinem Kopf herum, quälend, aufreizend, bis er schließlich davon abließ und sich auf den Weg machte.

Kurz nach zehn am Abend kam er nach Hause. Die Füße taten ihm weh, und er war so verdrießlich, daß er vor sich hin pfiff und an gelbe Narzissen dachte – an irgend etwas, bloß, um nicht ins Grübeln zu verfallen. Daraufhin war ihm schon ein wenig wohler zumute. Er zog Pyjama, Bademantel und Slipper an und ging in sein Arbeitszimmer.

Im Laufe des Nachmittags hatte er fünf von den sechs Personen auf seiner Liste überprüft. Der Sittlichkeitsverbrecher und der Mann, der den Raubüberfall begangen hatte, saßen beide noch im Gefängnis. Der andere, der wegen Körperverletzung mit tödlichem Ausgang verurteilt worden war, war vor einem Jahr entlassen worden, lebte jedoch nicht mehr unter der angegebenen Adresse. Wo, das würde er morgen vormittag von dessen Bewährungshelfer erfahren. Der Safeknacker war ebenfalls noch im Gefängnis, der Zerstörer öffentlichen Eigentums war vor zwei Wochen nach Florida gezogen und hatte dankenswerterweise eine Nachsendeadresse hinterlassen. Sich auch noch den Erpresser anzusehen, dazu war Delaney heute einfach zu müde gewesen. Das würde er morgen tun.

Vor dem Einschlafen dachte er darüber nach, ob es klug sei, Monica Gilbert mit seiner Frau bekannt zu machen. Er hatte gesagt, sie würden sich beide mögen, und das stimmte sicher. Barbara würde gewiß Mitleid mit der Witwe eines Ermordeten haben. Ob sie wohl denken würde ... sich vorstellte ... Aber Monica hatte ihn nun einmal darum gebeten ... Ach, er wußte es nicht, konnte es einfach nicht beurteilen. Er würde sie zusammenbringen, einmal jedenfalls, und sehen, was daraus wurde.

Dann wandte er seine Gedanken wieder dem zu, was an dem Nachmittag so quälend in seinem Unterbewußtsein rumort hatte. Er glaubte fest an die Theorie, daß ein Problem, das einen beschäftigte – ein Wort, an das man sich erinnern wollte, ein Name, der einem nicht einfiel –, sich im Schlaf, im Unbewußten löste: man mußte abends damit einschlafen, dann wachte man erfrischt am nächsten Morgen auf, und wie durch Zauber war die Lösung da.

Er wachte am Morgen auf, doch das Problem war noch da und bohrte weiter. Doch jetzt war es schon greifbarer: es war etwas, was Monica beim Mittagessen gesagt hatte. Er versuchte, sich genau an den Ablauf zu erinnern. Sie hatte von ihren Geranien erzählt, er von dem Efeu. Über was hatten sie noch gesprochen?

Der Vormittag verging damit, den Erpresser aufzustöbern. Delaney entdeckte ihn schließlich in einer kleinen Schneiderwerkstatt auf der 2nd Avenue. Der Mann war knapp einsfünfzig und um Mitte Fünfzig, wog bestimmt seine achtzig Kilo. Er hatte ein teigiges Gesicht, wässrige Augen und zitternde Händc. Wen um alles in der Welt mochte er jemals erpreßt haben? Delaney brummelte etwas von «muß mich wohl geirrt haben», machte, daß er wieder hinauskam und ließ den fetten kleinen Mann zitternd und schweißgebadet zurück.

Danach ging er zu Barbara ins Krankenhaus. Es war Mittagszeit, und er fütterte sie. Dann las er ihr fast eine Stunde aus «Honey Bunch» vor: «Ihr erster kleiner Garten». Merkwürdigerweise beruhigte das Vorlesen ihn genausosehr wie sie, und als er nach Hause zurückkehrte, war er zwar noch immer in nachdenklicher, aber nicht mehr deprimierter Stimmung, sondern gerade in der richtigen Verfassung, um zügig zu arbeiten und nicht nach dem Warum und Wozu zu fragen. Er setzte sich an seinen Schreibtisch, nahm einen Notizblock und entwarf sämtliche Möglichkeiten, die ihm noch offenstanden:

1. Er konnte hingehen und *jeden* Namen in Monicas Kartei überprüfen, schätzungsweise also 155 Personen.

2. Er konnte Christopher Langleys Bericht abwarten und sich dann brieflich oder telefonisch mit jedem Geschäftsmann in Verbindung setzen, der Eispickel aus Westdeutschland führte.

3. Er konnte auf die Liste von Calvin Case warten, aus der hervorgehen würde, welche Bewohner des 251. Reviers jemals bei ‹Camper-Glück› oder in dem anderen Laden Bergsportartikel gekauft hatten. Als nächstes konnte er Monica bitten, an Hand ihrer Kartei die Gegenprobe zu machen und aufzupassen, daß auch wirklich jeder Kunde karteimäßig erfaßt war.

4. Er konnte noch einmal das Geschäft aufsuchen, dessen Inhaber sich geweigert hatte, ihm Kassenbelege und Kundenkartei zur Verfügung zu stellen, und versuchen, ein wenig Druck auf den Mann auszuüben. Falls das nichts fruchtete, konnte er Thorsen bitten, ihm einen Haussuchungsbefehl zu verschaffen.

5. Er konnte die neun Eispickel-Käufer ein zweites Mal überprüfen und die sechs, die ein Vorstrafenregister aufwiesen.

6. Er konnte einen früheren Gedanken wieder aufgreifen und feststellen, ob es eine Fachzeitschrift für Bergsteiger gab und, wenn ja, sich die Abonnentenliste ausleihen; für den Fall, daß es einen Klub oder eine Gesellschaft für Bergsteiger gab, konnte er sich die Mitgliederliste ausbitten; er konnte in der öffentlichen Bibliothek im Bezirk des 251. Reviers nachfragen, wer Bücher über Bergsport auslieh.

7. Wenn es sein mußte, würde er persönlich jeden einzelnen New Yorker Kunden aus der Adressenkartei von ‹Camper-Glück› überprüfen. Das waren schätzungsweise rund zehntausend Einwohner von New

York, und er würde jeden einzelnen von ihnen unter die Lupe nehmen.

Er wußte, daß das Unsinn war. Wenn er über die fünfhundert Kriminalbeamte der «Sonderkommission Lombard» verfügt hätte, hätte er das tun können, aber nicht allein – auch in fünf Jahren würde er das nicht schaffen. Wie viele Opfer würde es bis dahin geben?

All das waren Überlegungen, bei denen nichts herauskam. Eines quälte ihn, und er wußte auch, was.

Was war, wenn Calvin Case spätabends und todmüde den Kassenbeleg eines Eispickel-Käufers übersah?

Was war, wenn Christopher Langley im Gebiet von New York ein Laden, der Eispickel führte, entgangen war?

Was war, wenn Monica Gilbert aus irgendeinem Grund übersehen hatte, ein in den Kriminalakten ausgewiesenes Gewaltverbrechen auf ihren Karteikarten zu notieren?

Und was war, wenn er, Captain Edward X. Delaney, die Lösung dieses ganzen gottverdammten Problems, obwohl sie direkt vor seiner großen Nase lag, nicht finden konnte, nur weil er zu dumm dazu war, nichts als zu dumm?

Der Captain ging alle Möglichkeiten, die er sich ausgedacht hatte, noch einmal durch – und schob die Liste fort. Alles Unsinn! Er rief Monica Gilbert an.

«Monica? Hier ist Edward. Störe ich?»

«Aber nein.»

«Haben Sie ein paar Minuten Zeit? Ich würde Sie gern etwas fragen. Sie haben gestern beim Mittagessen etwas gesagt, auf das ich mich nicht mehr besinnen kann. Ich habe das Gefühl, daß es wichtig ist, und es bohrt in mir, aber ich kann mich um alles in der Welt nicht daran erinnern. Worüber haben wir geredet?»

«Worüber wir geredet haben?» sagte sie. «Mal sehen . . . Ich hab Ihnen von den Geranien erzählt. Sie haben von Ihrem kleinen Garten hinter dem Haus berichtet.»

«Nein, nein», sagte er ungeduldig. «Es muß irgend etwas mit dem Fall zu tun haben. Haben wir beim Essen darüber gesprochen?»

«Nein, ich wüßte nicht . . .» sagte sie zweifelnd. «Als wir mit dem Kaffe fertig waren, sagten Sie, Sie würden sich gern die Kartei einmal ansehen. Sie fragten, ob ich alles eingetragen hätte, und ich sagte ja.»

«Und das war alles?»

«Ja, Edward. Was hat das alles . . . Nein, halt. Ich habe Sie aufgezogen. Ich sagte, daß wir es nur mit erfolglosen Kriminellen zu tun hätten, denn wenn sie gut wären, hätten sie ja kein Strafregister, und Sie lachten und sagten, ja, da hätte ich wohl recht.»

Eine ganze Weile blieb er stumm. «Monica, Sie sind ein Schatz!» Er lachte, sagte es leichthin.

«Soll das heißen, daß es *das* war, was Sie wissen wollten?»

«Ja, genau das war es.» Seine ziellos schweifende Erinnerung kehrte zurück. Ihm fiel wieder ein, wie er im Revier auf der Treppe mit Lieutenant Jeri Fernandez gesprochen hatte; damals, als die Kriminalabteilung des Reviers auseinandergerissen wurde.

«Wohin hat man Sie denn gesteckt?» hatte er gefragt.

«In die Abteilung Safe-, Dachboden- und Lastwagen-Einbrüche», hatte Fernandez voller Abscheu gesagt.

Jetzt rief Delaney Fernandez an. Zwar mußte er es achtmal klingeln lassen, doch dann nahm der Lieutenant den Hörer ab.

«Lieutenant Fernandez.»

«Hier Captain Edward X. Delaney.»

Eine Sekunde herrschte Schweigen, doch dann kam es jubelnd: «Captain! Das ist aber eine Freude! Wie geht es Ihnen, Captain?»

«Danke gut, Lieutenant. Und Ihnen?»

«Ach, beschissen, Captain! Das neue System klappt einfach nicht. Lassen Sie sich's von mir gesagt sein. Ist alles Quatsch. Glauben Sie etwa, ich wüßte, was so passiert? Nicht die geringste Ahnung. Das weiß überhaupt niemand. Wir sind hier aus allen Revieren der Stadt zusammengezogen worden. Man hat uns hier reingesteckt, und nun sollen wir uns plötzlich in diesem Textilviertel auskennen: Diebstahl, Entführungen, Betrug, Giftmorde, Safeknacken – was Sie wollen, Captain, das ist eine verteufelte Sache, sag ich Ihnen! Eine verteufelte Sache!»

«Nehmen Sie's nicht so schwer», sagte Delaney beschwichtigend. «Haben Sie etwas Geduld. Vielleicht spielt es sich noch ein.»

«Von wegen sich einspielen!» rief Fernandez. «Gestern schnappten zwei von meinen Leuten einen Farbigen, der aus einem großen Postauto Pakete stahl. Haben Sie da noch Töne? Am hellichten Tag. Das Postauto stand Ecke 34th Street und Madison Avenue, und dieser Kerl klemmt sich einfach zwei schwere Pakete untern Arm und haut damit ab!»

«Lieutenant», sagte Delaney geduldig, «ich rufe Sie aus einem ganz bestimmten Grund an: ich brauche Ihre Hilfe.»

«Hilfe?» rief Fernandez. «Aber, Captain, sagen Sie, worum es geht, und es ist getan. Das wissen Sie doch. Um was geht's?»

«Ich erinnere mich, daß Sie mir, kurz bevor die Kriminalabteilung im

Revier aufgelöst wurde, sagten, Sie hätten alle Ihre Unterlagen ausgemistet und sie, je nach der Art der Vergehen, an die neugebildeten Dezernate geschickt.»

«Ja, das stimmt, Captain. Hat mich zwei Wochen gekostet.»

«Hm, und was haben Sie mit dem restlichen Material gemacht? Mit den Anzeigen der Nörgler, den Hinweisen, den Protokollbüchern und so weiter?»

«Dieser ganze Mist? Das meiste davon haben wir weggeschmissen. Was sollten wir damit anfangen? Ausgenommen die Unterlagen vom letzten Jahr. Ich dachte, die könnten vielleicht noch mal irgend jemanden interessieren, und deshalb haben wir die Unterlagen vom letzten Jahr aufgehoben.»

«Ach? Und was haben Sie damit gemacht?» fragte Delaney.

«Die liegen im Keller der Wache. Wenn Sie die Treppe runtergehen, ist doch rechterhand der Umkleideraum, links die Zellen. An den Zellen vorbei, auch an der Ausnüchterungszelle, kommen Sie dann rechts um die Ecke in den Gang, der zur Hintertür führt.»

«Ja, ich erinnere mich.»

«An diesem Gang liegt die Besenkammer für die Putzfrauen und weiter hinten, fast bei der Tür, ist ein kleiner Abstellraum mit allem möglichen Kram darin. Ich glaub, er wurde früher als Folterkammer benutzt.»

«Ja.» Delaney lachte. «Schon möglich.»

«Dorthin haben wir jedenfalls die Unterlagen gebracht. Aber nur die vom letzten Jahr. Hilft Ihnen dieser Hinweis?»

«Sehr sogar. Haben Sie vielen Dank, Lieutenant.»

«Gern geschehen, Captain. Darf ich Sie meinerseits um einen Gefallen bitten?»

«Natürlich.»

«Ein einziges Wort, Captain: HILFE! Sie haben doch Einfluß und sind angesehen. Holen Sie mich hier raus. Bitte. Ich geh hier ein. Ich will wieder raus auf die Straße. Da kenn ich mich aus. Können Sie das deichseln, Captain?»

«Wohin möchten Sie?»

«Mord- oder Einbruchsdezernat», sagte Fernandez ohne zu überlegen. «Wenn's sein muß, auch ins Rauschgiftdezernat. Daß ich nicht auf die Sitte hoffen darf, weiß ich, dazu bin ich nicht hübsch genug.»

«Hm ...» machte Delaney bedächtig. «Versprechen kann ich nichts, aber ich will sehen, was ich tun kann. Vielleicht läßt sich etwas machen.»

«Das würde mich freuen», sagte Fernandez fröhlich. «Vielen Dank, Captain.»

«Ich danke *Ihnen*, Lieutenant.»

Er legte auf, starrte auf das Telefon und dachte über das nach, was er von Fernandez erfahren hatte. Selbstverständlich war es nur eine vage Vermutung, aber mehr als einen Tag würde er nicht dazu brauchen, und es war immer noch besser, als sich mit einer der Möglichkeiten abzufinden, die er auf seiner Liste stehen hatte und von denen die meisten ohnehin nichts weiter versprachen als harte Arbeit, bei der wahrscheinlich nichts herauskam.

Als Monica Gilbert ihre spöttisch gemeinte Bemerkung gemacht hatte, gute Kriminelle wiesen eben kein Strafregister auf, hatte er erkennen müssen, daß das stimmte. Was Monica jedoch nicht ahnte, war, daß zwischen der Freiheit eines Verbrechers und der formellen Anklage ein Zwischenreich existierte: wegen Mangel an Beweisen fallengelassene Anklagen und Freilassungen, außergerichtliche Vergleiche, fallengelassene Beschwerden, sei es wegen Bestechung oder Gewaltandrohung, verschleppte Verfahren oder solche, die immer wieder hinausgeschoben wurden, weil die Gerichte völlig überlastet waren und an Personalmangel litten.

Bei den meisten von diesen abgewürgten Verfahren handelte es sich um kleinere Fische, oder sie waren auf Grund der Erfahrungen und dem gesunden Menschenverstand des mit der Untersuchung beauftragten Beamten im Sande verlaufen. Zwei Männer in einer Kneipe, beide volltrunken, fangen an, mit den Fäusten aufeinander loszugehen. Die Polizei wird gerufen. Beide Beteiligten wollen, daß der andere verhaftet wird, weil er ihn angegriffen habe. Was soll ein Polizeibeamter da tun? Wenn er klug ist, putzt er beide herunter, droht, sie beide wegen Hausfriedensbruch festzunehmen, und läßt sie, möglichst in verschiedene Richtungen, laufen. Das tut niemandem weh, erspart eine Menge Arbeit, man braucht keine formelle Anklage zu erheben, keine Begründung vorzulegen, verliert im Gerichtssaal keine Zeit – wer hätte schon was davon?

Wenn es sich jedoch um etwas Ernsteres als um eine Rauferei in einer Kneipe handelt, wenn Sachschaden entsteht oder irgendwem offenkundig Unrecht geschieht, läßt der mit der Untersuchung beauftragte Beamte wahrscheinlich ein wenig mehr Umsicht walten. Die Sache kann immer noch außerhalb des Gerichts beigelegt werden, wobei der Polizeibeamte Richter und Geschworener in einer Person ist, sei es dadurch, daß die

Anklage bewußt zurückgenommen wird und dem Geschädigten von dem Beschuldigten auf der Stelle eine bestimmte Summe gezahlt wird, oder daß beide Teile unter der Androhung schwerwiegenderer Anklagen seitens des mit dem Fall befaßten Beamten sich untereinander einigen. Oder schließlich dadurch, daß der Polizeibeamte bestochen wird.

Das nennt man «Straßenjustiz», und auf jeden Fall, der in einem walnußgetäfelten Gerichtssaal zur Verhandlung kommt, kommen täglich hundert Fälle, die auf der Straße bereinigt werden und bei denen der Polizeibeamte den Vorsitz führt.

Je nachdem, wie ein Polizeibeamter die Wichtigkeit eines Falles einschätzt, wird er, sofern er gewissenhaft ist, sich entscheiden, ob er einen schriftlichen Bericht darüber verfaßt oder nicht. Falls es sich bei dem betreffenden Beamten jedoch um einen in Zivil arbeitenden Kriminalbeamten handelt, und falls es sich bei den Beteiligten um Angehörige einer offensichtlich höheren Gesellschaftsstufe handelt und falls *irgendwer* Anzeige erstattet hat und ein oder mehrere Male jemand auf die Polizeiwache gekommen ist, dann wird der Beamte fast mit Sicherheit einen schriftlichen Bericht über das Vorgefallene machen; wer was getan hat, wer was gesagt hat, wie groß der angerichtete Schaden ist.

Obwohl er wußte, wie gering die Chancen waren, irgend etwas von Bedeutung unter dem zurückgelassenen Wust zu finden, folgte Delaney seinem Polizisteninstinkt und rief Lieutenant Marty Dorfman an.

Die einleitenden Worte waren auf beiden Seiten freundlich, aber kühl. Delaney erkundigte sich nach dem Ergehen von Dorfmans Familie, und der Lieutenant wollte wissen, wie es Mrs. Delaney gehe. Erst als der Captain fragte, wie es auf der Revierwache aussähe, bekam Dorfmans Stimme etwas Zorniges und Erbostes.

Es stellte sich heraus, daß die «Sonderkommission Lombard» das 251. Revier gewissermaßen als Hauptquartier benutzte. Der Stellvertretende Commissioner Broughton hatte sich in Lieutenant Dorfmans Büro breitgemacht; seine Leute saßen in den Büros im ersten Stock und in den kleinen Kämmerchen, in denen früher die Kriminalbeamten des Reviers gearbeitet hatten. Dorfmans Schreibtisch hatte man einfach in den Aufenthaltsraum der Sergeants gestellt.

«Lieutenant, der Grund meines Anrufs ist folgender: ich möchte morgen früh in den kleinen Abstellraum unten im Keller. Es liegen dort alte Akten von der Kriminalabteilung, die ich durchsehen möchte. Wahrscheinlich dauert es den ganzen Tag, und es könnte sein, daß ich einige Unterlagen brauche. Dazu möchte ich Ihre Erlaubnis haben.»

Es herrschte Schweigen, und Delaney glaubte schon, die Verbindung wäre unterbrochen.

«Hallo? Hallo?» sagte er.

«Ich bin noch dran», sagte Dorfman schließlich sehr leise. «Ja, Sie haben meine Erlaubnis. Vielen Dank, daß Sie mich zuerst angerufen haben, Captain. Das hätten Sie nicht zu tun brauchen.»

«Es ist Ihr Revier.»

«Das hat man mir schon mal gesagt. Captain ...»

«Was?»

«Ich glaube, ich weiß, was Sie machen. Kommen Sie denn voran?»

«Noch nichts Greifbares. Trotzdem. Ich komme voran.»

«Werden die Unterlagen helfen?»

«Vielleicht.»

«Nehmen Sie, was Sie brauchen können.»

«Danke. Falls wir uns treffen sollten, nicken Sie bloß und gehen Sie weiter. Bleiben Sie nicht stehen, um sich mit mir zu unterhalten. Broughtons Leute brauchen nicht ...»

«Ich verstehe.»

«Dorfman ...»

«Ja, Captain?»

«Hören Sie nicht auf, sich auf das Captain-Examen vorzubereiten!»

«Mach ich. Vielen Dank.»

Als er am nächsten Morgen erwachte, nahm er sich fest vor, sich keine großen Hoffnungen zu machen, sondern in der Durchsicht der Akten nichts als einen logischen Schritt zu sehen, der getan werden mußte, ob nun etwas dabei herauskam oder nicht.

Während Mary ihm seine Brote und seine Thermosflasche zurechtmachte, ging er ins Arbeitszimmer, um Barbara anzurufen und ihr zu sagen, daß es ihm heute leider nicht möglich sei, sie zu besuchen. Gott sei Dank war sie gerade in fröhlicher Stimmung, und als er ihr auseinandersetzte, was er vorhatte, fand sie das sofort richtig und nahm ihm das Versprechen ab, sie gleich nach Beendigung seines Unternehmens anzurufen und ihr zu berichten, was er gefunden hatte.

Es machte keine Schwierigkeiten, in die Polizeiwache hineinzukommen. Der furchteinflößende blonde weibliche Sergeant saß über dem Protokollbuch. Sie lehnte sich über den Schreibtisch und redete mit einer weinenden Schwarzen. Dann sah sie auf, erkannte den Captain und winkte ihm leicht grüßend zu. Er winkte zurück und ging weiter, seine Aktenmappe wie ein Handelsvertreter in der Hand. Er stieg die ausgetretene Holztreppe hinunter und ging an den sechs Arrestzellen vorbei: vier waren belegt. Er blickte weder nach links noch nach rechts. Jemand flüsterte ihm etwas zu; jemand schrie. In der Ausnüchterungszelle lagen drei Männer. Es war nicht ihr Stöhnen, das ihm an die Nerven ging, sondern der Gestank. Er hatte schon fast vergessen, wie schlimm das war: Urin, Kot, Blut, Erbrochenes, Eiter – neunzig Jahre menschlicher Qual, die in Boden und Wände eingesickert waren. Und durch dieses Miasma hindurch der durchdringende Karbolgeruch, der seine Nasenschleimhäute reizte und ihm die Tränen in die Augen trieb.

Der Abstellraum war verschlossen, und es kostete ihn fast fünf Minuten, ehe er den richtigen Schlüssel an dem großen Schlüsselbund fand. Er stieß die Tür auf, fand den Schalter an der Wand, knipste die Deckenbeleuchtung ein, machte die Tür hinter sich zu und sah sich um. Es war so schlimm, wie er befürchtet hatte.

Die Polizeiwache war 1882 in Dienst genommen worden, und als Delaney sich jetzt in dem Raum umblickte, hatte er den Eindruck, als werde hier jede Berichtsliste aus den letzten neunzig Jahren aufgehoben, ohne daß ein Mensch einen Blick hineinwarf. Sie waren bis zur Decke gestapelt.

Er zog den Mantel aus und legte Hut und Jacke auf die am wenigsten verstaubte Kiste, die er finden konnte. Der fensterlose Raum wurde durch einen einzigen Heizkörper erwärmt, in dem es ständig rumorte und aus dessen Ventil leise zischend Dampf und Wasser entwich. Delaney machte die Tür einen Spaltbreit auf. Zwar war die hereinströmende Luft karbolgeschwängert, dafür aber ein bißchen kühler.

Er setzte die Brille auf und sah nach, was es hier sonst noch gab. Vor allem Pappkartons, vollgestopft mit Ordnern und Papieren. Des weiteren Holzkisten, die randvoll schienen mit Beweismaterial von längst vergessenen Fällen: ein gestrickter Fäustling, den die Motten zerfressen hatten; ein verrostetes Hackmesser mit abgebrochenem Griff; das fleckige Oberteil eines künstlichen Gebisses; eine Stoffpuppe; eine Damenhandtasche aus Lackleder: gähnend leer; ein zerbrochener Krückstock; ein weicher Herrenfilzhut mit einem Einschußloch; dicke versiegelte Umschläge mit handschriftlichen Inhaltsangaben; eine blutbefleckte Perücke; ein mit einem Messer aufgeschlitztes Korsett.

Schließlich fand er, wonach er suchte: zwei Stapel von relativ neuen Pappkartons mit Papieren der Kriminalabteilung. In jedem Karton lagen in alphabetischer Reihenfolge Aktendeckel, aber da die Kartons selbst nicht ordentlich gestapelt waren, brauchte Delaney fast eine ganze Stunde, bis er Ordnung geschaffen hatte. Es war schon nach zwölf, als er sich endlich auf eine der Holzkisten setzte und ein Sandwich aß und die halbe Thermosflasche Kaffee dazu leerte.

Dann holte er die von Monica angefertigte Namensliste hervor und machte sich an die Arbeit. Er empfand keinerlei Freude, als er den ersten Aktendeckel aufschlug und einen Namen fand, der auch auf seiner Liste stand. Die Adresse stimmte. Er legte die Akte beiseite und fuhr in seiner Suche fort.

Als er mit dem letzten Aktendeckel im letzten Karton fertig war, war es fast sieben Uhr abends. Er hatte längst sein zweites Sandwich gegessen und den Kaffee ausgetrunken. Aber er verspürte keinen Hunger, nur Durst. Seine Nasenlöcher und seine Kehle schienen verstopft vom Staub, doch der Heizkörper hatte keinen Augenblick aufgehört zu rumoren und zu zischen, und sein Hemd klebte ihm auf dem Körper.

Sorgsam packte er drei Aktendeckel zusammen – drei von den Personen auf Monicas Liste waren in Fälle von «Straßenjustiz» verwickelt gewesen. Er steckte die Akten in seine Mappe, ebenso die leere Thermosflasche und das Pergamentpapier, in das die Sandwiches eingewickelt gewesen waren, zog Jacke und Mantel an, setzte den Hut auf und sah sich noch einmal um. Falls er dieses Revier jemals wieder übernehmen solle, würde er als erstes hier aufräumen lassen.

Delaney stieg die altersschwache Treppe hinauf und stellte verwundert fest, daß ihm die Knie vor Müdigkeit zitterten. Lieutenant Dorfman stand am Ausgang und unterhielt sich mit einem Zivilisten, den Delaney nicht kannte. Der Captain nickte lächelnd beim Hinausgehen. Dorfman erwiderte den Gruß, ohne sein Gespräch zu unterbrechen.

Er beschloß, ehe er sich an die Durchsicht der gefundenen Akten machte, Barbara anzurufen. Doch als er sie am Apparat hatte, merkte er, daß sie nicht ganz bei sich war. Vielleicht war es die Müdigkeit oder ein Medikament, vielleicht aber auch die Krankheit – er wußte es nicht. Sie wiederholte nur immer seinen Namen. Lachend: «Edward!» Fragend: «Edward?» Fordernd: «Edward!» Liebevoll: «Edward!»

Schließlich sagte er «Gute Nacht, Liebes», legte auf, holte tief Luft und bemühte sich, nicht zu weinen. Mechanisch machte er sich in seinem Arbeitszimmer einen starken Whisky-Soda zurecht, dann holte er die drei Aktendeckel aus der Mappe und legte sie auf den Schreibtisch; sie waren staubig, und er wischte sie mit einem Stück Papier ab. Dann wusch er sich die Hände, nahm Platz und setzte die Brille auf. Und dann saß er einfach da, trank langsam seinen Whisky-Sody und starrte die Aktendeckel an.

Endlich lehnte er sich vor und fing an zu lesen.

Der erste Fall war amüsant. Ein Mann namens Timothy J. Lester war festgenommen worden, nachdem er eine leere Mülltonne durch das Schaufenster eines Geschäfts auf der Madison Avenue geworfen hatte. Es war ein Laden für Umstandskleidung, und er nannte sich sinnigerweise «Ich erwarte ein Kind». Mr. Lester, obwohl erst vierunddreißig, war Vater von sieben Kindern und hatte an eben diesem Abend erfahren, daß es bald acht sein würden. Stehenden Fußes war er in eine benachbarte Kneipe geeilt, um das Ereignis zu feiern; das hatte er wohl sehr ausgiebig getan, denn auf dem Nachhauseweg war er stehengeblieben und hatte die Mülltonne in das Schaufenster von «Ich erwarte ein Kind» geworfen. Da Lester «offenbar ein beispielhafter Familienvater» war, eine gute Stellung als Schriftsetzer hatte und versprach, die zertrümmerte Scheibe zu ersetzen, hatte der Beamte gefunden, der Gerechtigkeit wäre am besten damit gedient, wenn man Mr. Lester erlaube, den angerichteten Schaden zu ersetzen und von einer Anklage absehe.

Captain Edward X. Delaney stimmte diesem Urteil voll und ganz zu.

Die zweite Akte war dünn und traurig. Es ging um eine der wenigen Frauen, die auf Monica Gilberts Liste standen. Sie war achtunddreißig Jahre alt und lebte in einem eleganten Apartment in der 2nd Avenue nahe der 85th Street. Sie hatte sich eine Untermieterin genommen, eine junge Frau von zweiundzwanzig. Ein ganzes Jahr lang war alles offenbar gutgegangen. Dann lernte die Jüngere einen Mann kennen, verlobte sich, verkündete diese Neuigkeit ihrer Mitbewohnerin und nahm deren Glückwünsche entgegen. Als sie am nächsten Abend nach Hause kam, hatte die ältere Frau alle ihre Kleider mit einer Rasierklinge zerfetzt und alle ihre persönlichen Habseligkeiten kurz und klein geschlagen. Sie rief die Polizei. Doch nachdem sie sich mit ihrem Verlobten beraten hatte, ließ sie die Anzeige fallen, zog aus, und damit war der Fall abgeschlossen.

Beim dritten Aktendeckel, der dicker war, handelte es sich um Daniel G. Blank, geschieden, alleinstehend, wohnhaft East 83rd Street. Er war in zwei voneinander unabhängige Fälle verwickelt, die etwa sechs Monate auseinanderlagen. Im ersten war er angezeigt worden, weil er einen Mitbewohner, der offenbar seinen Hund mißhandelt hatte, tätlich angegriffen hatte. Blank war dazwischengefahren, und der Hundebesitzer hatte sich dabei einen Arm gebrochen. Es war ein Zeuge vorhanden, Charles Lipsky, Pförtner, der eine Erklärung unterschrieben hatte, derzufolge Blank mit einer zusammengelegten Zeitung geschlagen worden war, ehe er dem anderen einen Stoß versetzt hatte. Der Mann war vom Rinnstein abgerutscht, gefallen und hatte sich dabei den Arm gebrochen. Die Anzeige war schließlich zurückgenommen worden.

Der zweite Zwischenfall war ernsterer Natur. Blank war in einer Bar gewesen, *Zum Papagei* auf der 3rd Avenue, wo er nach Aussagen von Augenzeugen in aufdringlicher Weise von einem Homosexuellen mittleren Alters angesprochen worden war. Laut Zeugenaussage hatte Blank daraufhin den Mann zweimal geschlagen und ihm mit dem zweiten Schlag die Kinnlade gebrochen. Während der Mann hilflos am Boden lag, hatte Blank ihn wiederholt in die Lenden getreten, bis er weggezerrt und die Polizei gerufen wurde. Der Homosexuelle weigerte sich, die Anzeige zu unterschreiben. Blanks Anwalt war gekommen, und der Verletzte hatte offenbar zugestimmt, daß Blank freigelassen wurde.

Beide Fälle waren von Ronald A. Blankenship bearbeitet worden. Seine Ausdrucksweise war klar und präsise, aber völlig farblos, reiner Behördenstil, und ließ keinerlei persönliches Urteil erkennen.

Delaney las die Akte langsam durch, dann ein zweites Mal. Er stand auf, um sich einen neuen Whisky-Soda zurechtzumachen und las die Akte noch ein drittes Mal. Er nahm die Brille ab und ging in seinem kalten Arbeitszimmer auf und ab, trug das Glas in der Hand und nahm gelegentlich einen Schluck. Ein- oder zweimal trat er hinter seinen Schreibtisch, um den Aktendeckel mit der Aufschrift «Daniel G. Blank» anzustarren, doch er nahm ihn nicht nochmals in die Hand.

Der springende Punkt beim zweiten Zwischenfall war die rohe Gewalttätigkeit, die Blank gezeigt hatte. Ein normaler Mann hätte die Annäherungsversuche des Homosexuellen wahrscheinlich lediglich mit einem Lächeln quittiert und den Kopf geschüttelt, wäre vielleicht an der Bar ein paar Hocker weitergerückt oder hätte unter Umständen das Lokal verlassen. Das brutale Vorgehen von Blank war übertrieben.

Der erste Zwischenfall – mit dem Hundebesitzer – war möglicherweise gar nicht so harmlos, wie er sich in Blankenships Bericht ausnahm. Es stimmte, daß der Zeuge – wie hieß er noch? Delaney sah nach: Charles Lipsky – ausgesagt hatte, Blank habe zuerst einen Schlag bekommen, mit einer zusammengelegten Zeitung, ehe er seinem Angreifer einen Stoß versetzt hätte. Aber Zeugen kann man kaufen, das kam alle Tage vor. Selbst wenn Lipsky die Wahrheit gesagt hatte, so war Delaney überrascht, wie gut der Zwischenfall in das Verhaltensmuster paßte, das er aus Erfahrung kannte: Männer, die zu Gewalttätigkeiten neigten, Männer, die nur allzu schnell bereit waren, ihre Fäuste zu gebrauchen, gerieten irgendwie immer wieder in Situationen, für die sie offensichtlich nichts konnten und bei denen der Gegenspieler nur allzuoft verletzt wurde oder den Tod fand.

Delaney rief Monica Gilbert an.

«Monica? Hier ist Edward. Tut mir leid, daß ich Sie so spät noch störe. Hoffentlich habe ich die Kinder nicht geweckt.»

«O nein. Dazu gehört schon mehr als das Klingeln des Telefons. Was gibt's?»

«Würden Sie wohl so nett sein und in Ihrer Kartei einmal nachsehen, ob Sie etwas über einen Mann namens Blank haben? Daniel G.? East 83rd Street.»

«Ich schau mal nach.»

Er wartete geduldig und hörte, wie sie in der Kartei blätterte. Dann war sie wieder am Apparat.

«Blank, Daniel G.», las sie vor. «Zweimal wegen Geschwindigkeitsübertretung zu einer Geldbuße verurteilt. Wollen Sie auch die Automarke und die Nummer?»

«Bitte.»

Er notierte rasch, was sie ihm durchsagte.

«Vielen Dank», sagte er.

«Edward, ist . . . ist was?»

«Ich weiß es nicht. Ich weiß es wirklich nicht. Es ist interessant. Das ist alles, was ich im Augenblick sagen kann. Morgen werde ich mehr wissen.»

«Rufen Sie mich an?»

«Ja, wenn Sie gern möchten.»

«Bitte, tun Sie das!»

«In Ordnung. Schlafen Sie gut.»

«Danke. Sie auch.»

Zweimal wegen zu schnellen Fahrens angehalten. An sich nicht bedeutsam, wohl aber innerhalb eines bestimmten Verhaltensmusters. Welchen Wagen er sich ausgesucht hatte, war gleichfalls bedeutsam. Delaney war froh, daß Daniel Blank keinen Volkswagen fuhr.

Er rief Thomas Handry in der Zeitungsredaktion an, doch der war bereits nach Hause gegangen. Er rief dort an. Niemand kam an den Apparat. Er rief Lieutenant Jeri Fernandez in seinem Büro an. Fernandez war gleichfalls nach Hause gegangen. Plötzlich wallte Zorn in Delaney auf, daß er die Leute nicht erreichen konnte, wenn er sie brauchte. Dann erkannte er, wie kindisch das war, und er beruhigte sich wieder.

Hinten im Anhang seines Notizbuches hatte er sorgfältig alle Privattelefonnummern der Sergeants und der höheren Beamten des 251. Reviers notiert. Hier fand er die Nummer von Fernandez. Er wohnte in Brooklyn. Ein Kind meldete sich.

«Hallo?»

«Ist Detective Fernandez da, bitte?»

«Einen Augenblick. Daddy, es ist für dich!» rief das Kind.

Im Hintergrund hörte Delaney Musik und lautes Lachen. Schließlich meldete Fernandez sich am Apparat.

«Hallo?»

«Hier Captain Edward X. Delaney.»

«Oh, wie geht's, Captain?»

«Lieutenant, tut mir leid, daß ich Sie so spät noch störe. Hört sich an, als ob Sie feierten.»

«Ja. Meine Frau hat Geburtstag, und wir haben ein paar Freunde eingeladen.»

«Ich werde Sie nicht lange aufhalten, Lieutenant. Als Sie im Revier Zwei-fünf-eins waren, hatten Sie einen Mann namens Blankenship unter sich. Stimmt's?»

«Ja. Ronnie. Ein guter Mann.»

«Wie sieht er aus. Ich kann mich leider nicht an ihn erinnern.»

«Aber natürlich tun Sie das, Captain. Ein langer, klapperdürrer Kerl von einsfünfundachtzig oder einsneunzig. Wir nannten ihn ‹Vogelscheuche›. Fällt er Ihnen jetzt wieder ein?»

«O ja. Mit einem großen Adamsapfel?»

«Ganz recht.»

«Was ist aus ihm geworden?»

«Den hat's zum Überfall- und Morddezernat auf der Westside verschlagen. Ich glaube, ich habe irgendwo seine Privatnummer. Wollen Sie sie haben?»

«Ja, gern.»

«Bleiben Sie bitte am Apparat.»

Es dauerte fast fünf Minuten, doch endlich war Fernandez mit Blankenships Privatnummer wieder da. Delaney dankte ihm. Fernandez schien sich gern noch weiter unterhalten zu wollen, aber der Captain beendete das Gespräch.

Er wählte Blankenships Privatnummer. Eine Frau kam an den Apparat. Im Hintergrund hörte Delaney ein weinendes Kind.

«Hallo?»

«Mrs. Blankenship?»

«Ja. Wer spricht dort?»

«Mein Name ist Delaney, Captain Edward X. Delaney von der New Yorker Polizei . . .»

«Was ist passiert? Ist Ronnie etwas zugestoßen? Ist er verwundet? Was . . .»

«Nein, nein, Mrs. Blankenship», beeilte er sich zu sagen, um ihre Ängste zu beschwichtigen. «Soweit ich weiß, geht es Ihrem Mann ganz ausgezeichnet.»

Er konnte ihre Ängste verstehen. Jede Frau eines Polizeibeamten lebte mit dieser Angst.

«Ich müßte dringend Ihren Mann sprechen, Mrs. Blankenship», fuhr er fort und sprach betont langsam und deutlich. Sie war offensichtlich keine besonders aufgeweckte Person.

«Ich brauche eine Auskunft von ihm. Ist er zu Hause? Oder hat er Dienst?»

«Ja. Die nächsten vierzehn Tage hat er Nachtdienst.»

«Könnten Sie mir wohl bitte die Nummer seines Büros geben?»

«Gern. Einen Augenblick.»

Er hätte ihr sagen können, sie dürfe einem Fremden, der in den späten Abendstunden anruft und behauptet, Captain der New Yorker Polizei zu sein, keinerlei Auskünfte über ihren Mann geben. Doch das hatte ihr ihr Mann bestimmt schon hundertmal eingeschärft. Sie schien wirklich nicht besonders intelligent zu sein.

Er bekam die Nummer und dankte ihr. Es ging inzwischen auf elf, und er überlegte, ob er es noch versuchen oder bis morgen warten sollte. Er wählte die Nummer. Blankenship sei im Moment nicht in der Unterkunft, hieß es. Delaney hinterließ nur seine Nummer und bat den Telefonisten, Blankenship zu bestellen, er möge ihn anrufen.

«Bitte, sagen Sie ihm, daß es wichtig ist», sagte er.

Er legte einen neuen Aktendeckel an: BLANK, Daniel G., und da hinein kamen die Berichte von Blankenship, seine eigenen Notizen über die Geschwindigkeitsübertretungen, die Automarke und die Wagennummer. Dann nahm er das Telefonbuch von Manhattan zur Hand und sah unter Blank, Daniel G. nach. Unter diesem Namen war nur eine Eintragung: der Mann wohnte East 83rd Street. Delaney schrieb sich die Telefonnummer auf und legte den Zettel zu den Unterlagen.

Er wollte sich gerade einen neuen Whisky-Soda zurechtmachen – den zweiten oder schon den dritten? –, da klingelte das Telefon. Er stellte Glas und Flasche sorgsam hin, lief zum Telefon und ergriff den Hörer mitten beim dritten Klingeln.

«Hallo?»

«Hier Blankenship. Wer spricht dort?»

«Captain Edward X. Delaney. Ich wollte ...»

«Captain! Wie schön, von Ihnen zu hören. Wie geht es Ihnen, Sir?»

«Gut, Ronnie. Und Ihnen?» Delaney hatte den Mann nie zuvor mit Vornamen angeredet, ja, er hatte sich nicht einmal an ihn erinnert, ehe er Fernandez angerufen hatte, und konnte sich nicht besinnen, jemals ein Wort mit Blankenship gesprochen zu haben; aber jetzt kam es ihm darauf an, einen vertrauenerweckenden Ton anzuschlagen.

«Danke, Captain. Es geht so.»

«Wie gefällt Ihnen Ihr neuer Posten? Meinen Sie, die Neuorganisation bewährt sich?»

«Oh, es ist phantastisch!» sagte Blankenship begeistert. «Das hätte man vor Jahren schon machen sollen. Jetzt kann ich mich den größten Teil meiner Zeit mit wirklich wichtigen Dingen beschäftigen und den Kleinkram vergessen. Die Zahl der Festnahmen steigt, und das Arbeitsklima hier ist wirklich gut.»

Was er sagte, klang intelligent. Er hatte eine angenehm tiefe, volltönende Stimme. Delaney erinnerte sich an seinen großen, hervorstehenden Adamsapfel.

«Das freut mich», sagte er. «Hören Sie, ich habe mich zwar vorübergehend beurlauben lassen, aber da gibt es eine Sache, wo ich mich bereit erklärt habe mitzuhelfen.»

Er beließ es absichtlich im Unbestimmten und wartete ab, ob Blankenship irgendwelche Fragen stellen würde. Doch der Beamte zögerte nur einen Augenblick und sagte dann:

«Klar, Captain.»

«Es geht um einen Mann namens Daniel Blank, im 251. Revier. Der Mann war letztes Jahr in zwei kleinere Zwischenfälle verwickelt, die beide Sie bearbeitet haben. Ich habe Ihre Berichte vor mir. Gute Berichte. Sehr umfassend.»

«Wie war der Name noch?»

«Blank. B-l-a-n-k, Daniel G. Wohnt in der East 83rd Street. Im ersten Fall ging es um eine tätliche Auseinandersetzung mit einem Mann, der nach Zeugenaussagen seinen Hund mißhandelte. Beim zweiten ...»

«Ach ja», fiel Blankenship ihm ins Wort, «ich erinnere mich. Wahrscheinlich weil er Blank heißt und ich Blankenship. Ich fand es damals komisch, daß ausgerechnet ich den Fall bearbeiten mußte. Zwei Vorfälle innerhalb von sechs Monaten. Beim zweiten hat er einem Schwulen die

Gedärme aus dem Leib getreten. Stimmt's?»

«Stimmt.»

«Aber das Opfer wollte keinen Antrag auf Strafverfolgung stellen. Was möchten Sie wissen, Captain?»

«Es geht um Blank. Haben Sie ihn gesehen?»

«Klar. Zweimal.»

«An was erinnern Sie sich?»

Blankenship rasselte die Worte nur so herunter: «Blank, Daniel G., Weißer, ungefähr einsachtzig, vielleicht sogar etwas darüber, etwa . . .»

«Moment! Nicht so schnell», sagte Delaney. «Ich mache mir Notizen.»

«Okay, Captain. Haben Sie die Größe?»

«Einsachtzig oder etwas darüber.»

«Richtig. Gewicht etwa fünfundsiebzig Kilo. Schlank, aber breite Schultern. In guter körperlicher Verfassung, soweit ich das beurteilen konnte. Keine besonderen Merkmale. Dunkler Teint. Sonnengebräunt, würde ich sagen. Längliches Gesicht. Sieht irgendwie chinesisch aus. Sonst noch was?»

«Wie war er angezogen?» fragte Delaney voller Bewunderung für die Beobachtungsgabe und das Gedächtnis des Mannes.

«Beide Male dunkler Anzug», antwortete Blankenship wie aus der Pistole geschossen. «Nichts Extravagantes, aber sehr gut geschnitten und teuer. Was mir auffiel, war ein goldenes Kettchen an der Uhr. Wie ein Armband. Als ich ihn das erste Mal sah, war es wohl sein eigenes Haar. Aber beim zweitenmal, möchte ich schwören, trug er eine Perücke. Und ein ziemlich verrücktes Hemd, offen bis zum Bauchnabel, und irgendeine Halskette. So wie die Hippies. Sie wissen schon.»

«Irgendein Akzent?» fragte Delaney.

«Akzent?» wiederholte Blankenship, überlegte einen Augenblick und sagte dann: «Ein gebürtiger New Yorker ist er nicht. Aus dem Mittleren Westen, nehme ich an. Tut mir leid, daß ich da nicht mehr präzisieren kann.»

«Sie sind phantastisch!» versicherte Delaney ihm gut gelaunt. «Glauben Sie, daß er kräftig ist?»

«Kräftig? Das möchte ich meinen. Wer einem anderen mit einem Schlag die Kinnlade zu brechen imstande ist, muß schon stark und kräftig sein. Meinen Sie nicht?»

«Sie haben recht. Welchen Eindruck hatten Sie persönlich von ihm? Labil?»

«Könnte sein, Captain. Wenn Sie eine so hundertprozentige Tunte derart zusammenschlagen, dann muß das wohl was bedeuten. Stimmt's?»

«Stimmt.»

«Ich wollte Anklage gegen ihn erheben, aber das Opfer weigerte sich, irgendwas zu unterschreiben. Was sollte ich tun?»

«Das verstehe ich», sagte Delaney. «Mein Interesse für diese Sache hat nichts mit der Niederschlagung zu tun, bitte glauben Sie mir.»

«Ich glaube Ihnen, Captain.»

«Wissen Sie, wo er arbeitet und wovon er lebt?»

«Steht das nicht in meinem Bericht?»

«Nein.»

«Tut mir leid. Aber Sie haben ja den Namen seines Anwalts, und dessen Adresse, nicht wahr?»

«Ja, die habe ich. Ich werde ihn fragen», log Delaney. Dies war Blankenships erster Fehler, und noch dazu ein geringfügiger. Es hatte keinen Sinn, sich an den Anwalt zu wenden; er würde die Auskunft schlicht verweigern und Blank bei der ersten Gelegenheit sagen, daß die Polizei dagewesen sei und Fragen gestellt habe.

«Das wär's dann wohl», sagte Delaney. «Vielen Dank für Ihre Hilfe. Wenn Sie irgendwas haben, wo ich Ihnen helfen kann, lassen Sie mich's nur wissen.»

«Ich nehm Sie beim Wort, Captain», sagte Blankenship mit seiner tiefen, kehligen Stimme.

«Tun Sie das!» Delaney meinte es ernst.

Nachdem er aufgelegt hatte, mixte er sich seinen Whisky-Soda. Er nahm einen großen Schluck, und dann grinste er übers ganze Gesicht.

Was ihn erfüllte, war *Freude*! Er nahm die neue Akte – BLANK, Daniel G. – und hielt alles fest, was Blankenship ihm berichtet hatte. Nichts, aber auch gar nichts wich auf signifikante Weise von dem Porträt ab, das er von dem «Tatverdächtigen» gezeichnet hatte. Je vollständiger seine Aufzeichnungen wurden, desto mehr wuchs seine Zuversicht. Es war schön, wunderwunderschön! So eine Jagd hatte etwas von sinnlichem Vergnügen – war es ein sexuelles Vergnügen? Er war so intensiv bei der Arbeit, daß das Telefon fünfmal klingelte, ehe er den Hörer abnahm. Ja, er schrieb sogar noch weiter, als er bereits sprach.

«Hier Captain Edward X. Delaney.»

«Hier Dorfman. Noch einer!»

«Hier Captain . . . *was*?»

«Ich bin's, Dorfman. Tut mir leid, daß ich Sie geweckt habe, Captain.

Es ist wieder jemand ermordet worden. Nach dem gleichen Muster, allerdings einige besondere Merkmale.»

«Wo?»

«Auf der 85th Street. Zwischen 1st Avenue und York Avenue.»

«Ein Mann?»

«Ja.»

«Groß?»

«Groß? Ich schätze einsfünfundsiebzig, einsachtundsiebzig.»

«Gewicht?»

Dorfman schwieg einen Augenblick, ehe er sagte: «Ich kann es nicht sagen, Captain. Ist es wichtig?»

«Besondere Merkmale? Sie sagten ‹besondere Merkmale›. Was für besondere Merkmale?»

«Er hat mindestens drei große Wunden. Vielleicht sogar noch mehr. Die Anzeichen deuten auf einen Kampf hin. Drei Weihnachtspäckchen lagen verstreut herum. Kratzspuren auf dem Bürgersteig. Sein Mantel war zerrissen. Sieht aus, als ob er sich gewehrt hätte.»

«Schon raus, um wen es sich handelt?»

«Um einen Mann namens Feinberg. Albert Feinberg.»

«Fehlt irgendwas? Irgendwelche Ausweise?»

«Weiß man noch nicht», sagte Dorfman müde. «Wird bei seiner Frau gerade überprüft. Seine Brieftasche war nicht wie bei Lombard rausgenommen. Man muß abwarten.»

«Na schön», sagte Delaney leise. «Vielen Dank, daß Sie angerufen haben. Hört sich an, als ob Sie Schlaf nötig hätten, Lieutenant.»

«Da haben Sie recht.»

«Wo war es doch noch?»

«In der 85th Street, zwischen 1st und York Avenue.»

«Vielen Dank. Auf Wiedersehen.»

Er warf einen Blick auf den Kalender. Seit der Ermordung von Detective Kope waren elf Tage vergangen. Seine Vermutungen bestätigten sich: die Abstände zwischen den Morden wurden immer kürzer.

Er holte den Revierplan herbei, kennzeichnete mit einem roten Wachsstift sorgsam den Tatort und schrieb den Namen des Opfers sowie das Datum daneben. Die Stellen, an denen die vier Morde stattgefunden hatten, bildeten auf dem Plan eine Art Viereck. Einer Augenblickseingebung folgend, verband er mit Hilfe eines Lineals und des roten Wachsmalstiftes die einander gegenüberliegenden Punkte, so daß ein X entstand, dessen Schnittpunkt genau auf der Kreuzung 84th Street/2nd Avenue lag.

Er sah Daniel Blanks Adresse nach: 83rd Street, also ungefähr anderthalb Blocks weiter.

Unverwandt hielt er den Blick auf den Plan geheftet. Sein Kopf sackte herab, und erschrocken wachte er eine Viertelstunde später auf. Er hatte fest geschlafen. Er stand auf, goß den wässerigen Rest seines letzten Whiskys aus, machte seine übliche Runde durchs Haus und kontrollierte, ob Fenster und Türen auch geschlossen waren.

Stöhnend vor Müdigkeit warf er sich ins Bett. Was er am liebsten täte ... was er gern täte ... völlig töricht ... war, einfach zu Daniel Blank zu gehen ... auf der Stelle zu ihm zu gehen ... sich vorzustellen und zu sagen: «Jetzt erzählen Sie mir mal alles ...»

Ja, völlig töricht, völlig idiotisch geradezu ... aber es war seine Chance, und zwar die beste ... und kurz bevor er einschlief, mußte er mit traurigem Lächeln noch zugeben, daß all sein Nachdenken über Verhaltensmuster und Wahrscheinlichkeiten und psychologische Charakterporträts nichts anderes waren als blanker Unsinn. Er war nur deshalb hinter Daniel Blank her, weil er keine anderen Anhaltspunkte hatte. So einfach und so offenkundig war das. Damit schlief er ein.

4

Sein Wecker klingelte um acht. Mit einem Druck auf den Knopf brachte er ihn zum Schweigen. Er setzte sich auf die Bettkante, setzte die Brille auf und nahm den Zettel zur Hand, den er unters Telefon gesteckt hatte. Er rief bei Thomas Handry an: Er ließ es mehrere Male klingeln und war schon im Begriff aufzulegen, als Handry sich meldete.

«Hallo?» fragte er verschlafen.

«Hier Captain Edward X. Delaney. Habe ich Sie geweckt?»

«Was dachten Sie?» Handry gähnte. «Also, Captain, was haben Sie auf dem Herzen?»

«Ich wollte Sie bitten, in Ihrem Archiv über jemand etwas nachzusehen.»

«Um wen geht's denn?»

«Um Blank, Daniel G. Der Nachname ist Blank, B-l-a-n-k.»

«Wie kommen Sie denn darauf, daß wir in unserem Archiv etwas über ihn haben könnten?»

«Weiß ich auch nicht. Ist bloß ein Schuß ins Dunkel.»

«Hm, was hat er getan? Ich meine, ist aus irgendeinem Grund mal in den Zeitungen über ihn berichtet worden?»

«Nicht, daß ich wüßte.»

«Warum zum Teufel sollten wir denn etwas über ihn haben?»

«Ich sagte Ihnen doch schon, es ist nur ein Schuß ins Dunkel», erklärte Delaney geduldig. «Aber ich muß jeder Möglichkeit nachgehen.»

«Na gut. Ich werd's versuchen. Ich rufe Sie gegen zehn an, ob ich was gefunden habe oder nicht.»

«Nein, bitte nicht», sagte der Captain rasch. «Könnte sein, daß ich nicht zu Hause bin. Ich rufe von mir aus an.»

Handry brummte und legte auf.

Nach dem Frühstück ging Delaney in sein Arbeitszimmer. Er wollte noch einmal die Daten der vier Morde überprüfen und sehen, wieviel Zeit jeweils dazwischen lag. Von Lombard bis Gilbert: zweiundzwanzig Tage. Von Gilbert bis Kope: siebzehn Tage. Von Kope bis Feinberg: elf Tage. Legte man dieses Schema zugrunde, mußte der nächste Mord in der Woche zwischen Weihnachten und Neujahr passieren, vermutlich kurz nach Weihnachten! O Gott!

Er rief sofort Barbara an. Sie sagte, sie fühle sich wohl, habe gut geschlafen und ihr ganzes Frühstück aufgegessen. Das behauptete sie immer.

«Du», sagte er atemlos, «es ist wegen Weihnachten ... Ich habe ganz vergessen, Geschenke zu kaufen und Karten zu schreiben. Was machen wir bloß? Es tut mir so leid, Liebes.»

Sie lachte. «Das hab ich alles schon erledigt. Ich wußte doch, daß du soviel zu tun hast.

«Du bist wunderbar», versicherte er ihr.

«Das sagst du immer», zog sie ihn auf. «Doch ob du das auch ernst meinst?»

«Was hättest du übrigens gern zu Weihnachten, Liebling?»

«Habe ich denn eine Wahl?» Sie lachte. «Parfum aus irgendeinem Drugstore, der Heiligabend noch offenhat.»

Auch er lachte. Sie hatte recht.

Er legte auf und warf einen Blick auf die Armbanduhr. Es war kurz nach neun, später als er angenommen hatte. Eilends suchte er aus seinem Stapel Visitenkarten etwas Passendes heraus: Arthur K. Ames, Kraftfahrzeugversicherungen.

Das Hochhaus, in dem Blank wohnte, nahm einen ganzen Straßenblock ein. Delaney kannte das Gebäude, und als er von der gegenüberliegenden Straßenseite einen Blick darauf warf, dachte er wieder, was für einen unpersönlichen Eindruck es machte. Nichts als Stahl und Glas. Es wirkte eher wie ein Krankenhaus oder ein Forschungsinstitut, aber nicht wie ein Wohnhaus, und man konnte sich vorstellen, wie horrend die Mieten hier waren.

Wie er gehofft hatte, verließen noch immer Männer und Frauen das Haus, um zur Arbeit zu gehen. Zwei Pförtner liefen ständig die Auffahrt hinunter und winkten Taxis herbei; ein Garagenwärter brachte einen Lincoln Continental zum Eingang, sprang heraus und lief rasch wieder zur Tiefgarage hinunter, um den Wagen noch eines anderen Mieters hochzufahren.

Entschlossen marschierte Delaney die Zufahrt entlang und stieg die kurze Treppe zur Garage hinunter. Ein hellblauer Jaguar knatterte an ihm vorüber, am Steuer der Garagenwärter. Geduldig wartete Delaney am Eingang, bis der farbige Wärter zurückkam.

«Guten Morgen», sagte er und reichte ihm die Visitenkarte. «Mein Name ist Ames, von der Cross-Country-Versicherung.»

Der Wärter warf einen Blick auf die Karte. «Sie haben sich eine schlechte Zeit ausgesucht, um jemandem eine Versicherung anzudrehen, Mann.»

«Nein, nein», sagte Delaney rasch und lächelte. «Ich will nichts verkaufen. Ein Wagen, der bei uns versichert ist, war in einen Unfall mit einer Chevrolet Corvette, Baujahr einundsiebzig, verwickelt. Die Corvette fuhr davon. Der bei uns versicherte Wagen erlitt Totalschaden, der Fahrer mußte ins Krankenhaus. Da es drüben auf der 3rd Avenue passierte, dachten wir, daß die Corvette vielleicht jemandem hier aus der Gegend gehört. Deshalb klappere ich alle umliegenden Garagen ab. Reine Routinesache.»

«Eine Corvette, Baujahr einundsiebzig?»

«Ja.»

«Was für eine Farbe?»

«Wahrscheinlich dunkelblau oder schwarz.»

«Und wann soll das passiert sein?»

«Vor ein paar Tagen.»

«Wir haben zwar eine Corvette. Gehört Mr. Blank. Aber der kann es nicht gewesen sein. Er hat seinen Wagen seit Wochen nicht mehr draußen gehabt.»

«Die Polizei fand Glas am Unfallort, und Stückchen von Glasfaser, die von der vorderen Stoßstange stammen müssen.»

«Nein, Mr. Blanks Corvette kann es nicht gewesen sein. Da ist kein Kratzer dran.»

«Darf ich sie mir mal ansehen?»

«Bitte, nur zu.» Der Mann zuckte mit den Schultern. «Da drüben, hinter dem weißen Cadillac.»

«Vielen Dank.»

Langsam ging Delaney zu der schwarzen Corvette hinüber. Die Autonummer war die von Blank.

Die Tür war nicht verschlossen. Er machte sie auf; es roch leicht muffig, als ob die Fenster seit langem nicht geöffnet worden seien. Ein Eiskratzer für die Windschutzscheibe, ein Anti-Beschlag-Sprühmittel, ein schmutziger Lappen und ein paar abgetragene Autohandschuhe lagen herum. Zwischen den beiden Sitzen war eine abgegriffene Tankstellenkarte festgeklemmt. Delaney klappte sie soweit auseinander, bis er erkannte, daß es sich um eine Autokarte des Staates New York handelte. Eine Route war schwarz mit Bleistift eingezeichnet: von der East 83rd Street quer durch die Stadt, dann den West Side Highway bis zur George Washington-Brücke hinauf, nach New Jersey hinüber, durch Mahwah hindurch wieder zurück auf New Yorker Gebiet und von dort aus in nördlicher Richtung bis in die Catskill Mountains, zu einem Ort namens Chilton. Er faltete die Karte wieder zusammen und steckte sie zurück.

Behutsam machte er den Wagenschlag zu und ging hinaus. Unterwegs traf er den Garagenwärter.

«Nein, dieser Wagen war es bestimmt nicht», sagte er und lächelte.

«Hab ich Ihnen ja gesagt.»

Delaney überlegte, ob der Garagenwärter Blank gegenüber etwas von seinem Besuch erwähnen würde; er glaubte ja und malte sich aus, wie Blank wohl darauf reagieren würde. Wenn er derjenige war, den er, Delaney, suchte, konnte es sein, daß er nachdenklich wurde. Gar nicht so schlecht, fand Delaney; aber soweit war es noch nicht . . . noch nicht.

Wieder in seinem Arbeitszimmer, sah er im Atlas unter Chilton nach. Dort stand nichts weiter als: «Chilton, N. Y., 3 146 Einw.» Er machte sich eine Notiz und legte sie in die Akte Daniel Blank. Er sah auf die Uhr. Es war kurz vor zehn. Er rief bei Handry im Büro an.

«Captain? Tut mir leid. Fehlanzeige.»

«Nun ja . . . war ja auch nur eine Vermutung. Vielen Dank für die . . .»

«Augenblick, geben Sie nicht gleich auf. Es gibt noch weitere Möglichkeiten, zum Beispiel in der Sportredaktion über Sportler oder in der Feuilletonredaktion über Schauspieler und Künstler. Könnte Ihr Mann dort zu finden sein?»

«Vielleicht in der Sportredaktion, aber ich bezweifle es.»

«Hm, können Sie mir denn nicht irgend etwas über ihn sagen?»

«Nicht viel. Nur, daß er in einem teuren Hochhaus wohnt und einen kostspieligen Wagen fährt. Muß also ganz wohlhabend sein.»

«Na schön.» Handry seufzte. «Ich will sehen, was ich tun kann. Wenn ich was finde, ruf ich Sie an. Falls Sie nichts von mir hören, bedeutet das, daß nichts vorliegt. Okay?»

«Ja. Natürlich. Ist gut so», sagte Delaney schwerfällig und spürte genau, daß dies nur ein höfliches Abwinken war.

Als er ins Krankenhaus kam, wurde Barbara gerade das Mittagessen gebracht. Er saß dabei und strahlte, als sie fast alles aufaß. Es ging wirklich aufwärts mit ihr, sagte er sich glücklich.

Er berichtete ihr über Daniel Blank, ging mit großen Schritten im Zimmer auf und ab, vollführte weitausholende Gesten. Er erzählte ihr alles, was er hatte ausgraben können, was er argwöhnte.

«Was hältst du davon?» fragte er, begierig, ihre Meinung zu hören.

«Ja, vielleicht», meinte sie nachdenklich. «Aber im Grunde hast du nichts in der Hand, Edward. Das weißt du doch.»

«Selbstverständlich.»

«Nichts Greifbares, meine ich. Doch es ist sicher richtig, diese Spur weiterzuverfolgen. Wenn du ihm wenigstens den Kauf eines Eispickels nachweisen könntest, wäre mir schon wohler zumute.»

«Mir auch. Aber im Moment ist das alles, was ich habe.»

Er küßte sie, ehe er ging. Dann küßten sie sich nochmals: sanfte, klammernde, sehnsüchtige Küsse.

Unten in der Eingangshalle holte er sein Notizbuch hervor und suchte die Nummer von Calvin Case heraus. Er rief ihn an.

«Wie kommen Sie voran?»

«Ganz gut», sagte Case. «Ich bin immer noch bei den Kunden, die irgendwelche Bergsportausrüstung gekauft haben, und suche jetzt die heraus, die im Revier Zwei-fünf-eins wohnen.»

Delaney amüsierte sich über die Wendung «im Revier Zwei-fünf-eins». Sein Amateurgehilfe fing an, den Polizeijargon zu übernehmen.

«Kommt bei meiner Arbeit irgend etwas heraus?» wollte Case wissen.

«Durchaus», versicherte ihm Delaney. «Ich habe eine heiße Spur. Der Mann heißt Daniel Blank. Kennen Sie ihn?»

«Sagen Sie bitte noch mal den Namen.»

«Blank. B-l-a-n-k, Daniel G.»

«Ist er Bergsteiger?»

«Das weiß ich nicht. Könnte aber sein.»

«Ach, Captain, es gibt in den Staaten zweihunderttausend Bergsteiger, und von Jahr zu Jahr werden es mehr. Nein, ich kenne keinen Daniel G. Blank. Von was ist G. denn die Abkürzung?»

«Von Gideon. Na schön. Eine andere Frage: Kennen Sie Chilton? Ein Ort im Staate New York.»

«Ich weiß. Oben in den Catskills. Ein kleines verschlafenes Nest.»

«Würde ein Bergsteiger dorthin fahren?»

«Aber ja. Nicht nach Chilton selbst, aber zwei Meilen davon entfernt ist ein Nationalpark, nicht groß, aber ganz nett. Bänke, Tische, Grillanlagen – was man so braucht.»

«Und wie steht es mit der Kletterei?»

«Klettern weniger, vor allem Bergwanderungen. Es gibt da ein paar hübsche Hügel. Aber nur einen guten Aufstieg, ein Monolith. Teufelszahn genannt. Ein Kaminaufstieg. Ich selbst hab oben zwei Felshaken zurückgelassen, damit der, der nach mir kommt, es leichter hat. Ich bin oft raufgeklettert, um mich auszuarbeiten.»

«Ist es ein leichter Aufstieg?»

«Leicht? Nun, bestimmt nichts für Anfänger. Ich würde sagen, mittelschwer. Wenn man was davon versteht, ist es leicht. Hilft Ihnen das?»

«Im Augenblick hilft alles.»

Daheim notierte er sich alles, was er von Calvin Case über Chilton und den Teufelszahn erfahren hatte. Dann suchte er die Adresse des *Papagei* heraus, ging abermals seinen Stoß Visitenkarten durch, fand eine, die ihm passend schien: «Ward M. Miller – Auskunftei. Diskret und zuverlässig – Erfolg garantiert» und fing an, sich einen Plan zurechtzulegen.

Eine Stunde später kam Mary und sagte ihm, Mr. Handry sei am Apparat.

«Ich hab ihn», sagte Handry.

«Was?»

«Ich hab ihn gefunden, Ihren Daniel G. Blank.»

«Großer Gott!» rief Delaney aufgeregt. «Wo?»

Handry lachte. «Unsere Wirtschaftsredaktion hat einen Ordner: ‹Leitende Angestellte›. Die Kollegen bekommen jedes Jahr tonnenweise Pressenotizen und Public Relations-Berichte, mit Foto gewöhnlich. Meine Kollegen nennen das den ‹Angeber-Ordner›. Und wenn Sie die Fotos sehen, dann wissen Sie auch, warum. Wir drucken nur etwa jede zehnte Notiz dieser Art ab, je nachdem, wie bedeutend die Firma ist. Auf jeden Fall hab ich Ihren Vogel dort gefunden, mit Foto und mehreren Zeilen biographischer Angaben.»

«Wo arbeitet er denn?»

«O nein! So einfach ist das nun doch nicht», sagte Handry. «Ich laß jetzt alles fotokopieren, und wenn Sie mir sagen, warum Sie sich so sehr für Mr. Blank interessieren, bringe ich Ihnen die Unterlagen heute abend vorbei. Hat es etwas mit dem Fall Lombard zu tun?»

Delaney zögerte. «Ja», sagte er schließlich.

«Verdächtigen Sie Blank?»

«Vielleicht.»

«Wenn ich Ihnen die Unterlagen heute abend vorbeibringe, werden Sie mir dann davon erzählen?»

«Da gibt's nicht viel zu erzählen.»

«Das überlassen Sie mir. Abgemacht?»

«Na schön. Zwischen acht und neun.»

«Ich werde da sein.»

Delaney legte auf. Innerlich jubelte er. Eine Pressenotiz *und* ein Bild! Aus Erfahrung wußte er, wie sich ein schwieriger Fall im allgemeinen abspielt. Zu Anfang lief er langsam an und war völlig undurchsichtig. In der mittleren Phase kam dann Schwung in die Sache, eines fügte sich zum anderen, Steinchen paßten ins Mosaik. Die Endphase war kurz und rollte gewöhnlich rasch ab, nicht selten gewalttätig. Seiner Meinung nach mußte er jetzt etwa in der Mitte der Mittelphase sein, wo Tempo in die Sache kam und Einzelteile zusammenpaßten. Es war reine Glückssache, nichts als reine Glückssache!

Zum Papagei war nicht besser und nicht schlechter als andere ältere Kneipen auf der 3rd Avenue, in denen man auch essen konnte. Mit dem Aufkommen der eleganten Hochhäuser gab es von Jahr zu Jahr weniger Kneipen dieser Art. Das Lokal war fast leer. Zwei Männer mit Schutzhelmen auf dem Kopf saßen an der Bar, jeder vor sich ein Bier. An einem der Tische im Hintergrund saß Hand in Hand ein junges Pärchen bei einer Flasche billigen Weins. Um diese Tageszeit war nur ein Kellner da sowie der Bartender.

Delaney ließ sich in der Nähe des Eingangs an der Bar nieder und bestellte einen Whisky und Wasser. Als der Bartender ihm einschenkte, legte der Captain einen Zehndollarschein auf die Theke.

«Haben Sie einen Moment Zeit für mich?» fragte er.

Der Mann sah ihn an. «Wofür?»

«Ein oder zwei Informationen.»

«Wer sind Sie?»

Delaney schob ihm die Visitenkarte der Auskunftei Ward M. Miller hin. Der Mann warf einen Blick darauf und reichte ihm die Karte wieder zurück.

«Ich weiß nichts», sagte er.

«Natürlich wissen Sie was.» Der Captain setzte ein gewinnendes Lächeln auf und legte die Karte oben auf den Zehndollarschein. «Es handelt sich um eine auch der Polizei bekannte Schlägerei im letzten Jahr. Ein Kerl hat einem Schwulen das Gedärm aus dem Leib getreten. Hatten Sie an dem Abend Dienst?»

«Ich hab jede Nacht Dienst. Der Laden hier gehört mir. Zum Teil jedenfalls.»

«Erinnern Sie sich an die Schlägerei?»

«Ich erinnere mich. Woher wissen Sie davon?»

«Ich hab einen Freund bei der Polizei. Der hat mir davon erzählt.»

«Und was hab ich damit zu tun?»

«Nichts. Ich weiß nicht einmal, wie Sie heißen und will es auch gar nicht wissen. Ich interessiere mich für den Burschen, der dem anderen die Kinnlade gebrochen hat.»

«Dieses Schwein!» sagte der Bartender aufgebracht. «Den Kerl hätte man einsperren sollen. Der war völlig wahnsinnig!»

«Hat den Schwulen getreten, als der schon am Boden lag?»

«Ja. In die Eier. Zu dritt mußten wir ihn wegziehen. Er war wie rasend. Hätte den Mann glatt umgebracht. Wieso interessieren Sie sich für ihn?»

«Ich muß ein paar Dinge nachprüfen. Der Mann heißt Daniel Blank und ist etwa fünf- oder sechsunddreißig. Geschieden. Er ist hinter einer jungen Puppe her, gerade neunzehn und noch auf dem College. Er will sie heiraten. Der Vater der Kleinen ist stinkreich. Er traut diesem Blank nicht. Der Alte will, daß ich ihn ein bißchen unter die Lupe nehme, vielleicht, daß ich was herausfinde.»

«Der Alte sollte lieber seiner Tochter die Hosen strammziehen oder sie ins Ausland schaffen, als daß er sie diesen Blank heiraten läßt. Der Kerl taugt nichts.»

«Das glaube ich allmählich auch», sagte Delaney.

«Da können Sie Gift drauf nehmen!» Der Bartender nickte. Jetzt war sein Interesse geweckt, und mit gekreuzten Armen lehnte er sich über die Theke. «Das ist ein falscher Hund. Ich hab selbst 'ne Tochter. Wenn dieser Blank sich ihr nähern würde – den Schädel würd ich ihm einschlagen. Er hat übrigens schon mal Scherereien mit der Polizei gehabt.»

Delaney nahm die Visitenkarte an sich und schob den Zehndollarschein näher an den Ellbogen des Mannes heran.

«Weswegen?» fragte er.

«Ist mit jemand aneinandergeraten, der bei ihm im Haus wohnt. Wegen eines Hundes. Der andere brach sich den Arm, und dieser Blank wurde angezeigt, weil er den anderen tätlich angegriffen hatte. Aber irgendwie haben sie's dann wohl doch unter sich geregelt und sind nicht vor Gericht gegangen.»

«Was Sie nicht sagen! Das hör ich zum erstenmal», sagte Delaney. «Wann war denn das?»

«Ungefähr 'n halbes Jahr vor dieser Schlägerei hier im Lokal. Der Kerl ist ein Streithahn.»

«Hört sich ganz so an. Woher wissen Sie denn das – das mit der Anzeige, meine ich?»

«Das hab ich von meinem Schwager. Er heißt Lipsky. Er ist Pförtner in dem Hochhaus, wo dieser Blank wohnt.»

«Das ist ja interessant. Meinen Sie, Ihr Schwager würde mal mit mir reden?»

Der Bartender blickte auf den Zehndollarschein und ließ ihn unter seinem Ellbogen verschwinden. Die beiden Bauarbeiter am anderen Ende der Bar verlangten nach einem weiteren Bier; er brachte es ihnen. Dann kam er zurück.

«Klar», sagte er. «Warum nicht. Seiner Meinung nach hat dieser Blank Dreck am Stecken.»

«Wie kann ich Ihren Schwager erreichen?»

«Rufen Sie in der Eingangshalle an. Sie wissen, wo dieser Blank wohnt?»

«Aber sicher. Das ist eine gute Idee. Ich werde Ihren Schwager mal anrufen. Vielleicht ist dieser Blank ein Weiberheld, schleppt vielleicht die Tochter von meinem Klienten mit zu irgendwelchen Orgien. Vielleicht ist es aber auch das Geld.»

«Alles möglich. Noch ein Drink?»

«Nein, im Augenblick nicht. Haben Sie diesen Blank übrigens mal wiedergesehen, seit er die Schlägerei hier hatte?»

«Gewiß doch. Das Schwein war erst vor ein paar Tagen hier. Dachte wohl, ich würd ihn nicht erkennen, aber ich behalte alle Gesichter.»

«Wie benahm er sich?»

«Völlig ruhig. Ich hab kein Wort mit ihm geredet, hab ihm bloß seinen Drink hingestellt. Er hatte einige Weihnachtspakete dabei, kam wohl vom Einkaufen.»

Weihnachtspakete! Durchaus möglich, daß es der Abend gewesen war, an dem Albert Feinberg ermordet wurde. Aber Delaney wagte nicht, nähere Fragen zu stellen.

«Haben Sie vielen Dank», sagte er und ließ sich vom Barhocker gleiten. Er schickte sich an, auf den Ausgang zuzugehen, doch dann blieb er stehen und kam noch einmal zurück. Der Zehndollarschein war verschwunden.

«Ach», sagte er und schnippte mit den Fingern, «zweierlei noch ... Könnten Sie Ihren Schwager anrufen und ihm sagen, daß ich mich bei ihm melde? Es ist sicher besser, wenn er vorher davon weiß. Sie können ihm ruhig sagen, worum es geht. Und natürlich sind für ihn auch ein paar Dollar drin.»

«Mach ich.» Der Bartender nickte. «Ich seh ihn sowieso fast jeden Tag. Nach der Arbeit kommt er gewöhnlich auf ein Bier zu mir herein. Diese Woche hat er Nachtdienst. Vor acht heute abend können Sie ihn nicht erreichen. Aber ich ruf ihn zu Hause an.»

«Vielen Dank. Das ist sehr nett von Ihnen. Und das zweite: wenn dieser Blank wieder mal auftaucht, sagen Sie ihm ruhig, daß jemand hier war und sich nach ihm erkundigt hat. Meinen Namen brauchen Sie ihm nicht zu nennen; sagen Sie nur, ein Privatdetektiv sei hier gewesen und habe rumgeschnüffelt. Geben Sie ihm ruhig eine Beschreibung von mir.» Er grinste den Bartender an. «Vielleicht lehrt ihn das ein bißchen die Furcht des Herrn. Sie verstehn, was ich meine?»

«Aber ja doch.» Der Mann erwiderte das Grinsen. «Ich versteh schon.»

Der Captain kehrte nach Hause zurück. Auf dem Tisch in der Diele lag eine neue Sendung mit Berichten der «Sonderkommission Lombard», die Mary entgegengenommen hatte. In Hut und Mantel ging er in die Küche und aß im Stehen von dem Hammeleintopf, der auf dem Herd stand. Heiß war er zwar nicht mehr, aber das machte nichts.

Er zog Hut und Mantel aus, riß eine Dose Bier auf und nahm sie sowie die Polizeiberichte mit in sein Arbeitszimmer. Er setzte die Brille auf, nahm am Schreibtisch Platz und machte sich Notizen über seine Unterredung mit dem Bartender des *Papagei.*

Erst dann nahm er sich die Berichte vor, bei denen es diesmal um die Ermordung des vierten Opfers, Albert Feinberg, ging: die Eindrücke der Polizisten, die als erste am Tatort erschienen waren; ausführlichere Berichte der Kriminalbeamten und einen vorläufigen Bericht des Leichenbeschauers (wieder Dr. Sanford Ferguson); eine Aufstellung der Habseligkeiten, die das Opfer bei sich getragen hatte; das erste Gespräch mit der

Witwe; Fotos von der Leiche und dem Tatort usw. usw.

Wie Lieutenant Dorfmann gesagt hatte, gab es diesmal «besondere Merkmale», die es bei den früheren Morden nicht gegeben hatte. Captain Delaney schrieb sich diese Merkmale sorgfältig auf:

1. Kampfspuren. Von der Jackentasche des Opfers war die Patte abgerissen worden, der Schlips verrutscht, das Hemd aus der Hose gezerrt. Auf dem Bürgersteig Schleifspuren von Hacken (Gummi) und Sohlen (Leder).

2. Drei Weihnachtspäckchen lagen herum. Eines, mit einem schwarzen Spitzennegligé, trug die Fingerabdrücke des Opfers. Die beiden anderen waren leer – Attrappen – und wiesen weder auf dem Einwickelpapier noch innen auf den Schachteln irgendwelche Fingerabdrücke auf.

3. Blutspuren auf dem Bürgersteig, nur wenige Meter von der Stelle entfernt, wo das Opfer lag. Sorgsam genommene Proben hatten ergeben, daß es sich nicht um die Blutgruppe des Opfers handelte und die Spuren vermutlich vom Täter stammten. (Delaney machte sich eine Notiz. Er wollte Ferguson bitten, genau herauszufinden, um welche Blutgruppe es sich handelte.)

4. In der Tasche des Opfers waren – offenbar unberührt – seine Brieftasche und das Etui mit seiner Kreditkarte gefunden worden. Die Ehefrau erklärte, ihres Wissens fehle kein Ausweispapier. Hinter dem Mantelrevers des Opfers festgesteckt und ein Stück aus dem Knopfloch herausschauend, hatten die Untersuchungsbeamten einen kurzen grünen Stengel gefunden. Die Gerichtsmediziner hatten ihn als zur Gattung *Rosa* gehörig identifiziert, aus der Familie der *Rosaceae*, Ordnung *Rosales*. Die genaue Untersuchung, zu welcher Rosenart die Blüte im Knopfloch des Opfers gehörte, dauerte noch an.

Er las die Berichte ein zweites Mal durch, da schellte es an der Haustür. Ehe er öffnen ging, ließ er alles Material in der obersten Schreibtischschublade verschwinden und schloß sie fest zu.

Es war Thomas Handry. Schwer ließ er sich in den lederbezogenen Klubsessel fallen und nahm den angebotenen Scotch on the Rocks.

«Nun . . .?» sagte Delaney munter. «Was haben Sie für mich?»

«Was haben *Sie* für mich, Captain? Vergessen Sie bitte unsere Abmachung nicht.»

Delaney sah den adrett gekleideten jungen Mann einen Augenblick an. Handry machte einen abgespannten Eindruck; die Stirn war leicht in Falten gelegt, und von den Nasenflügeln bis zu den Mundwinkeln zogen sich feine Runzeln, die früher nicht dagewesen waren. Er kaute ununterbrochen an seinem Daumennagel herum.

«Schwer gearbeitet?» fragte Delaney ruhig.

Handry zuckte mit den Schultern. «Das Übliche. Ich überleg, ob ich nicht kündigen soll.»

«Ach?»

«Man wird nicht jünger. Ich komme nicht zu dem, was ich gern möchte. Aber ich bin nicht hergekommen, um mich mit Ihnen über meine Probleme zu unterhalten.»

«Probleme?» sagte der Captain verwundert. «Aber genau darum dreht sich doch alles. Mit einigen muß man fertig werden. Bei anderen kann man nichts machen. Wieder andere lösen sich von selbst, wenn man nur lange genug wartet. Mit was haben Sie sich vor fünf Jahren herumgequält?»

«Woher, zum Teufel, soll ich das noch wissen?»

«Eben . . . da haben Sie's. Also gut, ich habe folgendes . . .»

Handry wußte von den freiwilligen Helfern des Captains und ihrer jeweiligen Arbeit, von der Kartei, die Monica Gilbert eingerichtet hatte, und davon, daß man die Vorstrafen der Betreffenden prüfte.

Jetzt setzte der Captain ihn über Daniel Blank ins Bild: sprach von den alten Polizeiberichten über die beiden Zwischenfälle, die er im Keller der Polizeiwache aufgestöbert, von dem Auto, das er sich angesehen hatte, und berichtete von seiner Unterhaltung mit dem Bartender des *Papagei*.

«. . . das ist alles, was ich habe», schloß er. «Bis jetzt.»

Handry schüttelte den Kopf. «Nicht gerade viel.»

«Ich weiß.»

«Sie sind sich noch nicht mal ganz sicher, ob dieser Mann Bergsteiger ist.»

«Richtig. Immerhin stand sein Name in der Adressenkartei von ‹Camper-Glück›, und die in der Straßenkarte eingezeichnete Route führt zu einem Gebiet für Bergsportler.»

«Haben Sie vor, mit diesem Material schon zum Bezirksstaatsanwalt zu gehen?»

«Seien Sie doch nicht albern.»

«Hm, das, was ich habe, hilft Ihnen bestimmt auch nicht weiter.»

Er zog einen Umschlag aus der Brusttasche und schob ihn Delaney hin. Der Umschlag war nicht zugeklebt. Er enthielt ein Hochglanzfoto, 10 mal 12, und eine Fotokopie.

Der Captain nahm das Foto in die Hand. Er blickte lange darauf. Da. Bist. Du.

Es war eine Nahaufnahme. Daniel Blank starrte direkt in die Linse. Die breiten Schultern hatte er gereckt. Um seine Lippen spielte die Andeutung eines Lächelns, doch in seinen Augen war davon nichts zu merken.

Er machte einen erstaunlich jugendlichen Eindruck. Glattes, faltenloses Gesicht. Kleine, enganliegende Ohren. Kräftiges Kinn. Hervorstehende Backenknochen. Große, weit auseinanderstehende Augen, der Ausdruck darin gefühllos und nachdenklich zugleich. Linksgescheiteltes Haar, glatt zurückgekämmt. Dichte Augenbrauen. Schön geformte, unerwartet zärtliche, sanft geschwungene Lippen.

«Sieht ein bißchen wie ein Inder aus», sagte Delaney.

«Nein», sagte Handry. «Eher slawisch, fast mongolisch. Finden Sie, er sieht wie ein Mörder aus?»

«Für mich sieht jeder wie ein Mörder aus», sagte Delaney, lächelte aber nicht. Er wandte seine Aufmerksamkeit der Pressenotiz zu.

Sie war fast zwei Jahre alt. Es hieß darin, Daniel G. Blank sei zum Vertriebsdirektor für sämtliche im Hause Javis-Bircham erscheinenden Zeitschriften ernannt worden und werde sein neues Aufgabengebiet sofort übernehmen. Er habe vor, die Vertriebsabteilung auf Computer umzustellen, und werde die Oberaufsicht über AMROK II führen, einen neu installierten Computer, der im Javis-Bircham-Gebäude in der West 46th Street fast ein ganzes Stockwerk einnehmen werde.

Delaney las die Presseverlautbarung noch einmal durch und schob sie dann von sich. Er nahm die schwere Brille ab, lehnte sich in seinem Drehstuhl zurück, verschränkte die Hände im Nacken und starrte zur Decke hinauf.

«Ich sagte ja schon, daß es Ihnen nicht viel nützen wird», sagte Handry.

«Ach . . . ich weiß nicht», murmelte Delaney verträumt. «Da sind ein paar Dinge . . . Nehmen Sie sich noch was zu trinken.»

«Danke. Und Sie?»

«Ja, ich nehme auch einen kleinen Whisky.»

Er wartete, bis Handry es sich im Klubsessel wieder bequem gemacht hatte. Dann richtete der Captain sich gerade auf, setzte die Brille auf und blickte über den Rand hinweg Handry an.

«Wieviel, meinen Sie, verdient ein Vertriebsdirektor bei Javis-Bircham?»

«Mindestens dreißigtausend, schätze ich. Und wenn es fünfzigtausend wären, würde es mich auch nicht wundern.»

«So viel?»

«Es ist ein Riesenunternehmen. Ich hab extra nachgesehen. Es rangiert unter den fünfhundert größten Gesellschaften der USA.»

«Fünfzigtausend? Nicht schlecht für einen so jungen Mann, wie?»

«Und was tut er mit dem vielen Geld?»

«Zahlt eine horrende Miete. Fährt einen teuren Wagen. Zahlt Unterhalt. Macht vermutlich Reisen. Legt sein Geld an. Hat vielleicht ein Sommerhaus. Ich habe keine Ahnung. Ich weiß ja kaum etwas von ihm.»

Er stand auf und holte sich noch einen Eiswürfel. Das Glas in der Hand, ging er im Zimmer auf und ab.

«Dieser Computer», sagte er. «Wie hieß er noch – AMROK II?»

Handry, der nicht wußte, worauf Delaney hinauswollte, schwieg.

«Soll ich Ihnen mal was verraten?» sagte Delaney. «Ich habe fast zwanzig Jahre lang als Kriminalbeamter gearbeitet, ehe ich in den Revierdienst versetzt wurde. In diesen zwanzig Jahren habe ich ein gerüttelt Maß an Fällen kennengelernt, in denen sexuelle Abartigkeiten entweder direkt oder indirekt das Tatmotiv abgaben. Und bei den Tätern handelt es sich in einer ganzen Reihe von Fällen – weit öfter, als statistisch erfaßt wird – um Elektronikfachleute, Mechaniker, Programmierer, Buchhalter und Wirtschaftsprüfer, um Männer, die mit Maschinen umgehen, mit Zahlen. Es waren Sittlichkeitsverbrecher, Voyeure und Transvestiten, Verführer von Minderjährigen und Sadisten und Exhibitionisten.»

«Wie erklären Sie sich das?»

«Ich habe keine Erklärung dafür. Meine persönlichen Erfahrungen mit Sexualverbrechern sind zu begrenzt, um verallgemeinern zu können. Aber mir scheint, daß Menschen, deren Beruf zu mechanisiert oder automatisiert ist, deren täglicher Umgang mit anderen Menschen beschränkt ist, mehr zu sexuellen Verirrungen neigen als Menschen, die bei der Arbeit häufigen, höchst unterschiedlichen menschlichen Kontakt haben. Ob die sexuelle Verirrung durch den Beruf des Betreffenden bedingt ist oder ob der Betreffende, weil er bereits ein potentieller Sexualverbrecher war und Kontakt mit anderen Menschen scheute, sich unbewußt einen solchen Beruf aussuchte, vermag ich nicht zu sagen. Wie wäre es, wenn Sie Daniel Blank einmal in seinem Büro aufsuchten und sich mit ihm unterhielten?»

Handry war so perplex, daß der Drink in seinem Glas überschwappte.

«Wie bitte?» fragte er ungläubig. «Was sagen Sie da?»

«Ich sagte, wie wäre es, wenn Sie Daniel Blank einmal in seinem Büro aufsuchten und sich mit ihm unterhielten.»

«Aber gewiß doch!» Handry nickte. «Ich such ihn einfach auf und verkünde ihm, daß Captain Edward X. Delaney von der New Yorker Polizei glaubt, er habe auf der East Side vier Männer mit einem Eispickel erschlagen. ‹Würden Sie bitte Stellung dazu nehmen, Mr. Blank?›»

«So natürlich nicht», sagte Delaney ernst. «Javis-Bircham hat doch vermutlich eine Presse- oder Public Relations-Abteilung, oder?»

«Anzunehmen.»

«Ich würde ja selbst hingehen, aber Sie sind von der Presse und können sich ausweisen. Dringen Sie zum *obersten* Boss der Public Relations-Abteilung vor und reden Sie mit ihm, machen Sie ihm den Mund wäßrig. Sagen Sie, Ihre Zeitung plane eine Serie von Porträts junger, aufstrebender Manager, dieser ...»

«He, Moment mal!»

«... dieser neuen Generation von Spitzenmanagern, die sich mit Computern auskennen, etwas von Marketing verstehen, von demographischen Untersuchungen und so weiter. Bitten Sie den Mann, Ihnen vier oder fünf junge, progressive Abteilungsleiter von Javis-Bircham zu nennen, die für die geplante Serie in Frage kommen.»

«Ja, aber ...»

«Fragen Sie nicht, ich wiederhole, fragen Sie *nicht* ausdrücklich nach Blank. Machen Sie dem Mann nur unmißverständlich klar, daß Sie einen jungen leitenden Angestellten suchen, der mit dem augenblicklichen Einsatz und den zukünftigen Möglichkeiten von Computern im Geschäftsleben vertraut ist. Sie können sicher sein, daß Blank einer von den vier oder fünf Männern ist, die er Ihnen vorschlägt. Und dann wählen Sie Blank aus. Ist doch ganz einfach, oder?»

Es blieb still. Der Reporter holte tief Luft, dann sah er Delaney an.

«Okay», sagte er.

«Gut.» Der Captain nickte. «Versuchen Sie, zu einer Verabredung mit Blank zu kommen. Strengen Sie Ihren Grips an. Ich weiß, daß Sie etwas auf dem Kasten haben. Und wenn es soweit ist, rufen Sie mich an. Dann setzen wir uns noch mal zusammen, und ich sage Ihnen, was für Fragen Sie ihm stellen sollen. Und wir machen ein Probeinterview.»

«Probeinterview?»

«Ja. Ich übernehme die Rolle von Blank, damit Sie wissen, wie er möglicherweise auf Ihre Fragen reagiert, und damit Sie, ja nachdem was er sagt oder nicht sagt, nachfassen können.»

«Es ist nicht mein erstes Interview», verwahrte sich Handry. «Das hab ich schon hundertmal gemacht.»

«Aber kein Interview war so wichtig wie dieses. Als Schwindler, Handry, sind Sie ein blutiger Laie. Ich werde einen Profi aus Ihnen machen.»

Der Reporter nickte verbissen. «Wenn jemand das schafft, dann Sie. Sie lassen keinen einzigen Trick aus, wie?»

«Nach Möglichkeit nicht.»

«Sollte ich jemals ein Verbrechen begehen, so kann ich nur hoffen, daß Sie nicht hinter mir her sein werden, Eisenarsch.»

Es klang bitter.

Als Handry gegangen war, griff Delaney wieder nach dem Foto von Daniel Blank und betrachtete es lange. Der Mann sah gut aus, kein Zweifel; dunkel und hager. Das Gesicht wirkte wie glattgeschliffen: Stirn-, Backen- und Kinnknochen schienen nur mit Haut überzogen. Dem Gesicht war nichts zu entnehmen: weder Gier noch Leidenschaft, weder Verruchtheit noch Schwäche – es war eine undurchdringliche Maske, die ihr Geheimnis nicht preisgab.

Einem Augenblicksimpuls folgend und ohne sich Rechenschaft abzulegen über die Motive, die ihm zugrunde lagen, holte er seine Blank-Akte heraus und suchte nach der Telefonnummer. Als er sie gefunden hatte, wählte er sie. Es klingelte viermal. Dann:

«Hallo?»

«Lou?» fragte Delaney. «Lou Jackson?»

«Nein, tut mir leid, aber Sie haben eine falsche Nummer gewählt», sagte eine freundliche Stimme.

«Oh, Verzeihung.»

Delaney legte auf. Es war eine angenehme Stimme, irgendwie musikalisch, klare Diktion, tiefe Tonlage und recht volltönend. Wieder betrachtete er aufmerksam das Foto und verglich, was seine Augen sahen, mit dem, was seine Ohren gehört hatten. Er fing an, ja, er fing an, in Daniel Blank einzudringen.

Bis gegen elf arbeitete er an seinen Unterlagen, dann hielt er die Zeit für gekommen, Charles Lipsky anzurufen.

«Hallo», meldete sich eine quengelnde Stimme.

«Ich möchte gern Charles Lipsky sprechen.»

«Ja, am Apparat. Wer ist da?» Delaney hörte das Argwöhnische, Vorsichtige in der dünnen, näselnden Stimme und überlegte, was für schicksalhafte Gespräche der Pförtner um diese Zeit wohl erwarten mochte.

«Mr. Lipsky, mein Name ist Miller, Ward M. Miller. Hat Ihr Schwager Ihnen von mir erzählt?»

«Ja, er hat angerufen.» Die Stimme klang erleichtert, so als sei die Katastrophe noch einmal abgewendet oder zumindest aufgeschoben worden.

«Ich hatte gehofft, wir könnten uns mal zusammensetzen, Mr. Lipsky. Nur ein paar Minuten.»

«Ja, wissen Sie ...» Die Stimme wurde leise und bekam etwas Verschwörerisches, «... ich darf ja eigentlich nicht über die Mieter reden. Das ist strikt verboten.»

Delaney deutete diesen Appell an die Tugend richtig als einen Versuch, den Preis in die Höhe zu treiben.

«Aber das versteht sich doch von selbst, Mr. Lipsky. Bitte glauben Sie mir, Sie brauchen mir kein Wort zu erzählen, wovon Sie meinen, Sie sollten es nicht tun. Doch es könnte zu unser beider Vorteil sein. Sie verstehen?»

«Hm ... ja ...»

«Ich verfüge über ein Spesenkonto.»

«Naja, gut.»

«Ihr Name wird nicht hineingezogen.»

«Ist das ganz sicher?»

«Absolut. Also: Wann und wo?»

«Hm, um vier morgen früh habe ich Dienstschluß. Gewöhnlich trinke ich in der Imbißstube Ecke 2nd Avenue/85th Street noch einen Kaffee, ehe ich nach Haus gehe. Um diese Zeit ist es dort fast leer, bis auf ein paar Taxifahrer und Nutten.»

Delaney kannte die Pinte, die Lipsky meinte, verriet es jedoch nicht.

«Ecke 2nd Avenue/85th Street», wiederholte er. «Sagen wir gegen Viertel nach vier, halb fünf?»

«Ja. So etwa.»

«Dann bis dahin.»

Delaney legte auf. Er war zufrieden. Der Mann hörte sich an wie ein kleiner Gauner, der hinter jedem Penny her war. Der Captain nahm sich vor, via Thorsen nachprüfen zu lassen, ob in den Akten der Polizei etwas gegen Charles Lipsky vorlag. Er hätte wetten mögen, daß dem so war.

Er ging sofort zu Bett und stellte den Wecker auf halb vier. Obwohl er im Geiste noch einmal durchging, wie er Lipsky anfassen und welche Fragen er ihm stellen sollte, schlief er doch bald darauf ein.

Delaney kam zu früh. Es war erst kurz nach vier. Bei seinem Eintritt verstummten die Gespräche, und alle Köpfe drehten sich zur Tür. Da er jedoch augenscheinlich nicht den Eindruck machte, als werde er gleich «Hände hoch!» sagen, und eine Tasse Kaffee und einen Pfannkuchen bestellte, wandten die anderen Gäste sich wieder ihrem Essen und ihrer Unterhaltung zu.

Der Captain nahm an einem Zweiertisch hinten im Lokal Platz. Von dort aus hatte er Tür und Fenster gut im Auge. Den Hut setzte er nicht ab, wohl aber knöpfte er sich den Mantel auf. Geduldig saß er da, schlürfte den schwarzen Kaffee und aß die Hälfte des Pfannkuchens, mehr schaffte er nicht.

Zehn Minuten später kam sein Mann. Gedrungen, fast etwas verkrüppelt, mit dicker Taille und breiten Hüften; er sah aus wie ein alter, fett gewordener Jockey. Sein Blick war unstet, die Augen wanderten durch den Raum. Die anderen Gäste sahen zu ihm hinüber, ließen sich jedoch nicht stören. Der Neuankömmling bestellte eine Tasse Milchkaffee und ein Stück Apfeltorte und kam mit beidem an Delaneys Tisch.

«Miller?»

Delaney nickte. «Mr. Lipsky?»

«Ja.»

Der Pförtner nahm gegenüber dem Captain Platz. Er hatte noch immer seine Uniform an und trug dazu, völlig unpassend, eine Jockeykappe in buntem Schottenmuster. Er faßte Delaney kurz ins Auge, doch dann flackerte der Blick wieder.

Ein Gauner. Delaney war sich jetzt völlig sicher. Ein mieser kleiner Gauner. Immer bereit, kleine krumme Sachen zu machen. Alles, was ein paar lumpige Dollar einbrachte: verbotenes Glücksspiel, vielleicht ein paar kleinere Diebstähle, Hehlerei, unbezahlte Schulden, unter Umständen sogar Erpressungsversuche. Ein Gauner der billigen Sorte.

«Ich hab nicht viel Zeit», sagte Lipsky in seiner leisen, quengeligen Redeweise. «Um zwölf fängt meine Tagschicht schon wieder an.» Er schaufelte einen Bissen Apfeltorte nach dem anderen in seinen überraschend kleinen Mund.

«Harter Job», sagte Delaney voller Mitgefühl. «Hat Ihr Schwager Ihnen gesagt, worum es geht?»

«Ja.» Lipsky nickte und trank einen Schluck Kaffee.

«Daß dieser Blank scharf auf eine junge Schnalle ist und ihr Vater das unterbinden will. Stimmt's?»

«Ja, so ungefähr. Was können Sie mir über Blank sagen?»

Lipsky schob die Kuchenkrümel auf dem Teller zusammen. «Ich dachte, Sie haben 'n Spesenkonto.»

Delaney sah zu den anderen Gästen hinüber. Niemand beobachtete sie. Er nahm seine Brieftasche aus der Gesäßtasche und klappte sie so auf, daß Lipsky hineinsehen konnte. Mit hungrigen Augen schätzte der andere ab, wieviel wohl insgesamt darin sein mochte. Der Captain holte einen Zehner heraus und hielt ihn Lipsky unter dem Tisch hin. Der Mann schnappte augenblicklich danach.

«Soll das alles sein?» brummte er. «Ich geh schließlich 'n verdammt großes Risiko ein.»

«Kommt drauf an», sagte Delaney. «Wie lange wohnt Mr. Blank schon dort?»

«Weiß ich nicht genau. Ich bin jetzt vier Jahre da, und als ich anfing, wohnte er schon im Haus.»

«Damals war er verheiratet, nicht wahr?»

«Ja. Mit 'ner tollen Blondine. War alles dran an der. Dann wurde er geschieden.»

«Wissen Sie, wo seine frühere Frau lebt?»

«Nein.»

«Gibt es eine neue Frau? Eine feste Freundin, die ihn besucht?»

«Hm. Wie sieht die Puppe aus, wo der Vater nicht will, daß sie mit ihm geht?»

«Fast neunzehn», sagte Delaney schnell. «Langes blondes Haar. Blaue Augen. Pfirsichhaut. Große Titten.»

«Heuheu», sagte der Pförtner und leckte sich die Lippen. «Nie gesehen.»

«Sonst jemand? Sonst eine Frau?»

«Ja. 'ne reiche Schickse. Nerzmantel bis auf 'n Boden. Mitte Dreißig, denk ich. Flach wie 'n Plättbrett. Schwarzes Haar. Weißes Gesicht. Kein Make-up, nichts. Komische Person.»

«Wissen Sie, wie sie heißt?»

«Keine Ahnung. Kommt mit 'm Taxi, und wenn sie geht, nimmt sie wieder eins.»

«Bleibt sie über Nacht?»

«Klar. Manchmal. Was glauben Sie denn?»

«Sehr interessant.»

«Ja? Wie interessant?»

«Das wissen Sie selbst», sagte Delaney kalt. «Nun mal nicht zu gierig, ja? Sonst noch jemand?»

«Keine Frauen. Aber 'n Junge.»

«Ein Junge?»

«Ja, von elf oder zwölf, so um den Dreh. Hübsch wie 'n Mädchen. Ich hörte mal, wie Blank ihn Tony nannte.»

«Bleibt dieser Tony auch über Nacht?»

«Hab ich selbst nicht beobachtet. Aber einer von meinen Kumpeln sagt, ja. Ein- oder zweimal.»

«Hat dieser Blank irgendwelche engen Freunde? Im Haus, meine ich?»

«Die Mortons.»

«Eine Familie?»

«Ehepaar. Keine Kinder. Sie wolln aber verdammt viel für einen lumpigen Zehner wissen, Mister.»

Seufzend griff Delaney wieder nach seiner Brieftasche. Doch als er aufblickte, sah er, wie draußen ein Streifenwagen hielt, und so zögerte er. Ein Polizist in Uniform stieg aus und betrat das Lokal. Fast alle Gäste waren inzwischen gegangen, nur zwei Nutten saßen noch da und tranken ihren Kaffee. Der Polizist sah zu ihnen hinüber, dann fiel sein Blick auf Delaney.

Er erkannte den Captain, und Delaney erkannte ihn. Handrette. Ein guter Mann. Vielleicht ein bißchen zu rasch mit dem Schlagstock bei der Hand, aber sonst ein guter, mutiger Polizist. Und schlau genug, einen Vorgesetzten in Zivil nicht anzureden, es sei denn, er würde zuerst angesprochen.

Delaney gab Lipsky noch einen Zehner. «Wer sind diese Mortons?» fragte er.

«Stinkreich. Wohnen im Penthouse ganz oben. Haben auf der Madison Avenue einen Laden mit lauter Sex-Kram.»

«Sex-Kram?»

«Ja», sagte Lipsky. Sein Blick hatte etwas Lüsternes. «Kerzen, die aussehn wie 'n Schwanz. So 'n Zeug eben.»

Delaney nickte. Wahrscheinlich die «Erotica». Als er Leiter des 251. Reviers gewesen war, hatte er die Möglichkeiten erkundet, den Laden für immer schließen zu lassen. Aber die Rechtsabteilung hatte abgewinkt; damit werde er vor Gericht nie durchkommen.

«Hat dieser Blank irgendwelche Hobbies?» fragte er Lipsky leichthin. «Ist er Baseball- oder Football-Fan? Irgend so was?»

«Bergsteigen», sagte Lipsky. «Er klettert gern auf Berge.»

«Klettert gern auf Berge?» sagte Delaney, ohne seinen Ausdruck zu verändern. «Der muß ja verrückt sein.»

«Ja. Im Frühjahr und im Herbst ist er übers Wochenende immer weg. Dann packt er immer all das Zeugs in seinen Wagen.»

«Zeugs? Was für Zeugs?»

«Ach, Sie wissen schon: Rucksack, Schlafsack, ein Seil, und diese Dinger, die man an die Stiefel schnallt, damit man nicht abrutscht.»

«Ach so», sagte Delaney. «Jetzt verstehe ich, was Sie meinen. Und eine Axt, um Eis und Fels wegzuschlagen. Nimmt er zu diesen Ausflügen auch eine Axt mit?»

«Nie gesehen. Aber was hat das alles mit dem jungen Ding zu tun?»

«Nichts.» Delaney zuckte mit den Schultern. «Ich versuche bloß, mir ein Bild von ihm zu machen. Lassen Sie uns nochmals auf diese Freundin von ihm zurückkommen, auf die Magere mit dem schwarzen Haar. Kommt sie ihn oft besuchen?»

«Manchmal kommt sie drei Nächte hintereinander. Dann ist sie 'ne ganze Woche nicht zu sehen. Das ist völlig unregelmäßig, falls es das ist, was Sie interessiert.» Verschlagen grinste er Delaney an. Zwei von seinen Vorderzähnen fehlten; der Captain überlegte, bei welcher Gelegenheit er sie wohl eingebüßt hatte.

«Kommt und geht per Taxi, sagen Sie?»

«Ja, das stimmt. Oder sie gehen beide zu Fuß aus.»

«Wenn sie das nächste Mal mit dem Taxi kommt oder wegfährt, schreiben Sie sich die Autonummer der Droschke auf und notieren Sie Datum und Uhrzeit. Mehr brauche ich nicht – nur Datum, Zeit und Autonummer. Da ist noch ein Zehner für Sie drin.»

«Na gut», brummte Lipsky. «Aber hören Sie, ich muß jetzt wirklich gehn.»

«Augenblick. Nur einen Augenblick noch», sagte Delaney. Ihm war gerade etwas eingefallen.

«In Ihrem Hochhaus, da haben Sie doch sicher Hauptschlüssel? Oder Zweitschlüssel für sämtliche Türen, auch wenn die Mieter sich selbst Schlösser haben einbauen lassen, oder?»

«Klar haben wir Schlüssel.» Lipsky runzelte die Stirn. «Wenn's mal brennt oder so, müssen wir doch rein. Versteht sich doch.»

«Und wo werden diese Schlüssel aufbewahrt?»

«Vor dem Büro des Hausverwalters gibt es . . .» Plötzlich hielt Lipsky inne.

«Wenn Sie denken, was ich denke, daß Sie denken», sagte er, «dann vergessen Sie's. Nichts zu machen.»

«Aber Mr. Lipsky», sagte Delaney ernst und treuherzig und beugte sich weit über den Tisch zu Lipsky hinüber, «ich will die Wohnung ja schließlich nicht ausräubern. Ich will nichts weiter, als mich mal ein bißchen darin umsehen.»

«Hm? Und wonach?»

«Diese Frau, mit der er schläft. Vielleicht gibt's ein Foto von den beiden. Vielleicht einen Brief, den sie ihm geschrieben hat. Oder es hängen Sachen von ihr im Schrank. Irgend etwas, das meinem Klienten hilft, seine Tochter davon zu überzeugen, daß Blank sie die ganze Zeit über an der

Nase herumgeführt hat.»

«Aber wenn Sie nichts mitnehmen, dann . . .»

«Ich nehme eine Kleinbildkamera mit und knipse alles Verräterische. Ich lege die Sachen wieder hin, wie ich sie vorgefunden habe. Darin kenn ich mich aus, glauben Sie mir. Der Mann wird sein Lebtag keine Ahnung davon haben, daß jemand in seiner Wohnung gewesen ist. Gegen neun geht er weg, und um sechs kommt er zurück. So ungefähr, nicht wahr?»

«Ja.»

«Die Wohnung steht also den ganzen Tag über leer.»

«Ja.»

«Reinmachefrau?»

«Zweimal die Woche. Aber die kommt früh, und um Mittag ist sie schon wieder draußen.»

«Also . . . was sehen Sie für Schwierigkeiten? Ich brauche nicht mehr als eine Stunde. Länger nicht, das schwöre ich. Würde irgend jemand die Schlüssel vermissen?»

«Kaum. An dem Brett hängen -zig Schlüssel.»

«Na also. Sie nehmen die Schlüssel vom Brett. Wenn ich die Halle betrete, stecken Sie sie mir zu. Nach einer Stunde bin ich wieder unten. Wahrscheinlich schon früher. Ich händige Ihnen die Schlüssel wieder aus, und Sie hängen sie wieder hin. Ab heute haben Sie wieder Tagschicht, stimmt's? Dann komm ich am frühen Nachmittag, so um zwei oder drei. Einverstanden?»

«Wieviel?» fragte Lipsky heiser.

Ins Netz gegangen, dachte Delaney.

«Zwanzig», sagte der Captain.

«Zwanzig?» rief Lipsky verächtlich. «Nein, nicht unter 'nem Hunderter. Wenn ich erwischt werd, bin ich geliefert.»

Fünf Minuten später hatten sie sich auf fünfzig Dollar geeinigt, zwanzig sofort, und dreißig, wenn Delaney die Schlüssel zurückgab, und noch einen Zwanziger extra, wenn Lipsky die Nummer eines Taxis beschaffte, mit dem Blanks schwarzhaarige Freundin kam.

«Soll ich Sie anrufen, wenn ich die hab?» fragte Lipsky.

«Ich bin nur selten im Büro zu erreichen», sagte Delaney leichthin. «In meinem Beruf muß man dauernd unterwegs sein. Ich ruf Sie an. Wenn Sie wieder Nachtschicht haben, hinterlassen Sie eine Nachricht bei Ihrem Schwager. Der wird mir dann schon sagen, wann ich Sie erreichen kann. Einverstanden?»

«Hm, ja», sagte Lipsky widerwillig. «Weiß Gott, wenn ich das Moos

Es ist immer das alte Lied …

... Schulden hier und Schulden dort, wir brauchen dringend ein bißchen Extramoos! Wenn es aber schwierig ist mit den Extraeinnahmen, weil man keine Lust hat, irgendwelche Informationen zu verkaufen oder sich bestechen zu lassen, müssen eben andere Möglichkeiten her, um finanziell nicht dauernd ins Gedränge zu kommen.

nicht so dringend brauchte, könnten Sie mich mal!»

«Schulden?»

«Ja», sagte Lipsky verwundert. «Woher wissen Sie?»

«Habe ich mir gedacht.» Delaney zuckte mit den Schultern. Unter dem Tisch reichte er dem Pförtner einen Zwanzigdollarschein. «Um halb drei bin ich bei Ihnen. Welche Wohnungsnummer hat er?»

«Einundzwanzig-H. Steht auch auf dem Anhänger am Schlüsselbund.»

«Gut! Machen Sie sich keine Sorgen. Sie werden sehen, das läuft ganz glatt.»

«Lieber Gott, hoffentlich!»

Der Captain blickte ihn aus schmalen Augen an.

«Sie haben was gegen den Mann, stimmt's?»

Diese Feststellung löste bei Lipsky eine Sturzflut von Flüchen und wüsten Beschimpfungen aus. Ernst, ohne zu lächeln, hörte Delaney eine Weile zu, dann gebot er Einhalt.

«Nur noch eins», sagte er zu Lipsky. «Irgendwann, in ein paar Tagen oder in einer Woche können Sie Blank gegenüber ruhig beiläufig erwähnen, ich sei dagewesen und hätte Sie nach ihm ausgefragt. Sie können mich beschreiben – bloß meinen Namen dürfen Sie nicht nennen; sagen Sie, Sie hätten ihn vergessen. Berichten Sie ihm, ich hätte sehr persönliche Fragen gestellt, doch damit wäre ich bei Ihnen an den Richtigen gekommen; Sie hätten mich ganz schön abblitzen lassen. Haben Sie das verstanden?»

«Gewiß doch», sagte Lipsky. Er wußte nicht, was er davon halten sollte. «Aber wozu?»

«Das weiß ich selbst nicht», sagte Captain Delaney. «Vielleicht, damit er etwas zu knacken hat.»

Zusammen verließen Sie die Imbißstube. Die Straßen waren bereits leicht belebt mit Leuten, die früh zur Arbeit mußten. Die Luft war kalt und schneidend. Im Osten war der Himmel ganz hell; es versprach, ein klarer Tag zu werden. Langsam ging Captain Delaney nach Hause und kämpfte gegen den Dezemberwind an.

Der Plan, sich in Blanks Wohnung umzusehen, war die Eingebung eines Augenblicks gewesen. Er hatte mit dem Gedanken nicht einmal gespielt. Aber Lipsky hatte Blanks Vorliebe für den Bergsport erwähnt; von da war es nur ein Schritt zu dem Eispickel. Diesem verdammten Eispickel! Bis jetzt hatte er Blank durch nichts mit dem Kauf oder dem Besitz eines Eispickels in Verbindung bringen können. Er wollte es genau wissen.

Als er Lipsky gesagt hatte, er würde nicht länger als eine Stunde für die

Durchsuchung des Apartments benötigen, hatte er nicht geschwindelt. Mein Gott, in dieser Zeit würde er selbst in der riesigen Grand Central Station einen Eispickel aufstöbern. Und warum sollte Blank ihn verstekken. Niemand verdächtigte ihn. Er besaß einen Rucksack, Felshaken, Steigeisen und einen Eispickel. Was war natürlicher als das. Schließlich war er Bergsteiger.

Er vervollständigte seinen Bericht und stellte befriedigt fest, daß Daniel G. Blanks Aktendeckel anschwoll und – was noch wichtiger war – daß er, Delaney, anfing, sich in diesen Mann hineinzuversetzen. Tony, ein zwölfjähriger Junge, so hübsch, daß er ein Mädchen hätte sein können. Eine dünne schwarzhaarige Frau ohne Busen. Freunde, die eine Sex-Boutique besaßen. Das alles war schon recht vielsagend. Aber wenn es in der Wohnung keinen Eispickel gab, alles nur Rauch war? Was dann? Er würde von vorn anfangen – bei jemand anders, auf eine andere Weise. Er war darauf gefaßt.

Bis Mary kam, arbeitete er an seinem Bericht. Sie machte ihm Kaffee und Frühstück. Dann ging er ins Wohnzimmer, zog die Rollos hoch und legte sich auf die Couch. Er nahm sich vor, höchstens eine Stunde zu schlafen. Doch als er erwachte, war es fast halb zwölf, und er war wütend, soviel kostbare Zeit vertan zu haben.

Er rief Monica Gilbert an.

«Monica, ich gehe jetzt zu meiner Frau ins Krankenhaus. Und ich wollte Sie fragen, ob . . . ob Sie wohl Zeit hätten . . . ob Sie Lust hätten, mitzukommen.»

«Aber ja, gern. Wann?»

«Sagen wir in einer Viertelstunde. Ist das zu früh? Möchten Sie vorher Mittag essen?»

«Nein, vielen Dank. Ich habe einen Salat gegessen, das reicht. Mehr esse ich sowieso nicht.»

«Nanu? Abmagerungskur?» Er lachte. «Das haben Sie doch nicht nötig.»

«Doch, doch. Ich habe viel zuviel gegessen, seit – seit Bernie tot ist. All die Aufregungen . . . Ach, übrigens . . .»

«Ja?»

«Sie sagten, Sie würden mich wegen diesem Daniel Blank anrufen. Aber das haben Sie nicht getan, Edward. Ist was?»

«Ich glaube, ja. Aber ich möchte auch mit meiner Frau darüber sprechen. Sie besitzt Menschenkenntnis. Ich erzähle es Ihnen beiden. Einverstanden?»

«Selbstverständlich.»

«Dann bis gleich.»

Er rief Barbara an und sagte ihr, er bringe Monica Gilbert, die Witwe des zweiten Opfers, mit, damit sie sie kennenlerne. Barbara sagte, ja gern, sie freue sich.

Eine Katastrophe, wie er befürchtet hatte, war es nicht, aber so wunderbar, wie er sich vorgestellt hatte, ging es nun auch wieder nicht. Beide Frauen gaben sich herzlich, waren aber auf der Hut und reserviert. Monica hatte Barbara ein Veilchen mitgebracht – kein gekauftes, sondern ein Selbstgezogenes. Das half. Barbara drückte ihr leise ihr Mitgefühl über den Tod ihres Mannes aus.

Dann sprachen sie über ihre Kinder, zeigten sich gegenseitig Fotos und lächelten. Allmählich wurden ihre Stimmen lauter; von Krankenzimmergeflüster konnte keine Rede mehr sein. Sie lachten häufiger. Barbara legte Monica die Hand auf den Arm. Da wußte er, daß alles gutgehen würde, und in diesem Augenblick liebte er sie beide.

Fast eine ganze Stunde war vergangen, bis Barbara schließlich die Hand nach ihm ausstreckte. Er trat an ihr Bett und lächelte sie beide an.

«Und Daniel Blank?» fragte Barbara.

Er berichtete über seine Gespräche mit dem Bartender, mit Handry und Lipsky. Er erzählte ihnen alles – bis auf seinen Plan, in zwei Stunden Blanks Wohnung zu betreten.

«Edward, die Sache nimmt Gestalt an.» Barbara nickte anerkennend. Wie gewöhnlich kam sie gleich auf den springenden Punkt. «Immerhin weißt du jetzt, daß er Bergsteiger ist. Und als nächstes mußt du herausfinden, ob er einen Eispickel besitzt, stimmt's?»

Delaney nickte. Es würde ihr nie in den Sinn kommen, ihn zu fragen, wie er das anzustellen gedenke.

«Können Sie ihn nicht sofort verhaften?» wollte Monica Gilbert wissen. «Wegen Tatverdacht oder so?»

Der Captain schüttelte den Kopf. «Damit würden wir nie durchkommen», sagte er geduldig. «Wir haben ja überhaupt keine Beweise. Nicht den geringsten! Noch ehe die Zellentür hinter ihm ins Schloß gefallen ist, wäre er schon wieder auf freiem Fuß.»

«Ja, aber was kann man denn tun? Darauf warten, daß er noch jemanden umbringt?»

«Ach . . .» Er beließ es im Ungefähren. «Es gibt schon Möglichkeiten. Man muß nur unumstößlich seine Schuld beweisen. Bis jetzt verdächtige ich ihn nur, nichts weiter. Aber sobald ich meiner Sache sicher bin – nun ja, im Moment bin ich mir noch nicht sicher, was ich tun werde. Irgendwas.»

«Davon bin ich überzeugt.» Barbara lächelte und nahm Monicas Hand. «Mein Mann ist sehr hartnäckig. Bei ihm muß alles seine Ordnung haben. Unbewiesenes kann er nicht ausstehen.»

Alle lachten. Delaney warf einen Blick auf die Uhr und sah, daß er sich auf den Weg machen mußte. Monica Gilbert wollte noch nicht mitkommen, sondern noch ein bißchen bleiben. Delaney sah Barbara an, daß sie sich darüber freute. Er küßte sie auf die Wange, nickte beiden zu und verließ das Zimmer.

Selbstverständlich hatte er nie daran gedacht, einen Fotoapparat mit in Blanks Wohnung zu nehmen. Was sollte das Bild eines Eispickels schon beweisen. Was er jedoch mitnahm, war ein Satz Dietriche aus feinem Schwedenstahl, die in einem Wildlederbeutel steckten, sowie eine besonders feine Flachzange. Und außerdem nahm er ein Paar dünne schwarze Seidenhandschuhe mit – seine «Beerdigungsunternehmer-Handschuhe», wie Barbara sie nannte.

Punkt halb drei ging Captain Delaney mit energischen Schritten die Auffahrt hinauf und stieß die große Eingangstür auf. Lipsky sah ihn sofort. Er war bleich im Gesicht, Angstschweiß glänzte auf seiner Stirn. Seine Hand fuhr in die linke Jackentasche. Trottel! dachte Delaney traurig. Sie hatten doch abgemacht, daß er ihm die Schlüssel bei einer ganz normalen Begrüßung übergeben sollte. Nun, daran ließ sich jetzt nichts ändern ...

Er trat auf ihn zu, lächelte und bot ihm die rechte Hand dar. Lipsky packte sie mit seiner schweißnassen Rechten. Als er merkte, daß er die Schlüssel in der linken Faust hielt, ließ er Delaneys Hand los. Dann gab er ihm die Schlüssel, die er ums Haar auch noch hätte fallen lassen. Delaney ließ sie in seine Manteltasche gleiten und sagte leise: «Wenn's Schwierigkeiten gibt, drücken Sie dreimal auf den Summer der Sprechanlage.»

Lipsky wurde womöglich noch bleicher. Über diese Maßnahme hatte Delaney in der Imbißstube bewußt nicht gesprochen, weil dann unter Umständen die ganze Sache gescheitert wäre.

Mit federnden Schritten ging er zu den Aufzügen und drückte auf den «Aufwärts»-Knopf. Glücklicherweise war der Aufzug, der einen Augenblick später kam, leer. Er drückte auf die 21 und hörte plötzlich leise Musik. Die Tür öffnete sich auf dem 21. Stock. Er drückte auf den Knopf «Erdgeschoß» und sprang dann rasch hinaus, ehe die Türen sich wieder schlossen.

Der Gang war leer. Er zog seine pelzgefütterten Lederhandschuhe aus und stopfte sie in die Manteltasche. Dann streifte er die schwarzen Seidenhandschuhe über. Auf dem Weg zu Blanks Apartment wischte er mit Hacken und Sohlen kräftig über den Teppichboden in der Hoffnung, daß jeglicher Schmutz abging, damit er in der Wohnung nicht womöglich irgendwelche Spuren hinterließ.

An der Wohnungstür drückte er zweimal auf die Klingel und hörte es drinnen leise läuten. Er wartete einen Augenblick. Niemand kam. Er machte sich an die Arbeit.

Mit zweien von den Schlüsseln hatte er keinerlei Schwierigkeiten; doch beim dritten Schloß, der einbruchssicheren Vorlegestange, dauerte es etwas länger. Seine Hände waren zu groß, als daß er durch den Spalt der bereits ein wenig offenstehenden Tür hätte hineinlangen und die diagonal verlaufende Stange aus ihrer Halterung hätte lösen können. Mit Hilfe der Zange gelang es ihm schließlich, die Stange aus ihrem Schlitz herauszuheben, und die Tür ging auf.

Er trat ein und schloß sie behutsam hinter sich. Rasch eilte er durch die Wohnung, machte Schranktüren auf, warf einen Blick hinein, schloß sie wieder. Selbst hinter dem Duschvorhang und unter dem Bett sah er nach.

Der nächste Schritt war zwar lächerlich, gehörte jedoch zu den Grundregeln. War also vielleicht doch nicht so lächerlich. Es war schon vorgekommen, daß ein Kriminalbeamter in der falschen Wohnung das Unterste zuoberst gekehrt hatte. Delaney machte sich auf die Suche nach Zeitschriften, die einen Abonnementsvermerk trugen, nach Briefen . . . irgend etwas. Im Bücherregal fand er Fachliteratur über Computer-Technik. Jedes einzelne Buch trug, fein säuberlich aufs Vorsatzblatt geklebt, ein scharf gestochenes Ex-Libris mit einer nackten Jünglingsgestalt, die mit Pfeil und Bogen über eine Waldlichtung sprang. «Ex-Libris. Daniel G. Blank.» Das genügte.

Er ging wieder zur Wohnungstür zurück, lehnte sich einen Augenblick dagegen und machte dann einen gemächlichen Rundgang durch das Apartment: nur um die Atmosphäre auf sich wirken zu lassen, um zu begreifen, was für ein Mensch hier lebte.

Aber lebte hier in diesen sterilen Operationsräumen überhaupt jemand? Keine Zigarettenkippen, keine herumliegenden Zeitungen, keine Gerüche, keine Fotos, keine persönlichen Erinnerungsgegenstände, kein benutztes Weinglas, kein Fleck auf den Wänden, kein Riß in der Decke. Es war alles so aseptisch, daß er es kaum fassen konnte. Einfach überwältigend. Diese kalte Ordnung und Sauberkeit. Sitzgelegenheiten aus schwarzem Leder und Chrom. Kristallaschbecher genau an den richtigen Stellen. Ein eisener Kerzenhalter mit Kerzen, die alle verschieden weit heruntergebrannt waren.

Er dachte an sein eigenes Zuhause, das er und Barbara für sich und ihre Familie geschaffen hatten. Ein Blick genügte, und man hätte eine Biographie über Edward X. Delaney schreiben können – doch wer war Daniel Blank? Dieser Ausstellungsraum eines Innenarchitekten, diese Musterwohnung verriet nichts, gar nichts. Es sei denn . . .

Der sehr schräg geneigte Spiegel auf der Diele, schön gerahmt. Die große Wohnzimmerwand, auf der mindestens fünfzig kleine Spiegel in unterschiedlichsten Formen hingen, jeder mit einem anderen Rahmen. An der Schlafzimmertür ein mannshoher Spiegel, genauso an der inneren Badezimmertür. Die beiden Schiebetüren des Medizinschränkchens ebenfalls aus Spiegelglas. Sagte diese Fülle von Spiegeln etwas über den Menschen aus, der hier wohnte?

Hinter den Schiebetüren des Schränkchens im Badezimmer fand er duftende Seifen, Hautöl, Parfum, Eau de Cologne und Lotion, Salben, Puder, Deodorants und Sprays. Ein Röhrchen Aspirin. Ein fast volles Fläschchen mit Librium. Ein Heftchen mit ihm unbekannten Pillen. Eine Röhre Vitamin-Tabletten. Rasierapparat. Vorsichtig schob er die Tür wieder zu. Ob das Toilettenpapier auch mit Duft versetzt war? Ja, es war. Er warf einen Blick auf die Uhr. Zehn Minuten waren herum.

Wieder kehrte er zur Wohnungstür zurück; er bemühte sich, leise zu gehen, damit der Mieter in der Wohnung darunter keine Schritte hörte und sich wunderte, wer wohl um diese Stunde in Blanks Apartment sein mochte.

Er knipste die Deckenbeleuchtung an und machte die Tür des Wandschranks in der Diele auf.

Auf dem obersten Bord: sechs geschlossene Hutschachteln und eine pelzgefütterte Winterkappe, wie Reiter sie tragen.

An der Stange: zwei Jacketts, drei Mäntel, zwei Regenmäntel, eine olivfarbene Joppe aus Uniformstoff mit eingeknöpftem Lammfellfutter und einer Kapuze daran, eine pelzgefütterte hüftlange Jacke, zwei federleichte Nylonjacken.

Auf dem Boden: ein zusammengerollter, verschnürter Schlafsack, schwere Kletterschuhe mit geriffelten Sohlen, ein Satz Steigeisen, ein Rucksack, ein Klettergürtel, ein zusammengewickeltes Nylonseil und . . .

Ein Eispickel!

Da war er. So einfach war das. Ein Eispickel. Delaney starrte ihn an, doch kein Hochgefühl bemächtigte sich seiner. Allenfalls ein Gefühl der Genugtuung. Mehr nicht.

Er starrte ihn fast eine Minute lang an – nicht, weil er seinen Augen nicht getraut hätte, sondern um ihn sich genau einzuprägen. Erst dann griff er danach, nahm ihn in die behandschuhte Hand und sah ihn sich genau an. «Made in West Germany». Ähnlich wie das Modell, das er bei ‹Camper-Glück› gesehen hatte. Er schnupperte am Schlagkopf – eingeölter Stahl. Der Stiel dunkel von Schweißflecken. Mit einem Dietrich lüftete er behutsam das Leder des Stiels, aber nur ganz wenig. Keine Flecken darunter. Doch er hatte auch nichts anderes erwartet.

Den Eispickel in der Hand stand er da. Es kostete ihn Überwindung, ihn wieder zurückzustellen, aber der Pickel konnte ihm auch nicht mehr verraten; und Delaney bezweifelte, ob er den Gerichtsmedizinern mehr verraten würde. So vorsichtig wie möglich stellte er ihn zurück, machte die Schranktür zu und sah auf die Uhr: fünfzehn Minuten.

Der Wohnzimmerboden bestand aus schachbrettartig verlegten weißen und schwarzen PVC-Platten. 45 cm im Quadrat. Ungleichmäßig verteilt lagen sechs kleine Brücken in leuchtenden Farben darauf. Die modernen Muster verrieten die skandinavische Herkunft. Er hob jede Brücke auf und sah darunter nach. Er erwartete nicht, etwas zu finden, und fand auch nichts.

Ein paar Minuten verschwendete er damit, sich die spiegelbedeckte Wand zu betrachten. Gern hätte er hinter jedem einzelnen Spiegel nachgesucht, aber er wußte, daß das eine Ewigkeit dauern würde. Außerdem würde er es nie schaffen, sie genauso wieder hinzuhängen, wie sie aufgehängt waren. Statt dessen wandte er sich einem in der Nähe des Fensters stehenden Schreibtisch zu: ein schwerelos anmutender, eleganter Dreifuß aus Chrom und Glas. In der Mitte eine Schublade, auf der linken Seite eine tiefe Schublade mit Hängeregistratur.

Die Mittelschublade war mit einem weißen Plastikeinsatz wunderbar übersichtlich unterteilt: Büroklammern (zwei Größen), gespitzte Bleistifte, Briefmarken, eingebaute Tesafilmrolle, Scheren, Lineal, Brieföffner, Vergrößerungsglas – alles zueinander passend. Delaney war beeindruckt. Nicht neidisch, aber beeindruckt.

Drei Postsachen lagen auf der Schreibtischplatte, darunter der Winterkatalog von ‹Camper-Glück›. Der Captain lächelte, doch ohne Freude. Daneben lag etwas, das offenbar die Hälfte eines Gehaltsschecks war: jene Hälfte mit der Aufstellung der Steuern, der Sozial- und Krankenversicherung und sonstiger Abzüge. Delaney setzte die Brille auf und sah sich die

Abrechnung an. Danach schien Blank rund 55000 Dollar im Jahr zu verdienen. Nicht schlecht.

Die dritte Postsendung war ein geöffneter, an Mr. Daniel Blank adressierter größerer Umschlag. Der Absender war irgendein medizinisches Labor. Delaney zog den mit Heftklammern zusammengehaltenen Bericht heraus und überflog ihn. Offenbar hatte Blank sich vor einem halben Jahr einer gründlichen ärztlichen Untersuchung unterzogen. Er hatte die üblichen Kinderkrankheiten durchgemacht, doch außer anläßlich einer Mandeloperation im Alter von neun Jahren war er nie im Krankenhaus gewesen. Sein Blutdruck lag ganz leicht unter normal, und das linke Ohr wies eine zwanzigprozentige Hörschädigung auf. Sonst schien er für einen Mann seines Alters in tadelloser körperlicher Verfassung zu sein.

Delaney steckte den Bericht wieder in den Umschlag, doch dann fiel ihm plötzlich etwas ein. Er zog ihn noch einmal heraus und notierte sich Blanks Blutgruppe.

In der Schublade links unten lag nur eine Dokumentenkassette aus Metall. Delaney hob sie heraus und sah sie sich genau an. Sie war verschlossen. Er prüfte das Schloß. Es würde höchstens fünf Minuten dauern, es mit einem Dietrich zu öffnen – aber lohnte sich das? Wahrscheinlich waren nur Scheckbücher und Sparbücher darin, vielleicht etwas Bargeld, ein Mietvertrag, Paß, weniger wertvolle Dokumente, die man nicht im Banksafe aufzuheben brauchte. Dieser Blank besaß bestimmt ein solches sicheres Bankschließfach. Das paßte zu ihm. Delaney stellte die Kassette in die Schublade zurück. Wenn ihm noch Zeit blieb, würde er darauf zurückkommen. Er warf einen Blick auf die Uhr: beinahe fünfundzwanzig Minuten.

Er wollte ins Schlafzimmer gehen, blieb jedoch vor einem Barschrank aus Ebenholz und Aluminium stehen und konnte der Versuchung nicht widerstehen, zwei Türen aufzumachen. Der Getränkevorrat war sonderbar zusammengesetzt: eine Flasche Gin, ein schottischer Whisky, ein Roggenwhisky, eine Flasche Bourbon, eine Flasche Rum und mindestens ein Dutzend Flaschen verschiedener Kognak- und Likörsorten. Sonderbar, höchst sonderbar. Was fing ein erwachsener Mann bloß mit einem tintenfarbenen Likör namens «Fleur d'Amour» an?

Eine gute Haussuchung beruhte auf methodischem Vorgehen. Wenn man genug Zeit und genug Leute zur Verfügung hatte, ließ sich alles mit Sicherheit finden. Die meisten Menschen, die irgend etwas zu verstecken hatten – Dokumente, Geld, Beweisstücke, Rauschgift –, versteckten es in ihrer eigenen Wohnung. Sie konnten leichter kontrollieren, ob es noch da war, konnten es im Notfall rasch zerstören. Und hatten es zur Hand, wenn sie es brauchten.

Innerhalb der eigenen vier Wände folgten die meisten Menschen – wie erfahrene Polizeibeamte sehr wohl wußten – zwei Tendenzen: einer rationalen und einer emotionalen. Der Verstand sagte ihnen, daß, wenn man ein einigermaßen normales Leben führte, bisweilen Freunde oder Nachbarn unerwartet zu Besuch kamen. Folglich verbarg man sein Geheimnis nicht ausgerechnet in der Diele, im Wohn- oder Eßzimmer, also in Räumen, zu denen auch andere Zugang hatten. Vielmehr wählte man Bad oder Schlafzimmer – also jenen Bereich, der einem selbst gehörte. Dort war man nackt, schlief oder badete oder verrichtete seine täglichen Körperfunktionen. Diese Räume waren das «heimliche Refugium» des Menschen. Wo sonst sollte man etwas verbergen, das nur für einen selbst von großem Wert ist, etwas, das man mit niemandem teilen möchte?

Delaney ging direkt ins Badezimmer und hob den Deckel des Wasserbehälters hoch. Ein alter Trick, der aber gelegentlich noch immer angewendet wurde. Nichts.

Rasch klopfte er die Wandkacheln ab, hob die Badematte hoch, inspizierte das Medizinschränkchen noch einmal genauer, nahm seine Stablampe und klopfte die Stange, an der der Duschvorhang hing, ab. Alles hohl. Was suchte er eigentlich? Er wußte es, wollte es sich jedoch selbst nicht eingestehen. Nicht in diesem Augenblick. Er suchte nur.

Er ging ins Schlafzimmer. Hob den Bettvorleger hoch. Kroch unters Bett, um die Sprungfedern zu inspizieren. Tastete mit der Hand vorsichtig zwischen Sprungfedern und Matratze. Unter die Kissen. Zog das Bett wieder straff. Nichts. Im Lampenfuß? Nichts. Zwei gerahmte französische Poster an der Wand. Dahinter nichts. Das Papier schien unberührt. Es blieben nur der lange Wandschrank und die beiden Kommoden aus hellem dänischen Holz.

Zuerst versuchte er es mit dem Schrank. Zwei breite Falttüren, die sich wie eine Ziehharmonika zusammenschieben ließen. Das tat er und riß vor Erstaunen die Augen weit auf. Er selbst war schon ein ordnungsliebender Mensch, aber verglichen mit Blank war er ein Stümper. Wie die Dinge hier in Blanks Schrank angeordnet waren, das hatte schon etwas – ja, Mechanisches.

Auf dem oberen Bord lag die Wäsche: Bett- und Kopfkissenbezüge, Badelaken, Frotteehandtücher, Badematten, Handtücher, Geschirrtücher, Waschlappen, Servietten, Tischdecken, Laken, Matratzenauflagen und ein Stapel von schweren Tüchern, deren Zweck Delaney nur ahnen konnte – möglicherweise Schonbezüge für die Möbel, falls er einmal länger abwesend war.

Am unfaßlichsten aber war die Präzision, mit der die einzelnen Stapel geschichtet waren. Hatte er eine militärisch geschulte Aufwartefrau, oder war Blank es selbst gewesen? Und diese Farben! Weiße Bezüge und Laken gab es überhaupt nicht, sondern alles war in schreienden Farben gehalten, mit Blumendekor oder abstrakten Mustern: Farben, die den Augen geradezu weh taten. Wie ließ sich diese Extravaganz mit der schwarz-weißen Sterilität des Wohnzimmers in Einklang bringen?

Auf der Stange links die Sommersachen, rechts die Winterkleidung. Die Sommeranzüge – alle Jacketts auf Holzbügeln, die Hosen in Hosenspannern – staken in durchsichtigen Plastikhüllen. Die Winteranzüge waren alle entweder schwarz oder mitternachtsblau. Außerdem hingen da eine wildlederne Sportjacke, eine Schottenjacke und eine mit einem dezenten Fischgrätenmuster. Vier Sporthosen: zwei aus grauem Flanell, eine aus Schottenstoff, eine aus flaschengrünem Wildleder. Zwei seidene Morgenmäntel, einer mit einem Vogelmuster, der andere mit leuchtendroten Orchideen.

Delaney ging so gründlich vor, wie es die knappe Zeit, die ihm zur Verfügung stand, erlaubte, aber es war natürlich nur eine oberflächliche Suche, doch immer besser als gar nichts.

Die beiden Kommoden mußte er sich noch vornehmen. Es waren zueinander passende Stücke: unten drei Schubladen, die über die ganze Breite gingen, und oben zwei halbbreite Züge. Er sah auf die Uhr. Es waren 46 Minuten vergangen. Eine Stunde und nicht länger, hatte er Lipsky versprochen.

Er fing mit der Kommode an, die beim Fenster stand. Die erste Halbschublade, die er aufzog, war voll von Schmuck, entweder lose herumliegend oder in kleinen Lederetuis: Krawattennadeln, Manschettenknöpfe, Zierknöpfe, Krawattenklemmen, ein paar Dinge, deren Zweck er nicht sogleich begriff – ein Gürtel aus Goldgliedern, zum Beispiel, und ein goldenes Uhrkettchen, drei offensichtlich teure Armbänder mit eingraviertem Namen, zwei schwere Männerhalsketten, sieben Ringe, ein handgearbeitetes Herz aus Gold an einer feinen Kette. Vorsichtig sah er unter jedem einzelnen Stück nach. In der anderen Halbschublade lagen Taschentücher.

In der obersten der großen Schublade: Socken, mindestens fünfzig Paar, von schwarzen Seidensocken bis zu schottisch karierten wollenen Kniestrümpfen. Nichts darunter.

In der zweiten und dritten Schublade: Hemden. In der zweiten offensichtlich Bürohemden: weiß und hellblau, konservativ geschnitten. In der dritten Sporthemden, ausgefallene Farben und Muster, Strickhemden, Polyesterhemden. Wieder schob er die Hand vorsichtig zwischen und unter die sorgsam übereinandergelegten Hemden. Seine Finger gerieten auf etwas Glattes. Er zog es heraus.

Es war ein Aktfoto, Hochglanz und im Format 20 mal 25 cm. Es war eine ältere Aufnahme. Blank sah darauf jünger aus, hatte dichteres Haar. Die Hände in die Hüften gestemmt, stand er da und lachte in die Kamera. Er hatte, wie Delaney sah, einen wunderschönen Körper: breite Schultern, schmale Taille, kräftige Arme. Die Beine zu beurteilen war unmöglich, da das Foto direkt über den Schamhaaren durchgeschnitten war. Blank lächelte Delaney an, die Hände in den Hüften, Schwanz und Eier weggeschnitten, futsch. Sorgsam schob der Captain das verstümmelte Bild wieder unter die Strickhemden.

Dann machte er sich an die zweite Kommode. In der einen kleinen Schublade lagen Krawatten: zumeist breite Seidenbinder, Querbinder, ein weißes Seidenhalstuch und ein paar gemusterte Taschentücher. Die andere enthielt ein kunterbuntes Durcheinander: zwei Knautschhüte für den Strand, zwei Sonnenbrillen, eine Flasche mit Sonnenöl in einem Plastikbeutelchen, eine Tube Sonnenschutzsalbe der Marke «Cover-All», Flugpläne verschiedener Fluggesellschaften nach Florida, zu den karibischen Inseln, nach England, Brasilien, der Schweiz, Frankreich, Italien, Schweden – alle von einem Gummiband zusammengehalten.

In der obersten großen Schublade lag Unterwäsche: Bikinis, Slips, Stretchunterhosen und farbige Spitzengebilde, die es, soweit er wußte, nirgendwo anders als in Damenwäschegeschäften gab. Gleichmütig fühlte er unter jedem Stapel nach und legte dann alles wieder sorgsam hin.

In der zweiten großen Schublade lagen die Pyjamas: Oberteile und Hosen aus Nylon, Baumwolle, Flanell. Schlafröcke. Und sogar ein leuchtend rotes Nachthemd.

In der untersten Schublade lagen Badeanzüge – mehr als ein Mann in seinem ganzen Leben je benutzen konnte: alles, von winzigen Bikinis bis zu Hosen zum Wellenreiten mit langen Beinlingen. Drei Posierslips, der eine nicht größer als eine Augenklappe. Und dazwischen sechs Paar Winterhandschuhe: aus dünnem schwarzen Leder, rauhem Rindsleder mit Schaffellfutter; leuchtend gelbe Wildlederhandschuhe, graue, schwarz abgesteppte Glacéhandschuhe und so weiter. Nichts. Weder zwischen den Sachen noch darunter.

Delaney schob die letzte Schublade zu und tat einen tiefen Seufzer. Wieder sah er auf die Uhr. Noch fünf Minuten. Vielleicht konnte er ein, zwei Minuten länger bleiben, aber mehr nicht. Lipsky würde unruhig werden. Einem plötzlichen Einfall nachgebend, tastete er den Boden der untersten Schublade von unten ab. Nichts. Er kniete nieder und tastete auch bei der anderen Kommode die Unterseite ab. Nichts. Doch während seine Finger noch darübertasteten, gab das Holz plötzlich nach.

Er war überrascht. Er hätte angenommen, daß bei einer so teuer und elegant wirkenden Kommode wie dieser hier unter der untersten Schublade eine stabile Platte aus Holz angebracht gewesen wäre und auch zwischen den einzelnen Zügen jeweils eine dünne Platte. «Staubschutz» nannte man sie, fiel ihm ein. Nur sehr gute Möbel waren so verarbeitet. Bei billigen Kommoden waren zwischen den einzelnen Schubladen keine Trennplatten.

Er stand auf. Aufs Geratewohl zog er noch ein paar Schubladen auf. Tatsächlich: die Schubladen waren einfach übereinandergeschoben. Dann würde es ja ganz schnell gehen . . .

Er zog die oberste der großen Schubladen heraus, langte hinein und tastete die Böden der beiden darüber befindlichen Halbschubladen ab. Nichts. Er schob die Schublade zu, zog die zweite heraus und tastete den Boden der darüberliegenden ab. Nichts. Bei der dritten machte er es ebenso. Es dauerte nur Sekunden.

Er wandte sich der zweiten Kommode zu. Zog die erste Schublade auf und schloß sie wieder, zog die zweite mit den Pyjamas auf, griff hinein und tastete mit der Hand über die Unterseite der darüberliegenden Schublade. Und hielt inne. Er zog seine Hand heraus, wischte sie, die in dem Seidenhandschuh steckte, am Mantel ab und langte wieder hinein, ganz vorsichtig. Da war etwas.

«Bitte, lieber Gott!» sagte er laut.

Langsam und sehr, sehr vorsichtig schob er die Schublade mit den Pyjamas zu und zog die darüberliegende, die mit der Unterwäsche, zur Hälfte heraus. Aus Angst, auf den Gleitschienen wäre irgend etwas, Sägemehl, Rostflecken oder ähnliches, zog er seinen Mantel aus und legte ihn, mit dem Futter nach oben, flach auf Daniel Blanks Bett. Erst dann nahm er die Schublade mit der Unterwäsche ganz heraus und setzte sie vorsichtig auf dem Bett ab. Er kümmerte sich nicht mehr darum, wie spät es war.

Er hob die Unterwäsche heraus und legte die Stapel in genau derselben Reihenfolge, wie sie in der Schublade gelegen hatten, aufs Bett. Als die

Schublade leer war, drehte er sie um. Wortlos starrte er auf den mit Tesafilm festgeklebten Umschlag. Blanks Überlegungen leuchteten ihm sofort ein: Falls der Tesafilm austrocknete und der Umschlag herabfiel, konnte er nur in die darunter befindliche Schublade fallen.

Sanft fuhr er mit den Fingerspitzen über den Umschlag. Etwas, das härter war als Papier, und etwas Steifes. Vielleicht Leder, oder auch Holz oder Metall. Der Umschlag war ringsum auf die Holzplatte festgeklebt. Er nahm einen Dietrich und fuhr an einer Ecke, wo der Tesafilm nicht ganz festsaß, vorsichtig unter den Umschlag.

Er wollte nach Möglichkeit vermeiden, alle vier Tesafilmstreifen abzumachen, und entschloß sich für die Oberkante des Umschlags. Mit dem Dietrich hob er den obersten Streifen ein wenig an. Dann nahm er die Zange. Langsam, unendlich langsam und vorsichtig löste er den Tesafilm vom Holz und paßte auf, daß er sich nicht auch vom Umschlag löste. Wie durch einen dicken Nebel hindurch hörte er dreimal die Sprechanlage summen, ließ sich jedoch nicht unterbrechen. Sollte dieser Lipsky doch für seine fünfzig Dollar ruhig ein bißchen schwitzen.

Als der Tesafilmstreifen ab war, nahm er wieder den Dietrich, der so fein war wie ein Skalpell. Er wußte, daß der Umschlag nicht verschlossen war – er wußte es einfach! Es hatte nichts mit Glück oder Instinkt zu tun. Weshalb sollte Blank den Umschlag zukleben? Schließlich wollte er sich an seinen Spielsachen ergötzen! Und noch weitere hinzutun!

Behutsam klappte Delaney die Lasche des Umschlags auf und schnupperte am offenen Umschlag. Rosenduft! Wieder die Zange, und dann zog er vorsichtig den Inhalt heraus und legte ihn in der Reihenfolge, wie er ihn herausholte, auf seinen Mantel: Frank Lombards Führerschein. Bernard Gilberts Firmenausweis. Detective Kopes Dienstmarke. Und vier verwelkte Rosenblätter. Von Feinbergs Rose, die er im Knopfloch getragen hatte. Delaney drehte sie mit der Zange immer wieder um. Dann warf er sie hin, trat ans Fenster und sah, die Hände in den Hosentaschen, hinaus.

Er hatte mit Mordfällen zu tun gehabt, wo die Leichen geplündert waren: das Geld geraubt, Finger abgeschnitten, um in den Besitz der Ringe zu kommen, den toten Opfern brutal die Halsketten heruntergerissen, ja sogar die Schuhe waren den Ermordeten ausgezogen und einmal einem Opfer mit einer Zange Goldplomben herausgebrochen worden.

Er drehte sich um und sah wieder auf die Dinge, die auf seinem Mantel lagen. Das hier war das Schlimmste! Er hätte nicht genau sagen können, warum – es war so abgrundtief verrucht, so abscheulich, daß er sich nicht sicher war, ob er weiterleben, ob er ein Mitglied der menschlichen Gesellschaft bleiben wollte. Hier war dem Toten nicht aus Rache oder Habgier etwas weggenommen worden, sondern – ja, warum? Um ein Andenken zu haben? Eine Trophäe? Das hier hatte etwas Gottloses, etwas, das ihm unerträglich war. Er hatte keine Erklärung dafür. Wußte es einfach nicht. Jedenfalls im Augenblick nicht. Aber er würde darüber nachdenken.

Er legte alles sorgfältig wieder an Ort und Stelle und unternahm, ehe er die Wohnung verließ, rasch noch einen Inspektionsgang durch alle Räume. Er hatte die Hand schon auf der Klinke, da fiel ihm noch etwas ein. Er ging noch einmal in die Küche und machte die Unterschränke auf. Ein Plastikeimer. Reinigungsmittel. Ein Spray gegen Ungeziefer. Fußbodenwachs. Möbelpolitur. Und dann das, was er zu finden gehofft hatte: ein kleines Fläschchen mit leichtem Maschinenöl.

Er riß ein Stück von der Rolle Küchenpapier ab, die an der Wand hing. Ob dem Mann auffallen würde, wenn von dem Küchenpapier etwas fehlte? Delaney nahm es fest an. Trotzdem tränkte er das Papier mit dem Öl, legte es zusammen und steckte es in einen der gefütterten Handschuhe in seiner Manteltasche. Das Fläschchen mit dem Maschinenöl kam wieder genau dorthin, wo es gestanden hatte.

Zurück zur Wohnungstür. Aufschließen, ein rascher Blick auf den leeren Gang. Er trat hinaus, schloß ab, versuchte, am Knopf zu drehen, dreimal. Alles fest. Er ging zu den Aufzügen, streifte die schwarzen Seidenhandschuhe ab und verstaute sie in der Brusttasche. Drückte auf den «Abwärts»-Knopf, entnahm, während er wartete, seiner Brieftasche drei Zehndollarscheine, die er fest um das Schlüsselbund wickelte.

Sechs Personen waren im Aufzug. Höflich traten sie zurück und ließen ihn herein. Er schob sich bis an die Rückwand durch. Sanfte Musik spielte. Unten angekommen trat er als letzter hinaus und hielt nach Lipsky Ausschau. Endlich entdeckte er ihn. Er war draußen und half einer alten Dame ins Taxi. Geduldig wartete er, bis der Pförtner wieder hereinkam. Lipsky sah ihn, und mit ausgestreckter Hand kam er auf ihn zu. Der Captain glaubte, im Erdboden versinken zu müssen. Er spürte die feuchte Hand des anderen, als er ihm Schlüssel und Geld reichte.

Delaney eilte zu Fuß nach Hause. Ein merkwürdiger Gedanke ging ihm durch den Kopf: daß seine Versetzung zum Revierdienst ein Fehler gewesen war. Er pfiff auf Erfahrungen in der Verwaltung. Er hatte nicht die Absicht, Commissioner zu werden. Dies hier war es, was er am besten konnte – und am liebsten tat.

Kaum angekommen, rief er Thorsen an. Es war nicht der Augenblick, sich Gedanken darüber zu machen, ob ein Apparat abgehört wurde oder nicht. Aber Thorsen rief nicht zurück. Er wartete eine Viertelstunde. Dann rief er im Vorzimmer an. Der Inspector sei in einer Besprechung, hieß es, und könne nicht gestört werden.

«Stören Sie ihn trotzdem», sagte Delaney scharf. «Hier spricht Captain Edward X. Delaney. In einer dringenden Angelegenheit.»

Es dauerte ein paar Augenblicke. Dann:

«Großer Gott, Edward, was ist denn so . . .»

«Ich muß Sie sofort sprechen.»

«Unmöglich. Sie ahnen nicht, was hier los ist. Es geht um die Entscheidung.»

Delaney fragte nicht, um welche «Entscheidung». Es interessierte ihn nicht. «Ich muß Sie sprechen», wiederholte er.

«Hat es Zeit bis sechs?» fragte Thorsen. «Um sieben ist eine weitere Besprechung mit dem Commissioner, aber um sechs ginge es. Hat es bis dahin Zeit?»

Delaney überlegte. «In Ordnung. Um sechs. Und wo?»

«Kommen Sie um sechs zu mir nach Hause.»

«Ich bin pünktlich da.»

Er drückte die Telefongabel gerade solange herunter, um die Leitung zu unterbrechen, dann rief er Dr. Sanford Ferguson an.

«Hier Captain Edward X. Delaney.»

«Ich komme mir richtig vernachlässigt vor», sagte Ferguson traurig. «Ich habe ja seit Ewigkeiten nichts mehr von Ihnen gehört. Wie kommen Sie voran?»

«Ganz gut. Ich habe Ihren vorläufigen Bericht über den Fall Feinberg gelesen, aber den endgültigen Autopsie-Bericht habe ich noch nicht bekommen.»

«Der ist heute erst fertig geworden. Das Übliche. Nichts Neues.»

«In dem ersten Bericht hieß es, das Blut auf dem Bürgersteig sei mit der Blutgruppe des Opfers nicht identisch.»

«Richtig.»

«Welche Blutgruppe war es?»

«Das fragen Sie *mich*? Edward, allmählich enttäuschen Sie mich aber. Ich dachte, *Sie* könnten mir das sagen.»

«Augenblick.» Edward holte sein Notizbuch heraus. «Also gut, dann werde ich es Ihnen sagen: AB – Rhesusfaktor negativ.»

Delaney hörte einen tiefen Atemzug. «Edward, Sie kommen also *wirklich* voran, ja? Es stimmt. AB – Rhesusfaktor negativ. Eine seltene Gruppe. Wer hat sie?»

«Ein Freund von mir», sagte Delaney tonlos. «Ein guter Freund.»

«Bitte, machen Sie ganze Arbeit, wenn Sie ihn hopsnehmen, ja?» sagte der Leichenbeschauer. «Ich habe die Nase voll von eingeschlagenen Schädeln. Ein richtiger sauberer Herzschuß wär geradezu eine Erholung!»

«Viel zu schade für ihn», sagte Delaney grimmig.

Schweigen. Schließlich: «Edward, Sie behalten doch hoffentlich einen klaren Kopf, oder?» fragte Ferguson, und in seiner Stimme schwang aufrichtige Besorgnis mit.

«Ich hab in meinem Leben noch keinen klareren gehabt.»

«Dann ist es gut.»

«Nur noch eins . . .»

«Jetzt weiß ich, daß Sie wieder der alte sind.»

«Ich werde Ihnen eine Probe von leichtem Maschinenöl schicken. Eine andere Marke als das, das ich Ihnen neulich gab. Können Sie bitte feststellen, ob es mit dem identisch ist, das Sie in Feinbergs Wunde gefunden haben?»

«Ich will's versuchen. Hört sich so an, als ob Sie ganz dicht dran wären, Edward.»

«Ja. Vielen Dank, Doktor.»

Er sah auf die Uhr. Noch fast zwei Stunden, ehe er sich mit Thorsen treffen konnte. Er setzte sich an seinen Schreibtisch, nahm einen Bleistift und einen Schreibblock und schickte sich an, seinen üblichen Bericht zu verfassen. Doch dann hielt er inne und überlegte. War es überhaupt klug, einen Bericht über seine illegale Haussuchung abzufassen, noch dazu handschriftlich? Er schob Block und Bleistift weg, stand auf und wanderte, die Hände in den Gesäßtaschen, im Zimmer auf und ab.

Falls es aus irgendeinem jetzt nicht vorhersehbaren Grund zu einer Gerichtsverhandlung kommen sollte, oder er eidesstattliche Aussagen machen mußte, dann stand Lipskys Wort gegen seines. Das einzige, was Lipsky beschwören konnte, war, daß er ihm die Schlüssel zugesteckt hatte. Er war nicht dabeigewesen, als Delaney Blanks Apartment durchsucht hatte. Das konnte er also guten Gewissens nicht beschwören; er konnte nur sagen, er habe ihm die Schlüssel übergeben und *angenommen*, daß er hinaufgehe und die Wohnung durchsuchen werde. Mutmaßungen waren jedoch nicht stichhaltig. Nein, dachte der Captain, er würde keinen Bericht über diese Durchsuchung niederschreiben. Jedenfalls nicht im Augenblick. Er ging weiter auf und ab.

Das Problem, zu dem Schluß kam er – das *eigentliche Problem* bestand nicht daran, wie Blank gefaßt wurde. Um sich darüber klar zu werden, mußte er zunächst das Gespräch mit Thorsen abwarten. Das eigentliche Problem war Blank selbst – wer dieser Mann war, was er war und was er womöglich tat.

Die Wohnung war wirklich ein Rätsel. Sie ließ eine Dichotomie (der Captain war mit diesem Ausdruck vertraut) der Persönlichkeit zutage treten, die schwer zu begreifen war. Auf der einen Seite diese unglaubliche Ordnung. Und dazu die supermoderne Einrichtung, schwarz und weiß, Stahl und Leder, keine Wärme, keine Spur von persönlicher Note in der ganzen Einrichtung.

Auf der anderen Seite die farbenfreudige Bettwäsche, die luxuriöse Kleidung, dieses Übermaß an weichen, seidigen Stoffen, femininer Unterwäsche, die Parfums, Öle, duftende Crémes, der Schmuck. Das verstümmelte Aktfoto. Und vor allem: die Spiegel. Die vielen Spiegel überall. Das Schlimme mit Dan war . . . Unversehens hielt er inne. Dan? Nannte er ihn bei sich jetzt schon «Dan»? Nicht Blank oder Daniel G. Blank, sondern Dan. Also gut, dann Dan. «Ein Freund», hatte er zu Dr. Ferguson gesagt. «Ein guter Freund.» Er hatte die wohlriechende Seife, seine Unterwäsche, seine seidenen Morgenmäntel in der Hand gehabt, seine Stimme gehört, sein Foto gesehen, auf dem er nackt war. Hatte seine Geheimnisse entdeckt.

Was das Ganze so schwierig machte, war die Frage, die er Barbara gestellt hatte: War es möglich, ein irrationales Problem mit rationalen Mitteln zu lösen? Auf diese Frage hatte er keine Antwort. Noch nicht. Er warf einen Blick auf die Uhr. Es wurde Zeit, zu Thorsen zu gehen. Hastig nahm er das ölgetränkte Stück Küchenpapier aus der Tasche, wickelte es in Alu-Folie und steckte es in einen an Dr. Ferguson adressierten Umschlag, den er auf dem Weg zu Inspector Thorsen einwarf.

Merkwürdig: er roch den Zigarrenqualm bereits draußen auf dem Bürgersteig. Er stieg die Stufen hinauf; der Geruch wurde stärker.

Er klingelte. Und klingelte. Und klingelte. Endlich riß Thorsen die Tür auf.

«Entschuldigung, Edward. Ich habe vor lauter Lärm nichts gehört.»

Thorsen stand, das merkte er sofort, unter irgendwelchem Druck. Der «Admiral» hielt sich aufrecht wie immer, aber das schöne Silberhaar war zerzaust, die blauen Augen blickten müde, die Falten in seinem Gesicht waren tiefer als sonst, und seine Bewegungen hatten etwas Eckiges.

Die Tür zum Wohnzimmer war geschlossen, doch der Captain hörte lautes und erregtes Reden. Auf den Stühlen in der Diele lagen mehrere Mäntel und Polizeimützen. Ein Stock. Ein Schirm. Die Luft war heiß, und

Schwaden von Zigarrenrauch wirbelten träge und beizend durcheinander. Thorsen forderte ihn nicht auf, abzulegen.

«Kommen Sie hier herein», befahl er.

Er führte Delaney ins Eßzimmer, knipste einen Wandschalter an und schloß hinter sich die Tür.

«Was gibt's?» fragte er.

Delaney sah ihn an. Der Mann war offenbar völlig erschöpft. Irgend etwas war im Busch, irgend etwas Wichtiges.

«Ivar», sagte er liebevoll – es war vielleicht das zweite oder dritte Mal, daß er ihn beim Vornamen nannte –, «ich habe ihn gefunden.»

Thorsen sah ihn an, er verstand nicht.

«Wen gefunden?»

Delaney gab keine Antwort. Thorsen starrte ihn noch immer an, endlich begriff er.

«O Gott», stöhnte er. «Ausgerechnet jetzt! Ausgerechnet in diesem Augenblick! O Gott! Kein Zweifel möglich?»

«Nein. Nicht der geringste.»

Thorsen holte tief Luft. Er wollte etwas sagen, doch dann hielt er inne und schenkte dem Captain ein schwaches Lächeln. «Herzlichen Glückwunsch, Edward!»

Delaney sagte nichts.

«Warten Sie hier. Ich möchte, daß Johnson und Alinski dabei sind. Ich bin gleich wieder da.»

Geduldig wartete der Captain. Immer noch stehend, fuhr er mit der Hand über die gewachste Oberfläche des Eßtisches. Alte knorrige Eiche. Man spürte noch immer, daß dies ein lebendiger Baum gewesen war.

Inspector Johnson machte einen ebenso unruhigen Eindruck wie Thorsen; sein schwarzes Gesicht war schweißbedeckt, und Delaney fiel auf, daß er die Hände nicht aus den Taschen nahm. Das tat man nur, wenn man vor anderen das Zittern der eigenen Hände verbergen wollte. Der Stellvertretende Bürgermeister Herman Alinski verzog auch heute keine Miene: nur seine dunklen, klugen Augen wanderten von einem zum anderen.

Die vier Männer standen um den Eßzimmertisch herum. Niemand machte den Vorschlag, sich zu setzen. Delaney hörte noch immer lautes Reden, roch den beizenden Zigarrenqualm.

«Edward?» sagte Thorsen leise.

Delaney blickte die beiden anderen Männer an. Dann wandte er sich an Alinski.

«Ich habe den Mörder von Frank Lombard, Bernard Gilbert, Detective

Kope und Albert Feinberg gefunden», sagte er langsam und deutlich. «Ein Irrtum ist ausgeschlossen. Ich weiß, wer die vier Morde begangen hat.»

Es herrschte Schweigen. Delaney sah von Alinski zu Johnson und von diesem zu Thorsen.

«O Gott», sagte Johnson. «Damit fliegt alles auf.»

«Jeder Irrtum ist ausgeschlossen?» fragte Alinski leise.

«Jawohl, Sir. Völlig ausgeschlossen.»

«Können wir die Schlinge zuziehen, Edward?» fragte Thorsen. «Ich meine: sofort?»

«Nein, er wäre nach einer Stunde wieder frei.»

«Und wenn wir ihn Karussell fahren lassen?» fragte Johnson mit krächzender Stimme.

Delaney: «Wozu? Reine Zeitverschwendung. Er würde sich zuletzt doch herauswinden.»

Thorsen: «Haussuchungsbefehl?»

Delaney: «Auch nicht von einem noch so wohlwollenden Richter.»

Johnson: «Irgend etwas für den Bezirksstaatsanwalt?»

Delaney: «Nicht soviel!»

Thorsen: «Und wenn wir ihn in den Schwitzkasten nehmen? Wird er dann was sagen?»

Delaney: «Nein.»

Johnson: «Sie waren bei ihm?»

Delaney: «Was denn sonst?»

Thorsen: «Sie haben's dagelassen?»

Delaney: «Was hätte ich tun sollen?»

Thorsen: «Aber es war da?»

Delaney: «Vor drei Stunden, ja. Jetzt vielleicht schon nicht mehr.»

Johnson: «Zeugen für Ihr Eindringen?»

Delaney: «Nur Mutmaßungen.»

Thorsen: «Wir haben also nichts in der Hand?»

Delaney: «Im Augenblick nicht.»

Johnson: «Aber Sie können ihn festnageln?»

Delaney: «Irgendwann bestimmt. Selbstverständlich.»

Der Stellvertretende Bürgermeister war diesem raschen Wortwechsel gefolgt, ohne ihn zu unterbrechen. Jetzt hob er die Hand. Sie verstummten. Umständlich zündete er sich seine nicht mehr brennende Zigarre an.

«Meine Herren», sagte er ruhig. «Ich weiß, daß ich ein armer Pole bin, den nur eine Generation vom Warschauer Getto trennt, doch ich hatte mir eingebildet, die englische Sprache und das amerikanische Idiom zu beherrschen. Aber jetzt möchte ich Sie bitten, mir doch zu erklären, wovon, zum Teufel, Sie hier eigentlich reden.»

Alle lachten. Das Eis war gebrochen, und eben das hatte Alinski gewollt, wie Delaney erkannte. Der Captain wandte sich an Thorsen:

«Soll ich es auf meine Weise erzählen?»

Thorsen nickte.

«Sir», sagte der Captain und wandte sich an den Stellvertretenden Bürgermeister. «Ich werde Ihnen erzählen, was ich kann. Ein paar Dinge werde ich Ihnen nicht sagen. Nicht um mich selbst zu schützen, das wäre mir egal. Aber ich halte es nicht für gut, wenn Sie und die anderen Herren hier im Raum sich der Mitwisserschaft schuldig machen. Verstehen Sie?»

Alinski kaute an seiner Zigarre und nickte. Seine dunklen Augen wurden womöglich noch dunkler: Neugierig sah er Delaney an.

«Ich kenne den Mann, der diese Morde begangen hat», fuhr Delaney fort. «Ich habe die Beweise in der Hand gehabt. Schlüssige, unumstößliche Beweise. Mein Wort darauf. Die Beweise waren vor drei Stunden vorhanden, und zwar in seiner Wohnung. Doch die Beweise lassen eine Verhaftung nicht zu. Warum nicht? Weil sie sich in seiner Wohnung, innerhalb seiner eigenen vier Wände befinden. Wie sollte ich beschwören, gesehen zu haben, was ich gesehen habe? Vom juristischen Standpunkt aus habe ich gar nichts gesehen. Und wenn ein verständnisvoller Richter trotzdem einen Haussuchungsbefehl ausstellen würde, was dann? Er könnte die Beamten, die ihm diesen Befehl präsentieren, lange genug hinhalten und das Beweismaterial inzwischen vernichten. Auf irgendeine Weise. Und dann? Ihn festnehmen? Auf Grund von was? Aber angenommen, wir tun das. Sollen wir Gefahr laufen, uns eine Klage wegen unrechtmäßiger Verhaftung auf den Hals zu laden? Wozu? Oder ihn Karussell fahren lassen? Dieser Ausdruck ist Ihnen vielleicht unbekannt. Er bedeutet: Einen Verdächtigen festnehmen, ihn auf der Revierwache in eine Haftzelle sperren und versuchen, ihn zum Schwitzen zu bringen, das heißt zum Reden. Er wird nach seinem Anwalt verlangen. Dieser Forderung müssen wir stattgeben, sonst würden wir gegen die Vorschriften verstoßen. Sein Anwalt erzwingt seine Freilassung. Während der Anwalt die notwendigen Papiere besorgt, verlegen wir ihn auf eine andere Wache. Wohin, weiß niemand. Und bis der Anwalt das raushat, haben wir ihn schon weitergebracht. Wir lassen ihn also Karussell fahren. Ein alter Trick, der heutzutage kaum noch angewendet wird; ursprünglich verfiel man darauf, um wichtige Zeugen im Schwitzkasten zu behalten, oder weil man noch ein, zwei oder drei Tage braucht, um den Kerl endgültig festzunageln. Das würde in diesem Fall nicht klappen. Auch nicht, ihn zum Schwitzen zu bringen. Fragen Sie mich nicht, warum – ich weiß es einfach. Er würde nicht reden. Warum sollte er auch? Er verdient rund fünfundfünfzigtausend im Jahr. Hat eine angesehene Position bei einer der größten Firmen hier in New York. Wir haben es nicht mit einem kleinen Gauner von der Straße zu tun, der allen möglichen Dreck am Stecken hat. Wir können keinerlei Druck auf ihn ausüben. Er hat keinerlei Vorstrafen. Er verfügt über einen guten Anwalt und Freunde. Er gilt etwas! Verstehen Sie jetzt?»

«Ja . . .» Alinski nickte nachdenklich. «Jetzt verstehe ich. Vielen Dank, Captain.»

«Fünfundfünfzigtausend im Jahr?» sagte Inspector Johnson ungläubig. «Alle Achtung!»

«Eine Frage», sagte der Stellvertretende Bürgermeister. «Inspector Johnson fragte Sie, ob Sie ihn festnageln könnten, und Sie sagten, ja. Wie wollen Sie das anstellen?»

«Das weiß ich noch nicht», gestand Delaney. «Das habe ich mir noch nicht näher überlegt. Das ist auch nicht der Grund, weswegen ich heute abend hierhergekommen bin.»

«Sondern?»

«Dieser Wahnsinnige wird wieder morden. Ich nehme an, in der Woche zwischen Weihnachten und Neujahr. Vielleicht auch schon früher. Und dieses Risiko kann ich nicht eingehen.»

Seltsamerweise fragte niemand, woher er den Terminplan des Mörders kannte. Sie glaubten ihm einfach.

«Und deshalb bin ich heute abend hierhergekommen», fuhr Delaney fort. «Ich brauche drei Beamte in Zivil und einen neutralen Wagen mit zwei Leuten, damit ich den Kerl beschatten kann, und zwar ab sofort. Entweder wird diese Forderung erfüllt, oder ich werfe alles hin, lasse Broughton den Ruhm einheimsen und finde mich damit ab. Bisher hatte ich nur eine Spur, auf die ich ihn hätte setzen können. Doch jetzt hab ich, wonach Broughton giert.»

Seine Forderung kam so plötzlich und unerwartet, daß die anderen ganz erschrocken waren. Sie sahen sich an.

«Hm», meinte Thorsen nach einer Weile. «Es müßte heute abend noch sein.»

«Das geht auch», sagte Delaney unbewegt und starrte Thorsen an. «Mir ist es schnuppe, woher Sie die Leute nehmen. Holen Sie sie meinetwegen von Staten Island rüber. Der Kerl muß jedenfalls beschattet werden.

Heute nacht und jede Nacht, bis ich weiß, wie ich ihn fasse.»

Schweigen im Eßzimmer, wo die vier Männer standen. Verging eine Minute, oder fünf, oder zehn? Der Captain wußte es nicht. Schließlich seufzte Alinski tief auf, hob den Kopf und sah Thorsen und Johnson an.

«Ich bitte Sie vielmals um Entschuldigung», sagte er leise: «Ich möchte mit Captain Delaney gern ein paar Worte unter vier Augen sprechen. Es dauert nicht lange. Könnten Sie uns bitte allein lassen?»

Wortlos gingen sie hintereinander hinaus. Johnson machte die Tür von außen zu.

Alinski sah Delaney an und lächelte. «Wollen wir uns nicht setzen?» fragte er.

Delaney nickte, und sie nahmen auf den gepolsterten Lehnstühlen einander gegenüber am Eßtisch Platz.

«Sie rauchen keine Zigarren?» fragte Alinski.

«Nicht mehr. Das heißt, nur gelegentlich. Aber nicht sehr oft.»

«Eine üble Angewohnheit.» Alinski nickte. «Aber schließlich sind alle genußreichen Angewohnheiten von Übel. Ich habe mir Ihre Akte angesehen. ‹Eisenarsch›. Hab ich recht?»

«Ja.»

«Mich hat man in jüngeren Jahren ‹Hitzkopf› genannt.»

Delaney lächelte.

«Gute Beurteilungen», sagte Alinski. «Wieviel Belobigungen?»

«Das weiß ich nicht.»

«Sie sind beim Zählen wohl nicht mehr mitgekommen. Eine ganze Menge jedenfalls. Sie waren im Zweiten Weltkrieg bei der Army. Bei der Militärpolizei.»

«Ja, das stimmt.»

«Eine Frage, Captain: Sind Sie der Ansicht, daß die Streitkräfte – Army, Navy und Air Force – an der Spitze einer zivilen Institution unterstellt sein sollten – dem Präsidenten, dem Verteidigungsminister und so weiter?»

«Selbstverständlich.»

«Und sind Sie der Meinung, daß auch die Polizei von New York grundsätzlich einer zivilen Institution unterstehen sollte? Daß also der Commissioner, der ranghöchste Beamte der Polizei, vom Bürgermeister ernannt werden sollte, einem zivilen Politiker?»

«Ja . . . ich glaube schon», sagte Delaney langsam. «Mir gefällt es genausowenig wie jedem anderen Polizisten, daß von ziviler Seite in Polizeibelange hineingeredet wird. Trotzdem glaube ich, daß die Polizei der Kontrolle irgendeiner zivilen Behörde unterstellt sein sollte, damit sie nicht eine völlig autonome Körperschaft wird. Eine gewisse Art von ziviler Kontrolle ist das geringere von zwei Übeln.»

Alinski lächelte säuerlich. «Eine ganze Reihe von Entscheidungen in dieser Welt laufen letzten Endes darauf hinaus.» Er nickte. «Das geringere von zwei Übeln. Thorsen und Johnson haben mir gesagt, Sie seien ein völlig unpolitischer Mensch. Dann interessieren Sie sich also so gut wie nicht für innenpolitische Intrigen und Fehden, die Cliquenwirtschaft und so weiter. Stimmt das?»

«Ja.»

«Sie möchten, daß man Sie in Ruhe Ihre Arbeit tun läßt?»

«Das stimmt.»

Der Stellvertretende Bürgermeister nickte abermals. «Wir sind Ihnen eine Erklärung schuldig», sagte er. «Sie wird zwar nicht ganz umfassend sein, da es ein paar Dinge gibt, die Sie nicht unbedingt zu wissen brauchen. Außerdem drängt die Zeit. Wir müssen alle um sieben im Rathaus sein. Nun ja . . .

Vor etwa drei Jahren kam es in der engeren Umgebung des Bürgermeisters zu einem sehr ernst zu nehmenden Vertrauensbruch. Dieser ‹innere Kreis› besteht aus rund einem Dutzend Personen – den engsten persönlichen Freunden des Bürgermeisters, seinen Beratern, ein paar Medien-Experten, Leuten, die den Wahlkampf finanzieren helfen, Gewerkschaftern und so weiter – Männern jedenfalls, auf deren Rat und Einfallsreichtum er sich stützt. Einmal im Monat werden Sitzungen abgehalten – wenn nötig auch öfter. Nun, irgend jemand aus diesem Kreis hielt nicht dicht. Die Zeitungen bekamen Wind von Dingen, die sie nicht wissen sollten, und manche Leute profitierten von den erst in der Diskussion befindlichen Plänen. Mir wurde die Aufgabe zuteil, mit dem Problem fertig zu werden; das ist eine meiner Aufgaben im Bereich der inneren Sicherheit. Wer nicht dichthielt, war unschwer festzustellen – der Name tut nichts zur Sache.»

«Wie haben Sie es rausgekriegt?» fragte Delaney. «Ich interessiere mich nur für die Methode, nach der Sie vorgegangen sind.»

«Nun, auf die naheliegendste.» Alinski zuckte mit den Schultern. «Jedem Mitglied des ‹inneren Kreises› wurde ein anderes fingiertes Dokument untergeschoben. Nur eines gelangte in die Öffentlichkeit. So einfach war das. Er bekam einen Tritt und wurde auf einen Repräsentationsposten abgeschoben – Denkmäler einweihen oder Schlaglöcher inspizieren –, denn einen solchen Mann wirft man nicht einfach raus; der öffentliche Skandal hilft niemand. Doch ehe es dazu kam, ließ ich ihn rund um die

Uhr beschatten, und dabei kam etwas recht Interessantes heraus. Einmal in der Woche aß er mit fünf Leuten zu Abend. Sie trafen sich entweder bei einem von ihnen oder in einem Hotelzimmer oder mieteten einen Konferenzraum in einem Restaurant. Eine sonderbare Gruppe war das: der Aufsichtsratsvorsitzende einer Wallstreet-Bank, ein Grundstücksspekulant, der Chefredakteur eines Nachrichtenmagazins, der Vizepräsident einer Aktiengesellschaft und der Stellvertretende Commissioner Broughton. Mir kam das Ganze von Anfang an nicht geheuer vor. Was verband diese Männer miteinander? Sie gehörten nicht einmal derselben politischen Partei an. Folglich hatte ich ein Auge auf sie. Ein paar Monate später waren aus den sechs bereits zwölf geworden, dann zwanzig. Gelegentlich bewirteten sie Gäste aus Albany, und einmal sogar einen Beamten des Justizministeriums in Washington. Inzwischen hatte die Gruppe fast dreißig Mitglieder, die jede Woche einmal zusammen zu Abend aßen.»

«Unter anderem auch der Mann, den Sie eingeschleust hatten», sagte Delaney.

Alinski setzte ein vielsagendes Lächeln auf, ging jedoch nicht auf die Bemerkung ein. «Es dauerte eine Zeitlang, ehe ich begriff, was hier gespielt wurde», fuhr er fort. «Soweit ich feststellen konnte, hatten sie keinen Namen, keine Geschäftsadresse, keinen Briefkopf, verfügten sie über keine Organisation, keine Funktionäre. Nichts als ein Gruppe von Männern, die gemeinsam zu Abend aßen. Es war faszinierend zu sehen, wie die Gruppe wuchs. Sie teilte sich in drei Untergruppen auf: drei verschiedene Abendessen jede Woche, das eine in erster Linie für die Geldleute, das andere für Redakteure, Schriftsteller, Verleger und Fernsehproduzenten, und das dritte für Polizeileute: von der City Police, der State Police und auch ein paar von der Bundespolizeibehörde. Dann fingen sie an, Leute zu werben: nichts Spektakuläres, aber ein solider Kader. Und immer noch kein Name, keine Adresse, kein Programm – nichts. Aber es passierten sonderbare Dinge: gewisse Leitartikel erschienen, politische Gruppen, die für uns unter ‹ferner liefen› rangierten, erhielten ansehnliche Wahlkampfspenden, bestimmte Gesetzesvorlagen wurden unterstützt oder blockiert, es kam zu offensichtlich geplanten und gut organisierten Demonstrationen, auf Grund von massivem politischem Druck wurde ein gewisser Mann, der wegen Steuerhinterziehung belangt werden sollte, auf Bewährung freigelassen – dabei hätte die Verhandlung ihm mindestens fünf Jahre eingetragen. Die Gruppe wuchs, und zwar schnell. Und zu den Mitgliedern gehörten Republikaner und Demokraten, Liberale und Konservative, was Sie wollen. Trotzdem traten sie immer noch nicht mit irgendwelchen Verlautbarungen an die Öffentlichkeit, gab es kein formales Programm – nichts dergleichen. Dennoch war ihr Ziel unverkennbar; was sie wollten, war eine autoritäre Stadtverwaltung, in der *Law and Order* herrschte. Sie forderten, die Polizei solle die Gummiknüppel anwenden. Waffen für alle, bis auf die Schwarzen. Eine härter durchgreifende Regierung. Sagt den Leuten, was sie zu tun haben, bittet sie nicht darum. Denn sie wollen ja, daß man ihnen sagt, was sie tun sollen, oder?»

Alinski warf einen Blick auf die Uhr. «Ich muß mich kurz fassen», sagte er. «Die Zeit drängt. Aber ich laß mich hinreißen. Die Hälfte meiner Familie ist in Treblinka umgekommen. Nun, wie dem auch sei: der Stellvertretende Commissioner Broughton fing an, uns zu schikanieren. Der Mann ist gut, das leugne ich gar nicht. Schlau, energisch, aktiv. Und großmäulig. Das vor allem. Als Frank Lombard umgebracht wurde, machte sich daher die Agitprop-Abteilung der Gruppe ans Werk. Das war ganz natürlich, Frank Lombard war ein Mitglied der Gruppe.»

Verwundert blickte Delaney ihn an. «Soll das etwa heißen, die vier Ermordeten hätten doch etwas Gemeinsames – wären politisch verbunden gewesen? Waren die anderen drei auch Mitglieder der Gruppe?»

«Nein, nein.» Alinski schüttelte den Kopf. «Sie dürfen mich nicht mißverstehen. Detective Kope konnte schon deshalb nicht Mitglied der Gruppe sein, weil sie unter einem Lieutenant keinen aufnehmen. Und Bernard Gilbert und Albert Feinberg konnten nicht dazugehören, weil sie Juden waren. Nein, Lombards Tod war ein Zufall, und ich nehme an, daß der Mann, den Sie gefunden haben, von der Gruppe noch nie etwas gehört hat, genau wie die meisten anderen. Doch die Ermordung Lombards kam der Gruppe wie gerufen. Erstens war er ein lautstarker Verfechter von *Law and Order*. Broughton sah jedenfalls seine Chance. Er befehligte die ‹Sonderkommission Lombard›. Mit dem politischen Druck, über den die Gruppe verfügte, bekam er alles, was er wollte – Mitarbeiter, jegliche Hilfsmittel, unbegrenzte finanzielle Unterstützung. Kennen Sie Broughton eigentlich persönlich?»

«Ja.»

«Unterschätzen Sie ihn bloß nicht. Er ist dreist wie der Teufel. Er glaubte, mit dem Fall Lombard im Handumdrehen fertig werden zu können. Damit hätte er einen Pluspunkt gewonnen und wäre seinem persönlichen Ziel, Commissioner zu werden, einen beträchtlichen Schritt nähergekommen. Fand er den Mörder aber nicht, konnte die Gruppe sich die Nase wischen. Deshalb fragte ich Thorsen und Johnson, wer in New

York die besten Kriminalbeamten seien. Sie nannten Sie und Pauley. Broughton entschied sich für Pauley. Thorsen und Johnson baten um Sie, und wir waren damit einverstanden.»

«Wer sind ‹wir›?»

«Unsere Gruppe.» Alinski lächelte. «Nennen Sie sie meinetwegen auch die ‹Gegengruppe›. Gleichviel, im Augenblick ist die Situation folgende: Wir hoffen, daß auf der heute abend stattfindenden Sitzung Broughton die Leitung der ‹Kommission Lombard› entzogen wird. Es ist nicht sicher, aber wir glauben, daß wir es schaffen. Jedoch nicht, wenn Sie jetzt hingehen und ihm den Mörder liefern.»

«Zum Teufel mit Broughton!» sagte Delaney rauh. «Sein politischer oder persönlicher Ehrgeiz ist mir völlig schnurz. Ich gehe nicht zu ihm, wenn Sie mir drei Beamte in Zivil geben und dazu einen unauffälligen Streifenwagen mit zwei Mann.»

«Aber sehen Sie denn nicht, daß das nicht geht?» erklärte Alinski geduldig. «Wie denn? Woher denn? Sie ahnen nicht, wie groß und mächtig die Gruppe inzwischen ist. Deren Leute sitzen überall, in jedem Revier, in jedem Sonderdezernat der Polizei. Nicht in den unteren Rängen – nein, in den oberen. Wir dürfen nicht riskieren, daß Broughton Wind davon bekommt, daß wir den Mörder kennen und ihn beschatten wollen. Sie wissen genau, was dann passiert. Mit heulenden Sirenen und einer Hundertschaft würde er angebraust kommen – gerade rechtzeitig nach dem Aufbau der Fernsehkameras und Ihren Mann in Handschellen herausholen.»

«Um ihn vor Gericht sofort wieder zu verlieren», sagte Delaney bitter. «Glauben Sie mir, im Moment könnte ich nicht mal Anklage gegen den Mann erheben, geschweige denn, ihn überführen.»

Der Stellvertretende Bürgermeister sah wieder auf die Uhr und verzog das Gesicht. «Wir kommen zu spät», sagte er. Er ging zur Tür und machte sie auf. Thorsen und Johnson warteten draußen, schon in Hut und Mantel. Alinski forderte sie mit einer Handbewegung auf, ins Eßzimmer zu kommen und schloß die Tür hinter ihnen. Dann wandte er sich an Delaney: «Captain», sagte er, «vierundzwanzig Stunden. Können Sie uns die zugestehen? Nur noch vierundzwanzig Stunden. Falls Broughton dann noch immer an der Spitze der ‹Kommission Lombard› steht, gehen Sie meinetwegen hin, und erzählen Sie ihm, was Sie haben. Er wird Sie zwar kreuzigen, aber er wird den Mörder haben – und die Schlagzeilen –, ob der Mann nun überführt wird oder nicht.»

«Sie wollen mir die Verstärkung nicht geben?» fragte Delaney.

«Nein. Ich kann Sie zwar nicht davon abhalten, jetzt gleich zu Broughton zu laufen, falls Sie das wollen. Aber den Triumph, daß ich Ihnen Leute zur Verfügung stelle, gönne ich ihm nicht.»

«Na gut», sagte der Captain mit leiser Stimme. Er ging an Alinski, Thorsen und Johnson vorbei zur Tür. «Sie können Ihre vierundzwanzig Stunden haben.»

Er bahnte sich durch die jetzt von Männern wimmelnde Diele seinen Weg nach draußen. Er beachtete niemand und sprach mit niemandem, wiewohl einer seinen Namen rief.

Alinski sah die beiden Männer im Eßzimmer erstaunt an. «Er hat sich so leicht einverstanden erklärt», sagte er. «Vielleicht hat er übertrieben. Vielleicht besteht für heute nacht doch keine Gefahr. Er hat jedenfalls nicht sehr hartnäckig um die Verstärkung gekämpft.»

Thorsen sah ihn an und blickte dann in die Diele hinaus, wo die anderen warteten.

«Sie kennen Edward nicht», sagte er fast wehmütig.

«Das stimmt», Inspector Johnson gab ihm recht. «Der wird sich heute nacht die Füße abfrieren.»

Er war nicht wütend, ja nicht einmal erbost. Es gab Dinge, die für sie Vorrang hatten, und für ihn hatten nun mal andere Vorrang. Sie hatten die «Gruppe» und die «Gegengruppe». Er hatte Daniel G. Blank. Es war interessant, dem Stellvertretenden Bürgermeister zuzuhören, und vermutlich waren ihre Sorgen gerechtfertigt. Aber er war nun schon seit so vielen Jahren bei der Polizei, er hatte viele Machtkämpfe miterlebt; ihm persönlich fiel es schwer, in diesen politischen Kämpfen Stellung zu beziehen. Irgendwie hatte die Polizei immer überlebt. Im Augenblick galt sein Interesse nur Dan, seinem guten Freund Dan.

Mit eiligen Schritten ging er nach Hause und rief sofort Barbara an, doch es war Dr. Louis Bernardi, der an den Apparat kam.

«Was ist los?» wollte Delaney wissen. «Ist mit Barbara alles in Ordnung?»

«Alles in Ordnung, Captain», beschwichtigte ihn der Arzt. «Wir sind gerade bei einer kleinen Untersuchung.»

«Glauben Sie, daß das neue Medikament anschlägt?»

«Es wird, es wird», sagte Bernardi munter. «Macht sie vielleicht ein bißchen reizbar, aber das gehört dazu. Es beunruhigt mich nicht.»

Ach, du Mistkäfer, dachte Delaney wieder. Was beunruhigt dich schon? Warum solltest du auch?

«Ich denke, wir geben ihr etwas, damit sie heute nacht gut schläft», fuhr Bernardi mit seiner öligen Stimme fort. «Etwas ganz Harmloses. Vielleicht wäre es das beste, Sie würden heute abend auf Ihren Besuch verzichten, Captain. Lange und ungestört schlafen zu können, wird unserer Barbara gut tun.»

«Unserer Barbara!» Delaney hätte ihm den Hals umdrehen mögen.

«Na gut», sagte er kurz angebunden. «Dann komme ich morgen wieder.»

Er warf einen Blick auf die Uhr: fast halb acht. Viel Zeit blieb ihm nicht. Er ging ins Schlafzimmer hinauf und zog sich um. Schmerzliche Erfahrungen hatten ihn gelehrt, was man winters bei einer Nachtwache zu tragen hatte.

Besonders warme Unterwäsche: lange Unterhosen und ein langärmeliges Hemd. Ein paar leichte Baumwollsocken und darüber dicke Wollsokken. Die Hose seiner alten Winteruniform glänzte, die Jacke war an den Ärmeln durchgescheuert, doch Zivilzeug, das so warm gewesen wäre wie der gute alte Wollstoff der Uniform, gab es nicht. Dann seine bequemen Polizistenschuhe mit einem Paar Gummigaloschen darüber, obwohl es draußen trocken und weder Regen noch Schnee vorausgesagt worden war.

Er schloß die Nachttischschublade auf, in der er seine Waffen verwahrte. Drei Pistolen: den 9-mm-Dienstrevolver, eine 7,6-mm-‹Taschenpistole› mit einem nur 5 cm langen Lauf und eine 10-mm-Automatik, die er 1946 aus Army-Beständen hatte mitgehen lassen. Er wählte die kleine Taschenpistole und lud sie. Einen Pistolengurt schnallte er nicht um, sondern begnügte sich, die schwarze Pistolentasche an seinem Leibriemen zu befestigen.

Seine Ausweise kamen in die innere Brusttasche. Ein lederbezogener Schlagstock paßte genau in die lange, schmale, eigens eingearbeitete Tasche im rechten Hosenbein. Handschellen in die rechte Hosentasche, und zuletzt steckte er noch eine aus Stahlgliedern bestehende «Hundekette» ein, gerade lang genug, daß sie um ein Handgelenk paßte, mit kräftigen Griffen an beiden Enden.

In der Küche machte er sich ein dickes Wurstbrot mit Zwiebelscheiben zurecht, wickelte es in Pergamentpapier und steckte es in die Tasche seines Zivilwintermantels. Eine Taschenflasche füllte er mit Kognak – die kam in die Brusttasche seines Mantels. Er fand seine lammfellgefütterten Ohrenschützer und seine pelzgefütterten Handschuhe; beides kam in die Außentasche des Mantels.

Ehe er das Haus verließ, wählte er die Nummer von Daniel Blank. Er kannte sie inzwischen auswendig. Es klingelte dreimal, und dann hörte er die vertraute Stimme «Hallo?» sagen, woraufhin Delaney sanft den Hörer auf die Gabel legte. Jedenfalls war sein Freund zu Hause.

Er setzte seinen steifen Homburg auf und ließ das Licht in der Diele brennen, schloß zweimal die Vordertür zu und trat hinaus in die Nacht. Er bewegte sich steif, und ihm war warm unter den vielen Lagen Stoff. Aber er wußte, daß das nicht lange dauern würde.

Er ging zu Fuß zu Daniel Blank hinüber. Noch waren die Straßen voll von Menschen; mit Weihnachtsgeschenken beladen eilten die Leute nach Hause. Die Eingangshalle des Hochhauses war strahlend hell erleuchtet. Zwei Pförtner hatten Dienst, der eine von ihnen war Lipsky. Sie steckten immer wieder große Trinkgelder ein – warum auch nicht, schließlich stand Weihnachten vor der Tür, oder? Taxis kamen und fuhren wieder weg, Privatwagen fuhren in die Tiefgarage. Mieter mit prallen Plastiktüten und riesigen Paketen schleppten sich zum Eingang.

Delaney bezog auf der anderen Straßenseite Posten und ging auf und ab, von einer Straßenecke zur anderen. Die Halle war fast immer leicht zu überschauen, zumindest brauchte er immer nur ein wenig über die Schulter zu blicken. Wenn er der Eingangshalle den Rücken zuwendete, drehte er häufig genug den Kopf, um alle Ankommenden und Abfahrenden wahrzunehmen. War er fünfmal auf und ab geschritten, überquerte er die Straße und ging auf der anderen Seite einmal direkt am Haus vorbei und kehrte dann wieder auf die ursprüngliche Straßenseite zurück. Er ging weder schnell noch langsam, trat bei jedem Schritt kräftig auf und schwenkte die Arme mehr als sonst.

Er konnte diese Aufgabe ganz automatisch wahrnehmen, und er freute sich, daß er jetzt Zeit genug hatte, sich seine Unterhaltung mit Thorsen, Johnson und Alinski noch einmal gründlich durch den Kopf gehen zu lassen.

Was ihn beunruhigte, war, ob er sich, was das Beweismaterial anging, auch wirklich unmißverständlich ausgedrückt hatte. Vor zehn Jahren wäre er sich in dieser Beziehung völlig sicher gewesen. Aber kürzlich gefällte Gerichtsentscheide, insbesondere jene des Obersten Bundesgerichts, hatten ihn – und alle Polizeibeamten – dermaßen verunsichert, daß sie die Regeln der Beweisführung und die Rechte der Verdächtigen nicht mehr ganz begriffen.

Nein, er hatte alles absolut korrekt vorgetragen. Bis zur Stunde konnte man Dan nichts anhaben.

Aber wenn man ihm gesetzlich nicht beikommen ...

Delaney hörte auf, über die Sache nachzudenken. Er warf einen Blick über die Schulter zurück. Ein Mann stand in der Eingangshalle und sprach mit einem der Pförtner. Der Mann war groß und schlank und trug einen schwarzen Mantel und keinen Hut. Delaney hielt inne, tat so, als werfe er einen Blick auf seine Armbanduhr, die er gar nicht umhatte, machte eine ungeduldige Geste, drehte sich um und ging auf die Eingangshalle zu.

Im selben Augenblick, da Daniel Blank aus der Glastür heraustrat und einen Moment stehenblieb, blieb auch er, direkt gegenüber dem Eingang, auf der anderen Straßenseite stehen. Kein Zweifel, er war es: breite Schultern, schmale Hüften, hübsch, mit leicht asiatischen Zügen. Die linke Hand hatte er in die Manteltasche gesteckt. Delaney sah, wie er die Nachtluft einsog, sich mit der Rechten den Mantel zuknöpfte und den Kragen hochschlug. Dann trat Blank auf die Auffahrt hinunter und wandte sich in westlicher Richtung, genau wie Delaney es auf der anderen Straßenseite auch tat.

Sieh mal einer an, dachte der Captain. Danny-Boy macht einen kleinen Spaziergang.

«Danny-Boy!» Der Name belustigte ihn. Er glich sich Blanks Tempo an, und als Dan die 2nd Avenue überquerte, tat Delaney auf seiner Seite das gleiche, nur ein wenig hinter ihm. Er verstand sich darauf, einen Mann zu verfolgen, allerdings bei weitem nicht so gut wie beispielweise Lieutenant Jeri Fernandez, der «Der Unsichtbare» genannt wurde.

Delaney tat sein Möglichstes und bediente sich der Tricks, auf die er sich verstand. Als Blank um die Ecke in die 3rd Avenue einbog, überquerte Delaney die Straße, um näher an ihn heranzukommen. Er beschleunigte seinen Schritt, um ihn zu überholen. Der Captain blieb stehen, um ein Schaufenster anzusehen, und beobachtete im Spiegel der Schaufensterscheibe, wie Blank an ihm vorüberging. Delaney ging wieder hinterher, hielt sich hinter einem Pärchen verborgen und blieb ihnen dicht auf den Fersen. Wenn Blank sich jetzt umdrehte, würde er eine Dreiergruppe sehen.

Dan ging langsam. Das Pärchen bog ab. Er ging zügig weiter und überholte sein Wild abermals. Er war sich bewußt, das Blank jetzt dicht hinter ihm ging, hatte jedoch weiter keine Angst. Die Straße war hell erleuchtet, und es waren noch Menschen unterwegs. Verrückt mochte Danny-Boy zwar sein, aber dumm war er nicht. Außerdem, darüber gab es für Delaney keinen Zweifel, näherte er sich seinem Opfer immer von vorn.

Delaney ging noch einen halben Block weiter und blieb dann stehen. Er hatte ihn verloren. Er wußte es, ohne sich umzudrehen. Instinkt? Irgendeine atavistische Fähigkeit? Verdammt! Er drehte sich um, blickte sich suchend um, fluchte über seine eigene Dummheit. Er hätte es wissen müssen oder doch darauf gefaßt sein sollen.

Auf halbem Weg bis zur nächsten Ecke lag eine Tierhandlung, die noch offen hatte. Das Schaufenster war strahlend hell erleuchtet. Hinter der Scheibe waren Welpen zu sehen – Foxterrier, Pudel und Spaniels tollten auf Zeitungsschnitzeln herum, schnappten spielerisch nach einander, ließen Wasser, verrichteten ihr großes Geschäft, drückten Schnauzen und Pfoten gegen die Scheibe, vor der rund ein halbes Dutzend Leute stand und lachte, ans Fenster klopfte und die Hunde mit Kosenamen rief. Unter ihnen Daniel Blank.

Er hätte es wissen müssen, sagte Delaney sich nochmals. Selbst der dümmste Polizist wußte, daß die meisten Mörder große Tiernarren waren. Sie hielten sich Hunde, Katzen, Sittiche und sogar Goldfische. Sie behandelten ihre Lieblinge mit zärtlicher Fürsorge, gaben viel Geld für sie aus, schleppten sie, wenn ihnen nur das Geringste fehlte, zum Tierarzt und hätschelten sie.

Blank löste sich von der Gruppe, überquerte die Straße und wich dem näherkommenden Verkehr aus. Delaney blieb auf seiner Straßenseite, doch als Dan eine Spirituosenhandlung betrat, ging auch der Captain über die Straße und besah sich die Auslagen des Geschäftes, oder erweckte jedenfalls den Anschein, es zu tun. Er hatte den Kopf gerade so weit gesenkt, daß er Daniel Blank im Laden beobachten konnte.

Was Dan tat, war keineswegs rätselhaft. Er holte einen Zettel aus der rechten Tasche, faltete ihn auseinander, reichte ihn dem Verkäufer. Der Verkäufer warf einen Blick darauf und nickte, holte eine Flasche Scotch Whisky aus dem Regal und zeigte sie Blank. Die Flasche war geschenkmäßig verpackt, mit einer roten Schleife obendrauf. Blank sah sich die Verpackung genau an, schien einverstanden und nickte. Der Verkäufer stellte die Flasche ins Regal zurück. Blank holte einen Stapel Karten aus der Tasche. Sie sahen aus wie Weihnachtskarten. Der Verkäufer riß einen Papierstreifen von der Addiermaschine und zeigte ihn Blank. Dan zog seine Brieftasche heraus, entnahm ihr ein paar Scheine und bezahlte bar. Der Verkäufer gab ihm Wechselgeld zurück. Der Verkäufer behielt den Zettel und die Karten. Sie lächelten einander zu. Blank verließ den Laden. Der Vorgang war nicht schwer zu verstehen: Dan schickte zum Weihnachtsfest mehrere Flaschen Scotch an verschiedene Adressen. Er hatte dem Verkäufer eine Liste sowie Karten, die jedem Paket beigepackt werden sollten, übergeben. Hatte alles bar bezahlt. Also.

Delaney blieb Dan, der beschwingt vor ihm her ging, auf den Fersen. Er bewunderte seinen Gang: Die Ballen der Füße berührten den Boden, ehe er mit der Ferse aufsetzte. Er trödelte nicht, war offensichtlich nicht auf der Suche nach irgend etwas. Wollte nur ein wenig Luft schnappen. Delaney ging hinter ihm her, überholte ihn, blieb auf gleicher Höhe mit ihm, lief hin und her wie ein guter Spürhund. Nichts.

In weniger als einer halben Stunde war Blank wieder in seinem Hochhaus, ging zu den Aufzügen und verschwand. Delaney, auf der anderen Straßenseite, nahm einen Schluck Kognak aus der Taschenflasche, aß im Aufundabgehen die Hälfte seines Wurstbrotes und ließ die Halle nicht aus den Augen.

Ob Dan die Nacht über wohl zu Hause blieb? Vielleicht, vielleicht aber auch nicht. Auf jeden Fall würde Delaney seinen Posten bis zum Morgengrauen nicht verlassen. Blanks Spaziergang war – nun ja, sagen wir: nicht aufschlußreich gewesen. Dennoch konnte der Captain das quälende Gefühl nicht loswerden, ihm sei irgend etwas entgangen. Aber was? Was nur? Mindestens dreiviertel der Zeit, die er unterwegs gewesen war, hatte er ihn überwacht. Der Mann hatte sich wie jeder andere abendliche Spaziergänger benommen, der nur kurz noch einmal ausgegangen war, um für seine Freunde und Bekannten ein Weihnachtsgeschenk zu kaufen. Also?

Trotzdem bohrte es in ihm. Irgend etwas. Delaney wickelte sein halbes Wurstbrot wieder aus, nahm sein Aufundabgehen wieder auf. Er mußte noch einmal ganz von vorn anfangen und sich an alles erinnern, was sein Freund getan hatte, jede Handlung, jede Bewegung.

Zuerst hatte er ihn im Inneren der Eingangshalle erspäht, wie er mit dem Pförtner sprach. Dann war Blank herausgekommen und hatte zum Himmel aufgeschaut, sich den Mantel zugeknöpft, den Kragen hochgeschlagen und war in westlicher Richtung davongegangen. Nichts Besonderes an alledem.

Er ließ alles noch einmal genau Revue passieren: wie er langsam die 3rd Avenue entlanggegangen, vor der Tierhandlung stehengeblieben war, dann die Spirituosenhandlung betreten, seine Weihnachtsliste dagelassen und sich dann auf den Heimweg gemacht hatte. Was ließ Delaney nicht los? Er griff in die innere Manteltasche, um sich noch einen Schluck Kognak zu genehmigen.

Ah! Ah! Jetzt hatte er es!

Blank hatte, als Delaney ihn entdeckte, mit einem Pförtner gesprochen. Mit aufgeknöpftem Mantel, die Linke in der Manteltasche. Dann war er unter das Vordach getreten und hatte sich den Mantel mit der rechten Hand zugeknöpft, mit der Rechten den Kragen hochgeschlagen. Bis jetzt war die Linke noch nicht in Aktion getreten – richtig.

Dann war er losgegangen. Beide Hände in den Manteltaschen vergraben. War gegangen, er ihm immer auf den Fersen. Der Halt bei der Tierhandlung – nichts. Doch jetzt beobachtet er unter der Krempe seines steifen Homburg hervor Blank im Innern des Spirituosengeschäfts. Die rechte Hand greift in die rechte Manteltasche, zieht einen Zettel hervor. Er faltet ihn mit der Rechten auf dem Ladentisch auseinander. Reicht ihn mit der Rechten dem Verkäufer. Der Verkäufer zeigt Blank die eingepackte Whiskyflasche. Dan greift mit der rechten Hand nach ihr, inspiziert sie, ist einverstanden, gibt sie dem Verkäufer zurück. Immer noch bleibt die Linke untätig. Wie tot. Die Rechte greift in die Manteltasche, kommt mit einem halben Dutzend Weihnachtskarten wieder hervor, die den Flaschen beigelegt werden sollen. Dann zieht die Rechte die Brieftasche hervor. Die Summen werden addiert. Blank bezahlt. Das Wechselgeld verschwindet in der rechten Manteltasche. Linke Hand, wo bleibst du?

Captain Delaney blieb unvermittelt stehen. Es fiel ihm wie Schuppen von den Augen, und er mußte lachen. Es war so wunderbar. Das waren die Details immer. Welcher Mann würde schon seine Weihnachtsliste, die Weihnachtskarten und die Brieftasche in der rechten Manteltasche mit sich herumtragen? Antwort: Niemand. Delaney jedoch besaß einen schönen, maßgeschneiderten Uniformmantel, der im Innern der Taschen klappenbesetzte Schlitze aufwies, damit er an seine Pistolentasche herankam, ohne erst umständlich den Mantel aufknöpfen zu müssen.

Natürlich! Auf diese Weise hatte Dan den Whisky bezahlt. Er hatte durch den Mantel nach der Liste in der Jackentasche gegriffen. Durch den Mantel gegriffen, um die Brieftasche herauszuholen. Durch den Mantel gegriffen, um aus einer Jacken- oder Hosentasche die Weihnachtskarten herauszuholen, die er den Flaschen beigelegt haben wollte.

Wunderbar!

Wunderbar nicht deshalb, weil Daniel G. Blank auf diese Weise seine Weihnachtsgeschenke verschickte, sondern weil Danny-Boy auf diese Weise Menschen umbrachte. Schlitze in den Taschen. Die Linke in der Tasche, durch den Schlitz gesteckt, hielt den Eispickel. Der Mantel nicht zugeknöpft. Unbehindert konnte er die Rechte schwenken. Dann, im Augenblick des Zusammentreffens, rasch den Eispickel in die rechte Hand übergeben – und zuschlagen. Ganz schön gerissen! Mein Gott, war das gerissen!

Delaney hielt weiterhin Wache. Er wußte, *wußte* einfach, daß Blank in dieser Nacht nicht mehr ausgehen würde. Doch das spielte keine Rolle. Delaney würde bis zum Tagesanbruch weiter auf und ab gehen. Dabei hatte er jedenfalls Zeit, über alles nachzudenken.

Zeit nachzudenken. Der Fall der unsichtbaren linken Hand. Was war die Lösung dafür? Es gab zwei Möglichkeiten, dachte Delaney. Erstens: Die linke Hand war wirklich durch den Schlitz in der Manteltasche gesteckt und hielt an Stiel oder Schlaufe tatsächlich den Eispickel. Doch das wollte dem Captain nicht recht glaubhaft erscheinen. Als er ihn in der hell erleuchteten Eingangshalle entdeckt hatte, war Dans Mantel offen gewesen. Er würde wohl kaum riskieren, daß ein Pförtner oder ein anderer Mieter den Eispickel unter dem offenen Mantel sah. Von da an war der Mantel allerdings zugeknöpft gewesen. Warum sollte Dan einen Eispickel unter dem zugeknöpften Mantel mit sich herumschleppen? Er war doch ganz offensichtlich nicht auf Beute ausgewesen.

Zweitens: Die linke Hand war verletzt oder aus irgendeinem Grund nicht zu gebrauchen. Oder das Handgelenk, der Arm, der Ellbogen, die Schulter. Danny-Boy konnte sie nicht normal gebrauchen und steckte die Hand in die Manteltasche, um den Arm wie in einer Schlinge zu halten. Ja, das könnte hinkommen und ließ sich leicht feststellen. Das konnte Thomas Handry bei seinem Interview tun, oder, besser noch, Delaney rief morgen bei Charles Lipsky an und fragte ihn, ob Blank sich am linken Arm verletzt hatte. Der Captain hatte ohnehin vor, den Pförtner täglich anzurufen, um zu erfahren, ob er die Nummer des Taxis aufgeschrieben hatte, das Dans schwarzhaarige, magere Freundin benutzte.

Was hatte die ganze Sache mit den Taschenschlitzen und der rechten und der linken Hand nun eigentlich zu bedeuten? Er wußte – daran gab es keinen Zweifel –, daß Daniel Blank vier Morde begangen hatte. Was er jedoch brauchte, war ein hieb- und stichfester Beweis, so hieb- und stichfest, daß Delaney zum Bezirksstaatsanwalt gehen und Anklage erheben konnte. Aus diesem Grund sollte Handry das Interview machen und wollte er die Nachforschungen über Dans Freundin, den Knaben Tony und das Ehepaar Morton anstellen. Das waren Anhaltspunkte, denen jeder Polizist nachgehen würde. Möglich, daß die Spuren im Sande verliefen – wahrscheinlich sogar –, aber eine führte möglicherweise doch zum

Ziel. Dann konnte er Danny-Boy festnageln und vor Gericht bringen. Und dann?

Delaney wußte genau, was dann passieren würde. Blanks gerissener, teurer Anwalt würde auf Unzurechnungsfähigkeit plädieren. «Der Mann ist krank, er hat aus keinem erkennbaren Grund vier Menschen umgebracht. Ich frage Sie, Euer Ehren, waren das die Taten eines geistig Gesunden?» Und Dan würde auf ein paar Jahre in einer Heil- und Pflegeanstalt verschwinden.

Das würde passieren, und allzuviel konnte Delaney dagegen gar nicht haben. Blank *war* krank, ohne Zweifel. Die Einweisung in eine Heilanstalt war einer Gefängnishaft vorzuziehen. Dennoch . . . Was wollte er, Delaney, eigentlich? Diesen Wahnsinnigen nur aus dem Verkehr ziehen? O nein. Nein! Er wollte mehr.

Es waren nicht nur Dans Motive, die er nicht begriff; mit seinen eigenen ging es ihm genauso. Er hatte in dieser Beziehung höchst verschwommene Vorstellungen; darüber mußte er wesentlich intensiver nachdenken. Aber er wußte, daß er noch nie in seinem Leben eine solche Affinität zu einem Verbrecher gehabt hatte. Er hatte das Gefühl, daß er, wenn er Dan besser verstünde, auch sich selbst besser zu verstehen imstande wäre.

Die Wahrheit dämmerte ihm ganz allmählich, und sie bedeutete keinen Schock für ihn. Nun ja, es war *seine* «Wahrheit». Er wollte diesen Mann tot sehen.

Was in Daniel Blank steckte, in ihm steckte; was er zu vernichten hoffte, indem er Dan dem Tod überantwortete, war das Böse, nichts als das Böse. War es das nicht? Der Gedanke war so irrational, daß er ihm nicht nachgehen mochte.

Das Läuten des Telefons weckte ihn. Ein Blick auf den Wecker neben dem Bett sagte ihm, daß es fast elf war. Er wunderte sich, daß Mary unten nicht abgenommen hatte, doch dann fiel ihm ein, daß sie heute ihren freien Tag hatte.

«Hier Captain Edward X. Delaney.»

«Hier Handry. Ich habe einen Termin für ein Interview mit Blank.»

«Ausgezeichnet. Wann soll es stattfinden?»

«Am Tag nach Weihnachten.»

«Irgendwelche Schwierigkeiten?»

«Nein . . . nicht eigentlich.»

«Was gibt's?»

«Ich habe alles so gemacht, wie Sie es mir empfohlen haben: habe den

PR-Mann von Javis-Bircham angerufen. Er war sofort Feuer und Flamme, und so bin ich zu ihm gegangen. Er nannte mir die Namen von vier jungen leitenden Leuten, aber der Name Blank war nicht darunter.»

«Haben Sie nicht gesagt, daß Sie mit jemand sprechen möchten, der mit dem augenblicklichen Einsatz und den zukünftigen Möglichkeiten von Computern vertraut ist?»

«Doch, das hab ich. Aber er hat Blank nun mal nicht genannt. Komisch – finden Sie nicht?»

«Mmmm. Schon. Und wie haben Sie die Sache gedreht?»

«Ich habe gesagt, ich interessierte mich besonders für AMROK II. So heißt der Computer, der in der Pressenotiz über Blank erwähnt wurde. Erinnern Sie sich?»

«Ja, ich weiß. Und was hat er dazu gesagt?»

«Nun ja, da hat er eben Blank genannt und war auch einverstanden, als ich sagte, diesen Mann würde ich gern interviewen. Aber er war nicht besonders glücklich darüber, das war zu merken.»

«Vielleicht eine persönliche Animosität. Irgendwelche innerbetriebliche Politik. Vielleicht kann er Blank auf den Tod nicht ausstehen und gönnt ihm keine Publicity.»

«Möglich», sagt Handry zweifelnd, «aber diesen Eindruck hatte ich eigentlich nicht.»

«Sondern?»

«Ach, nur so ein verrückter Einfall.»

«Heraus damit», sagte Delaney geduldig.

«Daß Blanks Aktien im Fallen begriffen sind. Daß er vielleicht gar nicht so gut war. Daß es vielleicht Gerüchte gibt, wonach er bald abgesägt werden soll. In einem solchen Fall wäre der Pressemann natürlich nicht gerade scharf auf einen Artikel, in dem es heißt, was für ein genialer Kopf dieser Blank ist, der womöglich eine Woche später geschaßt wird. Erscheint Ihnen diese Überlegung so verrückt?»

Delaney schwieg und dachte nach. «Nein», sagte er schließlich, «nicht unbedingt. Im Gegenteil, sie hat was für sich. Können wir heute mittag zusammen essen?»

«Auf Ihre Rechnung?»

«Selbstverständlich.»

«Dann ja. Wann und wo?»

«Wie wär's mit dem Steak-House, wo wir schon mal gegessen haben?»

«Gern. Große Klasse.»

«So um halb eins? In der Bar?»

«Ich bin pünktlich.»

Der Captain ging ins Badezimmer, um sich zu rasieren. Während er sich die Wange abschabte, überlegte er, daß Handrys Eindruck möglicherweise stimmte. Es war durchaus denkbar, daß Blanks neues kleines Steckenpferd seine Tüchtigkeit beeinträchtigte. Damals, als die Notiz an die Presse gegangen war, war er der strahlende Liebling der Götter gewesen. Doch inzwischen gefiel es den Leuten nicht, daß er von einer Zeitung interviewt wurde. Interessant!

Handry bestellte Lammkotelett und ein Bier vom Faß, Delaney einen Whisky und eine Rinderpastete.

«Wissen Sie», sagte Delaney zu dem Reporter, «wir müssen eine ganze Menge besprechen, also lassen Sie uns am besten gleich anfangen.»

Handry sah ihn verwundert an. «Was ist denn?» fragte er.

«Was ist?» fragte Delaney ein wenig verwirrt. «Was meinen Sie mit: ‹Was ist?›»

«Nun ja, wir sitzen noch keine fünf Minuten hier und Sie haben schon zweimal auf die Uhr gesehen. Das kenne ich nicht von Ihnen.»

«Sie hätten doch Detektiv werden sollen», brummte Delaney.

«Nein, vielen Dank! Das sind Leute, die zuviel lügen und jede Frage mit einer Gegenfrage beantworten. Stimmt's?»

«Wann hätte ich je eine Frage mit einer Gegenfrage beantwortet?»

Handry wollte sich ausschütten vor Lachen. Als er sich schließlich beruhigt hatte, sagte er: «Kurz bevor ich eben wegging, traf ich einen Kollegen aus der Lokalredaktion. Er erzählte mir, gestern abend sei es im Rathaus zu einem Riesenkrach gekommen. Der Stellvertretende Commissioner Broughton stehe auf der Abschußliste, da die ‹Sonderkommission Lombard› ein absoluter Reinfall sei. Wissen Sie etwas darüber?»

«Nein.»

«Betrifft Sie das in irgendeiner Weise?»

«Nein.»

«Na schön. Wie Sie meinen.» Handry seufzte. «Ja, dann wollen wir mal.»

«Glauben Sie mir», sagte Delaney ernst und beugte sich vor. «Ich treibe kein unehrliches Spiel mit Ihnen. Natürlich sind da ein paar Dinge, die ich Ihnen nicht gerade auf die Nase binden werde, aber es sind Dinge, über die zu sprechen mir nicht zusteht. Sie haben mir sehr, sehr geholfen. Dieses Interview mit Blank ist äußerst wichtig. Ich möchte nicht, daß Sie das Gefühl haben, ich belüge Sie.»

«Schon gut, schon gut!» winkte Handry ab. «Ich glaube Ihnen. Wenn ich Sie richtig verstehe, möchten Sie, daß ich bei diesem Interview vor allem herausfinde, ob Blank Bergsteiger ist und ob er einen Eispickel besitzt. Hab ich recht?»

«Ja», sagte Delaney prompt, obwohl er das bereits selbst festgestellt hatte. Handry sollte unbedingt weiterhin in dem Glauben bleiben, das Interview sei wichtig. «Natürlich möchte ich wissen, was er bei Javis-Bircham macht, was für eine Stellung er bekleidet, wie viele Leute er unter sich hat und so weiter. Um diese Fragen müßte es in dem Interview vor allem gehen, damit er keinen Verdacht schöpft. Doch *mich* interessiert in erster Linie seine Lebensgeschichte, seine Herkunft, der Mann selbst. Glauben Sie, daß Sie das schaffen?»

«Sicher.»

«Also gut. Und bloß keine Bange. Ich kann mir nicht denken, daß Sie, wenn Sie auf persönliche Dinge zu sprechen kommen, irgendwelche Schwierigkeiten haben werden. Und auch nicht, was sein Steckenpferd, die Bergsteigerei, betrifft. Doch Vorsicht, sobald es um das Thema ‹Liebesbeziehungen› geht und um den Eispickel. Wenn er Ihnen darüber etwas erzählen will, schön, wenn nicht, lassen Sie das Thema fallen. Ich bekomme das schon irgendwie heraus.»

Als sie mit dem Essen fertig waren, bestellte Captain Delaney für jeden noch einen Espresso und einen Kognak.

«Ein herrliches Aroma», sagte Handry, nachdem er einen Schluck von dem Kognak genommen hatte. «Sie verwöhnen mich. Ich esse sonst mittags üblicherweise nur ein Thunfisch-Sandwich.»

Delaney lächelte. «Ich auch. Ach, übrigens, noch ein paar Kleinigkeiten.»

Handry setzte sein Kognakglas ab, sah ihn fragend an und schüttelte den Kopf. «Sie sind unglaublich», sagte er. «Jetzt verstehe ich, warum Sie den Kognak bestellten. ‹Ein paar Kleinigkeiten›? Soll ich Blank vielleicht fragen, ob er der Mörder ist? Soll ich im Zoo dem Löwen meinen Kopf in den Rachen stecken?»

«Nein, nein», protestierte Delaney. «Es sind wirklich nur ein paar Kleinigkeiten. Versuchen Sie bitte festzustellen, ob er an der linken Hand eine Verletzung hat. Oder am Arm. Vielleicht trägt er einen Verband oder hat den Arm in der Schlinge.»

«Ich verstehe nicht.»

«Achten Sie nur darauf, das ist alles. Passen Sie auf, ob er den linken Arm völlig normal gebraucht. Ob er mit der Linken irgend etwas anfaßt oder sie unterm Tisch versteckt. Sie sollen nur aufpassen – weiter nichts.»

«Na schön.» Handry seufzte. «Ich werde darauf achten. Um was geht es sonst noch?»

«Sehen Sie zu, ob Sie eine Handschriftenprobe von ihm bekommen können.»

Baß erstaunt sah Handry ihn an. «Sie sind *wirklich* unglaublich», sagte er. «Wie um alles in der Welt soll ich das anstellen!»

«Das weiß ich auch nicht», gestand Delaney. «Vielleicht liegt ein Zettel mit seiner Schrift herum, den Sie an sich nehmen können. Aber nein, das wäre nicht gut. Sie müssen sich etwas einfallen lassen. Sie haben doch Phantasie! Nur ein paar Worte, die er geschrieben hat, und seine Unterschrift. Mehr brauche ich nicht. Wenn Sie das erreichen könnten . . .»

Handry sagte nichts dazu. Sie tranken Kognak und Kaffee aus, der Captain bezahlte, und dann gingen sie. Draußen auf dem Bürgersteig legte der Captain Handry die Hand auf den Arm.

«Worum es mir vor allem geht», sagte er leise, «das sind die *Eindrücke*, die Sie von dem Mann gewinnen. Sie haben doch ein Gespür für Menschen. Merken Sie sich all die kleinen Dinge, die er tut – ob er an den Nägeln kaut, ob er in der Nase bohrt, fahrig ist, ständig die Beine übereinanderschlägt und so weiter – alles. Lassen Sie ihn nicht aus den Augen. Saugen Sie sich voll mit ihm. Wer er ist, was er ist. Gefällt er Ihnen? Haben Sie Angst vor ihm, verabscheuen Sie ihn, amüsiert er Sie? Darum vor allem geht es mir – wie Sie gefühlsmäßig auf ihn reagieren. Verstanden?»

«Verstanden», sagte Thomas Handry.

Zu Hause rief Delaney als erstes Barbara an. Sie sagte, sie habe sehr gut geschlafen und es gehe ihr viel besser. Monica Gilbert sei bei ihr gewesen, sie hätten sich reizend unterhalten, sie möge Monica sehr gern. Er sagte, darüber sei er sehr froh. Am Abend werde er sie besuchen, ganz bestimmt.

«Ich küsse dich», sagte Barbara und sandte einen Kuß durchs Telefon.

«Ich dich auch», sagte Captain Edward X. Delaney und machte den gleichen Laut. Was er bisher immer für sentimental und lächerlich gehalten hatte, kam ihm jetzt keineswegs mehr so vor, sondern unendlich wichtig und so rührend, daß er es kaum ertragen konnte.

Er rief Charles Lipsky an. Der Pförtner sprach mit gedämpfter Stimme und schien sehr vorsichtig.

«Irgendwas gefunden?» fragte er im Flüsterton.

Im ersten Augenblick wußte Delaney nicht, was er meinte, doch dann ging ihm auf, daß Lipsky von gestern nachmittag redete.

«Nein», sagte der Captain. «Nichts. Ist die Freundin inzwischen dagewesen?»

«Nichts von ihr gesehen.»

«Vergessen Sie nicht, sich die Autonummer zu merken, dann ...»

«Ich vergesse es nicht», beeilte Lipsky sich zu sagen. «Zwanzig, nicht wahr?»

«Ja», sagte Delaney. «Noch eins: was ist eigentlich mit Blanks linkem Arm? Hat er ihn sich verletzt?»

«Er hat ihn ein paar Tage lang in der Schlinge getragen.»

«Wirklich?»

«Ja. Ich hab ihn gefragt. Er sagte, er sei auf dem Teppich in seinem Wohnzimmer ausgerutscht. Der Boden war frisch gewachst. Dabei ist er aufm Ellbogen gelandet. Und mit dem Gesicht auf der Tischkante aufgeschlagen.»

«Hm», machte der Captain. «Es heißt ja immer, daß die meisten Unfälle in der Wohnung passieren.»

«Ja. Im Gesicht ist nichts zu sehen, und den Arm trägt er nicht mehr in der Schlinge. Ist das von irgendwelchem Wert?»

«Nun mal nicht so geldgierig», sagte Delaney kalt.

«Geldgierig?» sagte Lipsky indigniert. «Was heißt hier geldgierig? Schließlich wäscht eine Hand die andere, oder?»

«Ich rufe morgen wieder an», sagte der Captain. «Haben Sie noch immer Tagschicht?»

«Ja. Bis Weihnachten. Als Sie da gestern über 'ne Stunde oben waren und ich dreimal ...»

Der Captain legte auf. Allzulang konnte er diesem Charles Lipsky nicht zuhören.

Er verfaßte einen Bericht über sein Treffen mit Thomas Handry und seine Unterhaltung mit dem Pförtner. Es war vier vorbei, als er damit fertig war.

Er ging ins Wohnzimmer, zog die Schuhe aus und legte sich auf die Couch, um ein bißchen auszuruhen, seine Augen etwas zu schonen und an glücklichere Zeiten zu denken.

Als er erwachte, war es dunkel im Zimmer. Er zog die Schuhe wieder an und ging in die Küche. Die Uhr an der Wand zeigte kurz vor sieben. Die vierundzwanzig Stunden, um die Alinski gebeten hatte, waren fast herum. Delaney machte den Eisschrank auf und suchte nach einem kalten Bier, um den schalen Geschmack im Mund zu vertreiben. Er fand eins und zog gerade am Ringverschluß, da klingelte das Telefon.

Er ging ins Arbeitszimmer zurück und ließ das Telefon ruhig weiterklingeln. Ehe er abnahm, riß er sein Bier ganz auf und trank einen tüchtigen Schluck. Dann meldete er sich: «Hier Captain Edward X. Delaney.»

Niemand antwortete. Er hörte nur lautes Männerreden, schrille Schreie, Gelächter, das Anstoßen von Gläsern. Es klang nach einer Party in fortgeschrittenem Stadium.

«Hier Delaney», wiederholte er.

«Edward?» Es war Thorsens Stimme, schwer von Alkohol, aber auch erleichtert.

«Ja, am Apparat.»

«Edward, wir haben es geschafft. Broughton ist draußen. Wir haben ihn aus dem Sattel gehoben.»

«Gratuliere!» sagte Delaney ohne besondere Betonung.

«Edward, jetzt müssen Sie Ihre Beurlaubung rückgängig machen. Sie müssen die ‹Kommission Lombard› übernehmen. Was immer Sie brauchen – Leute, Geld, Hilfsmittel jeder Art – Sie kriegen's, Okay?» rief Thorsen. Delaney verzog das Gesicht und hielt den Hörer von seinem Ohr weg. Er hörte zwei oder drei Stimmen «Okay!» schreien – als Antwort auf Thorsens Frage.

«Edward? Sind Sie noch dran.»

«Ich bin noch dran.»

«Verstehen Sie? Sie müssen zurück in den aktiven Dienst. Und die ‹Kommission Lombard› übernehmen. Sie bekommen jede Unterstützung. Was sagen Sie dazu?»

«Ja», sagte Captain Edward X. Delaney, ohne zu zögern.

«Ja? Haben Sie ‹ja› gesagt?»

«Ja, das habe ich gesagt.»

«Er hat ‹ja› gesagt!» schrie Thorsen. Abermals hielt Delaney den Hörer vom Ohr weg. Für diese Art von Ausgelassenheit hatte er nichts übrig. «Mein Gott, das ist wundervoll!» Thorsens Stimme überschlug sich fast.

«Aber ich verlange, daß mir niemand hineinredet», fuhr der Captain unbeirrt fort. «Niemand. Keine schriftlichen Berichte. Nur mündliche an Sie und . . .»

«Gewährt, gewährt, Edward.»

«Und keine Pressekonferenzen, keine Presseverlautbarungen – nichts, es sei denn, es käme von mir.»

«Alles, Edward, alles. Bringen Sie die Sache nur schnell zu Ende. Verstehen Sie? Zeigen Sie's diesem Broughton, was für ein dämlicher *schmuck* er ist. Er wird geschaßt, und drei Tage später präsentieren Sie die Lösung. Okay? Zeigen Sie's dem Kerl!»

«Geschaßt?» fragte der Captain. «Broughton?»

«... kommt doch aufs selbe raus.» Thorsen gluckste. «Hat um Versetzung in den Ruhestand gebeten. Blödes Arschloch! Will nächstes Jahr für das Amt des Bürgermeisters kandidieren.»

«So?» fragte Delaney noch immer mit völlig ausdrucksloser Stimme. «Ivar, haben Sie auch alles richtig verstanden? Ich nehme an, aber nur zu den genannten Bedingungen: Niemand redet mir hinein, mündliche Berichterstattung nur an Sie, die Auswahl der Leute bleibt mir überlassen, und was die Unterrichtung der Öffentlichkeit betrifft: das übernehme ich persönlich. Ist das klar?»

«Captain Delaney», sagte eine ruhige Stimme, «hier spricht Herman Alinski. Ich bitte um Verzeihung, aber ich habe das Gespräch mitgehört. Hier wird ein gewisses Ereignis gefeiert.»

«Das höre ich.»

«Aber ich versichere Ihnen, daß wir mit allen Ihren Bedingungen einverstanden sind. Sie haben das Kommando über die Sonderkommission. Sie bekommen, was Sie brauchen. Die Presse und das Fernsehen werden ausschließlich durch Sie unterrichtet. Genügt Ihnen das?»

«Ja.»

«Wundervoll!» brummelte Thorsen. «Das Fernschreiben geht sofort heraus. Wir verfassen eine entsprechende Pressenotiz – damit die Meldung noch in die Abendausgaben kommt –, daß Broughton um Versetzung in den Ruhestand gebeten hat und Sie ab sofort die Leitung der ‹Kommission Lombard› übernehmen. Ist das so in Ordnung, Edward? Lediglich eine kurze Pressemitteilung. Okay?»

«Ja. Okay.»

«Das Schreiben für Sie ist bereits getippt. Der Commissioner wird es heute abend noch unterschreiben.»

«Sie müssen sich meiner ja verdammt sicher gewesen sein», sagte Delaney.

«Ich nicht.» Thorsen lachte. «Und Johnson auch nicht so ganz. Nur Alinski.»

«Ach?» sagte Delaney kühl. «Sind Sie noch da, Alinski?»

«Ich bin noch da, Captain», meldete sich die sanfte Stimme wieder.

«Sie waren sich meiner ganz sicher? Daß ich annehmen würde?»

«Ja», erklärte Alinski, «dessen war ich mir ganz sicher.»

«Wieso?»

«Sie haben doch gar keine andere Wahl, Captain, oder?» fragte der Stellvertretende Bürgermeister leise.

Delaney legte ebenso leise auf.

Als erstes trank er sein Bier aus. Das tat gut. Aber zugleich brachte es ihm die Größe der Aufgabe zum Bewußtsein, die er übernommen hatte, die Verantwortung, und daß er all die wichtigen Dinge und all die kleinen Details nur bewältigen konnte, wenn er sich an die Maxime hielt: das Wichtigste zuerst. Jetzt, im Augenblick, war das wichtigste das Bier.

«Sie haben doch gar keine andere Wahl, Captain, oder?» hatte der Stellvertretende Bürgermeister leise gefragt.

Was er wohl damit meinte?

Er knipste die Schreibtischlampe an, nahm Platz, setzte die Brille auf, nahm einen Notizblock und fing an zu malen – Quadrate, Kreise, Striche. Flüchtig hingeworfene Diagramme, Pfeile, Zickzacklinien, Spiralen – was ihm gerade so einfiel.

Das Wichtigste zuerst. Das Allerwichtigste war, Daniel G. Blank rund um die Uhr beschatten zu lassen. Drei Mann in Zivil und zwei getarnte Fahrzeuge mit je zwei Beamten, das müßte eigentlich reichen. Sieben Leute also. Das bedeutete, bei einem Achtstundenturnus insgesamt 21 Männer. Doch ein erfahrener Polizeioffizier multiplizierte die Anzahl der Leute, die er brauchte, nicht mit drei, sondern mit vier – das war das mindeste. Die Leute hatten Anspruch auf einen freien Tag, einer von ihnen konnte krank werden oder mußte aus familiären Gründen zu Hause bleiben und so weiter. Folglich hatte die Kerntruppe zur Überwachung Danny-Boys aus 28 Männern zu bestehen, und Delaney fragte sich, ob seine Überlegung, die 500 zur ‹Kommission Lombard› abkommandierten Kriminalbeamten um zwei Drittel zu verringern, vielleicht doch zu optimistisch gewesen war.

Das war eine Abteilung: die Männer, die Blank beschatteten. Eine zweite Abteilung mußte im Innendienst arbeiten: Berichte schreiben, über Funk mit den Beschattern in Verbindung bleiben, eine Zentrale, wo alles zusammenlief. Sender und Empfangsgeräte. Irgendwo. Nicht in den Räumen des 251. Reviers. Das war Delaney Lieutenant Dorfman schuldig. Er würde seine Kommandostelle irgendwoanders einrichten, irgendwo. Seine Leute isolieren. Auf diese Weise würde nicht allzuviel an die Presse durchsickern.

Eine dritte Abteilung brauchte er, um die erforderlichen Nachforschungen anstellen zu können: Lebenslauf, Herkunft, Kreditwürdigkeit des Mannes, den er verdächtigte, seine Bankkonten, Steuerzahlungen, Militärzeit – alles und jedes, was je von den Behörden über ihn festgehalten worden war. Dazu kamen die Befragungen von Freunden, Verwandten, Bekannten und Kollegen. Für diesen Zweck mußte er sich plausible Erklärungen ausdenken, damit Blank keinen Verdacht schöpfte.

(Wenn er aber nun doch Verdacht schöpfte? Diese vage Vorstellung nahm in Delaneys Kopf immer deutlichere Züge an.)

Eine – mögliche – vierte Abteilung könnte die schwarzhaarige, magere Freundin von Danny-Boy unter die Lupe nehmen, den Knaben Tony, das befreundete Ehepaar – wie hießen es doch gleich noch? Morton. Ja, das war der Name. Die Leute, denen die «Erotica»-Boutique gehörte. Für all das brauchte er vermutlich eine weitere Abteilung.

Das war in groben Umrissen das, was getan werden mußte. Und wenn es auch erst ganz provisorisch war, so war es doch immerhin ein Anfang. Fast eine ganze Stunde lang machte er sich Notizen, ging dann ins Detail und überlegte, welche Leute er am liebsten wo einsetzen würde, wem er noch etwas schuldig war. Jemandem einen Gefallen tun! «Ich bin dir noch etwas schuldig.» – «Da bist du mir noch etwas schuldig.» Lebensblut der Polizei. Der Politik. Des Geschäftslebens. Der drängenden, intrigierenden, brutalen Welt. War das nicht der Kitt, der das ganze wackelige Gebäude zusammenhielt? Sei du nett zu mir, dann bin ich auch nett zu dir. Charles Lipsky: «Schließlich wäscht eine Hand die andere, oder?»

Mehr als eine Stunde war seit seinem Gespräch mit Thorsen verstrichen. Inzwischen hatte das Fernschreiben bestimmt jede Revierwache, jede Detektiv-Abteilung und jedes Sonderdezernat in der Stadt erreicht. Captain Delaney ging hinauf in sein Schlafzimmer. Nach einer «Katzenwäsche» zog er seine neueste Uniform an, die er bisher nur bei offiziellen Anlässen und Beerdigungen getragen hatte. Er reckte die Schultern, zog den Uniformrock straff und überzeugte sich, daß alle Ehrenzeichen ordentlich angeheftet waren. Aus dem Wandschrank holte er eine neue Uniformmütze. Sie stak noch im Plastikbeutel. Er putzte den Mützenschirm am Ärmel blank und setzte die Mütze dann kerzengerade auf, zog den kurzen Schirm tief in die Stirn. Die Uniform war wie eine Zwangsjakke und hatte etwas Bedrohliches.

Er nahm keinen Mantel: Er brauchte nicht weit zu gehen. Er ging rasch noch einmal ins Arbeitszimmer, um das Foto von Daniel G. Blank aus dem Hefter zu nehmen und seine Adresse auf die Rückseite zu schreiben, nicht jedoch seinen Namen. Das Foto steckte er in die Gesäßtasche. Die Brille ließ er auf dem Schreibtisch liegen. Nach Möglichkeit trug man bei einem Kommando keine Brille oder verriet irgendwelche körperlichen Gebrechen. Das war zwar lächerlich, aber es war so.

Er schloß ab und ging nach nebenan auf die Polizeiwache des 251.

Reviers. Das Fernschreiben war offensichtlich schon eingegangen; mit vor der Brust verschränkten Armen stand Dorfman da und schien ihn zu erwarten. Er kam sofort auf ihn zu und verzog sein langes, häßliches Gesicht zu einem entspannten Grinsen. Eifrig streckte er Delaney die Hand hin.

«Ich gratuliere, Captain.»

«Vielen Dank», sagte Delaney und schüttelte ihm die Hand. «Ich werde als erstes dafür Sorge tragen, daß Sie sobald wie möglich wieder Herr im Hause sind. In spätestens ein oder zwei Tagen. Wo halten die Beamten sich auf?»

«Im Tagesraum der Detektiv-Abteilung.»

«Wie viele sind es?»

«Etwa dreißig bis vierzig. Sie sind zwar unterrichtet worden, aber sie wissen nicht, was sie machen sollen.»

Delaney nickte. Er stieg die alte, knarrende Treppe hinauf. Die Tür zum Tagesraum der Detektive war geschlossen. Männerstimmen waren zu hören, teils verstört, teils zornig. Der Captain machte die Tür auf und sah sich um.

Die meisten trugen Zivil, nur wenige Uniform. Einige Köpfe drehten sich nach ihm um, nach und nach alle. Das Stimmengewirr verstummte. Er stand einfach da, blickte streng unter dem Mützenschirm hervor. Alle starrten sie ihn an. Ein paar erhoben sich widerwillig. Dann noch ein paar und noch ein paar. Er stand bloß da und wartete regungslos, beobachtete sie. Einige von ihnen kannte er, doch sein reservierter Gesichtsausdruck änderte sich kein bißchen. Er wartete, bis alle standen und schwiegen.

«Ich bin Captain Edward X. Delaney», sagte er mit klarer Stimme. «Ich führe jetzt das Kommando. Sind irgendwelche Lieutenants hier?»

Ein paar von den Männern sahen sich unsicher um. Schließlich rief jemand aus dem Hintergrund: «Nein, Captain, keine Lieutenants.»

«Irgendwelche Sergeants?»

Eine Hand ging in die Höhe – eine schwarze Hand. Delaney ging auf die erhobene Hand zu, die Männer traten beiseite, um ihn durchzulassen. Er ging bis ganz nach hinten, wo er dem schwarzen Sergeant gegenübertrat, einem untersetzten, massigen Mann mit scharfen Zügen und weißgrauem Haar, das wie eine Wollmütze am Schädel anlag. Der Mann wurde «Pops» genannt, wie Delaney wußte, und sah aus wie ein Professor für Mittelenglische Literatur.

«Detective Sergeant Thomas MacDonald», sagte Captain Delaney so laut, daß jeder ihn hören konnte.

«Ja, der bin ich, Captain.»

«Ich erinnere mich. Wir haben früher einmal zusammengearbeitet, irgendeine Lagerhaussache drüben auf der West Side. Ungefähr vor zehn Jahren.»

«Wohl eher vor fünfzehn, Captain.»

«So lange schon?» Delaney machte eine Handbewegung und sagte: «Kommen Sie bitte mit mir.» Der Sergeant folgte ihm nach draußen auf den Flur. Der Captain schloß die Tür und sah MacDonald fragend an.

«Können Sie bis morgen früh um acht Dienst machen?»

«Wenn es sein muß.»

«Es muß sein», sagte er, zog Blanks Foto aus der Tasche und reichte es MacDonald. «Es handelt sich um diesen Mann hier», sagte er mit sachlicher Stimme. «Die Adresse steht auf der Rückseite. Der Name tut nichts zur Sache – zunächst jedenfalls nicht. Das Hochhaus nimmt einen ganzen Straßenblock ein. Ein- und Ausgang nur durch die große Halle auf der East 83rd Street. Um diese Zeit hat nur ein Pförtner Dienst. Drei Mann in Zivil sollen den Eingang im Auge behalten. Falls der Mann das Haus verläßt, möchte ich, daß Sie sich an seine Fersen heften.»

«Wie nahe?»

«So nahe, daß Sie ihn keinen Moment aus den Augen verlieren. Nicht eine Sekunde. Sollte er etwas merken, so macht das nichts. Aber es wäre mir lieber, er würde nichts merken.»

«Ich verstehe, Captain. Ein Verrückter?»

«So was Ähnliches. Reizen Sie ihn nicht. Er ist kein besonders angenehmer Zeitgenosse.»

Der Sergeant nickte.

«Und zwei Wagen mit je zwei Mann in Zivil. Einer an jedem Ende des Blocks. Falls er wegfährt: er hat eine schwarze Chevrolet Corvette, die in der Tiefgarage steht. Kann aber auch sein, daß er ein Taxi nimmt. Haben Sie alles?»

«Jawohl, Captain.»

«Wenn es sich machen ließe, hätte ich gern Shakespeare und Lauder in dem einen Wagen. Falls sie aber gerade dienstfrei haben, bemühen Sie sich nicht, dann eben zwei andere. Das sind insgesamt sieben Mann. Aber wählen Sie noch sechs weitere aus, drei in Zivil, drei in Uniform, die Sie einsatzbereit bis morgen früh um acht hier in der Wache zurücklassen. Alle anderen schicken Sie nach Hause. Sie sollen morgen früh um acht wieder hier sein. Klar?»

«Wo soll ich selbst bleiben, Captain?»

«Hier auf der Wache. Ich muß für ungefähr eine Stunde noch einmal weggehen, aber wenn ich zurückkomme, trinken wir eine Tasse Kaffee zusammen, und Sie erzählen mir ein bißchen.»

«Hört sich nach einer lustigen Nacht an.»

Lange sah Delaney ihn an. Sie hatten im selben Jahr bei der Polizei angefangen, waren zusammen auf der Polizeischule gewesen. Delaney war heute Captain und MacDonald Sergeant. Mit ihren jeweiligen Fähigkeiten hatte das nichts zu tun. Delaney würde mit keinem Wort erwähnen, woran es lag, genausowenig MacDonald.

«Worauf hatte Broughton Sie denn angesetzt?» fragte er den Sergeant schließlich.

«Aufgreifen von Gammlern», sagte MacDonald.

«Mist!» sagte Delaney voller Abscheu.

«Genau meine Meinung», sagte der Sergeant.

«Ja, dann leiten Sie alles in die Wege», sagte der Captain. «Ich bin in etwa einer Stunde wieder da. Bis dahin sollten Ihre Leute Posten bezogen haben. Je schneller, desto besser. Zeigen Sie ihnen das Foto, aber geben Sie's nicht aus der Hand. Es ist das einzige, das ich habe. Morgen lasse ich Abzüge davon machen.»

«Ist er es, Captain?» fragte MacDonald.

Delaney zuckte mit den Schultern. «Wer weiß?» sagte er.

Er drehte sich um und ging davon. Als er an die Treppe kam, hörte er den Sergeant leise rufen: «Captain.» Er drehte sich um.

«Tut gut, wieder mit Ihnen zusammenzuarbeiten, Sir», sagte MacDonald.

Delaney setzte ein verlegenes Lächeln auf, sagte jedoch nichts darauf. Er stieg die Treppe hinunter und dachte darüber nach, wie dumm Broughton gewesen war, einen Mann wie MacDonald zum Aufgreifen von Gammlern einzusetzen. MacDonald! Einen der gebildetsten Männer in der ganzen Polizei! Kein Wunder, daß die vierzig Leute sauer gewesen waren und innerlich aufgemuckt hatten. Nicht, daß Broughton sie nicht beschäftigt hätte; er hatte nur ihre verschiedenen Talente und Begabungen völlig falsch eingesetzt.

Da kein Streifenwagen zu sehen war, ging er zu Fuß zur 2nd Avenue hinüber, wo er ein Taxi erwischte. Zum erstenmal betrat er das Krankenhaus, ohne daß ihn die weißgekachelten Wände und der Geruch bedrückten. Er war gespannt, was Barbara zu den Neuigkeiten zu sagen hatte!

Er stieß die Tür ihres Zimmers auf. Am Bett saß eine Schwesternhelferin. Barbara schien zu schlafen. Das junge Mädchen kam auf Zehenspitzen zu ihm und bat ihn mit nach draußen auf den Korridor.

«Sie hat ein paar schlimme Stunden hinter sich», flüsterte sie. «Vorhin mußten wir sie zu zweit niederhalten, und wir mußten ihr was geben. Der Doktor sagte, das sei in Ordnung.»

«Wie kommt das? Woran liegt das?» wollte Delaney wissen. «Ein neues Medikament?»

«Das müssen Sie den Arzt fragen», sagte die Schwesternhelferin steif.

«Ich bleibe eine Weile bei ihr», sagte Delaney.

Die Schwesternhelferin nickte strahlend. «Sagen Sie mir Bescheid, wenn Sie gehen. Es sei denn, sie schläft bis dahin.»

«Schläft sie im Augenblick nicht?»

«Nein. Sie hat nur die Augen geschlossen, aber sie ist wach. Falls Sie Hilfe brauchen, klingeln Sie nur oder rufen Sie.»

Rasch trippelte sie davon, und er überlegte, wozu er wohl Hilfe gebrauchen könnte. Leise ging er ins Krankenzimmer zurück, zog einen Stuhl an Barbaras Bett heran, setzte sich und blickte sie an. Es sah aus, als schliefe sie: ihre Augen waren fest geschlossen, der Atem ging tief und regelmäßig. Doch plötzlich öffneten sich blinzelnd ihre Augenlider, und sie starrte an die Decke.

«Barbara?» rief er liebevoll. «Mein Herz!»

Sie wandte nicht den Kopf, nur ihre Augen bewegten sich, richteten sich auf ihn, sahen durch ihn hindurch, erkannten ihn nicht.

«Barbara, ich bin's, Edward. Ich bin hier. Ich hab dir soviel zu erzählen, Liebling. Es ist soviel passiert.»

«Honey Bunch?» sagte sie.

«Ich bin's, Edward. Ich habe dir soviel zu erzählen, Liebling. Es ist soviel passiert.»

«Honey Bunch?» wiederholte sie.

Die Bücher lagen auf dem metallenen Nachttischchen neben ihrem Bett. Ohne auf den Titel zu sehen, nahm er das oberste und schlug es aufs Geratewohl auf. Da er seine Brille nicht dabei hatte, mußte er das Buch fast auf Armeslänge von sich weghalten. Aber die Schrift war groß und zwischen den Zeilen viel Abstand.

Kerzengerade saß der Leiter der «Sonderkommission Lombard» in seiner besten Uniform da und fing an zu lesen.

«An diesem Morgen pflückte Honey Bunch ihren ersten Strauß Kapuzinerkresse und verschenkte ihn. Das war eines der schönsten Erlebnisse im Garten – den ersten Strauß verschenken . . .»

5

Er schlief, wenn er konnte, aber viel war es nicht: vier bis fünf Stunden pro Nacht vielleicht. Aber zu seiner freudigen Überraschung warf ihn das keineswegs zurück. Innerhalb von drei Tagen hatte er alles organisiert. Es funktionierte.

Er holte Lieutenant Jeri Fernandez aus dem «Textilviertel» heraus, in dem es ihm nicht gefiel, und überließ ihm das Kommando über die Gruppe, die Daniel Blank beschattete. Delaney ließ ihm bei der Auswahl seiner Leute völlig freie Hand; das waren Aufgaben, die er liebte und auf die er sich hervorragend verstand. Es war Fernandez' Idee, sich bei der Consolidated Edison Hoch- und Tiefbaugesellschaft einen Gerätewagen auszuleihen und die East 83rd Street in der Nähe der Auffahrt von Blanks Hochhaus ein Stück aufzureißen. Die Polizisten, natürlich in Zivil, trugen Con-Ed-Arbeitskleidung und -Helme und waren sehr langsam bei ihrer Arbeit. Das Loch, das sie auf der Fahrbahn aushoben, behinderte zwar enorm den Verkehr, aber in dem Fahrzeug waren Funkgeräte und Waffen untergebracht, und es diente Fernandez als Kommandozentrale. Delaney war begeistert. Die Verkehrsbehinderung interessierte ihn nicht.

Als «Chef vom Innendienst» forderte der Captain Ronald Blankenship an, jenen Beamten, der die beiden früheren Zwischenfälle mit Daniel Blank bearbeitet hatte. In enger Zusammenarbeit verlegten sie beide die Kommandozentrale der «Kommission Lombard» aus der Revierwache nach nebenan in Delaneys Wohnzimmer. Zwar hatten sie dort nicht soviel Platz, wie sie sich gewünscht hätten, aber es hatte andere Vorteile; die Telefon- und Fernmeldetechniker konnten Kabel durch das Fenster hinaus zum Dach hinauf ziehen und sie von dort aus mit der Antenne der Revierwache verbinden.

Auf Sergeant Thomas MacDonald, genannt «Pops», fiel Delaneys Wahl, als es um den Leiter der Ermittlungsabteilung ging, und MacDonald war überglücklich. Er zog aus einem über verstaubten Akten verbrachten Nachmittag ebensoviel Vergnügen wie ein anderer aus dem Besuch eines Massagesalons auf der 8th Avenue. Binnen vierundzwanzig Stunden hatten seine Leute ein immer umfangreicher anschwellendes Dossier über Daniel G. Blank angelegt.

Captain Delaney schätzte zwar die unbezahlte Arbeit seiner freiwilligen Helfer, konnte jedoch die Vorteile, die das offizielle Kommando mit sich brachte, nicht von der Hand weisen. Jetzt standen ihm sämtliche Hilfsquellen der Polizei zur Verfügung, er konnte so viele Leute und soviel Geld bekommen, wie er wollte.

1. Daniel Blanks Telefon wurde angezapft.

2. Als der Captain am nächsten Tag bei Charles Lipsky anrief, erfuhr er Abfahrtszeit und Autonummer des Taxis, mit dem Blanks schwarzhaarige Freundin vom Hochhaus davongefahren war. Delaney erklärte Blankenship, worum es ihm ging. Innerhalb von drei Stunden erfuhr er, bei welcher Adresse das Taxi sie abgesetzt hatte: ein großes Stadthaus in der East End Avenue. Er besprach sich mit Lieutenant Fernandez und beschloß, das Haus von einem Beamten in Zivil rund um die Uhr bewachen zu lassen. Fernandez schlug vor, daß einer von seinen Leuten sich zusätzlich in der Nachbarschaft umhören sollte, was man über dieses Stadthaus wußte.

«Eine teure Gegend», sagte Delaney nachdenklich. «Lauter prominente, hochgestellte Leute, die dort wohnen. Schärfen Sie Ihren Leuten ein, daß sie vorsichtig sind.»

«Selbstverständlich, Captain.»

«Es wimmelt von Hausangestellten. Haben Sie nicht einen gutaussehenden Schwarzen, der sich mit einem von den Mädchen anfreunden könnte?»

«Da hab ich genau den richtigen Mann», sagte Fernandez. «Gerissen wie sonst was.»

«Klingt gut.» Der Captain nickte. «Schicken Sie ihn los – mal sehen, was er bringt.»

Dann zog er Zivil an und ging zu Blanks Hochhaus hinüber, um Lipsky seine zwanzig Dollar zuzustecken. Der Pförtner strömte über vor Dankbarkeit.

3. Eine Stunde später meldete ihm Blankenship, was man über Charles Lipsky herausgebracht hatte. Delaneys Argwohn bestätigte sich: der Mann hatte ein Vorstrafenregister und war vor einiger Zeit zu einer Gefängnisstrafe mit Bewährung verurteilt worden.

4. Christopher Langley rief an und berichtete, er habe die Liste mit den Geschäften, die aus Westdeutschland stammende Eispickel in den USA verkauften, fertiggestellt. Kraft seiner neuen Autorität konnte Delaney einen Streifenwagen zu Langley schicken, der die Liste abholte. In der Kommandozentrale wurde sie einem von Sergeant MacDonalds Leuten übergeben, der schon beim ersten Telefongespräch fündig wurde. Daniel G. Blank hatte einen solchen Eispickel vor fünf Jahren bei «Alpine Haven» erstanden, einem Versandgeschäft in Stamford, Conn., das auf Bergsportausrüstung spezialisiert war. Sofort wurde jemand nach Stam-

ford geschickt, um eine Fotokopie der auf Daniel G. Blank ausgestellten Rechnung zu holen.

5. Fernandez' Leute hatten inzwischen die Namen der Bewohner des Hauses in der East End Avenue herausgefunden: Celia Montfort, ihr jüngerer Bruder Anthony; ein Hausmeister namens Valenter und eine Haushälterin mittleren Alters. MacDonald beauftragte eine Sonderabteilung, diese vier Personen zu überprüfen.

Dennoch nahm sich Captain Delaney in diesen hektischen Tagen und Nächten der Vorweihnachtswoche die Zeit, ein paar persönliche Dinge zu erledigen. Er gab Mary ihr Weihnachtsgeschenk und sagte ihr, sie solle zwei Wochen Urlaub machen. Dann ließ er einen älteren, kurz vor der Pensionierung stehenden Polizeibeamten kommen und trug ihm auf, eine 20-Tassen-Kaffeemaschine zu kaufen und sie Tag und Nacht in der Küche laufenzulassen; ferner befahl er ihm, dafür zu sorgen, daß der Eisschrank ständig mit Bier, Aufschnitt und Käse gefüllt war und immer genug Brot und Brötchen vorrätig waren, damit jeder Beamte der «Kommission Lombard», wann immer er die Kommandozentrale betrat, sicher sein konnte, ein Sandwich zu bekommen, eine Tasse Kaffee oder ein Bier.

Er ließ Klappbetten, Kissen und Wolldecken herbeischaffen, die im Wohnzimmer, in der Diele, der Küche und im Eßzimmer aufgestellt wurden – überall, nur nicht in seinem Arbeitszimmer. Sie waren fast immer belegt. Wer drüben in Long Island wohnte oder oben in Westchester, zog es bisweilen vor, hier zu schlafen, weil die lange Heimfahrt ihm bis zum nächsten Dienstantritt nur eine kurze Ruhepause gegönnt hätte.

Er fand auch noch die Zeit, seine freiwilligen Helfer anzurufen und ihnen frohe Weihnachten zu wünschen, ihnen für ihre Hilfe und Unterstützung zu danken und ihnen so schonend wie möglich beizubringen, daß man ihrer Hilfe jetzt nicht mehr bedürfe. Er versicherte ihnen, daß sie beim Auffinden einer «vielversprechenden Spur» unschätzbare Dienste geleistet hätten.

Dieser Pflicht entledigte er sich telefonisch bei Christopher Langley und Calvin Case. Monica Gilbert führte er zum Essen aus, und er sagte ihr soviel, wie sie seiner Meinung nach wissen durfte: daß er, zum Teil dank ihrer Mühe, gute Aussicht habe, den Mörder dingfest zu machen, er sie jedoch im Augenblick nicht so oft besuchen könne, wie er das gern getan hätte. Sie verstand das sehr gut.

«Passen Sie bitte gut auf sich auf», beschwor sie ihn. «Sie sehen ungewöhnlich abgespannt aus.»

«Ich fühle mich aber prächtig», widersprach er. «Ich schlafe wie ein neugeborenes Kind.»

«Und wie lange?»

«Nun . . . soviel ich kann.»

«Und bekommen ganz gewiß auch regelmäßig Ihre Diät», sagte sie sardonisch.

Er lachte. «Ich verhungere schon nicht», versicherte er ihr. «Mit ein bißchen Glück ist es bald überstanden. So oder so. Gehen Sie noch immer zu Barbara?»

«Ja, fast täglich. Wissen Sie, wir sind so grundverschieden, und doch haben wir vieles gemeinsam.»

«Wirklich? Das ist gut. Ich habe Barbara gegenüber ein schlechtes Gewissen. Ich stürme herein und bin, kaum daß ich ‹Hallo› sage, auch schon wieder draußen. Aber sie kennt das schon. Schließlich ist sie eine Polizistenfrau.»

«Ja. Das hat sie mir gesagt.»

Die Traurigkeit, die in ihrer Stimme mitschwang, versetzte ihm einen Stich, ließ ihn unbestimmt ahnen, was er in diesem Augenblick hätte tun sollen, aber nicht tat. Aber darüber konnte er jetzt nicht nachdenken.

«Vielen Dank, daß Sie Barbara besuchen», sagte er. «Hat sie Ihnen erzählt, daß wir inzwischen Großeltern geworden sind?»

«Ja, das hat sie gesagt. *Mazeltov.*»

«Vielen Dank.» Er rieb sich das Kinn, spürte die Stoppeln, und ihm fiel ein, daß er sich heute morgen nicht rasiert hatte. Das ging nicht an. Er mußte den Anblick eines gepflegten, wie aus dem Ei gepellten, zuversichtlichen Kommandanten bieten. Das war für seine Leute wichtig.

«Edward», sagte sie leise und besorgt, «ist auch wirklich alles in Ordnung?»

«Selbstverständlich ist alles in Ordnung mit mir», sagte er unbewegt. «Solche Zeiten habe ich früher schon durchgemacht.»

«Sie machen einen so – so ausgepumpten Eindruck. Diese Sache ist Ihnen wichtig, nicht wahr?»

«Wichtig? Daß ich diesen Kerl festnagele? Selbstverständlich ist mir das wichtig. Ihnen etwa nicht? Schließlich hat er Ihren Mann umgebracht.»

Sie zuckte unter der Schonungslosigkeit, mit der er das sagte, zusammen. «Ja», sagte sie kaum hörbar, «natürlich ist es auch für mich wichtig. Aber mir will nicht gefallen, wie Sie das mitnimmt.»

Er weigerte sich, darüber nachzudenken, was sie gesagt oder was sie gemeint hatte. Das Wichtigste zuerst.

«Ich muß jetzt leider gehen», sagte er und winkte dem Kellner.

Er fand in dieser hektischen Woche sogar die Zeit für zwei Besuche. Ohne sich ganz im klaren über den Zweck zu sein, suchte er aus seinem Stapel die Visitenkarte eines gewissen J. David McCann heraus, Repräsentant einer Firma, die sich Universal Credit Union nannte. In steifem Homburg und schlechtsitzendem Zivilmantel betrat er die sterile «Erotica»-Boutique in der Madison Avenue und fragte nach Mr. oder Mrs. Morton. Wie er gehofft hatte, erkannten beide in ihm nicht den früheren Leiter des Polizeireviers, in dessen Grenzen sie lebten und arbeiteten.

Er unterhielt sich mit ihnen in dem hinter dem Verkaufsraum gelegenen kleinen Büro. Weder er noch sie hatten eine Ahnung, wer er war, und ihm ging auf, daß der durchschnittliche New Yorker, abgesehen von ein paar bekannten Persönlichkeiten, aktiven Mitgliedern von Geschäftsverbänden, Interessengruppen oder sozial aktiven Leuten nicht die geringste Ahnung hatte, wie der Mann hieß oder aussah, der in seinem Revier für *Law and Order* sorgte. Ein Gedanke, bei dem jeder Hochmut verflog.

Delaney zog den Hut, verbeugte sich, wies seine falsche Visitenkarte vor und tat alles, um so geschäftsmäßig wie möglich aufzutreten.

«Ich will Ihnen nichts verkaufen», sagte er und erntete schon damit ihre Dankbarkeit. «Es geht lediglich um die routinemäßige Überprüfung der Kreditwürdigkeit eines Kunden. Mr. Daniel G. Blank hat um einen Kredit gebeten und Sie als Referenz angegeben. Wir möchten eigentlich nur sichergehen, daß Sie ihn auch tatsächlich kennen.»

Flo sah Sam an. Sam sah Flo an.

«Aber natürlich kennen wir ihn», sagte Sam beinahe beleidigt. «Er ist ein sehr guter Freund von uns.»

«Wir kennen ihn seit Jahren», bestätigte Flo. «Er wohnt im selben Haus wie wir.»

«Mm-hmm.» Delaney nickte. «Ein Mann mit gutem Charakter, würden Sie sagen? Verläßlich? Ehrlich? Vertrauenswürdig?»

«Aufrichtig wie ein Pfadfinder», versicherte ihm Sam. «Was zum Teufel soll das Ganze?»

«Sie erwähnten ein Darlehen», sagte Flo. «Was für ein Darlehen? In welcher Höhe?»

«Hm . . . eigentlich dürfte ich über diese Einzelheiten keine Auskunft geben», sagte Delaney leise und in vertraulichem Ton. «Mr. Blank hat um eine ziemlich große Summe gebeten, eine Hypothek, mit der er den Kauf eines Stadthauses in der East End Avenue finanzieren will.»

Überrascht sahen die beiden Mortons sich an. Dann verzogen sie, was Delaney höchlichst interessierte, das Gesicht zu einem freudigen Grinsen.

«Celias Haus!» rief Sam. «Er kauft ihr Haus.»

«Dann läuft es zwischen den beiden!» rief Flo. «Sie tun sich wirklich zusammen.»

Captain Delaney nickte ihnen zu, riß Sam seine Visitenkarte aus der Hand, setzte den Homburg wieder auf und schickte sich an, das Büro zu verlassen.

«Warten Sie! Warten Sie doch!» rief Sam. «Sie haben doch nichts dagegen, wenn wir ihm erzählen, daß Sie hier waren, oder?»

«Daß Sie sich nach ihm erkundigt haben?» fragte Flo. «Sie haben doch nichts dagegen, daß wir ihn damit ein bißchen aufziehen?»

«Selbstverständlich nicht.» Captain Delaney lächelte. «Tun Sie das nur!»

Beim nächsten Besuch trug er dieselbe Kleidung und bediente sich derselben Visitenkarte. Diesmal mußte er jedoch fast eine halbe Stunde lang in einem überheizten Vorzimmer warten, ehe er zu Mr. René Horvath, dem Personalchef der Javis-Bircham Gesellschaft vorgelassen wurde. Endlich wurde er hereingebeten. Mit einer gewissen Geringschätzung musterte Mr. Horvath seinen Aufzug. Das war verständlich; er selbst trug nämlich einen Anzug aus schwarzer Rohseide, ein rotgemustertes Baumwollhemd mit steifem weißen Kragen und dazu einen schwarzen Strickbinder. Was Delaney am meisten an ihm gefiel, waren die schwarzen Knautschledermokassins mit den oben in die Lasche eingearbeiteten leuchtenden Kupfermünzen. Exquisit!

Delaney tischte dem Personalchef die gleiche Geschichte auf wie den Mortons, ohne jedoch die Hypothek zu erwähnen, sondern erklärte nur, Mr. Blank habe um ein Darlehen nachgesucht, und ihm, Mr. J. David McCann – «Meine Karte, Sir» – und der Universal Credit Union gehe es nur darum, festzustellen, ob Mr. Blank, wie er angegeben habe, bei Javis-Bircham angestellt sei.

«Ja, das ist er», erklärte der elegante Mr. Horvath und reichte ihm die Visitenkarte zurück. «Mr. Daniel Blank ist zur Zeit bei uns beschäftigt.»

«In verantwortlicher Stellung?»

«In sehr verantwortlicher.»

«Vermutlich können Sie mir keine Auskunft darüber geben, wie hoch Mr. Blanks Jahreseinkommen ist?»

«Nein, darüber kann ich keine Auskunft geben.»

«Mr. Horvath, ich versichere Ihnen, daß alles, was Sie mir sagen, streng vertraulich behandelt wird. Halten Sie Mr. Blank für ehrlich? Für zuverlässig und vertrauenswürdig?»

Mr. Horvaths verkniffenes Gesicht wurde womöglich noch verkniffener. «Mr. McClosky ...»

«McCann.»

«Mr. McCann, *alle* leitenden Angestellten von Javis-Bircham sind ehrlich, zuverlässig und vertrauenswürdig.»

Delaney nickte und setzte den Homburg wieder auf.

«Ich danke Ihnen, daß Sie mir Ihre Zeit gewidmet haben, Sir. Ich bin Ihnen aufrichtig verbunden. Ich erfülle nur meine Pflicht – ich hoffe, das ist Ihnen klar.»

«Selbstverständlich.»

Delaney wandte sich zum Gehen, doch plötzlich merkte er, wie sich eine Hand leicht auf seinen Arm legte.

«Mr. McCann ...?»

«Ja, bitte?»

«Sie sagten, Mr. Blank habe um ein Darlehen gebeten?»

«So ist es, Sir.»

«In welcher Höhe?»

«Ich bin leider nicht befugt, Ihnen das zu sagen, Sir. Doch in Anbetracht Ihrer Zuvorkommenheit kann ich zumindest andeuten, daß es sich um eine beträchtliche Summe handelt.»

«Was Sie nicht sagen», murmelte Mr. Horvath und starrte auf die Kupferpennies seiner Mokassins. «Höchst sonderbar. Sie müssen nämlich wissen, Mr. McCann, daß Javis-Bircham ein eigenes Darlehensprogramm hat, das allen Angestellten, vom Kellnerlehrling in der Kantine bis zum Aufsichtsratsvorsitzenden gleichermaßen offensteht. Jeder kann bis zu fünftausend Dollar zinsfrei bekommen und das Darlehen in langfristigen Raten zurückzahlen. Warum hat Mr. Blank um ein Darlehen gebeten?»

«Ach, nun ja.» Delaney lachte unbeschwert. «Sie wissen doch, wie das so ist: jeder ist früher oder später einmal knapp bei Kasse – hab ich recht? Ich nehme an, er wollte es nicht publik machen.»

Er ließ einen ziemlich verstörten Mr. Horvath zurück. Wenn Handrys Eindruck stimmte, dachte Delaney, und Blanks Position unsicher war, dann war sie es durch seinen Besuch noch mehr geworden.

Jeden Nachmittag um drei Uhr wurde in Delaneys Arbeitszimmer «Kriegsrat» gehalten. An ihm nahmen Delaney, Jeri Fernandez, Ronald Blankenship und Thomas MacDonald teil. Delaneys Alkoholvorrat stand bei dieser Gelegenheit allen zur Verfügung; wer mochte, konnte sich auch ein kaltes Bier oder eine Tasse heißen Kaffee aus der Küche holen.

Auf den ersten Sitzungen war es vornehmlich um Fragen der Planung und der Organisation gegangen, um die Abgrenzung der Kompetenzen, die Auswahl der anzufordernden Leute, wer wem gegenüber weisungsberechtigt war. Später, als die ersten Auskünfte vorlagen, brachten sie einen Teil ihrer Zeit damit zu, den von Blankenships Abteilung ermittelten «Tagesablauf» von Daniel Blank durchzusprechen: der Zeitpunkt seiner Abfahrt ins Büro, seiner Ankunft im Javis-Bircham-Gebäude, wann und wohin er für gewöhnlich zum Mittagessen ging, seine Rückkehr ins Büro, Abfahrt nach Hause, Ankunft zu Hause, wann und wohin er abends ging und wie lange er fort blieb. Nach vier Tagen hatte sich ein klares Grundmuster herausgeschält. Daniel Blank schien ein absolut ordentlicher, disziplinierter Mann zu sein.

Probleme tauchten auf, wurden durchgesprochen. Delaney hörte sich die Meinung jedes einzelnen an. Nachdem man darüber gesprochen hatte, traf er die letzte Entscheidung.

Frage: Sollte man – mit Hilfe der Hausverwaltung – versuchen, einen als Angestellten getarnten Polizeibeamten in das Hochhaus einzuschleusen: als Dienstmann, Pförtner oder sonstwie? Delaneys Entscheidung: Nein.

Frage: Sollte man versuchen, bei Javis-Bircham einen Polizisten einzuschleusen, möglichst in Blanks Abteilung? Delaneys Entscheidung: Ja. Mit dieser Aufgabe wurde Fernandez betraut: er sollte sich eine möglichst glaubhafte Geschichte ausdenken.

Frage: Sollte ein «Tagesablauf» für die Bewohner des Stadthauses in der East End Avenue erarbeitet werden? Delaneys Entscheidung: Nein. Die anderen drei waren ebenfalls dieser Meinung.

«Wir schauen da einfach noch nicht durch», gab MacDonald zu. «Über diesen Valenter, den Butler oder wie man ihn sonst nennen will – gibt es eine Akte wegen Belästigung von jungen Männern. Doch er wurde nicht verurteilt. Mehr haben wir bis jetzt nicht.»

«Ich habe auch nicht viel mehr», gestand Fernandez. «Die Frau – diese Celia Montfort – ist zweimal nach Selbstmordversuchen im Krankenhaus zu den ‹Barmherzigen Schwestern› gewesen. Aufgeschnittene Pulsadern. Und einmal hat man ihr den Magen ausgepumpt.»

«Der Junge scheint eine Schwuchtel zu sein», sagte Blankenship, «aber ein genaues Bild haben wir noch nicht. Ich glaube, kein Mensch weiß, was da eigentlich vorgeht. Jedenfalls haben wir noch nichts Endgültiges herausgefunden. Die Frau kommt und geht zu jeder Tages- und Nachtzeit.

Zwei Tage war sie überhaupt nicht zu sehen. Wo sie gewesen ist, wissen wir nicht. Um das zu erfahren, müßten wir einen eigenen Beschatter auf sie ansetzen. Sollen wir das, Captain?»

«Nein», sagte Delaney. «Noch nicht. Bleibt dran!»

Bleibt dran! Bleibt dran! Das war alles, was sie immer wieder von ihm hörten, und sie hielten sich daran, weil er genau zu wissen schien, was er tat, Zuversicht ausstrahlte und niemals daran zu zweifeln schien, daß sie diesen Psychopathen, wenn sie nur alle dranblieben, festnageln könnten und die Morde ein Ende nähmen.

Daniel G. Blank. Captain Delaney kannte seinen Namen, die anderen inzwischen ebenfalls. Es ließ sich nicht ändern. Die Männer auf der Straße, im Gerätewagen der Con-Ed-Gesellschaft, in den unmarkierten Polizeiwagen, sie alle einigten sich, ohne daß jemals darüber geredet worden wäre, den Mann, den sie beobachteten, «Danny-Boy» zu nennen. Sie hatten sein Foto, das hundertfach vervielfältigt worden war, wußten, wo er wohnte, und verfolgten aufmerksam sein Kommen und Gehen. Trotzdem sagte man ihnen immer nur, daß man ihn «verdächtige».

Irgendwann in dieser Vorweihnachtswoche – an das genaue Datum konnte sich Captain Delaney später nicht mehr erinnern – berief er seine erste Pressekonferenz ein. Sie fand in dem jetzt leeren Aufenthaltsraum der Detektive im ersten Stock des 251. Reviers statt. Erschienen waren die Reporter der Zeitungen und Zeitschriften sowie der Fernsehregionalprogramme. Man hatte Fernsehkameras aufgebaut, und im Schein der Jupiterlampen war es entsetzlich heiß. Captain Delaney trug seine beste Uniform und hielt eine kurze Ansprache, die er vorher auswendig gelernt hatte, eine knappe Verlautbarung, über der er am Vorabend lange gebrütet hatte.

«Ich bin Captain Edward X. Delaney», begann er, stand aufrecht da, starrte in die Fernsehkameras und hoffte, daß der Schweiß auf seinem Gesicht nicht zu sehen wäre. «Mir ist die Leitung der ‹Kommission Lombard› übertragen worden. Bei diesem Fall geht es, wie Sie alle wissen, um die Ermordung von vier Männern: Frank Lombard, Bernard Gilbert, Detective Roger Kope und Albert Feinberg. Ich habe mehrere Tage gebraucht, ehe ich sämtliche Unterlagen der Sonderkommission aus der Zeit meines Vorgängers, des früheren Stellvertretenden Commissioner Broughton, durchgesehen hatte. In diesen Unterlagen ist nichts zu finden, was die Überführung oder auch nur die Identifizierung einer der Tat verdächtigen Person ermöglichen würde. Diese Unterlagen sind der Beweis eines völligen Versagens.»

Die Reporter holten vernehmlich Luft; wie wild machten sie sich Notizen. Delaney verzog keine Miene, insgeheim aber triumphierte er. Hatte Broughton im Ernst geglaubt, daß er ihm gegenüber einen derart überheblichen Ton anschlagen könne, ohne früher oder später dafür bezahlen zu müssen? Der Polizeiapparat funktionierte, weil man sich gegenseitig Gefälligkeiten erwies, weil man Rache übte. Der Mann wollte sich um das Bürgermeisteramt bewerben? Viel Glück, Broughton!

«Da sich in den mir von meinem Vorgänger hinterlassenen Unterlagen der ‹Kommission Lombard›», fuhr Captain Delaney fort, «nun absolut keine greifbaren Ergebnisse finden, bin ich gezwungen, wieder ganz von vorn anzufangen, mit dem Tod von Frank Lombard. Alle Morde müssen noch einmal von Anfang an untersucht werden. Ich verspreche Ihnen nichts. Ich ziehe es vor, auf Grund meiner Leistungen beurteilt zu werden und nicht auf Grund großer Worte. Dies hier ist die erste und letzte Pressekonferenz, die ich abzuhalten gedenke, bis ich entweder den Mörder habe oder des Kommandos enthoben werde. Ich bin nicht gesonnen, auf irgendwelche Fragen zu antworten.»

Eine Stunde nach dieser kurzen Ansprache, die ungeschnitten in den Regionalprogrammen ausgestrahlt wurde, wurde bei Captain Delaney ein Paket abgegeben. Einer der Polizisten, die vor dem Haus Wache hielten – es wurde vierundzwanzig Stunden am Tag bewacht –, brachte es herein und legte es auf Delaneys Schreibtisch.

«Möglicherweise eine Bombe, Captain», sagte er ängstlich. «Nachdem Sie heute im Fernsehen waren.»

«Ich weiß.» Der Captain nickte. Er betrachtete das Päckchen und nahm es vorsichtig in die Hand. Genauso vorsichtig drehte er es um. Irgend etwas gluckerte darin.

«Nein», sagte er zu dem Polizisten. «Ich glaube nicht, daß es eine Bombe ist. Aber gut, daß Sie mich auf diese Möglichkeit aufmerksam gemacht haben. Sie können jetzt auf Ihren Posten zurückkehren.»

«Jawohl, Sir», sagte der junge Polizist, salutierte und ging.

Der Captain machte das Päckchen auf. Es enthielt eine Flasche Kognak edelster Qualität. An der Seite war ein kleiner Umschlag befestigt. Delaney entkorkte die Flasche und schnupperte: *Das Wichtigste zuerst.* Er wollte ihn sofort probieren. Dann machte er den Umschlag auf. Eine steife Karte. Zwei Worte: «Großartig!» und «Alinski».

Die Stimmung im «Kriegsrat» änderte sich in den letzten drei Tagen vor Weihnachten unmerklich. Es stand fest, daß sie jetzt eine arbeitsfähige, tüchtige Organisation hatten. Sobald Danny-Boy das Haus oder sein

Büro verließ, hefteten sich Fernandez' Männer unbemerkt an seine Fersen. Blankenships peinlich genaue Berichte und sein Kommunikationssystem waren über jeden Tadel erhaben. Sergeant MacDonalds Leute hatten soviel Material über Blank zusammengetragen, daß es drei Schubladen des Aktenschranks in Delaneys Arbeitszimmer füllte.

In den letzten drei Tagen vor Weihnachten gewannen Delaneys Mitarbeiter immer mehr den Eindruck – und er *spürte* geradezu, wie sich diese Stimmung immer mehr breitmachte – daß sie eine ganze Menge an Informationen über diesen Daniel G. Blank zusammentrugen, aber letzten Endes nichts Handfestes. Der Mann hatte eine Freundin. Na und? Vielleicht schlief er auch mit ihrem Bruder, vielleicht aber auch nicht. Na und? Manchmal streunte er zu den unmöglichsten Tages- und Nachtzeiten durch die Gegend, besah Schaufenster und kehrte in den *Papagei* ein, um ein Glas zu trinken. Na und?

«Vielleicht hat er Lunte gerochen», meinte Blankenship. «Vielleicht weiß er, daß unsere Lockvögel jede Nacht ausschwärmen und daß er beschattet wird.»

«Unmöglich», knurrte Fernandez wütend. «Er sieht meine Leute nicht einmal. Was ihn betrifft, so gibt es uns überhaupt nicht.»

«Ich wüßte wirklich nicht, was wir sonst noch tun könnten», gestand MacDonald. «Wir haben alles geprüft: Geburtsurkunde, Zeugnisse, Paß, Bankguthaben – alles. Ihr habt die Unterlagen gesehen. Der Mann liegt vor uns auf dem Tisch, splitterfasernackt. Sicher, er ist vielleicht ein Psychopath, meinetwegen jemand, der durchaus einen Mord begehen könnte. Er ist ein eiskalter, gerissener Hund. Aber schleppt ihn vor Gericht – was dann? Wir kämen nie damit durch. So seh ich die Sache jedenfalls.»

«Bleibt dran!» sagte Captain Edward X. Delaney.

Am Tag vor Heiligabend verlangsamte sich alles. Das war nur natürlich; die Männer wollten daheim bei ihren Familien sein. Der Dienst in den einzelnen Abteilungen wurde auf ein Minimum reduziert (und vornehmlich von Junggesellen und Freiwilligen versehen), die Leute wurden früh nach Hause geschickt. Delaney verbrachte den ruhigen Nachmittag in seinem Arbeitszimmer und las alle Unterlagen noch einmal durch, trank ab und zu von dem wunderbaren Kognak, den ihm Alinski geschickt hatte. Er mußte sich bei dem Stellvertretenden Bürgermeister noch dafür bedanken.

Während er las, wuchs in ihm die Überzeugung, daß Danny-Boy durch etwas erledigt werden würde, das im Charakter dieses Mannes angelegt war und nicht durch die Tüchtigkeit der Polizei, durch die Entdeckung eines neuen Anhaltspunktes oder die unverhoffte Enthüllung irgendeiner Freundin oder Geliebten.

Wer war Daniel G. Blank? Wer *war* er? MacDonald hatte gesagt, in diesen Unterlagen liege er splitterfasernackt vor ihnen auf dem Tisch. Nein, dachte Delaney, was sie da hatten, waren nur die äußeren Fakten seines Lebens. Kein Mensch jedoch ist einfach nur die Summe aller über ihn existierenden offiziellen Papiere, der Aussagen seiner Freunde und Bekannten und der Daten seines «Tagesablaufs». Die wesentliche Frage blieb: Wer *war* Daniel G. Blank?

Delaney war fasziniert von ihm, weil er zwei verschiedene Menschen in sich zu vereinigen schien. Er war ein kalter, einsamer Junge gewesen, der offenbar ohne Nestwärme aufgewachsen war. Keine Unterlagen über irgendwelche Jugendkriminalität. Er war still gewesen, hatte Steine gesammelt und bis zum Eintritt ins College kein besonderes Interesse an Mädchen gezeigt. Dann hatte er sich geweigert, an der Beerdigung seiner Eltern teilzunehmen. Das schien Delaney aufschlußreich. Wie konnte ein Mensch, wie jung auch immer, so etwas fertigbringen? Das verriet eine solche Abgebrühtheit und Kaltschnäuzigkeit, daß es einem Angst machte.

Dann diese Ehe – wie hatte Lipsky die Frau noch bezeichnet? Eine üppige, tolle Blondine – die Scheidung, die Freundin mit dem Knabenkörper und möglicherweise sogar der Knabe selbst, Tony. Und dazu noch die sterile Wohnung mit den vielen Spiegeln, die seidene Damenunterwäsche und das parfümierte Klopapier. Und, wie es in einem der auffallend gut geschriebenen Berichte MacDonalds hieß: die Riesensprünge auf der Karriere-Leiter.

Delaney nahm sich noch einmal den Bericht vor über das Gespräch, das einer von MacDonalds Leuten mit einem Mann namens Robert White geführt hatte, der bei Javis-Bircham Blanks unmittelbarer Vorgesetzter gewesen war und der von Blank mit allen Mitteln rausgeboxt worden war.

«Begabt. Viel Phantasie. Zuviel vielleicht. Doch er meistert seine Aufgabe, das muß man ihm lassen. Aber kein Tropfen Blut, Sie verstehen? Kein Tropfen warmes Blut fließt in ihm.»

Captain Delaney starrte zur Decke hinauf. «Kein Tropfen warmes Blut fließt in ihm.» Was sollte das heißen? Wer *war* Daniel G. Blank? So vielschichtig . . . So abstoßend und faszinierend. Mut – ohne Zweifel; er stieg auf Berge und mordete. Warmherzig? Selbstverständlich. Er schritt ein, wenn jemand seinen Hund prügelte – und bewahrte sentimentale Erinnerungsstücke auf von den Männern, die er ermordet hatte. Begabt und phantasievoll? Jedenfalls hatte sein früherer Chef das behauptet. So begabt und phantasievoll, daß er mit einer dreißigjährigen Frau schlief und es gleichzeitig mit ihrem zwölfjährigen Bruder trieb, doch davon dürfte Bob White wohl doch keine Ahnung gehabt haben.

Wer *war* Dan?

Captain Delaney erhob sich. Den Kognakschwenker in der Hand, wollte er gerade einen Trinkspruch ausbringen: «Auf dich, Danny-Boy», als an die Tür geklopft wurde. Gemessen nahm er wieder hinter seinem Schreibtisch Platz.

«Herein», rief er.

Lieutenant Jeri Fernandez steckte den Kopf zur Tür herein.

«Beschäftigt, Captain?» fragte er. «Hätten Sie eine Minute Zeit für mich?»

«Aber natürlich. Kommen Sie nur.» Delaney winkte ihn herein. «Ich habe einen wunderbaren Kognak hier. Wie steht's mit einem Glas?»

«Haben Sie schon mal erlebt, daß ich nein gesagt hätte?» fragte Fernandez scherzend, und sie lachten beide.

Delaney saß auf seinem Drehstuhl und wippte, das Glas in der Hand, sanft vor und zurück, während Fernandez in dem Lederklubsessel Platz genommen hatte und, nachdem er an dem Kognak genippt hatte, nur vielsagend die Augen gen Himmel rollte.

«Ich dachte, Sie wären längst zu Hause», sagte der Captain.

«Ich geh auch gleich, ich wollte mich nur vergewissern, daß alles in Ordnung ist.»

«Ich weiß, daß ich Ihnen das schon gesagt habe, Lieutenant, aber ich will es doch noch einmal wiederholen: Hämmern Sie Ihren Leuten ein, daß sie in ihrer Aufmerksamkeit nicht nachlassen, keinen Augenblick. Dieser Kerl ist blitzschnell.»

Fernandez, der vornübergebeugt in seinem Sessel saß, senkte den Kopf und drehte den Kognakschwenker zwischen den Handflächen.

«Auch schneller als eine Achtunddreißiger, Captain?» fragte er so leise, daß Delaney ihn kaum verstand.

«Was?» fragte er daher.

«Ist dieser komische Vogel auch schneller als eine Achtunddreißiger?» wiederholte Fernandez. Diesmal hob er den Kopf und blickte Delaney voll an.

Der Captain war augenblicklich auf den Beinen, ging zur Tür und drehte den Schlüssel um, kam dann zurück und setzte sich wieder hinter den Schreibtisch.

«Was geht in Ihnen vor?» fragte er ruhig und sah Fernandez an.

«Captain, wir arbeiten jetzt – wie lange schon? – an dieser Sache? Über eine Woche. Fast zehn Tage. Dieser Danny-Boy kann keinen Schritt ohne uns machen. Sie sagen immer wieder, er sei der Tat verdächtig. Aber mir ist aufgefallen, daß wir nach niemand anderem suchen, keine anderen Spuren verfolgen. Alles dreht sich um diesen Blank.»

«Na und?» sagte Delaney kalt.

«Ja und!» Fernandez seufzte und schaute in sein Glas. «Ich denk mir eben, Sie wissen vielleicht etwas, was wir nicht wissen, etwas, das Sie uns nicht sagen.» Hastig hob er die Hand. «Glauben Sie nicht, daß ich mich beklagen will, Captain. Wenn es etwas gibt, das wir nicht zu wissen brauchen, dann haben Sie jedes Recht, das für sich zu behalten. Ich dachte bloß – vielleicht sind Sie sich dieses Kerls absolut sicher und wissen nur nicht, wie Sie die Schlinge um seinen Hals zuziehen sollen. Aus irgendwelchen Gründen! Keine Zeugen. Kein hieb- und stichfester Beweis. Was auch immer. Doch ich denk mir eben, Sie wissen, daß er's ist. *Wissen* es einfach.»

Der Captain wippte wieder auf seinem Stuhl. «Angenommen», sagte er, «bloß mal angenommen, Sie hätten recht mit Ihrer Behauptung, ich wüßte so sicher wie zwei mal zwei vier ist, daß Blank unser Vogel ist, daß wir ihn nur nicht fassen können. Was würden Sie vorschlagen?»

Fernandez zuckte mit den Schultern. «Angenommen», sagte er, «bloß mal angenommen, es wäre so. Dann sehe ich keine Möglichkeit, die Schlinge um Danny-Boy zuzuziehen, es sei denn, wir ertappten ihn auf frischer Tat. Und wenn er wirklich so schnell ist, wie Sie sagen, dann haben wir, eh wir's uns versehen, noch eine Leiche. Stimmt's?»

Delaney nickte. «Ja», sagte er, «das denke ich auch. Also, wie lautet Ihre Antwort?»

Fernandez nippte an seinem Kognak und sah dann auf.

«Überlassen Sie ihn mir, Captain», sagte er leise.

Delaney setzte sein Glas auf dem Schreibtisch ab, schenkte sich noch etwas von dem Göttertrunk ein, ging dann mit der Flasche hinüber zu Fernandez und goß auch ihm noch etwas ein. Er kehrte zu seinem Drehstuhl zurück, stellte die Flasche hin, fing an, auf die Schreibtischplatte zu trommeln und hielt den Blick auf seine Finger gerichtet.

«Sie?» fragte er Fernandez. «Sie allein?»

«Nein. Ich habe einen Freund. Wir beide . . .»

«Einen Freund?» unterbrach ihn Delaney scharf und sah auf. «Bei der Polizei?»

Der Lieutenant war überrascht. «Selbstverständlich bei der Polizei. Wer hat schon Freunde außerhalb der Polizei?»

«Okay.» Der Captain nickte. «Wie wollen Sie es anstellen?»

«Wie üblich.» Fernandez zuckte mit den Schultern. «Wir gehen rauf in seine Wohnung und scheuchen ihn auf. Er leistet Widerstand und versucht zu fliehen, und wir legen ihn um. Die einfachste und sauberste Lösung.»

Der Captain seufzte und schüttelte den Kopf. «Das haut nicht hin. Natürlich weiß ich, daß so was schon öfter gemacht worden ist. Aber dann sind wir alle geliefert.»

Mit einem Ruck stand er auf, knöpfte den Uniformrock auf und steckte die Hände in die Gesäßtaschen. Dann wanderte er im Zimmer auf und ab und sah Fernandez nicht an, während er redete.

«Hören Sie, Lieutenant», sagte er geduldig, «dieser Bursche ist kein streunender Hund, bei dem kein Hahn danach kräht, ob er lebt oder stirbt. Dieser Danny-Boy ist wer! Er ist wohlhabend, wohnt in einem luxuriösen Hochhaus, fährt einen teuren Wagen und arbeitet für ein Riesenunternehmen. Er hat Freunde, einflußreiche Freunde. Machen Sie ihn kalt, werden die Leute anfangen, Fragen zu stellen. Und gnade uns Gott, wenn wir dann keine Antworten parat haben. Wenn es denn schon getan werden muß, dann jedenfalls richtig.»

Fernandez wollte etwas sagen, doch Delaney hob die Hand. «Moment noch. Lassen Sie mich ausreden. Bleiben wir also bei Ihrem Plan. Sie und Ihr Freund gehen rauf und stellen ihn. Wie wollen Sie in seine Wohnung kommen? Ich weiß zufällig, daß die Tür mehr Schlösser hat als ein ganzes Gefängnis zusammen. Sie meinen, Sie klopfen einfach an und sagen: ‹Aufmachen! Polizei!› und er schließt auf und läßt Sie rein? Den Teufel wird er tun! Dazu ist er viel zu schlau. Er schaut durchs Guckloch und verhandelt durch die geschlossene Tür mit Ihnen.»

«Was ist mit einem Haussuchungsbefehl?» fragte Fernandez.

«Nichts zu machen.» Delaney schüttelte den Kopf. «Aber lassen Sie mich nachdenken. Vielleicht gibt es eine andere Möglichkeit.»

Der Lieutenant schwieg und nippte an seinem Kognak. Seine leuchtenden Augen folgten dem Captain, der mit schweren Schritten im Zimmer auf und ab ging.

«Es gibt da einen Pförtner in dem Haus», sagte Delaney. «Charles Lipsky. Er hat Zugang zu den Zweitschlüsseln, die alle unten in der Halle hängen, an einem Brett vor dem Büro des Hausverwalters. Der Mann ist vorbestraft. Da er zur Zeit Bewährungsfrist hat, kann man vielleicht

Druck auf ihn ausüben. Also: Sie erfahren über Funk, daß Danny-Boy das Büro verlassen hat und auf dem Heimweg ist. Sie und Ihr Freund verschaffen sich von Lipsky die Schlüssel, fahren nach oben, gehen in seine Wohnung und schließen von innen wieder ab. Wenn er kommt, sind Sie schon da.»

«Nicht schlecht», sagte Fernandez und grinste.

«Wenn es soweit ist, werde ich Ihnen einen Grundriß der Wohnung aufzeichnen, damit Sie wissen, wo Sie stehen müssen, wenn er reinkommt. Dann . . .»

«Einen Grundriß der Wohnung?» fiel ihm der Lieutenant ins Wort. «Aber wie . . .»

«Zerbrechen Sie sich darüber nicht den Kopf. Wenn es soweit ist, bekommen Sie von mir einen Grundriß. Aber Sie müssen ihm Zeit geben reinzukommen, ehe Sie sich zeigen. Vielleicht sollten Sie ihm sogar die Zeit lassen, von innen wieder abzuschließen; Sie können Gift darauf nehmen, daß er's tut. Erst dann zeigen Sie sich. Und von diesem Augenblick an wird es knifflig. Können Sie sich eine Waffe beschaffen, deren Herkunft sich nicht ermitteln läßt?»

«Aber immer! Eine 9-mm-Luger. Funkelnagelneu. Direkt aus dem Hafen. Noch nie benutzt.»

«Was für ein Griff?»

«Holz.»

«Jaaaa . . .» meinte Delaney nachdenklich. «Eine solche Waffe könnte er besitzen. Aber funkelnagelneu dürfte sie nicht sein. Ein paar Dellen und ein paar Kratzer müßte sie schon haben. Verstehen Sie?»

«So daß es aussieht, als hätte er sie schon lange?»

«Genau. Und noch etwas: behalten Sie den Kasten oder die Hülle, in der Sie sie bekommen haben, und beschaffen Sie sich die richtigen Reinigungswerkzeuge und ein paar ölgetränkte Lappen. Sie wissen schon. Das alles geben Sie mir.»

«*Ihnen*, Captain?»

«Ja, mir. Schön, jetzt sind Sie und Ihr Freund also innen in der Wohnung, und die Tür ist verschlossen. Sie haben beide Ihre Dienstrevolver bei sich, und einer von Ihnen auch noch die Luger. Sie muß geladen, das Magazin muß voll sein. Sobald Danny-Boy die Tür verriegelt hat, zeigen Sie sich. Und passen Sie gut auf. Lassen Sie ihn keine Sekunde aus den Augen!»

«Keine Angst, wir halten ihn in Schach!»

«Sagen Sie kein Wort zu ihm, kein einziges Wort. Zwingen Sie ihn einfach, auf die Schlafzimmertür zuzugehen. Welche das ist, sehen Sie auf dem Grundriß. Und jetzt muß alles blitzschnell gehen. Sobald er in der Schlafzimmertür steht, legen Sie ihn um. Vergeuden Sie keine Zeit und – das ist wichtig! – sorgen Sie dafür, daß Sie *beide* schießen. Und daß er wirklich hinüber ist. Verstehen Sie?»

Fernandez lächelte listig. «Sie sind verdammt gerissen, Captain.»

«Jetzt muß alles blitzschnell gehen. In dem Augenblick, wo er am Boden liegt, muß sich einer von ihnen beiden – wer, ist mir egal – rittlings über ihn knien und genau in die Richtung, in die er geblickt hat, als es ihn erwischte . . .»

«. . . zwei oder drei Schuß aus der Luger in die gegenüberliegende Wand abfeuern», sagte Fernandez rasch.

«Richtig», sagte der Captain anerkennend. «Nur schnell muß es gehen – so daß jemand, der die Schüsse hört, glaubt, es wäre bloß eine einzige Serie von Schüssen, ohne Pause dazwischen. Einfach, um ganz sicher zu gehen.»

«Ich verstehe.» Fernandez lächelte. «Zwei oder drei Schüsse in die Wand. Nicht zu hoch. So, als ob er auf uns gezielt hätte.»

«Genau. Lassen Sie ruhig ein paar Spiegel in Scherben gehen. Die Wand hängt voll von Spiegeln. Und was tun Sie jetzt?»

«Die Luger abwischen und sie ihm in die rechte Hand drücken», sagte Fernandez.

«Versuchen Sie's», sagte Delaney, «aber verlieren Sie nicht die Nerven, wenn Sie es nicht schaffen. Einer Leiche eine Waffe in die Hand drücken, selbst einer ganz frischen Leiche, ist schwerer, als man denkt. Sorgen Sie vor allem für ein paar gute Fingerabdrücke. Am Holz des Kolbens halten sie sich nicht gut, aber Sie können sie ja an den Metallteilen anbringen. Irgendwo. Die Waffe kann gern auf dem Boden liegen, neben seiner rechten Hand. Wir brauchen bloß ein paar gute Fingerabdrücke. Was machen Sie jetzt?»

«Ja . . .» Fernandez überlegte angestrengt und nahm einen Schluck Kognak. «Hm, wir haben ja noch immer die Schlüssel zum Apartment.»

«Richtig», sagte Delaney. «Deshalb muß Ihr Freund sofort runter und sie Lipsky wieder zustecken. Und was machen Sie in der Zwischenzeit?»

«Ich? Ich könnte anfangen, die Wohnung zu filzen . . .»

«Vergessen Sie's!» sagte der Captain. «Rühren Sie nicht das geringste an. Das erste, was Sie tun, ist, mich von Blanks Apparat aus anzurufen. Ich werde auf Ihren Anruf warten, dann ein paar Leute zusammentrommeln und gleich zu Ihnen rüberkommen. Sie tun nichts, ehe ich nicht da bin. Sie setzen sich nicht mal hin. Sobald ich eintreffe, erstatten Sie Meldung über das, was passiert ist – so kurz wie möglich. Ich erledige die nötigen Anrufe, und *dann* werde ich die Öllumpen und die Reinigungswerkzeuge, die Extramagazine der Luger und so weiter irgendwo unterbringen. Wo, weiß ich noch nicht. Genausowenig wie ich weiß, wie ich das Zeug raufbringen soll, aber das . . .»

«Aber warum *Sie*, Captain?» wendete Fernandez ein. «Das können wir doch selbst mit raufnehmen.»

Delaney lächelte zynisch. «In einem Fall wie diesem ist es ratsam, daß alle Beteiligten gleichermaßen in die Sache verwickelt sind. Eine Art Versicherung gewissermaßen. Deshalb möchte ich auch, daß sowohl Sie als auch Ihr Freund Danny-Boy mit blauen Bohnen füttern.»

Der Lieutenant begriff nicht ganz. Doch dann hellte sich sein Gesicht auf.

«Ganz schön gerissen.» Er nickte. «Damit niemand redet und sicher sein darf, daß auch keiner von den anderen ‹singt›.»

«So in etwa», sagte Delaney, ohne zu lächeln. «Gegenseitige Absicherung. Und nun zur Tarngeschichte: Die ‹Kommission Lombard› fand heraus, daß bei allen vier Morden ein Eispickel als Tatwaffe diente, wie Bergsteiger sie benutzen. Danny-Boy ist Bergsteiger. Dafür gibt es stichhaltige Beweise. Wir haben nun nachgeprüft, wer im Revier Zwei-fünf-eins einen Eispickel gekauft hat, und Sie und Ihr Freund hatten eine Liste, auf der die zu befragenden Eispickelbesitzer aufgeführt waren. Um die Sache plausibel zu machen, gebe ich Ihnen noch Namen und Adresse von zwei, drei weiteren Personen, die Sie aufsuchen, ehe Sie zu Danny-Boy gehen. Sie sagen, Sie hätten sich als Polizeibeamte ausgewiesen und ihn gebeten, sich seinen Eispickel ansehen zu dürfen. Er hätte gesagt, der sei in seinem Schlafzimmer, und er sei dort hineingegangen, um ihn zu holen. In Wirklichkeit steht der Eispickel im Wandschrank in der Diele, doch er sei ins Schlafzimmer gegangen, sei mit einer Luger wieder herausgekommen und habe geschossen, doch niemanden getroffen. Daraufhin hätten Sie beide die Waffen gezogen und ihn erledigt. Wie klingt das?»

Der Lieutenant schüttelte bewundernd den Kopf. «Großartig, Captain!» sagte er. «Phantastisch, einfach phantastisch!»

«Und mit ein bißchen Glück sollte es mir gelingen, das Beweismaterial aufzutreiben, das Danny-Boy auf den elektrischen Stuhl gebracht hätte. Kürzlich war es noch da. Und wenn es auch jetzt noch da ist – glauben Sie mir, dann stellt niemand irgendwelche Fragen. Falls er es aber inzwischen vernichtet hat, schadet das auch nichts. Ihn hat es erwischt – das genügt.»

«Klingt perfekt, Captain.»

«Nein», sagte Delaney. «Es ist nicht perfekt. Es gibt durchaus ein paar schwache Stellen, um die wir uns kümmern müssen. Zum Beispiel Ihr Freund – kenne ich ihn?»

«Ja, Sie kennen ihn.»

«Gehört er zur ‹Kommission Lombard›?»

«Ja.»

«Gut. Das vereinfacht die Sache. Alles in allem ist es, glaube ich, ein durchaus logischer Plan, der sich durchführen läßt.»

«Ich halte ihn für idiotensicher, Captain. Da kann nichts schiefgehen.»

«Nichts schiefgehen?» sagte Delaney grimmig. «Immer kann was schiefgehen. Doch ich denke, man sollte es versuchen.»

«Dann ist es also beschlossen, Captain?»

Delaney holte tief Luft und setzte sich wieder hinter seinen Schreibtisch. Er saß aufrecht auf seinem Drehstuhl und legte die Hände flach auf die Schreibtischplatte.

«Hm . . . noch nicht ganz beschlossen», sagte er schließlich. «Der Plan gefällt mir, weil er mir noch eine Möglichkeit offenläßt, wo ich eigentlich schon keine mehr sah. Doch ich habe da noch eine andere Idee, die mir seit geraumer Zeit im Kopf herumspukt. Wissen Sie was: Fangen Sie an, besorgen Sie sich diese Luger. Schießen Sie ein paarmal damit, reinigen Sie sie, frisieren Sie sie ein bißchen auf alt. Aber sagen Sie vorerst zu niemandem etwas davon, auch nicht zu Ihrem Freund. Wenn ich mich entschließe loszulegen, lasse ich's Sie wissen. Einverstanden?»

«Aber ja.» Der Lieutenant erhob sich, streckte die Hand aus, und Delaney ergriff sie.

«Captain», sagte er feierlich, «ich wünsche Ihnen und Ihrer Familie ein fröhliches Weihnachtsfest und ein glückliches neues Jahr. Ich hoffe, daß es Ihrer Frau bald besser geht.»

«Danke, Lieutenant», sagte Delaney. «Ihnen und Ihrer Familie ein frohes Fest. Ich hoffe, das neue Jahr bringt Ihnen alles, was Sie sich wünschen. Es ist ein ausgesprochenes Vergnügen, mit Ihnen zusammenzuarbeiten.»

«Danke, Captain», sagte Fernandez. «Ganz meinerseits.»

Nachdem Delaney die Tür hinter ihm geschlossen hatte, setzte er sich wieder an den Schreibtisch und wünschte, er hätte eine frische Havanna. Er dachte noch einmal über den Plan nach. Narrensicher war er nicht, aber das waren solche Pläne nie. Immer mußte man mit Möglichkeiten rechnen, auf die man nicht im Traum gekommen wäre: ein unverhoffter

Besucher, ein Anruf. Doch der Plan bot eine Lösung.

Der Captain sah auf die Uhr. Fast Viertel nach vier. Ein langer Nachmittag. Er seufzte, raffte sich auf und ging ins Wohnzimmer hinüber.

Die beiden großen Sende- und Empfangsgeräte standen auf schlichten, über Sägeböcke gelegten Fichtenbrettern. Vor jedem Gerät hockte ein Beamter. Auf einem anderen Tisch standen drei neue Telefonapparate, neben denen gleichfalls ein Polizist in Uniform wachte. Zwei Männer schliefen auf den Feldbetten an der Wand. Einer schnarchte vernehmlich. Detective Second Grade Samuel Wilding, einer von Blankenships Mitarbeitern, hockte am Kartentisch und zeichnete etwas auf einer Karte ein. Delaney grüßte ihn mit einer Handbewegung.

Die Polizeibeamten hatten ihre Uniformjacken ausgezogen und saßen, die Pistolenkoppel umgeschnallt, in Pullover oder T-Shirt an den Apparaten.

Auf einem der Tische klingelte ein Telefon. «Hier Barbara», meldete sich der diensthabende Beamte.

Sie hatten einen Funk- und Telefonkode ausgearbeitet, so einfach und kurz wie möglich.

«Danny-Boy» – Daniel G. Blank.

«Barbara» – die Kommandozentrale in Delaneys Haus.

«Weißes Haus» – Blanks Hochhaus.

«Fabrik» – das Javis-Bircham-Gebäude.

«Schloß» – das Stadthaus in der East End Avenue.

«Bulldogge eins» – der geliehene Con-Ed-Gerätewagen vor dem «Weißen Haus», Lieutenant Fernandez' Kommandoposten.

«Bulldogge zwei, drei, vier usw.» – die nicht gekennzeichneten Polizeifahrzeuge und Beamten zu Fuß.

«Tiger eins» – der Mann, der das Stadthaus von Celia Montfort beobachtete. «Tiger zwei, Tiger drei» – die Beamten, die in der Nachbarschaft als Straßenkehrer arbeiteten.

Der diensthabende Beamte, der sich mit «Hier Barbara» gemeldet hatte, hörte eine Weile zu und wandte sich dann an Detective Wilding. «Stryker in der Fabrik», berichtete er. «Danny-Boy scheint nach Hause zu gehen.» Stryker war der bei Javis-Bircham als Tabellenführer in Blanks Abteilung eingeschmuggelte Beamte.

Wilding nickte und wandte sich an einen der Männer an den Sendegeräten. «Sag Bulldogge drei Bescheid.» Fragend sah er Delaney an. «In Ordnung, wenn Stryker jetzt abhaut?»

Der Captain nickte. Er lehnte sich vor, um zu hören, wie einer der

Funktechniker sagte: «Barbara an Bulldogge drei. Hört ihr mich?»

«Ja. Sehr gut.» Die Stimme klang gelangweilt.

«Danny-Boy kommt jetzt runter.»

«Okay.»

Etwa fünf Minuten lang blieb alles still. Dann: «Bulldogge drei an Barbara. Wir haben ihn. Geht die 46th Street entlang in Richtung Osten. Steigt in ein Taxi: XB einundsechzig – Strich – neunundvierzig – Strich – drei – Strich – eins. Verstanden?»

«XB einundsechzig – Strich – neunundvierzig – Strich drei – Strich – eins.»

«Richtig.»

Nichts Aufregendes; alles Routine. Die Protokollbücher wurden sorgfältig geführt, alle Eintragungen ordnungsgemäß vorgenommen. Aber sonst tat sich nichts.

Delaney stelzte wieder in sein Arbeitszimmer hinüber, setzte die Brille auf und nahm einen Notizblock. Zwei verschiedene Listen stellte er auf. Die erste enthielt fünf Punkte:

1. Garagenwärter.
2. Bartender im *Papagei.*
3. Lipsky.
4. Mortons.
5. Horvath bei J-B.

Die zweite Liste dauerte fast eine ganze Stunde. Zuletzt bestand sie aus vier verschiedenen Punkten, die er sich aufgeschrieben hatte.

Delaney legte sie beiseite, stand auf, ging noch einmal ins Wohnzimmer hinüber und wandte sich an Detective Samuel Wilding.

«Wann hat Blankenship wieder Dienst?» wollte er wissen.

«Morgen um zwölf, Captain. Wir arbeiten mit halber Besetzung wegen Weihnachten.»

Delaney nickte. «Verständigen Sie ihn, daß er mich sofort unterrichten soll, sobald sich an Danny-Boys Gewohnheiten zeitlich das Geringste ändert. Haben Sie das?»

«Ja, Sir.»

«Und zwar sofort», wiederholte Delaney.

Dann ging er zu dem einzigen Beamten, der von MacDonalds Abteilung Dienst hatte. Erschrocken sah der Mann auf.

«Wann hat MacDonald wieder Dienst?» fragte Delaney.

«Morgen nachmittag um vier, Captain. Wir arbeiten mit . . .»

«Ich weiß, ich weiß», sagte Delaney leicht gereizt. «Wegen Weihnachten. Ich möchte, daß Sie ihm eine Nachricht hinterlassen.» Der Polizeibeamte nahm einen Schreibblock und wartete mit gezücktem Bleistift. «Sagen Sie ihm, ich brauche ein Foto von Detective Kope.»

Der Mann zögerte.

«Von Kope? Dem Mann, der umgebracht worden ist?»

«Von Detective Third Grade Roger Kope, dem Mordopfer», sagte Delaney grimmig. «Ich brauche ein Foto von ihm. Am besten eins von ihm und seiner ganzen Familie. Haben Sie das?»

Er ging zurück in sein Arbeitszimmer und schloß die Tür. Ein Blick auf die Uhr: kurz vor sieben. Es war Zeit. Er warf einen Blick auf die Liste auf seinem Schreibtisch und wählte dann die Nummer von Daniel G. Blank. Das Telefon klingelte und klingelte. Niemand nahm ab. Er ging hinüber ins Wohnzimmer zu dem Funktechniker, der das Protokollbuch auf dem laufenden hielt.

«Ist Danny-Boy im Weißen Haus?» fragte er.

«Jawohl, Sir. Es ist bisher nicht gemeldet worden, daß er es verlassen hätte. Tiger eins hat gemeldet, daß die Prinzessin das Schloß mit einem Taxi verlassen hat.» («Prinzessin» – der Kodename für Celia Montfort.) «Ungefähr zehn Minuten später meldete Bulldogge eins ihre Ankunft im Weißen Haus. Soweit wir wissen, sind sie beide noch drin.»

Delaney nickte, kehrte ins Arbeitszimmer zurück und schloß die Tür. Abermals wählte er Blanks Nummer. Niemand nahm ab. Vielleicht waren sie auf einer Weihnachtsparty? Bei Mortons? Möglich. Er trat an den Aktenschrank, nahm den dünnen Hefter heraus, den MacDonalds Leute über Mortons angelegt hatten. Ihre Telefonnummer stand da.

Delaney trat wieder an den Schreibtisch und wählte.

«Hier bei Morton», meldete sich nach dem siebten Klingeln eine weibliche Stimme.

Im Hintergrund hörte Delaney die lauten Stimmen verschiedener Menschen, Rufe, Lachen. Eine Party.

«Ich versuche, Mr. Daniel Blank zu erreichen», sagte er langsam und deutlich, «und man hat mir gesagt, ich sollte es unter dieser Nummer versuchen. Ist er da?»

«Ja, er ist hier. Einen Augenblick, bitte.»

Er hörte sie rufen: «Mr. Blank! Telefon!» Dann die vertraute Stimme, neugierig, aber auf der Hut. Natürlich fragte sich Danny-Boy, wieso jemand wissen konnte, daß er auf einer Weihnachtsparty bei Mortons war.

«Hallo?»

«Mr. Daniel G. Blank?»

«Ja. Wer spricht dort?»

«Frank Lombard.»

Am anderen Ende der Leitung ein Laut: teils Stöhnen, teils Keuchen.

«Wer?»

«Frank Lombard», sagte Delaney mit tiefer, leiser Stimme. «Sie kennen mich. Wir sind uns schon begegnet. Ich wollte Ihnen nur fröhliche Weihnachten . . .»

Doch die Leitung war unterbrochen. Behutsam legte Delaney auf. Jetzt lächelte er. Dann zog er den Mantel an, setzte die Mütze auf und ging in die dunkle Nacht hinaus, um einen Drugstore zu suchen, der noch offen hatte, damit er seiner Frau ein Weihnachtsgeschenk kaufen konnte.

Teil VIII

I

Irgend etwas geschah. Was geschah? Irgend etwas . . .

Vor etwa zwei Wochen hatte es angefangen, meinte Daniel Blank. Vielleicht auch schon vor drei. Genau konnte er sich nicht erinnern. Der Garagenwärter hatte beiläufig erwähnt, daß ein Versicherungsvertreter dagewesen sei und sich nach seinem Wagen erkundigt habe.

«Er meinte, Sie seien in einen Unfall verwickelt gewesen», sagte der Mann. «Er hat sich Ihren Wagen angesehen, doch ein Blick genügte, und er wußte, daß Sie es nicht gewesen sein können. Ich hatte ihm gleich gesagt, Sie hätten den Wagen seit Wochen nicht mehr draußen gehabt.»

Blank nickte und gab dem Mann eifrig den Auftrag, die Corvette zu waschen, Batterie und Öl nachzusehen und vollzutanken. An den Versicherungsmann dachte er nicht mehr. Damit hatte er nichts zu tun.

Doch dann ging er eines Abends in den *Papagei.* Als der Bartender ihm seinen Kognak brachte, fragte er plötzlich, ob er Blank heiße. Daniel nickte – er verspürte eine leichte Erregung –, und der Bartender erzählte ihm, kürzlich sei ein Privatdetektiv dagewesen und habe Verschiedenes über ihn, Blank, wissen wollen. An den Namen des Privatdetektivs konnte der Bartender sich nicht mehr erinnern, aber er konnte den Mann beschreiben. Blank war nun doch etwas beunruhigt und sprach noch einmal mit dem Garagenwärter; die Beschreibung des «Versicherungsvertreters», die er gab, deckte sich mit der des «Privatdetektivs», die der Bartender ihm gegeben hatte.

Zwei Tage später berichtete ihm der Pförtner Lipsky, ein Mann sei dagewesen und habe «sehr persönliche Fragen» über Daniel Blank gestellt. Lipsky wußte nicht zu sagen, wie der Mann hieß, noch was für einen Beruf er hatte. Er konnte nur sagen, wie er aussah.

Nach diesen drei Beschreibungen begann Blank sich ein Bild von dem Mann zu machen, der ihm nachspionierte. Das heißt, es war weniger ein Bild als eine Silhouette: eine dunkle, schattenhafte Gestalt, grob wie ein

Holzschnitt. Groß, mit hängenden Schultern. Auf dem Kopf einen steifen Homburg. Dazu ein altmodischer, doppelreihiger Mantel.

Dann erzählten ihm Flo und Sam Morton mit allen Anzeichen des Entzückens von dem Besuch des Credit Union-Vertreters. Warum hatte Dan seinen besten Freunden nicht gesagt, daß er Celia Montfort heiraten und ihr Stadthaus kaufen wolle? Er lächelte verlegen.

Dann die peinliche Unterredung mit René Horvath, dem Personalchef von Javis-Bircham. Erst ganz allmählich fand er heraus, daß der Vertreter eines Kreditinstituts Erkundigungen über ihn eingezogen hatte, weil er dort angeblich um ein sehr hohes Darlehen gebeten hatte. Horvath hatte von seinen Vorgesetzten den Auftrag erhalten, Blank zu fragen, zu welchem Zweck er das Darlehen haben wollte. Die Beschreibung, die Mr. Horvath von dem Vertreter gab, deutete auf denselben Mann hin wie in den anderen Fällen.

Er wußte jetzt, daß seine Tage bei Javis-Bircham gezählt waren, doch das war nicht wichtig. Man würde ihn an die Luft setzen und ihm nahelegen, zu kündigen und ihm eine großzügige Abfindung zahlen. Es war nicht wichtig. Er wußte, daß er seine Arbeit in den letzten Monaten vernachlässigt hatte. Er hatte jegliches Interesse daran verloren. Es war nicht wichtig.

Was wichtig war, war sein Verfolger – ein aus vielen einzelnen zusammengesetzter Mann, der inzwischen mehr war als nur eine Silhouette oder ein undeutliches Bild – jemand, der Plastizität gewann und Gestalt annahm, ein Mann mit groben Zügen und aufdringlichen Gesten, mit schlenkerndem Gang und Augen, die er ständig offenhielt. Wer war er? Gott mit steifem Homburg und flatterndem Mantel?

Blank hielt nach ihm Ausschau, wohin er auch ging: auf der Straße, in Bars und Restaurants, bei Nacht, allein in seiner Wohnung. Auf der Straße sah er sich die Gesichter ihm entgegenkommender Fremder genau an oder drehte sich unvermutet um, um sich zu vergewissern, ob der Mann nicht hinter ihm herkam. Nachts, bei abgeschlossener, verriegelter Tür, die Sicherheitsstange vorgelegt, lag er in der Dunkelheit lange wach. Plötzlich waren sie da, die Nachtgeräusche: Gepolter, ein Knarren, ein kurzes Klicken. Dann stand er auf, knipste alle Lampen an und stapfte durch die Wohnung in dem Wunsch, ihm von Angesicht zu Angesicht gegenüberzustehen. Aber er war nicht da.

Endlich kam Heiligabend. Bei Javis-Bircham würden sie ihn erst nach den Feiertagen hinauswerfen; das wußte er. Also konnte er leichten Herzens die Einladung der Mortons zu einer Weihnachtsparty annehmen und Celia bitten, mitzukommen. Er wollte ein wenig trinken, lachen, seinen Arm um Celias schlanke, harte Taille legen, da es dort die dunklen, drohenden Schatten sicher nicht gab.

Der Anruf erschütterte ihn in seinen Grundfesten. Wie konnte jemand wissen, daß er bei Mortons war? Vorsichtig nahm er den Hörer auf. Dann hörte er die leise, einschmeichelnde Stimme: «Frank Lombard. Sie kennen mich. Wir sind uns schon begegnet. Ich wollte Ihnen nur . . .»

Hals über Kopf verließ er die Wohnung, ließ Celia zurück, verabschiedete sich von niemand. Der Fahrstuhl brauchte eine Ewigkeit; es dauerte entsetzlich lange, ehe er die Tür aufgeschlossen und wieder hinter sich verriegelt hatte; und hundert Jahre, ehe er die Schublade herausgezogen und sie mit der Unterseite nach oben aufs Bett gelegt hatte . . . Eingehend untersuchte er den Umschlag, doch soweit er sehen konnte, war er unberührt. Er machte ihn auf: es war alles da.

Er zog den schwarzen Samtanzug, den feinen weißen Rollkragenpullover und den geblümten Slip aus und stopfte alles in den Wäschepuff im Badezimmer. Er nahm die Via Veneto-Perücke ab und duschte so heiß er es ertragen konnte.

Er trocknete sich ab, besprühte sich mit Eau de Cologne, puderte sich und setzte die Perücke wieder auf. Dann zog er den Hausmantel mit dem Kranichdessin an und ging barfuß ins Wohnzimmer hinüber, um sich einen Wodka einzugießen und eine seiner Lattichzigaretten anzustecken.

Plötzlich ging ihm auf, daß an der Wohnungstür geläutet wurde, seit geraumer Zeit schon. Sorgfältig machte er die Zigarette aus und trank seinen Wodka, ehe er in die Diele ging und durch das Guckloch spähte: es war Celia Montfort. Er schloß auf, um sie hereinzulassen und verschloß und verriegelte die Tür wieder hinter ihr.

«Du bist doch nicht krank, Dan, oder?»

«Und du redest doch hoffentlich nicht im Schlaf?» fragte er. Selbst ihm klang das Lachen übertrieben und gequält in den Ohren.

Sie starrte ihn an, ohne eine Miene zu verziehen.

Sie saß auf der Wohnzimmercouch und wartete geduldig, während er eine Flasche Bordeaux aufmachte und ihr ein hochstieliges Glas vollschenkte. Er selber nahm das Glas, aus dem er eben Wodka getrunken hatte. Vorsichtig nippte sie an dem Wein.

«Gut!» Sie nickte. «Wunderbar trocken.»

«Was? Ach so, ja. Ich hätte mehr davon kaufen sollen. Inzwischen kostet er fast das Doppelte. Hast du irgendwem von mir erzählt?»

«Wovon redest du, Dan?»

«Was ich getan habe. Hast du es irgend jemand erzählt?»

Ihre Antwort kam ohne Zögern, doch irgendwie war es keine Antwort: «Warum hätte ich so etwas tun sollen?»

Sie tug ein langärmeliges, eng anliegendes, hochgeschlossenes schwarzes Jerseykleid, das ihr bis auf die schwarzen Seidenpumps herunterhing, und um den Hals eine ungefähr zwei Meter lange Zuchtperlenkette, so oft darum geschlungen, daß sie eng um ihren Hals saß und sie zwang, den Kopf ganz gerade zu halten.

Er hatte – genau wie damals, als sie sich kennenlernten – das Gefühl, daß er sie nie wirklich kennen, daß er vergessen würde, wie sie aussah, wenn er sie nicht sah. Langes schwarzes, fast violettes Haar; ein hexenhaftes Gesicht; schlanke Hände; aber die Augen – waren sie grau oder blau? Hatte sie volle oder schmale Lippen? Eine griechische Nase – oder nur eine scharf geschnitten-hagere? Und der blasse Teint, das Ausgelaugt-Müde, dieser Hauch von Verderbtheit, weiße Haut, gemartert – woher kamen nur all diese Phantasiebilder? Sie war noch genauso geheimnisvoll für ihn wie bei ihrem ersten Kennenlernen. War das tausend Jahre her?

Sie saß auf der Couch, gelassen, in sich zurückgezogen, und nippte am Wein, während er auf und ab ging. Er ließ sie keinen Moment aus dem Auge, während er ihr von dem Mann erzählte, der ihm nachspionierte, wen er aufgesucht, welche Fragen er gestellt hatte.

Seine Worte überstürzten sich, und er verhaspelte sich ein paarmal – und während er erzählte, bemerkte er, wie sie langsam ein Bein über das andere schlug, wie sich der eine Oberschenkel unter dem langen Kleid immer höher schob. Und dann zeigte sich unter dem Saum ein Fußknöchel, ein seidener Abendpumps, und als er ihr berichtete, was geschehen war, fing dieser Fuß, dieser schwarze Schuh, an, auf und ab zu hüpfen, und fing der Unterschenkel an, hin und her zu schwingen; langsam erst, in anmutigem Rhythmus nickend, bewegte er sich dann schneller und immer ruckartiger. Ihr Gesicht war noch immer ausdruckslos.

Als er Celias wippenden Fuß sah und beobachtete, wie das Bein unterhalb des Knies unter dem langen Kleid immer rascher hin und her schwang, hatte er, so wie sie da auf der Couch saß und unter dem Rock die nackten Schenkel aneinanderpreßte, das Gefühl, sie masturbiere. Der Rhythmus ihres ruckartig hüpfenden Fußes wurde immer schneller, und als er ihr von dem Anruf erzählte, der ihn vorhin bei Mortons erreicht hatte, fing sie an zu stöhnen, ihre Augen verschleierten sich, und Schweißperlen traten ihr auf Stirn und Oberlippe. Dann, plötzlich, versteifte sich ihr Körper. Daniel hielt inne und beobachtete sie. Als sie sich schließlich entspannte, durchlief sie ein Zittern, und als sie sich mit leerem Blick umsah und die Beine wieder ausstreckte, dachte er, daß die Gefahr, in der er schwebte, sie sexuell erregt haben mußte, doch aus was für einem Grunde, war ihm schleierhaft.

«Könnte Valenter dieser Mann sein?» fragte er sie.

«Valenter?» Sie trank einen großen Schluck Wein. «Woher sollte der es wissen. Außerdem ist Valenter nur Haut und Knochen, eine richtige Vogelscheuche. Und der Mann, der dich verfolgt, ist doch, wie du sagst, massig und plump. Dann kann es nicht Valenter sein.»

«Nein, wohl nicht.»

«Woher weiß dieser Mann – der dich angerufen hat – von Frank Lombard?»

«Ich weiß nicht. Vielleicht hat es einen Augenzeugen gegeben, bei Lombard oder einem der anderen, und er ist mir gefolgt und hat so meine Adresse und meinen Namen erfahren.»

«Aus welchem Grund?»

«Aber das liegt doch auf der Hand, oder? Da er nicht zur Polizei gegangen ist, muß es ein Erpresser sein.»

«Mmm, möglich. Hast du Angst?»

«Nun . . . ich bin beunruhigt.» Dann erzählte er ihr, was er getan hatte, seit er Hals über Kopf bei Mortons fortgelaufen war – wie er versucht hatte, seinen Geist in eine leere Wandtafel zu verwandeln und die Gedanken so rasch auszulöschen, wie sie in Kreideschrift darauf erschienen.

«O nein.» Sie schüttelte den Kopf, und ihre Stimme hatte einen so flehentlichen Unterton, wie er ihn noch nie zuvor an ihr erlebt hatte. «Das solltest du nicht tun! Mach deinen Geist ganz weit auf. Laß ihn sich ausdehnen. Laß ihn in Millionen Gedanken, Empfindungen, Erinnerungen, Ängste auseinanderbrechen. Auf diese Weise wirst du zur Erkenntnis gelangen. Lösch dein Bewußtsein nicht aus. Laß es blühen, wie es will. Alles ist möglich. Vergiß das nicht: alles ist möglich. Irgend etwas wird mit dir geschehen, etwas, das den Mann erklärt, der dir folgt, und den Telefonanruf. Öffne deinen Geist. Verschließ ihn nicht. Logik hilft da nicht. Du mußt immer bewußter werden, immer sensitiver. Ich habe zu Hause eine Droge. Möchtest du sie nehmen?»

«Nein.»

«Wie du willst. Aber kapsele dich nicht ab. Sei allem gegenüber aufgeschlossen.»

Sie stand auf und trank den Rest ihres Weins.

«Laß uns ins Schlafzimmer gehen», sagte sie. «Ich bleibe heute nacht hier.»

«Ich werde nicht können.»

Sie schob ihre freie Hand in seinen Morgenmantel. Er fühlte ihre schlanken, kühlen Finger über seine Nacktheit gleiten, um ihn zu finden, ihn zu halten.

«Wir werden miteinander spielen», murmelte sie.

Und das taten sie.

2

Am Tag nach Weihnachten arbeitete Captain Delaney den ganzen Vormittag über in seinem Arbeitszimmer – er war in Hemdsärmeln, da es für die Jahreszeit ungewöhnlich warm und das Haus überheizt war – und versuchte abzuschätzen, wie viele Leute und wie viele Wagen er in der kommenden Woche benötigen würde.

Fernandez, MacDonald und Blankenship hatten alle drei für ihre jeweiligen Abteilungen Dienstpläne ausgearbeitet, an denen Zettel mit etlichen Fragen, Bitten und weiteren Vorschlägen steckten. Aus diesem heillosen Durcheinander von Leuten, die zum Dienst zur Verfügung standen, auf Urlaub waren oder im Begriff standen, ihn anzutreten, Ausfällen wegen Krankheit, Härtefällen und besonderen Bitten versuchte Delaney einen allgemeinen Dienstplan aufzustellen, der einerseits gewährleistete, daß jeder wichtige Posten rund um die Uhr besetzt war, andererseits aber genug Spielraum ließ, falls jemand ausfiel und in letzter Minute ersetzt werden mußte.

Bis Mittag war er im großen und ganzen mit dem Plan fertig, und er war entsetzt darüber, wie viele Leute er brauchte.

Er zog den Uniformrock an und einen Zivilmantel darüber, setzte den Hut auf und meldete sich bei dem Polizisten ab, der das Ein- und Ausgangsbuch führte. Delaney nannte ihm sein Ziel und die Telefonnummer, unter der er zu erreichen war. Dann ließ er sich zum Krankenhaus fahren.

Barbara schien in sehr gedämpfter Stimmung zu sein. Sie sagte nur wenig Worte und schenkte ihm ein schwaches Lächeln. Nach dem Mittagessen saß er eine ganze Stunde still bei ihr. Er fragte sie, ob er ihr vorlesen solle, doch sie schüttelte den Kopf, und so saß er einfach schweigend da und hoffte, daß seine Nähe ihr ein wenig gut täte. Er wagte nicht, darüber nachzudenken, wie lange die Krankheit noch dauern oder welches Ende sie nehmen mochte.

Er fuhr mit einem Taxi zurück und wies am Eingang pflichtschuldig seinen Sonderausweis vor, obwohl der Wachtposten draußen ihn sofort erkannte und salutierte. Er hatte Hunger auf ein Sandwich und ein kaltes Bier, doch in der Küche drängten sich mindestens ein Dutzend laut durcheinanderredender Leute, die Mittagspause machten und sich an Kaffee, Bier, Käse und Aufschnitt gütlich taten, für die jeder einen Dollar pro Tag beisteuerte.

Der alte Polizist, den er für den Küchendienst angefordert hatte, sah den Captain in sein Arbeitszimmer gehen. Ein paar Minuten später klopfte er an die Tür und brachte Delaney ein Bier sowie ein Sandwich. Der Captain lächelte dankbar.

Etwa eine Stunde später klopfte es wieder: Ein Polizist fragte höflich, ob der Captain wohl eine Minute zu Detective First Grade Blankenship ins Wohnzimmer kommen könnte? Delaney stand auf und folgte dem Beamten. Blankenship stand hinter den Funkern und beugte sich über das Protokoll mit Daniel Blanks «Tagesablauf». Als Delaney herantrat, fuhr er herum.

«Captain, ich sollte Sie darauf aufmerksam machen, sobald sich in Danny-Boys Zeiteinteilung irgendeine drastische Änderung feststellen läßt. Sehen Sie sich das hier an.» Blankenship deutete auf die Eintragungen des heutigen Tages. «Danny-Boy verläßt das Weiße Haus um neun Uhr zehn. So die Meldung von Bulldogge eins. Neun Uhr zehn ist normal; er ist jeden Tag um diese Zeit ins Büro gefahren, mal früher, mal später. Doch heute morgen fährt er nicht weg. Laut Bulldogge eins macht er kehrt und geht schnurstracks wieder ins Weiße Haus zurück. Fast eine Stunde später kommt er wieder heraus. Das bedeutet, daß er nicht bloß irgendwas vergessen hat – stimmt's? Okay . . . er nimmt ein Taxi. Hier steht's: fast auf die Minute genau um zehn. Bulldogge zwei hängt sich an. Doch er fährt nicht direkt in die Fabrik. Fast eine Dreiviertelstunde fährt er im Taxi immer rund um den Central Park. Eine schöne Stange Geld! Dann endlich fährt er ins Büro. Kurz vor elf meldet Stryker sein Eintreffen – also fast zwei Stunden zu spät! Möglich, daß das alles nichts weiter zu bedeuten hat. Kann ja sein, daß Danny-Boy am Tag nach Weihnachten 'n Kater hat und erst mal wieder zu sich kommen muß. Aber ich hielt es doch für besser, es Ihnen mitzuteilen.»

«Ich bin froh, daß Sie's getan haben!» Delaney nickte nachdenklich. «Sehr froh sogar. Interessant!»

«Hören Sie sich auch noch eine Bandaufnahme von Stryker an, Captain, es wurde vor etwa einer halben Stunde aufgenommen. Läßt du mal abfahren, Al?»

Einer der Fernmeldetechniker am Telefontisch ließ sein Bandgerät laufen. Die anderen verstummten und hörten zu.

«Ronnie, hier Stryker, aus der Fabrik. Wie geht's denn so? Ich komm eben vom Mittagessen zurück. War mit der Puppe essen, die ich hier aufgerissen hab. Hab bei der Gelegenheit die Rede auf Danny-Boy gebracht, und sie erzählt mir von einer Mrs. Cleek. Ich buchstabiere, C-l-e-e-k. Sie ist Danny-Boys Sekretärin. Witwe. Der Vorname ist Martha oder Margaret. Trägt 'ne Brille. Jedenfalls, diese Mrs. Cleek erzählt meiner Puppe, daß Danny-Boy heute morgen regelrecht verrücktgespielt hat. Wollte nicht diktieren, keine Post unterschreiben, nichts lesen, nicht mal wichtige Gespräche durchgestellt haben. Steckt wahrscheinlich nichts weiter dahinter, doch ich dachte, sag mal lieber Bescheid. Wenn du willst, kann ich mich ja mal an diese Witwe ranmachen und sehn, was ich sonst noch rauskrieg. Dürfte keine Schwierigkeit sein. Die wartet nur drauf, das seh ich auf den ersten Blick. Hübscher Arsch. Sag mir Bescheid, ja? Ende.»

Es herrschte Schweigen, nachdem das Band gestoppt worden war. Dann lachte irgendwer. «Dieser Stryker», sagte jemand leise, «der hat doch nichts weiter im Kopf als Weiber!»

«Vielleicht», sagte Captain Delaney kalt, «aber er macht seine Sache ausgezeichnet.» Dann wandte er sich an Blankenship. «Rufen Sie Stryker an. Sagen Sie ihm, er soll sich an die Cleek ranmachen und uns auf dem laufenden halten – über alles!»

«Wird gemacht, Captain.»

Langsam ging Delaney in sein Arbeitszimmer zurück, den schweren Kopf gesenkt, die Hände in den Gesäßtaschen. Die Abweichung in Danny-Boys Tagesablauf, sein sonderbares Verhalten im Büro: eine gute Nachricht. Es könnte klappen! Ja, es könnte klappen!

Er suchte nach dem Zettel mit den beiden Listen. Er war weder in der verschlossenen Schreibtischschublade, noch im Ordner. Wo hatte er ihn bloß hingetan? Sein Gedächtnis ließ wirklich zu wünschen übrig! Endlich fand er ihn unter der Schreibunterlage, neben der Liste mit den Plus- und Minuspunkten, mit denen er die Leistung seiner Leute zu bewerten pflegte. Er schrieb, ehe er sich die andere Liste vornahm, den Namen Stryker in die Plus-Spalte.

Angestrengt durch seine Lesebrille auf die Liste blickend, strich er die ersten sechs Punkte aus: Garagenwärter, Bartender vom *Papagei*, Lipsky, Mortons, Horvath bei Javis-Bircham, Heiligabend Anruf Lombard bei Blank. – Punkt Sieben lautete: «Monica, Anruf bei Blank.» Er lehnte sich auf seinem Drehstuhl zurück, starrte an die Decke und überlegte, wie er *das* am besten bewerkstelligte.

Er war noch dabei, alles Für und Wider zu durchdenken – was *sie* sagen würde, und was *er* sagen würde –, als es an die Tür klopfte. Auf sein «Herein!» erschien ein Polizist und meldete, ein Reporter namens Handry sei da und behaupte, eine Verabredung mit dem Captain zu haben.

«Stimmt.» Delaney nickte. «Lassen Sie ihn rein.»

Er ging in die Küche, um ein paar Eiswürfel zu holen. Als er wiederkam, stand Handry vor seinem Schreibtisch.

«Vielen Dank, daß Sie gekommen sind», sagte Delaney und lächelte jovial. «Ich hatte es mir notiert: ‹Tag nach Weihnachten; Handry Interview Blank.›»

Handry setzte sich in den Lederklubsessel und holte zwei zusammengefaltete Blätter aus seiner Jacke. Er reichte sie Delaney.

«Seine biographischen und beruflichen Daten», sagte er. «Seine Ansichten über die Bedeutung von Computern in der Privatwirtschaft und so weiter. Aber das alles, nehme ich an, haben Sie inzwischen.»

Der Captain überflog die beiden vollgetippten Seiten. «Ja, das meiste ist mir bekannt», gab er zu. «Aber einiges gibt es doch, dem ich noch nachgehen werde.»

«Mein Interview war also reine Zeitverschwendung?»

«Ach, Handry!» Delaney seufzte. «Als ich Sie um dieses Interview bat, war ich ganz auf mich allein gestellt. Ich konnte ja nicht ahnen, daß ich so bald wieder im aktiven Dienst stehen und ein Heer von Mitarbeitern haben würde. Aber ich sagte Ihnen damals im Restaurant ja schon, worum es mir im Grunde geht – um den Eindruck, den Sie persönlich von diesem Mann gewinnen. Erzählen Sie mir also jetzt von Anfang an, wie es gelaufen ist, was Sie gesagt haben, was er gesagt hat.»

Thomas Handry holte tief Luft. Dann fing er an zu reden. Delaney unterbrach ihn kein einziges Mal, lehnte sich nur vor und hielt eine Hand ans Ohr, um Handrys leise vorgetragenen Bericht besser verstehen zu können.

Der Zeitungsreporter war pünktlich zur vereinbarten Zeit um 13 Uhr 30 bei Javis-Bircham erschienen, doch Blank hatte ihn fast eine halbe Stunde warten lassen.

Daniel G. Blank war zwar höflich, aber kalt und in sich zurückgezogen gewesen. Auch ein bißchen argwöhnisch. Er hatte sogar um Handrys Presseausweis gebeten – ein ungewöhnliches Verhalten für einen Top-Manager, der ein Interview gab, das von der Public Relations-Abteilung des Hauses arrangiert worden war. Doch dann hatte Blank verständlich und umfassend über die Rolle gesprochen, die AMROK II bei Javis-Bircham spielte. Bei persönlichen Fragen war er äußerst vorsichtig und zurückhaltend gewesen und hatte immer wieder gefragt, was sie mit dem Thema des Interviews zu tun hätten. Soweit der Reporter herausbekommen hatte, war Blank geschieden, hatte keine Kinder und hegte auch keine Pläne, sich wieder zu verheiraten. Er lebte ein Junggesellenleben, fand das höchst angenehm und kannte keinen anderen Ehrgeiz, als J-B nach besten Kräften zu dienen.

«Sehr hübsch.» Delaney nickte. «Sie sagen, er sei ‹in sich gekehrt› gewesen. Genau diesen Ausdruck haben Sie verwendet. Was meinen Sie damit?»

«Waren Sie beim Militär, Captain? Dann kennen Sie wahrscheinlich den Ausdruck: Tausend-Meilen-Blick?»

«Ja, natürlich. Den Blick auf nichts Bestimmtes richten.»

«Richtig. Das tut dieser Blank. Hat es jedenfalls bei unserem Interview getan. Er sah mich an, in mich hinein, durch mich hindurch, irgendwohin. Die meisten dieser energiegeladenen Manager halten den Blick immer auf die Stelle zwischen den Augen ihres Gegenübers gerichtet, damit es so aussieht, als ob sie den Besucher offen anblicken. Aber dieser Kerl war ganz woanders, irgendwo. Ich wüßte beim besten Willen nicht zu sagen, wo.»

«Gut, gut!» brummte Delaney und machte sich ein paar Notizen. «Sonst noch was? Körperliche Besonderheiten? Angewohnheiten? Kaut er an den Nägeln?»

«Nein . . . Aber er trägt eine Perücke. Wußten Sie das?»

«Nein», sagte der Captain und tat überrascht. «Eine Perücke? Er ist doch erst Mitte Dreißig. Sind Sie sich ganz sicher?»

«Absolut», sagte Handry und genoß die Überraschung. «Sie saß nicht mal richtig. Doch das schien ihm gleichgültig zu sein.»

«Mmm. Wie war er angezogen?»

«‹Unauffällige Eleganz› nennt man so was wohl. Schwarzer, sehr gut geschnittener Anzug. Weißes Hemd, gestärkter Kragen. Gestreifte Krawatte. Schwarze, matt glänzende Schuhe.»

«Sie eignen sich phantastisch als Detektiv.»

«Das haben Sie mir schon mal gesagt.»

«Hat er eine Fahne gehabt?»

«Nein. Aber er benutzt ein stark riechendes Eau de Cologne oder Rasierwasser.»

«Das paßt. Hat er sich an den Hoden gerieben?»

«Was?»

«Hat er an sich rumgefummelt?»

«Großer Gott, Captain, auf Ideen kommen Sie!»

«Wie sah er aus – dünn, ausgemergelt? So als hätte er in letzter Zeit schlecht gegessen?»

«Nein, das kann ich nicht sagen. Höchstens . . .»

«Was?» hakte Delaney sofort nach.

«Dunkle Ringe unter den Augen. Die Tränensäcke leicht geschwollen. Als ob er in letzter Zeit nicht besonders gut geschlafen hätte. Aber sonst war sein Gesicht sehr straff. Er ist ein verdammt gut aussehender Mann, das muß man ihm lassen. Und sein Händedruck war fest und trocken. Er sah aus, als ob er körperlich gut in Form wäre. Kurz bevor ich mich verabschiedete, wir standen beide schon, gab er mir eine Broschüre. Aus Versehen rutschte sie mir aus der Hand, doch noch ehe sie zu Boden fiel, bückte sich Blank und fing sie auf. Blitzschnell!»

«Ja!» Delaney nickte grimmig. «Er ist blitzschnell, das kann man wohl sagen! Doch nun erzählen Sie mir mal, was *Sie* von ihm halten, was für ein *Gefühl* Sie bei dem Mann haben.»

«Darf ich einen Drink haben?»

«Aber natürlich. Bedienen Sie sich.»

«Ja, also . . .» sagte Thomas Handry, während er den Whisky über seine Eiswürfel plätschern ließ, «der Mann ist ein Rätsel. Weder so noch so. Er ist irgend etwas dazwischen, zwischen A und B, oder meinetwegen auch zwischen A und Z. Ich drücke mich nicht besonders klar aus, ich weiß.»

«Sprechen Sie ruhig weiter.»

«Er ist einfach nicht *dabei.* Ist nicht *da.* Er macht den Eindruck eines Menschen, der sich treiben läßt. Er schwebt irgendwo. Wer, zum Teufel, soll wissen, wo? Dieser Blick ins Leere. Javis-Bircham und AMROK II sind ihm völlig gleichgültig. Was er tut und sagt ist reine Routine; daß das Interview abgedruckt werden soll, interessiert ihn nicht die Bohne. Ich weiß nicht, was in ihm vorgeht. Er wirkt verloren, und wie gesagt, er schwebt irgendwie, wie ein Ballon! Ohne Anker! Der Mann ist mir ein Rätsel, und er interessiert mich. Bloß lösen kann ich das Rätsel Blank nicht.» Eine lange Pause. Dann: «Können Sie es?»

«Ich bin der Lösung auf der Spur», sagte Captain Delaney langsam. «Allerdings wirklich erst auf der Spur.»

Ein ausgedehntes Schweigen machte sich breit. Handry nippte an seinem Whisky, und Delaney starrte auf die gegenüberliegende Wand.

«Er ist es, nicht wahr?» fragte Handry schließlich. «Darüber gibt es keinen Zweifel.»

Delaney seufzte. «Ja, er ist es. Darüber gibt es keinen Zweifel.»

«Okay», sagte der Reporter unversehens erstaunlich munter, trank sein Glas aus und ging zur Tür. Dann, die Klinke in der Hand, drehte er sich um und sah den Captain an. «Ich möchte dabeisein, wenn's zum Ende kommt», sagte er.

«Einverstanden.»

Handry nickte, wandte sich ab und drehte sich nochmals um. «Ach, noch eins», sagte er beiläufig. «Ich habe eine Handschriftenprobe von ihm.»

Damit legte er ein Foto auf Delaneys Schreibtisch. Langsam griff der Captain danach: es war eine Kopie des Bildes aus dem «Angeber-Ordner», jenes Bildes, das inzwischen hundertfach vervielfältigt worden war und sich in der Hand jedes Mitglieds der «Kommission Lombard» befand. Delaney drehte das Bild um. Auf der Rückseite stand mit Filzstift geschrieben: «Mit den besten Wünschen. Daniel G. Blank.»

«Wie haben Sie das geschafft?»

«Auf die Schmeicheltour. Ich sagte, daß ich mir ein Album mit den Fotos und Autogrammen der Berühmtheiten angelegt hätte, die von mir interviewt worden seien. Er hat sofort angebissen.»

«Wunderbar! Ich bin Ihnen sehr dankbar.»

Als Handry längst gegangen war, saß Delaney noch immer da und starrte auf die Worte: «Mit den besten Wünschen. Daniel G. Blank.» Ganz leicht fuhr er mit dem Finger über die Unterschrift. Ihm war, als bringe ihn das dem Mann näher. Da schob sich die füllige Gestalt des Sergeant Thomas MacDonald durch die Tür, die Handry halb offengelassen hatte.

«Störe ich, Captain?»

«Nein, nein. Kommen Sie nur. Was gibt's?»

Der Schwarze trat an Delaneys Schreibtisch.

«Sie wollten ein Foto von Roger Kope. Geht dieses hier?»

Er reichte Delaney eine neue, saubere Klappkarte. Auf der Vorderseite stand «Frohe Weihnachtsgrüße». Innen, auf der linken Seite, war in der gleichen Goldschrift zu lesen: «Sendet Familie Kope!» Auf die rechte

Seite war ein Foto geklebt: Roger Kope mit seiner Frau und seinen drei Kindern. Verlegen grinsend standen sie in Fotografierpose vor einem Christbaum. Es war offensichtlich eine Amateuraufnahme vom letzten Jahr, und es war kein guter Abzug, die Farben waren etwas verwaschen, das Gesicht eines der Kinder verschwommen. Aber sie waren alle auf dem Bild zu sehen.

«Was anderes konnte ich nicht kriegen», sagte MacDonald. «Sie haben diese Karten vor einem Monat drucken lassen, aber ich glaube kaum, daß Mrs. Kope in diesem Jahr Verwendung dafür hat. Geht das Bild?»

«Ja, genau richtig.» Delaney nickte. Dann, als MacDonald sich zum Gehen wandte: «Sergeant, noch eins ... Wer ist der beste Handschriftenexperte, den wir bei der Polizei haben?»

MacDonald überlegte einen Augenblick. Seine schön gemeißelten Züge drückten große Gelassenheit aus: eine Tanzmaske aus dem Kongo, oder eine Picasso-Zeichnung. «Meiner Meinung nach Lieutenant William T. Willow.»

«Haben Sie schon mal mit ihm zu tun gehabt?»

«Ja, vor ungefähr zwei Jahren. Er ist ein netter Kerl. Kratzbürstig, aber okay. Und versteht etwas von seiner Sache.»

«Könnten Sie ihm sagen, er möchte mal vorbeikommen? Muß nicht gleich sein. Wenn er mal Zeit hat.»

«Ich rufe ihn an.»

«Gut. Wer ist zuständig für die Leute, die Danny-Boys Telefon abhören?»

«Ich, Captain. Fernandez hat mich gebeten, ihm diese Sache abzunehmen. Er hat mehr als genug um die Ohren. Außerdem telefoniert Danny-Boy höchstens ein-, zweimal die Woche, gewöhnlich mit der Schloßprinzessin. Ab und zu noch mal mit Mortons. Und angerufen wird er noch seltener. Bis jetzt war nichts.»

«Wäre es möglich, Sergeant, wenn Danny-Boy das nächste Mal telefoniert, ein paar Geräusche in der Leitung zu machen. Ein Knacken oder Summen?»

MacDonald begriff sofort, worum es ging. «Natürlich. Das läßt sich ohne weiteres machen. Ein Klicken, Summen oder Zischen, irgendein Echo. Er wird's schon merken.»

«Fein.»

MacDonald starrte den Captain eine ganze Weile an. Schließlich sagte er leise: «Um ihm ein bißchen Angst einzujagen, ja?»

«Nein, nicht um ihm Angst einzujagen», sagte Delaney mit sanfter

Stimme. «Ich will ihn spalten. Ihn aufknacken. Ganz weit, bis er zerbricht und blutet. Und es gelingt mir, ich weiß es. Ich stoße den Kerl die Klippe hinunter und beobachte, wie er fällt.»

«Sie nehmen an, daß er Selbstmord begeht, Captain?»

«Daß er Selbstmord begeht ...» sagte Delaney nachdenklich. Plötzlich, in diesem Augenblick, geschah das, worauf er gehofft hatte. *Er* war Daniel G. Blank, drang tief in diesen Mann ein, der seinen Körper mit duftenden Essenzen ölte, mit parfümiertem Puder bestäubte, eng anliegende Seidenslips trug, eine elegante Perücke trug, der in steriler Einsamkeit lebte, mit einer Frau schlief, die einen Knabenkörper hatte, einen richtigen Knaben vögelte und in der Nacht hinausging auf der Suche nach einem Geliebten, der ihm dabei half, sich zu öffnen, zu fühlen, herauszufinden, wer er war, allem einen Sinn zu geben.

«Selbstmord?» wiederholte Delaney so leise, daß MacDonald ihn kaum verstand. «Nein. Jedenfalls nicht durch Erschießen oder Tabletten oder einen Sturz aus dem Fenster. Nein, Selbstmord wird er nicht begehen, gleichgültig, wie stark der Druck auch sein mag. Das paßt nicht zu ihm. Er liebt das Risiko. Klettert auf Berge. Gefahr wirkt auf ihn wie Champagner.»

«Wie wird er sich verhalten, Captain?»

«Ich werde weglaufen», sagte Delaney mit fremder, flehentlicher Stimme. «Ich *muß* weglaufen.»

3

Am zweiten Tag nach Weihnachten kam Daniel Blank zu dem Schluß, daß das Schlimmste – das Allerschlimmste – diese irrationalen Handlungen waren, zu *wissen*, daß sie irrational waren und sich doch nicht dagegen wehren zu können.

Zum Beispiel hatte er heute morgen, statt zur üblichen Zeit ins Büro zu gehen, korrekt gekleidet wie immer im Wohnzimmer herumgesessen, sich mindestens dreimal davon überzeugt, daß die Wohnungstür verschlossen war. Sie war es – er *wußte* es –, trotzdem hatte er nachgesehen. Dreimal.

Dann stürmte er plötzlich durch die Wohnung, riß Schranktüren auf, wühlte mit den Armen zwischen den Anzügen herum. Niemand da. Er wußte, daß es falsch war, sich aufzuführen, wie er es tat.

Er machte sich einen Drink zurecht, mitten am Vormittag, und hoffte, daß ihm das half. Er nahm ein Messer, um sich eine Scheibe Limone abzuschneiden. Lange starrte er die Schneide an und ließ das Messer dann scheppernd in den Ausguß fallen. Nicht, daß er in Versuchung gewesen wäre – aber er mochte es nicht in der Hand halten. Wenn er sich beispielsweise plötzlich die Augen wischen mußte ...

Und die Sache mit den Sandalen? Es war merkwürdig. Er besaß ein Paar handgearbeitete Sandalen. Er erinnerte sich noch an den Laden in Greenwich Village, an die kühlen Hände der jungen Chinesin, die den Umriß seiner bloßen Füße auf dem weißen Papier nachgezogen hatte. Diese Sandalen trug er oft des Nachts, wenn er allein zu Hause war. Die Riemen waren so locker, daß er in die Sandalen hineinschlüpfen konnte, ohne sie erst lange aufschnallen zu müssen. So war es schon seit Jahren. Doch heute morgen waren die Riemen offen gewesen: die Sandalen hatten neben seinem Bett gestanden und waren aufgeschnallt gewesen. Wer hatte das gemacht?

Und sein Zeitgefühl. Er meinte, es müßten zehn Minuten vergangen sein, und dann stellte sich heraus, daß es bereits eine Stunde später war. Er meinte, eine Stunde müsse verstrichen sein, und dann waren es nur zwanzig Minuten. Was ging da vor?

Und was geschah mit seinem Glied? Natürlich war das alles nur Einbildung, aber ihm kam es vor, als ob es kleiner würde, sich in den Hodensack zurückzöge. Lächerlich. Auch sein Stuhlgang war weniger regelmäßig. Er kam sich aufgedunsen und verstopft vor.

Anderes ... Kleinigkeiten ...

Ging von einem Raum in den anderen, und wenn er da war, wußte er nicht, warum er hierhergekommen war, was er gewollt hatte.

Hörte im Fernsehen ein Telefon klingeln und sprang auf, um an seinen eigenen Apparat zu eilen.

Als er sich schließlich überwand und doch ins Büro fuhr, liefen die Dinge nicht so glatt wie gewünscht. Nicht daß er sie nicht gemeistert hätte; sein Verstand arbeitete logisch und klar. Aber was sollte das alles?

Gegen Mittag kam Mrs. Cleek herein und ertappte ihn dabei, wie er, den Kopf in die Hände gelegt, am Schreibtisch saß und weinte. Ihre Augen strömten sogleich über vor Mitgefühl.

«Mr. Blank», sagte sie, «was *ist* denn?»

«Entschuldigen Sie», sagte er und seufzte. Und fügte hinzu: «Ein Todesfall in meiner Familie.»

Was ihn in Tränen hatte ausbrechen lassen, war folgendes: wissen Verrückte, daß sie verrückt sind? Das heißt, wissen sie, daß sie anomal handeln, aber einfach nicht anders können? Deshalb hatte er geweint.

«Oh! Das tut mir leid!» sagte Mrs. Cleek.

Endlich war er wieder zu Hause.

Es war noch früh. War es sechs? Vielleicht war es auch schon acht. Er wollte nicht auf die Armbanduhr sehen. Er war sich nicht sicher, ob er sich auf sie verlassen konnte. Vielleicht war es gar nicht sein eigenes Zeitgefühl, mit dem etwas nicht stimmte; vielleicht spielte auch seine Armbanduhr verrückt.

Er nahm den Telefonhörer auf. Ein sonderbares, leeres Echo war zu hören. Er wählte. Jemand nahm den Hörer ab. Dann hörte Blank es zweimal scharf klicken.

«Miss Montforts Residenz.»

«Hier ist Daniel Blank. Ist Miss Montfort da?»

«Jawohl, Sir. Ich werde sie . . .»

Wieder hörte Daniel Blank es in der Leitung knacken und vernahm ein sonderbares Zischen. Sofort legte er auf. Lieber Gott! Das hätte er wissen müssen! Er verließ auf der Stelle die Wohnung. Wie spät *war* es? Ach, egal!

«Er zapft mein Telefon an», sagte er empört zu Celia. «Ich habe es deutlich gehört. Ganz deutlich!»

Sie waren in dieser verkommenen Kammer ganz oben im Haus; leise drangen die Geräusche der Stadt herein. Er sagte ihr, er habe ihren Rat befolgt, seinen Geist ganz dem Instinkt geöffnet, all den urtümlichen Ängsten und Leidenschaften, die hereingebrandet kamen. Er erzählte ihr, wie er sich benommen, was er getan hatte, erzählte von diesen irrationalen Anfällen und abrupten Schrecken in seinem Tun, von dem Knacken und Klicken und dem Zischen und dem leeren Echo in der Leitung, als er sie hatte anrufen wollen.

«Glaubst du, ich werde verrückt?» fragte er.

«Nein», sagte sie gedehnt, fast verständnisvoll. «Das glaube ich nicht. Ich glaube nur, daß du dich in der Zeit, seit ich dich kenne, fortentwickelt hast von dem Mann, der du warst, zu dem Mann, der du sein wirst. Und was das sein wird, wissen wir beide nicht genau. Aber es ist verständlich, daß diese Entwicklung nicht ohne Schmerzen abgeht, dich vielleicht sogar in Schrecken versetzt. Du bist dabei, alles, was dir vertraut ist, hinter dir zu lassen und dich auf eine Reise zu begeben, eine Suche, einen Aufstieg, der . . . irgendwohin führt. Vergiß den Mann, der hinter dir her ist, und den Anruf, den du bekommen hast. Diese Schmerzen und Erschütterungen haben damit nichts zu tun. Denn du wirst neu geboren und erlebst all die Ängste einer Geburt: was es heißt, aus der Wärme des Mutterleibs herausgerissen, in eine fremde Welt versetzt zu werden. Das Erstaunliche ist eigentlich, daß du es überhaupt so gut überstanden hast.»

Wie gewöhnlich beschwichtigte ihn die Flut ihrer gemurmelten Worte und machte ihn sicher; er fühlte sich so entspannt, als ob sie ihm lange über die Stirn gestrichen hätte. Es leuchtete ja ein, was sie sagte; es stimmte ja, daß er sich verändert hatte, seit er sie kannte, und sich noch weiter veränderte. Die Morde gehörten dazu, selbstverständlich – es war nicht richtig von ihr, das abzustreiten –, aber sie waren nicht die Ursache, sondern nur eine Folge der gewaltigen Umwälzung in ihm, wo etwas Heißes und Brodelndes an die Oberfläche drang.

Dann liebten sie sich: ohne Hast, mehr zärtlich als leidenschaftlich. In dem grausigen Licht der nackten orangefarbenen Birne beugte er sich dicht über sie und sah sie zum erstenmal wie durch ein Mikroskop.

Unter dem Drängen seiner Zunge wurden ihre Brustwarzen prall, und als er genauer hinsah, bemerkte er die flache Spitze mit den winzigen Schluchten und Tälern – wie eine Landkarte. Und unter der Haut der kleinen Brüste ein Netzwerk von bläulichen Adern, gleich einem Gewirr von Seidenfäden.

Dem Schwung der Hüften folgend sproß ein Miniatur-Weizenfeld von überraschend goldenen Härchen; ebenso auf dem grübchenbesetzten Kreuz. Der zarte Flaum knisterte trocken unter seiner Zunge. Der nach innen gezogene Nabel erwiderte seinen Blick mit einem lasziven Zwinkern. Als er die Zungenspitze hineinbohrte, schmeckte er etwas Scharfes und Bitteres, was ihm einen Schauder über den Rücken jagte.

Weiter oben, unter ihrem langen Haar im Nacken, herrschte Sumpffeuchtigkeit, duftete es nach Teichlilien. Aufmerksam betrachtete er Schenkel und Lenden und beugte sich so dicht darüber, daß seine Wimpern darüber hinstrichen und sie einen kleinen Laut ausstieß. An den Fußsohlen war die Haut hart und glänzend, zwischen den Zehen gekräuselt und weich. Alles zeigte sich ihm so klar – es war ihm teuer, und es erfüllte ihn mit Traurigkeit.

Er zog ihr Gesäß auseinander; die Rosenknospe starrte ihn an, zog sich zurück und weitete sich aus – die Zeitlupenaufnahme einer Blüte, die auf Licht und Dunkelheit reagiert. Er legte ihr sein erigiertes Glied in die weiche Hand und leitete sie behutsam, ihn zu streicheln, ihn zu umkreisen, sanft die Öffnung zu ertasten, hielt ihre Hände umfaßt, auf daß sie es gemeinsam erlebten. Er preßte die Lippen auf ihre geschlossenen Augenlider und stellte sich vor, er schlürfe sie aus und schlucke sie gleich Austern, gewürzt von ihren Tränen.

«Ich möchte, daß du in mir bist», sagte sie plötzlich, als sie auf dem Rücken lag, spreizte weit die Beine und führte sein Glied in sich ein. Umschlang ihn mit Armen und Beinen und stöhnte leise, als ob sie sich zum erstenmal liebten.

Aber da war keine Liebe. Nur eine so traurige Süße, daß es fast unerträglich war. Selbst während sie miteinander schliefen, wußte er: es ist die Süße des Abschieds. Sie würden nie wieder miteinander schlafen; sie wußten es beide.

Sie war rasch feucht, innen und außen; sie griffen nach einander, sich festzuhalten. Er entlud sich in einer Reihe von großen, schmerzlichen Verkrampfungen, und wie betäubt pumpte er noch lange weiter, nachdem er längst leer und befriedigt war. Er konnte seinen Zuckungen keinen Einhalt gebieten, hatte auch nicht den Wunsch, es zu tun, und spürte, wie sie abermals kam.

Durch halb geöffnete, verschleierte Augen sah sie ihn an; er glaubte, sie spürte, was er empfand: die Niederlage des Abschieds. In diesem Augenblick wußte er, daß sie etwas gesagt hatte. Sie hatte ihn verraten.

Aber er lächelte, lächelte, lächelte, küßte sie auf den geschlossenen Mund und ging früh nach Hause. Er nahm ein Taxi, denn er fürchtete sich vor der Dunkelheit.

War es für Daniel Blank ein Tag des Abschieds und der Niederlage, so war es für Captain Edward X. Delaney ein Tag des Triumphes. Er wagte nicht, sich das Gefühl der Zuversicht zu gestatten, um das Schicksal nicht herauszufordern (denn er war abergläubisch), aber es sah ganz so aus, als ob sich jetzt eines zum anderen fügte.

Alles lief gut. Blankenship kam zu ihm und unterrichtete ihn über Danny-Boys heutigen Tagesablauf, der ziemliche Abweichungen gegenüber sonst aufwies: Ankunft in der Fabrik um 11 Uhr 30. Mittagessen ausgelassen. Streifte lange ziellos durch den Hafen. Saß nahezu eine Stunde am Quai und «sah zu, wie der Unrat vorübertrieb». So der Mann, der ihn beschattete. Bericht von Stryker: Mrs. Cleek hatte ihm beim Mittagessen erzählt, sie habe Danny-Boy weinend überrascht; er habe etwas von einem Todesfall in der Familie gesagt. Um 2 Uhr 03 war Danny-Boy wieder im Weißen Haus eingetroffen.

«Schön.» Der Captain nickte und reichte Blankenship die Berichtskarte zurück. «Bleiben Sie dran!»

Als Blankenship gegangen war, schloß Delaney die Tür und schritt mit gesenktem Kopf in seinem Arbeitszimmer auf und ab. «Ein Todesfall in der Familie!» Das war hübsch! Er trat an den Schreibtisch, rief Monica Gilbert an und fragte, ob er sie heute abend, etwa um sieben, kurz sprechen könne. Sie war einverstanden; nach dem Grund fragte sie nicht.

Er nahm seine Liste vor und arbeitete für die drei letzten Punkte, die noch getan werden mußten, in groben Zügen einen Zeitplan aus. Er war noch dabei, als Lieutenant Jeri Fernandez klopfte und den Kopf zur Tür hereinstreckte.

«Ja?»

«Die Luger ist fast fertig.»

«Schön. Irgendwelche Schwierigkeiten?»

«Nein, überhaupt keine.»

«Hatten Sie irgendwelche Ausgaben?»

«Ausgaben?» Fernandez sah ihn ungläubig an. «Was für Ausgaben? 'n paar Leute waren mir noch was schuldig.»

Delaney nickte. Als Fernandez gehen wollte und die Tür aufmachte, stand ein Mann in der Diele und sah sich fragend um.

«Captain Delaney?» fragte er.

Der Lieutenant schüttelte den Kopf und wies auf den Captain.

«Ich bin Captain Edward X. Delaney.»

«Ich bin Lieutenant William T. Willow. Ich hörte, Sie wollten mich sprechen?»

«Ach ja», sagte Delaney und erhob sich. «Bitte, kommen Sie herein, Lieutenant. Nehmen Sie Platz. Sergeant MacDonald sagte mir, Sie seien der beste Mann auf Ihrem Gebiet.»

«Ganz meine Meinung», sagte Willow mit einem netten Lächeln.

Delaney lachte. «Möchten Sie etwas zu trinken?» fragte er.

«Wenn Sie zufällig ein Glas Sherry haben, Captain.»

«Ja, habe ich.»

«Wunderbar, vielen Dank.»

Der Captain trat an seinen Bar-Schrank, und während er die Gläser füllte, betrachtete er den Handschriftenexperten. Ein komischer Vogel. Er war dürr und sah aus wie ein gerupftes Huhn, hatte einen Anzug aus grobem Tweed an, hielt eine Mütze aus Schottenstoff in der Hand und trug an den Füßen braune knöchelhohe Wildlederstiefel. Schottisch karierte Wollsocken, wollenes Reiterhemd, handgewebter Baumwollschlips, an dem eine Nadel in Form eines Pferdekopfes steckte. Ein ungewöhnlicher Anblick!

Doch Willows Augen waren lebhaft und aufgeweckt, und seine Bewegungen, als er Delaney das Glas Sherry abnahm, waren alles andere als fahrig.

«Auf Ihr Wohl, Sir», sagte der Lieutenant und hob sein Glas. Er nahm einen Schluck. «Harvey», erklärte er dann.

«Richtig.»

«Und worum geht es?»

Delaney reichte Willow das Foto mit der Widmung auf der Rückseite, das Thomas Handry ihm gegeben hatte.

«Was können Sie mir über den Mann sagen, der dies geschrieben hat?»

Lieutenant William T. Willow warf nicht einmal einen Blick darauf, sondern sah vielmehr erstaunt zum Captain auf.

«Oh, ich fürchte, hier liegt ein Mißverständnis vor», sagte er. «Ich bin kein Graphologe, Captain, sondern Fachmann für gefälschte Dokumente. Urkundenfälschung oder mutmaßliche Fälschungen, also der Vergleich zwischen echten und falschen Dokumenten.»

«Ah, ich verstehe. Aber Sie sind ein wenig mit Graphologie vertraut, oder?»

«Gewiß, Captain. Ich lese alles, was über das Thema Handschriftenanalyse veröffentlicht wird, aus welcher Quelle auch immer – ob sie nun gut ist oder schlecht.»

Delaney nickte. Er faltete die Hände über dem Bauch und lehnte sich auf seinem Drehstuhl zurück.

«Lieutenant Willow», sagte er träumerisch. «Ich möchte Sie um einen ganz besonderen Gefallen bitten. Ich bitte Sie, einmal so zu tun, als wären Sie Graphologe und kein Experte für gefälschte Dokumente. Ich möchte Sie bitten, sich diese Handschriftenprobe da anzusehen und sie zu analysieren, wie ein Graphologe es tun würde. Worauf es mir ankommt, das ist Ihre Meinung. Mir geht es nicht um eine von Ihnen unterschriebene Analyse, und Sie werden auch niemals aufgefordert werden, etwa vor Gericht auszusagen. Das Ganze dient nur meiner persönlichen Information. Ich möchte bloß wissen, was Sie denken – als Graphologe, meine ich.»

«Aber gern», sagte Willow. «Mit Vergnügen.»

Er zog aus seiner Jackentasche eine ungewöhnliche Brille heraus: mit normalen Brillengläsern und darüber, zum Herunterklappen, zwei Vergrößerungsgläser. Dann hielt er Daniel Blanks Schriftzüge so dicht vor die Augen, daß er fast mit der Nase daraufstieß.

«Filzschreiber», sagte er sofort. «Schade! Da entgehen einem die Feinheiten. Mmm. Mmm. Interessant, hochinteressant. Captain, leidet dieser Mann an Verstopfung?»

«Keine Ahnung», sagte Delaney.

«Nein, nein», sagte Willow und starrte noch immer wie kurzsichtig auf Blanks Handschrift. «Nicht zu glauben! Krank, krank, krank. Und dies hier ... Wunderschöne Großbuchstaben, einfach wunderschön.» Er blickte auf und sah den Captain an. «Ist er in einer kleinen Stadt in den Mittelstaaten aufgewachsen – Ohio, Indiana, Iowa – irgendwo dort?»

«Ja.»

«Um die Vierzig, oder älter?»

«Mitte Dreißig.»

«Hm ... ja, das kann sein. Palmer-Methode. Wird noch in ein paar Schulen gelehrt.»

Plötzlich nahm er ruckartig die Brille ab und steckte sie fort, erhob sich halb, um das Foto auf Delaneys Schreibtisch zu legen, setzte sich dann wieder und goß sich noch ein Glas Sherry ein.

«Schizoid», sagte er und sprach dann sehr rasch. «Auf der einen Seite künstlerisch, sensibel, phantasiebegabt, sanft, feinfühlig, aus sich herausgehend, strebsam, voller Mitgefühl und großzügig. Die Großbuchstaben sind reine Kunstwerke. Fließend. Aufblühend. Auf der anderen Seite die Unterlängen, streng, gleichmäßig, starr nebeneinander: sie verraten mechanisches Denken, geordnet, diszipliniert, rücksichtslos, gefühllos, unmenschlich, leblos. Das eine verträgt sich sehr schlecht mit dem anderen.»

«Ja», sagte Delaney. «Ist dieser Mann geistesgestört?»

«Nein. Aber er bricht auseinander.»

«Was heißt das?»

«Seine Handschrift bricht auseinander. Das läßt sich trotz des Filzstiftes erkennen. Die Verbindungen zwischen den einzelnen Buchstaben sind nur ganz schwach angedeutet – zwischen manchen gibt es überhaupt keine. Und in seiner Unterschrift, die ja das Fließendste und Sicherste in der Handschrift eines Menschen sein soll, fängt er an unsicher zu werden. Er weiß nicht, wer er ist.»

«Haben Sie vielen, vielen Dank, Lieutenant Willow», sagte Captain Delaney. «Bitte, bleiben Sie sitzen, und trinken Sie Ihren Sherry aus. Erzählen Sie mir noch ein bißchen was über Handschriftenanalyse – vom Standpunkt des Graphologen aus, selbstverständlich. Es klingt faszinierend.»

«O ja», sagte der Vogel-Mann, «das ist es.»

Später ging Delaney ins Wohnzimmer hinüber und sah sich die Karten mit dem Tagesablauf an. Danny-Boy war um 14 Uhr 03 ins Weiße Haus zurückgekehrt. Um 17 Uhr 28 hatte er die Prinzessin im Schloß angerufen und unvermittelt aufgelegt, nachdem er nur wenige Worte mit ihr gewechselt hatte. Um 17 Uhr 47 war er mit dem Taxi ins Schloß gefahren, wo er sich, wie Bulldogge drei meldete, zur Stunde aufhielt.

Delaney ging zum Telefontisch hinüber.

«Haben Sie das Telefongespräch mitgeschnitten, das Danny-Boy um 17 Uhr 28 mit dem Schloß geführt hat?»

«Jawohl, Sir. Soll ich es ablaufen lassen?»

«Bitte.»

Er hörte Daniel Blank mit dem lispelnden Valenter sprechen, hörte das Knacken, Zischen und das Echo, das sie in die angezapfte Leitung eingaben. Er lächelte, als Blank mitten im Gespräch auflegte.

«Könnte nicht besser sein!» sagte Delaney, ohne sich an jemand Bestimmten zu wenden.

Er hatte den Besuch bei Monica Gilbert mit der üblichen Genauigkeit im Detail vorausgeplant, wozu sogar gehörte, daß er den Mantel anbehalten wollte. Dann würde sie glauben, daß er wirklich nur einen Augenblick bleiben konnte.

Doch als er um sieben klingelte, waren die Kinder zwar schon im Nachthemd, aber noch wach, und er mußte sich ihre Weihnachtsgeschenke ansehen und eine Tasse Kaffee mit ihrer Mutter trinken. Es herrschte eine entspannte, herzliche und häusliche Atmosphäre – so völlig ungeeignet für seine Zwecke. Er war froh, als Monica die Kinder ins Bett brachte.

Delaney ging ins Wohnzimmer, setzte sich auf die Couch und holte ein Blatt Papier hervor, das er vorbereitet hatte.

Sie kam herein und sah ihn ängstlich an.

«Was ist denn, Edward? Sie machen einen so . . . ja, so verkrampften Eindruck.»

«Der Mörder ist Daniel Blank. Darüber gibt es keinen Zweifel. Er hat Ihren Mann umgebracht, Lombard und Kope und Feinberg. Er ist ein Psychopath, ein Verrückter.»

«Und wann werden Sie ihn verhaften?»

«Ich kann ihn nicht festnehmen. Wir haben keine Beweise, mit denen ich vor Gericht gehen kann. Er würde eine Stunde nach seiner Festnahme als freier Mann wieder fortgehen.»

«Das kann ich nicht glauben.»

«Es ist aber so. Wir beobachten ihn, jede Minute, und vielleicht gelingt es uns, einen weiteren Mord zu verhindern oder ihn auf frischer Tat zu ertappen. Aber das Risiko einer Festnahme kann ich nicht eingehen.»

Und dann erklärte er ihr, was er getan hatte, um Daniel Blank zu zermalmen. Als er ihr von seinem Anruf am Heiligabend, wo er sich als Frank Lombard ausgegeben hatte, erzählte, wurde ihr Gesicht weiß.

«Edward, das können Sie doch unmöglich getan haben!» sagte sie atemlos.

«Doch. Ich hab's getan! Und es hat gewirkt. Der Mann bricht auseinander. Ich weiß, daß er es tut. In ein paar Tagen wird er, wenn ich den Druck weiter aufrechterhalte, völlig auseinanderbrechen. Und jetzt hören Sie mir bitte gut zu: Ich möchte, daß Sie folgendes tun!»

Er reichte ihr den Zettel mit dem Dialog, den er aufgeschrieben hatte. «Ich möchte, daß Sie ihn anrufen, jetzt, ihm sagen, wer Sie sind und ihn fragen, warum er Ihren Mann getötet hat.»

Entsetzt sah sie ihn an. «Edward», brachte sie mit Mühe hervor, «das kann ich nicht.»

«Aber natürlich können Sie das», drängte er sie behutsam. «Es sind doch nur ein paar Worte. Ich habe alles für Sie aufgeschrieben. Sie brauchen nichts weiter zu tun, als ihm die Worte vorzulesen. Ich werde danebensitzen, wenn Sie es tun. Ich werde Ihre Hand halten, wenn Sie möchten. Es dauert höchstens eine Minute, dann ist alles vorbei. Tun Sie es!»

«Ich kann es nicht! Ich *kann* es einfach nicht!» Sie wandte den Kopf ab und barg das Gesicht in den Händen. «Bitte, verlangen Sie das nicht von mir», sagte sie mit erstickter Stimme. «Bitte, bitte nicht!»

«Er hat Ihren Mann ermordet», sagte er unbewegt.

«Aber selbst wenn ...»

«Und drei andere Unschuldige, die er nicht kannte. Hat ihnen mit einem Eispickel den Schädel eingeschlagen und sie auf dem Bürgersteig liegenlassen ...»

«Edward, bitte!»

«Sie wollten doch Rache, oder irre ich? ‹Rache›, haben Sie gesagt, ‹ich würde alles tun, um Ihnen zu helfen›, haben Sie gesagt. ‹Tippen, Botengänge übernehmen, Kaffee kochen.› Das haben Sie gesagt. Ein paar Worte – mehr brauchen Sie nicht zu sagen, ein paar Worte zu dem Mann, der Ihren Mann erschlagen hat.»

«Er wird mich umbringen! Er wird den Kindern etwas antun!»

«Nein. Frauen und Kindern tut er nichts. Aber zur Sicherheit lasse ich Sie von jetzt an bewachen. Er kann nicht an Sie herankommen, selbst wenn er wollte. Aber er will nicht. Monica, werden Sie es tun?»

«Warum ich? Warum ausgerechnet ich? Kann nicht eine Polizistin . . .»

«Ihn anrufen und behaupten, sie wäre Mrs. Gilbert? Dadurch würde die Gefahr, falls eine bestünde, auch nicht geringer. Und ich möchte nicht, daß noch mehr Leute innerhalb der Polizei eingeweiht werden.»

Die Fingerknöchel zwischen den Zähnen, schüttelte sie den Kopf. Ihre Augen waren feucht.

«Alles, bloß das nicht», sagte sie mit schwacher Stimme. «Ich kann es nicht, ich kann es einfach nicht!»

Er stand auf, blickte auf sie herunter, das Gesicht zu einem häßlichen Grinsen verzerrt.

«Alles den Bullen überlassen, was?» sagte er mit einer Stimme, die er kaum als seine eigene wiedererkannte. «Es einfach den Bullen überlassen! Die werden die Scheiße der Welt schon wegmachen, die Kotze, das Blut. Sich bloß nicht selbst die Hände dreckig machen?! Wozu sind die Bullen denn da? Alles schön und gut, solange man nicht weiß, was die tun.»

«Edward, es ist grausam. Sehen Sie das denn nicht? Was Sie tun, ist ja schlimmer als das, was er getan hat! Er hat gemordet, weil er krank ist und sich nicht zu helfen weiß. Aber Sie, Sie bringen ihn langsam und mit voller Absicht um, wissen ganz genau, was Sie tun, haben alles geplant, alles . . .»

Plötzlich saß er neben ihr, hatte den Arm um ihre Schulter gelegt und flüsterte in ihr Ohr.

«Ihr Mann war Jude, und Sie sind auch Jüdin, nicht wahr? Und Feinberg, der letzte, den er kaltgemacht hat, war auch Jude. Vier Opfer; zwei davon Juden. Fünfzig Prozent. Und Sie wollen, daß dieser Kerl frei rumläuft und noch mehr von Ihrem Volk umbringt? Sie wollen . . .»

Sie riß sich von ihm los, fuhr herum und versetzte ihm eine Ohrfeige.

«Sie Schuft!» rief sie. «Sie sind der verachtenswerteste Mensch, den ich je getroffen habe.»

Plötzlich stand er, ragte bedrohlich neben ihr auf.

«O ja», sagte er und schmeckte die Galle, die in ihm hochkam. «Verachtenswert. O ja. Aber Blank, das ist ein armer kranker Teufel – stimmt's? Hat Ihrem Mann zwar den Schädel eingeschlagen, aber jetzt sind wir in der ‹Seid nett zu Blank-Woche›. Hab ich recht? Ich will Ihnen mal was sagen . . . ich will Ihnen mal . . .» Er geriet ins Stottern, so erregt war er. «Er ist ein toter Mann. Verstehen Sie denn das nicht? Daniel G. Blank ist ein toter Mann. In diesem Augenblick. Sie bilden sich ein . . . Sie bilden sich ein, ich ließe ihn davonkommen, bloß weil das Gesetz . . . Sie bilden sich ein, ich zuckte resigniert mit den Schultern, würde mich einfach umdrehen und aufgeben? Ich sage Ihnen, er ist *tot*! Er hat nicht die geringste Möglichkeit, mir zu entkommen. Und wenn ich ihn mitten auf der 5th Avenue mit meinem Dienstrevolver niederknallen müßte – ich würde es tun. Ja, ich würde es tun! Und stehenbleiben und warten, bis sie mich holen. Das macht nichts. Der Mann ist *tot*! Das müssen Sie begreifen. Wenn Sie mir nicht helfen wollen, muß ich mir etwas anderes ausdenken. Wie immer Sie sich verhalten, es spielt keine Rolle. Es gibt ihn nicht mehr. Er ist ein toter Mann!»

Er zitterte vor Erregung und rang nach Atem.

Furchtsam blickte sie zu ihm auf. «Was soll ich sagen?» fragte sie leise.

Er setzte sich neben sie auf die Couch, griff nach ihrer Hand und hielt das Ohr dicht an den Hörer in ihrer anderen Hand, um das Gespräch mitzuhören. Der Zettel, auf dem er ihr aufgeschrieben hatte, was sie sagen sollte, lag auf ihrem Schoß.

Blanks Apparat klingelte siebenmal, ehe er abnahm.

«Hallo?» sagte er, offensichtlich auf der Hut.

«Daniel Blank?» las Monica vor. Ihre Stimme zitterte ein wenig.

«Ja. Wer spricht dort?»

«Mein Name ist Monica Gilbert. Ich bin die Witwe von Bernard Gilbert. Mr. Blank, warum haben Sie meinen Mann umgebracht? Meine Kinder und ich möchten . . .»

Doch ein wilder Aufschrei schnitt ihr das Wort ab, ein Schrei, so gehetzt und verzweifelt, daß sie beide erschraken. Er dröhnte schmerzhaft in ihren Ohren, drang ihnen ins Herz und ließ ihre Seelen erzittern. Sie hörten das dumpfe Aufschlagen des Telefonhörers, dann ein Klirren.

Delaney nahm Monica den Hörer aus der zitternden Hand und legte behutsam auf. Er stand auf, knöpfte sich den Mantel zu und griff nach seinem Hut.

«Gut», sagte er sanft, «das haben Sie einfach gut gemacht.»

Sie sah ihn an.

«Sie sind schrecklich», flüsterte sie. «Ich bin noch nie jemand so Schrecklichem begegnet.»

«Bin ich das?» fragte er. «Schrecklich und verachtenswert – alles an einem Abend. Nun . . . ich bin eben Polizist.»

«Ich will Sie nie wiedersehen! Niemals!»

«Na schön», sagte er traurig. «Gute Nacht und vielen Dank.»

Der Captain stopfte die Hände in die Manteltaschen und bemühte sich, nicht darüber nachzudenken, was er Monica Gilbert angetan hatte. Mit resoluten Schritten ging er zu Blanks Hochhaus und betrat die Eingangshalle. Gott sei Dank hatte Lipsky keinen Dienst.

«Ich habe hier einen Brief für Daniel Blank», sagte er zu dem Pförtner. «Könnten Sie ihn bitte in sein Fach legen? Der Brief ist nicht eilig. Es genügt, wenn er ihn morgen früh bekommt.»

Delaney gab ihm zwei Vierteldollarstücke und reichte ihm den weißen, an Daniel G. Blank adressierten Umschlag mit den Weihnachtsgrüßen von Roger Kope und Familie.

4

Nach dem Anruf von Monica Gilbert hatte Daniel Blank den Hörer fallen lassen. Keuchend irrte er durch die Wohnung, der Schrei saß in seiner Kehle, drohte ihn zu ersticken, ging endlich in ein Schluchzen und Stöhnen über, ein Seufzen, Schlucken, Husten. Tränen schossen ihm in die Augen. Im Schlafzimmer preßte er die Stirn gegen den mannshohen Spiegel und starrte in sein fremdes, verzerrtes, wie aufgerissenes Gesicht.

Als er sich beruhigte, voller Angst, daß die Nachbarn sein Schreien gehört hatten, ging er an den Apparat im Schlafzimmer. Er wollte Celia Montfort anrufen und sie fragen: «Warum hast du mich verraten?» Doch beim Wählen war ein merkwürdiges Geräusch in der Leitung, und ihm fiel ein, daß der Apparat im Wohnzimmer heruntergefallen war. Er legte auf, ging ins Wohnzimmer und legte auch dort den Hörer auf die Gabel. Er beschloß, Celia nicht anzurufen. Was sollte sie schon sagen?

Noch nie hatte er so sehr das Gefühl des Zerfalls, der Auflösung gehabt. Seinem Selbsterhaltungstrieb gehorchend, zog er sich aus, sah nach, ob alle Fenster und Türen fest verschlossen waren, drehte das Licht aus und glitt nackt unter die Bettdecke. Er wälzte sich hin und her, bis das seidene Bettuch und die Wolldecke sich ganz eng um ihn gewickelt hatten und ihn – wie eine Mumie – fest umschlossen.

Alles in seinem Kopf wirbelte, und er hatte das Gefühl, er werde für immer wach bleiben, in die Dunkelheit hinausstarren und nachdenken. Doch merkwürdigerweise schlief er sehr rasch ein: Er fiel in einen tiefen, traumlosen Schlummer, mehr Koma als Schlaf, schwer und bedrückend. Er erwachte um 7 Uhr 18 am nächsten Morgen und fühlte sich wie zerschlagen. Seine Augen waren verklebt; er merkte, daß er im Schlaf geweint hatte.

Doch an die Stelle der Panik des Vortages war nun Lethargie getreten, eine gewisse Gleichgültigkeit. Auch nachdem er gebadet, sich rasiert, angezogen und gefrühstückt hatte, befand er sich noch immer in einer

Welt, in der es keine Gedanken gab, als ob sein strapaziertes Gehirn gesagt habe: «Genug jetzt!» und sich standhaft weigere, irgendwelche Ängste, Hoffnungen, Leidenschaften, Visionen und Begierden zur Kenntnis zu nehmen. Auch körperlich war er wie benommen; sein Puls schien langsamer zu gehen als sonst, er konnte kaum die Glieder rühren. Fertig angezogen saß er wie ein Schauspieler, der auf sein Stichwort wartet, still im Wohnzimmer und starrte die spiegelbehangene Wand an, froh, überhaupt zu existieren und zu atmen.

Das Telefon klingelte zweimal im Abstand von etwa einer Stunde, aber er nahm nicht ab. Seine Firma. Oder Celia Montfort. Oder ... sonst irgend jemand. Er ging nicht an den Apparat, sondern saß steif in einer Art Todesstarre da; nur seine Augen wanderten über die spiegelbehangene Wand. Er brauchte diese Zeit des Friedens, der Stille, des Nichtdenkens. Vielleicht döste er sogar ein wenig in seinem Eames-Sessel, aber es war nicht wichtig.

Am frühen Nachmittag schreckt er hoch, sah auf die Uhr; es schien 2 Uhr 18 zu sein. Schon möglich; er war bereit, es zu akzeptieren. Unbestimmt dachte er daran, daß er an die frische Luft gehen und einen Spaziergang machen sollte.

Doch weiter als bis in die Eingangshalle hinunter kam er nicht. Er ging an den verschlossenen Briefkästen vorbei. Die Post war ausgetragen worden, aber das war ihm gleichgültig. Irgendwelche verspäteten Weihnachtsgrüße. Und Rechnungen. Und ... ach, es lohnte sich nicht, darüber nachzudenken. Hatte Gilda ihm dieses Jahr eigentlich eine Weihnachtskarte geschickt? Er konnte sich nicht erinnern. Er hatte ihr jedenfalls keine geschickt, da war er ganz sicher.

Charles Lipsky hielt ihn auf.

«Eine Nachricht für Sie, Mr. Blank», sagte er strahlend. «In Ihrem Fach.» Und damit trat er hinter den Tisch.

Plötzlich ging Blank auf, daß er den Pförtnern dieses Jahr überhaupt nichts zu Weihnachten gegeben hatte, und dem Garagenwärter und seiner Reinmachefrau auch nicht. Oder doch? Hatte er Celia ein Weihnachtsgeschenk gekauft? Er konnte sich nicht erinnern. Warum verriet sie ihn?

Er betrachtete den schlichten weißen Umschlag, den Lipsky ihm reichte. «Mr. Daniel G. Blank.» Ja, so hieß er. Das wußte er. Plötzlich hielt er es für besser, doch keinen Spaziergang zu machen – jedenfalls nicht jetzt. Er würde es nie schaffen. Er wußte, daß er es nie schaffen würde.

«Danke», sagte er zu Lipsky. Ein komischer Name – Lipsky. Er drehte sich um, fuhr mit dem Fahrstuhl wieder nach oben.

Nachdem er die Tür hinter sich verschlossen und verriegelt hatte, lehnte er sich mit dem Rücken dagegen und riß langsam den weißen Umschlag auf. Weihnachtsgrüße von der Familie Kope. Ah, ja. Warum hatte sie ihn verraten? Was für einen Grund konnte sie haben, wo doch alles, was er getan hatte, auf ihr sanftes Zureden und ihre weise Belehrung hin geschehen war?

Unverzüglich ging er ins Schlafzimmer, zog die Schublade heraus und riß den Umschlag ab. Die Andenken waren ein törichter Fehler gewesen, dachte er träge, aber bis jetzt war ja noch kein Schaden angerichtet worden. Niemand hatte sie an sich genommen, niemand sie gesehen.

Er holte aus der Küche eine Schere und schnitt Lombards Führerschein, Gilberts Firmenausweis, Kopes Etui und Feinbergs Rosenblätter in lauter kleine Stückchen, schnitt und schnitt und schnitt. Dann warf er die Schnipsel ins Klo und spülte sie hinunter, daß auch wirklich alles verschwand, und zog zur Vorsicht noch zweimal.

Damit blieb nur noch die Dienstmarke. Blank setzte sich aufs Bett, drehte das Metall in seiner Hand hin und her und überlegte wie im Traum, wie er es am besten loswurde. Er konnte die Marke in den Müllschlucker werfen, doch vielleicht verbrannte sie unten in der Anlage nicht, wurde nur schwarz, blieb aber dennoch leserlich und mochte irgendwen zum Nachdenken anregen. Sie aus dem Fenster werfen? Unsinn! Das beste wäre, sie in den Fluß zu werfen, aber der Weg dorthin war weit. Vielleicht beobachtete ihn jemand. Das Naheliegendste war das Beste. Er würde die Dienstmarke in eine kleine braune Papiertüte stecken, etwa zwei Straßenblocks weit gehen und sie dort an der Ecke in einen Abfallkorb werfen. Dort würde sie die Müllabfuhr abholen, sie würde in einem von diesen Müllwagenmonstern verschwinden und auf eine Halde oder in ein Erdloch in Brooklyn gekippt werden. Ausgezeichnet. Er kicherte leise.

Er zog Handschuhe an, wischte die Dienstmarke mit einem ölgetränkten Lappen ab und ließ sie in eine kleine braune Papiertüte fallen. Er zog seinen Mantel an; die Tüte kam in die rechte Tasche. In der linken Hand, die er durch den Schlitz im Mantel gesteckt hatte, hielt er den Eispickel – warum, hätte er nicht zu sagen vermocht.

Er ging zur 3rd Avenue hinüber und wandte sich dort nach Süden. An der nächsten Ecke war ein Abfallkorb. Wie von ungefähr drehte er sich um und blickte die Straße und den Bürgersteig entlang. Kein Polizist. Kein Streifenwagen oder irgendwas, das nach einem Polizeiauto ausgesehen hätte. Offenbar auch nirgendwo ein Polizist in Zivil. Nur das übliche Menschengewühl von Manhattan, das die Straße hinuntertrieb: Hausfrauen und Büroangestellte, Hippies und Huren, Händler und Geistliche.

Rasch näherte er sich dem Abfallkorb, zog die braune Tüte aus der Tasche und steckte sie tief nach unten zwischen andere Tüten, alte Zeitungen, eine tote Ratte – Abfall einer lebendigen Stadt. Rasch blickte er sich um. Niemand beobachtete ihn; jeder war mit seinen eigenen Sorgen beschäftigt.

Er machte kehrt und eilte nach Hause zurück. Er lächelte. Das Einfachste und Naheliegendste war doch immer das Beste.

Das Telefon klingelte, als er die Wohnung betrat. Er ließ es klingeln und ging nicht an den Apparat. Er hängte den Mantel weg und stellte den Eispickel an seinen Platz. Dann mixte er sich einen wunderbaren Wodka-Martini, rührte ihn endlos um, summte vor sich hin und trug das Glas ins Wohnzimmer, wo er sich der Länge nach auf der Couch ausstreckte, das Glas auf der Brust balancierte und darüber nachdachte, warum sie ihn nur verraten hatte.

Wieder klingelte das Telefon. Er erhob sich sofort, setzte das Glas behutsam auf dem gläsernen Cocktailtisch ab, ging in die Küche und wählte dort ein Messer aus, ein Schneidemesser mit einer zwanzig Zentimeter langen, sehr scharfen Klinge und einem Griff, der gut in der Hand lag.

Merkwürdig, aber Messer ließen ihn inzwischen völlig gleichgültig; gut, eines in der Hand zu halten. Er ging wieder ins Wohnzimmer zurück, fast tänzelnd, bückte sich und durchtrennte das geringelte Kabel, das Handapparat und Hörer verband. Den abgetrennten Hörer mit den herunterhängenden Kabelschnüren legte er beiseite.

Mit diesem Schnitt kappte er sich selbst los. Er spürte das. Kappte sich los von allem Geschehen, von der Welt, der Wirklichkeit.

Captain Delaney erwachte. Irgend etwas bohrte in ihm, bereitete ihm Unbehagen. Sorgenvoll fragte er sich, was er wohl vergessen, welches klar auf der Hand liegende Detail er übersehen hatte, so daß es Danny-Boy womöglich doch noch gelang, zu entkommen, nach Europa zu fliegen, in der Namenlosigkeit der Straßen unterzutauchen oder noch einen weiteren Mord zu begehen. So sehr der Captain auch grübelte, er sah keine Möglichkeit, das Netz noch enger zu ziehen.

Aber er war brummig, als er zum Frühstück hinunterging. In der Küche nahm er sich eine Tasse Kaffee und machte dann die Runde durch den Funkraum, das Eßzimmer, die Diele. Er spürte irgend etwas. Die Männer waren alle wach und angezogen; als er sich umblickte, sah er, wie drei von ihnen ihre Pistolen umlegten. Delaney erriet, was in ihnen vorging, worüber sie sich leise unterhielten und weshalb sie nervös zu ihm aufsahen, als er an ihnen vorbeiging.

Sie waren nicht unintelligent; man wurde nicht vom einfachen Polizisten zum Kriminalbeamten befördert, bloß weil man irgendeinen Test bestand. Seit Captain Delaney die Leitung der «Kommission Lombard» übernommen hatte, waren alle Bemühungen auf Daniel G. Blank konzentriert, waren andere Spuren nicht mehr verfolgt worden. Für die Beamten stand fest, daß der Captain etwas wußte, das sie nicht wußten. Delaney war viel zu lange im Polizeidienst, viel zu erfahren, als daß er jemanden aufs Korn genommen hätte, ohne seiner Sache ganz sicher zu sein.

Sie wußten, daß er sich ein Foto von Kope hatte geben lassen, hatten das Band mit seinem Anruf am Heiligabend gehört, auch das mit Monica Gilberts Anruf. Der Detektiv, der Danny-Boys Telefon überwachte, hatte ihnen das Band vorgespielt. Über all diese Dinge hatten die Männer im Funkraum und in den Streifenwagen während ihrer einsamen Nachtwachen und auf stundenlangen Patrouillengängen gesprochen. Sie ahnten, was er vorhatte.

Weder um 9 Uhr, 9 Uhr 30, 9 Uhr 45 oder 10 Uhr kam eine Meldung, daß sich bei Danny-Boy irgend etwas tat.

10 Uhr 15: nichts. 10 Uhr 30: nichts. Nichts über Danny-Boy um 10 Uhr 45, 11 Uhr, 11 Uhr 30. Kurz vor 12 Uhr ging Delaney in sein Arbeitszimmer und wählte Blanks Nummer. Das Telefon klingelte und klingelte, doch niemand meldete sich. Beunruhigt legte er auf.

Mit einem Taxi fuhr er ins Krankenhaus. Barbara befand sich in einem dämmerähnlichen Zustand. Sie verweigerte jede Nahrungsaufnahme. Hilflos saß er neben ihrem Bett, hielt ihre schlaffe Hand und überlegte, was er tun sollte, falls Blank für den Rest des Tages das Haus nicht mehr verließ.

Vielleicht ging er nicht ans Telefon. Vielleicht war er aber gar nicht oben, sondern ihnen doch durchs Netz geschlüpft und längst fort. Vielleicht hatte er sich aber auch die Kehle durchgeschnitten, als er das Foto von Kope bekommen hatte. Delaney hatte zwar zu Sergeant MacDonald gesagt, Danny-Boy werde keinen Selbstmord begehen, aber dabei war er von Verhaltensmustern und Wahrscheinlichkeiten ausgegangen. Doch niemand wußte besser als er, daß Wahrscheinlichkeit und Gewißheit nicht dasselbe waren.

Kurz nach eins kehrte er wieder nach Hause zurück. Bulldogge eins und zehn hatten sich gerade gemeldet. Keine Spur von Danny-Boy. Auch im Büro war Blank nicht aufgetaucht. Der Captain ging in sein Arbeitszimmer und rief nochmals in Blanks Wohnung an. Wieder klingelte es und klingelte es. Niemand meldete sich.

Ohne es zu wollen, hatte sich etwas von seiner Stimmung auf die Männer übertragen; er war jetzt nicht der einzige, der durch die Räume lief, die Hände in den Gesäßtaschen, den Kopf gesenkt. Die Männer machten alle bewußt ein nichtssagendes Gesicht, aber er wußte, daß sie das gleiche befürchteten wie er: daß der Vogel ausgeflogen war.

Er war im Funkraum, als um 14 Uhr 48 ein Knistern aus einem der Lautsprecher ertönte, dann war deutlich zu hören:

«Bulldogge eins an Barbara.»

«Ich höre.»

«Hier Fernandez», sagte die Stimme. «Danny-Boy ist gerade herausgekommen.»

Ein allgemeines Aufatmen ging durch den Raum.

«Was hat er an?» fragte der Captain den Funker.

Der Beamte wiederholte die Frage in sein Mikrofon, doch Fernandez hatte die laute Stimme des Captain erkannt.

«Schwarzer Mantel», berichtete er. «Kein Hut. Hände in den Taschen. Geht in Richtung Westen. Sieht aus, als ob er einen Spaziergang machen will. Ich werde Bulldogge drei hinter ihm herschicken, und zwei Beschatter zu Fuß. LeMolle ist Bulldogge zwanzig, Sanchez Bulldogge vierzig. Verstanden?»

«Wiederhole: LeMolle Bulldogge zwanzig, Sanchez Bulldogge vierzig.»

«Beide melden sich so bald wie möglich über Sprechfunk. Danny-Boy geht immer noch in Richtung Westen. Ende.»

Delaney und die anderen standen im Halbkreis um den Tisch mit den Sende- und Empfangsgeräten, ihre Augen waren auf den Lautsprecher gerichtet.

Fast fünf Minuten war nichts zu hören. Einer der Männer räusperte sich, entschuldigend blickte er die anderen an.

Plötzlich ein Flüstern: «Bulldogge zwanzig an Barbara. Versteht ihr mich?»

«Leise, aber gut.»

«Danny-Boy ist jetzt auf der 83rd Street, zwischen 2nd and 3rd Avenue, geht in Richtung Westen. Ende.» Es war eine Frauenstimme.

«Wer ist denn LeMolle?» fragte Delaney Blankenship.

«Polizeibeamtin Martha LeMolle. Als Hausfrau getarnt – mit Einkaufstasche und allem Klimbim.»

Delaney wollte noch etwas sagen, doch da knisterte es wieder im Lautsprecher.

«Bulldogge vierzig an Barbara. Versteht ihr mich?»

«Jawohl, vierzig. Gut. Wo ist er?»

«Biegt in die 3rd Avenue ein. Ende.»

Ohne Delaneys Frage abzuwarten, erklärte Blankenship: «Vierzig ist Detective Second Grade Ramon Sanchez. Angezogen wie ein orthodoxer jüdischer Rabbi.»

Als also Daniel G. Blank die braune Papiertüte in den Abfallkorb steckte, befand sich kaum fünf Meter hinter ihm die Hausfrau und sah, was er tat, und der Rabbi stand auf der anderen Straßenseite und beobachtete ihn gleichfalls. Beide folgten Danny-Boy zurück bis zum Weißen Haus, doch in der Zwischenzeit hatte Blankenship auf Delaneys Anweisung bereits einen Wagen zu der Ecke geschickt mit dem Auftrag, den Abfallkorb abzumontieren und zur Kommandozentrale zu bringen. Delaney dachte, daß es vielleicht der Eispickel wäre.

Mindestens zwanzig Männer drängten sich um den Küchentisch, als die beiden Beamten in Zivil den Abfallkorb hereintrugen und auf dem Linoleum abstellten.

«Ich hab ja immer gewußt, daß du noch mal bei der Müllabfuhr enden würdest, Tommy», rief jemand. Einige lachten nervös.

«Kippt ihn aus», befahl Delaney. «Langsam. Schüttet den ganzen Mist auf den Fußboden. Klopft jede Zeitung aus. Seht in jeder Tüte nach.»

Es dauerte nahezu zehn Minuten, bis sie alles durchgesucht hatten. Fast ganz unten lag eine kleine braune Papiertüte. Einer der beiden Kriminalbeamten machte sie auf und sah hinein.

«Großer Gott!»

Die Umstehenden sagten nichts, doch sie drängten sich näher heran. Langsam ließ der Beamte den Inhalt auf den Küchentisch fallen. Die Dienstmarke eines Polizisten.

Da war etwas: ein kollektives Aufstöhnen, ein Nach-Luft-Ringen, etwas, das Zorn verriet und Angst. Die Männer senkten die Köpfe.

«Das ist Kopes Marke», rief einer, und seine Stimme überschlug sich förmlich vor Wut. «Ich hab mit ihm zusammen gearbeitet. Das ist Kopes Nummer. Ich kenne sie.»

Einer sagte: «Oh, dieses verdammte Schwein!»

Ein anderer wiederholte ständig: «Miststück, Miststück, Miststück . . .»

Einer sagte: «Los, worauf warten wir? Laßt ihn uns auf der Stelle umlegen!»

Delaney hatte den Kopf gebeugt und starrte die Dienstmarke an. Es war nicht schwer sich auszumalen, was passiert war. Daniel Blank hatte das Beweismaterial vernichtet, hatte Ausweise und Rosenblätter durchs Klo gespült oder der Verbrennungsanlage übergeben. Das hier jedoch war gutes Metall, und so hatte er sich gesagt, daß er es besser woanders verschwinden ließe. Nicht sehr klug von dir, Danny-Boy!

«Laßt ihn uns umlegen!» wiederholte jemand, lauter diesmal.

Der Captain war jetzt mit einem neuen Problem konfrontiert. Er hatte gehofft, es würde nicht auftauchen, solange er sein Wissen, daß Daniel Blank der Täter war, für sich behielt. Er wußte: der Mord an einem Polizeibeamten machte seine Kollegen zu Sizilianern. Es war nicht das erste Mal, daß er das erlebte. Er wußte, er brauchte nur zu sagen: «Na gut! Holen wir ihn uns!» und sie würden mit ihm kommen, und Daniel G. Blank würde von Kugeln zerfetzt und zerrissen werden und ins Nichts stürzen.

Langsam hob Captain Delaney den Kopf und sah sich die Männer, die ihn umstanden, an; ihre Gesichter waren verquält, voll unverhohlener Wut.

«Wir werden nach meinem Plan vorgehen», sagte er und bemühte sich, seine Stimme so normal wie immer klingen zu lassen. «Blankenship, lassen Sie die Marke auf Fingerabdrücke untersuchen. Schafft diesen Mist hier raus. Bringt den Abfallkorb zurück an die Ecke, wo ihr ihn geholt habt. Die anderen gehen wieder auf ihre Posten.»

Mit festem Schritt ging er in sein Arbeitszimmer und schloß die Tür. Dann saß er wie benommen an seinem Schreibtisch und lauschte. Er hörte das Murmeln, das Schlurfen von Füßen. Vierundzwanzig Stunden, länger nicht. Dann würde irgendein Hitzkopf zu Blank gehen und ihn abknallen. Würde das tun, was er von sich zu Monica Gilbert gesagt hatte. Allerdings aus anderen Gründen.

Gegen 19 Uhr 30 zog er sich warm an und verließ das Haus. Zu dem Posten an der Tür sagte er, er ginge ins Krankenhaus. Statt dessen brach er zu seinem täglichen unangekündigten Inspektionsgang auf.

Der Gerätewagen der Con-Ed-Gesellschaft stand in der Nähe des Weißen Hauses. Er klopfte. Vorsichtig wurde der Riegel zurückgeschoben und die Tür geöffnet. Der Mann erkannte ihn und salutierte halbherzig. Delaney trat ein. Die Tür wurde hinter ihm zugemacht. Ein Mann mit Fernrohr saß hinter einem verborgenen Spalt, ein anderer am Sendegerät.

«Wie geht's?» fragte Delaney.

Sie versicherten ihm, alles gehe gut. Er sah sich um, sah die Kochplatte, die sie aufgestellt hatten, die Kaffeemaschine, den winzigen Eisschrank, den sie sich von irgendwoher besorgt hatten.

«Gemütlich wie zu Hause.» Er nickte.

Er wünschte ihnen ein frohes neues Jahr und ging wieder. Draußen blieb er bei der Grube stehen, die sie auf dem Fahrdamm ausgehoben hatten. Ein Mann in der Arbeitskluft der Con-Ed-Leute hockte darin und hielt unter dem Schutzhelm ein Transistorradio ans Ohr. Als er Delaney erkannte, nahm er es weg.

«Na, China schon in Sicht?» fragte er und wies auf die Schaufel, die unten in der Grube an der Wand lehnte.

Der Polizist war ein Schwarzer.

«Wir kommen schon noch hin, Captain», sagte er feierlich. «Wir kommen schon noch hin. Immer mit der Ruhe.»

Delaney lächelte. «Bleiben Sie dran! Ein frohes neues Jahr!»

«Ihnen auch, Sir. Noch viele glückliche Jahre!»

Er wandte sich westwärts, ärgerlich über sich selbst. Das war nie seine Stärke gewesen, wie er wußte: zwanglos mit den Männern zu plaudern, die unter seinem Kommando standen.

Er kam zu einem Blumenladen. Der Inhaber wollte gerade schließen. Als er hörte, daß es sich um einen Auftrag für den nächsten Tag handelte, ließ er ihn eintreten. Der Captain beschrieb ihm genau, was er haben wollte: eine einzelne langstielige Rose, die, in einen weißen Blumenkarton verpackt, Punkt neun Uhr am nächsten Morgen abgegeben werden sollte.

«Eine einzelne Rose per Boten?» fragte der Blumenhändler erstaunt. «Das müssen wir extra berechnen.»

«Das verstehe ich.» Delaney nickte. «Selbstverständlich bezahle ich, was nötig ist. Ich möchte Sie nur bitten, die Lieferung morgen früh als erstes zu erledigen.»

«Soll eine Karte beigelegt werden, Sir?»

«Ja, bitte.»

Auf eine kleine weiße Karte schrieb er: «Lieber Dan – hier ist eine neue Rose für die, die Du zerstört hast.» Er unterschrieb mit «Albert Feinberg», steckte die Karte in den Umschlag, klebte ihn zu und adressierte ihn an Daniel G. Blank.

«Sind Sie sicher, daß die Sendung morgen früh pünktlich um neun Uhr abgegeben wird?»

«Selbstverständlich, Sir. Ich kümmere mich persönlich darum. Eine Menge Geld für eine einzelne Rose, Sir. Ein Liebesangebinde?»

«Ja.» Captain Edward X. Delaney lächelte. «So etwas Ähnliches.»

5

Als Delaney am nächsten Morgen erwachte, blieb er liegen und starrte trübsinnig an die Decke. Dann stand er auf, und zum erstenmal seit langer Zeit kniete er neben dem Bett nieder und sprach ein stummes Gebet für Barbara, für seine verstorbenen Eltern, für alle Toten, Schwachen und Mühseligen und Beladenen. Er bat nicht darum, Daniel Blank töten zu dürfen. Das war nichts, worum man Gott bat.

Er duschte, rasierte sich und zog eine alte, ziemlich abgetragene Uniform an. Er lud seinen achtunddreißiger Revolver und dann ging er nach unten, um Kaffee zu trinken. Den Männern fiel die alte Uniform auf und die unter dem Rock verborgene Waffe. Niemand verlor ein Wort darüber, aber ein paar von ihnen legten ebenfalls ihre Waffen an, und einer streifte einen gewaltigen Schulterhalfter über.

Fernandez saß in der Küche beim Frühstück. Delaney nahm ihn beiseite.

«Lieutenant, wenn Sie hier fertig sind, möchte ich, daß Sie sich zu Bulldogge eins begeben und dort bleiben, bis Sie abgelöst werden. Verstanden?»

«Okay, Captain.»

«Sagen Sie den Leuten Bescheid, sie sollen aufpassen, ob von einem Blumengeschäft etwas abgegeben wird. Lassen Sie es mich sofort wissen, wenn der Bote kommt.»

«Mach ich.» Fernandez nickte fröhlich. «Sie bekommen Bescheid, sobald wir ihn sichten. Kommt es zum Klappen, Captain?»

Delaney gab ihm darauf keine Antwort, sondern kehrte, seine Tasse Kaffee in der Hand, zurück in den Funkraum. Er setzte die Tasse auf dem langen Tisch ab, ging in sein Arbeitszimmer, holte seinen Drehstuhl und stellte ihn an die Schmalseite des Tisches mit dem Sende- und Empfangsgerät, so daß er die Leute, die es bedienten, im Auge hatte.

Dort blieb er den ganzen Morgen sitzen. Bulldogge eins und Bulldogge zehn meldeten sich alle fünfzehn Minuten. Von Danny-Boy war nichts zu sehen. Um 9 Uhr 20 rief Stryker von der Fabrik an: Blank sei nicht zur Arbeit erschienen. Kurz darauf meldete sich Bulldogge eins wieder.

Fernandez: «Sagt dem Captain, daß in diesem Moment ein Bote mit einer langen Blumenschachtel die Eingangshalle des Weißen Hauses betritt.»

Sergeant MacDonald trat neben ihn.

«Meinen Sie, daß er den Kopf verliert, Captain?» fragte er im Flüsterton.

«Wir werden sehen. Holen Sie sich einen Stuhl, Sergeant, und bleiben Sie hier bei mir sitzen.»

«Gern, Captain.»

Der schwarze Sergeant zog einen Holzstuhl heran und setzte sich rechts hinter Delaney. Dort saß er genauso unbewegt wie der Captain, die stahlgerahmte Brille auf der Nase, das wie aus Holz geschnitzte Gesicht unbewegt.

So saßen sie da und warteten. So saßen alle da und warteten. Es war so still, daß sie die Geräusche der Stadt hörten: ein Wagen von der Stadtreinigung, ein Flugzeug, Sirenen, die in der Ferne heulten, das Tuten eines Schleppers im Hafen. Dazwischen die gelangweilten Meldungen von Bulldogge zehn und Bulldogge eins. Immer noch keine Spur von Danny-Boy. Delaney überlegte, ob er es riskieren könne, rasch ins Krankenhaus zu fahren.

Dann, kurz vor zwölf Uhr mittags, plötzlich ein lautes Klicken. Alle waren wie elektrisiert. Es war Bulldogge eins.

«Er kommt raus! Er ist mit Sachen beladen. Der Pförtner hinter ihm ebenfalls. Mit was? Mit Windjacke, Rucksack. Ein aufgerolltes Seil. Stiefel. Was?»

Delaney: «Fernandez soll berichten.»

Fernandez: «Hier Fernandez. Trägt einen schwarzen Mantel, keinen Hut, linke Hand in der Manteltasche, rechte Hand frei. Kein Handschuh. Rucksack, ein aufgerolltes Seil, irgendwas aus Stahl mit Zacken dran, Windjacke, schwere Stiefel, Strickmütze.»

Delaney: «Einen Eispickel?»

Barbara: «Bulldogge eins – einen Eispickel?»

Fernandez: «Nichts zu sehen. Eine schwarze Chevrolet Corvette kommt aus der Garage. Sein Wagen.»

Captain Delaney drehte sich zu Sergeant MacDonald um. «Jetzt hab ich ihn soweit», sagte er.

«Ja», sagte MacDonald und nickte. «Er kommt aus seinem Bau!»

Fernandez: «Sie werfen sein Zeug in den Wagen. Linke Hand noch immer in der Manteltasche, rechte Hand draußen.»

Delaney (zu MacDonald): «Zwei getarnte Wagen mit je drei Mann. Sie sollen mit laufendem Motor warten. Kommen Sie anschließend wieder hierher zu mir.»

Fernandez: «Fertig mit Laden. Setzt sich ans Steuer. Befehle?»

Delaney: «Steigen Sie um in Bulldogge zwei. Bleiben Sie mit uns in Verbindung.»

Fernandez: «Verstanden. Ende.»

Captain Delaney sah sich um. Sergeant MacDonald kam gerade in den Funkraum zurück.

MacDonald: «Beide Wagen startbereit, Captain.»

Delaney: «Die Kodenamen: Spürhund eins und Spürhund zwei. Wenn wir beide fahren, nehme ich eins und Sie zwei. Wenn ich hierbleibe, nehmen Sie beide.»

MacDonald nickte. Er hatte die Brille abgenommen.

Fernandez: «Bulldogge zwei an Barbara. Er fährt um den Block herum. Sieht so aus, als wolle er zum Schloß. Ende.»

Delaney: «Sagt Tiger eins Bescheid. Schickt Bulldogge drei zum Schloß.»

Fernandez: «Hier Bulldogge zwei. Ist jetzt beim Schloß. Parkt direkt davor. Wir halten weiter hinten an der Ecke. Danny-Boy steigt aus. Linke Hand in der Tasche, rechte Hand frei. Gepäck noch im Wagen.»

Bulldogge drei: «Bulldogge drei an Barbara.»

Barbara: «Verstanden.»

Bulldogge drei: «Er geht die Stufen zum Schloß hinauf. Er klopft an die Tür.»

Delaney: «Wo ist Tiger eins?»

Fernandez: «Hier bei mir in Bulldogge zwei. Danny-Boy hat auf der falschen Straßenseite geparkt. Wir könnten ihn belangen.»

Delaney: «Hände weg!»

Barbara: «Bulldogge zwei – Hände weg!»

Fernandez (lachend): «Dacht ich mir fast! Oh! Halt, paßt auf ... Irgend etwas stimmt nicht. Die Tür ist geöffnet worden, und er ist hineingegangen. Aber die Tür steht noch immer offen. Vielleicht sollte ich mal hingehen und nachsehen.»

Delaney: «Sagen Sie ihm, noch nicht.»

Barbara: «Bulldogge zwei: Noch nicht.»

Delaney: «Fragen Sie Bulldogge drei, ob sie mithören?»

Barbara: «Barbara an Bulldogge drei: Hört ihr mit, was wir mit Bulldogge zwei reden?»

Bulldogge drei: «Wir hören mit.»

Delaney: «An Bulldogge zwei. Einverstanden, daß Fernandez am Schloß entlanggeht. Tiger eins mit Sprechfunkgerät auf der anderen Straßenseite postieren.»

Fernandez: «Hier Bulldogge zwei. Verstanden. Wir gehen los!»

Bulldogge drei: «Hier Bulldogge drei. Verstanden. Fernandez steigt aus. Tiger eins steigt aus, geht auf die andere Straßenseite hinüber.»

Delaney: «Dranbleiben! Prüfen, ob Tiger eins uns versteht.»

Barbara: «Barbara an Tiger eins. Wie ist der Empfang?»

Tiger eins: «T-eins hier. Ziemlich viel Störgeräusche, aber ich verstehe.»

Delaney: «Sagen Sie ihm, er soll Feuerschutz geben. Verstanden?»

Barbara: «Tiger eins: Geben Sie Lieutenant Fernandez Feuerschutz. Verstanden?»

Tiger eins: «Mach ich!»

Delaney: «Rufen Sie Bulldogge drei.»

Bulldogge drei: «Sie kommen beide auf uns zu, langsam, Fernandez geht am Schloß vorbei, dreht den Kopf, sieht hin. Tiger eins auf der anderen Straßenseite. Sonst tut sich nichts. Sie kommen auf uns zu. Gehen langsam. Nichts los. Fernandez überquert die Straße, kommt zu uns. Will wahrscheinlich unser Mikro benutzen. Meine Damen und Herren, die nächste Stimme, die Sie hören, stammt von Lieutenant Jeri Fernandez.»

Delaney (steinern): «Finden Sie den Namen dieses Kerls heraus.»

Fernandez: «Fernandez von Bulldogge drei. Ist der Captain da?»

Delaney beugte sich über das Tischmikrofon.

Delaney: «Ja, hier. Was gibt's, Lieutenant?»

Fernandez: «Da ist was oberfaul, Captain! Die Tür steht halb offen. Scheint etwas dazwischen zu stecken. Sieht wie ein Männerbein aus.»

Delaney: «Ein Männerbein? Wo ist Tiger eins?»

Fernandez: «Steht neben mir.»

Delaney: «Gehen Sie beide zu Bulldogge zwei zurück. Tiger eins wieder auf der anderen Straßenseite. Sehen Sie sich die Sache genauer an. Sagen Sie Tiger eins, er soll uns auf dem laufenden halten. Verstanden?»

Fernandez: «Jawohl.»

Delaney: «Lieutenant ...»

Fernandez: «Ja?»

Delaney: «Er ist blitzschnell.»

Fernandez: «Keine Angst, Captain!»

Tiger eins: «Wir gehen in Richtung Süden. Langsam. Fernandez drüben auf der anderen Straßenseite.»

Delaney: «Revolver schußbereit?»

Barbara: «Ist Ihr Revolver schußbereit, Tiger eins?»

Tiger eins: «Hab ihn seit einer Viertelstunde gezogen. Fernandez nähert sich jetzt dem Eingang. Er verlangsamt den Schritt, bleibt stehen. Bückt sich, tut so, als müsse er sich den Schnürsenkel zubinden. Blickt zur Tür vom Schloß. Will . . . Oh, mein Gott!»

Daniel Blank erwachte in aufgeräumter Stimmung. Er mußte laut über einen Witz lachen, von dem er geträumt hatte, an den er sich aber nicht mehr erinnern konnte. Er sah aus dem Fenster; es versprach ein herrlicher Tag zu werden. Vielleicht, dachte er, sollte er zu Celia Montfort hinübergehen und sie umbringen. Vielleicht sollte er Charles Lipsky umbringen, Valenter, den Bartender im *Papagei*. Eine Menge Leute konnte er umbringen, je nachdem, wie ihm zumute war. So ein Tag war es.

Es war wie ein Raketenstart: zögernd erst, fast bewegungslos, dann schneller und immer schneller in den Himmel hinauf. So war es mit diesem Morgen, nachdem er die Anziehungskraft der Erde überwunden hatte und frei war. Es gab nichts, was er nicht tun konnte. Dieses Gefühl hatte er oben auf dem Teufelszahn gehabt, vor Wochen, Monaten, Jahren.

Nun, er würde auf den Teufelszahn zurückkehren und dieses Gefühl des Entrücktseins noch einmal auskosten. Im Winter war der Nationalpark zwar geschlossen, doch es war nur ein einfacher Drahtzaun darum herum. Das rostige Vorhängeschloß am Tor konnte er leicht mit seinem Eispickel entzweischlagen. Alles konnte er mit seinem Eispickel entzweischlagen.

Er badete und kleidete sich sorgfältig an, immer noch in jener Euphorie, von der er wußte, daß sie ihn von nun an ständig beflügeln würde.

Deshalb störte es ihn nicht im geringsten, als es an der Tür klingelte.

«Wer ist da?» rief er.

«Ein Paket für Sie, Mr. Blank.»

Er hörte Schritte, die sich entfernten, wartete einen Moment und entriegelte dann seine Tür. Er holte den langen schmalen Karton von der Blumenhandlung herein und verriegelte die Tür wieder. Dann trug er den Karton ins Wohnzimmer hinüber, starrte ihn an und begriff nicht.

Er begriff auch nicht, was die einzelne rote Rose sollte, die darin lag. Und auch die Karte nicht. Albert Feinberg? Feinberg? Wer war Albert Feinberg? Dann fiel ihm sein letztes Opfer wieder ein und erfüllte ihn mit

Verlangen: diese feste Umarmung, der warme Atem, der sein Gesicht traf, das beinahe leidenschaftliche Stöhnen. Er wünschte, sie wären noch einmal so nahe beieinander! Und jetzt hatte Feinberg ihm eine Rose geschickt! Wie lieb! Er sog den Duft ein, strich mit den samtenen Blütenblättern zärtlich über seine Wange, zerdrückte die Blüte dann unvermittelt in seiner Faust. Als er die Hand wieder aufmachte, nahmen die Blütenblätter langsam wieder ihre ursprüngliche Gestalt an, bewegten sich, formten sich wieder zu der wunderschönen Rosenblüte wie vorher.

Ziellos lief er hin und her, träumte, kaute an seiner Rose, aß eines der Blütenblätter nach dem anderen. Weich, hart, feucht und trocken fühlten sie sich auf der Zunge an und hatten einen ganz eigenen Geschmack. Lächelnd aß er die Blüte bis zum Stiel auf.

Er holte seine Bergsteigerausrüstung aus dem Wandschrank in der Diele. Flüchtig dachte er daran, Sandwiches und eine Thermosflasche mitzunehmen – doch wozu Essen und Trinken? Das hatte er alles hinter sich – die Anziehungskraft der Erde und den täglichen Hunger.

Es war wirklich erstaunlich, dachte er glücklich, mit welcher Umsicht er vorging: erst der Anruf beim Garagenwärter, den Wagen vorzufahren, dann der Anruf beim Pförtner, damit er ihm half, seine Sachen hinunterzubringen. Der Tag war klar, frisch und offen, genau wie er. Er war in der zitronengelben Sonne, in der durchsichtigen blauen, mit Fruchtwasser gefüllten Blase. Er war eins mit allem. Er summte vergnügt vor sich hin.

Als Valenter die Tür aufmachte und sagte: «Es tut mir leid, aber Miss Monfort ist nicht zu . . .» schlug er ihm mit der Faust ins Gesicht, spürte, wie sein Nasenbein knirschend brach, sah das Blut, fühlte es klebrig zwischen seinen Fingern. Dann, als er das Haus schon betreten hatte, schlug er noch einmal zu: seine Faust zielte auf Valenters Hals, traf ihn am Adamsapfel. Valenter fiel zu Boden.

Ohne daß ihn jemand gehindert hätte, schritt Daniel Blank durch die Halle und summte dabei noch immer vor sich hin. Er stieg geradewegs die Treppe hinauf, den Eispickel jetzt in der rechten Hand. Er erinnerte sich an das erste Mal, da er ihr diese Treppe hinauf gefolgt war, hinauf in die Kammer unterm Dach. Sie war stehengeblieben, hatte sich umgedreht, und er hatte sie geküßt, irgendwo zwischen Nabel und Leiste, irgendwo . . . Warum hatte sie ihn verraten?

Doch noch ehe er zu der abgesplitterten Tür kam, schoß ein nackter Anthony Montfort heraus, bedachte Daniel mit einem irren, gehetzten Blick über die Schulter hinweg und sauste mit wirbelnden Armen die Treppe hinunter.

Celia stand da. Auch sie nackt.

«Nun», sagte sie, und ihr Gesicht hatte einen furchtsamen Ausdruck, doch zu gleicher Zeit lag etwas Triumphierendes darin, «nun . . .»

Er schlug zu. Immer und immer wieder. Doch schon nach dem ersten Schlag wich die Furcht aus ihrem Gesicht, und was blieb, war nur noch Triumph. Die Gewißheit. War es das, was sie gewollt hatte? Er überlegte und schlug immer wieder zu. War das der Grund? Hatte sie sich deswegen seiner bedient? Ihn deswegen verraten? Er mußte darüber nachdenken. Er schlug auch dann noch zu, als sie schon längst tot war . . .

Dann hörte er Schreie von irgendwoher. Er übergab den Eispickel wieder an die Linke, verbarg ihn unter dem Mantel. Rannte die Treppe hinunter. Über den auf dem Boden liegenden Valenter hinweg. Hinein in den leuchtenden, frischen, klaren Tag. Die Schreie verfolgten ihn: Schreie, Schreie, Schreie.

Alle im Funkraum waren aufgesprungen und lauschten mit weißen Gesichtern den aufgeregten Rufen von Tiger eins, hörten einen Schrei, «Fernandez ist . . .», Schüsse, das Aufheulen eines Motors, das Quietschen von Reifen, metallisches Klirren. Tiger eins' Sprechfunkgerät verstummte.

Ungefähr dreißig Sekunden stand Captain Delaney unbewegt da, den Kopf gesenkt. Die Männer im Raum sahen ihn erwartungsvoll an.

Nicht, daß er gezögert hätte; er überlegte vielmehr. Er kannte solche Situationen aus der Vergangenheit. Instinkt und Erfahrung würden ihm vermutlich helfen, sie zu meistern, doch er wußte, daß einige Sekunden Nachdenken nützlich waren, um die Befehle in der richtigen Reihenfolge zu erteilen. Das Wichtigste zuerst.

Er hob den Kopf, sein Blick begegnete dem MacDonalds.

«Sergeant», sagte er ausdruckslos, «nehmen Sie beide Wagen. Sirenen an! Ich bleibe hier. Melden Sie sich sobald wie möglich.» Dann wandte er sich den beiden Männern am Sende- und Empfangsgerät zu und rief ihnen sowie den beiden Telefonisten Befehle zu.

«An Bulldogge zwei: Bleibt, wo ihr seid und leistet Beistand.»

«An Bulldogge drei: Verfolgt Danny-Boy. Äußerste Vorsicht!»

Beide Wagen meldeten sich und bestätigten den Erhalt der Befehle; wieder hörten die wartenden Männer Schüsse, Flüche, Rufe.

«An die Funkleitstelle im Präsidium. Prioritätsstufe eins für ‹Kommission Lombard›. Vier Wagen zur George Washington-Brücke. Stoppt schwarze Chevrolet Corvette. Wagennummer und Beschreibung von

Danny-Boy durchgeben. Äußerste Vorsicht geboten. Bewaffnet und gefährlich.»

«Sie und Sie –» er wandte sich an zwei Männer neben ihm – «nehmen einen Streifenwagen. Fahrt zur George Washington-Brücke. Mit Sirenen und Blaulicht. Nehmt mehrere von den Fotos von Danny-Boy mit und verteilt sie.»

«An die Funkleitstelle im Präsidium. Polizeibeamter verletzt. Sofort Krankenwagen hinschicken. Adresse vom Schloß angeben.»

«An Deputy Inspector Thorsen: Er verläßt den Bau. Halte Sie auf dem laufenden. Delaney.»

«An das Morddezernat: Überfall im Schloß. Adresse angeben. Dringlichkeitsstufe eins. Bitte unterstützen Sie ‹Kommission Lombard›.»

«An Bulldogge zehn: Melden Sie sich mit Wagen bei Barbara.»

«An Bulldogge eins: Versiegeln Sie Danny-Boys Wohnung im Weißen Haus. 21-H. Niemanden hinein- oder herauslassen.»

«An Stryker: Versiegeln Sie Danny-Boys Büro. Niemanden hinein- oder herauslassen.»

«An Sonderdezernat: Brauche dringendst drei schwere Wagen. Sechs Männer mit kugelsicheren Westen, Gewehren, Tränengasgranaten, Ersatzleute, Schutzschilde. Drei Scharfschützen, einen in jedem Wagen. Hierher, so schnell wie möglich. Ach ja . . . wenn's geht, Wagen mit Spezialscheinwerfern.»

«An Funkleitstelle. Alarm an alle Reviere. Geben Sie Beschreibung von Danny-Boy und Wagen durch. Fotos folgen. Gesucht wegen mehrfachen Mordes. Äußerste Vorsicht geboten. Gefährlich und bewaffnet.»

Delaney hielt inne, holte tief Luft und sah sich wie benommen um. Der Raum leerte sich: Einer nach dem andern schnallten die Männer die Pistolenkoppel um, zogen Mantel und Mütze an und gingen hinaus.

Im Radio knisterte es.

«Spürhund eins an Barbara.»

«Ja, hier Barbara.»

«Hier MacDonald. Bin vor dem Schloß. Fernandez liegt auf dem Bürgersteig, er blutet schlimm. Tiger eins ebenfalls auf dem Boden. Bewußtlos. Wahrscheinlich Bein gebrochen. Bulldogge drei verfolgt Danny-Boy. Bulldogge zwei und Spürhund zwei riegeln Straße ab. Betrete jetzt Schloß.»

«Sir, Deputy Inspector Thorsen ist am Apparat», sagte einer der Telefonisten.

«Sagen Sie ihm, zwei Männer sind verletzt. Ich rufe ihn wieder an.»

«Spürhund eins an Barbara.»

«Kommen, Spürhund eins.»

«Hier MacDonald. Im Schloß eine Ermordete: weiß, schwarzes Haar, Anfang Dreißig . . . paßt auf Beschreibung von Prinzessin. Ein Junge von etwa zwölf, sehr aufgeregt, paßt auf Beschreibung von Anthony Montfort. Ein weißer Mann, einsachtundachtzig bis einsneunzig, huntertsechzig bis hundertfünfundsechzig Pfund, bewußtlos, paßt auf Beschreibung von Hausmeister Valenter. Brauchen zwei Krankenwagen mit Ärzten. Fernandez lebt, blutet aber noch immer stark. Beeilen, bitte! Tiger eins hat rechtes Bein gebrochen. Hautabschürfungen, Schrammen. Krankenwagen und Ärzte, bitte!»

Blankenship trat zum Captain und blickte auf eine Tafel mit einer Papierklemme obendran. Er hatte sich Notizen gemacht. Delaney fiel auf, daß seine Hände leicht zitterten, aber seine Stimme klang ganz ruhig.

«Soll ich wiederholen, Captain?» fragte er leise.

«Haben Sie alles mitnotiert?» sagte Delaney dankbar. «Sehr nützlich. Was haben wir noch zur Verfügung?»

«Einen getarnten Wagen mit vier Männern, doch Lieutenant Dorfman hat zwei Leute herübergeschickt, die einspringen können. Ferner hat er einen Streifenwagen mit laufendem Motor vor der Wache stehen, falls wir ihn brauchen. Die drei Wagen vom Sonderdezernat sind unterwegs.»

«Spürhund eins an Barbara.»

«Ja, hier Barbara.»

«Hier MacDonald. Krankenwagen ist eingetroffen. Fernandez ist okay. Hat eine Spritze bekommen. Gerade kommt noch ein Krankenwagen. Mehrere Wagen vom Morddezernat. Laborwagen . . . Fernandez und Tiger eins sind auf dem Weg ins Krankenhaus. Wie ich die Sache sehe, kam Danny-Boy aus dem Schloß gerannt und erwischte Fernandez gerade in dem Augenblick, als der sich aufrichten und die Pistole ziehen wollte. Er schwang den Eispickel und zielte auf den Kopf des Lieutenant, doch er traf Fernandez an der Schulter. Danny-Boy sprang in seinen Wagen. Tiger eins rannte von der anderen Straßenseite aus auf den Wagen zu und feuerte dreimal. Zwei Treffer im Wagen, sagt er, einer durch das vordere linke Seitenfenster. Danny-Boy jedoch offenbar unverletzt. Er startete wahnsinnig schnell und sauste davon, streifte Tiger eins, der zu Boden fiel und bewußtlos liegenblieb. Das Ganze muß sich in Sekundenschnelle abgespielt haben.»

«Ich weiß.» Delaney stieß einen Seufzer aus. «Bleiben Sie dort. Helfen Sie den Leuten vom Morddezernat. Bewachen Sie den Jungen und Valenter, bis sie in der Lage sind, Aussagen zu machen.»

«Verstanden. Ende.»

«Und was gibt's Neues von der Brücke?» wandte Delaney sich an den Funker.

«Nichts, Sir. Der Verkehr ist gestoppt, es bilden sich Autoschlangen.»

«Captain Delaney, die drei Wagen vom Sonderdezernat sind draußen.»

«Danke. Sie sollen warten. Blankenship, bitte kommen Sie mit in mein Arbeitszimmer.»

Delaney schloß die Tür. Er zog einen Stadtplan von New York aus dem Bücherregal und breitete ihn auf seinem Schreibtisch aus. Die beiden Männer beugten sich darüber. Delaney deutete mit dem Finger auf die East End Avenue.

«Von hier aus startete er», sagte er. «Fuhr nach Norden, bog links in die 86th Street ein und wandte sich dann nach Westen.»

«Richtung George Washington-Brücke?»

«Ja», sagte der Captain und verfolgte mit dem Zeigefinger die Route. «Er durchquerte den Central Park und wird – jetzt auf der West Side – auf dem Broadway nach Norden fahren. Wahrscheinlich ist er in die 96th abgebogen, um auf den West Side Drive zu kommen.»

«Er könnte aber auch weiter nach Norden fahren und später auf den Drive kommen. Oder auf dem Broadway bleiben oder den Riverside Drive bis zur Brücke nehmen.»

«Ach, Scheiße», brummte Captain Delaney, «er könnte tausend Dinge getan haben.»

Wie alle Polizeibeamten fürchtete er sich am meisten vor dem Unvorhersehbaren. Der Zufall hing wie eine dunkle Wolke über ihm – verdarb ihm die wachen Stunden, ja, selbst seine Träume.

«Wohin will er Ihrer Meinung nach, Captain?»

«Nach Chilton», sagte Delaney ohne zu zögern. «Ein kleiner Ort im Orange County. Keine zehn Meilen vom Fluß entfernt. Warten Sie, ich zeig's Ihnen.»

Er holte auch noch die Karte des Staates New York heraus und faltete sie über der Lehne des Klubsessels auseinander. Dann drehte er den Lampenschirm so, daß sie besseres Licht hatten.

«Hier, südlich von Mountainville.» Er zeigte darauf. «Sehen Sie den kleinen grünen Fleck? Das ist der Chilton State Park. Blank geht zum Klettern dorthin. Er ist Bergsteiger.» Er schloß einen Moment die Augen und versuchte sich an Einzelheiten auf der Karte zu erinnern, die er vor unendlich langer Zeit in Danny-Boys Wagen gefunden hatte. Blankenship schwieg und stellte keine Fragen. Delaney machte die Augen auf und starrte den Beamten an. «Über die George Washington-Brücke», zählte er auf und freute sich über sein gutes Gedächtnis. «Nach New Jersey hinein. Auf die Bundesstraße vier. Dann auf die Bundesstraße siebzehn. Bei Mahwah und Suffern zurück auf New Yorker Gebiet. Dann auf die Schnellstraße, und von der auf die Bundesstraße 32 nach Mountainville. Von da aus in südlicher Richtung nach Chilton. Der Park liegt ein paar Meilen außerhalb des Ortes.»

«New Jersey?» rief Blankenship. «Himmel, Captain, dann wird's aber höchste Eisenbahn, daß wir dort Alarm schlagen.»

Delaney schüttelte den Kopf. «Hat keinen Sinn. Die Brücke war gesperrt, ehe er sie erreichte. So schnell konnte er nun auch wieder nicht sein. Bei dem Verkehr. Nein, die Brücke hat er links liegen lassen. Hätte er das nicht getan, hätten sie ihn inzwischen gefaßt. Nein. Trotzdem fährt er weiter nach Chilton. Davon muß ich schon ausgehen. Wo kann er nördlich der George Washington-Brücke über den Hudson kommen?»

Sie beugten sich über die Karte. Mit dem Finger zeichnete Blankenship einen möglichen Weg.

«Er fährt den Henry Hudson Parkway hinauf, sagen wir von der 96th Street an, erreicht die George Washington-Brücke, sieht aber, daß sie gesperrt ist . . .»

«. . . oder merkt am Verkehrsstau, daß man ihn sucht.»

«Oder das. Also fährt er auf dem Henry Hudson Parkway weiter nach Norden. Er könnte diese Brücke hier benutzen, dann kommt er nach Spuyton Duyvil. Vielleicht ist er aber auch längst in Yonkers und fährt immer noch weiter nach Norden.»

«Welche Möglichkeit hat er dann?»

«Die Tappan Zee-Brücke. Hier. Von Tarrytown nach South Nyack.»

«Wenn wir sie sperren?»

«Kann er immer noch weiter nach Norden fahren. Die nächste ist die Bear Mountain-Brücke. Auch sie ist noch südlich von Chilton. Erst die Newburgh Beacon-Brücke liegt nördlich davon.»

Delaney holte tief Luft und wanderte in seinem Arbeitszimmer auf und ab.

«Wir können jede gottverdammte Brücke bis hinauf nach Albany sperren», sagte er, «und ihn zwingen, auf dem Ostufer zu bleiben. Aber wozu? Er möchte nach Chilton. Dort fühlt er sich sicher. Dort weiß er sich allein. Wenn wir ihm den Weg abschneiden, flieht er bloß immer weiter, und der Himmel mag wissen, was er dabei anstellt.»

Fast schüchtern kam es von Blankenship: «Es besteht ja immer noch die Möglichkeit, daß er es über die George Washington-Brücke geschafft hat, Sir. Sollten wir nicht doch New Jersey alarmieren? Nur für alle Fälle?»

«Zum Teufel mit denen!»

«Und das FBI?»

«Die können mich mal!»

«Und die State Police von New York?»

«Diese Strohköpfe? Mit ihren Sombreros! Glauben Sie etwa, ich laß uns die Schlagzeilen stehlen? Diese Chance laß ich mir nicht entgehen! Der Kerl gehört mir! Haben Sie Ihren Block zur Hand?»

«Jawohl, Sir.»

«Notieren Sie sich . . . Nein, warten Sie . . .»

Captain Delaney ging in den Funkraum hinüber, winkte dem erstbesten, den er sah, und bat ihn, mitzukommen.

«Wie heißen Sie?»

«Javis, John J.»

«Mr. Javis, ich werde Mr. Blankenship jetzt ein paar Befehle geben. Sie sollen nichts weiter tun als zuhören. Falls das Präsidium der Sache nachgeht, sollen Sie ehrlich aussagen, was Sie gehört haben.»

Javis' Gesicht wurde kreidebleich.

«Das ist nicht nötig, Sir», sagte Blankenship.

Delaney bedachte ihn mit einem ganz besonders liebenswürdigen Lächeln. «Das weiß ich auch», sagte er leise. «Aber ich wage einen hohen Einsatz: Wenn es klappt, in Ordnung. Wenn nicht, kostet es mich den Kopf. Ich hab ihn schon mehr als einmal in der Schlinge gehabt. Also, notieren Sie! Und Sie hören gut zu, Javis.

Lassen Sie alles über die Funkleitstelle des Präsidiums laufen. An die State Police von New Jersey, an das FBI, an die State Police von New York: Fahndung nach Danny-Boy. Vollständige Beschreibung von ihm und dem Wagen. Fotos werden nachgeliefert. Festnehmen und zum Verhör bereithalten. Äußerste Vorsicht geboten. Gesucht wegen mehrfachen Mordes. Bewaffnet und gefährlich. Haben Sie das?»

«Jawohl, Sir.»

«Eine *allgemeine* Fahndung. Der Flüchtige kann überall sein. Verstehen Sie?»

«Jawohl, Sir. Ich verstehe.»

«Setzen Sie sich telefonisch mit den Polizeiposten in Tarrytown, Bear Mountain und Beacon in Verbindung. Aber sagen Sie ihnen, sie sollen den Mann weder anhalten noch sich mit ihm einlassen. Sie sollen ihn laufenlassen. Wenn er eine der Brücken in ihrem Gebiet überquert, sollen sie uns anrufen. Ihn ruhig auf die andere Seite lassen, uns aber sofort verständigen. Sagen Sie ihnen, daß er einen Polizisten ermordet hat. Haben Sie alles?»

«Jawohl, Sir.» Blankenship nickte und schrieb eifrig.

Delaney sah Javis an. «Haben Sie ebenfalls alles mitgekriegt?»

«Jawohl, Sir», sagte der Mann unsicher.

«Gut!» Delaney nickte. «Dann warten Sie jetzt bitte draußen.»

Als die Tür sich hinter dem Detektiv schloß, wiederholte Blankenship: «Das wäre nicht nötig gewesen, Sir.»

«Ach was!»

«Sie wollen hinter ihm her?»

«Ja.»

«Kann ich mitkommen?»

«Nein. Sie werden hier gebraucht. Geben Sie den Alarm durch. Ich nehme die drei Wagen vom Sonderdezernat und noch einige zusätzliche Leute. Ich weiß nicht, wie weit die Funksprechgeräte reichen. Falls die Verständigung zu schlecht wird, melde ich mich über Telefon, und zwar hier auf meiner Nummer. Telefonieren Sie also möglichst nicht von hier aus, damit der Apparat nicht blockiert ist. Ich rufe in regelmäßigen Abständen an. Falls Deputy Inspector Thorsen nach mir fragt, sagen Sie ihm, daß ich ihm nachgefahren bin. Ich würde mich so bald wie möglich bei ihm melden.»

Blankenship blickte auf. «Soll ich im Krankenhaus anrufen und Ihrer Frau Bescheid sagen, Sir?» fragte er.

Erschrocken sah Delaney ihn an. Wie lange war das schon her?

«Ja», sagte er leise. «Vielen Dank. Lassen Sie uns mal sehen: sonst noch irgend etwas? Irgendwelche Fragen?»

«Kann ich nicht doch mit Ihnen kommen, Sir?»

«Nächstes Mal», sagte Captain Edward X. Delaney. «Und jetzt geben Sie die Fahndungsbefehle durch.»

Kaum hatte Blankenship die Tür hinter sich zugemacht, ging Delaney zum Telefon. Er rief die Auskunft an und bat, mit der Polizeihauptwache Chilton, N. Y., verbunden zu werden. Er mußte eine ganze Weile warten, aber er war nicht ungeduldig. Wenn er recht hatte, dann spielte die Zeit keine Rolle. Und wenn er nicht recht hatte, spielte die Zeit auch keine Rolle.

Endlich:

«Hier Polizei Chilton. Was kann ich für Sie tun?»

«Ich möchte bitte den Leiter der Polizei sprechen.»

Ein kehliges Lachen. «Den Leiter der Polizei? Sie sprechen mit ihm – Chief Forrest. Was kann ich für Sie tun?»

«Chief, hier spricht Captain Edward X. Delaney von der New Yorker Polizei – New York *City*. Ich habe ...»

«Oh, wie nett», sagte der Chief. «Wie ist das Wetter bei Ihnen?»

«Sehr gut», sagte Delaney. «Blauer Himmel, die Sonne scheint ...»

«Genau wie hier also», brummte die Stimme. «Soll wohl noch die ganze Woche so bleiben.»

«Chief», sagte Delaney. «Ich möchte Sie um einen Gefallen bitten.»

«Aber natürlich», sagte Forrest. «Dacht ich mir fast schon.»

Delaney war sofort auf der Hut. Das war kein Kürbiskopf vom Lande.

«Ich bin hinter einem Mann her», sagte er rasch. «Fünffacher Mörder, eines der Opfer ein Polizeibeamter. Fährt eine schwarze Chevrolet Corvette, Richtung ...»

«Halt, halt», sagte der Chief, «ihr Stadtleute redet immer so schnell, daß man kaum mitkommt. Ganz langsam, bitte!»

«Ich bin hinter einem Mann her, der flüchtig ist», sagte Delaney langsam und gehorsam. «Er hat fünf Leute umgebracht, darunter einen Polizeibeamten. Hat ihnen mit einem Eispickel den Schädel eingeschlagen.

«Bergsteiger?»

«Ja», sagte der Captain und fing an, Hochachtung vor Chief Forrest zu haben. «Ich bin nicht sicher, aber ich glaube, daß er zum Chilton State Park fährt. Das ist doch in Ihrer Nähe, nicht wahr?»

«Ja, ungefähr zwei Meilen von hier. Wie kommen Sie darauf, daß er dorthin will?»

«Hm ... das ist eine lange Geschichte. Aber er ist schon öfter dagewesen, um zu klettern. Es muß da einen Felsen geben – mir ist der Name entfallen – aber offenbar ist der ...»

«Teufelszahn», sagte Forrest.

«Ja, das ist er. Er ist schon da oben gewesen, und ich dachte ...»

«Der Park ist den Winter über geschlossen.»

«Wenn er aber rein wollte, könnte er das, Chief?»

«Es ist nur ein kleiner Park. Nicht mit den Adirondacks zu vergleichen. Ringsum mit Maschendraht abgesperrt. Nur ein Zugang. Entweder bricht er das Tor auf, oder er klettert über den Zaun. Das ist kein Problem. Handel es sich um einen ... Verrückten?»

«Ja.»

«Dann wird er das Tor vermutlich rammen. Also, Captain, was kann ich für Sie tun?»

«Ja, ich wollte Sie fragen, ob Sie vielleicht jemanden hinschicken könnten. Nur um aufzupassen, verstehen Sie? Ich möchte bloß, daß dieser Verrückte beobachtet wird – was er tut, wohin er geht. Ich möchte nicht, daß man ihn festnimmt. Ich mache mich gleich mit zehn Leuten auf den Weg dorthin. Der Kerl soll sich da ruhig verkriechen.»

«Ja, ich glaub, ich bin im Bilde», sagte Chief Forrest. «Haben Sie schon die Kollegen von der State Police angerufen?»

«Der Fahndungsalarm geht gerade raus.»

«Soso. Bißchen reichlich außerhalb Ihres Gebietes, was, Captain?»

Verfluchter Kerl, dachte Delaney verzweifelt.

«Ja, das ist es», gestand er.

«Aber Sie bringen zehn Mann mit?»

«Hm . . . ja. Zur Hilfeleistung . . .»

«Ah, ja. Und Sie wollen nur, daß sich jemand am Eingang zum Park versteckt und aufpaßt. Hab ich Sie richtig verstanden?»

«Genau richtig», sagte Delaney dankbar. «Wenn Sie so freundlich wären und jemanden hinschicken würden . . .»

Das Schweigen am anderen Ende der Leitung dauerte dermaßen lange, daß Captain Delaney schließlich rief: «Hallo? Hallo? Sind Sie noch da?»

«Jaja. Ich bin schon noch dran. Aber wenn Sie mir sagen, ich soll jemanden hinschicken, Captain, dann muß ich Ihnen sagen, daß es hier nur einen Mann gibt. Mich. Chief Forrest. Also kommen Sie mit Ihren zehn Mann hierher. Es wird mir ein Vergnügen sein, Sie kennenzulernen. Ich mach mich inzwischen auf den Weg zum Park.»

«Vielen Dank, Chief», sagte Delaney. «Aber es dauert schon noch etwas, bis ich komme.»

«Das macht nichts.» Er ließ ein tiefes Lachen ertönen. «Zeit haben wir hier jede Menge.»

Delaney wählte die Nummer von Thomas Handry, doch der Reporter war nicht da, und er hinterließ folgende Nachricht: «Legen Sie los. Blank auf der Flucht. Bin hinter ihm her. Rufen Sie Thorsen an. Delaney.» Nachdem er seine Schuld beglichen hatte, schnallte er sich den Pistolengurt um und hakte den hochgeschlossenen Kragen zu. Dann ging er in den Funkraum und deutete auf drei Leute; alle vier gingen sie hinaus zu den schweren gepanzerten Wagen, die am Rinnstein warteten.

Noch immer in Hochstimmung, die Luft in seinen Lungen herb und trocken wie guter Gin, stürzte Daniel Blank hinaus in das winterlich-fahle Sonnenlicht. Die fernen Schreie verfolgten ihn.

Auf dem Bürgersteig kniete ein Mann zwischen ihm und seinem Wagen. Dieser Mann sah Blank kommen; sein Gesicht hatte einen bösen, bedrohlichen Ausdruck. Die eine Hand unter der Jacke, stand der Mann auf. Blank begriff, daß dieser Mann ihn haßte und ihn töten wollte.

Während er vorwärtsstürmte, übergab er den Eispickel von der Linken an die Rechte. Er ließ den Eispickel auf den Mann niedersausen, der sich jedoch schnell zur Seite warf, so daß der Eispickel nicht in seinen Schädel eindrang, sondern hinten in seine Schulter. Aber er ging zu Boden. Daniel riß den Eispickel heraus und rannte, sich der Rufe von der anderen Straßenseite her bewußt, zu seinem Wagen. Ein Mann kam herübergelaufen und zeigte mit dem Finger auf Blank. Gleich darauf folgten kurze peitschende Explosionen, und irgend etwas fuhr in die Karosserie und durch den Wagen. Und dann sah er ein Loch im linken Seitenfenster und ein anderes in der Windschutzscheibe, und er spürte den Luftzug an seiner Wange.

Der Mann war jetzt links vor dem Wagen und schien entschlossen, die Tür aufzureißen. Unbestimmt nahm Blank die von Furcht und Wut verzerrten Gesichtszüge eines Schwarzen wahr. Es blieb ihm nichts anderes übrig, als Gas zu geben und den Mann beiseite zu stoßen. Er tat es und hörte den dumpfen Aufprall. Aber er blickte nicht zurück.

Er bog nach Westen in die 86th Street ab und sah einen auf der Fahrbahn haltenden Wagen, mit drei Männern darin, die in aller Eile heraussprangen. Wieder Rufe, wieder Explosionen, aber er fuhr nun schon mit hoher Geschwindigkeit die 86th Street hinunter. Er hörte Sirenen aufheulen, Reifen quietschen, raste bei Rot über eine Kreuzung, riß den Wagen auf die Gegenfahrbahn, um einem Stau auszuweichen, fuhr wieder nach rechts, fuhr schneller, hörte in der Ferne eine Sirene und genoß all dies in vollen Zügen, da er ja das Telefonkabel durchtrennt hatte, das ihn mit der Welt verband und nun allein war, ganz allein: Niemand konnte ihm etwas anhaben. Nie wieder.

Er durchquerte den Central Park, bog rechts in den Broadway ein, fuhr in nördlicher Richtung bis zur 96th Street, bog links ab, um auf den Henry Hudson Parkway zu kommen, den alle Welt den West Side Drive nannte. Vor sich hin summend fuhr er auf dem Drive gen Norden, ordnete sich in den Verkehr ein, fuhr weder schneller noch langsamer als die anderen, und lachte, weil alles so kinderleicht gewesen war. Niemand konnte ihm etwas anhaben, auch die beiden Streifenwagen, die mit heulenden Sirenen an ihm vorbeirasten, konnten ihn nicht aufhalten, ihm nicht die Freude an diesem strahlenden, belebenden *neuen* Tag verderben.

Auf der Brücke jedoch war irgend etwas los – vielleicht ein Verkehrsunfall –, und die Autos kamen nicht voran. Also blieb er besser auf dem Parkway und brauste nach Norden, wo der Verkehr sich lichtete. Er summte vor sich hin und klopfte mit den Händen den Takt aufs Steuerrad.

Nördlich von Yonkers fuhr er an den Straßenrand, hielt an und faltete seine Karte auseinander. Er konnte auf dem Parkway weiterfahren bis zur Schnellstraße und dann über die Tappan Zee-Brücke nach South Nyack fahren. Dann am Palisades Interstate Park vorbei auf die 32, bis Mountainville. Von dort in südlicher Richtung nach Chilton. Einfach . . . und schön. Alles war heute so: einfach und schön.

Es gab nicht die geringsten Schwierigkeiten, überhaupt keine. Nicht einmal Straßengebühr mußte er bezahlen, als er auf der Tappan Zee in westlicher Richtung weiterfuhr. Wenn er zurückfuhr, Richtung Osten, würde er natürlich bezahlen müssen. Aber er glaubte nicht, daß er zurückkehren würde. Mit gleichbleibender Geschwindigkeit fuhr er weiter, immer ein wenig über der zugelassenen Geschwindigkeit, und ehe er sich's versah, hatte er Chilton hinter sich gelassen und näherte sich dem Park. Jetzt war seine Corvette der einzige Wagen auf der Schotterstraße. Kein Mensch weit und breit. Wunderbar.

Er bog in den Feldweg ein, der zum Chilton State Park führte, sah, daß das Tor verschlossen war. Es kam ihm albern vor, anzuhalten und das Vorhängeschloß aufzubrechen, und so gab er einfach Gas, beschleunigte auf etwa hundertsechzig Stundenkilometer. Beim Aufprall riß er den Arm vor die Augen, sprengte mühelos das Tor, und die Flügel flogen weit auf. Daniel Blank trat auf die Bremse und hielt. Er war drinnen. Er stieg aus, streckte sich und sah sich um. Keine Menschenseele. Nichts als Winterlandschaft: kahle schwarze Bäume vor zartblauem Himmel. Eine klare, strenge Landschaft. Die Brise machte trunken, die Sonne war eine trüb gewordene, matt schimmernde Münze.

Er ließ sich Zeit, zog seine Kletterschuhe an und die gefütterte Windjacke. Die schwarzen Mokassins und den Mantel warf er einfach in den Wagen; beides würde er nicht mehr brauchen. Im letzten Augenblick zog er auch noch die strenge «Ivy League»-Perücke vom Kopf und ließ auch sie im Wagen zurück. Er streifte die Strickmütze über.

Er trug seine Sachen zum Fuß des Teufelszahns. Es war ein leicht ansteigender Fußweg von weniger als zehn Minuten, ein Waldpfad mit aus dem Boden herausragenden Felsen.

Am Eingang zum Kamin schnallte er seinen Klettergürtel um, befestigte ein Ende des Nylonseils daran und das andere Ende an seiner Ausrüstung: Rucksack, Steigeisen, Extrapullover, Eispickel. Und dann streifte er die rauhledernen Handschuhe über.

In aller Ruhe begann er den Aufstieg, gespannt darauf, ob seine Muskeln schlaff geworden waren. Doch er kam gut voran, und während er den Rücken krümmte und sich aufwärts schob, wurde er immer zuversichtlicher. Schließlich konnte er nach den geschlagenen Mauerhaken greifen und zog sich hinauf auf die Plattform. Dort ruhte er sich einen Moment aus, atmete tief durch, stand dann auf und hievte seine Sachen herauf. Er schnallte den Gürtel ab, warf alles auf einen Haufen. Er streckte sich, stemmte die Hände in die Seiten, holte tief Atem und drückte die Schultern durch.

Er zündete sich eine von seinen Lattichzigaretten an, sah zu, wie der Rauch wegwirbelte und sich verflüchtigte. Er sah den Fluß, sah wie er eins wurde mit dem Meer, so wie der Rauch eins wurde mit der Luft. Alle Dinge wurden eins miteinander, verschmolzen, bis Wasser Land war, und Land Wasser, Rauch Luft und Luft Rauch. Warum hatte sie so triumphierend gelächelt? Jetzt konnte er darüber nachdenken.

Er setzte sich auf den nackten Stein, zog die Beine an und legte die eine Wange auf die Knie. Er knöpfte die Windjacke, das Jackett und das Hemd auf und fuhr mit der Hand hinein und strich über seine Brust, die nicht viel flacher war als ihre. Er ließ den Finger langsam um die Brustwarze kreisen und dachte, daß sie glücklich gewesen war, als sie aufgeblickt und die Augen auf die schimmernde Stahlspitze gerichtet hatte, die niedergesaust kam, um ihr Denken auszulöschen. Sie war glücklich gewesen. Sie hatte die Gewißheit gewollt. Alles, was sie ihm erzählt hatte, bezeugte, wie qualvoll diese Suche nach einem Absoluten gewesen war. Und dann, der endlosen Winkelzüge ihrer wachen und sensiblen Intelligenz müde – dieser nackten, klaren Intelligenz, die sie geschmerzt haben mußte wie eine offene Wunde –, hatte sie ihn in ihren Plan einbezogen, ihn angetrieben und dann verraten. Wohlwissend, was das Ende sein würde, ja, es herbeisehnend. Ja, dachte er, das war es, was geschehen war.

Lange saß er so da – der Himmel kündigte den Spätnachmittag an – und träumte noch einmal, was geschehen war. Es tat ihm nicht leid, wohl aber erfüllte ihn eine traurige Freude, weil er wußte, daß sie ihre letzte Wahrheit gefunden hatte und er die seine finden würde. So hatten sie beide . . . Aber nun hörte er Motorengeräusch, hörte wie Autotüren zugeschlagen wurden. Vorsichtig kroch er zum Rand des Teufelszahns und spähte hinunter.

Sie bogen in den Feldweg ein. Vor dem Zaun brachten sie die Wagen zum Stehen. Die Torflügel hingen schief in den Angeln. Drinnen im Park stand Daniel Blanks Wagen. Ein großer Mann in einer braunen Windjacke mit schmutzigem Schaffellkragen lehnte gegen den Wagen und beobachtete, wie sie ausstiegen. Auf der Motorhaube stand eine Sechserpackung Bier; der Mann trank langsam aus einer Dose.

Captain Delaney stieg aus, rückte seine Mütze gerade und zog die Uniformjacke straff. Er ging durch das aufgebrochene Tor auf Blanks Wagen zu und holte seinen Ausweis hervor. Im Gehen sah er sich den großen Mann genau an. Mindestens einszweiundneunzig, vielleicht sogar einssechsundneunzig. Er wog bestimmt 250 Pfund, vielleicht sogar mehr. Er mußte stark auf die Fünfundsechzig zugehen. Außer der abgewetzten Windjacke trug er fleckige Kordhosen, gelbe Arbeitsstiefel mit Gummisohlen und eine Art Kavalleriemütze aus schwarzem Pelz. Um seinen Hals lag ein Lederriemen, an dem ein Army-Feldstecher aus dem Ersten Weltkrieg hing. Um den Leib hatte er einen Gürtel geschnallt, dunkel vom Schweiß eines ganzen Lebens, und an dem Gürtel war die größte Pistolentasche befestigt, die Delaney je gesehen hatte. Über der Brust trug der Mann eine Art Plakette, einen Stern oder eine Rosette – es war schwer zu erkennen.

«Chief Forrest?» fragte Delaney, als er sich näherte.

«Ja.»

«Captain Edward X. Delaney von der New Yorker Polizei.» Er klappte seinen Ausweis auf und hielt ihn ihm hin.

Der Chief nahm ihn und sah ihn sich eingehend an. Er gab ihn zurück und streckte Delaney die Hand hin.

«Chief Evelyn F. Forrest», brummte er. «Freut mich, Sie kennenzulernen, Captain.»

«Ich sehe, unser Vogel ist schon da», sagte Delaney und klopfte auf den Kotflügel der Chevrolet Corvette.

«Ja, ja.» Forrest nickte. «Er ist da. Captain, ich hab eine eisgekühlte Sechserpackung hier. Möchten Sie ein Bier?»

«Gern. Vielen Dank. Erzählen Sie mal!»

Der Chief wählte eine Dose, zog am Ringverschluß und reichte sie Delaney. Sie prosteten einander zu und tranken.

Der Chief, fand Delaney, hatte das Gesicht eines alten Bluthunds:

dunkle, gerötete Haut, mit vielen Falten und dicken Tränensäcken unter den Augen, ein kräftiges Doppelkinn. Aber die Augen waren unerwartet jung, gütig, wach; das Weiß darin ungetrübt.

«Hier, Captain, da hat ihn einer von Ihren Leuten erwischt», sagte Forrest und wies auf ein Einschußloch in der Karosserie und ein weiteres im linken Seitenfenster. «Und hier ist sie rausgekommen», fuhr er fort und deutete auf das Loch in der Windschutzscheibe.

Delaney bückte sich und betrachtete erst das Einschußloch im Seitenfenster und dann das Loch in der Windschutzscheibe, wo die Kugel ausgetreten war.

«O Gott», sagte er, «von Rechts wegen hätte die Kugel ihm durch den Kopf gehen müssen, falls er auf dem Fahrersitz gesessen hat. Der Mann hatte ein Glück!»

«Das haben manche.» Der Chief nickte. «Also, ich war ungefähr 'ne Stunde vor ihm hier, meinen Wagen hab ich ein Stück abseits vom Schotterweg abgestellt, dort wo es zum Park runtergeht. Völlig ahnungslos kommt er angefahren, biegt in den Feldweg ein, sieht das verschlossene Tor, gibt Gas und rammt es einfach. Dann steigt er aus dem Wagen, streckt sich und sieht sich um. Ich habe ihn mit meinem Feldstecher beobachtet. Gutaussehender Bursche.»

«Stimmt.»

«Dann zieht er seine Bergsteigerkluft an, setzt eine Mütze auf, schultert seine Sachen und geht in Richtung Teufelszahn davon. Und da bin ich dann in den Park gegangen.»

«Hat er Sie gesehen?»

«Mich gesehen?» fragte der Chief erstaunt. «Aber nein! Ich bin noch ganz gut zu Fuß, und die Gegend hier kenne ich wie meine Westentasche. Nein, gesehen hat er mich nicht. Nun ja, und dann kommt er hin und steigt in den Kamin. War ziemlich schnell oben. Dann sehe ich, wie sein Seil sich strafft, und er zieht seine Sachen rauf.»

«Haben Sie gesehen, ob er Verpflegung bei sich hat? Oder eine Feldflasche? Irgendwas dergleichen?»

«Nein, nichts dergleichen. Allerdings hatte er einen Rucksack. Möglich, daß er da was zu essen und zu trinken drin hat.»

«Möglich.»

«Captain ...»

«Ja, Chief?»

«Diese Fahndungsmeldung, die Sie an die State Police durchgegeben haben ... Sie wissen, die wird drahtlos an alle Polizeiposten und Sheriffs weitergegeben. Ich war auf dem Weg hierher, als ich die Durchsage erhielt. Von Chilton war darin aber keine Rede.»

«Ja ... hm. Von Chilton habe ich denen auch nichts gesagt. War ja auch nur so eine Vermutung von mir, und ich wollte Sie nicht umsonst hier heraushetzen.»

Der Chief sah ihn an. «Mein Sohn», sagte er leise, «ich hab keine Ahnung, wie Sie mit den Leuten von der State Police stehen, und ich will es auch nicht wissen. Ich weiß, die können verdammt stur sein. Aber, Captain, wenn das hier erledigt ist, dann fahren Sie wieder in Ruhe nach Hause. Ich dagegen muß mich Tag für Tag mit den Jungs rumschlagen. Und wenn die rauskriegen, daß ich wußte, daß ein verrückt gewordener Mörder hier festsaß und daß ich ihnen nicht Bescheid gesagt hab, dann sind die bestimmt verdammt sauer auf mich, Captain, verdammt sauer.»

Delaney stocherte mit der Schuhspitze im Schmutz und blickte zu Boden. «Sie haben wohl recht», sagte er schließlich. «Es ist nur ...» Er sah den Chief an.

«Mein Sohn», sagte Forrest sehr freundlich, «ich bin schon ein paar Jahre länger dabei als Sie, und ich weiß, was es heißt, hinter einem her zu sein, ihn wochenlang zu beobachten und ihn schließlich in die Enge zu treiben. Da kann man den Gedanken, daß jemand anders ihn hochnimmt, schlecht ertragen.»

«Ja.» Delaney nickte kläglich. «So was Ähnliches.»

«Aber Sie müssen auch meine Lage sehen, Captain. Ich muß sie anrufen. Ich tu's sowieso, aber es wär mir lieber, Sie sagen: ‹Tun Sie's!›»

«Tun Sie's! Ich versteh das. Wie sagen Sie ihnen Bescheid?»

«Ich hab Sprechfunk im Wagen. Ich bin gleich wieder da.» Der Chief ging mit für sein Alter bemerkenswert elastischen Schritten den Feldweg hinauf.

Captain Delaney stand neben Blanks Wagen. Ein Hochgefühl sollte ihn erfüllen, dachte er – ein Frohlocken darüber, daß er Daniel Blank ein Schnippchen geschlagen hatte. Statt dessen erfüllte ihn so etwas wie Furcht. Eine Reaktion auf die Aufregungen des Morgens, nahm er an, doch schien es mehr zu sein als nur das. Die Furcht galt der Zukunft, dem, was noch vor ihm lag. «Bring die Sache zu Ende», sagte er sich, «bring sie zu Ende!» Aber er weigerte sich, sich dieses Ende vorzustellen.

Chief Forrest kam mit einem alten, klapperigen Caravan angerattert; die rote Farbe der Aufschrift «Chilton Police Department» war halb abgeblättert. Delaney drehte sich um. Forrest brachte den Wagen neben

Blanks Corvette zum Stehen. «Sie sind schon unterwegs», rief er Delaney zu. «In zwanzig Minuten, schätze ich, sind sie hier.»

Ehe er ausstieg, griff er hinter sich, holte noch zwei Sechserpackungen Bier heraus und reichte sie Delaney.

«Für Ihre Jungs», sagte er. «Verschönt ein bißchen die Wartezeit.»

«Vielen Dank auch, Chief. Das ist nett von Ihnen. Hoffentlich haben Sie selbst noch genug.»

«Keine Sorge», brummte er.

Der Captain lächelte und trug die beiden Sechserpackungen zu seinen Leuten.

«Steigen Sie doch aus und vertreten Sie sich die Beine», sagte er zu ihnen. «Sieht ganz so aus, als ob wir länger hierbleiben müssen. Hier ist Bier, mit den besten Grüßen von Chief Forrest, dem Chiltoner Polizeichef.»

Die Männer kletterten aus den Autos und griffen erfreut nach dem Bier. Delaney kehrte zum Chief zurück.

«Können wir uns diesen Teufelszahn wohl mal etwas genauer ansehen?» fragte er.

«Aber gewiß doch.»

«Ich habe drei Scharfschützen dabei, und ich möchte gern eine Stelle aussuchen, von der aus sie den Eingang zum Kamin und die Spitze des Pfeilers genau überblicken können. Nur für alle Fälle.»

«Aha. Ist der Flüchtige bewaffnet, Captain?»

«Soviel ich weiß, nur mit einem Eispickel. Ob er auch eine Schußwaffe hat – ich kann nichts garantieren. Chief, Sie brauchen nicht mitzukommen. Sagen Sie mir nur, wie ich hinkomme.»

«Dummes Zeug!» brummte Chief Forrest. «Die erste dumme Bemerkung, die ich von Ihnen höre, mein Sohn.»

Leichten Schrittes ging er voran. Captain Delaney stolperte hinter ihm her, einen eben noch erkennbaren Trampelpfad entlang, der sich zwischen kahlen Bäumen hindurchschlängelte.

Als der Captain ihn am Fuß des Teufelszahns keuchend einholte, hatte der Chief die Lasche der Pistolentasche aufgemacht und klemmte sie hinter seinem Gürtel fest.

«Was für eine Waffe tragen Sie, Chief?» fragte Delaney.

«Einen Colt vierundvierzig. Er hat schon meinem Vater gehört. War auch bei der Polizei. Ich habe nur den Schlagbolzen und eine von den Griffschalen erneuert, sonst ist er noch tadellos. Eine hübsche Waffe.»

Der Captain nickte und wandte sich zögernd dem Teufelszahn zu. Langsam hob er den Kopf. Leicht sich nach oben verjüngend, ragte der Granitpfeiler in den Himmel. An manchen Stellen leuchtete im Licht der Nachmittagssonne Glimmer auf, und hier und da waren feuchte Stellen zu erkennen, ab und zu auch ein Moospolster. Im großen und ganzen war die Felswand von Wind und Wetter geglättet.

Mit zusammengekniffenen Augen blickte er zur Spitze hinauf. Seltsam, sich vorzustellen, daß Daniel G. Blank jetzt dort oben war. Nah und fern zugleich. Fern.

«Fünfundzwanzig Meter?» schätzte er mit lauter Stimme.

«Ich würde sagen, eher zwanzig bis zweiundzwanzig», brummte Chief Forrest.

«Gehn wir hinein», sagte Delaney mit gedämpfter Stimme und trat vorsichtig in die Öffnung des senkrechten Spalts des Kamins. Er roch die moderige Feuchtigkeit, spürte die Kälte, die vom Gestein ausging. Er legte den Kopf zurück. Weit oben, im Dämmer, ein keilförmiges Stückchen blauen Himmels.

«Da kann jeweils nur einer hoch», sagte Chief Forrest, und seine Stimme hallte unerwartet laut in der Höhlung. «Man schiebt sich rauf und stützt sich dabei mit Füßen und Rücken ab, zuletzt nur mit Händen und Knien, da, wo der Spalt sich verengt. Er ist mit einem Eispickel da oben, und jetzt kann keiner mehr rauf, wenn er es nicht zuläßt. Man braucht nämlich beide Hände.»

«Sind Sie schon mal raufgeklettert, Chief?»

Forrest brummte. «Ja, oft. Das ist allerdings schon viele Jahre her.»

«Wie sieht es denn da oben aus?»

«Oh, die Plattform ist etwa so groß wie ein Doppelbett. Flach, leicht nach Süden abfallend. Narbig und blank. Ein paar kleine Mulden. Und ein wirklich schöner Ausblick.»

Sie traten wieder heraus. Delaney blickte noch einmal hinauf.

«Sie schätzen zwanzig, zweiundzwanzig Meter?»

«So ungefähr.»

«Ziemlich hoch.»

Sie schwiegen beide.

«Hubschrauber?» sagte Delaney schließlich.

«Ja», sagte Forrest. «Damit könnte man ihn herunterpusten. Ist zwar heikel bei diesen Abwinden und Gegenströmungen, aber ich denke, es müßte zu schaffen sein.»

«Ja, das müßte zu schaffen sein», sagte Captain Delaney tonlos.

«Aber dann können wir auch gleich ein Kampfflugzeug kommen und ihn mit Raketen und Maschinengewehren abknallen lassen.»

Wieder Schweigen.

«Das ist Ihnen alles nicht recht, nicht wahr, Captain?» fragte der Chief leise.

«Nein, das ist es nicht. Würden Sie es für richtig halten?»

«Nein. Ich hab nie was dafür übrig gehabt, auf Fische in der Tonne zu schießen.»

«Lassen Sie uns zurückgehen.»

Auf dem Rückweg bestimmten sie einen vorläufigen Platz für die Scharfschützen: eine Stelle zwischen einer Fichtengruppe, die einige Deckung bot. Aber man hatte dort ein freies Schußfeld vor sich und konnte sowohl den Eingang zum Kamin als auch die Spitze des Felspfeilers gut überblicken.

Die Leute von der State Police waren noch nicht da. Delaneys Leute saßen in den Wagen oder standen draußen herum und tranken ihr Bier. Die drei Scharfschützen standen ein wenig abseits von den anderen, redeten leise miteinander und drückten ihre in den Hüllen steckenden Gewehre an sich.

«Chief, ich muß telefonieren. Muß ich dazu nach Chilton rein?»

«Nicht nötig. Gleich hier.» Forrest wies mit einer Handbewegung auf die Blockhütte des Parkwächters und zeigte auf die Telefonleitung, die über Holzpfähle den Feldweg entlang zur Schotterstraße hinauflief. «Die Leitung ist den ganzen Winter über frei. Die Leute von der Straßenwacht mit ihren Schneepflügen brauchen sie, genau wie im Frühjahr die Gärtner.»

Sie gingen zu der verwitterten kleinen Blockhütte hinüber, stiegen die Stufen zur Veranda hinauf, und Delaney inspizierte das schwere Vorhängeschloß.

«Haben Sie einen Schlüssel?» fragte er.

«Aber gewiß doch», sagte der Chief und zog seinen schweren Colt heraus. «Gehen Sie mal einen Schritt zurück, mein Sohn.»

Der Captain trat hastig zurück, und Chief Forrest schoß gleichmütig das Schloß weg. Delaney bemerkte, daß er auf den Bügel zielte und nicht auf das Schloß selbst – wo die Kugel unter Umständen nur den Schließmechanismus verklemmt hätte, ohne daß das Schloß aufgegangen wäre. Er fing an, den alten Mann zu bewundern. Die Explosion war unerwartet laut. Aus dem trockenen Gebüsch am Wegrand flogen mit rauhen Schreien zwei braune Vögel auf.

Der Chief stieß die Tür auf. Im Blockhaus roch es muffig. An der Wand hing ein altes Telefon mit hölzernem Gehäuse, das mit einer Handkurbel betrieben wurde.

«Ein solches Telefon habe ich ja schon seit Jahren nicht mehr gesehen», bemerkte Delaney.

«Hier in der Gegend gibt es noch einige von dieser Sorte. Das Telefonfräulein heißt Muriel. Sagen Sie ihr bitte, ich sei mit hier draußen, falls sie irgendwelche Nachrichten für mich hat.» Er ließ Delaney in der Hütte allein.

Der Captain drehte die Kurbel; Muriel meldete sich mit dankenswerter Schnelligkeit. Delaney erklärte ihr, wer er sei und richtete ihr Chief Forrests Auftrag aus.

«Ja, seine Frau läßt fragen, ob sie das Essen warmhalten soll», sagte sie. «Sagen Sie ihm das bitte.»

«Mach ich.»

«Ist der Mörder bei Ihnen da draußen?» fragte sie.

«Ja, so halb und halb. Können Sie mich bitte mit New York verbinden?»

«Natürlich kann ich das, was glauben Sie?»

Als erstes rief er Blankenship an und schilderte ihm in knappen Worten die Situation. Er trug ihm auf, Deputy Inspector Thorsen anzurufen und ihn ebenfalls zu unterrichten.

Dann rief er Barbara im Krankenhaus an. Es war ein qualvolles Gespräch. Sie weinte immerzu. Schließlich kam eine Schwester an den Apparat und erklärte ihm, seine Frau befinde sich in einem Erregungszustand, und es sei besser, das Gespräch zu beenden. Er hängte ein – innerlich verstört und angstvoll.

Dann rief er Dr. Sanford Ferguson an.

«Hier Captain Edward X. Delaney.»

«Edward! Ich gratuliere! Ich höre, Sie haben ihn?»

«Nein, noch nicht ganz. Er sitzt oben auf einem Felspfeiler, wo wir nicht hinaufkönnen.»

«Auf einem Felspfeiler?»

«Ja, etwa zwanzig bis fünfundzwanzig Meter hoch. Sagen Sie, Doktor, wie lange kann ein Mensch es ohne Essen und Trinken aushalten?»

«Ohne Essen oder ohne Trinken? Rund zehn Tage, schätze ich. Vielleicht auch weniger. Das Essen ist nicht so wichtig – aber der Wasserentzug, das ist das Problem. Die Dehydration.»

«Wie lange dauert es, bis sie einsetzt?»

«Oh . . . vierundzwanzig Stunden.»

«Und was passiert dann?»

«Aber das läßt sich doch leicht denken. Das Gewebe schrumpft, die Kräfte schwinden, die Nieren versagen. Schmerzen in den Gelenken. Doch wenn es erst einmal so weit ist, spürt der Mensch nichts mehr davon. Eines der ersten psychologischen Symptome ist der Verlust des Willens, eine gewisse Gleichgültigkeit. So wie beim Erfrieren. Der Mensch verliert ein Fünftel bis ein Viertel seines Körpergewichts. Schwindelgefühle. Muskelstarre. Schwäche. Er kann nichts mehr erkennen, alles verschwimmt vor seinen Augen. Nach dem dritten Tag fängt er wahrscheinlich an zu halluzinieren. Die Blase behält nichts mehr bei sich. Kurz vor dem Ende schwillt der Bauch an. Alles in allem kein angenehmer Tod. Aber glauben Sie, daß es dazu kommt, Edward?»

«Ich weiß nicht. Jedenfalls vielen Dank für Ihre Auskunft. Das war mir eine große Hilfe.»

Er legte auf, trat auf die Veranda hinaus und sagte zu Forrest: «Ihre Frau möchte wissen, ob sie das Essen warmhalten soll.»

«Jaja.» Der Chief nickte. «Ich sag ihr Bescheid, sobald ich es weiß. Captain, warum haben Sie . . .» Er hörte unvermittelt auf zu sprechen und legte den Kopf zur Seite. «Sirenen», sagte er. «Sie kommen. Das sind bestimmt die Jungs von der State Police.»

Gleich darauf brausten zwei Wagen um die Ecke und schossen durch das Parktor, kamen unweit des Zauns zum Stehen. Auch ihre Sirenen erstarben langsam. Vier Mann in jedem Wagen; die Nachhut bildete ein ramponierter Ford. «Orange County Clarion» stand auf beiden Türen. Ein Mann saß darin.

Delaney stieg die Verandastufen hinunter und sah zu, wie die acht Polizisten ihre Wagen verließen und die Hände auf die auf Hochglanz polierten Pistolentaschen legten.

«Hoho», brummte Chief Forrest, «da kommt Smokey der Bär.»

Der Captain holte seinen Ausweis heraus und betrachtete den näher kommenden Polizeioffizier in der grauen Winteruniform der Polizei des Staates New York; Koppel und Pistolentasche glänzten böse. Ganz gerade saß der breitkrempige Stetson auf seinem Kopf. Mit vorgeschobenem Kinn und gestrafftem Oberkörper marschierte er auf sie zu. Sein Gesicht war völlig ausdruckslos, als er vor ihnen stehen blieb. Er nickte Chief Forrest kurz zu und starrte dann Delaney an.

«Wer sind Sie?» fragte er barsch.

Der Captain sah ihn einen Moment an und reichte ihm seinen Ausweis.

«Captain Edward X. Delaney, Polizei New York City. Und wer sind Sie?»

«Captain Bertram Sneed, von der State Police, New York.»

«Woher soll ich das wissen? Wo ist Ihr Ausweis?»

Sneed schnappte nach Luft, doch er sagte keinen Ton. Er machte einen Knopf seiner Uniformjacke auf und zog seinen Ausweis hervor und gab ihn Delaney.

Während sie gegenseitig ihre Ausweise ansahen, spürte Delaney, daß die Männer – seine und die Sneeds – einen Kreis um sie bildeten. Sie schienen zu ahnen, daß hier ein Machtkampf ausgetragen werden sollte, und den wollten sie sich auf keinen Fall entgehen lassen.

Sneed und Delaney nahmen ihre Ausweise wieder in Empfang.

«Captain», sagte Sneed grob, «das hier ist eine Frage der Jurisdiktion.»

«So, finden Sie?» sagte Delaney.

«Ja. Der Park ist Staatsbesitz und fällt unter die Zuständigkeit der Polizei des Staates New York. Sie operieren außerhalb Ihres Territoriums.»

Captain Delaney steckte seinen Ausweis weg, zog seine Uniformjacke straff und rückte die Mütze gerade.

«Sie haben recht.» Er lächelte freundlich. «Ich werd mit meinen Leuten abziehen. War nett, Sie kennenzulernen, Captain. Auf Wiedersehen, Chief.»

Er wandte sich zum Gehen, doch da sagte Sneed: «He, Moment noch. Worum geht's denn hier?»

«Wieso?» fragte Delaney mit gespielter Arglosigkeit. «Sie sagten es doch bereits: um eine Frage der Jurisdiktion.»

«Nein, nein, ich meine, was sollen wir machen? Wo steckt der Flüchtige denn?»

«Ach . . . *der*. Oben auf dem Teufelszahn.»

Chief Forrest hatte ein Streichholz aus seiner Seitentasche gezogen. Er steckte es in den Mund und kaute darauf herum, während er die beiden Captains mit wohlwollendem Lächeln beobachtete.

«Oben auf dem Felsen?» sagte Sneed. «Wir haben mehrere ausgezeichnete Bergsportler in unserer Abteilung. Ich schicke ein paar von meinen Leuten rauf, und wir schnappen ihn uns.»

Delaney hatte sich schon umgedreht und wollte gehen. Da hielt er inne, stemmte die Hände in die Seiten, holte tief Atem und wandte sich wieder um. Er trat dicht vor Sneed hin.

«Sie Riesenroß, Sie Blödmann, Sie», sagte er im liebenswürdigsten

Tonfall. «Im Grunde sollte ich tatsächlich meine Leute nehmen und nach Hause fahren und Sie in Ihrem eigenen Saft schmoren lassen, Sie Idiot, Sie. Aber wenn Sie so mir nichts dir nichts einen mutigen Mann in den Tod schicken wollen, bloß weil Sie von nichts eine Ahnung haben, muß ich ja wohl meinen Mund aufmachen. Sie haben ja nicht mal das Gelände hier erkundet. Das da ist ein Einmannaufstieg, Captain, und der Kerl da oben wird jedem, den Sie da raufschicken, den Schädel einschlagen. Wollen Sie das?»

Sneed war kreidebleich geworden. Dann zeichnete sich eine hektische Röte auf seinen Wangen ab, und seine Hände verkrampften sich. Alle schwiegen und standen wie erstarrt da. Plötzlich wurde das Schweigen unterbrochen. Ein großer weißer Lastwagen bog in den Feldweg ein und fuhr auf das Tor zu. Alle Köpfe drehten sich um. Es war ein großer Fernsehaufnahmewagen. Sie beobachteten, wie er draußen vor dem Tor hielt. Männer stiegen aus und fingen an, Geräte auszuladen. Sneed wandte sich wieder Delaney zu.

«Na gut, dann schicke ich eben niemand rauf», sagte er und lächelte triumphierend. «Dann warte ich bis morgen früh und lasse ihn dann von einem Hubschrauber erledigen. Das macht sich phantastisch im Fernsehen.»

«O ja», stimmte Delaney ihm zu. «Das macht sich phantastisch im Fernsehen. Nur ist der Mann bis zur Stunde jemand, den wir lediglich verdächtigen. Er ist noch nicht überführt. Ist noch nicht einmal angeklagt. Aber Sie wollen ihn abknallen. Ich seh die Schlagzeilen förmlich vor mir: ‹Einheiten der State Police durchlöchern Verdächtigen auf Felsspitze mit Maschinengewehren!› – Gute Reklame für Ihre Einheit. Wirklich ausgezeichnet.»

Delaney hielt inne und holte tief Luft. «Und noch etwas», fuhr er fort. «Sehen Sie den Wagen der Fernsehgesellschaft da? Bis zum Morgengrauen werden noch zwei weitere da sein. Außerdem Reporter und Fotografen von Zeitungen und Illustrierten. Im Hörfunk ist schon jetzt darüber berichtet worden. Wenn Sie die Zufahrtsstraßen ringsum nicht binnen kürzester Zeit abriegeln, haben Sie morgen früh hunderttausend sensationslüsterne Neugierige und Verrückte mit Frauen und Kindern und Picknickkörben und Brathähnchen hier, die alle das Schauspiel miterleben wollen.»

«Ich muß mal telefonieren», sagte Captain Sneed heiser und blickte sich gehetzt um. Chief Forrest wies mit dem Daumen in Richtung Blockhütte. Sneed eilte darauf zu. «Warten Sie hier», rief er Delaney über die Schulter zu und fügte dann noch ein «Bitte» an.

«Ich hätte ihn nicht so herunterputzen sollen», sagte Delaney leise und mit gesenktem Kopf. «Auch noch vor seinen Leuten.»

«Ach, ich weiß nicht, Captain», sagte der Chief und kaute noch immer auf seinem Streichholz. «Ich habe schon Schlimmeres gehört, und im übrigen haben Sie nichts gesagt, was seine Leute nicht schon seit Jahren sagen. Unter sich natürlich.»

«Wen er wohl anruft?»

«Das kann ich Ihnen genau sagen: Major Samuel Barnes, seinen Kommandeur.»

«Und wie ist der?»

«Sam? Der ist aus anderem Holz geschnitzt. Der versteht seinen Job. Sneed wird ihm vorjammern, daß Sie hier sind, und ihm alles haarklein berichten. Sam Barnes wird ein paar Sekunden nachdenken, und dann wird er sagen: ‹Sneed, du Hornochse, setz deinen fetten Arsch mal in Bewegung und frag deinen Kollegen aus New York City, aber so höflich, wie du kannst, ob er nicht, bis ich rauskomme, dableiben kann und dir sagt, was du tun sollst. Und wenn du bis dahin noch nicht alles vermasselt hast, dann *könnte* es sein, daß du mit dem Leben davonkommst und in Ruhe deine Pension verzehren kannst, du Armleuchter!› Warten Sie's ab, Captain, Sie werden sehen, daß es so kommt.»

Kurz darauf kam Captain Sneed aus der Blockhütte und zog seine Handschuhe an. Er war immer noch sehr blaß. Mit verkniffenem Gesicht kam er zu ihnen herüber.

«Captain», sagte er, «warum arbeiten wir in dieser Sache eigentlich nicht zusammen?»

«Zusammenarbeit!» rief der Polizeichef von Chilton unverhofft. «Das Zaubermittel, das die Welt zusammenhält.»

Sie machten sich an die Arbeit, und bis Mitternacht hatten sie so ziemlich alles geregelt, obwohl viele von den Leuten und viele von den Gegenständen, die sie angefordert hatten, noch nicht eingetroffen waren. Aber zumindest hatten sie einen vorläufigen Plan, den sie ergänzten und verbesserten, so wie es die Lage erforderte.

Als erstes beschlossen sie, das Gelände unten am Fuß des Teufelszahns bewachen zu lassen. Insgesamt vier Mann, mit Pistolen ausgerüstet, sollten Patrouille gehen. Nach vier Stunden Dienst hatten sie jeweils acht Stunden frei.

Delaneys Scharfschützen nisteten sich im Fichtendickicht ein. Im Schneidersitz hockten sie auf Wolldecken. Sie hatten die Zielfernrohre aufmontiert, trugen jetzt schwarze Pullover und Hosen, schwarze Socken und Stiefel, schwarze Jacken und feste schwarze Handschuhe und hatten während der Wache eine kugelsichere Weste an.

Streifenwagen wurden so dicht wie möglich herangefahren, die Scheinwerfer und Suchscheinwerfer eingeschaltet, um die Szenerie zu beleuchten. Tragbare, batteriebetriebene Scheinwerfer wurden aufgestellt, um auch die letzten Winkel auszuleuchten. Vom Sonderdezernat hatte Captain Delaney telefonisch einen Generatorenwagen sowie eine Anzahl starker Scheinwerfer mit langen Kabeln angefordert, so daß rund um den Teufelszahn Scheinwerfer aufgebaut werden konnten.

Captain Bertram Sneed besorgte ein tragbares Sende- und Empfangsgerät, und das lokale Elektrizitätswerk legte eine provisorische Leitung.

Major Samuel Barnes war bis jetzt noch nicht erschienen, doch Delaney hatte am Telefon mit ihm gesprochen. Barnes wirkte kurz angebunden und tat sehr geschäftsmäßig. Er versprach, seinen Streifenplan umzuwerfen und so schnell wie möglich mit einem Bus noch weitere zwanzig Mann zu schicken. Er war bereits dabei, die Sperrung der Straßen in die Wege zu leiten, und hoffte, die Gegend um Chilton bis zum frühen Morgen hermetisch abgeriegelt zu haben.

Er und Delaney einigten sich über ein paar grundsätzliche Fragen. Hier an Ort und Stelle erteilte Delaney die Befehle, Sneed fungierte als sein Stellvertreter. Der Presse gegenüber sollte Barnes nominell das Kommando führen; man wollte die Belagerung des Teufelszahns ein «gemeinsames Unternehmen der Polizei von Stadt und Staat New York» nennen. Bei allen Pressekonferenzen, die von jemandem abgehalten, oder allen Interviews, die jemand gab, sollte stets auch ein Vertreter der anderen Seite anwesend sein.

Ehe er diesem Punkt zustimmte, rief Delaney bei Thorsen an, um ihm ein Bild von der Lage zu geben und ihm in groben Zügen die Abmachungen mit der State Police darzulegen. Thorsen sagte, er werde zurückrufen; Delaney nahm an, daß er sich beim Stellvertretenden Bürgermeister Alinski rückversichern wollte. Auf jeden Fall rief Thorsen innerhalb kurzer Zeit zurück und erklärte sein Einverständnis.

Doch ohne die Hilfe von Chief Evelyn Forrest wäre ihnen vieles nicht möglich gewesen. Der Mann war ein Wunder an Tüchtigkeit, ohne sich je aus der Ruhe bringen zu lassen. Er sorgte dafür, daß die Turnhalle der über die Weihnachtsfeiertage geschlossenen High School von Chilton als Schlafsaal für die zur Belagerung des Teufelszahns abkommandierten Polizeibeamten eingerichtet wurde. Aus Beständen der Nationalgarde von Orange County wurden Pritschen, Matratzen, Kissen und Wolldekken herbeigeschafft. Selbst die Leute vom freiwilligen Katastropheneinsatz mobilisierte der Chief; sie stellten einen kleinen Lastwagen zur Verfügung, in dem rund um die Uhr Kaffee und Schmalzkringel ausgegeben wurden.

Chief Forrest hatte Captain Delaney zwar angeboten, bei ihm zu übernachten, doch der Captain entschied sich für eine einfache Pritsche, die er in der Blockhütte aufschlug.

Kurz nach Einbruch der Dunkelheit richteten sie an den Flüchtigen über Megaphon die Aufforderung, sich zu ergeben; dieser Appell sollte von nun an jede Stunde wiederholt werden.

«Daniel Blank, hier spricht die Polizei. Sie sind umstellt und haben keine Chance zu fliehen. Kommen Sie herunter, es wird Ihnen nichts geschehen. Man wird Ihnen einen fairen Prozeß machen, ein Anwalt wird Sie verteidigen. Kommen Sie jetzt herunter. Sie ersparen sich eine Menge Unannehmlichkeiten. Daniel Blank, es wird Ihnen nichts geschehen, wenn Sie jetzt herunterkommen. Sie haben keine Chance zu fliehen.»

«Glauben Sie, das nützt etwas?» fragte Forrest Captain Delaney.

«Nein.»

«Na ja», sagte der Chief und seufzte. «Jedenfalls stört es seine Nachtruhe.»

Um halb zwölf nachts fühlte Delaney sich völlig zerschlagen und wünschte nichts sehnlicher, als ein heißes Bad zu nehmen und acht Stunden zu schlafen. Doch als er sich, ohne sich auszuziehen, auf der kalten Pritsche ausstreckte, gelang es ihm nicht, einzuschlafen, sondern er lag wach da; in seinem Kopf drehte sich alles, seine Nerven waren völlig überreizt. Er stand auf und ging hinaus auf die Veranda, lehnte sich an die Balustrade und beobachtete das noch immer lebhafte Kommen und Gehen, sah, wie die Männer sich an den Felsen heranschlichen, stehenblieben, hinaufblickten und an den Mann dort oben dachten.

Er selber tat das gleiche. Auch er legte den Kopf in den Nacken und blickte nach oben, wo hoch über dem Felsen am schwarzen Himmelsgewölbe die Sterne ihre unendliche Bahn zogen.

Ihm wurde schwindlig vor Augen. Nie zuvor war er so unsicher gewesen. Sein Leben schien keinen Halt zu haben, kam ihm sinnlos vor. Alles drohte zusammenzustürzen. Seine Frau lag im Sterben, Monica Gilbert haßte ihn, und der Mann dort oben . . .

Er spürte, daß jemand neben ihm stand. Dann hörte er die Worte:

«. . . sobald ich konnte.» Es war Thomas Handry. «Vielen Dank für Ihren Hinweis. Ich habe noch schnell einen allgemein gehaltenen Artikel geschrieben und bin dann gleich hierher gefahren. Ich habe mich in einem Motel nördlich von Chilton einquartiert.»

Delaney nickte.

«Geht's Ihnen einigermaßen, Captain?»

«Ja, danke.»

Handry drehte sich um und sah zur Felsspitze hinauf. Wie alle anderen legte er den Kopf in den Nacken und richtete die Augen nach oben.

Plötzlich hörten sie die aus dem Megaphon dringende, scheppernde Stimme. Es war Mitternacht.

Das Megaphon schwieg. Angestrengt blickten die Männer noch immer hinauf. Oben rührte sich nichts.

«Er wird nicht herunterkommen, nicht wahr, Captain?» fragte Handry leise.

«Nein», sagte Captain Delaney, «er wird nicht herunterkommen.»

6

Zum erstenmal erwachte er auf dem Teufelszahn, und ihm war, als habe er geträumt. Er erinnerte sich an eine Stimme, die «Daniel Blank . . . Daniel Blank . . .» gerufen hatte. Das könnte seine Mutter gewesen sein, denn sie hatte ihn immer beim vollen Namen gerufen: «Daniel Blank, hast du schon deine Hausaufgaben gemacht? Daniel Blank, ich möchte, daß du zum Kaufmann gehst. Daniel Blank, hast du dir die Hände gewaschen?» Zum erstenmal ging ihm auf, wie merkwürdig es war, daß sie ihn nie Daniel oder Dan oder mein Sohn gerufen hatte.

Er sah auf die Uhr; sie zeigte 11 Uhr 43. Aber er wußte, daß das nicht stimmen konnte – die Sonne ging gerade auf. Er blickte noch einmal genauer hin und sah, daß die Uhr stehengeblieben war; er hatte vergessen, sie aufzuziehen. Nun, er konnte sie jetzt aufziehen und sie ungefähr richtig stellen – aber die Zeit spielte gar keine Rolle. Er streifte das flexible goldene Gliederarmband vom Handgelenk und warf die Uhr über den Rand.

Er durchwühlte seinen Rucksack. Als er feststellte, daß er weder Sandwiches noch eine Thermosflasche mitgenommen hatte, störte ihn das nicht weiter. Es war nicht wichtig.

Er hatte in seinen Kleidern geschlafen und sich die Steigeisen unter die

Rippen geschoben, damit er im Schlaf nicht von der Spitze herunterrollte. Jetzt raffte er sich zitternd hoch, spürte die Steifheit in Schultern und Hüften und stand in der Mitte des kleinen Felsplateaus, wo er von unten nicht gesehen werden konnte. Er machte einige Streckübungen, legte die Hände an die Hüften und beugte den Rumpf abwechselnd nach links und nach rechts, dann beugte er sich mit durchgedrückten Knien mehrmals vornüber, so daß seine Handflächen den kalten Stein berührten, schließlich lief er ungefähr fünf Minuten auf der Stelle.

Er mußte nach Atem ringen, als er aufhörte, und die Knie zitterten ihm. Er war wirklich nicht in Bestform, das mußte er zugeben, und er beschloß, täglich mindestens eine Stunde lang Streck- und Atemübungen zu machen. Doch dann hörte er wieder seinen Namen rufen. Auf dem Bauch liegend, kroch er vorsichtig an den Rand des Felsens.

Ja, sie riefen seinen Namen, forderten ihn auf hinunterzukommen und versprachen, daß sie ihm nichts tun würden. Das interessierte ihn nicht; er war jedoch überrascht über das große Aufgebot von Menschen und Fahrzeugen dort unten. Als er senkrecht in die Tiefe blickte, sah er bewaffnete Männer im Kreis um den Teufelszahn gehen, doch ob sie die anderen vor ihm oder ihn vor den anderen schützen sollten, vermochte er nicht zu sagen, und es war ihm auch gleichgültig.

Er hatte das Bedürfnis zu urinieren und legte sich dazu auf die Seite, damit der Strahl über den Rand des Felsens hinausging. Es kam nicht sehr viel, und der Urin war nicht gelb, sondern, wie ihm schien, von einem milchigen Weiß. Er spürte einen Druck im Gedärm, aber die Schwierigkeiten, sich hier oben zu entleeren, waren so groß, daß er dem Drang widerstand, sich zurückrollte in die Mitte des Plateaus, dort auf dem Rücken lag und in die neue Sonne starrte.

Zu keiner Zeit hatte er bewußt erwogen oder den Entschluß gefaßt, hier oben zu bleiben, hier zu sterben. Das war etwas, das er nur instinktiv wußte und hinnahm. Nichts trieb ihn dazu; auch jetzt noch konnte er hinunterklettern, wenn er wollte. Aber er wollte nicht. Er war es zufrieden, hier oben zu sein, in einem Zustand fast schläfrigen Gleichmuts. Hier war er sicher; das war wichtig.

Wieder riefen sie seinen Namen. Ein unnatürlich lautes Dröhnen: «Daniel Blank . . . Daniel Blank . . .» Er wünschte, sie würden es nicht tun. Eine Sekunde lang war er versucht, hinunterzuschreien und ihnen zu sagen, sie sollten aufhören. Aber vermutlich würden sie sowieso nicht auf ihn hören. Das Unangenehme war ja auch nur, daß dieses Rufen ihn in seinen Träumereien störte, sich in seine Abgeschiedenheit drängte. Er genoß seine Einsamkeit, doch es hätte eine absolut stille Abgeschiedenheit sein sollen.

Er drehte sich auf den Bauch. Jetzt, wo die Sonne höher stieg, wurde ihm etwas wärmer. Dicht vor seinen Augen, ganz nahe, sah er das felsige Gestein, seine Beschaffenheit. Noch nie in all den Jahren hatte er das Gestein so wie jetzt betrachtet. Er sah durch die verwitterte Oberfläche hindurch bis tief ins Herz des Felsens hinein.

Er fiel in einen leichten Schlaf und erwachte wieder, als die laute, stählerne Stimme abermals rief: «Daniel Blank . . . Daniel Blank . . .» und ihn zwang, sich daran zu erinnern, wer er war.

Celia hatte ihre Gewißheit gefunden – was immer das war. Er glaubte, daß vermutlich jeder auf der Welt nach seiner eigenen Gewißheit suchte, sie vielleicht auch fand oder sich – enttäuscht – mit weniger zufriedengab. Was aber wichtig war, was wichtig war . . . Was war wichtig? Eben noch war es dagewesen, hatte er daran gedacht, doch dann war es plötzlich weg.

Unvermittelt krampften sich seine Eingeweide zusammen, durchfuhr ihn ein stechender Schmerz, so daß er sich kerzengerade aufsetzte und nach Luft rang. Er erschrak. Sanft massierte er sich den Leib. Schließlich gingen die Schmerzen weg, und zurück blieb ein bleiernes Völlegefühl. Da war irgend etwas, irgend etwas in ihm . . . Er schlief ein und hörte wie aus weiter Ferne die Geisterstimme rufen: «Daniel Blank . . . Daniel Blank . . .» Vielleicht bildete er es sich ja nur ein, aber er hatte das Gefühl, als ob die Stimme jetzt höher klang, ein fast weibliches Timbre hatte, und geradezu liebevoll die einzelnen Silben seines Namens auskostete. Jemand, der ihn liebte, rief seinen Namen.

War es am zweiten Tag oder am dritten? Nun . . . es spielte keine Rolle. Jedenfalls flog ein Hubschrauber über ihn hinweg, tauchte herab und umkreiste dann seinen Turm. Mit angezogenen Beinen, das Gesicht auf den um die Knie geschlungenen Armen, hatte er dagesessen, und er hob den Kopf und starrte hinauf. Er überlegte, ob sie wohl auf ihn schießen oder eine Bombe abwerfen würden. Geduldig wartete er. Träumte. Aber sie flogen bloß in sehr niedriger Höhe drei- oder viermal über seinen Kopf; hinter den Scheiben sah er bleiche Gesichter, die zu ihm herunterstarrten. Er ließ den Kopf wieder sinken.

Sie kamen wieder, jeden Tag, und er bemühte sich, sie einfach nicht zur Kenntnis zu nehmen, doch das heftige Knattern der Rotoren war störend. Einmal kamen sie derart niedrig über ihn hinweggeflogen, daß der Abwind seine Strickmütze vom Felsen wehte. Sie segelte ins All hinaus und fiel dann in die ausgreifenden dürren Äste der Winterbäume. Er sah ihr nach.

Eines Morgens – welcher Tag war heute? – wußte er, daß er seinen Darm entleeren mußte. Mit kraftlosen Fingern nestelte er an seinem Gürtel, schnallte ihn auf und ließ die Hose herunter; aber es gelang ihm nicht mehr, die geblümten Bikinihöschen herunterzustreifen. Es war qualvoll. Später streifte er die Hose über seine Füße, zog das Höschen aus und schüttelte es.

Neugierig betrachtete er seinen Kot, kleine schwarze Kügelchen, hart und rund wie Murmeln. Er schnippte sie eine nach der anderen mit dem Zeigefinger fort; sie rollten über das Gestein, über den Rand des Felsens. Er wußte, daß er nicht mehr die Kraft hatte, sich wieder anzuziehen; aber es gelang ihm, sich auch noch von Socken und Jacke und Hemd zu befreien. Dann war er nackt und bot seinen abgemagerten Körper der blassen Sonne dar.

Er verspürte weder Hunger noch Durst. Das Erstaunlichste war, daß ihn nicht fror, sondern daß eine schläfrige Wärme ihn einhüllte. Er wußte, daß er jetzt mehr und mehr schlief, und am vierten – oder war es am fünften – Tag wußte er nicht mehr, ob er wach war oder schlief.

Die Tage vergingen, ebenso die Nächte. Doch wo das eine begann und das andere endete, wußte er nicht. Zwischen Helligkeit und Dunkelheit gab es keine Grenzen mehr. Alles war Teil jenes einförmigen Graus, jenes warmen, zuweilen milchigen, jetzt geruchlosen Fließens. Es war ein großes friedliches Meer, ohne Grenzen; er wünschte, er hätte die Kraft aufzustehen und nur noch einmal das silberne Band dieses Flusses zu sehen, der überall hinfloß.

Aber er konnte nicht mehr stehen, hatte sogar nicht einmal mehr die Kraft, diese dünne, klebrige Flüssigkeit fortzuwischen, die aus seinen Augen, aus seiner Nase und seinem Mund sickerte. Als er mit der Hand über seinen Körper tastete, fühlte er, daß seine Brustwarzen geschrumpft waren, seine Gelenke geschwollen, die Haut runzlig und faltig. Er hatte keine Schmerzen mehr, die Willenskraft ließ nach. Aber er hielt an ihr fest, um noch etwas länger denken zu können.

«Daniel Blank . . . Daniel Blank . . .» rief die Stimme verführerisch. Er wußte, wer es war, der da rief.

Am zweiten Tag mietete eine New Yorker Zeitung mit viel Unternehmungsgeist einen Hubschrauber; sie flogen über den Teufelszahn hinweg und schossen eine Reihe von Aufnahmen von dem mit angezogenen

Beinen auf dem Felsen sitzenden Daniel Blank. Das Foto, das auf der ersten Seite der Zeitung prangte, zeigte ihn mit erhobenem Kopf, das blasse Gesicht zu dem ihn umkreisenden Hubschrauber emporgereckt.

Delaney wurmte es, daß er nicht vor ihnen auf den Gedanken gekommen war, einen Erkundungsflug zu machen, und nachdem er sich mit Major Barnes beraten hatte, wurden alle kommerziellen Flüge über dem Teufelszahn verboten. Der Presse gegenüber wurde das Verbot damit begründet, daß ein sich näherndes Kleinflugzeug oder heranfliegender Hubschrauber Blank dazu treiben könnte, sich in die Tiefe zu stürzen oder aber ihn vom Plateau herunterwehen könnte.

Im Grunde jedoch war Captain Delaney über die Veröffentlichung des Fotos ganz erleichtert; Danny-Boy war da oben, darüber gab es keinen Zweifel mehr. Gleichzeitig sorgte er, zusammen mit Barnes, dafür, daß dreimal täglich ein Hubschrauber der New York State Police den Schauplatz überflog. Es wurden Luftaufnahmen gemacht, und die Abzüge, teils stark vergrößerte Ausschnitte, wurden von den Spezialisten der Air Force analysiert. Nirgends eine Spur von Nahrungsmitteln oder Getränken. Als die Tage vergingen und Blank immer länger auf dem Rücken liegend in den Himmel starrte, wurde der körperliche Verfall zusehends deutlicher.

Am ersten Flug nahm Delaney teil. Er fuhr mit Chief Forrest und Captain Sneed gen Norden, um sich auf dem Flugplatz von Newburgh mit Major Barnes zu treffen. Es war das erste Mal, daß sie einander persönlich gegenübertraten. Sam Barnes war wie seine Stimme: hart, verschlossen, temperamentvoll. Sein Verhalten war kühl und reserviert, seine Bewegungen rasch und knapp. Auf Formalitäten verschwendete er wenig Zeit, sondern drängte sie, rasch in den wartenden Hubschrauber zu steigen.

Auf dem kurzen Flug nach Süden sprach er nur mit Delaney. Der Captain erfuhr, daß der Major sich bei seinem zuständigen Polizeiarzt erkundigt hatte und wußte, was Delaney längst bekannt war: ohne feste Nahrung und ohne Flüssigkeitszufuhr konnte Blank etwa zehn Tage durchhalten. Der Major verfolgte genau wie der Captain täglich die langfristigen Wettervorhersagen. Das allgemein freundliche Wetter sollte noch etwas anhalten, die Temperaturen allerdings allmählich sinken. Es hieß, über Nordwest-Kanada baue sich ein Tiefdrucksystem auf, das man im Auge behalten müsse.

Sie sprachen gerade über die Möglichkeiten, die ihnen offenstünden, da kam der Teufelszahn in Sicht, und der Hubschrauber ging tiefer hinab, um den Felspfeiler zu umkreisen. Alle Unterhaltung erstarb, und sie starrten durch die Fenster auf das Plateau unter ihnen. Plötzlich wurde es kalt: ein Besatzungsmitglied hatte die Ladeluke aufgeschoben, und ein Polizeifotograf brachte seinen Apparat mit dem aufgesetzten Teleobjektiv in Anschlag.

Captain Delaney erschrak, wie winzig Daniel Blanks Lebensraum war. Chief Forrest hatte gesagt, das Plateau sei etwa so groß wie ein Doppelbett, doch wenn man aus der Höhe hinunterblickte, war es kaum zu begreifen, wie Blank sich dort auch nur eine Stunde aufhalten konnte, ohne in die Tiefe zu stürzen.

Als der Hubschrauber noch weiter hinunterging, und der Fotograf knipste und knipste, überkam Delaney ein Gefühl ehrfürchtiger Scheu; den anderen Beamten schien es ähnlich zu gehen. Wie er aus dieser Höhe hinabblickte und Blank auf seinem steinernen Horst sitzen sah und die bleichen, nach oben gewandten Gesichter der Männer unten am Fuß des Teufelszahns erkannte, ergriff ihn ein ehrfurchtsvolles Staunen über die strenge Abgeschiedenheit dieses Mannes, und er fragte sich, wie er sie ertragen konnte.

Es war nicht die gefährliche Höhe, in der er Zuflucht gesucht hatte, sondern die absolute Einsamkeit des Mannes, sein bewußtes Abtrennen vom Leben und den Lebenden. Blank schien, wie er da auf dem Felsen lag, in der Luft zu schweben, losgelöst, ohne Verankerung.

Der Wahnsinn war es, der einen so erschreckte, das ohne Anker Dahintreiben. Es war ein Ur-Schrecken, der einem tief in die Glieder fuhr und etwas anrührte, das Zivilisation und Kultur überkleistert hatten. Da wurden Jahrmillionen einfach heruntergerissen, und es hieß: «Schau!» Es war die Finsternis.

Später, als ihm zusammen mit kurzen Analysen der Spezialisten von der Air Force Abzüge von den Luftaufnahmen gebracht wurden, nahm er einen und heftete ihn mit Reißnägeln an die Außenwand der Blockhütte. Die Neugier, die dem Foto entgegengebracht wurde, verwunderte ihn keineswegs, denn er glaubte, daß die Männer genau wie er von der Unsicherheit geplagt worden waren, ob ihre Beute denn tatsächlich da oben war und ob es überhaupt einen Menschen geben konnte, der eine solche Art der Selbstauslöschung bewußt suchte und akzeptierte.

Der Wachdienst war inzwischen richtig organisiert worden: Es gab Dienstpläne, die täglich vervielfältigt wurden. Es standen genug Beamte zur Verfügung, um jeden Posten rund um die Uhr zu besetzen, und die riesigen Scheinwerfer, gespeist von dem Generatorenwagen der New Yorker Polizei, sorgten dafür, daß der Teufelszahn vierundzwanzig Stunden am Tag in gleißendes Licht getaucht war.

Captain Delaney verfügte über einen Propangasofen in seiner Hütte, und auf dem Tisch des Parkwächters hatte man ein großes Sende- und Empfangsgerät aufgebaut. Die Funker hatten wenig zu tun, und um sich die Zeit zu vertreiben, hatten sie gebastelt: sie hatten ihrem Tonbandgerät einen Zeitgeber vorgeschaltet, der ein Endlosband startete und stoppte, so daß nun automatisch im Abstand von einer Stunde über den Lautsprecher der Appell ertönte: «Daniel Blank ... Daniel Blank ... kommen Sie herunter ... kommen Sie herunter ...» Es nützte nichts. Mittlerweile erwartete auch niemand mehr, daß es etwas nützte.

Am Abend verließ Captain Delaney die Blockhütte, um sich mit einem der Scharfschützen zu unterhalten. Er ging zuerst den Pfad zum Teufelszahn entlang und bog dann ab zu der Stelle, wo der jeweils diensttuende Scharfschütze postiert war. Die drei bleichgesichtigen Männer hatten inzwischen ihren Schießstand verbessert. Sie hatten einen Picknicktisch mit angeschraubten Bänken herbeigeschafft und irgendwo drei Sandsäcke aufgetrieben – dabei hatte ihnen sicherlich Chief Forrest geholfen, dachte Delaney –, die sie als Gewehrauflage benutzten. Die Scharfschützen konnten während ihrer Wache sitzen und waren durch Zeltplanen, die sie zwischen den Bäumen aufgespannt hatten, gegen den Wind geschützt.

Der Mann, der gerade Dienst hatte, blickte auf, als Delaney herankam.

«Hallo, Captain.»

«Hallo. Wie steht's?»

«Alles ruhig.»

Delaney wußte, daß die drei Scharfschützen kaum Kontakt mit den anderen Männern hatten: sie galten, ähnlich wie Henker oder Scharfrichter, als Parias. Doch soweit sie sich dessen überhaupt bewußt waren, machte es ihnen offenbar nichts aus. Alle drei waren sehr groß und sehr dünn. Zwei von ihnen stammten aus Kentucky, einer aus North Carolina. Wenn Delaney sich in ihrer Gegenwart nicht recht wohl fühlte, so lag das eher an ihrer lakonischen Art als an dem Beruf, den sie gewählt hatten.

«Ein frohes neues Jahr», sagte der Scharfschütze.

Delaney starrte ihn verdutzt an. «Mein Gott, haben wir schon ...»

«Ja. Heute ist Silvester.»

«Oh, dann wünsche ich auch Ihnen ein frohes neues Jahr. Ich hatte es völlig vergessen.»

Der Mann schwieg. Captain Delaney warf einen Blick auf das Gewehr mit dem aufmontierten Zielfernrohr. Es lag schußbereit auf den Sandsäcken.

«Eine Springfield», sagte Delaney. «So eine habe ich seit Jahren nicht mehr zu sehen gekriegt.»

«Ich hab sie aus Army-Beständen erworben», sagte der Mann. Er ließ den Teufelszahn nicht einen Moment aus den Augen.

«Aha.» Delaney nickte. «Genauso bin ich an meinen Colt gekommen.»

Der Mann gab einen kurzen Laut von sich. Delaney hoffte, daß es ein freundliches Lachen war.

«Ach übrigens», sagte Delaney, «halten Sie es für möglich, eine Gasgranate dort hinaufzubefördern?»

Der Scharfschütze blickte zur Spitze des Felspfeilers hinauf. «Mit 'm Gewehr oder mit 'm Geschütz?»

«Egal wie.»

«Mit einem Geschütz – nein. Mit einem Gewehr – vielleicht. Aber das Ding würde nicht liegen bleiben. Würde runterkullern, oder er würde mit einem Fußtritt nachhelfen.»

«Ja, wahrscheinlich.» Captain Delaney seufzte. «Wir könnten die Gegend räumen und alles mit einer Gasdecke überziehen, aber der Wind ist zu unbeständig.»

«Ja.»

Der Captain machte sich wieder auf den Weg. Nur einmal blickte er zu dem steil aufragenden Felsen hin. War er *wirklich* dort oben? Das Unbehagen stellte sich wieder ein.

Er kehrte in die Blockhütte zurück und fand dort einen dicken Umschlag mit Berichten vor, den ein Mann, der aus Chilton zum Dienst gekommen war, für ihn mitgebracht hatte. Es waren Berichte von Sergeant MacDonald über die Vernehmungen und Aussagen der Leute, auf die man im weiteren Verlauf der Untersuchung gestoßen war. Delaney ging zu dem Verpflegungswagen hinüber und holte sich einen Pappbecher voll schwarzen Kaffees. Wieder in der Hütte, zog er die Lampe näher zu sich herüber, setzte seine starke Brille auf und las die Berichte in aller Ruhe.

Er suchte nach . . . wonach? Nach irgendeiner Erklärung oder einer Fährte oder einem Hinweis. Was hatte aus Daniel G. Blank einen Mörder gemacht? Wo und wann hatte es angefangen? Das Motiv war es, wonach er suchte. Es nützte nichts, Worte wie wahnsinnig, verrückt, geistesgestört, homosexuell oder psychopathisch zu benutzen. Jedes dieser Worte war nur ein Etikett. Es mußte mehr dahinterstecken. Es mußte etwas geben, was man begreifen konnte, das erklärte, warum dieser Mann vorsätzlich fünf Menschen ermordet hatte. Darunter vier, die er gar nicht gekannt hatte.

Wenn es dafür keine Erklärung gab, dachte Delaney zornig, dann gab es für nichts eine Erklärung.

Es war beinahe zwei Uhr morgens, als er seinen Mantel überzog und noch einmal hinausging. Das Gelände rings um die Blockhütte war hell beleuchtet, ebenso der Trampelpfad, der zwischen den schwarzen Bäumen entlangführte, und der kahle Felspfeiler. Wie gewöhnlich standen dort einige Leute herum, den Kopf im Nacken, den Mund geöffnet und die Augen nach oben gerichtet. Ungeniert stellte sich Captain Delaney zu ihnen.

Die frische Nachtluft tat ihm gut. Der Wind wimmerte leise, und die Sterne waren wie gezackte Löcher in einen schwarzen Vorhang, hinter dem ein strahlender Glanz herrschte. In gleißendes Licht getaucht, ragte der Schaft des Teufelszahns empor. Seine Oberfläche wirkte in dieser Beleuchtung noch glatter als sonst. War er dort oben? War er *wirklich* dort oben?

Captain Edward X. Delaney überkam plötzlich ein so tiefes Mitleid, daß er den Mund schloß und sich auf die Unterlippe biß, um nicht laut aufzuschreien. Unaufgefordert, ja unerwünscht nahm er Anteil an den Leiden dieses Mannes, kroch in ihn hinein, erkannte, wie er litt. Er hatte dieses Band, das nun zwischen ihnen bestand, nicht gewollt, aber es war da, er konnte es nicht verleugnen. Die Verbrechen, das Motiv, der Grund dafür – all das kam ihm jetzt unwichtig vor. Was ihn marterte, war der Gedanke an den einsamen Mann dort oben, der sich von allem gelöst hatte. War das der Grund, warum die Menschen sich hier versammelt hatten, warum sie Stunde um Stunde, Tag und Nacht hier standen? Wollten sie den Gequälten trösten, so gut sie konnten?

Als ihm einige Tage darauf – er wußte nicht, ob inzwischen drei oder vier Tage vergangen waren, am späten Nachmittag wieder der übliche Umschlag mit den Luftaufnahmen überbracht wurde, sah er, daß das Ende nahe war: Daniel G. Blank lag nackt auf seinem Felsen, die Arme ausgebreitet, das Gesicht dem Himmel zugewandt. Delaney betrachtete die Bilder, atmete tief ein und wandte den Blick ab. Dann schob er sie wieder in den Umschlag, ohne sie noch einmal anzusehen. Er heftete keines der Fotos draußen an die Wand.

Kurz darauf rief Major Barnes an.

«Delaney?»

«Ja.»

«Hier Barnes. Haben Sie die Aufnahmen gesehen?»

«Ja.»

«Ich glaube nicht, daß er es noch lange macht.»

«Nein. Wollen Sie rauf?»

«Nicht sofort. Wir werden uns das von der Luft aus noch ein oder zwei Tage lang ansehen. Es wird kälter.»

«Ich weiß.»

«Nur keine Hast. Wir haben eine gute Presse. Das haben die Appelle mit der Flüstertüte bewirkt. Alle schreiben, daß wir tun, was wir können.»

«Ja, was wir können.»

«Eben. Aber eine Schlechtwetterfront ist von den Großen Seen her im Anzug. Bewölkung, Wind, Schnee. Frost. Wenn wir hier einschneien, stehen wir dumm da. Ich schlage vor, am 6. Januar. Morgens. Einerlei, was bis dahin ist. Was meinen Sie dazu?»

«Mir ist's recht. Je eher, um so besser. Und wie wollen Sie vorgehen? Klettern oder mit dem Hubschrauber?»

«Hubschrauber. Einverstanden?»

«Ja. Das wird das beste sein.»

«Gut. Dann beginne ich mit den Vorbereitungen. Ich komme morgen rüber, dann können wir alles besprechen. Schade, wahrscheinlich ist er bis dahin tot.»

«Ja», sagte Captain Delaney. «Wahrscheinlich.»

Die Welt war Gesang geworden für Daniel Blank. Ein einziger Gesang ... Alles sang. Nicht Worte, nicht einmal eine Melodie. Es war vielmehr ein endloses Summen, das in seinen Ohren klang und so tief in ihm nachhallte, daß jede Faser seines Körpers zu vibrieren schien. Er hatte weder Durst noch Hunger. Vor allem aber hatte er keine Schmerzen. Und er war dankbar dafür. Seine verschleierten Augen, über denen die zerkratzten Lider sich fast geschlossen hatten, blickten in einen milchigen Himmel. Das Weiß des Himmels und das Summen wurden eins, und diese nicht aufhörende Harmonie erfüllte ihn mit traumseliger Zufriedenheit.

Er war glücklich, daß er seinen Namen nicht mehr durch die Luft hallen hörte, glücklich, daß er den Hubschrauber nicht mehr herabkommen und seinen Felsen umkreisen sah. Aber vielleicht hatte er sich das alles auch nur eingebildet. Er hatte sich so vieles eingebildet! Einmal war Celia Montfort bei ihm gewesen, eine afrikanische Maske vor dem Gesicht.

Einmal hatte er mit Tony gesprochen. Einmal hatte er eine dunkle, massige Gestalt gesehen, die sich schwerfällig von ihm fortbewegte und immer kleiner wurde. Und einmal hatte er wie ein Balletttänzer beim Pas de deux die Arme um einen Mann geschlungen, doch dann hatte sich alles in milchigem Weiß aufgelöst, ehe der hoch erhobene Eispickel zuschlug.

Aber auch diese Visionen, alle Visionen, schwanden, und es blieb nichts als eine große leere Leinwand. Bisweilen trieben weiße Plättchen durch sein Blickfeld, segelten dahin und entschwebten. Es war hübsch, sie zu beobachten, und doch war er froh, wenn sie wieder fort waren.

Immer weniger nahm er von der Wirklichkeit wahr, doch ehe die Schwäche seinen Geist überwältigte, spürte er, wie seine Erkenntnis immer mehr wuchs, obwohl seine Sinne erlahmten. Ihm war, als habe er die Welt des Fühlens, des Schmeckens, des Riechens und des Hörens hinter sich gelassen, als sei er für immer eingetreten in diese liebliche Reinheit mit ihrem himmlischen Gesumm – eine Welt, in der alles wahr und nichts falsch war.

Dankbar und voller Entzücken erkannte er jetzt, daß dem Leben eine Logik innewohnte, und diese Logik war wunderschön: nicht die starre Logik der Computer, sondern die unberechenbare Logik von Geburt, Leben und Tod. Es war die Sterblichkeit des einzelnen und die Unsterblichkeit aller. Das Leben umfaßte alles, die beseelten wie die unbeseelten Dinge, und alles war eins in dieser summenden Weiße.

Es war ein berauschendes Gefühl, dies zu erkennen und zu begreifen, endlich, daß er Teil des Schlammes und Teil der Sterne war. Es gab keinen Daniel Blank, keinen Teufelszahn, hatte sie nie gegeben. Es gab nur das ewige Fortdauern des Lebens, wo Menschen und Steine, Schlamm und Sterne und Saatkörner waren, die einen Augenblick wuchsen und dann wieder zurücksanken in jenes zeitlose Ganze, das ewig begann und ewig endete.

Es betrübte ihn, daß er diese letzte Einsicht nicht anderen Menschen mitteilen konnte, daß er niemandem das Furchtbare und Erhabene dieser Gewißheit beschreiben konnte, die er gefunden hatte: ein Universum, das ein Zufall und eine Möglichkeit war, ein Universum, wo ein Wassertropfen nicht weniger zählte als ein Mond, eine Leidenschaft nicht mehr als ein Sandkorn. Alle Dinge waren nichts, aber ein jedes war alles. In seinem Delirium konnte er diesen Widerspruch an sein Herz drücken, zärtlich umfangen und als Wahrheit erkennen.

Er spürte, wie das Leben in ihm verebbte – er *fühlte* es. Gelinde schwand es dahin – nicht anders als ein unsichtbarer Hauch, der von seinem geschwächten Körper aufstieg – und wurde wieder Teil jener großen Einheit, aus der es gekommen war. Er starb langsam, und er starb gern, denn er ging über in eine andere Form. Sein Sterben vollzog sich so sanft, daß er darüber nachsinnen konnte, warum die Sterbenden oft schrien und kämpften.

Die weißen Plättchen erschienen wieder, trieben an ihm vorüber. Er meinte, etwas Feuchtes in seinem Gesicht zu spüren, ein flüchtiges Prikkeln, und er überlegte, ob er wohl vor Freude weinte.

Es war nur Schnee, aber er wußte es nicht. Und der Schnee deckte ihn langsam zu, legte sich lindernd auf seine zerschundene Haut und verbarg die geschwollenen Gelenke und seine weit geöffneten Augen.

Als es bei Morgengrauen aufhörte zu schneien, wölbte sich ein kleiner Hügel oben auf dem Teufelszahn. Sein Leichentuch war weiß, war unbefleckt.

Am späten Abend des 5. Januar traf Captain Delaney mit Major Barnes, Chief Forrest, Captain Sneed, der Besatzung des Hubschraubers von der State Police und dem Cheffunker zusammen. Sie alle drängten sich in der Blockhütte des Parkwächters. Vor der Tür stand ein Wachtposten, der neugierige Reporter fernhalten sollte.

Major Barnes hatte einen detaillierten Plan vorbereitet und verteilte Durchschläge an alle Anwesenden.

«Ehe wir darangehen, Nägel mit Köpfen zu machen», sagte er, «hier die letzte Wettervorhersage. Gegen Mitternacht beginnender Schneefall, der gegen Morgen nachlassen soll. Schneedecke drei bis fünf Zentimeter. Temperatur ein bis zwei Grad unter Null. Morgen vormittag Bewölkungsauflockerung und leichter Temperaturanstieg. Aber gegen Mittag, zwischen elf und eins, geht der Mist dann richtig los. Temperatursturz, Schnee, mit Regen und Hagel vermischt, und starker Wind, bis zu Sturmböen.»

«Wunderbar!» sagte einer der Piloten. «So hab ich's gern.»

«Also bleiben uns», fuhr Barnes, ohne ihn zu beachten, fort, «fünf bis sechs Stunden, ihn runterzuholen. Wenn wir es in der Zeit nicht schaffen, kommt uns das Wetter in die Quere, und dann sitzen wir da. Möglicherweise tagelang. Es handelt sich um eine massive Sturmfront. Also gut. Und jetzt sehen Sie sich bitte den Terminplan an. Abflug in Newburgh um 9 Uhr. Ich werde an Bord des Hubschraubers sein. Dann Flug hierher und letzte Erkundung aus der Luft. Das dürfte bis etwa 9 Uhr 30 erledigt sein. Dann lassen wir am Drahtseil einen Mann auf das Plateau des Teufelszahns runter. Das schaffen wir bis 10 Uhr. Sie, Captain Delaney, haben das Kommando bei den Bodenoperationen. Die Hütte hier ist der Kommandostand, Kodebezeichnung Chilton eins. Der Hubschrauber ist Chilton zwei. Der Mann, der runtergelassen wird, Chilton drei. Hat dazu noch jemand eine Frage? Sneed, Sie sorgen dafür, daß der Arzt um 9 Uhr hier ist. Und Sie, Forrest, können Sie einen Krankenwagen mit den nötigen Leuten und einer Leichenhülle aus Chilton herbeordern?»

«Selbstverständlich.»

«Ich nehme an, Blank ist tot oder zumindest bewußtlos. Aber für alle Fälle muß der Mann, der sich abseilen läßt, bewaffnet sein.»

«Captain Delaney blickte auf. «Und wer ist Chilton drei?» fragte er. «Wer ist derjenige, der sich abseilen läßt?»

Die drei Besatzungsmitglieder des Hubschraubers sahen einander an. Alle drei waren junge Männer. Über ihrer rotbraunen Uniform trugen sie Schaffelljacken und an den Füßen lammfellgefütterte Stiefel.

Schließlich zuckte der kleinste von ihnen mit den Schultern. «Na gut, ich mach's», sagte er und verzog das Gesicht zu einem etwas verkrampften Grinsen. «Ich bin der leichteste. Ich hol den Scheißkerl.»

«Wie heißen Sie?» fragte Delaney.

«Robert H. Farber.»

«Sie haben gehört, was der Major gesagt hat, Farber. Wahrscheinlich ist Blank tot oder bewußtlos. Aber eine Garantie gibt es dafür nicht. Er hat fünf Menschen umgebracht. Wenn Sie runterkommen, und er macht die kleinste drohende Bewegung, knallen Sie ihn ab.»

«Keine Angst, Captain. Wenn er auch nur hustet, ist er erledigt.»

«Was nehmen Sie mit?»

«Wieso? Ach so, Sie meinen, was für Waffen. Meine Achtunddreißiger, denke ich. In der Pistolentasche am Gürtel. Und dann hab ich noch meinen Karabiner.»

Captain Delaney sah Major Barnes an. «Mir wäre wohler bei der Sache, wenn er eine schwerere Waffe bei sich hätte», sagte er. Er wandte sich wieder Farber zu. «Können Sie mit einer Fünfundvierziger umgehen?» fragte er.

«Klar, Captain. Ich war bei der Marineinfanterie!»

«Ich kann dir meine leihen, Bobby», sagte einer der anderen Piloten.

«Und statt des Karabiners lieber eine Schrotflinte», sagte Delaney. «Mit grobem Schrot geladen.»

«Kein Problem», sagte Major Barnes.

«Glauben Sie im Ernst, ich brauche diese schweren Geschütze?» fragte Farber den Captain.

«Nein, das glaube ich nicht», sagte Delaney. «Nur . . . dieser Mann war so verdammt flink. Ich kann Ihnen gar nicht sagen, wie flink der war. Er hat einen meiner besten Männer fertiggemacht. Aber jetzt ist er schon eine Woche da oben, ohne etwas zu essen oder zu trinken zu haben. Falls er noch lebt, wird er nicht mehr sehr flink sein. Die schweren Waffen sind also nur eine Sicherheitsmaßnahme. Aber zögern Sie notfalls nicht, sie zu benutzen. Ist das ein Befehl, Major Barnes?»

«Ja», sagte Barnes und nickte. «Das ist ein Befehl, Farber.»

Sie besprachen noch, was man der Presse sagen und welchen Platz man den Fotografen und den Kameraleuten vom Fernsehen zuweisen wollte, wo der Krankenwagen warten und wer sich bereithalten sollte, wenn Blank heruntergebracht wurde.

Dann, gegen Mitternacht, war die Besprechung beendet. Sie schüttelten einander die Hände und brachen schweigend auf. Nur Delaney und der Funker blieben in der Blockhütte. Delaney wollte Barbara anrufen, sagte sich dann aber, es sei schon zu spät: wahrscheinlich schlief sie schon. Er hätte jetzt sehr gern mit ihr gesprochen.

Er packte seine Sachen zusammen. Die Berichte, die Pläne und die Aktennotizen stopfte er in große Briefumschläge. Wenn morgen früh alles gutging, würde er gleich anschließend seine kleine Polizeitruppe heimwärts führen und gegen Mittag wieder in Manhattan sein.

Er hatte bisher nicht gemerkt, wie müde er war, wie sehr er sich nach seinem Bett sehnte. Zu der physischen und psychischen Erschöpfung nach all den Strapazen kam eine tiefe innere Müdigkeit. Die Sache mit Blank hatte sich zu sehr in die Länge gezogen, hatte ihm zu sehr zugesetzt.

Es war die letzte Nacht. Er setzte seine Mütze auf, zog den Mantel an und schleppte sich noch einmal zum Teufelszahn. Es war kälter geworden, kein Zweifel, und die Luft roch nach Schnee. Die Wachen, die den Fuß des Pfeilers umkreisten, trugen Regencapes über ihren Schaffelljakken. Der Scharfschütze hatte sich eine Wolldecke umgelegt, und in der Dunkelheit sah man nur seine aufglühende Zigarette. Captain Delaney hielt sich ein wenig abseits von den wenigen Schaulustigen, die noch geblieben waren und immer noch nach oben starrten.

Der schimmernde Pfeiler, der vor ihm in den nächtlichen Himmel ragte, sah gespenstisch aus in dem grellen Scheinwerferlicht. Delaney meinte das Heulen des Windes dort oben zu hören, ein leises Wimmern, nicht lauter, als wenn man ein Kind in der Ferne weinen hört. Trotz des warmen Mantels fröstelte ihn: ein Schauder der Verzweiflung, eine unbestimmte Furcht. In diesem Augenblick hätte er weinen können und hätte doch nicht zu sagen gewußt, warum.

Vielleicht, dachte er, war es Verzweiflung über seine eigenen Sünden, denn plötzlich wußte er, daß er schwer gesündigt hatte und daß *seine* Sünde sein Stolz war. Eine größere Todsünde gab es nicht – mit dem Stolz verglichen waren alle anderen sechs kaum mehr als physische Ausschweifungen. Stolz hingegen war geistige Verderbtheit. Und schlimmer noch, Stolz kannte kein Maß und keine Grenzen, Stolz konnte einen Menschen völlig verzehren.

Sein Stolz, das wußte er, war nicht nur Selbstachtung, nicht nur Selbstgefälligkeit. Er kannte seine Fehler besser als irgend jemand sonst, ausgenommen vielleicht seine Frau. Sein Stolz ging weit über Selbstzufriedenheit hinaus: sein Stolz war Hochmut, war das Gefühl moralischer Überlegenheit, mit dem er Ereignissen, Menschen und, ja, sogar Gott begegnete.

Doch jetzt war sein Stolz von Zweifeln unterhöhlt. Wie gewöhnlich hatte er, ein Polizeibeamter, ein moralisches Urteil gefällt – war das unverzeihlich? Und dann hatte er Daniel G. Blank in einen einsamen Tod auf einem kalten Felsen getrieben. Aber was hätte er tun sollen?

Er hätte, wie er sich traurig eingestand, auch andere Wege gehen können, wäre nur ein wenig menschliche Milde in ihm gewesen, ein wenig Mitgefühl für andere, die schwächer waren als er und sich mit dunklen Kräften herumschlagen mußten, denen sie nicht gewachsen waren. So hätte er zum Beispiel eine Begegnung mit Daniel Blank suchen können, nachdem er bei der illegalen Durchsuchung seiner Wohnung das vernichtende Beweismaterial gefunden hatte. Vielleicht hätte er Blank überreden können, ein Geständnis abzulegen, und wäre ihm das gelungen, hätte Celia Montfort nicht zu sterben brauchen, und Blank wäre wahrscheinlich in eine Heilanstalt eingeliefert worden. Die Geschichte, die auf diese Weise ans Licht gekommen wäre, hätte seiner Laufbahn vermutlich ein Ende gesetzt, dachte Delaney, doch seine Karriere schien ihm jetzt plötzlich nicht mehr so wichtig.

Oder er hätte die illegale Haussuchung zugeben und versuchen können, einen Durchsuchungsbefehl zu bekommen. Oder er hätte aufgeben, den Fall abgeben und einem jüngeren, innerlich weniger beteiligten Polizeibeamten die Bestrafung Blanks überlassen können.

«Bestrafung.» Das war das Schlüsselwort! Sein verwerflicher Stolz hatte ihn dazu getrieben, ein moralisches Urteil zu fällen, und von da an hatte er wie unter einem Zwang Polizist *und* Richter gespielt. Er hatte, von seinem Hochmut verleitet, Gott gespielt.

Zu viele Jahre im Dienst. Man fing damit an, daß man als Streifenpolizist Familienstreitereien schlichtete, ein Salomon in Uniform, und hörte damit auf, daß man einen Menschen in den Tod hetzte, weil man wußte, daß er schuldig war, und weil man ihn für seine Schuld büßen lassen wollte. Das war Stolz, nichts als Stolz. Nicht der verständliche menschliche Stolz auf die Bewältigung einer schwierigen Aufgabe, sondern Anmaßung, die einen dazu verführte, über einen anderen Menschen zu Gericht zu sitzen, ihn zu verurteilen und hinzurichten. Wer würde über Captain Edward X. Delaney zu Gericht sitzen, ihn verurteilen und hinrichten?

Irgend etwas in seinem Leben hatte eine falsche Entwicklung genommen, das sah er jetzt. Er war nicht etwa damit auf die Welt gekommen. Es hatte nichts mit seinen natürlichen Anlagen, nichts mit seiner Erziehung oder dem Milieu, in dem er aufgewachsen war, zu tun, so wie auch Blanks Trieb zum Morden nichts mit Anlagen, Erziehung oder Milieu zu tun gehabt hatte. Zufall und Umstände hatten sich verschworen, ihn zu entwürdigen, genau wie sie Daniel Blank pervertiert hatten.

Er wußte nicht alles und würde nie alles wissen – auch das sah er jetzt. Da waren Entwicklungen, Strömungen, Gezeiten und Zufälle von solcher Vielschichtigkeit am Werk, daß nur ein gedankenloser Narr sagen konnte: «Ich bin der Herr meines Schicksals.» Opfer, dachte Delaney. Wir alle sind Opfer auf die eine oder andere Weise.

Doch empfand er diesen Gedanken weder als bedrückend, noch sah er darin eine Entschuldigung für unrechtes Verhalten. Bei unserer Geburt bekommen wir alle unsere Karten zugeteilt, und wir spielen sie so geschickt aus, wie wir können, ohne lange darüber zu lamentieren, daß wir nur zwei bekommen haben. Der Beste spielt auch mit schlechten Karten noch erfolgreich – er blufft vielleicht, wenn er muß –, aber am Ende setzt er doch alles auf eine Karte.

Captain Delaney fand jetzt, daß er ein schlechter Spieler gewesen war. Seine Ehe war bisher glücklich gewesen, seine Karriere erfolgreich. Aber er kannte seine Niederlagen . . . er kannte sie. Irgendwo war ihm unterwegs die Menschlichkeit abhanden gekommen, war das Mitgefühl in ihm erloschen. Ob es zu spät war, um ein anderer zu werden? Er wußte es nicht. Er konnte es versuchen – aber dann mußte er mit Umständen und Zufällen fertig werden und, was ebenso schwer war, mit den Gewohnheiten und Vorurteilen so vieler Jahre, daß er sie gar nicht nachrechnen mochte.

Unsicher und in seinen Überzeugungen erschüttert, starrte er zum

Teufelszahn hinauf. Er hatte das Gefühl, den Boden unter den Füßen zu verlieren. Er hatte Angst, und er war verwirrt, denn er spürte, daß er eine Gewißheit verloren hatte, daß er sich von einem Glauben entfernte, der ihn – ob zu Recht oder zu Unrecht – gestützt hatte.

Er spürte etwas auf seinem nach oben gewandten Gesicht, ein leichtes, kaltes Prickeln, etwas Feuchtes. Tränen? Nur die ersten zarten Schneeflocken. Er sah sie im Scheinwerferlicht: ein hauchfeines Spitzengewebe. Und in diesem Augenblick wußte er, daß Daniel Blanks Seele dem Körper entflohen war, sich in die Dunkelheit emporgeschwungen und Captain Delaneys Stolz mitgenommen hatte.

Kurz vor Tagesanbruch verwandelte sich der noch immer fallende Schnee in Eisregen. Doch dann klärte sich der Himmel auf. Als Captain Delaney um halb neun vor die Blockhütte trat, war der Boden mit einer glitzernden Decke überzogen. Und jeder schwarze Zweig war von einer durchsichtigen, in der Sonne blitzenden Eishülle umgeben.

Er ging in seinem Mantel zu dem Verpflegungswagen hinüber und holte sich schwarzen Kaffee und einen Schmalzkringel. Die Luft war klar, frostig, fast schneidend – es war, als atme man Äther ein. Alles draußen wirkte wie ziseliert, und doch war die Welt nicht klar: Ein dünner weißer Schleier hing zwischen Sonne und Erde, und das Licht war gedämpft.

Als er wieder in die Blockhütte trat, sagte er zu dem Funker, er solle ein zusätzliches Mikrofon anschließen – eines, das man in der Hand halten konnte, mit einem langen Kabel, damit er draußen auf der Veranda stehen und die Spitze des Teufelszahns hinter den kahlen Bäumen beobachten und gleichzeitig mit Chilton zwei oder Chilton drei in Verbindung treten konnte.

Der Krankenwagen kam. Chief Forrest kletterte heraus, und man sah seinen dampfenden Atem. Er dirigierte den Wagen an den vorgesehenen Platz. Die Tragbahre und eine Leichenhülle wurden herausgeholt. Dann setzten sich die beiden Sanitäter wieder in die warme Fahrerkabine und rauchten. Captain Sneed zeigte einem Trupp von zehn Männern, wo sie sich aufzustellen hatten, wenn es soweit war. Er tat seine Pflichten mit einem feierlichen Ernst, als habe er persönlich die Verteidigung von Fort Alamo zu leiten. Aber Delaney mischte sich nicht ein – sollte er seinen Spaß haben. Schließlich kamen Forrest und Sneed zu Captain Delaney auf die Veranda. Sneed sah auf seine Uhr. «Jetzt starten sie», sagte er mit gewichtiger Stimme.

Chief Forrest war der erste, der den Hubschrauber hörte. «Sie kommen», sagte er, hob seinen alten Feldstecher an die Augen und suchte den nördlichen Himmel ab. Dann vernahm auch Captain Delaney das Knattern, und als er kurz darauf in die Richtung blickte, in die Forrest deutete, sah er den Hubschrauber langsam tiefer gehen und, leicht seitlich geneigt, einen Kreis um den Teufelszahn ziehen.

Im Lautsprecher knisterte es.

«Chilton zwei an Chilton eins. Hören Sie mich?» Es war Major Samuel Barnes' feste, schnelle Stimme, die trotz des Knatterns der Rotoren im Hintergrund gut zu hören war.

«Laut und klar, Chilton zwei», antwortete der Funker.

«Wir gehen jetzt tiefer und beginnen mit der Erkundung. Wo ist Captain Delaney?»

«Er steht mit dem Handmikro draußen auf der Veranda. Er hört Sie.»

«Fels oben mit Schnee bedeckt. In der Mitte kleine Erhebung. Ich nehme an, das ist Blank. Keine Bewegung. Wir gehen tiefer.»

Die Männer auf der Veranda beschatteten die Augen mit der Hand, so sehr blendete die Sonne. Der Hubschrauber kreiste tiefer, verlangsamte das Tempo, glitt ein Stück seitwärts und schwebte dann unmittelbar über der Felsspitze.

«Chilton zwei an Chilton eins.»

«Wir hören, Chilton zwei.»

«Kein Lebenszeichen. Nichts. Unser Abwind wirbelt nicht einmal den Schnee auf. Vermutlich verharscht. Beginnen jetzt mit dem Abseilen.»

«Verstanden.»

Sie beobachteten, wie der Hubschrauber fast bewegungslos in der Luft hing. Dann sahen sie, daß die große Ladeluke offen war. Es kam ihnen unendlich lange vor, bis eine kleine Gestalt in der offenen Luke erschien und sich langsam herausgleiten ließ. Der Mann baumelte an dem Drahtseil, das an dem gepolsterten Brustgurt unter seinen Armen befestigt war. In der rechten Hand hielt er die Schrotflinte; die linke lag auf dem Sprechfunkgerät, das ihm vor die Brust geschnallt war.

«Chilton eins an Chilton zwei. Hier Delaney. Wir sehen Sie. Regt sich irgendwas auf dem Plateau?»

«Nichts, Captain. Wir sehen nur die Umrisse des Mannes. Er ist mit Schnee bedeckt. Jetzt Kontrolle der Funksprechverbindung. Chilton zwei an Chilton drei: Können Sie mich hören?»

Sie beobachteten den Mann, der an dem Seil unter dem Hubschrauber baumelte und sich langsam in kleinen Kreisen drehte.

«Chilton drei an Chilton zwei. Ich höre Sie laut und klar.» Farbers

Stimme klang atemlos, fast wie erstickt vom Lärm der Rotoren.

«Chilton zwei an Chilton drei. Wiederhole: Können Sie mich hören?»

«Chilton zwei, ich sage doch, ich höre Sie laut und klar.»

«Chilton zwei an Chilton drei. Wiederhole: Hören Sie mich?»

Captain Delaney fluchte leise und hielt sein Mikrofon näher an die Lippen.

«Chilton eins an Chilton drei. Hören Sie mich?»

«Hergott! Ja, Chilton eins. Laut und klar. Was ist denn? Hören Sie mich?»

«Laut und klar, Chilton drei. Ich bin gleich wieder da. Chilton eins an Chilton zwei.»

«Hier Chilton zwei, Barnes.»

«Hier Delaney. Major, wir haben Verbindung mit Chilton drei. Er hört uns, und wir hören ihn. Er kann auch Sie hören, aber Sie offenbar ihn nicht.»

«Verflucht!» sagte Barnes erbittert. «Lassen Sie mich's noch mal versuchen. Chilton zwei an Chilton drei, hören Sie mich? Bitte bestätigen.»

«Ja, ich höre Sie, Chilton zwei, und mir wird hier langsam scheißkalt.»

«Chilton eins an Chilton zwei. Wir haben Chilton drei bestätigen hören. Haben Sie empfangen?»

«Nein, kein Wort», sagte Barnes grimmig. «Aber wir haben keine Zeit, ihn wieder raufzuholen und die verdammten Geräte nachzusehen. Ich leite alle Befehle über Sie. Verstanden?»

«Verstanden», sagte Delaney. «Chilton eins an Chilton drei. Sie werden von Chilton zwei nicht gehört. Aber die hören uns. Alle Befehle werden über Chilton eins geleitet. Verstanden?»

«Verstanden, Chilton eins. Wer spricht da?»

«Captain Delaney.»

«Captain, sagen Sie ihnen, sie sollen mich endlich auf diesen Scheißfelsen runterlassen. Ich frier mir hier oben sonst noch den Arsch ab.»

«Chilton eins an Chilton zwei. Lassen Sie ihn weiter runter.»

Sie beobachteten die am Drahtseil hängende Gestalt. Plötzlich fiel sie etwa einen Meter tief, und dann straffte sich das Seil wieder mit einem jähen Ruck, und Farber schaukelte heftig hin und her.

«Verdammt noch mal!» schrie er. «Sagen Sie ihnen, sie sollen vorsichtig sein. Das hätte mir fast die Arme abgerissen.»

Delaney machte sich nicht die Mühe, diese Mitteilung weiterzugeben. Er beobachtete das Manöver, und nach ein paar Augenblicken bewegte sich das Seil langsam und gleichmäßig. Farber kam der Felsspitze immer näher.

«Chilton eins an Chilton drei. Bewegt sich etwas auf dem Plateau?»

«Nein, nichts. Da ist nur Schnee. Und ein kleiner Hügel in der Mitte. An der einen Seite eine Art Schneeverwehung. Ich bin gleich unten. Noch etwa drei Meter. Sagen Sie ihnen, sie sollen langsamer machen. Sie sollen die Scheißwinde langsamer drehen, verdammt!»

«Chilton eins an Chilton zwei, Farber ist gleich unten. Winde langsamer drehen. Langsam, langsam.»

«Verstanden, Chilton eins. Wir sehen ihn. Jetzt ist er fast unten. Ein bißchen noch, noch ein ganz klein bißchen ...»

«Hier Chilton drei. Ich bin unten. Ich stehe auf dem Felsen.»

«Wie hoch liegt der Schnee?»

«Etwa zwei Zentimeter, und bis zu sechs, sieben Zentimeter, wo der Wind ihn aufgehäuft hat. Mehr Leine, die sollen mehr Leine lassen, damit ich den Gurt abschnallen kann.»

«Chilton zwei, Farber braucht mehr Leine.»

«Verstanden.»

«Okay, Chilton eins. Ich hab das Seil ausgeklinkt. Sagen Sie ihnen, sie sollen machen, daß sie wegkommen! Die pusten mich hier fast runter.»

Der Hubschrauber neigte sich seitlich und flog in einer weiten Kurve fort. Das Seil hing schräg unter ihm. Er begann die Felsspitze in einiger Entfernung zu umkreisen.

«Chilton drei, sind Sie da?» fragte Delaney.

«Na klar. Wo denn sonst?»

«Irgendein Zeichen von Leben?»

«Nichts. Er liegt unterm Schnee. Warten Sie, bis ich mir diesen Scheißgurt abgeschnallt hab.»

«Atmet er? Ist der Schnee über seinem Mund geschmolzen? Ist da ein Loch?»

«Soweit ich sehe, nein. Er ist vollständig bedeckt mit diesem Scheißschnee.»

«Fegen Sie ihn weg!»

«Was?»

«Den Schnee. Streifen Sie den ganzen Schnee von ihm ab.»

«Womit, Captain? Ich hab keine Handschuhe an.»

«Mit der Hand – was glauben Sie denn? Benutzen Sie Ihre Hände. Kratzen Sie Schnee und Eis von ihm ab.»

Sie hörten Farber schwer atmen, hörten dann das Klirren, mit dem die

Schrotflinte auf das Felsgestein fiel, und ein paar leise Flüche.

«Chilton zwei an Chilton eins. Wie steht's?»

«Er streift jetzt den Schnee ab. Farber? Farber, kommen Sie voran?»

«Captain, er ist nackt!»

Delaney holte tief Luft und sah zu Forrest und Sneed hinüber. Aber beide blickten wie gebannt auf die Felsspitze.

«Ja, er ist nackt», sagte er so geduldig, wie er nur konnte, ins Mikrofon. «Das wußten Sie doch, Farber. Sie haben doch die Fotos gesehen. Jetzt streifen Sie den Schnee von ihm ab!»

«O Gott, er ist ganz kalt! Und hart, ganz hart. Gott, ist er weiß!»

«Haben Sie ihn jetzt frei von Schnee?»

«Ich . . . Mir ist . . .»

«Was ist denn *nun* los?»

«Ich glaube, ich muß kotzen.»

«Dann kotzen Sie doch, Sie Blödmann!» brüllte Delaney. «Haben Sie noch nie einen Toten gesehen?»

«Doch . . . natürlich, Captain», antwortete Farber mit zittriger Stimme, «aber ich hab noch nie einen angefaßt.»

«Dann tun Sie's jetzt!» schrie Delaney. «Er beißt Sie schon nicht, verflucht noch mal. Säubern Sie zuerst das Gesicht von Schnee.»

«Ja . . . das Gesicht . . . Schon gut . . . Mein Gott!»

«Was ist denn jetzt wieder.»

«Seine Augen sind weit offen. Er starrt mich direkt an.»

«Sie blöder Hund!» donnerte Delaney ins Mikrofon. «Hören Sie endlich auf, sich wie ein idiotischer Trottel zu benehmen, und tun Sie Ihre Arbeit gefälligst wie ein Mann!»

«Chilton zwei an Chilton eins. Hier Barnes. Worum geht's denn?»

«Dieser Farber führt sich auf wie ein Verrückter», sagte Delaney wütend. «Er mag die Leiche nicht anfassen!»

«Müssen Sie ihn deswegen so anschnauzen?»

«Nein, muß ich nicht», sagte Delaney. «Ich kann ihm ja ein Wiegenlied singen. Soll der Tote nun von da oben runtergeholt werden oder nicht?»

Schweigen.

«Also gut», sagte Barnes schließlich. «Veranlassen Sie, was Sie für richtig halten. Wenn ich wieder unten bin, werden wir beide noch ein Wörtchen miteinander zu reden haben.»

«Von mir aus jederzeit», sagte Delaney laut. Er sah, daß Forrest und Sneed zu ihm herüberblickten. «Jetzt gehn Sie mir mal aus dem Weg, und lassen Sie mich mit dem kleinen Jungen da oben reden. Farber, sind Sie da? Farber?»

«Ja», antwortete Farber mit leiser Stimme.

«Haben Sie ihn jetzt frei von Schnee?»

«Ja.»

«Legen Sie die Hand auf seine Brust. Nur ganz leicht. Prüfen Sie, ob Sie einen Herzschlag fühlen oder ob er noch atmet. Na . . .?»

Nach einem Augenblick: «Nein, nichts, Captain.»

«Halten Sie Ihre Wange an seine Lippen, ganz dicht.»

«Was?»

«Sie sollen Ihre Wange ganz dicht an seine Lippen halten. Kapiert?»

«Ach so . . . Ja.»

«Stellen Sie fest, ob Sie einen Atemhauch spüren.»

«O Gott . . .»

«Nun?»

«Nichts, Captain, der Kerl ist tot, scheißtot.»

«Gut. Dann legen Sie ihm jetzt den Gurt um die Brust, unter den Armen hindurch. Und achten Sie darauf, daß der Bügel nach oben zu liegen kommt.»

Jetzt blickten alle auf der Veranda angestrengt zur Spitze des Teufelszahns hinauf. Auch die Augen der Wachen, der Scharfschützen und der Reporter waren auf den Fels gerichtet, und ebenso die Fotoapparate und Fernsehkameras. Es war ganz still geworden. Alles wartete gebannt . . .

«Farber?» rief Delaney in sein Mikrofon. «Farber, klappt es? Legen Sie ihm den Gurt um?»

«Ich kann nicht», antwortete Farber mit bebender Stimme. «Ich kann es einfach nicht.»

«Was ist denn los?»

«Er . . . er hat die Arme weit ausgebreitet und die Beine von sich gestreckt, Captain. Und . . . Mein Gott, er hat überhaupt keinen Schwanz.»

«Was geht Sie sein Schwanz an!» schrie Delaney wütend. «Kümmern Sie sich nicht um seinen Schwanz. Und lassen Sie seine Arme. Bringen Sie seine Füße zusammen! Streifen Sie ihm den Gurt über, und schieben Sie ihn rauf bis unter die Arme.»

«Ich kann nicht», antwortete Farber, und man hörte seiner Stimme die Angst an. «Ich kann einfach nicht!»

Delaney holte tief Atem. «Hören Sie zu, Sie verfluchter Kerl, Sie haben sich freiwillig zu dieser Sache gemeldet. ‹Ich hol den Scheißkerl›, haben Sie gesagt. So, und jetzt sind Sie oben, und nun holen Sie den Scheißkerl. Legen Sie seine Füße zusammen.»

«Captain, er ist ganz kalt und steif wie ein Brett.»

«Was Sie nicht sagen! Kalt und steif wie ein Brett ist er?» sagte Delaney. «Welch ein Jammer, daß wir nicht Mitte Juli haben – dann könnten Sie ihn mit einer Schaufel und einem Löschblatt aufnehmen! Sind Sie Polizist oder nicht? Was glauben Sie denn, wofür Sie Ihren Sold bekommen? Damit Sie den Dreck der Welt wegschaffen, stimmt's? Und nun hören Sie mir zu, Sie Memme: Sie packen jetzt seine Beine und drücken sie zusammen!»

Eine Weile herrschte Schweigen. Delaney sah, daß Captain Bertram Sneed sich abgewandt hatte und ans andere Ende der Veranda gegangen war. Dort stand er jetzt, die Hände um die Geländerstange gekrallt, und starrte in die entgegengesetzte Richtung.

«Captain?» Farbers Stimme war kaum noch zu hören.

«Ich bin hier. Kommen Sie mit den Beinen zurecht?»

«Nicht sehr gut, Captain. Ich kann die Beine ein bißchen bewegen, aber ich glaube, er klebt fest. Seine Haut ist an dem Scheißfelsen festgeklebt.»

«Das kann ich mir denken», sagte Delaney, und plötzlich bekam seine Stimme einen sanften, ermutigenden Klang. «Sie ist am Stein festgefroren. Ist ja klar. Biegen Sie die Beine einfach nur langsam zusammen, mein Junge! Denken Sie nicht an die Haut. Bewegen Sie die Beine hin und her!»

«Gut . . . also . . . O Gott!»

Sie warteten. Delaney nützte die Pause, um seinen Mantel auszuziehen. Er sah sich um, und Chief Forrest nahm ihn ihm ab. Dem Captain wurde bewußt, daß er schweißgebadet war: Er fühlte, wie ihm der Schweiß über die Rippen lief.

«Captain?»

«Ich bin hier, mein Junge.»

«Etwas von der Haut an den Beinen und am Hintern ist abgerissen. Die Fetzen sind an dem Scheißfelsen klebengeblieben.»

«Machen Sie sich darüber keine Gedanken. Er hat nichts gespürt. Haben Sie seine Füße jetzt zusammen?»

«Ja, so ziemlich. Jedenfalls dicht genug, daß ich den Gurt drüberstreifen kann.»

«Fein. Sie machen Ihre Sache großartig. Und jetzt bewegen Sie seinen ganzen Körper hin und her. Schaukeln Sie ihn ein bißchen, damit der Körper sich vom Gestein löst.»

«Oh, mein Gott . . .» sagte Farber mit heiserer Stimme, und da wußten sie unten auf der Veranda, daß er jetzt weinte. Sie sahen einander nicht an.

«Er ist ganz eingefallen», sagte Farber stöhnend. «Ganz eingefallen, und der Bauch ist aufgebläht.»

«Sehen Sie nicht hin», sagte Delaney. «Bewegen Sie ihn nur hin und her. Hin und her. Bis er freikommt.»

«Ja. In Ordnung. Jetzt ist er frei. Viel Haut ist nicht abgerissen.»

«Sehr gut. Sie machen das ganz fabelhaft. Und jetzt schieben Sie den Gurt hoch. Können Sie seine Beine anheben?»

«Oh, natürlich. Mein Gott, der wiegt doch fast gar nichts – das reinste Skelett. Seine Arme sind immer noch weit ausgebreitet.»

«Lassen Sie nur. Das macht nichts. Wo ist jetzt der Gurt?»

«Ich bin dabei, ihn hochzuschieben. Warten Sie einen Augenblick ... So. Okay. Jetzt sitzt er richtig. Unter seinen Armen.»

«Kann er auch nicht rausrutschen?»

«Unmöglich. Seine Scheißarme sind starr ausgestreckt.»

«Alles bereit für den Hubschrauber?»

«Mein Gott, *ja*!»

«Chilton eins an Chilton zwei.»

«Chilton zwei. Laut und klar. Hier spricht Barnes.»

«Der Gurt ist an der Leiche befestigt. Sie können sie holen.»

«Verstanden. Fangen sofort an.»

«Farber? Farber, sind Sie da?»

«Ich bin noch da, Captain.»

«Der Hubschrauber kommt jetzt zum Abtransport. Tun Sie mir einen Gefallen?»

«Was denn, Captain?»

«Suchen Sie mal im Schnee, ob Sie da einen Eispickel finden. Ungefähr so groß wie ein Hammer, aber mit einer langen Spitze an der einen Seite des Hammerkopfs. Ich würde das Ding gern haben.»

«Ich seh mal nach, Captain. Und tun Sie mir auch einen Gefallen, Captain!»

«Was?»

«Wenn die ihn geholt haben und mit ihm gelandet sind, sorgen Sie dafür, daß sie zurückkommen und mich abholen. Ich hab was gegen diesen Scheißfelsen.»

«Machen Sie sich keine Sorgen», sagte Delaney zu ihm. «Sie werden Sie abholen. Ich verspreche es Ihnen.»

Er wartete, bis er sah, wie der Hubschrauber die Geschwindigkeit drosselte und sich langsam dem Teufelszahn näherte. Dann ging er in die

Hütte und legte sein Mikrofon auf das Pult des Funkers. Er holte tief Atem und betrachtete erstaunt seine zitternden Hände. Schließlich ging er wieder hinaus und stieg die Stufen hinunter. Die Fotografen entfalteten jetzt eine hektische Betriebsamkeit. Alle Linsen wurden auf den Hubschrauber gerichtet, der nun genau über dem Teufelszahn schwebte.

Delaney stand im Schnee, die Mütze gerade auf dem Kopf, den engen Kragen hoch geschlossen. Wie die anderen hatte auch er den Kopf in den Nacken gelegt und blickte, den Mund halb geöffnet, nach oben. Alles wartete. Dann hörte man das verstärkte Aufdröhnen der Rotoren, der Hubschrauber gewann schnell an Höhe, ging schräg in eine Kurve und kam auf die Wartenden zugeflogen.

Am Ende des leicht hin und her schwingenden Drahtseils hing Daniel G. Blank. Der Gurt saß fest unter seinen ausgebreiteten Armen. Der Kopf war nach hinten geneigt, wie im Todeskampf zurückgeworfen. Die Füße berührten sich fast. Sein eingefallener, mit Schrammen bedeckter Körper schimmerte seltsam durchsichtig.

Der Hubschrauber kam tiefer. Man sah den rasierten Schädel, die violetten Stellen, wo die Haut abgerissen war. Dann wurde die schwebende, schwankende Gestalt plötzlich vom Licht der noch niedrig stehenden Sonne erfaßt, und ein Strahlenkranz umgab sie, ein Leuchten, das kurz aufflammte und gleich darauf, als sie zur Erde niederglitt, wieder erlosch.

Delaney wandte sich ab und ging fort. Er spürte, wie jemand die Hand auf seine Schulter legte, blieb stehen und drehte sich um.

«Na, Captain», sagte Captain Sneed mit einem breiten Grinsen, «jetzt haben wir ihn, wie?»

Delaney schüttelte mit einer Schulterbewegung die schwere Hand ab und ging weiter, den Rücken dem Hubschrauber zugekehrt, der jetzt mit donnerndem Getöse landete.

«Gott helfe uns allen», sagte Captain Edward X. Delaney mit lauter Stimme. Aber niemand hörte ihn.

Epilog

In den Monaten nach den hier berichteten Ereignissen geschah folgendes:

Christopher Langley und die Witwe Zimmerman heirateten. Captain Delaney nahm mit großer Freude an der Hochzeit teil. Die glücklichen Neuvermählten zogen nach Sarasota in Florida.

Calvin Case verfaßte unter Mitarbeit eines routinierten Schriftstellers ein Buch mit dem Titel: «Grundtechniken des Bergsteigens». Es hatte einen bescheidenen, aber ermutigenden Erfolg und wird offenbar als Leitfaden der Alpinistik anerkannt. Zur Zeit arbeitet Case an einem zweiten Buch: «Die zehn schwierigsten Kletterpartien der Welt».

Anthony (Tony) Montfort ist wieder bei seinen Eltern in Europa. Wo Valenter sich gegenwärtig aufhält, ist nicht bekannt.

Charles Lipsky geriet in einen Verbrecherring, der Wohlfahrtsgutscheine fälschte. Er befindet sich in Untersuchungshaft und sieht einem Gerichtsverfahren entgegen.

Samuel und Florence Morton eröffneten den ersten einer geplanten Kette von «Fitness-Clubs», der sich vornehmlich dadurch auszeichnet, daß dort Männer und Frauen gemeinsam nackt baden können. Sie stehen unter Anklage wegen «fortgesetzter Erregung öffentlichen Ärgernisses», befinden sich jedoch, da sie eine Kaution zahlen konnten, auf freiem Fuß.

Der ehemalige Stellvertretende Commissioner Broughton mußte als Kandidat seiner Partei für das Amt des Bürgermeisters von New York bei den Vorwahlen eine Niederlage einstecken. Er versucht zur Zeit, eine neue politische Partei zu gründen, deren Programm sich auf das Versprechen von «Gesetz und Ordnung» konzentriert.

Lieutenant Marty Dorfman wurde, nachdem er sein Examen bestanden hatte, zum Captain befördert und zum Legal Officer der Patrol Division ernannt.

Lieutenant Jeri Fernandez, Sergeant MacDonald und Detective Blankenship erhielten Belobigungen.

Thomas Handry, der Reporter, hat die Hoffnung, ein berühmter Dichter zu werden, anscheinend aufgegeben. Er ist in die Washingtoner Redaktion seiner Zeitung versetzt worden.

Dr. Sanford Ferguson kam bei einem Autounfall ums Leben, als er eines Morgens von einem Besuch bei seiner Geliebten nach Hause fuhr.

Der Stellvertretende Bürgermeister Herman Alinski hat noch immer den gleichen Dienstgrad. Inspector Johnson und Deputy Inspector Thorsen sind dagegen beide befördert worden.

Captain Edward X. Delaney wurde außerplanmäßig zum Inspector befördert und zum Leiter der Detective Division ernannt. Etwa einen Monat nach dem Tod Daniel Blanks starb Barbara Delaney an ihrer Proteusinfektion. Nach Ablauf des Trauerjahrs heiratete Inspector Delaney Mrs. Monica Gilbert. Mrs. Delaney erwartet ein Kind.

Hubert Selby

Letzte Ausfahrt Brooklyn
Aus dem Amerikanischen von Kai Molvig.
318 Seiten. Gebunden und als
rororo 1469

Mauern
Roman.
Aus dem Amerikanischen von Kai Molvig.
rororo 1841

Der Dämon
Roman
Aus dem Amerikanischen von Kai Molvig.
340 Seiten. Gebunden und als
rororo 5295

Requiem für einen Traum
Roman
Aus dem Amerikanischen von Kai Molvig.
317 Seiten. Gebunden und als
rororo 5512

rororo

C 739/4

Manuel Vázquez Montalbán

Carvalho und der tote Manager
rororo thriller 2680

Tahiti liegt bei Barcelona
rororo thriller 2698

Carvalho und der Mord im Zentralkomitee. rororo thriller 2717

Carvalho und die tätowierte Leiche
rororo thriller 2732

Die Vögel von Bangkok
rororo thriller 2772

Der Pianist
Barcelona 1936: Der Bürgerkrieg teilt Spanien in zwei Lager. Doria und Rosell, zwei befreundete Musiker, sehen sich vor die Entscheidung ihres Lebens gestellt – der eine engagiert sich für die Freiheit der Republik, der andere lehnt es ab, seine Karriere den politischen Umständen zu opfern. Fünfzig Jahre später treffen sie sich wieder . . .
Ein Roman über Kunst und Macht, ein Panorama der jüngeren Geschichte Spaniens.

Deutsch von Maralde Meyer-Minnemann
384 Seiten. Gebunden

C 2304/1